Kerstin Tomiak

Ginster und Schwert

Kerstin Tomiak

Ginster und Schwert

Eine Liebe zu Zeiten
der Rosenkriege

Roman

LangenMüller

Besuchen Sie uns im Internet unter
http://www.langen-mueller-verlag.de

Schutzumschlag: Bridgeman, London
Herstellung und Satz: VerlagsService Dr. Helmut Neuberger
& Karl Schaumann GmbH, Heimstetten
Gesetzt aus der 10,7/13 Punkt Sabon
Druck und Binden: GGP Media GmbH, Pößneck
Printed in Germany
ISBN 3-7844-3022-8

ERSTER TEIL
1464–1467

ABSCHIED VON MIDDLEHAM

So leise wie möglich glitt sie unter den Decken hervor und aus dem Bett. Sie zitterte, als sie die Füße auf den Steinfußboden setzte. Längst war das Feuer heruntergebrannt, es war kalt. Erst am Morgen vor dem Aufstehen würde eine der Mägde kommen und das Feuer wieder anfachen; mitten in der Nacht zu heizen wäre reine Verschwendung.

Anne erschrak, als Isabell im Schlaf plötzlich murmelte und die Decken fester um sich zog. Ohne sich zu rühren, stand sie da. Wenn die Schwester nun aufwachte? Doch Isabell lag wieder ruhig. Anne griff nach ihrem Umhang und hüllte sich darin ein. Augenblicklich wurde ihr wärmer, wenn die Kälte auch weiter durch ihre bloßen Füße in den Körper kroch. Einen Moment lang überlegte sie, ob sie ihre weichen Stiefel anziehen sollte, verwarf den Gedanken aber wieder. Isabell würde sicher aufwachen, wenn sie im Dunkeln irgendwo anstieß, Fragen und Diskussionen wären die Folge, sie würde den Abschied verpassen. Vielleicht hatte sie das sogar schon, vielleicht waren die Reiter schon unterwegs. Erschrocken über diesen Gedanken lief sie zur Tür, riegelte sie so leise wie möglich auf und schlüpfte hinaus. Dunkel lag vor ihr der lange Gang, der vom Schlafzimmer der Mädchen zur großen Halle und schließlich nach draußen führte. Die Lichter waren längst heruntergebrannt. Anne wartete einen Moment, bis sich ihre Augen an die Dunkelheit gewöhnt hatten, dann lief sie, über die Brücke, durch die große Halle im verlassen daliegenden Wohnturm und die Treppe hinunter. Nur schnell! Fast lautlos bewegten sich ihre nackten Füße auf dem Steinboden.

An der Treppe angekommen, konnte sie bereits Geräusche des nahen Aufbruchs hören. Sie waren noch da! Anne kauerte sich am Fuß der Treppe zusammen. Sie sah den Widerschein von Fackeln, die lange, unheimliche Schatten an die Außenmauern der Burg warfen. Der Burghof war hell erleuchtet und von Leben erfüllt. Ritter und Knechte liefen umher, Pferde wieherten und schlugen nervös aus, schüttelten ihre Köpfe und damit den Schaum von den Mäulern. Stimmengewirr und erregte Befehle durchfuhren den Hof ebenso wie der Wind, der Anne, nur unzureichend von der Mauer geschützt, zum Zittern brachte. Es war eine Gruppe von vielleicht zwanzig Berittenen, die hier die letzten Dinge vor dem Aufbruch ordneten. Schwerter und Streitäxte wurden zurecht gerückt, Satteltaschen geschlossen, man wartete auf das Signal. Die Nervosität der Reiter und ihrer Pferde war fast greifbar, Spannung lag in der Luft. Anne reckte die Nase etwas weiter über die sie schützende Mauer der Treppe.

Im Zentrum der Gruppe, umgeben von den anderen Berittenen, entdeckte sie ihn schließlich: Ein kleiner Junge, kaum älter als sie, saß in gespannter Haltung auf einem grauen Renner. Das Tier erschien zu groß und zu feurig für ihn. Nervös tänzelte es auf der Stelle, begierig auf einen raschen Galopp, das Mundstück seines Zaumzeugs glänzte. Anne sah, wie der Junge ihm ein wenig die Zügel nachgab und seinen Bewegungen geschmeidig folgte. Ruhig redete er auf das Tier ein. Anne lächelte. Richard hatte das Pferd im Griff. Richard hatte jedes Tier im Griff. Dann bemerkte sie, wie einer der Soldaten an ihn herantrat und den Kopf des Pferdes zu sich zog. Der Mann befestigte einen gelben Ginsterzweig am Stirnstück des Zaumzeugs, lächelte dem Jungen aufmunternd zu und sagte etwas, das sie nicht verstand. Was tat er da? Wenig später verbeugte sich der Mann knapp und ging. Richard klopfte dem Pferd den Hals, richtete sich in den Bügeln auf und blickte sich suchend um. Einen Augenblick lang schien es ihr, als wollte er sein Pferd wenden und auf die Treppe zureiten

– hatte er sie gesehen? Anne duckte sich wieder hinter die Mauer, ihr Herz klopfte. Wollte sie sich nicht von ihm verabschieden? Doch. Oder? Sie wusste es nicht. Wie sollte sie ihre Anwesenheit hier im Burghof erklären?

Dann hörte sie, dass vorne das Signal zum Aufbruch gegeben wurde. Einem Schenkeldruck gehorchend ordnete sich der graue Renner wieder ordentlich in der Gruppe ein. Noch einmal wandte sich Richard um und blickte nach Südwesten, wo die Räume der Töchter des Burgherren lagen. Es schien Anne, als flüstere er etwas, sie sah, wie sich seine Lippen bewegten – hören konnte sie nichts. Rufe und Pferdegewieher durchschnitten die Nacht. Dann ritt die Schar los, aus dem Nordeingang der Burg ging es am Torwächterhaus vorbei. Dumpf hallten die Hufe der Pferde im Torgang. Mit einem Knall wurde die Pforte wieder geschlossen. Der Aufbruch war vorbei. Die Reiter waren fort.

Anne zog ihren Umhang enger um sich, sie schnüffelte und zog die Nase hoch. Sie hatte schon öfter Aufbrüche der hier erzogenen und beherbergten Fürstensöhne erlebt. Es war Sitte, seine Kinder nicht selbst zu erziehen, sondern sie befreundeten Adeligen zu übergeben. So war auch Richard nach Middleham gekommen: Der Bruder des Königs wurde natürlich in die Obhut des Königsmachers gegeben. Graf Warwick, Annes Vater, war der reichste und mächtigste Adelige im Land, das Oberhaupt des Hauses Neville und der stärkste Verbündete des Hauses York. Richard war hier unterrichtet worden, im Umgang mit Streitaxt und Schwert, im Französischen, im Lautespiel, in den Regeln der Ritterlichkeit und in höfischem Benehmen. Aus dem verschüchterten Kind war ein kräftiger Junge geworden – und ihr Freund. Jahre hatten sie zusammen gelernt und gespielt. Scherzhaft war schon gemunkelt worden über die Tochter des Königsmachers und den Bruder des Königs – Scherze und Anspielungen, die sie irritiert hatten und von ihrem Vater lachend übergangen worden waren. Anne sei noch zu jung, um an Heirat zu denken, hatte er gesagt. Was er wirklich gedacht haben mochte, wusste keiner. Der Graf war ehrgeizig. Heiraten, dachte Anne, immer noch am Fuß der Treppe unter ihrem Umhang versteckt. Irgendwann würde sie heiraten. Würde sie Richard heiraten, wenn ihr Vater sie ihm geben würde?

Richard war von hohem Rang – aber er war auch nur der Bruder des Königs. Er hatte keinerlei Aussichten auf den Thron. Musste Richard vielleicht jetzt so plötzlich aufbrechen, damit das Band zwischen ihnen nicht noch fester wurde? War sie schuld an diesem überhasteten Abritt? Normalerweise gab es ein Festmahl, wenn einer der adeligen Söhne sich verabschiedete. Normalerweise brach man am Tag auf, am Morgen, aber nicht mitten in der Nacht. Normalerweise wusste man Tage oder sogar Wochen vorher, wann jemand gehen würde. Richard hatte beim Abendessen gefehlt, und später hatte Anne in der Küche die fremden Ritter gesehen und ihr Gespräch über den bevorstehenden Ritt belauscht. Richard selbst hatte sie nicht mehr gesehen. Warum hatte er sich nicht von ihr verabschiedet? Warum dieser plötzliche Aufbruch? Sie verstand es nicht. Zitternd im schneidenden Wind, zusammengekauert am Fuß der Treppe, starrte Anne in die Nacht. Es war alles unverständlich. Erwachsene waren unverständlich. Die Welt war unverständlich und Richard war unverständlich. Wieso hatte er ihr nichts gesagt? Wieso hatte ihr niemand etwas gesagt? Sie seufzte, dann stand sie auf. Durch Nachdenken würde sie nicht dahinter kommen. Morgen würde sie Anka fragen, die Dienstmagd. Oder ihre Mutter.

Sie wandte dem jetzt verlassen daliegenden Burghof den Rücken zu und lief durch die Dunkelheit zurück zum Schlafgemach. Wie spät war es überhaupt? Wann kam Anka mit den Kohlen? Hatte schon jemand ihre Abwesenheit bemerkt? Anne huschte durch die Tür. Nichts regte sich. Aufseufzend legte sie ihren Umhang ab und kroch zurück ins Bett.

»Deine Füße sind kalt wie Eis«, sagte Isabell. »Behalt sie bloß drüben bei dir!«

Anne seufzte. Da hatte sie sich wohl zu früh gefreut.

»Wo hast du gesteckt«, fragte Isabell, kein bisschen Müdigkeit, dafür sehr viel Gereiztheit in der Stimme.

»Nirgends«, antwortete Anne trotzig.

»Ach, nirgends? Ich glaube nicht, dass Vater oder Mutter es billigen werden, dass du mitten in der Nacht herumwanderst!«

»Alte Petze!«, rief Anne.

»Du hast dir den Aufbruch von Richard von Gloucester angesehen, nicht wahr? Hast ihm hinterhergeschaut wie eine Magd! Und dabei hat sich Richard nicht mal von dir verabschiedet! Du bist ja auch noch ein Kind. Was sollte der jüngere Bruder des Königs schon mit einer Göre, wie du es bist, anfangen?«

»Widerliche, blöde Gans!«, rief Anne außer sich vor Wut.

»Clarence«, fuhr Isabell fort und strich sich über ihr langes blondes Haar, »George von Clarence hat mir zum Abschied eine Brosche geschenkt. Aber ich bin ja auch die Ältere. Und die hübschere – du siehst mit deinem dunklen Haar und deinen immer schmutzigen Fingern aus wie ein Elfenkind!«

»Du«, fauchte Anne, »bist nichts weiter als eine Plage, Plage, Plage!« Halb im Bett aufgerichtet, hob sie die Hand, um nach der Schwester zu schlagen, als die Tür geöffnet wurde. Herein kam Ankarette mit einem Korb voller Kohlen und dürrem Holz. War es doch schon so spät? Da war sie gerade noch rechtzeitig gekommen. Wenn Isabell jetzt bloß still wäre – Anne, die Hand noch zum Schlag erhoben, warf einen beschwörenden Blick zu ihrer Schwester, die in Erwartung und Abwehr des Schlages mittlerweile ebenfalls aufrecht im Bett saß. Ankarette stellte den Korb ab und sah die beiden Kinder an.

»Ein bisschen früh zum Streiten, was?«, fragte sie und schüttelte den Kopf. Anne und Isabell, Feuer und Wasser! Selten hatte Ankarette zwei so unterschiedliche Geschwisterkinder erlebt. Sie war mit sieben Geschwistern aufgewachsen, sie war die Tochter eines Freisassen unten im Dorf und mit zwölf Jahren auf der Burg in Dienst gegangen. Das war jetzt vier Jahre her und mittlerweile war sie verantwortlich für die beiden Töchter des Grafen. Einen Sack Flöhe hüten wäre manchmal einfacher, dachte sie jetzt verärgert. Nicht nur, dass die beiden sich ständig stritten, es war vor allem Anne, die Jüngere, die Ärger machte. Überall steckte sie ihre Nase herein, dauernd lief sie weg – dabei meinte sie es nie böse, das Kind war einfach neugierig. Ankarette lächelte. Eigentlich mochte sie die lebhafte Anne lieber als die blasse, ruhige Isabell, aber sie achtete darauf, sich das nicht anmerken zu lassen.

»Anne«, rief sie jetzt, »wenn du deine Schwester schlägst, kriegst du Prügel von mir!«

»Sie hat angefangen«, rief Anne trotzig.

»Das ist mir völlig egal«, sagte Ankarette, »wieso könnt ihr euch beide nie benehmen, wie man es von Töchtern eines Grafen erwartet!«

»Ich –«, begann Isabell, die sich viel auf ihr gutes Benehmen einbildete, wütend, aber Ankarette schnitt ihr das Wort ab.

»Ruhe. Alle beide. Wenn das Feuer richtig brennt, könnt ihr aufstehen. Wenn ihr so viel überschüssige Energie habt, braucht ihr auch nicht weiter im Bett liegen. Also los!«

Isabell warf Anne einen doppelt wütenden Blick zu. Die ältere Schwester blieb gern lang im Bett liegen.

»Warte nur«, zischte sie der Jüngeren zu. Und Anne war klar, dass Isabell den Mund nicht halten und ihr nächtliches Verschwinden petzen würde. Aufgebracht streckte sie der Schwester die Zunge heraus.

Kaum hatten sie freies Feld vor sich, ließ der Anführer der Schar die Pferde in leichten Galopp fallen; man sprengte über das Land. Westminster, wo König Edward IV. residierte, war weit, das Tempo verhalten musste man hier im Norden der Insel noch bald genug. Es war raues Land, Moore und Wälder wechselten mit Klippen und felsigen Einöden, die Grenzmarken zu Schottland waren nah genug, um einen Überfall zu befürchten. Darüber hinaus brauchte man die Schotten nicht für einen Überfall, auch den hier ansässigen Adeligen war jeder Hinterhalt zuzutrauen. Die Zeiten waren schlecht, der Krieg der Barone tobte weiter und wer wusste, wer gerade auf wessen Seite stand? Edward von York saß auf dem Thron, ja. Aber wie fest saß er tatsächlich? Der Krieg zwischen den Häusern York und Lancaster machte nur eine Atempause, er war nicht beendet, und jetzt gab es auch Spannungen zwischen Edward und seinem bisherigen engsten Verbündeten, dem Grafen Warwick. Deshalb schließlich hatte man des Königs jungen Bruder Richard aus Middleham abgeholt.

Auf Middleham residierte Graf Warwick. Wie sollte ein König regieren, der es sich mit allen Adeligen des Landes verscherzte? Diese verdammte Heirat, dachte der Anführer. Noch nie war aus der Liebe etwas Gutes hervorgegangen. Und überhaupt: Liebe! Die Königin war Jahre älter als Edward, sie war die Witwe eines Lancaster-Ritters, sie hatte bereits zwei Söhne. Liebe? Vielleicht war Elisabeth Woodville eher eine Hexe und hielt Edward unter ihrem Bann. Wieso sonst hatte der König diese unübliche Ehe geschlossen, sich mit einer Lancaster-Witwe verbunden, anstatt, wie es sinnvoll gewesen wäre, eine Prinzessin aus Frankreich oder Burgund zu heiraten? Nichts als Ärger konnte daraus entstehen. Der verdammte Norden! Besser, man ritt so schnell und so weit man konnte. Noch früh genug würden sie das Tempo drosseln müssen. Es kam darauf an, den Auftrag auszuführen und den jungen Prinzen sicher in Westminster abzuliefern.

Die schneidend kalte Morgenluft biss Richard ins Gesicht, sie weckte ihn ganz und schüttelte das letzte bisschen Müdigkeit aus ihm heraus. Unter ihm bewegte sich der warme Pferdeleib gleichmäßig und sicher, Wärme entströmte ihm. Richard genoss den Ritt über die Felder von Yorkshire, er liebte diesen Landstrich, das Klima ebenso wie die Menschen und die Landschaft. In den Jahren, die er hier verbracht hatte, waren Middleham und der Norden Englands für ihn zur Heimat geworden, aber es war mehr als das: Schon beim Ritt hierher, beim ersten Blick auf die Moore, die dichten Wälder und auf die kargen Felsen des Nordens hatte Richard gefühlt, dass ihm diese Landschaft entsprach. Zum ersten Mal hatte er hier das Gefühl gehabt, zu Hause zu sein. Jetzt war man auf dem Weg nach Westminster, in den so völlig anderen, gemäßigten Süden. Dort würde er nicht mehr zur Haushaltung gehören, Schüler sein, dort warteten Aufgaben auf ihn. Sein Bruder war der König.

Richard spürte, wie es ihn durchschauerte. Zwischen den Ohren seines Pferdes konnte er die gelben Blüten des Ginsterzweiges sehen, den der Soldat noch kurz vor dem Aufbruch am Zaumzeug befestigt hatte. Ein Plantagenet, hatte der Mann gemeint, der Bruder des Königs müsse doch sein Zeichen tragen! Und nun erinnerte sich Richard an die Geschichte von Gottfried von Anjou, der einen Ginsterzweig als Helmzier getragen hatte und so dem Haus seinen Namen gab, den es bis heute besaß: Plantagenet – »Planta Genista«, der gelb blühende Ginster, der jetzt auch sein Zeichen war. Edward hatte angeordnet, Richard von Middleham abzuholen. Alles war so schnell gegangen, er hatte kaum Zeit gehabt, sich von seinen Gastgebern zu verabschieden. Lady Warwick hatte Tränen unterdrückt und ihn ein ums andere Mal in die Arme gezogen. Graf Warwick hatte ihm steif und fest die Hand geben, ihm alles Gute gewünscht und die Hoffnung ausgedrückt, man möge sich bald wieder sehen. Daraus konnte Richard nicht schließen, ob die Gerüchte über den Grafen und seinen Bruder wahr waren. Immerhin hatte es kein Festmahl zu seinem Abschied gegeben, wie es Sitte war. Allerdings war dafür die Zeit auch zu knapp gewesen.

Sir James' Trupp war in Middleham angekommen, und schon vor dem nächsten Morgen war man wieder aufgebrochen, die Berittenen hatten nur die Pferde gewechselt, Richard konnte gerade seine paar persönlichen Dinge, seine Waffen und Kleider packen. Sein Schwert war neu, es war ein Abschiedsgeschenk des Grafen. Wie auch immer er zum König stand, gegen mich hegt er offenbar keinen Groll, dachte Richard erleichtert.

Sie fielen in ruhigeren Trab, dann in Schritt. Erhitzt dampften die Pferde in der mittlerweile aufgegangenen Morgensonne, suchten sich ruhig und bedächtig ihren Weg durch das raue Land. Der Ritt nach Westminster würde mindestens sechs bis sieben Tage dauern. Genug Zeit, dachte Richard, um über das neue Leben im Süden nachzudenken. Und über die Gerüchte um den Grafen Warwick und meinen Bruder, den König. Und über Anne. Wollte er an Anne denken? Annes grüne Augen und ihr dunkles, seidiges Haar. Annes perlendes Lachen und ihr fröhliches Wesen. Ihre schnellen Gedankengänge, bei denen er manchmal das Gefühl hatte, nicht hinterher zu kommen. Ihr störrisches Gemüt. Anne. Er hatte nicht einmal Zeit gehabt, sich von ihr zu verabschieden. Während des Wartens und Sammelns im Burghof hatte er nach ihr Ausschau gehalten, aber natürlich war sie zu so früher Stunde noch nicht auf. Was mochte sie von ihm denken, da er so ohne Abschied fortgeritten war? Würde er heute beim Abendessen an der Tafel in Middleham sitzen, das wusste er, er würde dafür einen Tritt von ihr bekommen. Aber er würde ja nicht in Middleham sein. Wann würde er sie wieder sehen?

Schuldbewusst stand Anne vor der Gräfin.

»Hast du mich verstanden, Anne?«

»Ja«, sagte sie und hob zum ersten Mal ihren Blick von den Schuhspitzen empor zu ihrer Mutter, »aber ich gucke doch gar nicht den Rittern hinterher. Es war doch nur, weil ...«

Ihre Stimme brach. Die Gräfin Warwick erschrak. Anne, die quirlige, kleine Anne weinte nie. Zornestränen, die kannte sie bei ihrer Jüngsten zur Genüge, Lachtränen auch, aber jetzt stand ihre Tochter vor ihr und versuchte, ihren Kummer zu unterdrücken. Es gelang ihr nicht. Anne wischte sich über das Gesicht. Ich will nicht weinen, dachte sie, aber dieser Gedanke schien die Tränen nur noch mehr zum Fließen zu bringen. Ohne auf ihr kostbares Kleid zu achten, kniete die Gräfin nieder und nahm ihre Tochter bei den Armen. Forschend und besorgt sah sie ihr ins Gesicht.

»Weswegen, Anne? Was hattest du mitten in der Nacht dort auf der Treppe zu suchen?«

»Ich wollte …«, begann Anne kläglich, und die Tränen liefen jetzt ungehindert über ihr Gesicht, sie konnte sie nicht einmal wegwischen, weil die Mutter ihre Arme hielt. »Ich wollte Richard auf Wiedersehen sagen«, stammelte sie. »Oder ihn wenigstens sehen.«

»Ach, Kind«, seufzte die Gräfin und zog ihre Tochter an sich. Sie hatte den ruhigen Jungen ja auch gemocht. Und sie betrachtete die politischen Entwicklungen, die Abkühlung im Verhältnis zwischen dem Grafen und dem König, von denen die Abberufung Richards vor der Zeit und in Eile an den königlichen Hof nur das letzte, deutlichste Zeichen war, mit Sorge. Warwick, dachte die Gräfin, wohin soll dein Ehrgeiz führen? Was passiert mit uns? Sie streichelte ihrer Tochter über das dunkle Haar.

»Warum«, wollte Anne wissen, »warum musste er so plötzlich abreisen?«

»Weil dein Vater …«, sagte die Gräfin, hielt dann aber inne.

»Es gibt«, begann sie erneut, »Unstimmigkeiten zwischen deinem Vater und dem König, Richards Bruder. Sie verstehen sich gerade nicht so gut, sie sind in mehreren Dingen unterschiedlicher Meinung.«

Anne zitterte. Waren die Gerüchte, die sie von den Dienstboten aufgeschnappt hatte, etwa wahr?

»In der Küche«, flüsterte sie, »sagen sie, es herrsche Feindschaft zwischen Vater und dem König.«

»Du solltest nicht auf alles hören, was die Knechte reden«, sagte die Gräfin mit strenger Stimme, dabei machte sie sich selbst große Sorgen. Wo sollte das alles hinführen, wohin bloß? Was geschah mit der mächtigen Familie Neville, wenn sie nicht mehr neben dem Thron stand, wenn dieser Platz an die verhassten Woodvilles überging?

»Ich verstehe es nicht«, sagte Anne und hob den Kopf. »Wenn Richard mein Freund ist, dann kann er doch nicht Vaters Feind sein. Das geht doch nicht.«

Wie erklärt man das einem Kind, dachte die Gräfin. Wie erklärt man dieses Durcheinander von Interessen, Bündnissen und Feindschaften, überhaupt irgendwem? Wer erklärte es ihr?

»Von Feindschaft ist auch nicht die Rede«, sagte sie mit aller Festigkeit in der Stimme, die sie aufbringen konnte. »Auch Freunde, Anne, können einmal unterschiedlicher Meinung sein. Du hast dich doch mit Richard auch schon gestritten, oder?«

Anne nickte.

»Siehst du. Sie vertragen sich auch bestimmt wieder. Der König und dein Vater.«

Es klang wie eine Beschwörung. Aber Anne hatte gerade kein Ohr für die Zwischentöne in der Stimme ihrer Mutter. Sie sah sie mit großen Augen an.

»Dann kommt Richard zurück? Wir werden uns wieder sehen?«

»Du wirst ihn sicher wieder sehen, Kind«, sagte die Gräfin. Die Frage ist nur wann, dachte sie. Und unter welchen Vorzeichen. »Und jetzt lauf, der Unterricht hat längst begonnen und Vater Philip wird wütend, wenn du zu spät kommst.«

Anne drückte ihrer Mutter einen Kuss auf die Wange und rannte, fürs Erste getröstet, zur Tür.

Die Gräfin sah ihr nach. So war Anne. Immer schnell wieder aufgemuntert. Auch wenn dieser Kummer schon zu erwachsen für sie schien. Wider besseren Wissens hoffte die Gräfin, dass dies der letzte Kummer ihrer jüngeren Tochter für lange Zeit sein würde.

Coventry

Weihnachten 1467 sollte ein besonderes Fest werden. Der Hof hatte London, in dem immer noch die Pest wütete, verlassen und war nach Coventry gezogen. Hier lagen keine schwarzen, von der Seuche dahingerafften Toten auf den Straßen, es gab keine vermummten Leichenträger, keine von Pferden gezogenen Karren voller Opfer der schrecklichen Krankheit. Die Luft war frei vom Klingeln der Bestatter und vom Pesthauch. London war im Sommer eine Stadt des Todes geworden, eine Stätte der Klage. Hier in Coventry war die Luft besser, das Leben heiter.

Coventry war eine der größten Städte des Reichs, es war die mittelenglische Hauptstadt des Wollhandels, und auch das hatte König Edward bewogen, hier das Weihnachtsfest zu feiern. Der König brauchte Geld. Feldzüge und vor allem der prunkvolle Unterhalt des Hofes leerten die Staatskasse schneller als erwartet, und Edward war gegen zu rigide Steuern. Der König war, was bisher niemand jemals für möglich gehalten hätte, nicht nur König, sondern auch Kaufmann.

Zufrieden lächelnd rieb Elisabeth ihr Gesicht vorsichtig mit einer Paste aus Rosenblättern ein. Sie mochte Coventry. Es war eine heitere, reiche Stadt voller Luxus. Sie strich, die Finger voller Creme, über ihre Wangen, dann die Schläfen hoch und über die Stirn, die Nase hinab, dann über Oberlippe und Kinn. Sie war dreißig Jahre alt und erstrahlte nach wie vor in der vollen Blüte weiblicher Schönheit. Der ebenmäßige Schnitt ihres Gesichts hatte, dank guter Pflege, den zarten Schmelz der Jugend noch bewahrt, und trotz zweier Ehen – davon eine mit dem bekanntesten Frauenverführer des Reichs, dachte sie vergnügt – hatten ihre Augen immer noch den unschuldigen Blick eines sehr jungen Mädchens. Oder konnten ihn zumindest haben, wenn es ihr angebracht erschien, um ihre Ziele zu erreichen. Nicht, dass sie noch viele Ziele gehabt hätte. Hatte sie das größte schließlich schon erreicht: Sie war Königin. Seit drei Jahren war sie mit Edward verheiratet, und in dieser Zeit war sie geschickt genug, den Hof in ihren Hof zu verwandeln, den mächtigen Grafen Warwick von Edwards Seite zu verdrängen: Sie hatte dafür gesorgt, dass ihre Familie einflussreiche Positionen erhielt, und das nicht nur aus reinem Familiensinn. Man brauchte Verbündete, um sich zu halten. Einzelkämpfer gingen bald unter. Sie war keine Einzelkämpferin. Ihre Position war gesichert. Und sie würde es bleiben.

Auf einen Wink ihrer schmalen Hand hin brachte eines der Mädchen eine Schale voll dampfenden Wassers. Elisabeth legte den Kopf zurück und schloss die Augen. Das Mädchen bedeckte ihr Gesicht mit einem von warmem Wasser getränkten, dampfenden Tuch. Sie lächelte erneut, während sie fast spürte, wie sich die Poren ihrer Haut öffneten und sich ihre Züge weiter entspannten. Einst war so etwas ihre Aufgabe gewesen: der Königin bei der Morgentoilette aufzuwarten. Wer hätte geglaubt, dass aus der Frau des Lord Ferrers, aus einer der niederen Hofdamen der Königin Margarete, schließlich die Königin Elisabeth werden würde? Niemand, dachte sie vergnügt. Aber ich bin es geworden. Drei Jahre hatte sie Edward um sich werben lassen, und ihr Spiel war aufgegangen. Im Frühjahr 1464 hatte König Edward wie zufällig in Grafton Regis Halt gemacht und Elisabeth Woodville, verwitwet und fünf Jahre älter als er, heimlich zur Frau genommen. An Michaeli desselben Jahres war sie von Warwick und Edwards Bruder, George von Clarence, in die Kapelle von Reading geleitet und als Königin geehrt worden. Was für ein Schauspiel!, dachte Elisabeth. Was für ein Triumph!

Sie zuckte zusammen, als sie von draußen hastige Schritte hörte. Unter ihrem Handtuch runzelte sie irritiert die Stirn. Wer in Gottes Namen …? Dann flog die Tür auf. Die beiden Hofdamen schauten sich erschrocken an, während Elisabeth erzürnt hochfuhr. Wer wagte es, hier einfach ohne formelle Anmeldung … – ihre Hand griff nach dem Tuch, das nach wie vor ihr Gesicht bedeckte.

»So, so«, sagte eine wohlvertraute Stimme. »Die Königin Englands hält offenbar Andacht. Aber unter einem weißen Tuch? Sollte es nicht wenigstens aus Goldfäden gewirkt sein?«

Elisabeth zog sich das Tuch vom Gesicht und stand auf.

»Ihr könnt gehen«, sagte sie mit aller Würde, die ihr die Reste der Creme, das unfrisierte Haar und die eher mangelhafte Bekleidung erlaubten. »Na los! Lasst mich allein!«

Erschreckt und unter mehreren Knicksen entfernten sich die beiden und Elisabeth wandte sich ihrem Bruder zu. Anthony Lord Scales durchquerte den Raum mit langen Schritten und warf sich in entspannter Pose auf Elisabeths noch ungemachtes Prunkbett. Ohne die geringste Verlegenheit befühlte er einen der samtenen Vorhänge und zog einen Teller Weintrauben zu sich heran.

»Vollendet«, murmelte er. »Vollendet in Form und Geschmack.« Er nahm eine Traube zwischen die Lippen und lächelte Elisabeth an. Halb wider Willen lächelte die Königin zurück, wie immer bezaubert vom zurückhaltenden Charme ihres Bruders. Lord Scales galt allgemein als einer der gebildetsten Angehörigen des Hofs. Und als einer der arrogantesten, dachte Elisabeth, die wusste, dass dieser Vorwurf in gewisser Weise zutraf. Anthony glaubte an die Überlegenheit des Geistes. Und auf den Gebieten des Geistes konnte ihm tatsächlich kaum jemand das Wasser reichen. Klug, belesen, gebildet, einer der glänzendsten Turnierkämpfer, gut aussehend und um all das wissend – so machte man sich am Königshof vielleicht Anhänger und Bewunderer. Aber keine Freunde. Dabei wusste Elisabeth, dass ihrem Bruder die glänzenden Gaben, mit denen er ausgestattet war, herzlich egal waren. Es sei einfacher, als dummer Bauer zu leben, hatte er ihr in einer stillen Stunde einmal seufzend gestanden, und sie hatte erwidert, er solle nicht so dummes Zeug reden. Aber es schien seine Überzeugung zu sein. Anthony machte immer den Eindruck, als trage er ein Kreuz. Elisabeth war nie dahinter gekommen, ob dieser offen zur Schau gestellte Weltschmerz echt oder Pose war. Sie traute ihrem Bruder grundsätzlich alles zu – sogar, dass er es selbst nicht wusste.

»Elsa, Elsa«, sagte Anthony, dessen wacher Blick die kostbare Einrichtung des Zimmers und die zwar morgendlich unordentliche, aber deswegen nicht weniger prächtige Aufmachung seiner Schwester wahrgenommen hatte, kopfschüttelnd. »Elsa, du übertreibst.«

»Und du kompromittierst mich vor meinen Hofdamen!«, rief Elisabeth, die sich vergeblich bemühte, Wut in ihrer Stimme und auf ihrem Gesicht erkennen zu lassen. »Was bildest du dir bloß ein, so einfach hier hereinzuspazieren, als sei das noch unser Haus in Sheriff Hutton?«

»Ach«, sagte Anthony und blickte sich, Erstaunen im Blick, um. »Ist es nicht? Tatsächlich! Jetzt, wo du es sagst ... ich werde diesem Pferdedieb von Ritter Prügel verpassen müssen! Mich einfach an den falschen Ort zu führen!«

Grinsend zog Anthony seine Schwester beim Handgelenk zu sich aufs Bett.

»Und was für eine Begrüßung ist das, meine teure Königin, für Euren untertänigsten Diener.«

»Lass mich los, auf der Stelle, und hör auf, Blödsinn zu reden, sonst wehre ich mich so, dass du tatsächlich denkst, du wärst wieder in Sheriff!«

Lachend hielt Anthony seine Schwester weiter fest.

»Wildkatze, reicht dir nicht deine Privatfehde gegen die Ochsen und Schweine des Reiches, musst du auch noch mit deiner Familie streiten? Wobei man argumentieren könnte, dass die mindestens zur Hälfte aus Ochsen und –«

»Anthony!«

»Sag sofort, dass du dich freust, mich zu sehen!«

»Ich denke nicht mal im Traum daran!«

»Elisabeth, es ist Weihnachten, das Fest der Liebe und der Familie, ich sorge mich um dein Seelenheil. Also los: Liebster Bruder, ich bin überglücklich, dich zu sehen, wieso bist du nicht schon früher gekommen, wo warst du so lange?«

»Nein«, rief Elisabeth halb lachend, halb wütend und versuchte weiter, sich aus seinem Griff zu befreien. »Nein, nein, nein!«

»Was für zarte Töne am frühen Morgen«, seufzte Anthony. »Den ganzen weiten Weg hierher habe ich mich nach diesem sanften Zwitschern des mir liebsten Wesens auf der Welt gesehnt. Also?«

»Schon gut, ich bin überglücklich, dich zu sehen«, gab Elisabeth sich geschlagen. »Jetzt lass mich los!«

»Sag bloß nicht, dass du Angst um deine Frisur hast, du eitles Ding.« Er musterte sie. »Da ist nämlich nicht viel dran zu verderben. Hey!«

Mit einer Hand fing er die drohende schwesterliche Ohrfeige ab. Dann lächelte er sie zärtlich an.

»Tut gut, dich wieder zu sehen, Elsa.«

»Dich auch«, sagte sie leise. Einen Augenblick lang lächelten die Geschwister sich an, erhitzt von ihrem kurzen Kampf. Dann fasste Elisabeth unter das samtene Wams ihres Bruders.

»Anthony, warum trägst du immer noch dieses … Ding?«, fragte sie. Ihre Finger strichen über das Büßerhemd, das der Bruder wie immer unter seiner prächtigen Aufmachung trug.

»Um Abbitte zu leisten für die Sünden, die meine schöne und in gewisser Beziehung manchmal auch tugendhafte Schwester sich in Bezug auf Eitelkeit und Prunksucht leistet«, grinste Anthony. »Sag mir, Elisabeth, hast du die ganze Grafschaft zu Weihnachten eingeladen? Du betreibst mehr Aufwand als deine Vorgängerin Margarete und dein Lieblingsgraf Warwick zusammen!«

»Eben drum.«

»Beide sind auf dem absteigenden Ast, also wozu das Ganze?«

»Weil ich dafür sorgen will, dass sie dort auch bleiben. Und dass der Ast sich immer und immer weiter nach unten neigt.«

»Gott, vergib die Sünde«, murmelte Anthony und bedachte Elisabeth ein weiteres Mal mit dem Lächeln eines Fauns.

Sie lächelte zurück. Es fällt wirklich schwer, sich nicht in ihn zu verlieben. Sogar die prüde und tugendhafte kleine Isabell, Warwicks ältere Tochter, war in ihn verliebt. Sie hatte durchaus bemerkt, welche Blicke sie mit Anthony beim Turnier im Juni gewechselt hatte.

»Was verfinstert Euren Blick, meine Holde«, grinste Anthony. »Ist dir noch eine weitere Sünde eingefallen?«

»Nein«, antwortete Elisabeth und setzte sich, da ihr nicht mehr nach Scherzen zumute war, auf. »Warwicks Tochter!«

»Hmm, Warwicks Tochter«, sagte Anthony genießerisch und blieb in entspannter Haltung auf dem Bett liegen. »Welche von beiden? Die tugendsame Isabell oder die wilde Anne?«

»Isabell«, antwortete Elisabeth knapp und drehte sich zu ihm um. »Anthony, bist du verliebt in sie?«

Anthony starrte seine Schwester verblüfft an und zog eine Augenbraue hoch.

»Ist das ein Witz? Ich liebe niemanden, das weißt du.« Einen winzigen Augenblick lang wich der ironische Zug aus Lord Scales' Gesicht, während er ins Zimmer starrte.

»Ich habe die Blicke, die ihr beim Turnier tauschtet, durchaus gesehen«, sagte Elisabeth.

»Beim Turnier«, Anthony zuckte die Achseln. »Flirt und Turnier sind fast dasselbe, Elisabeth. Man trainiert für den Ernstfall, aber es ist keiner.« Er stand auf und goss sich einen Becher Wein ein. »Darüber hinaus bin ich, dank der übergroßen liebevollen Sorgfalt meiner königlichen Schwester, bereits verheiratet.«

Elisabeth schnaubte. Als ob das etwas zu bedeuten hätte. »Turnier und Flirt mögen dasselbe sein, Anthony, aber Ehe und Liebe sind nun ganz sicher zweierlei.«

Anthony lachte und setzte sich wieder zu ihr.

»Was machst du dir Gedanken um Warwicks Tochter?«

»Clarence will sie heiraten«, begann Elisabeth,

»... und der König hat die Erlaubnis verweigert«, setzte Anthony fort.

»Ja, trotzdem. Dieses ganze Weihnachtsfest ist von Edward als Familienversöhnung gedacht, was meinst du, warum unsere halbe Familie fehlt und der Rest nicht am hohen Tisch mit uns sitzt? Clarence soll in den Schoß der Familie zurückgeholt werden, aber Warwick wird nicht aufgeben, er wird weiter versuchen, Edwards Brüder auf seine Seite zu ziehen. Clarence ist ehrgeizig. Und Richard ist in Anne verliebt. Und sieht sie heute Abend beim Fest.«

»Anne kommt her?« Anthony pfiff durch die Zähne.

»Sie repräsentiert die Familie Warwick, die anderen haben sich mit mehr oder weniger guten Ausreden entschuldigt, nachdem sie nicht oder nur der Form halber eingeladen worden sind. Edward will die Bande zu Warwick nicht ganz abbrechen.«

»Und ihn nicht über Gebühr öffentlich brüskieren. Edward ist ein kluger Mann.«

»Aber wenn es Clarence und Warwick gelingt, Richard über das Versprechen einer Heirat mit Anne auf ihre Seite zu ziehen?«

»Narren!«

»Glaub mir, er ist in sie verliebt!«

Anthony lächelte. »Es ist mir ganz neu, dass du mit Richard auf so vertrautem Fuß stehst, dass er dir sein Herz öffnet und Rat in Frauenangelegenheiten sucht.«

»Rede keinen Blödsinn«, sagte Elisabeth resolut, »natürlich tut er das nicht. In den knapp drei Jahren, die er jetzt am Hof ist, haben wir höchstens zwanzig Worte miteinander gewechselt. Aber ich habe meine Spione.«

»Ich werde mich daran erinnern, wenn ich hier irgendetwas sage«, entgegnete Anthony scherzhaft. »Elisabeth, hör auf. Sicher ist Clarence ehrgeizig und wird jedem Dummkopf folgen, der ihm was auch immer verspricht. Und Warwick ist auch ruhmsüchtig und wird einen Tölpel wie Clarence ohne Schwierigkeiten einwickeln. Aber Edward führt beide an der kurzen Leine, und Warwick hat, seit dem Scheitern seiner Bündnispläne mit den Franzosen, die Edward völlig zu Recht abgelehnt hat, wenn du mich fragst, denn ein Bündnis mit Burgund bringt ihm sehr viel mehr als eins mit diesem schlauen Fuchs Ludwig –«, einen Augenblick hielt Anthony inne, um seinen Faden wieder zu finden, »Warwick hat nichts zu melden. Was befürchtest du also? Ein Bündnis Clarence–Richard–Warwick? Die Heirat der beiden mit den Töchtern des Grafen? Und ich als Vierter im Bund wegen einer heimlichen Liebe zu Lady Isabell? Das ist lächerlich, Elisabeth.«

»Ein Bündnis Clarence–Richard–Warwick durch entsprechende Heiraten ohne dich würde auch schon reichen.«

»Blödsinn. Die drei können Edward nie schlagen, wann in den letzten zwanzig Jahren saß ein König so fest im Sattel? Und davon abgesehen, meine Liebe«, Anthony nahm einen bedächtigen Schluck, »davon abgesehen, hatte ich das Vergnügen, den jungen Richard besser kennen zu lernen als du. Und ich sage dir: Der Junge ist seinem Bruder so treu ergeben wie Gold.«

»Hoffentlich«, murmelte Elisabeth. »Und hoffentlich auch dem richtigen Bruder. Die kleine Anne ...«

»Verschon mich jetzt mit dem Blödsinn, Elsa. Die Liebe ist eine Himmelsmacht, jedenfalls nach allem, was ich darüber weiß – was, zugegeben, nicht viel ist –, aber niemals wird Richard seinen König und Bruder verraten.«

Aus dem Burghof drangen leise Geräusche ins königliche Schlafgemach. Elisabeth achtete nicht darauf. Sie sah ihren Bruder lange an.

»Du weißt nicht, wozu Liebe fähig ist«, sagte sie. »Ich liebe dich sehr, Anthony, aber du hast kein Herz.«

»Wofür ich Gott täglich danke«, antwortete er, verbeugte sich und machte Anstalten, den Raum zu verlassen.

»Wo willst du hin?«, rief Elisabeth.

»Nach unten«, antwortete Anthony, »und du solltest dich mit deiner Morgentoilette jetzt beeilen. Wenn ich die Geräusche aus dem Burghof richtig deute, ist irgendjemand angekommen. Vielleicht dein Freund Clarence!«

»Der ist schon seit vorgestern da, und –«, antwortete Elisabeth, aber Anthony hatte den Raum bereits lachend verlassen. Elisabeth verharrte noch einen Moment, dann setzte sie sich seufzend vor den Spiegel und fuhr mit ihrer Morgentoilette fort.

Anne hatte alle Ermahnungen ihrer Mutter in die Luft geschlagen. Kaum war man außer Sichtweite der elterlichen Burg, hatte sie anhalten lassen, war aus der Kutsche ausgestiegen und hatte John erklärt, dass sie reiten wolle und werde. Wer wollte hinter den geschlossenen Türen einer Kutsche sitzen, wenn freies Land vor einem lag! Es hatte einen kurzen Wortwechsel gegeben, aber sie hatte sich durchgesetzt und sich dabei sehr erwachsen gefühlt. Glücklich war sie dann direkt hinter Sir John über das weite Land gejagt. Sie hatte den gleichmäßigen Galopp des Pferdes und die beruhigende Stärke seiner Muskeln unter sich gespürt und das Weiß der tief verschneiten Äcker und Wiesen vorbeifliegen sehen. Die Kutsche, beladen mit ihrem Gepäck für das Weihnachtsfest in Coventry, blieb weit zurück; ihr war es egal. Kurz vor Erreichen des Ziels konnte man in irgendeinem Dorf immer noch darauf warten. Sie war so schnell wie der Wind, sie war frei! Mit lauten Rufen hatte sie ihr Pferd immer weiter angefeuert. Am Ende des Weges wartete Richard. Und der Hof. Der König.
Mit dem ihr Vater zerstritten war. Und seine Königin, Elisabeth, die alles hasste, was zur Familie des Grafen von Warwick gehörte. Bei diesem Gedanken hatte Anne ihr Pferd gezügelt. Sie war ganz allein. Niemand von ihrer Familie war bei ihr. Was, wenn Elisabeth sie vergiften würde? So etwas war schon vorgekommen. Wenn sie doch eine Hexe war? Ritt sie etwa unbesonnen in einen Hinterhalt? Würde man sie unter einem Vorwand gefangen nehmen und als Geisel bei Hof behalten, um ihren Vater gefügig zu machen? Ihr Pferd hatte geschnaubt wegen der plötzlichen Verlangsamung des Tempos und ihres strengen Zügels. Es hatte

den Kopf hin und her geworfen und Anne hatte ihm erneut die Zügel freigegeben. Unsinn, hatte sie gedacht. Vater würde mich niemals dorthin reiten lassen, wenn Gefahr bestünde. Und Richard würde nie zulassen, dass ihr etwas geschah. Oder?

Fast drei Jahre waren seit seinem Abschied von Schloss Middleham vergangen. Zwei Mal hatte sie ihn in dieser Zeit gesehen, in York, als sie die Einsetzung ihres Onkels als Erzbischof feierten, und ein Jahr später, beim großen Turnier in London, zu Ehren der burgundischen Gesandten. Beide Male hatten sie nicht miteinander sprechen können. Das Turnier war ein Affront gegen ihren Vater gewesen, der zur gleichen Zeit mit einer Gesandtschaft nach Frankreich gegangen war. Anne hatte es damals nicht verstanden, aber ihre Mutter hatte nach einer Anstandszeit den Turnierplatz mit ihren Töchtern verlassen und war noch am gleichen Tag mit ihnen abgereist. Isabell hatte ihr später erklärt, dass Edward zwar ihren Vater mit den Franzosen verhandeln ließ, aber dass der prunkvolle Empfang für die Burgunder und das Turnier bedeuteten, dass er sich von Warwick selbstständig machen wollte. In York – Anne schoss noch immer die Röte ins Gesicht, wenn sie daran dachte – hatte er neben ihr gesessen. Ein Gespräch – ein echtes Gespräch, wie früher – war unter den Augen der versammelten Familie und mit Isabell in der Nähe natürlich nicht möglich gewesen. Und auch ansonsten schien sich irgendetwas verschworen zu haben, um jedes private Zusammensein zu verhindern. Anne seufzte. Wie sicher konnte sie sich Richards Freundschaft noch sein?

Hin- und hergerissen zwischen ihrem Wunsch, ihn wieder zu sehen, und ihrer Angst vor dem, was sie in Coventry erwartete, hatte Anne ihr Pferd immer wieder zur Eile angespornt, um das Tempo dann wieder zu verhalten. Je mehr sie sich Coventry näherten, desto größer wurden ihre Ängste. Schließlich war sie zu Ankarette in die Kutsche gestiegen und hatte das sie diesmal beschützende Dach mit einem erleichterten Seufzer begrüßt.

Am sechsten Tag nach ihrer Abreise trafen sie in Coventry ein.

»Mir ist schlecht«, sagte Anne, als die Kutsche in den Burghof rollte und mit einem Ruck zum Stehen kam.

»Mir ist schlecht, und ich will nach Hause.«

Ankarette lächelte nur, zu einer Erwiderung blieb keine Zeit; schon wurde die Tür geöffnet, eine Hand streckte sich ins Innere. Anne biss sich auf die Lippen. Dann, bleich und wild entschlossen, nahm sie die Hand und stieg aus der Kutsche. Ängstlich, aber auch neugierig sah sie sich um. Hinter ihr kletterte Ankarette aus dem Wagen.

Der Burghof war tief verschneit, die Geräusche der um sie her wimmelnden Knechte, der Dienstmägde, der Ritter und ihrer Pferde wurden vom Schnee gedämpft. Anne lächelte. Ein Wintermärchen, dachte sie, ein kaltes, schönes Wintermärchen. Das Licht war sanft, der Schnee leuchtete. Weiter hinten stieg Rauch aus den Küchen hervor und stand einen Augenblick in der Luft, bevor er davonstob.

»Willkommen in Coventry, Mylady.«

Anthony Lord Scales hielt ihre Hand und lächelte auf sie herab. Woodville, dachte Anne, der Bruder der Königin! In einem ersten Impuls wollte sie ihm ihre Hand entziehen, dann besann sie sich auf ihre Erziehung und die Rolle, die sie hier zu spielen hatte. »Es ist wichtig, Anne«, hatte ihr Vater bei ihrer Abreise gesagt, »dass ein Repräsentant der Familie Neville dort anwesend ist. Wir müssen sie in Sicherheit wiegen und unsere nächsten Schritte überdenken. Das ist deine Aufgabe. Sei höflich, bescheiden und gut erzogen, versprich es mir!« Anne hatte genickt. Sie wusste, dass jeder glaubte, Isabell sei dieser Aufgabe eher gewachsen, aber da Clarence anwesend sein würde und ein Teil der Verstimmung daher rührte, dass der König den beiden die Heirat verboten hatte, war die Wahl auf sie gefallen. Aus großen Augen starrte sie Lord Scales, der immer noch ihre Hand hielt, an.

»Hattet Ihr eine gute Reise?«, fragte er.

»Ja«, antwortete sie, »danke, Lord Scales. Sie war recht bequem.« Hinter sich hörte sie Ankarette schnauben und fuhr schnell fort. »Aber wir sind natürlich ziemlich müde. Ich wäre dankbar, wenn Ihr mir meine Gemächer zeigen könntet und sich jemand um meine Diener kümmerte.«

»Gewiss«, sagte Anthony formvollendet, während er sich eigentlich amüsierte. Sie war vielleicht noch nicht ganz erwachsen, die kleine Anne, aber sie spielte gut. Anthony war völlig klar, warum sie hier war. Es war erfrischend, die wilde Anne die Lady spielen zu sehen. Gern hätte er das Spiel weitergetrieben, aber aus dem hinteren Teil des Hofs sah er den Haushofmeister heraneilen und winkte ihn zu sich.

»Bringt Lady Anne in ihre Gemächer. Sie ist erschöpft.«

Mit einer weiteren Verbeugung verabschiedete Anthony sich, während Anne und Ankarette dem Haushofmeister zum Wohnturm folgten.

»Gib es zu«, flüsterte Anne auf der Treppe. »Das hätte Isabell auch nicht besser machen können!« Ankarette, beladen mit Gepäck, zog es vor zu schweigen.

Ein fröhliches Feuer brannte in der Feuerstelle, der Raum war warm und überaus prachtvoll eingerichtet. Lichter flackerten über die Wände und gaben ihm eine zusätzliche Wärme. Mit einem Seufzen ließ Anne sich, nachdem die Tür geschlossen und sie und Ankarette allein waren, auf die reich bestickte Decke des Bettes fallen und musterte die Wandteppiche, den Waschtisch und die übrige Einrichtung. Ankarette packte aus, während Anne sich wohligen Träumen und Empfindungen hingab. Dann ließ sie sich von der Dienerin das Kleid öffnen, schlüpfte in ein leichtes Nachthemd und unter die Decke. Sie wusste, dass sie nicht schlafen würde. Sie wusste aber auch, dass Widerspruch gegen Ankarette in diesem Punkt sinnlos war. Am Abend, beim Festmahl, dachte Anne, werde ich Richard sehen.

»Meinst du, er hat sich sehr verändert«, fragte sie schlaftrunken die Dienerin. Die lächelte, und ehe sie noch zu einer Antwort ansetzen konnte, waren Anne, obwohl so überzeugt davon, auf keinen Fall einschlafen zu können, schon die Augen zugefallen.

Das Fest

Der Turnier- und Übungsplatz hinter dem mächtigen Wohnturm lag mehr oder weniger verlassen da. Die Tribünen waren menschenleer, und auch auf dem Platz selbst übte nur ein einzelner Kämpfer. Gegen Nachmittag hatte es erneut zu schneien begonnen, jetzt war der Boden bereits von einer dünnen Schneeschicht bedeckt, sodass Richard die Kurven nicht mehr so eng schneiden konnte wie eigentlich nötig. Zu groß war die Gefahr, dass sein Pferd ausrutschen, stürzen und ihn unter sich begraben könnte. Ein gefallener Ritter kam so leicht nicht wieder auf die Beine, zu schwer war die Rüstung. In der kalten Luft war der Atem von Reiter und Pferd deutlich zu erkennen. Der Himmel, der sich während des Tages grau wie Blei gewölbt hatte, ging langsam über in das Dunkel des frühen Winterabends. Aus den Fenstern des Wohnturms flackerten die angezündeten Feuer und Lichter.

»Nur noch zwei Runden, Dicker«, murmelte Richard und klopfte dem stampfenden Tier den Hals, »zwei Runden, dann ist Schluss für heute.« Das Tier wieherte leise. Manchmal erschien es Richard, als sei dieses Pferd sein einziger wirklicher Freund an diesem Hof. Edward war sein Bruder, gewiss, und einige Angehörige des niederen Adels kannte er aus der Zeit in Middleham, aber er suchte keine Freundschaft und öffnete sein Herz nur schwer. Als jüngster von vier Brüdern und Nachzügler der Familie war Richard es gewohnt, im Schatten zu stehen. Von klein auf beobachtete er, handelte eher, als dass er sprach, und blieb freiwillig im Hintergrund. Am Hof, den sein Bruder und dessen Königin führten, wo Fröhlichkeit, Prunksucht und Spiel vorherrschten, wurde man so schnell zum Außenseiter.

Richard gab dem Knappen ein Zeichen, sich vom Gestell im Vordergrund des Platzes zurückzuziehen. Die Streitaxt hielt er mit beiden Händen fest, während er das Pferd nur mit den Knien lenkte und vorwärts trieb. Dann wendete er und ritt im raschen Galopp auf das Gestell und den daran pendelnden Sandsack zu. Die Hufe des Tieres stampften über den kalten Boden, hinterließen deutliche Abdrücke im Schnee. Richard beugte sich weit vor, holte aus und traf den Sack genau in der Mitte. Sand rieselte zu Boden. Er trieb das Tier in eine scharfe Kurve, wendete und ritt wieder gegen das Gestell und den von der Gewalt des ersten Schlages immer noch hin und her pendelnden Sack an. Erneut holte er aus und der zweite Schlag riss den Sack von seiner Befestigung, er schlug auf den Boden auf und blieb dort liegen, eine fast schon leere Hülle.

Richard wendete abermals und ließ sein Pferd erst in raschen Trab, dann in einen langsamen Schritt fallen. Knappen liefen herbei, einer von ihnen nahm ihm die Axt ab, andere räumten den Sack weg und machten sich daran, den Platz wieder herzurichten. Gedankenverloren tätschelte Richard den Hals seines erhitzten Pferdes.

»Das war ein guter Schlag!«

Richard fuhr herum.

»Tatsächlich. Eigentlich zwei gute Schläge.« Am Rande des Übungsplatzes stand lächelnd, das blonde Haar vom Wind zerzaust, sein Bruder, der Herzog von Clarence.

»Unser Bruder kann sich glücklich schätzen, dich an seiner Seite zu haben, Richard.«

»Er schätzt sich gerade eher glücklich, dass du hier bist, George«, antwortete Richard. Er sprang vom Pferd und überließ die Zügel des Schlachtrosses einem der Stalljungen.

»Reib ihn ordentlich ab, bevor du ihn in den Stall bringst, er schwitzt sehr. Ich will nicht, dass er krank wird.« Er musterte den

Jungen, der in der Kälte zitterte. »Und anschließend lässt du dir in der Küche einen Becher heißen Wein geben und machst, dass du ins Warme kommst. Man holt sich leicht eine Grippe bei diesem Wetter.«

Die Augen des Jungen wurden groß.

»Ja, Herr«, stammelte er. »Danke.« Er führte das Pferd weg. Richard legte Helm und Beinschienen ab und ging, um beträchtliches Gewicht erleichtert, auf Clarence zu.

»Ein gütiger Ritter sorgt für das Wohl seiner Tiere und Bedienten, was?«, grinste der Bruder.

Richard lächelte zurück und zuckte die Schultern.

»Auf Middleham wurden wir so behandelt. Von Warwick habe ich gelernt, dass gute Behandlung der Untergebenen eine Pflicht ist. Außerdem gibt es ja keinen Grund, sie schlecht zu behandeln.«

Aufmerksam betrachtete Clarence seinen kleinen Bruder. Richard war gewachsen, seit er ihn das letzte Mal – noch in Middleham – gesehen hatte, er war gewachsen und war breiter in den Schultern geworden. Das schmächtige, immer kränkliche Bürschchen schickte sich an, ein Mann zu werden. Sieh an, dachte Clarence. Mein kleiner Bruder. Wie der Rest der Familie hatte Clarence Richard nie ganz ernst genommen – ein kleiner, schwacher Junge, von dem jeder glaubte, dass er früh an irgendeiner Krankheit sterben würde. Aber der kleine Junge hatte sich entwickelt, er hatte hart trainiert und an sich gearbeitet und stand jetzt hier, immer noch verschlossen und melancholisch, immer noch so aussehend, als gehöre er – nur mittelgroß und dunkelhaarig – eigentlich nicht in diese Familie von großen, blonden und fröhlichen Brüdern. Verzeih, Cicely, dachte Clarence grinsend in Gedanken an seine Mutter, aber ob er nicht doch ein Fehltritt war?

»Tut gut, dich zu sehen«, sagte er und legte dem Bruder den Arm um die Schulter, »an diesem Hof voller Woodvilles ein freundliches Gesicht.«

Erstaunt zog Richard die Augenbraue einen Augenblick hoch.

Nie hatte sich Clarence sonderlich viel aus ihm gemacht oder ihm Beachtung geschenkt. Er zögerte einen Moment.

»Ich habe mich immer gefreut, dich zu sehen, George«, sagte er dann. Gemeinsam machte sich das ungleiche Brüderpaar an den Ställen zur Linken vorbei auf den Weg zum Wohnturm. Eine Magd kreuzte ihren Weg, sie trug zwei Kannen und lächelte Clarence zu. Der sah ihr hinterher. Was ist mit Frauen, dachte er dann, mein kleiner Bruder, er ist alt genug. Ich war in seinem Alter nicht mehr unschuldig. Er lächelte einen Augenblick in Gedanken versunken. Edward – der verfluchte Edward –, da wette ich mein Seelenheil drauf, auch nicht. Aber Richard ist anders. Vielleicht hat Warwick Recht und es ist höchste Zeit, diese Karte ins Spiel zu werfen. Kumpelhaft verstärkte er seinen Griff um Richards Schulter.

»Alle Wetter, Richard, ist das ein Muskel!«, rief er dann scheinbar erstaunt, »du musst die letzten zwei Jahre hier auf dem Übungsplatz verbracht haben!«

Ein seltenes Lächeln huschte über Richards Gesicht. »Mir kommt es so vor, ja. Und jedenfalls hatte ich nicht so viel anderes zu tun.«

Ich hab dich schon fast da, wo ich dich haben will, mein Junge, dachte Clarence.

»Du willst mir doch nicht etwa erzählen, dass du das öde Leben in den Hochmooren vermisst? Schloss Middleham, wo es nichts gibt als Nebel und Regen?«

Richard lachte. »Davon haben wir auch hier genug. Aber ernsthaft, George, Edward hat mich an den Hof geholt, und ich weiß nach wie vor nicht, warum. Zu tun habe ich nichts, im Rat habe ich nichts zu sagen.« Er machte eine Pause, »und von Edward sehe ich auch nicht viel. Warum bin ich hier?«

»Vielleicht, weil unser königlicher Bruder nicht wollte, dass deine Bande zu Warwick noch stärker werden, Richard. Edward ist neidisch und, um ehrlich zu sein, mir gefällt es nicht, wie er Warwick behandelt. Er hat ihn auf den Thron gesetzt, und kaum hat er das getan, lässt der hochehrenwerte Edward ihn fallen.«

»Edward ist König aufgrund seiner Abstammung, nicht weil es Warwick gefällt.«

»Du hast natürlich Recht«, antwortete Clarence und ließ das Thema rasch fallen. Die Abstammung! Das war auch seine Abstammung. Ich bin der Nächste in der Thronfolge, dachte Clarence, Könige können im Kampf fallen und mit Graf Warwick an meiner Seite ... Aus dem verlassen daliegenden hinteren Teil der Burganlage erreichten die Brüder den Vorhof. Hier wimmelte es von Menschen. Knechte schleppten Feuerholz hin und her, Mägde trugen Wasser vom Brunnen in die Küche, aus der Küche stieg seit Tagen der Rauch der Kochfeuer in den Himmel, Vorbereitungen für das große Weihnachtsfest. Ein Junge lief so dicht an ihnen vorbei, dass Clarence fast gestolpert wäre. Er fluchte. »Wie viele Leute stehen sich hier eigentlich gegenseitig im Weg herum?«

»Genug«, meinte Richard knapp.

»Betreibt ein bisschen viel Aufwand, unser Bruder, nicht wahr?« Richard grinste, George, der einen ebenso großen Hang zu Luxus und gutem Leben hatte wie Edward, nur eben nicht so viel Geld, musste gerade über den Aufwand schimpfen!

»Du wirst doch allein ein Fass Wein austrinken!«

Clarence lachte. »Das werde ich wohl, anders ist dieser verdammte Woodville-Hof und das zierliche Geplapper der zu höchsten Ehren aufgestiegenen Witwe Ferrers, die jetzt Königin Elisabeth ist, ja auch nicht auszuhalten. Aber ich könnte mir auch vorstellen, dass du die Witwe heute kaum sehen wirst. Du wirst nur Augen für eine gewisse andere Person haben, oder?« Er blinzelte Richard verschwörerisch zu.

»Wen meinst du?«

Mit dem Kinn deutete Clarence auf einen Wagen, der soeben von fluchenden Knechten in einen offenen Unterstand gezogen wurde. Er trug das Wappen des Grafen Warwick. »Lady Anne ist angekommen«, sagte er und sah seinen Bruder genau an. »Und erzähl mir bloß nicht, dass dich das kalt lässt! Ich bin dein großer Bruder!« Er lachte und versetzte Richard einen spielerischen

Faustschlag. Der stand und betrachtete den Wagen. Anne war hier?

»Gib es ruhig zu«, grinste Clarence, »die kleine Anne lässt dich nicht kalt, hm? Tja, den Grafen Warwick hättest du da auf deiner Seite ...«

»Edward«, sagte Richard mit stockender Stimme, »hat dir verboten, Lady Isabell zu heiraten. Warum sollte er mir also erlauben –«

»Ja, ich sage es ja«, sagte Clarence, »Edward hat nur sein Eigeninteresse im Sinn. Pass nur auf, dass er dich nicht mit einer weiteren Schwester oder Cousine der Königin verheiratet, Richard.« Und mit diesem abschließenden Satz versetzte er seinem Bruder einen weiteren leichten Schlag gegen das Kinn, winkte ihm zu und verschwand in Richtung des Wohnturms. Richard stand noch einen Moment da und dachte nach. Heiraten? Eine Woodville? Anne? Lieber Anne als irgendeine andere, aber das war aussichtslos. Oder? Er schüttelte die Gedanken ab und wandte sich zur Küche. Er war durchgefroren, heißer Wein würde auch ihm gut tun. Langsam ging er auf den Wärme versprechenden Feuerschein, der aus der Küche leuchtete, zu und dachte nicht weiter darüber nach, warum Clarence, der ihm nie besondere Beachtung geschenkt hatte, sich plötzlich als großer Bruder und Freund aufspielte.

Als Anne erwachte, war es bereits dunkel. Einen Augenblick lang lag sie blinzelnd in der Dunkelheit und versuchte sich an den Traum zu erinnern, den sie gehabt hatte, aber es blieb bei einem nur momentanen Aufblitzen von Bildern. Anne seufzte und schmiegte sich tiefer in die Decken. Wo war Isabell? War sie schon aufgestanden? Es dauerte einen Moment, bis sie sich erinnerte, dass Isabell weit weg und sie selbst am königlichen Hof in Coventry war. Der königliche Hof! Weihnachten! Das Festessen! Mit einem Ruck setzte sie sich auf.

»Anka?«, rief sie. Wo steckte die Dienstmagd? »Anka?«

Das Feuer war fast heruntergebrannt, im letzten Aufglimmen der Scheite sah sie die Umrisse der Möbelstücke, Schatten flatterten über die Wände. Unheimlich. Energisch versuchte Anne sich ins Gedächtnis zu rufen, dass sie mit ihren zwölf Jahren immerhin fast erwachsen war, dass ihr Vater es ihr zutraute, die Familie hier zu repräsentieren. Ein Geräusch von der Tür ließ sie zusammenfahren. Feigling, schalt sie sich selbst, aber sie konnte sich nicht dazu durchringen, die schreckgeweiteten Augen von der Tür zu wenden oder gar das Bett zu verlassen.

Die Tür öffnete sich, ein Lichtschein drang ins Zimmer. Im flackernden Licht erkannte Anne die vertraute Gestalt Ankarettes. Erleichtert atmete sie auf.

»Wie kannst du mich so erschrecken?«

Ankarette stellte den Leuchter auf den Tisch und ging daran, das Feuer erneut zu schüren.

»Aufgewacht, Mylady? Das wurde Zeit. Unten versammeln sich schon die ersten Gäste. Kommt aus dem Bett, rasch.«

Mit einem Satz sprang Anne aus den warmen Decken und schauderte, es war empfindlich kalt. Am Waschtisch goss Ankarette Wasser in die bereitstehenden Schüsseln.

»Nun kommt! Wollt Ihr ewig da stehen bleiben?«

Zitternd vor Kälte oder Aufregung, sie wusste es selbst nicht genau, setzte Anne sich in Bewegung.

Vielleicht eine halbe Stunde später stand sie, fertig angezogen und frisiert, am Eingang zur großen Halle. Die Türen öffneten sich vor ihr und mit einem letzten tiefen Atemholen trat Anne ein. Und blieb sogleich wieder stehen.

Vom goldenen Licht unzähliger Kerzen und Feuer erleuchtet lag die Halle vor ihr. Sie war nicht so groß wie die der heimatlichen Burg Middleham, aber unvergleichlich kostbarer ausgestattet. Jeder Zoll der Wände war mit Teppichen bedeckt, die langen Tische waren mit prächtigsten Gedecken ausgestattet und schienen bereits voll besetzt zu sein mit lachenden Festgästen.

Unzählige Diener waren damit beschäftigt, Wein auszuschenken, die Feuer in Gang zu halten und die Gäste mit Essen zu versorgen. Immer wieder trugen sie Fleisch, Brot und Früchte herbei. In der Mitte spielten Musiker zum Tanz auf, aber bisher war der Platz zwischen den Tischen noch leer, man war offenbar noch zu beschäftigt mit dem Essen. Die Luft war erfüllt von Wärme, Gelächter, Gemurmel und Musik.

König Edward saß in lässiger Haltung und einem glänzenden Seidenwams in der Mitte des Tisches am Kopfende des Raumes. Neben ihm, prächtig angetan in einem weißen bestickten Kleid, das Haar offen unter einem nicht weniger kostbaren Schleier über die Schultern fallend und geschmückt mit unzähligen Ringen, Ketten und Edelsteinen, saß Königin Elisabeth. Anne schluckte. Sie selbst musste, so dachte sie, in ihrem betont schlicht gehaltenen roten Samtkleid und mit nur locker hochgesteckten Haaren wie eine ärmliche Verwandte wirken. Einen Augenblick lang biss sie sich wütend auf die Lippen. Warum hatte sie, entgegen des Rats Ankarettes, auf jeden Schmuck verzichtet?

Isabell hätte sicher anders gehandelt. Entschlossen warf sie den Kopf in den Nacken. Sie war nicht Isabell.

Ein Diener kam auf sie zu.

»Mylady? Darf ich Euch zum Tisch des Königs bringen?«

Anne nickte kurz und folgte dem Mann durch die Halle. Im Näherkommen konnte sie Einzelheiten ausmachen, grüßte den einen und anderen ihr bekannten Adeligen und Ritter. Wo waren die Verwandten der Königin, die verhassten Woodvilles? Mit Erstaunen stellte Anne fest, dass kaum einer von ihnen anwesend zu sein schien – außer Anthony, der, ganz in Schwarz gekleidet, am hohen Tisch neben seiner Schwester saß, sein übliches hochmütiges Lächeln auf den Lippen und leise und vertraut mit Elisabeth redend. Neben ihm saß Margarete, des Königs Schwester, auf deren blondes Haar das Feuer kleine goldene Glanzlichter setzte. Sie lauschte ihrem Tischherrn, der, ebenso blond wie Edward und sie, in leuchtendes Blau gekleidet war und vor Charme nur zu sprühen schien. Erst als er aufsah und nach mehr

Wein rief, erkannte Anne Clarence. Zur anderen Seite des Königs – ihr Schritt stockte; da saß Richard.

Sie bemerkte sein scheues Lächeln, das stets nur ihr zu gelten schien. Über seinen Weinbecher hinweg sah er sie an. Da war er: der vertraute Komplizenblick. Augenblicklich fühlte Anne sich sicher in dieser Halle. Die Augenbrauen kurz hebend, gab sie ihm den Blick zurück und sank, vor dem Tisch angekommen, in einen tiefen Hofknicks.

»Lady Anne«, rief Edward, eilte zu ihr und hob sie auf, »die Tochter meines liebsten Verbündeten und Freundes, der leider nicht hier sein kann, soll nicht vor mir knien.«

Im Aufstehen bemerkte Anne den Blick Elisabeths. Wenn es nach ihr ginge, könnte ich eine Stunde knien, dachte sie, auch wenn sie keine Hexe ist, ein böses Weib ist sie ganz sicher.

»Habt Dank, mein König«, antwortete sie.

»Ihr seid schon ganz eine junge Dame, Lady Anne«, ließ sich Elisabeth vernehmen. »Groß ist sie geworden und erwachsen, nicht wahr, Anthony?«

Und eine dumme Kuh ist sie obendrein, dachte Anne, ich bin kein Kind mehr!

»Das ist sie«, lächelte Anthony, »und bald wird man ihre Schönheit landauf und landab preisen. Es wird Zeit, dass ihr sie an den Hof holt, Elisabeth.«

»Ein guter Einfall. Anne, was hieltet Ihr davon, meine Hofdame zu werden?«

Annes Blick folgte der leichten Kopfbewegung der Königin. Hinter dem Tisch, sah sie, knieten in einer Reihe mit gesenktem Kopf die Hofdamen. Anne schluckte. Wer weiß, wie lange Elisabeth sie dort schon in dieser Stellung verharren ließ! Eher miste ich die Ställe aus, dachte sie, als diesem machtgierigen Weib zu dienen!

»Eine Ehre, meine Königin, aber Arrangements meine Zukunft betreffend müssen mit meinem Vater besprochen werden.«

Und der, setzte sie in Gedanken hinzu, wird den Teufel tun und mich in deine Obhut geben!

»So bleibt uns also vorerst nichts als die Hoffnung«, begann Elisabeth, doch Anthony fiel ihr ins Wort: »... dass Ihr Euch wenigstens zu uns setzen werdet. Darf ich um das Vergnügen bitten?« Lächelnd streckte Anthony die Hand aus.

»Diese Hoffnung liegt bei mir«, sagte Edward lächelnd, »verzeiht, Schwager. Teile ich schon die Aufmerksamkeit meiner Frau mit Euch, so möchte ich Lady Annes Gesellschaft heute für mich. Erweist mir und meinem Bruder Richard die Ehre.«

Diener schoben ihren Stuhl zurecht. Mit klopfendem Herzen und raschelndem Kleid nahm sie zwischen Edward und Richard Platz.

Richard hatte sie sofort gesehen, als sie die Halle betrat. Da stand sie, seine Spielkameradin, seine Vertraute, mit ihr verbunden die Erinnerung an glückliche Tage in Middleham. Ihre hochgesteckten Haare sahen aus, als wäre sie gerade erst vom Pferd gestiegen – was ihr, wie er wusste, durchaus zuzutrauen gewesen wäre –, das rote Kleid umspielte ihre Figur und sie bewegte sich mit derselben katzenhaften Geschmeidigkeit wie früher. Allein an ihrem Gang, diesen fließenden Bewegungen, unterbrochen von nur kurzem Zögern der Schritte, als traue sie der Festigkeit des Bodens nicht, hätte er sie überall erkannt. Richard lächelte still vor sich hin. Sie war noch zu weit entfernt, um es sicher sehen zu können, aber er hätte alles, was er besaß, einschließlich seines Pferdes, darauf verwettet, dass sie keinen Schmuck trug. Sie hatte das stets abgelehnt, erinnerte er sich. Sein Blick fiel auf Elisabeth, die sich soeben vorbeugte. Ihr kunstvoll in Locken gelegtes Haar fiel über ihre Schultern, an ihrer Hand, die sie ihrem Mann zum Kuss hinhielt, glitzerten zahllose Ringe.

Wie anders wirkte gegen den Prunk dieser Königin doch Anne! Richard hatte sich zwei Jahre lang nach der Einfachheit des Lebens im Norden gesehnt. Jetzt war ihm, als rieche er den Geruch der fernen Moore. Mit Annes Eintreten schien die Farbe des Raums zu wechseln. Er blickte ihr entgegen. Vielleicht ging sie eine Winzigkeit steifer als früher, aber im Aufblitzen ihrer

Augen erkannte er ihr altes Wesen sofort. Sie setzte sich auf Edwards Wunsch neben ihn und er war davon überzeugt, dass sogar ihr Kleid ganz besonders und anders raschelte als die Kleider aller anderen Frauen.

Inzwischen waren weitere Musiker eingetroffen. Die Verstärkung der Kapelle war, bei dem Stimmengewirr und Lärm in der Halle, auch notwendig. Anne nahm einen Schluck Wein, um ihrer Nervosität Herr zu werden, und bediente sich eben von der Platte Fleisch, die ihr ein Diener hinhielt, als Edward sich zu ihr wandte.

»Wie geht es Eurem Vater, Lady Anne«, fragte er und Anne ließ vor Überraschung und Nervosität die Vorlegegabel fallen. Hell klirrte sie auf den Boden. Anne errötete, ihr wurde heiß.

»Wie ungeschickt von mir! Entschuldigt!«

In Middleham hätte sie sich ohne weitere Umstände unter den Tisch gebückt, aber hier? Wo sie gerade der König angesprochen hatte? Damenhaftes Benehmen, dachte sie, aber wie benahm sich eine Dame in dieser Situation? Auf alles bist du vorbereitet und dann versagst du in den ersten Minuten, schalt sie sich wütend. Richard hob das Besteck vom Boden auf und legte es ruhig neben ihren Teller, wo es sogleich von einem Diener entfernt wurde. Anne war erleichtert, sie wollte sich zu ihm wenden und ihn dankend anlächeln, aber in dem Moment sprach Edward schon wieder mit ihr und vor Überraschung verschluckte sie sich und fing an zu husten.

Richard nahm ihre Unsicherheit wahr, während Edward unverhohlen lachte. »Wer darf klopfen, Lady Anne«, fragte er, »bevorzugt Ihr mich oder Richard?«

Vor lauter Verlegenheit hustete Anne weiter.

»Ich übernehme das«, sagte Richard, »mit deiner Erlaubnis.« Und auf ein Nicken des Königs hin legte er Anne sanft die Hand auf den Rücken, er fühlte den Samt des Kleides weich an seiner Hand, dann die Spitzen, die den Rückenausschnitt einfassten und – gestärkt wie sie waren – seine Handfläche kitzelten, darüber die Glätte der Haut ihres Rückens. Sie war erhitzt. Oder war es seine Hand, die feucht war vor Aufregung? Ein, zwei Mal klopfte er ihr sanft auf den Rücken.

»Es geht schon«, sagte Anne leise. »Danke.« Sie schickte einen Hilfe suchenden Blick zu Richard. Keine Sorge, antworteten seine Augen. Alles in Ordnung, du schaffst das schon.

»Wenn Ihr Euch von Eurem Husten erholt habt, Lady Anne«, sagte Edward, »sprecht. Wie geht es dem Grafen?« Richard schob ein Stück Fleisch von einer Seite des Tellers auf die andere.

»Es geht ihm gut, mein König, und er wäre gern hier gewesen, aber dringende Geschäfte …«

»Ja«, ließ sich Elisabeth vernehmen, »dringende Geschäfte, aber wenigstens haben wir Euch hier, Anne. Unser Fest kann sich zwar nicht ganz mit dem Prunk der Amtseinsetzung Eures Onkels als Erzbischof von York messen, aber es ist doch …«

Richard richtete, nur für Anne bestimmt, die Augen zum Himmel.

»Prunkvoll genug, liebe Schwägerin«, fiel Clarence Elisabeth ins Wort. »Tatsächlich.«

»Über zwanzig Ochsen«, sagte Elisabeth und neigte lächelnd den Kopf, »und so viele Fässer Wein, dass ich sie nicht mehr zählen kann.« Sie machte eine Kunstpause. »Wir wollten, dass es Euch an nichts mangelt, lieber Schwager.«

»Nadelstichpolitik«, flüsterte Richard an Annes Seite. »Wenn du am Sticktisch je so feine Stiche machen kannst, wirst du wirklich Elisabeths Hofdame.«

»Ich gebe mir Mühe, es nicht zu lernen«, flüsterte sie zurück. Richard lächelte. Es war ein Einverständnis, als ob es nie drei Jahre Trennung gegeben hätte.

»Bescheidenheit ist eine Zier«, grinste Anthony mit gesenktem Kopf.

»Eine Zier, Lord Scales«, sagte Clarence, aber was er weiter sagen wollte, ging in der jetzt laut einsetzenden Musik unter. Wahrscheinlich besser so, dachte Anne, was für ein Wespennest! Keine halbe Stunde halte ich das aus!

Ein Wespennest, wie immer, dachte Richard, diese ewigen Sticheleien, wie halte ich das nur aus?

»Hört, hört«, sagte Clarence, den ersten Takten der Musik hinterherlauschend. »Eine Basse Danse.« Er hob sein Weinglas. »Auf Burgund und die burgundischen Tänze, nicht wahr, Lady Margarete? Lady Anne?«

»Vorsicht, Anne, Anspielung«, murmelte Richard. Er wusste nicht, inwieweit Anne über Burgund und den politischen Zündstoff, der in der Erwähnung des Herzogtums lag, informiert war. Schließlich ging der Streit mit ihrem Vater darum: Sollte England sich mit Burgund oder mit Frankreich verbünden? Anne hätte auch ohne ihn begriffen, aber vielleicht nicht schnell genug reagiert. Sie neigte dankend den Kopf und antwortete in möglichst neutralem Ton: »Ich wusste nicht, dass die Basse Dance aus Burgund stammt. In jedem Fall: Ich mag sie.«

»Dann macht mir die Freude«, sagte Clarence und erhob sich lächelnd. »Mit Eurer Erlaubnis, Edward?« Sekunden später schritt Anne an Clarences Arm im langsamen Takt des Tanzes in die Mitte des Raumes. Anthony und Margarete und weitere Paare folgten, binnen kurzem wurde es voll zwischen den Tischen. Clarence hielt Anne ein wenig zu fest.

»Anne, wie geht es Isabell?«, fragte George nach einer ersten Drehung und sah ihr fest in die Augen.

»Es geht ihr gut, ich soll dich grüßen.«

»Nur grüßen?«

»George, wenn du glaubst, dass ich hier in dieser Situation für euch den Liebesboten spiele! Was sollte überhaupt diese Anspielung auf Burgund? Dass ich hier bin, ist eine Versöhnungsgeste, mach's mir doch nicht noch schwerer!«

»Verdammter Woodville-Hof«, sagte Clarence voller Verachtung, »man darf sich auch nicht zu leicht versöhnen, Anne, glaub mir. Dein Vater würde das Gleiche sagen.«

»Blödsinn!«, rief sie, »halt zumindest mich da raus! Vater hat ausdrücklich gesagt, ich soll nur lächeln! Drei Mal hat er mir das gesagt!«

Clarence lachte. »Dein Vater kennt dich gut, Miss Schwatzmäulchen. Aber sicher hat er dir nicht gesagt, du sollst nur Richard anlächeln. Eure stumme Zwiesprache ist kaum zu übersehen!«

Am liebsten hätte sie ihn auf der Tanzfläche stehen lassen, aber das war nun ganz sicher kein damenhaftes Benehmen.

Als Anne nach Stunden am Tisch des Königs von einem Diener zu ihren Gemächern geleitet wurde, war sie todmüde, aber von den Ereignissen so aufgewühlt, dass sie abermals davon überzeugt war, nicht schlafen zu können. Ankarette erwartete sie im Schein einer Kerze, um ihr beim Auskleiden behilflich zu sein. Ihre Füße schmerzten, ihr Kopf tat dort, wo die Nadeln die Frisur hielten, weh, ihre Augen tränten. Einen Augenblick blieb Anne an die geschlossene Tür gelehnt stehen und genoss die Ruhe und Dunkelheit des Zimmers nach der rauchigen und lärmenden Gesellschaft in der großen Halle. Für kurze Zeit gab sie sich ganz dem Gefühl von Wärme in ihrem Herzen hin. Sie lächelte, dann streifte sie die Schuhe von den Füßen und machte drei rasche, beschwingte Tanzschritte auf Ankarette zu.

»Nun, Mylady?«, fragte die Dienerin. Anne begann leise zu summen. Dann sagte sie: »Anka, er hat sich kein bisschen verändert.«

Im Spiegel sah sie die Dienerin schmunzeln. Scheu gab Anne ihr ein Lächeln zurück, was sich in ihrem ganzen Körper auszubreiten schien und sie auch nicht verließ, als sie sich kurze Zeit später unter der Decke ausstreckte.

Richard stand im Burghof. Das musste Annes Fenster sein. Er sah oder bildete sich ein zu sehen, wie der schwache Lichtschein schließlich verlosch, das Licht einer Kerze, ausgelöscht von Ankarette, die, wie immer, für Anne sorgte. Gut, dachte Richard, schlaf süß! Auch er lächelte. Er wusste nicht, was ihn gerade glücklicher machte, die Wiederbegegnung mit Anne oder Edward, der ihn kurz vor dem Schlafengehen zurückgehalten hatte.

»Richard«, hatte er gesagt und dem Bruder dabei zugelächelt, »Lady Annes Eskorte ist eindeutig zu klein. Ich finde, jemand sollte sie begleiten und beschützen. Außerdem will ich Warwick zur Sitzung des Staatsrats im Januar laden, ich muss ihm einen Boten schicken. Ich will dich sicher nicht für einfache Botengänge missbrauchen, aber – es wäre ratsam, das eine mit dem anderen zu verbinden.« Edward hatte ihm zugeblinzelt. Vielleicht hatte Richard sich in diesem Moment zum ersten Mal seit seinem Aufenthalt am königlichen Hof wirklich gefreut.

»Ich fühle mich nicht als Bote missbraucht, mein König«, hatte er geantwortet. »Selbstverständlich werde ich Lady Anne begleiten und Eure Einladung an den Grafen überbringen.«

Edward hatte ihm auf die Schulter geschlagen.

»Dann ist das also abgemacht.«

Musik und Tanz waren noch weitergegangen. Anne hatte sich zurückgezogen – er konnte sich vorstellen, dass das ungewohnte Hofbenehmen sie noch mehr ermüdet hatte als die Reise hierher. Er hatte sich danach gesehnt, zu gehen und vom Hof aus einen Blick zu ihrem Fenster hinaufzuwerfen, aber noch war das nicht möglich. Er konnte nicht gehen, bevor der König sich zurückzog. Endlich gähnte Edward lange. »Alle Wetter, bin ich müde«, meinte er und dann kam – ersehnt von Richard – die königliche Handbewegung und Edward erhob sich. Wie ein Mann standen die Gäste des Fests auf. Edward winkte ab.

»Gute Nacht, Clarence. Anthony. Richard«, sagte er. »Ihr bringt die kleine Anne dann also sicher nach Hause. Sehr gut. Ich freue mich, dass ich mich auf dich verlassen kann. Kommt Ihr, Elisabeth?«

König und Königin verließen die Halle. Richard glaubte zu sehen, wie Elisabeth ihrem Gatten einen zutiefst missbilligenden Blick zuwarf, aber das war ihm nun wirklich gleichgültig.

Reise nach Middleham

Eilig führten die Knappen die Pferde unter das Dach der windschiefen Scheune. Anne strich die Kapuze ihres Reiseumhangs nach hinten und schüttelte ihr Haar. Misstrauisch beäugte sie das Dach über ihr. Sehr stabil und vertrauenerweckend wirkte es zwar nicht, aber immerhin schien es dicht zu sein: Der Boden war trocken. Wenn bisher kein Wasser eingedrungen war, dann wohl hoffentlich auch jetzt nicht, dachte sie. Himmel, was für ein Regen! Sie zitterte in ihren durchnässten Sachen. Der zweite Tag der Reise hatte bisher unter keinem guten Stern gestanden. Erst war die Kutsche, in der sie sich erneut zu reisen weigerte, durch ein Schlagloch gefahren, dann war die Achse gebrochen und schließlich hatten sie das Gefährt mit sich führen müssen, bis sie am Vormittag ein Dorf erreichten, in dem es repariert werden konnte.

Endlich gibt es keine sinnlosen Diskussionen über mein Reiseverhalten mehr, hatte Anne gedacht und darauf bestanden, die Reparatur nicht abzuwarten, sondern weiterzureiten. Der Wagen könne später abgeholt werden, meinte sie und hatte mit diesen Worten einen Verbündeten in Richard gefunden, der ebenfalls gegen einen längeren Aufenthalt war. So sehr er die Zeit mit Anne genoss, reisen war unsicher, Überfälle an der Tagesordnung. Er wollte Anne sicher in Middleham wissen. Während Richard und John, der bisherige Anführer der Reisegesellschaft, noch über das weitere Vorgehen berieten, war der Himmel aufgerissen; strahlender Sonnenschein gab den Ausschlag und sie ritten weiter. Seitdem saß auch Ankarette mit verkniffenem Mund auf einem Pferd, während Anne, immer wenn sie die Dienerin ansah, lächelte. Sie wusste, dass deren Kopf sicher voll war mit Ermahnungen über »das Benehmen einer Lady«. Wahrscheinlich betrachtete sie das Unwetter als gerechte Strafe. Anne seufzte. Jetzt hätte sie die Kutsche tatsächlich gern gehabt.

Der Regen hatte sie überrascht und war mit solcher Gewalt losgebrochen, dass keine Zeit blieb, einen besseren Unterschlupf als diese Scheune zu finden. Es waren nur einige Meilen, nachdem sie das Dorf verlassen hatten, als sich der Himmel plötzlich zugezogen hatte und binnen Minuten schwarz geworden war. Der Regen hatte die Straße in einen Bach aus Matsch verwandelt, vom Wind losgerissene Äste peitschten über den Weg. Weit und breit war nichts zu sehen, was Schutz geboten hätte. So ritten sie weiter, stemmten sich gegen den Sturm und hofften, dass sie bald einen Unterschlupf finden würden. Richard hatte Annes Pferd am Zügel genommen und es durch das Unwetter hindurch geführt. Wenn sie ihn verstohlen von der Seite her ansah, bemerkte sie die enorme Anstrengung in seinem jungen Gesicht, seinen verkniffenen Mund. Einmal fing er ihren Blick auf und lächelte ihr zu, um ihr Mut zu machen. Anne war müde, nass und erschöpft, aber sie gab sich Mühe, sein Lächeln zu erwidern. Dann zerriss ein Blitz das Schwarz des Himmels und ihr Pferd scheute. Sie musste alle Kraft aufwenden, um im Sattel zu bleiben, und war froh, dass Richard die Zügel festhielt – sie hätte das Tier, wäre es durchgegangen, nicht wieder in ihre Gewalt bringen können.

Richard rief etwas, aber der Wind war so stark, dass sie nichts verstand. Trotzdem nickte Anne. Sie wollte nicht schwach vor ihm erscheinen, sie wollte das alles durchstehen. Sie hatte keine Ahnung, wie viel Zeit vergangen war, als der Trupp endlich hielt und Richard sie in diese Scheune, ins Warme, führte. Ihre Kleidung hatte keinen Schutz mehr gegen Regen und Kälte geboten. Grafentochter, dachte sie und hob ihren Kopf. Haltung zeigen! Sie sah sich um, obwohl sie sich am liebsten einfach ins warm duftende Heu hätte fallen lassen.

Im hinteren Teil der Scheune gab Richard leise Anweisungen. Die Knappen begannen, die Pferde abzusatteln und mit dem herumliegenden Stroh trockenzureiben. Ankarette näherte sich Anne. »Ihr müsst aus diesen nassen Sachen heraus, Mylady. Ihr holt Euch den Tod.« Versteckt hinter einer Wand aus Heuballen entledigte Anne sich mit Ankarettes Hilfe ihrer vom Regen schweren Kleidung, ließ sich von der Dienerin abreiben und legte ein neues Gewand an – der Himmel mochte wissen, wie Ankarette es geschafft hatte, das Gepäck ihrer Herrin trocken zu halten. Anne fühlte sich fast augenblicklich wohler. Sie band ihr nasses Haar zusammen und trat aus ihrem Versteck hervor. Richard sah sie sofort und winkte ihr. Auf seine Anweisung hin war ein Feuer entzündet worden, Anne genoss die wohlige, sich ausbreitende Wärme.

»Setz dich her«, sagte Richard, »du erkältest dich sonst.«

Im Schein der Flammen erkannte sie, dass er noch immer dieselben nassen Sachen trug.

»Und du?«

»Ich ziehe mich gleich um«, lächelte Richard und setzte sich neben sie. »Nur einen Moment.«

Eine kleine Pause entstand.

»Unbequem, nicht wahr?«

»Ja«, gab Anne zu. »Weißt du noch? Ich wollte immer reisen …«

»Du hast immer geweint, wenn dein Vater losritt und dich nicht mitnahm.«

»Ich habe nicht geweint«, erwiderte Anne pikiert.

»Und wie!«

Sie lächelten beide.

»Jetzt wünsche ich mir allerdings gerade, zu Hause zu sein.«

»Wegen des Regens?«

Sie nickte. »Nur wegen des Regens«, sagte sie leise.

»Du findest es ungemütlich?«

»Eigentlich nicht. Ich weiß auch nicht.« Unter seinem Blick wurde sie rot. Warum wurde sie jetzt rot? Es war doch so einfach, mit Richard zu reden. Genau so einfach wie immer. Aber war alles noch wie immer? Sie deutete mit dem Kinn auf die Feuerstelle. »Wie hast du das hinbekommen?«

Richard zuckte die Schultern. Die zwischen ihnen entstehende Pause war erfüllt von Verlegenheit, aber einer Verlegenheit, die doch vertraut erschien und die beide als angenehm empfanden. Eine Verlegenheit voller gespannter Erwartung. Anne war sicher, dass sie dergleichen noch nie empfunden hatte.

»Es riecht gut hier«, sagte sie, um irgendetwas zu sagen.

»Ja«, antwortete Richard. »Es riecht nach Heu und nach Regen. Nach Feuchtigkeit in der Luft und –«

»Und?«

Er zuckte die Schultern und blickte zur Seite.

»Und?«, drängelte sie. Der kurze, seltsame Verlegenheitsmoment war vorüber. Richard zuckte die Schultern und blickte zu Boden. Sie stieß ihn in die Seite. »Und?«, wiederholte sie und da blickte er auf.

»Und nach deinem Haar«, sagte er.

Sie wusste nicht, was sie antworten sollte. Richard warf einen weiteren Zweig in die Flammen und nahm sofort den Faden wieder auf, als wüsste er um ihre Gefühle aus Spannung, Vertrautheit, Erwartung und Angst und wolle ihr über den Moment hinweghelfen. »Fast wie früher, nicht wahr? Ein bisschen.«

Anne lachte und nahm die leichtere Stimmung, die er mit den Kindheitserinnerungen vorgab, sofort und erleichtert auf. »Ja, aber als wir uns in der Burg vor dem Priester, meinem Vater oder dem Knappenmeister versteckt haben, hatten wir kein Feuer. Und viel mehr Angst – ich zumindest.«

»Du? Du hast in deinem Leben doch nie Angst gehabt. Du warst immer die furchtlose kleine Anne.«

Einen Augenblick lang lächelten sie sich, in gemeinsame Kindheitserinnerungen versunken, an.

»Und wir hatten damals auch mehr Zeit als heute«, sagte Richard in leicht verändertem Ton. Anne fühlte einen kleinen Stich und wandte ihr Gesicht ab. Das Feuer setzte kleine Glanzlichter auf ihr Haar.

»Sicher, wir haben es eilig. Du willst bestimmt rasch zum Hof zurück.«

»Zum Hof? Nein«, er lachte leise und dann nahm er ihre Hand. Anne fühlte, wie sich ihr Rücken etwas versteifte, spürte ein Gefühl aus Angst und Glück und Hoffnung.

»Ich will, dass du sicher in Middleham ankommst«, fuhr Richard fort und schaute auf ihre Hand in seiner, als könne er nicht glauben, dass er sie hielt. »Zum Hof will ich sicher nicht zurück. Das ist nicht das Leben, das ich führen möchte. Nur habe ich derzeit keine Wahl.«

»Und welches Leben willst du führen?«, fragte Anne, und dann, während er sinnend ins Feuer sah und das Schweigen zwischen ihnen wieder größer und bedeutungsvoller wurde, wurde ihr erst klar, was sie da gefragt hatte. Und wie wichtig ihr seine Antwort war. Gespannt saß sie da und wartete. Richard schwieg noch immer. Aus dem Hintergrund der Scheune drang ein Lachen zu ihnen. Wehe, dachte Anne wütend, wenn uns jetzt jemand stört, Ankarette, wage es nicht, jetzt aufzutauchen, oder John oder wer auch immer!

Aber niemand störte. Niemand kam. Richard hielt ihre Hand und alle schienen zu wissen, dass sie jetzt nicht mit Fragen nach der Versorgung der Pferde, Fragen nach der Weiterreise kommen durften. Wie in einer der Geschichten, die ich gelesen habe, dachte Anne. Ein Schutzwall liegt um uns. Keiner kann uns sehen.

»Ich möchte in Middleham leben«, sagte Richard, »oder jedenfalls im Norden. Burgherr sein, meine Ritter, wenn es sein muss, für meinen König in die Schlacht führen, das Land bestellen und ein guter und gerechter Richter sein. Ich möchte keine Turniere und Eitelkeiten und kichernde, gezierte Hofdamen. Ich will meine Pflicht tun, für meine Anvertrauten sorgen und« – er brach ab.

Und?, dachte Anne, und weil er nicht weitersprach, aber ihre Hand immer noch hielt und ihre Handfläche streichelte, wagte sie es zu fragen. »Und?«

»Dich bei mir haben«, sagte Richard und sprang, über sich

selbst erschrocken, so plötzlich auf, dass Ankarette jetzt doch herüberguckte. Aber sie kam nicht.

»Ich werde Anweisungen wegen des Essens geben. Ich denke, wir müssen hier eine Weile bleiben. Wir können auf diesem Feuer sicher kochen. Du brauchst etwas Warmes.«

Sie sah ihm nach, als er sich entfernte. Anweisungen wegen des Essens! Seine rechte Schulter, sah sie, war etwas kräftiger als die linke, das kam sicher vom Training mit der Streitaxt. In ihrer Hand hatte sie immer noch das Gefühl der seinen und in ihrem ganzen Körper klang noch der Satz »Dich bei mir haben«. Anne lächelte. Ein paar Schritte entfernt hängte Ankarette ihre nasse Kleidung zum Trocknen über ein paar Heuballen, und still summte die Dienerin vor sich hin.

Nach einem kargen Essen aus mitgeführten Vorräten – Richard hatte es vermieden, zu nah bei Anne zu sitzen, in seiner ruhigen Art hatte er Befehle erteilt, nach Pferden und Knappen gesehen und sich schließlich, um den morgigen Ritt zu besprechen, zu John gesetzt – wurde für Anne als des Grafen Tochter in einem abgeschiedenen Winkel eine Schlafstatt zurechtgemacht. Ankarette lag in einiger Entfernung und doch näher bei ihr als alle anderen. Abgeschiedenheit beim Schlaf war das Vorrecht des Adels. Anne hatte sich nie etwas daraus gemacht. Als kleines Kind war sie häufig aus dem großen Zimmer, das sie mit Isabell zusammen bewohnte, nachts in die Küche geschlichen. Sie hatte sich neben Ankarette gekuschelt und die Geräusche der anderen genossen: ruhiges Atmen, hin und wieder unterbrochen von einem Schnarchen oder ein paar im Traum gemurmelten Worten. Manchmal war Ankarette aufgewacht und hatte ihr leise flüsternd Geschichten erzählt, keine Geschichten wie die, die Anne im Unterricht vom Burgpriester oder vom Privatsekretär ihres Vaters hörte. Darin ging es meist um Gott und Märtyrer für den Glauben, um die Befreiung der heiligen Stätten und um Krieg und Kampf. In den Büchern, die sie heimlich gelesen hatte, ging es dagegen um stolze Ritter und ihre Taten, um die Liebe zu edlen

Frauen, die aus Schwierigkeiten gerettet und durch Prüfungen errungen werden mussten. Oft hatte Anne sich gefragt, ob auch sie das einmal erleben würde. Auf Middleham war jedenfalls weit und breit kein Ritter in Sicht, der für sie kämpfen würde, und überhaupt wollte sie eigentlich lieber selbst in die Welt hinausziehen. Aber das schickte sich ja nicht. Sie war eine Grafentochter, sie würde verheiratet werden mit einem Gefolgsmann des Königs, einem Adeligen, natürlich, sie würde Kinder haben und ein normales, ruhiges Leben führen. Oder doch nicht?

Ankarette jedenfalls erzählte andere Geschichten, Geschichten aus dem Leben der Dörfler, der Bauern und Leibeigenen, oder von Magie und Zauber, von Elfen und Feen, die den Menschen, je nachdem, Gutes oder Böses taten. Anne hatte dann mit großen Augen zugehört und manchmal das Atmen vergessen, froh darüber, dass sie in der Geborgenheit von Ankarettes Armen lag, und doch bedrückt von der Enge und Vorhersehbarkeit ihres Lebens, erfüllt von einer Sehnsucht nach dem Außergewöhnlichen, die sie selbst nicht verstand. Jetzt kuschelte sie sich lächelnd in ihre Decken und zog den Geruch des Heus ein. Sie würde Richards Frau werden. Sie würden nach Middleham kommen, er würde ihren Vater um ihre Hand bitten und sie würden irgendwo hoch oben im Norden leben. Sie brauchte keine Taten mehr, keine Ritter, keine Wunder. Das hier war Wunder genug.

So also ist das, dachte sie. So also ist Liebe. Davon erzählen die Dichter, deren Bücher ich heimlich gelesen habe. Das also ist dieses Gefühl. Kein Wunder, dass die Helden aus den Geschichten dafür ihr Leben riskieren. Aber für sie musste kein Leben mehr riskiert werden. Es war alles einfach und klar. Auch wenn Richard nicht neben ihr gesessen hatte beim Essen und seit seinem vorsichtigen Bekenntnis nichts weiter gesagt hatte, wusste sie jetzt, dass er sie liebte. Sie sah Richard, der am Tor der Scheune die erste Wache hielt. Er beschützte sie. Er würde das von jetzt an für immer tun. Liebe, dachte Anne noch einmal und starrte im Dunkeln vor sich hin. War das alles so einfach?

Richard starrte angestrengt in die Dunkelheit. Er lauschte auf das Prasseln des Regens, dessen Gewalt zwar etwas nachgelassen hatte, aber immer noch für einen ungemütlichen Ritt sorgen konnte. Die Wege werden aufgeweicht sein, dachte er, ob es nun weiterregnet oder nicht. Wir werden nur langsam vorwärts kommen. Kein Wetter, um einen Hund hinauszujagen, dachte er, und wie ein Hund, der hinausgejagt wurde, versucht hätte, den Regen abzuschütteln, versuchte er, die Gedanken, die sich aufdrängen wollten, abzuschütteln. Er hatte die Wahrheit gesagt, als er Anne das Geständnis machte, er wolle sein Leben mit ihr verbringen. Er bewunderte ihren Mut, er liebte ihre Lebendigkeit – aber es existierte nicht nur Zuneigung und Liebe, es gab auch die Politik. Würde der Graf von Warwick ihm, dem Bruder des Königs, mit dem er gerade zerstritten war, seine Tochter geben? Und selbst wenn, was würde Edward sagen? Erst vor kurzem hatte er George erneut verboten, Annes Schwester Isabell zu heiraten. Wie wahrscheinlich war es, dass er ihm, Richard, die Verbindung mit dem Haus Warwick erlaubte? Unwahrscheinlich, dachte Richard. Mehr als unwahrscheinlich, eigentlich unmöglich.

Er liebte Anne, zweifellos. Aber ebenso zweifellos würde er eine dem König gemäße Heirat eingehen müssen, mit irgendeiner Hofdame, der Tochter eines Adeligen, der seine Bande zum König festigen wollte, vielleicht, je nach Bündnislage, auch mit einer Französin oder einer Frau aus Burgund. Das war sogar noch das Wahrscheinlichste. Er hatte Anne die Wahrheit gesagt, aber er sah auch die Unwahrscheinlichkeit der Verbindung. Die verdammte Politik, dachte Richard. Was hat das alles, diese Fehde des zerstrittenen Adels, mit mir und meinem Leben zu tun? Nichts. Und alles. Würde er sich für Anne gegen seinen Bruder stellen? Er schreckte vor dem Gedanken zurück. In alten Geschichten mochte es Kriege um Frauen gegeben haben, aber ihm war das immer übertrieben, dramatisch und unwahrscheinlich vorgekommen. Sollte ausgerechnet er, der kühle, beherrschte Richard, der Ritter der Leidenschaft werden? Leidenschaften, dachte Richard. Die Leidenschaft Edwards zu Elisabeth hat einen guten Teil der Schwierigkeiten hervorgebracht, in denen dieses zerrissene Land jetzt steckt. Wo führen Gefühle hin? Und doch liebte er Anne. Zweifellos. Er seufzte. Plötzlich hörte er hinter sich einen Tritt, es raschelte leise im Heu und er spürte, dass jemand hinter ihm stand. Richard wusste, dass sie es war, bevor er aufsah. Ein leichter Duft umgab sie, den er immer und sofort unter allen erkannt hätte. Nur mit ihrem Nachthemd bekleidet, den Umhang über die Schultern geworfen, stand Anne neben ihm.

»Du solltest schlafen«, sagte er leise und mit belegter Stimme.

»Ich konnte nicht.« Sie setzte sich neben ihn auf den Boden. Sie hatte bestimmt schon hundertmal so neben ihm gesessen, trotzdem war alles anders. Mittlerweile hatte der Regen aufgehört.

»Nachts ist immer alles anders«, sagte sie.

Richard nickte, auch er empfand es so. Nebelschwaden zogen über den Boden, der Mond tauchte die Welt in ein silbriges Licht. Irgendwo draußen schnaubte ein Pferd. Ganz vorsichtig und doch wie selbstverständlich schob Anne ihre Hand in seine.

Richard stockte der Atem. Was war ihm gerade noch durch den Kopf gegangen? Er wusste es nicht mehr. Er drehte sich zu ihr und blickte in ihr zartes Gesicht. Er sah ein paar Strohhalme in ihrem dunklen Haar und hob die Hand, um sie zu entfernen. Sie rührte sich nicht. Sie sah ihn nur an. Und dann, und ohne dass er etwas dagegen tun konnte, glitt seine Hand über ihre Wange und berührte ihre Lippen. In ihren Augen blitzte es. Sie öffnete den Mund und biss in seine Finger. Er lächelte.

»Kleine Katze«, flüsterte er und er wusste nicht, ob er sie an sich zog oder sie sich an ihn schmiegte, plötzlich jedenfalls lag sie in seinen Armen und er hielt sie, während er ihre Lippen mit seinem Mund suchte. Anne fühlte seinen Atem über ihr Gesicht streichen, seine Hand, die über ihren Nacken glitt, und es war das Natürlichste der Welt, ihre Lippen zu öffnen. Sie spürte, wie seine Zungenspitze vorsichtig in ihren Mund eindrang, und zuckte eine Winzigkeit zurück. Er ließ sie los und sah sie mit forschenden Augen an. Aber sie hatte keine Angst. Sie liebte ihn.

Sie richtete sich etwas auf, hielt ihm ihr Gesicht entgegen und ließ sich fallen in die Unendlichkeit und die Empfindungen ihres ersten Kusses.

Er hielt sie lange, anschließend. Und sie wollte nie wieder losgelassen werden. Ihr war, als wäre sie in diesem Augenblick erwachsen geworden, als wäre nichts mehr so, wie es bisher gewesen war, und als würde nichts je wieder so werden. Sie sah zu ihm auf. Sie vertraute ihm völlig und doch war sie verlegen. Er lächelte.

»Du schaust, als hättest du mich noch nie gesehen«, sagte er und streichelte wieder ihre Wangen.

»Du auch«, antwortete sie und er dachte, dass sie Recht hatte. Vielleicht hatte er sie wirklich noch nie gesehen, sie jedenfalls nie so gesehen: als das Schönste und Kostbarste, was es auf der Welt für ihn gab. Er zog sie ein weiteres Mal an sich und wieder fanden sich ihre Lippen und diesmal war der Kuss leidenschaftlich. Anne klammerte sich an ihn und wusste nicht, wo sie diese Umarmung hinführen sollte, sie wusste nur, dass sie nie aufhören sollte. Als ihre Hände unter Richards Wams glitten, löste er sich von ihr. Mit klopfendem Herzen sahen sie sich an. Dann sagte sie: »Nicht sehr damenhaft, nicht wahr?«

»Nein«, antwortete Richard. Er strich über ihre Stirn. »Aber genau deswegen liebe ich dich, weil du gar nicht damenhaft bist.«

»Wirklich?«

»Wirklich.«

Anne sah ihn an. Sie wussten beide, dass sie sich jetzt trennen mussten, für diese Nacht wenigstens. Richard stand auf und reichte ihr die Hand, um ihr aufzuhelfen. Sie nahm sie und stehend fanden sie sich in einer weiteren Umarmung und in einem weiteren Kuss. Nie, dachte Anne, nie werde ich genug davon bekommen.

Richard löste sich von ihr.

»Du gehst jetzt besser ins Bett«, flüsterte er atemlos. »Morgen liegt ein langer Ritt vor uns.«

Sie nickte, dann drehte sie sich um.

»Wir reiten doch zusammen?«, fragte sie.

»Natürlich.«

Er sah ihre schlanke Gestalt in der Dunkelheit der Scheune verschwinden und hatte doch noch immer das Gefühl, ihren Körper gegen seinen gepresst zu spüren.

Es brauchte lange, bis sich sein Atem beruhigte. Während Anne schon längst ins Heu gekuschelt schlief, in der sicheren Gewissheit ihrer erwiderten Liebe, starrte Richard noch immer ins Dunkle. Vielleicht, dachte er, wird die Zeit doch alles richten. Vielleicht wird Warwick der Einladung zum Staatsrat folgen, vielleicht werden Edward und er sich versöhnen und ihre Freundschaft durch ein Ehebündnis festigen wollen. Vielleicht wird alles gut …

Ein Griff an seiner Schulter ließ ihn schließlich zusammenfahren.

»Legt Euch schlafen, Mylord«, sagte John, dessen Gesicht in der Dunkelheit kaum noch zu erkennen war, »ich übernehme die nächste Wache.«

Richard nickte und erhob sich, trunken von den unterschiedlichen Gefühlen und Gedanken und besonders von der Erinnerung an Anne ging er zu seinem Schlafplatz, rollte sich in seine Decke und schloss die Augen. Schlaf fand er trotzdem lange nicht. Im Traum irrte er durch endlose, dunkle Gänge und fand keinen Ausweg.

Entscheidungen

Im Burghof sprang Clarence erhitzt und auch erschöpft aus dem Sattel, sein Pferd, das er ohne eine Rast den ganzen Tag geritten hatte, zitterte. Er warf die Zügel einem Knappen zu.

»Kümmere dich um ihn! Aber ordentlich, sonst handelst du dir Ärger ein!« Clarence fügte der Drohung sein übliches charmantes Lächeln hinzu. Zuckerbrot und Peitsche, dachte er, so funktioniert es am besten. Seine Beine wollten ihn kaum noch tragen. Zwei Tage, nachdem der Tross der Lady Anne mit seinem Bruder Richard von Coventry abgeritten war, hatte er sich auf den Weg gemacht. So schnell hat noch keiner diese Strecke zurückgelegt, dachte Clarence, aber ich wollte vor ihnen hier sein und wie es aussieht, bin ich es auch. Steifen Schritts machte er sich auf den Weg zum Wohnturm. Gerne wäre er zur Küche gegangen, wo es ein Feuer gab, einen Laib Brot und einen Becher Wein. Später, dachte Clarence. Erst muss ich zu Warwick. Wein bekommst du auch dort, und wer König werden will, muss sich eben etwas anstrengen. Jedenfalls wenn er nur der zweite Bruder ist. Er stieg die hölzerne Außentreppe zum Wohnturm hinauf, zwang seine schmerzenden Knie sich zu beugen.

Wie in allen Burgen war im Untergeschoss des Wohnturms ein Vorratslager untergebracht, über die Außentreppe gelangte man in die große Halle im ersten Stock. Dort brannte immer ein Feuer, der Burgherr, seine Ritter und die zum Hof gehörenden Frauen hielten sich hier auf, Besprechungen fanden statt, Dienstmägde und Knechte eilten geschäftig hin und her. Eine weitere Treppe führte nach oben in die Privatgemächer des Grafen. Die Schlafzimmer seiner Töchter waren im äußeren Ring untergebracht, Zugang dorthin hatte man ausschließlich durch die Privaträume des Grafen. Middleham Castle war eine Trutzburg, der Wohnturm war der größte in ganz England. Die ganze Anlage war weitläufiger als manches Dorf und geschäftiger sicher auch. Kaum jemand konnte genau sagen, wie viele Menschen hier im Dienst des Grafen standen. Richard Neville, Graf von Warwick, der »Königsmacher« und einstige enge Vertraute König Edwards, war kein Mann der Halbherzigkeit.

Einen Augenblick lang blieb Clarence an der Tür zur großen Halle stehen. Licht fiel durch die Fenster, aber mehr noch wurde sie von unzähligen Kerzen und Feuern erhellt. Die Halle war so groß, dass er ihr Ende kaum sehen, nur erahnen konnte. Dort hinten brannte das größte Feuer. Clarence kniff die Augen zusammen und erkannte im Feuerschein die breite, mächtige Gestalt des Grafen. Warwick war in ein Gespräch mit Rittern vertieft, die Clarence von seinem Standpunkt aus beim besten Willen nicht erkennen konnte.

Ritter und Bewaffnete standen, Standesunterschiede hin oder her, zusammen, in Gespräche vertieft. In einer Ecke warteten ein paar Männer und Frauen aus den umliegenden Dörfern – Bittsteller, vermutete Clarence, oder Bauern, die Warwick als Richter befragen wollten. Der Graf herrschte in seinen Ländereien wie ein kleiner König. Und bald, dachte Clarence, werde ich vielleicht ebenso herrschen. Über ein großes Königreich. Er durchquerte die Halle und gewahrte an einem der mittleren Tische Lady Isabell. Clarence verhielt den Schritt. Sie sah ihn ebenfalls und erhob sich sofort.

»Herzog von Clarence«, rief sie, »wie schön, Euch zu sehen.« Sie ließ einen suchenden Blick über den Tisch gleiten und reichte ihm einen Krug Wein, den Clarence dankbar annahm. Aufs Sorgfältigste zurechtgemacht, das lange, blonde Haar kunstvoll aufgesteckt, nahm Isabell ihre Pflichten als Tochter des Hauses sehr ernst.

»Setzt Euch zu mir«, sagte Isabell und wies mit einer vollendeten Geste auf einen Stuhl, »und erzählt: Wie ist es bei Hofe? Und wie geht es meiner Schwester?« Bei der letzten Frage rutschte ihre Stimme eine Nuance tiefer. Clarence lächelte.

»Verzeiht, Isabell, ich muss zunächst mit Eurem Vater sprechen. Doch Eurer Schwester –«, er betonte den letzten Teil des Satzes und zog eine Augenbraue nach oben, während er Isabell ansah, »geht es gut. Die Königin war begeistert von der Grazie der kleinen Anne und möchte sie unter ihren Hofdamen haben. Was zweifellos nur daran liegt«, er verbeugte sich vor ihr, »dass sie Euch lange nicht gesehen hat.«

»Wer möchte Hofdame bei Elisabeth sein?«, fragte Isabell spöttisch.

»Nun, Anne vielleicht, da mein Bruder bei Hofe lebt.« Clarence genoss diesen Augenblick. Nicht nur, dass es ihm immer eine Freude war, Isabell, die er trotz des königlichen Verbots bereits als seine Frau und damit als sein Eigentum betrachtete, anzusehen, er liebte es auch, ihre ihm wohl bekannte Konkurrenz mit Anne anzustacheln. Aber dieses Mal tat sie ihm den Gefallen nicht. Ernst sah sie ihn aus ihren blauen Augen an.

»Das sind«, sagte sie, »ernste Neuigkeiten, die mein Vater besser hören sollte. Kommt.« Sie erhob sich und ging ihm voraus auf den Tisch des Grafen zu. Clarence genoss die Gelegenheit, den Schwung ihrer vollen Hüften unter dem seidenen Gewand zu begutachten. Mit Freuden hätte er seine Hand genau dort hingelegt und dieses Fleisch genauer untersucht – aber die Tochter eines Grafen behandelte man nicht so. Er würde sein Verlangen später an einer der Mägde stillen, nahm er sich vor. In Isabells Bett würde er erst nach Kirche und Heirat gelangen.

Sie näherten sich dem hintersten Feuer der Halle, an dem Richard Neville, Graf von Warwick, behaglich in einem großen Lehnstuhl saß. Im Näherkommen sah Clarence jedoch, dass die entspannte Haltung nur Schau war. Die mächtige Gestalt Warwicks schien auf dem Sprung zu sein, er saß über eine Karte oder ein Dokument gebeugt, in seinen Händen war Spannung zu erkennen, auch wenn er sich den Anschein des leutseligen Mannes gab. Sein Haar, sah Clarence, begann grau zu werden, sein mächtiger Brustkasten hob und senkte sich in unterdrückter Erregung.

»Hier«, Clarence vernahm die ungewöhnlich hohe und nicht recht zu seiner mächtigen Gestalt passende Stimme des Grafen, »genau hier ist der richtige Ort. Dort sollen sie ihr Lager aufschlagen. Und auf meinen Befehl warten. Der Zeitpunkt ist –«

Er unterbrach sich selbst und sah unwillig auf. Clarence und Isabell waren herangekommen. Sein Ärger über die Störung durch seine ältere Tochter verschwand jedoch sofort und seine Miene hellte sich auf, als er Clarence sah.

»Vater«, begann Isabell, doch der Graf unterbrach sie gleich. »George von Clarence!«, sagte er, »wie gut, Euch zu sehen! Setzt Euch zu mir und berichtet.« Zu Isabell gewandt fügte er ein ungeduldiges: »Es ist gut, Isabell« hinzu. Mit raschelnden Gewändern verschwand sie. Clarence sah ihr einen Augenblick lang nach. Sie wird mir eine vortreffliche Frau sein, dachte er. Im Weggehen streifte sie ihn mit ihrem Gewand. Zufall? Sicher nicht, entschied er. Sein Leben lag vor ihm wie eine gerade, sonnige Straße. Die Heirat mit Isabell war beschlossene Sache und das Wissen, die älteste Tochter des Königsmachers zu heiraten, gab ihm Sicherheit. Mit strahlendem Lächeln setzte er sich. Er war zwar nur der zweite Bruder, aber er befand sich auf der Gewinnerseite, kein Zweifel.

Mit einer Handbewegung entließ der Graf die ihn umstehenden Männer, die sich unter Verbeugungen entfernten. Warwick lehnte sich etwas weiter vor und musterte ihn scharf. Sein ganzes Wesen spiegelte sich in seinen Augen. Jetzt blickten sie dunkel, hart und kalt.

»Wie ist es gelaufen«, fragte er leise.

»Richard begleitet Anne und ist auf dem Weg hierher, um Euch zur Sitzung des Staatsrats zu laden. Ich schätze –«, aber Clarence konnte den Satz nicht beenden. Unbeherrscht schlug der Graf mit der Faust auf den Tisch. »Einladung zum Staatsrat! Rumgesitze, Gerede, das nichts bringt! Und Edward, dieser Bastard, glaubt ernsthaft, ich sei versöhnt, wenn er mir gnädig einen kleinen Finger entgegenstreckt?«

»Wahrscheinlich glaubt er das. Ihr kennt doch meinen Bruder, Warwick: Er will keinen Ärger, er will Frieden und er würde Euch mit Freuden wieder an seiner Seite sehen – zu seinen Bedingungen.«

Warwick atmete heftig vor unterdrückter Wut.

»Seine Bedingungen! Ich habe ihn zu dem gemacht, was er ist, ich habe für ihn gesorgt, als euer Vater ermordet wurde, ich habe ihn aufgezogen und ihn auf den Thron gesetzt – und da bildet sich der Herr plötzlich ein, er könne mir Befehle diktieren?«

»Immerhin ist er König«, warf Clarence wohl überlegt ein. Es war nicht schlecht, Warwick weiter zu reizen.

»König von Gottes Gnaden, aber von meinen Händen!«, schnaubte Warwick.

»Er heiratet die Schlange Elisabeth, ohne sich mit Euch zu beraten, und erzählt Euch das ganz nebenbei, nachdem Ihr eine französische Bündnisheirat schon fast zugesagt hattet, nimmt George Neville das Großsiegel ab, empfängt eine Gesandtschaft von König Ludwig, lässt Euch mit den Franzosen abfahren, um weiter über ein Bündnis zu verhandeln, und kaum seid Ihr weg, lädt er die Burgunder ein.« Clarence pfiff durch die Zähne. »Mein Bruder ist fast ein schlimmerer Intrigenspinner als Ludwig selbst. Euer Ansehen in Frankreich muss schwer gelitten haben.«

»Mach dir keine Sorgen um mein Ansehen!«, fauchte Warwick, eine Ader auf seiner Stirn schwoll an. »Wir werden noch sehen, wer in diesem Spiel geübter ist und ob der Graf von Warwick sich von diesem Jüngling unterkriegen lassen wird! *Ich* habe ihn zum König gemacht.« Seine Stimme wurde zu einem leisen Zischen. »Aber Könige wechseln schnell in diesem Land. Das hat die Vergangenheit gezeigt.« Ruhig lehnte sich Warwick zurück. So rasch sein Temperament aufbrauste, so schnell konnte er sich wieder in der Gewalt haben. »Edward wird seine Schwester Margarete nach Burgund verheiraten, dessen bin ich sicher. Aber das, George, bedeutet auch, dass wir in Frankreich Verbündete haben werden. Ludwig kann ein Bündnis zwischen England und Burgund nicht erlauben. Henry, der abgedankte Sechste, und seine herrschsüchtige Gattin Margarete von Anjou sitzen dort. Wir wollen doch sehen, ob wir uns ihrer nicht bedienen können.«

»Ein Wechsel zur Lancaster-Seite?«, fragte Clarence skeptisch.

»Ich weiß, du willst den Thron für dich selbst.« Warwicks Stimme war jetzt so leise, dass Clarence ihn kaum noch verstehen konnte. »Und du sollst ihn auch kriegen, den Thron. Isabell wird Königin. Es ist alles nur eine Sache der ... Planung.«

König, dachte Clarence. Ich werde König. Es war das erste Mal, dass Warwick seine Pläne so offen ausgesprochen hatte. Natürlich wird er durch mich regieren wollen. Soll er. Ich werde König sein. Dafür konnte man schließlich auch den Bruder verraten und zu Lancaster überwechseln. Es war ja nicht für immer. Er räusperte sich. »Wie ist der Plan, Warwick?«

Gedankenverloren nahm Warwick einen weiteren Schluck Wein. Dann winkte er eine der Dienerinnen heran, die ihm nachschenkte. Erst als das Mädchen sich entfernt hatte, sprach er weiter. »Zunächst heißt es gute Miene zum bösen Spiel. Edward lädt mich zum Staatsrat? Gut. Ich werde mich sträuben, aber ich werde gehen. Ich schätze, der Erzbischof von York wird sich als Schlichter hervortun – eine gute Gelegenheit für ihn zu zeigen, wie groß sein«, er schnaubte, »Einfluss auf mich ist, und eine gute Gelegenheit, Edward zu zeigen, dass er nicht ohne die Nevilles sein kann. Er wird mir mitteilen, offiziell, dass er Margarete nach Burgund verheiratet und die Hand der Franzosen ausschlägt. Auch gut. Ich werde lächeln, denn lächeln, Clarence, ist eine Waffe. In diesem Fall: ein Schlafmittel. Wir müssen Edward in Sicherheit wiegen.« Maliziös schmunzelte der Graf. »Und weitere Verbündete suchen. Ich will Richard auf unserer Seite haben.« Er schwieg einen Augenblick. »Wie sind er und Anne miteinander ausgekommen?«

»Er liebt sie«, lächelte Clarence. »Zweifellos ist mein kleiner Bruder in Anne verliebt. Ihr hattet wieder einmal Recht.«

»Gut«, antwortete der Graf, ohne auf die Schmeichelei einzugehen. Trotzdem war Clarence sicher, dass sie ihre Wirkung tun würde. »Gut, soll er sie heiraten. Damit haben wir zwei Brüder der edlen York-Linie auf unserer Seite. Und dass wir – vielleicht – gemeinsame Sache mit Lancaster machen, heißt nur: Wir geben diesem zerrütteten Land mit seinem lang währenden Krieg die Einigkeit und den Frieden zurück.« Er lächelte wieder. »Letztlich ist alles eine Frage der Darstellung und Planung.«

Clarence stand auf und wandte sich, aufmerksam geworden durch Rufe und Hufgetrappel auf dem Hof, zu einem der kleinen Fenster des Saals. »Ihr könnt Eure Darstellung gleich vortragen«, sagte er. »Sie sind wohl da.«

Innerlich aufstöhnend und mit zusammengebissenen Zähnen, äußerlich aber um die Haltung einer Grafentochter bemüht, sprang Anne vom Pferd. Nach Tagen im Sattel gab es nichts mehr, was ihr nicht wehtat, und mehr als nach allem anderen sehnte sie sich nach einem heißen Bad. Das war allerdings in naher Reichweite. Die Nachricht von ihrer Ankunft hatte sich mit erstaunlicher Geschwindigkeit verbreitet, der Burghof war erfüllt von lärmenden Knechten, die ihnen die Pferde abnahmen und ihr wie auch Richard einen Becher Wein reichten, Mägde liefen auf den Wohnturm zu, um alles für sie vorzubereiten. Erschöpft trank Anne ein paar Schlucke und fühlte, wie der heiße, gewürzte Wein sie fast augenblicklich belebte. Förmlich trat Richard auf sie zu. »Erlaubt, dass ich Euch in den Wohnturm geleite, Mylady«, sagte er und fuhr dann so leise, dass keiner der Umstehenden ihn hören konnte, fort: »Ist alles in Ordnung, Anne? Du siehst so blass aus.« Sie lächelte ihm zu und tätschelte ihr Pferd, um Halt zu suchen, am Hals. »Ja«, antwortete sie dann ebenso leise. »Ich will nur die nächsten Monate keinen Sattel mehr sehen, geschweige denn in einem sitzen.« Richard lachte. »Das geht vorbei. Spätestens übermorgen wirst du wieder jagen wollen, ich kenne dich doch!«

Sie lächelte, wurde aber gleich wieder förmlich, als sich ihr ein Knecht respektvoll näherte, um ihr Pferd zu den Stallungen zu führen. »Gern, Mylord«, sagte sie und überließ Richard ihre Hand. Er verbeugte sich, ebenfalls die Etikette wahrend, vor ihr. Anne grinste und ihre Augen funkelten. Sie amüsierte sich offensichtlich königlich über dieses förmliche Versteckspiel, zu dem sie die Sitte zwang. Er wusste genau, dass sie – Muskelschmerz hin oder her – ihm am liebsten einfach ihre Hand gegeben hätte und in den Wohnturm gelaufen wäre. Aber wir sind eben keine Kinder mehr, dachte Richard, die Dinge haben sich nun einmal geändert. Höflich geleitete er sie zur Außentreppe, würdevoll hielt Anne ihren Umhang und ihr Reitkleid hoch.

Richard sah sich aufmerksam um. Es war das erste Mal seit seinem nächtlichen Aufbruch vor fast drei Jahren, dass er wieder hier war. Middleham Castle hatte sich nicht verändert und er war immer noch erstaunt darüber, wie ihm das Herz aufgegangen war, als er die Burg am Horizont erblickte: eine mächtige und von Kraft kündende Silhouette vor dem grauen Himmel des Nordens. Selten war Richard so bewusst geworden, wie sehr er diesen Norden, seine Landschaft, seine Menschen liebte. Er gehörte hierher. Und er wollte hier bleiben. Aber wer kann sich sein Leben schon aussuchen, dachte er, während er neben Anne die Treppe nach oben stieg und den Wohnturm betrat. Er fühlte ihre kleine, leicht feuchte Hand in seiner und drückte sie sanft. Anne erwiderte seinen Druck und lächelte. Für sie ist es ein Spiel, sie sieht die Schwierigkeiten nicht. Seine Gedanken endeten abrupt, als sie vor dem Grafen standen. Mit ausgebreiteten Armen war Richard Neville ihnen, begleitet von Isabell und Clarence, entgegengekommen. Verwundert nahm Richard die Anwesenheit seines älteren Bruders zur Kenntnis, aber Warwick begann bereits zu sprechen, bevor er etwas fragen konnte.

»Richard! Ich freue mich, Euch zu sehen, und danke Euch, dass Ihr meine Tochter sicher geleitet habt.«

»Es war mir eine Ehre und ein Vergnügen, Graf Warwick«, erwiderte Richard.

»Setzen wir uns. Ihr müsst erschöpft sein nach dem langen Ritt. So ging es jedenfalls Eurem Bruder George, der heute Morgen eintraf.« Warwick wandte sich zu Anne und umarmte sie kurz. »Geh, mein Kind, auch du musst müde sein. Wir sehen uns beim Abendessen. Isabell, begleite sie.«

Mit einem Hofknicks für ihren Vater und einem Lächeln für Richard verschwand Anne, gefolgt von Isabell.

»Eine Schönheit«, sagte Warwick, ihr nachblickend. »Nicht unbedingt einfach zu handhaben, aber unglaublich hübsch. Was meint ihr, welchen Mann sie einmal glücklich machen wird?« Lachend fiel Warwicks Arm auf Richards Schulter. Der stand stocksteif. Was wollte der Graf ihm zu verstehen geben? Nichts, wahrscheinlich, entschied er dann. Richard musste sich zusammenreißen, um nicht zu gähnen. Er spürte jeden einzelnen Knochen nach der langen Reise, ihm war, als könnten sich seine Sinne selbst nicht entscheiden, ob sie schlafen oder alles registrieren sollten. Am liebsten hätte er sich ebenfalls zurückgezogen und ausgeruht, aber ehe er sich versah, saß er schon neben Warwick und Clarence an einem der Tische, einen Becher Wein und einen Teller Fleisch und Brot vor sich.

»So erzählt, Richard«, sagte Warwick, nachdem Richard gegessen hatte und das Essgeschirr abgeräumt war. »Wie war es bei Hof? Wie geht es Edward?«

»Ich schätze, Clarence hat Euch bereits alles berichtet, Warwick«, entgegnete Richard. »Der König ist gesund und vergnügt, bis auf die Tatsache, dass Ihr Euch von ihm abgewendet habt.« Schon falsch angegangen, dachte er, das hört sich an wie ein Vorwurf. Gott, was bin ich müde!

»Ich mich von ihm abgewandt? Das habe ich nie. Ich war verhindert, aber als Zeichen der Freundschaft des Hauses Neville war Anne ja dort. Das kleine Mädchen wird erwachsen, was, Richard?«

»Zweifellos, Graf«, begann Richard, doch Clarence fiel ihm

ins Wort. »Erwachsen und tatsächlich wunderschön, wie Ihr schon bemerktet, Warwick.«

»Das wird sie, ich meine, das ist sie –«, sagte Richard, mehr und mehr verwundert über den Verlauf des Gesprächs. »Die Königin –«

»Würde sie gern unter den Hofdamen sehen, das weiß ich schon. Aber ich bin dagegen. Der Hof mit seinen Intrigen und Künstlichkeiten ist nichts für unsere ehrliche, aufrechte Anne, und die Chancen auf eine – sagen wir – standesgemäße Heirat sehe ich hier nicht geringer gegeben als bei Hofe. Oder?« Er sah Richard direkt an. Das war ein Stichwort, begriff Richard, eine Einleitung, die ihm da präsentiert wurde. »Graf«, begann er und wurde erneut unterbrochen. »Sie ist natürlich noch sehr jung, aber das war noch nie ein Hinderungsgrund. Wichtiger erscheint mir die Frage, *wer* es denn nun sein soll. Natürlich gebe ich meine Jüngste nur in gute Hände: Sie braucht einen Mann, der sie ernähren und beschützen kann – und dessen Loyalitäten zum Haus Neville außer Zweifel stehen.« Die folgende Pause war so bedeutungsschwer, dass das eben gemachte Angebot fast deutlich sichtbar durch die Luft zu schweben schien.

Richard schluckte. Er hatte auf dem gesamten Weg darüber nachgedacht und begriff nun sofort, was Warwick sagen wollte: Er konnte Anne heiraten, wenn er sich in der aktuellen und einer eventuellen neuen Auseinandersetzung Warwicks mit dem König auf des Grafen Seite stellte. Clarence und Warwick schauten ihn aufmerksam an. Entscheide dich, drängten ihre Blicke, doch Richard hatte seine Entscheidung bereits gefällt. Er kannte Warwick. Er wusste um dessen aufbrausendes Temperament und er wusste um Clarences Ambitionen auf den Thron. Es ging nicht nur darum, die Stimme im Rat zugunsten Warwicks zu erheben – auf seine Stimme, die des jüngsten Bruders des Königs, hörte sowieso kaum jemand –, es ging darum, in letzter Konsequenz Waffen zu tragen – gegen den Bruder, dem er feierlich die Treue geschworen hatte. Kurz tauchten Bilder vor seinem inneren Auge auf. Graf Warwick, der ihm lachend aufs Pony geholfen, als es ihn abgeworfen hatte. Seine erste Reitstunde auf einem richtigen Pferd. Seine erste Übungsstunde mit der Streitaxt. Sein erstes Turnier. Und dann: Anne. Anne, wie sie seine Hand hielt, als sie sich in den Ställen vor Vater Philip versteckten. Anne, die ihm zugrinste, während er dem Knappenmeister gegenüber eine Antwort suchte. Anne, wie sie in Coventry erschien. Er schloss die Augen. Er liebte sie. Den ungestümen Grafen, der Vaterstelle an ihm vertreten hatte. Und Anne. Was willst du, was ich tun soll, dachte er. Willst du der Preis für meinen Treuebruch sein?

»Richard«, sagte Clarence leise, »glaub mir, es ist die bessere Seite, die du wählst. Der König ist –«

Richard holte tief Luft und unterbrach – zum ersten Mal in seinem Leben – seinen älteren Bruder. »Der König ist der Mann, dem ich die Treue schwor. Und er lädt Euch, Graf Warwick, zur Sitzung des Staatsrats in London in zwei Wochen. Er wäre, daran ließ er keinen Zweifel, hocherfreut, Euch dort zu sehen und Eure Stimme zu hören.« Er machte eine Pause und wünschte nur, dass seine Stimme fest bleiben möge. »Was Eure Tochter Anne angeht«, sagte er dann, »so wünsche ich, dass Ihr ihr vor allem einen treuen Mann findet.« Er erhob sich. Die anderen beiden ebenso. Es gab nichts mehr zu sagen. Die Seiten waren gewählt. Wie konnte ich glauben, dass alles einfach gut werden würde, fragte Richard sich. Eine Sekunde, ein paar Worte, ein Satz nur – und ein Traum lag in Scherben.

»Erlaubt«, sagte er, »dass ich mich kurz zurückziehe. Ein weiter Weg liegt vor mir und der König befahl mir, mich zu beeilen.«

»So richtet Eurem Bruder aus, dass ich ihm meine Entscheidung bezüglich der Anwesenheit beim Staatsrat noch durch Boten mitteilen werde. Er wird rechtzeitig informiert.« Warwick verbeugte sich, ebenso Richard. Clarence stand, offenbar hin- und hergerissen zwischen seinen Gefühlen, neben den beiden. Als Richard den Raum verließ, lief er ihm nach, holte ihn aber erst bei den Ställen ein. »Richard, sei doch kein Idiot!«

»Lass mich, George, ich bin in Eile.«

»Du *bist* ein Idiot. Was soll das? Glaubst du, Edward wird dir dankbar sein? Entweder kann Edward sich nicht weiter auf dem Thron halten, dann fällst du mit ihm, oder er hält sich weiter, dann bleibst du ewig der kleine Bruder, der nichts zu sagen hat. Wir bieten dir dagegen Reichtum, Ehre – und die Frau, die du liebst. Was also hält dich zurück?«

Richard blickte in die Ferne. Clarence würde ihn nicht verstehen, das wusste er. Es hatte keinen Sinn, ihm zu erklären, dass ihm, Richard, die Treue, der einmal geleistete Schwur, wichtiger war als Reichtum und Ruhm. Auch wichtiger als Anne?, fragte eine zaghafte Stimme in seinem Inneren. Richard nickte unbewusst. Was wäre mein Eheversprechen Anne gegenüber wert, wenn ich dafür meinen ersten Treueschwur an Edward breche? Clarence sah nur das Nicken und nahm es als Einsicht. Er strahlte über das ganze Gesicht. »Ich wusste, du würdest zur Vernunft kommen«, rief er, »du wirst es nicht bereuen!«

Richard sah seinen Bruder an. »Ich würde es bereuen, George. Mein Entschluss steht fest. Ich werde Edward nicht verraten. Auch nicht, wenn ich Anne dadurch verliere.« Schon wurde sein Pferd wieder vorgeführt. Der Renner schnaubte und Richard streichelte seinen Hals. Ich hätte dir gern eine längere Pause gegönnt, dachte er. Er nickte Clarence zu. »Leb wohl, George«, sagte er. »Ich hoffe, wir sehen uns nicht als Kämpfer in feindlichen Lagern auf einem Schlachtfeld wieder.«

»Verabschiede dich wenigstens von Anne!«, rief Clarence und dachte, dass sie ihn vielleicht doch noch umstimmen könnte.

Doch Richard schüttelte den Kopf. »Nein«, sagte er leise. »Sie wird ... ich weiß nicht, ob sie es verstehen wird. Vielleicht.« In Wahrheit war er überzeugt davon, dass sie Verständnis für ihn haben würde. Und wenn nicht – war sie dann noch die Freundin, die Frau, die er sich wünschte? Soeben war mit Warwicks Angebot der Glaube an diese Familie, bei der er aufgewachsen war, von der er bisher nur Gutes erfahren hatte, in ihm erloschen. Er wollte nicht auch noch den Glauben an Anne verlieren. Lieber ritt er davon und hoffte, dass sie seinen Entschluss billigen konnte. Und – aber das gestand er sich nicht ein – er hatte auch Angst, dass sein Entschluss wanken könnte, wenn er sie sah. Er wusste, er hatte richtig gewählt. Ich müsste mit einem Verrat leben, dachte er, und ich würde jeden Tag daran denken, dass sie der Grund für diesen Verrat gewesen ist. Die Stallburschen starrten ihn großäugig an. Sein so plötzlicher Aufbruch erregte Aufmerksamkeit und würde für weiteres Getuschel unter der Dienerschaft der Burg sorgen. Arme Anne, dachte er. Sicher ist das Gerücht einer Verlobung schon um die Küchenfeuer geschwirrt, und jetzt das ... Richard schwang sich in den Sattel. Ob er nicht doch noch mit ihr reden, sie wenigstens vorbereiten sollte? Nein. Mit einem letzten Kopfnicken zu Clarence wendete er sein Pferd und ritt auf das Tor zu. Ihm tat alles weh. Das kommt vom Reiten, dachte er. Und jetzt liegen wieder so viele Meilen vor mir ...

Zum zweiten Mal verließ Richard von Gloucester Burg Middleham ohne Abschied.

Enttäuschungen

Aus der geöffneten Küchentür heraus, in der sie Kamille für das Bad ihrer Schwester suchte, sah Isabell Clarence allein im Hof stehen. Sie betrachtete ihn einen Augenblick lang, dann raffte sie ihre Röcke zusammen und trat aus der Küche heraus in den Burghof. Wie verloren stand Clarence da. »Verdammter Idiot«, hörte sie ihn im Näherkommen murmeln, »dummer Esel.«

»Nun, ich hoffe, Ihr sprecht nicht über Euer Streitross, Graf!«, sagte Isabell und lächelte Clarence an.

»Nicht über mein Pferd, noch über Euch«, knurrte Clarence, dem Richards Abschied doch näher gegangen war, als er sich selbst eingestehen wollte. Sein jüngerer Bruder! Immer hat Richard zu mir aufgesehen, getan, was ich ihm sagte, erinnerte sich Clarence, und jetzt das! Stellte sich auf Edwards Seite! Und Verrat, was hieß schon: Verrat! Verriet er mit seiner Entscheidung nicht ihn, Clarence? Das tut er, dachte Clarence missmutig, er verrät mich, er verrät Anne, er verrät Warwick, bei dem wir aufgewachsen sind. Wenn er, verflucht noch mal, schon meint, er müsste mir mit Moral kommen, dann sollte er besser überlegen, wo seine Treue zu liegen hat! Was bildet er sich ein, dieser Hund! Nur dunkel wurde ihm bewusst, dass jemand mit ihm sprach. Wütend trat er nach einem Grasbüschel.

»Sehr charmant, Clarence, wirklich!«, holte ihn Isabells jetzt schneidende Stimme aus seinen Grübeleien. Clarence sah auf. »Entschuldigt, Isabell, mir ist jetzt nicht nach höflichem

Geplänkel zumute.« Er seufzte. »Richard ist gerade abgeritten.«

Isabell schaute ihn erstaunt an. »Abgeritten? Warum das, er ist doch gerade erst angekommen.«

»Ja, aber er ist auch gerade wieder abgeritten. Euer Vater hat ihm angeboten, Anne zu heiraten, wenn er sich auf unsere Seite schlägt, und er hat abgelehnt. Ich versteh' das nicht, Isabell! Da bietet man ihm alles, Ruhm, Reichtum und die Frau, die er liebt, und er schlägt's aus! Wofür bitte? Für ein hohes Ideal von Treue gegenüber einem Bruder, der sich nie um uns gekümmert hat!«

»Er ist abgeritten?«, fragte Isabell noch einmal nach und ein Lächeln erschien auf ihrem Gesicht.

»Kannst du mir verraten, was es da zu lächeln gibt?«

»Nun«, sagte Isabell genießerisch, »ich kenne da jemanden, dem wird das noch weniger gefallen als dir.«

»Isabell, für deine Privatfehde mit deiner Schwester ist das –«

»Was heißt denn Privatfehde, George?«, fragte Isabell. »Wir müssen doch alle im Leben lernen, dass wir nicht immer bekommen, was wir haben wollen. Sieht so aus, als stünde diese Erkenntnis jetzt meiner kleinen Schwester bevor. Die Arme«, fuhr sie dann sinnend fort, »aber es reicht eben nicht, der Liebling der ganzen Burg zu sein.«

»Ach, Isabell«, Clarence legte den Arm um sie. »Deine ewige Eifersucht auf Anne ...«

»Sie ist mir ihr ganzes Leben lang vorgezogen worden«, sagte Isabell.

»Sie ist ein Kind«, antwortete Clarence.

»Ja, genau das habe ich immer zu hören bekommen«, sagte Isabell, die im Augenblick selbst wie ein trotziges Kind aussah. »Sie ist ein Kind, Isabell, kümmere dich um sie! Sie ist ein Kind, kannst du nicht besser auf sie aufpassen? Du bist doch die Ältere, Isabell, gib auf deine herzige, kleine Schwester Acht!« Wütend schaute sie Clarence an, als sei er es gewesen, der ihr all das immer und immer wieder gesagt hatte. »Und hättest du es etwa gerecht gefunden«, fuhr sie fort, »wenn Anne und Richard jetzt einfach so hätten heiraten können, während wir auf die Erlaubnis des Königs warten müssen? Die wir sowieso nicht kriegen?«

»Nein«, antwortete Clarence und zog Isabell endgültig an sich. »Und wir werden auch nicht mehr lange auf die Erlaubnis des Königs warten müssen. Versprochen. Und, wer weiß? Wenn wir diese Auseinandersetzung bestehen, Isabell, dann wartet eine Krone auf dich und niemand wird dir mehr vorgezogen.«

Sie schmiegte sich in seine Arme und lächelte. Einen Augenblick lang genoss sie die Geborgenheit an seiner Brust, dann ließ er sie wieder los. »Ich gehe jetzt zu deinem Vater«, sagte er und fuhr ihr zart über die Wange, »wir werden einiges zu besprechen haben, jetzt, wo Richard abgeritten ist. Ich glaube zwar nicht, dass er Edward alles erzählt – und was sollte er ihm letztlich auch erzählen.« Er seufzte ein weiteres Mal, dann lächelte er ihr zu und verschwand in Richtung Wohnturm. Isabell sah ihm nach. Im Augenblick interessierte sie sich nicht für die Intrigen ihres Vaters und ihres Verlobten, auch wenn für sie ebenfalls einiges auf dem Spiel stand. Aber sie vertraute den beiden Männern, die ihr Leben als Kind und als Heranwachsende bestimmt hatten – als Frau mischte man sich sowieso besser nicht in die Geschäfte der Männer ein. Isabell ging zurück zur Küche. Während sie die Kamille hervorsuchte, lächelte sie vor sich hin. Richard war abgeritten und Anne wusste nichts davon. »Das wird aber eine hübsche kleine Überraschung, mein von allen geliebtes Fräulein«, flüsterte sie und wandte sich dann zum Badehaus.

Anne schrie auf, als das Wasser sie traf, dann kicherte sie und versuchte auszuweichen.

»Das ist kalt!«

»Das ist nicht kalt, Mylady, haltet still!«

Anne stand im großen Zuber im Badehaus hinter der Küche. Gleichmäßig rann das Wasser ihre Hüften entlang, Ankarette hatte Recht, es war wirklich nicht kalt. Vorn in der Küche hielten die Mägde das Wasser für ihr Bad auf den Feuern warm. Es war eben nur – nass.

»Jetzt setzt Euch und haltet die Haare hoch, damit ich Euren Rücken waschen kann«, sagte Ankarette und wohlig seufzend kam Anne der Aufforderung nach, ließ sich ins warme Wasser gleiten. Mit gleichmäßigen Bewegungen begann Ankarette, ihren Rücken abzureiben. Anne schloss die Augen und seufzte vor Behagen. Den Schmutz der Reise loszuwerden war entschieden angenehm. Gleich, beim Abendessen, würde sie Richard wieder sehen. Sie würde sich das Haar von Ankarette hochstecken lassen und das weißseidene Kleid tragen, sie würde neben ihm sitzen und unter dem Tisch würde er vielleicht ihre Hand nehmen. Anne lächelte glücklich. Sicher würden ihr Vater und der König eine Verbindung zwischen ihr und Richard erlauben, sie waren beide jüngere Kinder, weit entfernt von der Erbfolge, und wollte der König sich etwa nicht mit ihrem Vater versöhnen? Gab es dazu ein besseres Mittel, als seinen jüngsten Bruder und des Grafen jüngere Tochter miteinander zu verheiraten? Heiraten …, dachte Anne. Ob sie den Gürtel mit dem blauen Stein in der Schnalle tragen sollte? So würde sie Richard sicher noch besser gefallen. Sie lächelte.

Mit raschen Schritten entfernte sich Ankarette und kam kurz darauf mit einem weiteren Eimer Wasser wieder.

»Legt den Kopf zurück und schließt die Augen«, kommandierte sie und ein weiterer Schwall Wasser rann Annes Kopf und Rücken entlang. Ihr dunkles Haar lag nass und glänzend auf ihrem Rücken und breitete sich im Wasser des Zubers fächerförmig aus. Anne sah ihrem Haar nach, als gehörte es nicht zu ihr. Ob Richard es mochte? Sicher mochte er es. Leise begann Anne vor sich hinzusummen. Ankarette lächelte. Sie wusste, was in ihrer jungen Herrin vorging.

Schritte unterbrachen Annes leisen Gesang und ihre Gedanken. »Hier ist die Kamille«, ertönte Isabells Stimme von der Tür her. »Ich weiß zwar nicht, was das für einen Sinn haben soll, bei deinen dunklen Haaren, aber hier ist sie jedenfalls.« Vorsichtig betastete sie ihr eigenes, blondes Haar, dann lächelte sie Anne zu. »Wir hatten ja noch gar keine Gelegenheit zu sprechen, Anne. Wie war denn nun deine Reise?«

»Gut war sie, sehr angenehm, Isabell«, sagte Anne.

»Und mit Richard hast du dich gut verstanden?«

»Ja«, antwortete Anne, »das habe ich.«

Ankarette nahm Isabell, die weiter an der Tür stand, um ihr Kleid vor eventuellen Wasserspritzern zu schützen, die Kamille ab und gab sie in einen Kübel voll heißen Wassers. Dann begann sie, Annes Haare darin zu waschen. Die holte, den Kopf in den Nacken gelegt, tief Luft.

»Isabell«, sagte sie in Richtung der Decke, »kann ich heute den Gürtel mit dem blauen Stein haben?«

Vorsichtig strich Isabell eine Falte im Rock ihres Kleides glatt. »Du willst den Gürtel haben?«

»Ja, wenn du ihn nicht trägst.«

»Ich verstehe. Du willst dich hübsch machen für ... Richard, ja?«

Anne lächelte die Decke an. »Trägst du ihn oder nicht?«

»Nein, ich trage ihn nicht.« Isabell schien mit allem einverstanden. »Natürlich kannst du ihn haben. Ich will doch dem Glück meiner einzigen Schwester nicht im Weg stehen. Richard wird dich sicher noch hübscher finden mit diesem Gürtel. Und Ankarette sollte dir auch die passende Spange in die Haare stecken.«

Ankarette brummte leise vor sich hin. Irgendetwas an diesem Gespräch gefiel ihr nicht. Sie kannte das ewige Gezanke zwischen den Schwestern zu gut, um an einen plötzlichen Sinneswandel Isabells zu glauben. Aber was hatte eine Dienerin zu sagen? Sie begann, Annes dunkles, mit getrockneten Kamilleblüten bedecktes Haar auszuwringen.

»Du borgst mir die Spange?«, fragte Anne und sah ihre Schwester erstaunt an.

»Ja, natürlich«, Isabell lächelte ihr vertraulich zu. »Wenn du sie haben willst.« Sie machte eine kleine Pause. »Du magst ihn sehr, nicht wahr?«

»Legt den Kopf weiter zurück, Mylady«, kommandierte Ankarette, »sonst bekommt ihr das Badewasser in die Augen.«

»Also, du magst ihn sehr?«, wiederholte Isabell ihre Frage. Anne lächelte errötend und der Aufforderung Ankarettes nachkommend erneut die Decke an. Dann nickte sie. Isabell schaute ihre Schwester an. »Und er dich?«

»Ich glaube schon«, sagte Anne leise. »Isabell ... war es auch so, als du dich in Clarence ... also ... du weißt schon.«

Isabell lachte hell auf und ließ sich, Kleid hin oder her, sie würde sich ja noch umziehen, auf dem Rand des Badezubers nieder. »Als ich mich in George verliebte? Ja, genauso.« Sie blickte sinnend in die Ferne. »Es begann damit, dass er öfter zur Burg kam als nötig und länger blieb. Er schaute bei jeder Gelegenheit vorbei, selbst wenn sein Weg gar nicht an Middleham vorbeiführte. Na, Richard wird ja wohl das Gleiche tun. Undenkbar, dass ein Mann vorzeitig von einer Burg verschwindet, wenn er verliebt ist.« Isabell stand auf und strich erneut ihr Kleid ab. »Freu dich aufs Abendessen«, sagte sie. »Ich suche dir schon mal die Spange und den Gürtel raus.« Mit einem letzten Lächeln verließ sie das Badehaus. Anne sah ihr aus den Augenwinkeln heraus nach. »Ankarette«, sagte sie, »glaubst du auch, dass die Liebe alle Menschen verwandelt? Ich meine alle, mit denen man zu tun hat?«

Ankarette antwortete nicht. Was sollte man darauf schon sagen? »Leg den Kopf weiter zurück, Lämmchen«, sagte sie dann weich. »Ich muss diesen Kamillesud abwaschen.«

»Ich bekomme jetzt schon Genickstarre!«, rief Anne, »noch weiter geht einfach nicht!« Sie schrie erneut auf, als ein weiterer Schwall Wasser ihren Kopf und Rücken hinunterlief.

Frisch gebadet und mit mild duftenden Haaren, die wie immer nach der Haarwäsche einen leichten Rotschimmer zeigten und sich an den Schläfen zu locken begannen, saß Anne eine Stunde später auf dem großen Bett in ihrem und Isabells Schlafzimmer. Selten hatte sie sich mit so viel Freude und Sorgfalt für ein Abendessen umgezogen, und noch nie, so lange sie sich zurückerinnern konnte, war das Einvernehmen mit ihrer Schwester so gut gewesen. Isabell breitete Kleid um Kleid vor Anne aus und erwog sorgfältig das Für und Wieder jedes einzelnen Gewandes. Anne kicherte bei Isabells Ausführungen vor sich hin, bis schließlich das Weißseidene, das von Anfang an ihre erste Wahl gewesen war, die Zustimmung der Schwester fand. Mit dem Gürtel und einer ebenfalls von Isabell geborgten Brosche angetan stand Anne da. Isabell klatschte begeistert in die Hände. »Herausgeputzt wie eine Prinzessin!«, rief sie und lachte, »aber das bist du ja auch und schließlich – wenn man geliebt wird, fühlt man sich immer wie eine Prinzessin!«

Anne lächelte die ältere Schwester dankbar an. Je näher die Zeit für das Abendessen rückte, desto mehr fühlte sie sich hin- und hergerissen zwischen dem Bedürfnis zu tanzen, zu singen und still träumend in einer Ecke zu sitzen. Bei dem Gedanken, Richard gleich, in weniger als einer halben Stunde, beim Abendessen zu sehen, begann ihr Herz unruhig zu pochen, sie konnte es kaum abwarten und genoss doch diese erwartungsfrohe Spannung und die Sehnsucht nach ihm. Sie befühlte ihre Haare. »Sie sind beinahe trocken.«

»Ja«, antwortete Isabell und nahm eine Strähne von Annes dunklen Haaren prüfend in die Hand, »noch nicht ganz, wenn du mich fragst, aber es wird reichen.« Sinnend begann sie, die Haare der jüngeren Schwester zu bürsten und zu flechten. Dann steckte sie sie mit der ausgewählten Spange hoch und bedeckte sie mit einem Schleier, den sie kunstvoll feststeckte.

»Fertig«, flüsterte sie. »Wirklich: wie eine Prinzessin.«

Anne drehte sich um und schob ihre Hand in die ihrer Schwester. »Danke«, sagte sie leise. »Ohne dich …«

»Was, Dank«, antwortete Isabell, »du bist doch meine Schwester und ich liebe dich.« Im Schein des Feuers sah ihr Gesicht weich und gelöst aus. Sie fuhr sich abermals glättend über ihr eigenes Haar und lächelte Anne zärtlich an. Dann schlüpfte sie aus ihrem eigenen Kleid und zog ein bereits herausgelegtes blaues Gewand an. An ihren Haaren gab es nichts mehr zu richten, nach einiger Überlegung legte sie nur noch eine Kette aus roten Steinen um den Hals. Anne betrachtete sie. Sie hatte Isabell wegen ihrer Grazie stets bewundert.

»Du bist viel hübscher als ich«, sagte Anne sinnend, »ich wünschte, ich wäre auch so blond und gesittet und schön wie du.« Isabell lächelte sie an. »Heute jedenfalls wirst du alle überstrahlen. Du siehst wunderbar aus. Und deine Augen strahlen.« Ein letztes Mal überprüfte sie den Schleier ihrer Schwester. »Lass uns hinuntergehen«, sagte sie dann, »es ist Zeit. Und du bist sicher ungeduldig.«

Anne nickte leicht, eine Mischung aus Scheu, Angst und Ungeduld glänzte in ihren dunklen Augen. Gemeinsam schritten die Schwestern die Treppe hinab und wandten sich zur Brücke, die die große Halle mit ihrem im äußeren Ring gelegenen Schlafzimmer verband. Unterwegs nahm Anne wieder Isabells Hand. »Ich bin so aufgeregt«, flüsterte sie. Isabell erwiderte den Druck.

»Das ist normal«, flüsterte sie. »Wer weiß, vielleicht wird Vater die Verlobung ja schon heute verkünden, wenn Richard und er sich einig sind.«

»Oh Gott, meinst du wirklich?«

»Weiß ich doch nicht, aber warum warten? Bleib mal stehen.« Isabell zog Anne zur Seite. »Du hast da was.« Sie glättete ein weiteres Mal die Haare ihrer Schwester, steckte eine widerspenstige Strähne fest und kontrollierte den Faltenwurf des Kleides.

»Seh' ich gut aus?«

»Wunderschön. Wunderschön bist du.« Isabell musterte die Jüngere. »Richard wird einfach begeistert sein. Wenn er dich sieht.« Sie nickte zufrieden und lächelte. Wenn, dachte sie, ja, wenn er dich sieht, wäre er sicher begeistert. »Also los«, meinte sie dann. Die Schwestern waren vor der großen Halle angekommen. Die Türen öffneten sich vor ihnen. Hand in Hand betraten Isabell und Anne die Halle. Gemeinsam schritten die Schwestern an den niederen Tischen der Arbeiter, Mägde, Knappen und Ritter vorbei zur hohen Tafel. Der gesamte Hofstaat, sah Isabell, war bereits versammelt. Da waren Graf Warwick und die Gräfin, Clarence, dem sie verstohlen zulächelte, die Ratgeber des Grafen und die Angehörigen des höheren Adels. Richard fehlte. Sie fühlte Annes Hand in ihrer zucken und fester zupacken. Richard war nicht da. Anne hatte es bemerkt. Mit einer Art siebtem Sinn nahm Isabell die Aufregung und das Suchen ihrer kleinen Schwester wahr. Scheinbar ruhig nahmen die Schwestern ihre Plätze ein. Gespielt überrascht beugte sich Isabell zu Anne. »Wo ist Richard? Ich sehe ihn nirgends«, fragte sie flüsternd. Anne schüttelte den Kopf. »Ich weiß nicht«, gab sie leise zurück.

»Nun, er wird schon kommen«, meinte Isabell und drückte Annes Hand.

In der Mitte der Tafel hob Graf Warwick seinen Becher und gab damit das Signal zum Servieren und zum Beginn des Essens. Anne sah sich suchend in der Halle um. Wo war Richard? Warum wartete ihr Vater nicht auf ihn? Isabell lehnte sich zurück und nahm von dem kalten Braten, den ein Diener auf einer Platte servierte. Dann legte sie auch Anne etwas auf den Teller. »Iss«, zischte sie, »und guck nicht so aufgeregt, das fällt auf. Er wird schon noch kommen.«

Unsicher sah Anne sie an. »Meinst du?«

»Aber ja.« Erneut wandte sich Isabell zu einem der servierenden Diener. Anne schob das Fleisch auf ihrem Teller von einer Ecke in eine andere. Dann schnitt sie ein winziges Stück ab, war aber nicht in der Lage, es in den Mund zu stecken. Sie suchte Clarences Blick, erhaschte ihn aber nicht, Richards Bruder sprach mit dem Grafen. In der Miene ihres Vaters konnte sie auch nichts lesen, warum taten alle so, als sei alles völlig normal? Ihre Füße scharrten unter dem Tisch. Anne starrte auf ihren Teller und schloss einen Moment lang die Augen. Wenn ich die Augen wieder öffne, dachte sie bei sich, sitzt Richard ganz normal am Tisch und lächelt mir zu. Sie zählte bis zehn, dann öffnete sie die Augen. Nichts hatte sich verändert, sah man davon ab, dass Isabell weiter Essen auf Annes Teller legte.

»Hör auf«, zischte Anne. »Ich kann das alles niemals essen. Isabell, wo ist Richard?«

»Ich weiß nicht«, antwortete Isabell. »Vielleicht hat er noch irgendetwas zu erledigen.«

»Aber was?«

»Keine Ahnung. Du musst ja nicht gleich das Schlimmste annehmen. Er wird schon nicht abgeritten sein.«

Das Schlimmste?, dachte Anne. Abgeritten? Aber wieso sollte Richard abreiten? Ohne Gruß, ohne ein Wort? Das ist ja Blödsinn, dachte Anne, völliger Quatsch, das würde er nie tun. Einen Augenblick lang entspannte sie sich. Aber wo war er?

»Es wird sich schon aufklären«, flüsterte Isabell. »Ich frage Clarence nach dem Essen.«

Anne nickte. Isabell lehnte sich zurück und lächelte Clarence hinter Annes Rücken verschwörerisch zu.

Nie hatte, in Annes Erinnerung, ein Essen so lange gedauert. Als der Graf endlich gesättigt aufstand und die Musikanten zu spielen begannen, zog Isabell sie in eine Ecke am Feuer. »Warte hier«, sagte sie, »ich rede mit Clarence.« Aufgeregt, aber doch halbwegs beruhigt sah Anne ihrer Schwester nach, die wiegenden Schrittes zu ihrem Verlobten ging. Sie sah, wie die beiden ein paar Schritte zur Seite gingen, verstehen konnte sie in dem allgemeinen und üblichen Lärm nichts. Neben ihr bauten zwei Adelige ein Brettspiel auf, weiter entfernt saß ihr Vater und sprach mit seinen Ratgebern, noch etwas weiter hinten lauschte ihre Mutter mit einigen ihrer Damen der Musik. Vorne lachten und scherzten die höheren Bediensteten der Burg.

Tagsüber wurde gearbeitet, jetzt am Abend war Zeit für Entspannung, Musik und Gespräch in der großen Halle. Anne sah sinnend ins Feuer. Wie oft hatte sie, als Richard noch auf der Burg lebte, abends mit ihm am Feuer gesessen oder verbotene Streifzüge durch die Burg unternommen? Unzählige Male. Sie erinnerte sich, wie er auf dem Rückweg von Coventry ihre Hand gehalten hatte. Gleich würde sich alles aufklären. Eine Dienerin reichte ihr einen Becher Wein und sie nahm ihn dankend an. Isabell, sah sie, stand immer noch bei Clarence. Was dauerte denn nur so lange? Warum kam die Schwester nicht zurück? Jetzt, sah

Anne, jetzt tat sie einen Schritt nach hinten. Sie sah, wie Isabell sich umdrehte und auf sie zukam. Clarence folgte ihr. Anne sah das ernste Gesicht ihrer Schwester. Eine geheime Angst ergriff sie. Warum sahen die beiden so ernst aus? Vorsichtig stellte sie den Becher ab. Ihre Augen weiteten sich. Endlich standen sie vor ihr.

»Anne«, sagte Isabell, dann biss sie sich auf die Lippen und verstummte. Anne stand auf, die Augen starr auf Isabell gerichtet. Was war passiert?

»Anne«, begann Isabell ein weiteres Mal und verstummte erneut. Hilfe suchend blickte sie Clarence an. Richards Bruder räusperte sich, Anne wollte vergehen vor Ungeduld und Angst. Was war? Warum sprach Isabell nicht weiter?

Clarence tat einen Schritt nach vorn, setzte sich und griff nach Annes Hand. Er zog das Mädchen neben sich und sah sie ernst an. »Anne«, sagte er, »mein Bruder ist kurz vor dem Essen zurück an Edwards Hof geritten.«

Anne starrte ihn an. »Zurück? Nach Coventry? Aber ... wir sind doch gerade erst ... Clarence, warum?«

Isabell und Clarence wechselten einen ernsten Blick. Dann holte Clarence tief Luft. »Dein Vater hat ihm –« Er verstummte.

»Ja, was denn, um Himmels willen?«

Isabell setzte sich jetzt ebenfalls neben sie und legte den Arm um ihre Taille. »Anne«, begann sie. »Vater hat ihm angeboten, dich zu heiraten, und er –«

»Er?«

Isabell holte tief Luft. »Er hat abgelehnt, Anne. Er hat abgelehnt und ist abgeritten.«

»Nein«, flüsterte Anne.

»Ich war bei dem Gespräch dabei, Anne«, sagte Clarence. »Es tut mir Leid.«

»Das ist nicht wahr«, flüsterte Anne. Sie hatte ein Gefühl, als würde sie geschlagen. »Das kann nicht sein.« Hilfe suchend blickte sie im Raum um sich, als könne ihr jemand eine Erklärung geben, als müsse eine Antwort von den Wänden, den Teppichen oder irgendjemandem kommen. »Das kann nicht sein«, flüsterte sie erneut. Dann sprang sie auf. »Ihr lügt«, sagte sie hilflos, »er ist nicht abgeritten.« Sie wirbelte herum. Irgendjemand musste doch wissen, wo Richard wirklich war! Sie konnte keinen klaren Gedanken mehr fassen. Ihr Blick blieb an ihrem Vater hängen, der, offenbar auf dem Weg in seine Gemächer, nur zwei Schritte entfernt stand. Anne lief zu ihm.

»Vater«, sagte Anne und versuchte vergeblich das Zittern ihrer Stimme unter Kontrolle zu bekommen. »Wo ist Richard?«

Ernst sah der Graf von Warwick seine aufgelöste Jüngste an. Der Graf liebte seine jüngere Tochter, aber letztlich kam es nur auf Bündnisse und eine gute Ehe an. Je schneller sie die Idee einer Heirat mit Richard aufgab, desto besser. Warwick hielt nicht viel von Schonung. »Isabell sagt –«, begann Anne und wusste nicht weiter. »Isabell sagt, er sei abgeritten.«

»Er ist abgeritten«, sagte Warwick und nahm seine jüngere Tochter in den Arm. »Er ist abgeritten. Du wirst ihn vergessen.«

Anne zitterte. Dann wand sie sich aus den Armen ihres Vaters, raffte ihr Kleid auf und lief, so schnell sie konnte, aus der Halle. Am Feuer lächelte Isabell ein triumphierendes Lächeln.

Spät am Abend erreichte Richard ein Dorf. Ein kleines Dorf, nur eine Hand voll Häuser, soweit er es in der Dunkelheit übersah, aber ein Dorf mit einer Gaststätte, und erleichtert sprang er vom Pferd und betrat den Gastraum. Hinter dem Schanktisch sah ihn der Wirt auffordernd an. »Eine Unterkunft für die Nacht«, sagte Richard, »für mich und mein Pferd und ein Abendessen.«

Ohne ein Wort zu verlieren, nickte der Mann und deutete auf einen Platz beim Feuer. Erschöpft ließ Richard sich auf den angewiesenen Platz fallen. Hinter dem Schanktisch flitzte ein Junge von vielleicht zwölf, dreizehn Jahren hervor und rannte aus der Gaststube, um auf ein Zeichen des Wirts hin sein Pferd in den Stall zu führen. Richard starrte in die Flammen. Er war so müde, dass er kaum die Augen offen halten konnte. Schweigend stellte der Wirt einen Krug Bier und einen Teller voll Fleisch, Bohnen und Brot vor ihn. Einen Augenblick lang betrachtete Richard die Speisen. Er hatte das Gefühl, als sei er zu müde zum Essen, sogar zu müde zum Schlafen, als sei hier sitzen und diesen Teller anstarren das Einzige, wozu er noch die Kraft hatte. Für einen Moment erschien vor seinem inneren Auge das Bild der großen Halle in Middleham. Dort würden sie jetzt auch beim Essen sitzen. Was Anne denken würde? Dachte sie an ihn? Hatten sie ihr schon gesagt, was passiert war? Und was hatten sie ihr gesagt? Richard schüttelte die Bilder ab, er wollte jetzt nicht darüber nachdenken.

Zu Tode erschöpft, zog er seinen Umhang aus und begann zu essen. Fast augenblicklich merkte er, wie hungrig er tatsächlich war. Er schabte den Teller mit dem Brot vollkommen leer und trank das Bier aus. Erst dann fühlte er sich kräftig genug, seine Umgebung etwas näher anzusehen. Es war eine dunkle Gaststube mit einer niedrigen, vom Ruß geschwärzten Decke. Eine Treppe führte weiter hinten nach oben, wahrscheinlich zu den Kammern des Wirts und des Gesindes. Der Schanktisch nahm fast die gesamte Länge des Raumes ein. Ein, zwei Einwohner des Dorfs standen dort beim Bier. Auf der anderen Seite des Feuers saßen ein paar Gestalten im Gespräch. Aufmerksam geworden, bemerkte Richard, dass sie ihn hin und wieder musterten. Wahrscheinlich kommen nicht oft Fremde durch diesen Ort, dachte er. Er gähnte. Morgen würde er weiterreiten. Wenn er sich beeilte, konnte er in drei, vier Tagen wieder in Coventry am Hof sein. Er wollte eben aufstehen, als der Wirt wieder neben ihm stand.

»Noch eins?«, fragte er und nahm den leeren Bierkrug vom Tisch. Richard zögerte, dann zuckte er die Schultern und nickte. Warum nicht? Das Bier würde ihn weiter betäuben, er fürchtete, sich stundenlang im Bett hin und her zu wälzen, die Gedanken an Anne und ob er die richtige Entscheidung getroffen hatte würden ihn wach halten, wenn sein Körper erst einmal zur Ruhe gekommen war. Und nützten diese Gedanken noch etwas? Entschieden war entschieden, er hatte gewählt. Hatte er richtig gewählt? Und wenn nicht, gab es dann einen Weg zurück? Mit schleppenden Schritten brachte der Wirt ihm einen weiteren Krug Bier. Richard bemerkte, dass der Mann ein wenig hinkte, er zog das linke Bein nach.

»Was führt Euch in die Gegend«, fragte der Wirt. »Wir sehen hier selten Fremde.« Richard zuckte die Achseln, ihm stand der Sinn nicht nach einem Gespräch.

»Fahrender Ritter auf der Suche nach einem neuen Dienstherren?«, setzte der Mann nach.

»Wie kommt Ihr darauf?«, fragte Richard. Sein Gegenüber zuckte die Schultern. »Ihr reitet nicht gerade einen Ackergaul, Herr«, sagte er. »Und Eure Waffen taugen auch nicht zum Steineklopfen.«

»Nein, da habt Ihr Recht.«

»Ihr seid sehr jung für einen Ritter. Seid Ihr aus dem Norden?« Richard schüttelte den Kopf. Er bemerkte, dass die Männer jenseits des Feuers verstummt waren und aufmerksam zuhörten. Er war nicht gewillt, hier zu verkünden, wer er war und wo er herkam. Grundlegende Vorsicht war Teil seines Charakters, aber hier hatte er noch mehr als sonst das Gefühl, dass es besser war, nicht zu viel über sich zu erzählen. Gegenüber erhob sich einer der Männer und setzte sich zu ihm.

»Ihr erlaubt?«

Richard nickte.

»Ihr sucht eine Anstellung?«

Richard machte eine unbestimmte Handbewegung, die sowohl ein Ja als auch ein Vielleicht bedeuten konnte. Der Mann ihm gegenüber trug eine Kapuze, man sah nicht viel von seinem Gesicht. Im Feuerschein erhaschte Richard einen Blick auf tief liegende, dunkle Augen, die ihn abschätzend musterten. Das Alter des Mannes war schwer zu schätzen, sein Gesicht war noch glatt, aber in das Braun seines Barts mischten sich schon erste graue Strähnen. Der Fremde nickte dem Wirt zu, der sich daraufhin entfernte. Richard registrierte es verwundert.

»Unser Gastwirt hat Recht«, meinte sein neuer Gesprächspartner und musterte ihn durchdringend. »Ihr seid jung für einen fahrenden Ritter. Und für eine solche Streitaxt.«

Unbewusst legte Richard die Hand auf seine Waffe. Ich hätte sie draußen lassen sollen, dachte er, aber dann hätte der Schankjunge sie bemerkt und es hätte das gleiche Gerede gegeben, nur eben etwas später. Warwick hatte ihm diese Waffe anlässlich seines ersten gewonnenen Turniers gegeben. Es war die Streitaxt seines Vaters gewesen, das Einzige, was Richard von seinem Vater geerbt hatte. Die ausgezeichnete Waffe und seine Fertigkeit damit waren sein ganzer Stolz.

»Wo kommt Ihr her?«

»Aus dem Süden«, antwortete Richard und nahm, um Zeit zu schinden, einen weiteren Schluck Bier. Am Tisch gegenüber war das Gespräch vollends verstummt, alles schien auf seine Antworten zu lauschen.

»Aus dem Süden«, sagte der Mann gedehnt, »dann seid Ihr auf der Flucht vor der Pest in London?« Er schwieg einen Augenblick. »Eine schlimme Seuche, im Süden unseres Landes, und nicht nur die Pest.«

»Nein«, sagte Richard, immer mehr auf der Hut. Was wollte der Mann von ihm? »Nicht nur die Pest.«

»Oder«, fuhr der Mann fort, »man kann der Pest auch den Namen ›Woodville‹ geben, was meint Ihr?« Auffordernd sah er Richard an. Zustimmendes Gemurmel erhob sich am anderen Tisch.

»Ich kümmere mich nicht viel um hohe Politik«, sagte Richard ausweichend.

»Die beste Einstellung, mein Freund. Aber wir hier im Norden glauben, dass im Süden zu viel gegen unsere Interessen gehandelt wird, wenn Ihr versteht, was ich meine. Ja, viel zu viel. Und wir glauben, dass damit ein Ende wäre, wenn unser Landesherr wieder mehr zu sagen hätte bei Hof, wo König Edward seine Hure das Geld verprassen lässt.«

»Wer ist Euer Landesherr«, fragte Richard, so desinteressiert er konnte.

»Der Graf von Warwick sammelt Leute«, sagte der Mann und beobachtete Richard genau. »Mag sein, dass es Arbeit gibt hier im Norden für eine Streitaxt wie Eure.«

»Warwick sammelt Leute?«

»Hmm«, sagte der Mann. »Man muss sich verteidigen, Ihr versteht? Auch gegen Leute, die gegen die eigenen Interessen handeln.«

»Ihr meint –«

»Ich meine gar nichts. Ich meine nur, dass es vielleicht Arbeit für Euch gibt, wenn Eure Hand und Euer Mut so gut sind wie die Axt, die Ihr da habt.«

Er schwieg einen Moment und musterte Richard abschätzend. »Dieses Land«, sagte er dann gedehnt, »braucht einen guten König.«

»Es hat einen König.«

»Ja, das hat es. Aber einen guten, junger Freund? Hier im Norden gibt es einige, die denken, dass es noch eine weitere königliche Linie gibt. Und andere denken, dass sie Arbeit brauchen und für den in die Schlacht ziehen, der sie belohnen wird.«

»In die Schlacht?«

»Ich habe nichts weiter gesagt.« Mit einer katzenhaften Bewegung stand der Mann auf. »Aber der Graf sammelt Leute. Nur für den Fall, Ihr versteht. Und wenn Ihr eine Anstellung sucht, dann solltet Ihr nach Middleham Castle zum Grafen reiten.«

Richard nickte gedankenverloren. »Wenn der Graf Leute sammelt, wie Ihr sagt, dann werde ich das wohl tun, ja.«

»Fragt nach Marlick bei der Burg«, sagte der Fremde, »und sagt, Ihr kommt wegen der Robin-Aufstände.«

»Robin-Aufstände?«

Der Fremde lachte. »Ihr kennt doch die Geschichte. Wenn ein König ein schlechter Regent ist, dann ist es vielleicht das Volk, das zeigen muss, dass es zum wahren und guten König steht.«

»Ihr meint die Legenden von Robin Hood?«

»Die meine ich.« Geschmeidig setzte sich der Mann erneut. »Sagt mir, wer Ihr seid, und ich verrate Euch mehr.«

»Ich bin«, sagte Richard und holte tief Luft, »der dritte Sohn des Grafen von Huntleigh.« Er lachte bitter. »Ihr wisst, als dritter Sohn hat man keine große Auswahl am väterlichen Erbe. Und als Huntleigh keine Chance auf eine Anstellung am Hofe eines York-Königs.«

Er hoffte, dass die Geschichte glaubwürdig klang. Ich bin nicht geübt im Lügen, dachte Richard, selbst nicht gegenüber jemandem wie diesem Mann. Halt suchend griff er nach seinem Krug, um sein Gesicht einen Moment zu verbergen und möglichst uninteressiert auszusehen.

Der Mann nickte nachdenklich und musterte ihn weiter genau.

»Ja, ich weiß, wie das ist.« Er dachte einen Moment nach, dann schien er sich einen Ruck zu geben. »Also hört zu, dritter Sohn von Huntleigh.« Er machte eine kleine Pause. »Wir werden die Geschichte wieder lebendig machen und den Bastardkönig Edward und seine Bande von Yorks über kurz oder lang zum Teufel jagen. Die Robin-Aufstände.« Er lächelte. »Offiziell werden sie nichts mit dem Grafen zu tun haben – geplant ist eine Volkserhebung hier im Norden.«

»Habt Ihr viel Zulauf?«

»Wir rekrutieren. Und wir können einen schlagkräftigen jungen Ritter gebrauchen.«

Richard stand auf. Er hatte genug gehört. »Ich danke Euch«, sagte er, »ich werde morgen nach Middleham reiten. Aber dann brauche ich jetzt ein bisschen Ruhe und Schlaf. Es war ein weiter Ritt hierher.«

Der Mann nickte ihm zu. »Dann schlaft gut, Mann aus dem Süden. Ich denke, wir sehen uns morgen.«

Rechne nicht zu fest darauf, dachte Richard, während er eine knappe Verbeugung machte und dem Wirt dann in eine der hinteren Kammern folgte, wo er sich todmüde auf ein karges Strohbett fallen ließ. Edward musste davon hören. Schnellstmöglich. Aber er war zu erschöpft, um sofort weiterzureiten, und auch sein Pferd brauchte ein paar Stunden Ruhe. Er würde morgen, noch vor der Dämmerung aufbrechen, nahm er sich vor. Viele Gedanken gingen in seinem Kopf herum. Warwick plante Aufstände. Aber wann? Das würde er, so viel war klar, von diesem Gesellen nicht erfahren, das konnte er nur auf der Burg von Middleham herauskriegen. Und dort war er bekannt; niemand von den Rittern dort würde ihm den »dritten Sohn von Huntleigh« oder sonst etwas glauben. Warwick plante Aufstände. Das war Hochverrat. Warwick, dachte Richard, nie hätte ich dir das zugetraut. Wie ein Vater warst du zu mir. Und George. Wie weit bist du in diese Pläne eingeweiht? Und warum regt mich das alles so auf? Als Warwick mir – vor einigen Stunden erst – das Angebot machte, Anne zu heiraten und mich »auf die bessere Seite« zu stellen – Richard atmete schwer –, da war mir doch klar, dass das eben dies bedeutete.

Er warf sich unruhig auf die andere Seite. Aber es ist eben eines, etwas zu ahnen oder angedeutet zu bekommen, und etwas anderes, die eigene Ahnung von einem Fremden so bestätigt zu bekommen. Und sie rekrutieren schon! Mein Gott. Wohin nur steuert dieses Land? Was wird passieren? Was wird mir passieren, und was Anne? In dieser Auseinandersetzung kann es nur einen Sieger geben. Richard starrte in die tiefe Dunkelheit und gestand sich ein, dass Anne für ihn verloren war. Am Ende, dachte er, ist entweder sie die Tochter eines Hochverräters oder ich bin der – wahrscheinlich auf dem Schlachtfeld gefallene – Bruder eines bald vergessenen Bastardkönigs. Ob auch mein Kopf dann auf den Zinnen eines Tores stecken wird wie der meines Vaters?

Er konnte die Augen nicht mehr offen halten. Trotz seiner aufgewühlten Gedanken und der Enttäuschung über seinen Ziehvater und seinen Bruder, trotz des Verlusts, den er erfahren hatte, fiel Richard in einen tiefen Schlaf. Ich will sie nicht verlieren, dachte er noch, ich will und werde sie heiraten. Irgendwann. Im Traum schien es ihm, als sehe er Anne, sie stand am Bug eines Schiffes und entfernte sich immer weiter von ihm, die See war aufgewühlt, Regen peitschte die Wellen.

entwicklungen

Meilen entfernt, in ihrer Schlafkammer in Middleham Castle, war Anne sogar zu betäubt, um zu weinen. Der Schlag war zu heftig gewesen, binnen Sekunden war alles, worauf sie ihre bisherige Gewissheit gestützt hatte, zusammengebrochen. In ihrem Kopf kreisten die Gedanken, ohne dass sich einer wirklich festsetzen konnte, sie kreisten nur um das eine: Richard war abgeritten. Richard hatte sie verlassen. An der Tür des Gemachs stehend bereitete Anne sogar das Atmen Schwierigkeiten, nervös nestelte sie an den Verschlüssen ihres Kleides, um sich Luft zu verschaffen, tat zwei zögernde Schritte auf das Fenster zu – dann begann das Zimmer sich plötzlich zu drehen, während sie in ihrem Kopf immer wieder die Stimmen von Clarence, Isabell und schließlich ihres Vaters hörte: Er ist abgeritten. Nein, dachte sie noch, dann wurde ihr schwarz vor den Augen, und während sie, als einen letzten Halt in einer unsicher gewordenen Welt, versuchte, den Bettpfosten zu erreichen, sackte sie in der Mitte des Zimmers zusammen.

Dort fand sie Ankarette, als sie, Stunden später, kam, um die Nachtration Essen zu bringen und das Feuer ein letztes Mal zu schüren.

Während Anne von rasch herbeigerufenen Mägden aufgehoben und ins Bett gelegt wurde, während Ankarette das offenbar fiebernde Mädchen mit kaltem Wasser abwusch und Isabell sich, jetzt doch von Gewissensbissen beschwert, nervös auf die Lippen biss, saß der Graf von Warwick in seinen Privatgemächern und bedachte die Situation. Annes Gefühle spielten dabei für ihn eine untergeordnete Rolle. Man heiratete nicht aus Neigung. Man hatte ja gesehen, wohin Neigungsheiraten führten! Der gesamte Ärger mit König Edward hatte mit dessen Verehelichung mit der mittellosen Lancaster-Witwe Elisabeth Woodville begonnen, und seitdem hatte die zahlreiche und skrupellose Familie dieser Königin ihn, den väterlichen Freund, die Macht hinter dem Thron, verdrängt. Warwick war erzürnt. Es war sicher auch dieser Königin und den anderen Hofschranzen, Lord Scales zum Beispiel, zu verdanken, dass Edward auch in der Außenpolitik nicht mehr auf ihn hörte, mehr noch: ihn quasi kaltgestellt und tatsächlich vorgeführt hatte.

Mit kaum unterdrückter Wut dachte Warwick zurück. York und Lancaster waren die beiden Hauptlinien des Herrscherhauses Plantagenet, und York, dem er die Treue hielt, stand damals im zweiten Glied. Auf dem Thron saß das Oberhaupt Lancasters, der schwachsinnige König Heinrich VI., und hinter ihm stand seine Gattin, die herrschsüchtige Königin Margarete von Anjou. Nach einer längeren Zeit des Stichelns und Zähnezeigens zwischen den beiden Häusern war es zum offenen Kampf zwischen ihnen gekommen. Wann war das?, überlegte Warwick, 1455 mit der Schlacht von St. Albans. Er, als Oberhaupt des Hauses Neville, hatte an der Seite Yorks gestanden, damals noch geführt von Richard von York, dem Vater dieses Brüdergespanns Edward, der nur den Weibern hinterherlief und heute selbstständig regieren wollte, dem ewig unzufriedenen und leicht zu lenkenden George und dem kleinen Richard. Richard von York! Das war noch ein Mann gewesen, auf den man sich verlassen konnte, im Gegensatz zu diesem Edward, der sich nicht mit der Rolle des Kriegshelden begnügen wollte.

Zunächst allerdings waren die Dinge gar nicht schlecht gelaufen. Mit einem Lächeln dachte Warwick an die Schlacht von St. Albans zurück. Wie hatten sie die Truppen des Lancaster-Königs Henry VI. und seiner entsetzlich ehrgeizigen Frau Margarete von

Anjou geschlagen! Ein großer Sieg!, dachte Warwick, nur dass das Parlament in London nach einer Intrige Margaretes, die natürlich um nichts in der Welt ihre Macht aufgeben wollte, den Siegern der Schlacht den Einzug in London verwehrt und die Yorkisten geächtet hatte. Genutzt hatte es ihr langfristig allerdings nichts. Er, Warwick, war mit dem jungen Edward nach Calais geflohen. Dort hatte er Edward aufwachsen sehen, er hatte ihm alles beigebracht und seine Erziehung übernommen.

In dieser Zeit machte Edward kaum einen Schritt ohne seine, Warwicks, Erlaubnis. 1460 dann – war das wirklich erst acht Jahre her! – der Gegenschlag. Mit Wohlgefallen erinnerte sich Warwick daran, wie er von Calais mit einem Heer gekommen war, London besetzt hatte und den völlig überraschten König Heinrich gefangen genommen hatte. Heinrich! Dieser schwachsinnige Mann, den nichts als Religion interessierte und der bis zu diesem Zeitpunkt nicht begriffen hatte, was es hieß, König zu sein. Nämlich mit eiserner Hand zu regieren! Oder eben jemanden zu haben, der an seiner statt mit eiserner Faust regierte. Nun, diesen »Jemand« hatte Heinrich ja in der Person seiner Frau Margarete. Sie war herrschsüchtig, ehrgeizig und entschlossen. Halb bewundernd bedachte Warwick Margaretes Schachzüge nach der Gefangennahme ihres Mannes: Da hatte sie im Parlament tatsächlich so lange intrigiert und geplant, bis sie gerettet hatte, was zu retten war: Heinrich blieb König und Richard von York, sein Schützling, wurde lediglich Thronerbe. Ich hatte, dachte Warwick, tatsächlich alle Trümpfe in der Hand und trotzdem hat es dieses Weib geschafft, mich zu überlisten. Unfassbar!

Einen Augenblick lang hing er dem Gedanken nach, was er im Bund mit Margarete hätte erreichen können. Wenn sie nur nicht so grundlegend unsympathisch gewesen wäre! Diese Frau ging tatsächlich über Leichen – wie sich gezeigt hatte. Wakefield, dachte Warwick schaudernd. Wie gut, dass ich bei dieser Schlacht nicht dabei war. Margarete, die vom Parlament quasi enterbt worden war, hatte ein gewaltiges Heer aufgestellt, unterstützt von walisischen und schottischen Einheiten. Und trotz einer vereinbarten

Waffenruhe während Weihnachten hatte das Lancaster-Heer angegriffen und vor Schloss Sandal fiel Edwards Vater, Richard von York. Sie haben seinen Kopf abgeschlagen, erinnerte sich Warwick schaudernd, und ihn auf den Pfahl des Micklegate-Tors in York gesteckt, mit einer Krone aus Papier und Stroh darauf. Entsetzlich. Und das Gemetzel endete nicht, Margarete zog nach London und erlaubte ihren schottischen und walisischen Truppen dabei, den gesamten Süden Englands zu plündern. Dreißig Meilen lang brannten diese Barbaren die Dörfer nieder, schändeten Frauen, plünderten Kirchen. Krieg ist kein Spiel, aber dieser Kampf auf Leben und Tod, jenseits aller ritterlichen Regeln – dieses Weib! Sie hat damit angefangen, dachte Warwick. Kein Wunder, dass sie sich alle Sympathien in London verscherzt hat. Aber ein Wunder, dass London ihr Widerstand leistete. Nur ungern dachte er an diese Tage zurück.

Margarete hatte König Heinrich nach einer weiteren siegreichen Schlacht befreit, dann marschierte sie auf London los. Das Chaos in der Stadt war grenzenlos. Während Margaretes Heer schon damit begann, die Vorstädte zu plündern, versuchten Tausende Menschen zu fliehen. Brandgeruch lag in den Straßen, die Luft war erfüllt von den Schreien der Fliehenden, die ganze Stadt war von Panik ergriffen. Und dann – das Wunder. London leistete Widerstand, und während Margarete noch zögerte, zogen Edward und ich dort ein. Das tapfere London!

Fast sofort bestätigte das Parlament, in dem Margarete nun keine Freunde mehr hatte, Edward als Erben Yorks zum König von England. Er muss ihnen vorgekommen sein wie ein vom Himmel geschickter Retter, lächelte Warwick, die Rettung vor Margaretes Truppen, dazu war Edward zwar gerade mal neunzehn Jahre alt, aber schon kriegserprobt, und mit seiner Größe von einem Meter dreiundneunzig, seinem Charme und seinen blonden Haaren wie zum König geschaffen. Ein Kriegsheld! Der Sieg bei Towton, eine Woche nachdem er König geworden war, war das Unglaublichste, was selbst ich je gesehen habe. Ein Schneesturm, ein zahlenmäßig unterlegenes Heer – und was für ein Sieg! Die Reste der Lancaster getötet oder gefangen genommen, Margarete floh mit ihrem schwachsinnigen Ex-König Heinrich nach Schottland – und ich konnte in Ruhe darangehen, das Reich zu festigen und die Regierung zu führen. Eine glorreiche Zeit. York saß endlich fest im Sattel und Edward verbrachte seine Zeit mit dem, was er am besten konnte: Mädchen hinterherzulaufen und auf die Jagd zu gehen.

Mit einem Ruck kehrte der Graf von Warwick in die Gegenwart zurück. Und jetzt? Jetzt bildete dieser gut aussehende Narr sich tatsächlich ein, selbst regieren zu können. Heiratete ohne Absprache Elisabeth Woodville statt einer französischen Prinzessin, lässt mich seelenruhig in Frankreich über einen Ehevertrag für seine Schwester Margarete verhandeln, während er in London Abgesandte von Burgund empfängt! Ein Bündnis mit Burgund statt mit Frankreich, besiegelt durch eine Ehe der Schwester des Königs mit dem Herzog von Burgund! Frankreich war das Land, mit dem ein Bündnis eingegangen werden musste, und Warwick war die Macht hinter dem Thron! Allerdings, dachte Warwick. Frankreich. Und wenn das Bündnis nicht über Edward zustande kommt, dann eben über jemand anders. Lancaster war gestürzt, Lancaster konnte wiederbelebt werden. Die skrupellose Margarete von Anjou saß in Frankreich als Gast König Ludwigs. Und Margarete von Anjou hatte einen Sohn. Was man nicht erkämpfen kann, dachte Warwick, kann man sich vielleicht erheiraten. Er schloss die Augen. In seinem Kopf keimte eine Idee. Wie gut, dachte er, dass ich zwei Töchter habe.

Gegen Mittag des fünften Tages erreichte Richard Coventry. Unterwegs hatte es zu schneien begonnen, in der Nacht fror es und morgens suchte sich sein Pferd einen Weg über gefrorenen Schneematsch: Richard kam bei weitem nicht so schnell vorwärts, wie er gehofft hatte. Mehrmals musste er unterwegs den Wunsch bekämpfen, einfach irgendwo zu rasten und besseres Wetter abzuwarten; er hatte keine Zeit. Die Nachricht von Warwicks offenbar geplantem Verrat – Richard konnte es noch nicht über sich bringen, das, was er gehört hatte, als Tatsache hinzunehmen – musste den König erreichen, Edward musste wissen, was sich da an neuen Schwierigkeiten im Norden des Landes zusammenbraute. Und bisher war er, Richard, der Einzige, der ihm diese Nachricht bringen konnte. Dieses Wissen trieb ihn, trotz Müdigkeit und schlechtem Wetter, weiter. Er verbot sich alle Gedanken an Anne, konnte aber nicht verhindern, dass ihr Gesicht zeitweise vor ihm auftauchte: ein verlorenes Trugbild im Schnee, so kam es ihm vor, und doch real. Dann schüttelte er die Gedanken ab, trieb sein Pferd, trotz der vereisten Wege, zu halsbrecherischem Tempo und wusste nicht, was ihn mehr antrieb: das Bedürfnis, seine Gefühle hinter sich zu lassen, oder der leise Wunsch, nicht, nie, in Coventry anzukommen und seinem Bruder sagen zu müssen: Der Vater der Frau, die ich liebe, der Mann, der Vaterstelle an mir vertreten hat, ist ein Verräter. Er spürte, er war auf dem besten Weg, seinen Verstand zu verlieren.

Am Mittag des fünften Tages erreichte er Coventry. Der Burghof war geschäftig wie immer, und ebenfalls wie immer entdeckte ihn Lord Hastings, Edwards Haushofmeister, sofort. Der Mann hat Augen wie ein Luchs, dachte Richard, und wahrscheinlich zwei Doppelgänger. Hastings, so schien es ihm, war immer an mindestens drei Orten gleichzeitig. Müde übergab er die Zügel seines Pferdes dem Knappen, der auf einen Wink von Hastings heraneilte. Richards Beine versagten fast.

»Gut, Euch wieder bei uns zu haben, Herzog von Gloucester«, sagte Hastings und hielt Richard stützend am Arm fest. »Und es war ein anstrengender Ritt, wie ich sehe.« Richard nickte nur. Hastings musterte ihn, seine kleinen Augen blinzelten wie immer unruhig hin und her und schienen doch sein Gegenüber wahrzunehmen. »Ich glaube, Ihr braucht dringend einen Becher Wein und einen Platz am Feuer.«

»Das auch«, antwortete Richard, »aber zuerst brauche ich ein Wort mit dem König.«

»So bringt ihr dringende Nachricht, und da Ihr von Middleham kommt und ausseht wie das Leiden Christi wohl auch schlechte.« Richard nickte.

»Der König inspiziert den Turnierplatz«, sagte Hastings und lachte sein typisches, bellendes Lachen, »das ist eine Nachricht, die Ihr wohl auch nicht gerne hört.«

Richard lächelte. »Nein, die Antwort: ›Er ist im Kronsaal und wärmt sich die Hände am Feuer‹ wäre mir lieber gewesen, denn das ist es, was auch ich tun möchte.«

»Wer kann in diesen Zeiten schon tun, was er möchte?«

»Diese Antwort hätte ich eher von Lord Scales erwartet als von Euch.«

Hastings zog die Augenbrauen hoch. »Die Zierde unseres Hofes, Lord Scales, findet Ihr wohl ebenfalls beim König. Wenn ich recht verstanden habe, so will unser König von Gottes Gnaden auf Wunsch der Königin die Logen vergrößern. Oder verschönern. Und da darf der Rat von Lord Scales natürlich nicht ungehört bleiben.«

Richard verbeugte sich. Intrigen und Sticheleien, wo man hinsah. War das schon immer so, fragte er sich, oder war ich früher bloß zu jung, um es zu bemerken? Er verabschiedete sich vom Haushofmeister, der noch versprach, seine Gemächer vorzubereiten, und machte sich auf den Weg zum Turnierplatz. Unterwegs fiel ihm, trotz seiner Müdigkeit, eine Frau auf, die eilig von der Küche in Richtung des Wohnturms lief. Ihr Gewand wies sie eindeutig als Angehörige des Adels, wenn auch vielleicht des niederen Adels, aus, für eine Magd war es zu reich bestickt. Auffälliger aber war, dass sie trotz der Kälte keinen Umhang umgelegt hatte und es nicht sonderlich eilig zu haben schien. Sie schlenderte eher, und als sie auf Richards Höhe ankam, blieb sie stehen und sah ihn einen Moment lang an. Kenne ich diese Frau, fragte sich Richard und verlangsamte ebenfalls seinen Schritt. Sie war mittelgroß, älter als er und hatte ein gefälliges, aber nicht besonders hübsches Gesicht, ihr dunkles Haar war auf dem Kopf festgesteckt und nicht von einem Schleier bedeckt. Sie schob eine Strähne hinter das Ohr, lächelte ihm zu und ging ebenso langsam wie zuvor weiter. Richard überlegte noch einen Moment, dann strich er die kurze Szene aus seinem Kopf und setzte seinen Weg zum Turnierplatz fort. Was interessierten ihn die zahlreichen Bewohner dieser Burg und Angehörigen von Edwards Hofstaat? Er hatte es eilig. Der Schnee knirschte unter seinen Schritten. Auf dem Platz angekommen, sah er die Silhouetten seines Bruders und Lord Scales' sofort. Gegen den blauen und weiter unbarmherzig kalten Himmel hob sich die hünenhafte Gestalt des Königs ab, sein blondes Haar leuchtete in der Sonne. Edward sprach mit weit ausholenden Bewegungen. Neben ihm, kleiner, weniger imposant und dunkel, stand Lord Scales, offenbar in die Ausführungen des Königs vertieft. Richard näherte sich den beiden.

»... und dort«, sagte der König und deutete auf eine weiter entfernte Stelle, »dort soll es hin, so wenig ich die Franzosen mag, aber diese Neuerung ist in der Tat – Richard!« Edward hatte seinen Bruder entdeckt. »Richard, wie fein, wann bist du angekommen?«

»Gerade eben, mein König.«

»Ja, lass das ›mein König‹ mal weg, mein Junge, wir sind unter Verwandten, erfreulicherweise. Fein! Aber du siehst aus, als könntest du einen Schluck, einen Bissen und ein Dach über dem Kopf gebrauchen – um ehrlich zu sein: Du siehst sehr erschöpft aus.«

Richard lächelte und verbeugte sich leicht. Er liebte seinen Bruder. Er liebte dessen ungezwungene Umgangsformen, die sich – zumindest im Familienkreis – nicht durch die Krone verändert hatten, seinen immer noch jungenhaften Charme, sein ungekünsteltes Benehmen. Das ganze Reich liebt ihn deswegen, dachte Richard. Was immer andere auch darüber denken mochten: Edward war ein guter König.

»Also, kommt, ihr beiden«, fuhr Edward fort. »Der Turnierplatz läuft uns ja nicht weg. Ans Küchenfeuer mit uns. Und schnell, wenn ich dich so ansehe. Und wenn Anthony uns nicht folgen kann, mit seinen höchst übertriebenen und – nach der neuesten päpstlichen Bulle – verbotenen und ketzerischen Schuhen, dann wird er eben nicht nur in der Hölle braten, sondern auch zusehen müssen, wie er uns folgen kann.«

»Ich folge Euch auch in die Hölle, Edward«, antwortete Lord Scales lächelnd. »Allerdings nur, wenn es unbedingt sein muss. Eure Gesellschaft wiegt die dort herrschenden unangenehmen Bedingungen auf. Und wenn meine Schuhe das einzig Ketzerische an mir sind – nun, die kann ich ausziehen.«

»Aber bitte nicht jetzt, mein Freund, das dauert wirklich zu lange. Aber ich weiß nicht, ob ich tatsächlich mit Freuden höre, dass Ihr das Verbot des Papstes so wenig ernst nehmt.«

Anthony Lord Scales grinste. »Der päpstliche Bann könnte nicht mal eine Fliege töten, mein König, es sei denn, man schlägt mit der Botschaft nach ihr.«

»Ich weiß nie, ob Ihr nicht wirklich ein Ketzer seid, Lord Scales. Aber dieses Gespräch führen wir auch besser am Feuer. Richard zittert. Also los! Und seht zu, ob Ihr hinterherkommt!«

Und mit diesen Worten drehte sich der König um, nahm Richard am Arm und marschierte mit ihm in Richtung des Wohnturms. Lord Scales folgte – trotz seiner Schuhe, deren Spitzen, wie Richard bemerkte, tatsächlich so lang waren, dass er fast darüber stolperte.

Obwohl er das feine Geplänkel und die Beredsamkeit liebte, war es in wichtigen Dingen nie Edwards Art gewesen, lange um den heißen Brei zu reden. Die Gespräche um nichts und gar nichts oder über Religion, Literatur und Kunst, die er vor allem mit Lord Scales führte, machten Edward zwar Spaß, wenn es jedoch ums Regieren ging, zeichnete er sich durch Zielstrebigkeit und Schnelligkeit aus, sowohl im Gespräch als auch in seinem Handeln. Und da Richard die Beredsamkeit und das als höfisch und charmant geltende Benehmen ohnehin nicht in die Wiege gelegt worden waren, erzählte er kurz und knapp von dem, was er gehört hatte. Zuvor waren sie in den Privatgemächern des Königs angekommen und er konnte seine schmerzenden Füße und Hände am Feuer wärmen. »Warwick plant einen Aufstand«, begann Richard, um dann über Warwicks Angebot an ihn auf Middleham und das Gespräch mit dem Fremden im Dorfgasthaus zu berichten. Doch entgegen seiner Erwartungen zeigte sich Edward nicht sonderlich schockiert. Der König hörte ihn ruhig an, dann nickte er.

»Ich habe so was erwartet«, sagte er und blickte halb sinnend ins Feuer. »Warwick ist ein eitler und aufbrausender Geck. Du hast das nie so gesehen, Richard, du hast deine halbe Kindheit bei ihm verbracht und das, was ein Blender am besten kann – ist nun mal blenden. Vor allem, wenn er seinen Charme auf ein Kind richtet. Trotzdem. Was machen wir da?« Richard kannte seinen Bruder gut genug, um zu wissen, dass diese Frage rhetorisch gemeint war. Einen Augenblick war nur das Knistern des Feuers zu hören.

»Der Bürgermeister von London hatte gerade einen ähnlichen Streit mit einem seiner Minister«, ließ sich Lord Scales aus dem Hintergrund vernehmen. »Aber ich glaube nicht, dass sein Rezept auch für Warwick passt.«

»Warum«, fragte Edward, der seine Londoner, wie er sie nannte, liebte und stets begierig war auf Geschichten aus der Bevölkerung. »Was war da los?«

»John Derby hat sich geweigert, einen toten Hund wegzuschaffen, der vor seiner Tür lag, oder dafür zu bezahlen, dass das Tier weggebracht wurde. Der Streit zog sich um Wochen hin, könnt Ihr Euch vorstellen, wie das Vieh gestunken haben muss?« Anthony schüttelte sich. »Selbst in dem ständig stinkenden London muss es die ganze Straße verpestet haben.«

»Ja, und dann?«

Anthony zuckte die Schultern. »Ein Gericht von Ratsherren verurteilte Derby zu einer Strafe von einem Pfund. Das war's – sieht man davon ab, dass Derby und der treue Bürgermeister nicht mehr miteinander reden, aber das wird sich wohl auch wieder geben. Der Hund hat gute Aussichten, über kurz oder lang eine Anekdote zu werden, denke ich, wenn nicht sogar ein Präzedenzfall.«

»Anthony, das ist zwar hübsch, aber ein Pfund Strafe erscheint mir im Fall Warwick ähnlich wirksam wie eine päpstliche Bulle.«

»Da habt Ihr wohl Recht.«

»Über kurz oder lang wird es wohl zum Bruch mit Warwick kommen. Aber um ehrlich zu sein: Mir wäre ›lang‹ in diesem Fall lieber, ich habe absolut keine Lust, mich mit ihm auseinander zu setzen.« Edward seufzte. »König zu sein könnte so angenehm sein! Aber so ein Seufzer hilft mir jetzt auch nicht. Egal. Das Problem Warwick wird gelöst werden – auf die eine oder andere Art und Weise.«

Richard starrte ins Feuer und fragte sich, was »die andere Art« wohl war. Krieg, dachte er, Kampf.

»Zunächst wird Warwick zum Staatsrat kommen.« Richard machte eine Bewegung, als wolle er sagen, das sei noch nicht sicher, aber Edward wischte seinen Einwand, schon bevor er ausgesprochen war, vom Tisch. »Sicher wird er kommen, auch wenn er dir keine Zusage gegeben hat, Richard. Du kennst Warwick nicht so gut wie ich. Er wird den Erzbischof von York, der ja nicht zufällig ebenfalls den Familiennamen ›Neville‹ trägt, als Schlichter herschicken, ich werde ein paar Zugeständnisse machen und Warwick wird kommen, du wirst sehen. Damit hat er mir dann wieder mal gezeigt, wie wichtig die Familie Neville ist, und ich habe ihn zum Staatsrat hier, jeder wahrt sein Gesicht. So weit ist also alles klar.«

Einen Augenblick lang fragte sich Richard, ob ihm offener Kampf nicht doch lieber war als dieser diplomatische Eiertanz.

»Wenn alles gut geht – und das wird es – besiegeln wir Ende März den Heiratsvertrag mit Burgund. Was Warwick dann tun wird – das werden wir sehen und entsprechend reagieren. Bis dahin jedenfalls wird Ruhe herrschen. Warwick wird den offenen Bruch so lange wie möglich vermeiden. Wenn es zu Aufständen im Norden kommt – was für eine Idee, die Robin-Hood-

Legenden wiederbeleben zu wollen! –, werden wir einen Feldzug starten. Wir haben die Schotten befriedet, die Waliser – mehr oder weniger jedenfalls –, wir haben Lancaster aus dem Land geworfen, wir werden ja wohl mit diesem bisschen Gesindel fertig werden. Wenn es tatsächlich dazu kommt, was ich gerade nicht glauben will.« Edward gähnte und streckte sich. »Was ich derzeit glauben will, ist, dass es bald Essen gibt. Es muss Essenszeit sein, oder? Was sagen eure Mägen? Meiner – und meiner ist der des Königs – sagt: Essen.« Edward stand auf, und sofort erhoben sich auch Richard und Lord Scales und folgten ihm. Richard, so hungrig er nach den Anstrengungen der letzten Tage auch war, aß wenig, zu viel ging ihm im Kopf herum. Als er einmal aufblickte, traf sein Blick ein dunkles Augenpaar. Am unteren Ende des Tisches saß die dunkelhaarige Frau, die er im Burghof gesehen hatte. Sie lächelte nicht, aber ließ ihn nicht aus den Augen.

So endete das Jahr 1467. Nach einer Zeit relativer Ruhe im Königreich zogen Gewitterwolken am Horizont auf, zeichneten sich neue Schwierigkeiten ab. Schwierigkeiten, die Edwards Krone gefährden konnten? Richard wollte es noch nicht glauben. Aber nicht zum ersten Mal wünschte er sich, tatsächlich ein »dritter Sohn von Huntleigh«, oder besser noch: der Sohn eines einfachen Kaufmannes oder Bauern zu sein, der mit der hohen Politik, dem Kampf und der Diplomatie nichts zu tun hatte.

zweiter teil
1468 — 1470

Margaretes Hochzeitszug

Zu Beginn des Jahres 1468 nahm George Neville, Erzbischof von York, seine Pendeldiplomatie zwischen seinem Vetter, dem Grafen von Warwick, und König Edward auf. Unermüdlich ritten seine Boten zwischen Nottingham, wo sich der Graf derzeit aufhielt, und dem königlichen Hof in Coventry hin und her. Im Grunde, und darüber waren sich alle einig, obwohl sich jeder hütete, es laut auszusprechen, waren die Streitpunkte nur Kleinigkeiten; Kleinigkeiten aber, hinter denen, unbeantwortet, die große Frage stand: Wie viel Einfluss und Macht sollte Richard Neville im Königreich haben? Wer sollte England wirklich regieren: Warwick hinter oder König Edward auf dem Thron? Kompromisslos zeigte sich der Graf in seiner Meinung, dass sich der König auf das Repräsentieren und, wenn es nötig war, Kriegführen beschränken sollte. Der König hingegen war davon überzeugt, dass er nur Gott verantwortlich war und – gleichgültig, wie hoch Richard Nevilles Verdienste in der Vergangenheit auch waren – selbst regieren wollte und würde.

Die Aufgabe des Erzbischofs von York war entsprechend schwierig. Da mussten zwei – in seinen Augen gleich dickköpfige und sture – Männer in Nichtigkeiten überzeugt und in der großen Frage so weit gebracht werden, dass der Staatsrat stattfinden konnte. Im Grunde, das war allen Beteiligten klar, war der endgültige Bruch zwischen der Familie Neville und der Linie York des Hauses Plantagenet auf lange Sicht wohl unvermeidlich. Alle Beteiligten jedoch waren ebenfalls der Meinung, dass es jetzt darum ging, Zeit zu schinden – Zeit, in der zusätzliche Verbündete gesucht, die Figuren neu aufgestellt werden konnten. Wie der Erzbischof von York einem seiner Vertrauten einmal mitteilte, ging es nicht um eine endgültige Lösung, sondern lediglich um eine Pause.

In der letzten Januarwoche jedenfalls war das Kunststück vollbracht und Warwick reiste nach Coventry ab. Ausschlaggebend war wahrscheinlich das Argument des Erzbischofs, dass für die Familie Neville noch nicht die Zeit gekommen war, alle Brücken hinter sich abzubrechen. Noch bestand Hoffnung – so der Erzbischof, der in der Lage war, auch Argumente, an die er selbst nicht glaubte, überzeugend vorzubringen –, Edward wieder zu bekehren, dass er mehr erreichen konnte, wenn er Warwick neben sich hatte. Der Graf ließ sich umso eher überreden, als der Stein des Anstoßes, das geplante Bündnis mit Burgund, besiegelt durch eine Ehe der Schwester des Königs, Margarete von York, mit Herzog Karl von Burgund, bisher eben nur geplant, aber noch nicht beschlossen war. Warwicks Herz hing weiter an einem Bündnis mit Frankreich, worüber allerdings sogar der Erzbischof heimlich den Kopf schüttelte. Zu gut waren den Engländern noch die Kriege, die sie mit Frankreich geführt hatten, im Gedächtnis. Frankreich war der Erbfeind, und niemand im Königreich, außer dem Grafen von Warwick, wollte ein Bündnis mit dem schlauen Fuchs Ludwig. Darüber hinaus war das kleine Herzogtum Burgund als Handelspartner wichtig. Wenn der Graf von Warwick tatsächlich mit der Hoffnung angereist war, Edward zu einer Umkehr in seiner Außenpolitik zu bewegen, musste er enttäuscht werden.

Aber Edward verstand es, den Misserfolg gut zu verpacken. Obwohl er längst zum Burgunder Bündnis entschlossen war, hatte er doch den Ehe- und Bündnisvertrag noch nicht unterschrieben. Das gab Edward die Möglichkeit, den Gegner in den Schlaf zu singen. So tat er auf dem Staatsrat in Coventry nichts anderes; er weihte seine Lords und den Grafen in den derzeitigen Stand der Dinge ein, bat um ihre Meinung und versprach, alles

Vorgetragene wohl zu erwägen. Die Warwick verhassten Verwandten der Königin, die Woodvilles, hielt Edward außer Sichtweite, das Treffen lief entsprechend gut – und blieb mehr oder weniger ergebnislos. Der Erzherzog von York rieb sich die Hände, während sich König Edward insgeheim den Schweiß von der Stirn wischte, und jeder der Hauptakteure nahm aus diesem Treffen das mit, was er mitnehmen wollte. Der Graf von Warwick reiste ab in dem Glauben, dass seine Macht über Edward im Grunde ungebrochen war. Der König war sich sicher, dass Warwick sich letztlich mit dem Platz des ersten Dieners der Krone zufrieden geben würde. Neben der Tatsache, dass Edward den brennenden Ehrgeiz des Grafen unterschätzte, hatte er allerdings auch vergessen, dass der direkte Platz hinter seinem Thron bereits vergeben war: Dort stand Elisabeth mit ihrer Sippe, und sie war nicht im Mindesten geneigt, diesen Platz zu räumen – weder für Warwick noch für jemand anderen.

Mitte März zog der Hof von Coventry zurück in die Hauptstadt. Und dort bekam Edward den unbedingten Machtwillen und die Rachsucht seiner Frau deutlich zu spüren.

Mit einem Knall flogen die Türen zu den Privaträumen Richards im Palast von Westminster auf und mit riesigen Schritten stürmte der König von England hinein.

»Richard«, brüllte Edward, und nur für den Fall, dass er nicht gehört worden war, gleich noch einmal: »Richard!«

Was ist passiert?, fragte sich Richard, von diesem königlichen Überfall am frühen Morgen überrascht. Ein Aufstand in Wales? Ist die Königin wieder schwanger? Ludwig in England eingefallen? Edward warf sich auf das Bett seines Bruders.

»Sie haben unterschrieben!«, sagte er und strahlte über das ganze Gesicht. »Begreifst du das? Hast du gehört? Sie haben unterschrieben!« Unfähig, ruhig liegen zu bleiben, stand Edward sofort wieder auf und lief aufgeregt im Raum hin und her. »Ja! Das Bündnis ist perfekt! Londons Kaufleute werden mich dafür lieben, Ludwig, der fette Fuchs von Frankreich wird sich schwarz ärgern. Ich werde eine Rede halten im Parlament, ich lege ihnen das Bündnis vor! Lords und Gemeine werden begeistert sein, das bringt Geld in die Kassen, Geld! Und es sichert die Position. Sie haben unterschrieben, Richard!«

»Meinst du das Bündnis mit Burgund?«, fragte Richard vorsichtig, dem nur langsam klar wurde, wovon sein Bruder sprach.

»Natürlich! War denn an diesem Hof in der letzten Zeit von etwas anderem die Rede? Karl hat den Ehevertrag unterschrieben, die sehr liebreizende, wunderbare Margarete, unser Schwesterchen, heiratet den Herzog von Burgund. Oder er sie. Je nachdem. Ist ja auch egal. Also, das Bündnis ist vollbracht und ich werde es jetzt, in dieser Sekunde, unterschreiben und siegeln.«

Richard lächelte. Edwards Elan war mehr als ansteckend und riss ihn auch heute wieder, wie so oft in letzter Zeit, aus seinen trüben Gedanken. Trotzdem brannte ihm noch etwas auf der Zunge.

»Edward«, begann er vorsichtig, »ich will deine Freude ja nicht bremsen –«

»Das, mein Junge, ist auch absolut unmöglich.«

»Aber weiß Herzog Karl, dass Margarete … nun ja … nicht wirklich jungfräulich, aber auch keine Witwe ist?«

»Das hast du herrlich ausgedrückt, Richard, das muss ich mir merken. Margaretchen ist eben einfach kein Kind von Traurigkeit, ich mag das an ihr, und Karl war von ihrem Charme ganz hingerissen. Was nun«, Edward schmunzelte, »dieses ganz und gar unerhörte Gerücht angeht, dass meine Schwester, Margarete von York, einen Sohn hat, so ist natürlich ganz klar, dass das nicht stimmen kann, weil sie sich noch nie im heiligen Stand der Ehe befunden hat. Ein absolut stimmiger Beweis, nicht wahr? Und Herzog Karl hat bereits angekündigt, dass er jeden, der entsprechende Gerüchte über seine Braut verbreitet, eigenhändig in den Fluss werfen wird.« Edward lächelte erneut. »In welchen, hat er nicht näher präzisiert, aber er hat versprochen, mich dazu einzuladen. Du darfst mitkommen zu der Feier, wenn du willst.« Er machte einen Moment lang Pause. »Feier, richtig, noch so ein Stichwort. Ich denke, ich werde Warwick einladen, den Brautzug anzuführen. Das lässt er sich nicht entgehen, und es ist eine Gelegenheit zu zeigen, dass die Häuser York und Neville in Treue fest zueinander stehen. Ja, das werde ich tun. Was meinst du dazu?«

»Warwick wird toben, wenn er von dem Bündnis hört«, antwortete Richard, dessen Herz schneller zu klopfen begann. Warwick würde seine Töchter zu diesem Ereignis mitbringen. Vielleicht, dachte Richard, gibt es eine Möglichkeit, Anne zu sehen!

»Warwick wird toben, liebster Bruder, aber das soll er auf seiner Burg da oben in Wensleydale tun. Wenn er den Zug anführt wird das Volk jubeln, und er wird begeistert sein von der Euphorie, das wird ihn besänftigen. Du kennst doch Warwick! Schmeicheleien konnte er noch nie widerstehen.« Edward musterte seinen jüngeren Bruder scharf. »Richard, sag mal«, sagte er dann, »täusche ich mich oder bist du gerade ein bisschen weiß um die Nase geworden?«

Richard zuckte die Schultern.

»Es geht immer noch um Lady Anne, nicht wahr?« Edward lächelte. Derzeit gab es für ihn kein einziges unlösbares Problem, und wenn er auch aus politischen Gründen absolut dagegen war, dass sich das Haus York enger an die Familie Neville band, so wollte er seinen jüngsten Bruder doch glücklich sehen. Er ist zu ernst, dachte Edward, er nimmt all diese Dinge viel zu ernst. Ich muss ihm irgendwann mal klar machen, dass Frauen vor allem zum Vergnügen da sind. Er lächelte weich. »Nun, du wirst sie sehen bei Margaretes Hochzeitszug.«

»Aber auch nur sehen, wer weiß, was sie ihr erzählt haben nach meiner Abreise von Middleham, und Anne ... als wir noch Kinder waren, hat sie mal drei Tage nicht mit mir gesprochen, weil ich beim Menuett mit einem anderen Mädchen tanzte.«

»Genauso störrisch wie ihr Vater, der alte Esel. Was für eine Familie! Ich möchte, dass du dich auf diesem Fest amüsierst! Wenn nicht mit Anne, dann mit einer anderen Frau. Richard, letztlich ist es mit Frauen immer das Gleiche. Am Anfang machen sie dir Spaß. Und am Ende nur Ärger.« Mit Schwung drehte Edward sich um. »So, und jetzt genug davon. Komm. Ich gehe jetzt, das Bündnis unterzeichnen. Das ist ein historischer Moment.«

Kurze Zeit später war Edwards gute Laune nicht nur verflogen, sondern ins komplette Gegenteil umgeschlagen.

»Was soll das heißen, sie hat sich das Siegel geholt«, brüllte er den zerknirscht vor ihm stehenden Hastings an. Richard hielt sich dezent im Hintergrund. »Was glaubt sie denn, wer sie ist?«

»Die Königin, mein König –«, begann Hastings, aber weiter kam er nicht.

»Verdammtes Pack! Sie ist zwar die Königin, aber ich bin der König und das Siegel gehört mir, und alles, was damit zusammenhängt, ist meine Angelegenheit. Wie kommt sie dazu, sich in Hinrichtungen einzumischen? Und überhaupt, Desmond, verflucht, ich brauche den Grafen von Desmond und ich mag ihn! Wie kommt sie dazu, meine Verbündeten hinrichten zu lassen!« Edward holte tief Luft. »Dieses Weib! Wie kann man denn so rachsüchtig und nachtragend sein! Desmond war ein guter Mann und dazu noch ein Freund.« Edward versank einen Moment in Grübeleien.

Richard räusperte sich. »Was hatte die Königin gegen ihn?«, fragte er, da Hastings anwesend war, angemessen respektvoll.

»Ach, das ist eine alte Geschichte. Ich hab ihn vor ein paar Jahren bei einer Jagd gefragt, was er von meiner Heirat hält, er hat geantwortet, er schätze die Schönheit der Königin, aber hätte es für besser gehalten, wenn ich mit meiner Heirat ein Bündnis geschlossen hätte. Das haben ja viele gedacht. Und ich frage mich langsam, ob sie nicht Recht hatten, selbst mit einer Französin hätte ich wahrscheinlich nicht so viel Ärger gehabt wie mit dieser Woodville! Jedenfalls hab ich Elisabeth von Desmonds Antwort erzählt, was offensichtlich ein Fehler war. Seitdem ist sie beleidigt. Frauen! Erzähle ihnen in Gottes Namen nie zu viel, am besten gar nichts.« Edward schwieg einen Moment. »Diese alte

Geschichte ist doch nur ein Vorwand, um ihn hinrichten zu lassen!« Die Ader auf Edwards Stirn schwoll bedrohlich an. »Sie wird mir auf der Stelle Rede und Antwort stehen. Hastings, bring sie her. Richte ihr aus, der König will sie, ihren privaten Rachefeldzug betreffend, sprechen. Und zwar sofort!«

Unter hastigen Verbeugungen entfernte sich Hastings. Sie hörten seine eiligen Schritte im Vorzimmer. Edward strich sich das Haar aus der Stirn. »Sieht so aus, als verzögere sich mein historischer Moment. Richard, lass mich allein, ja? Ich muss erst mal meiner Ehefrau klar machen, wer hier der Herr im Haus und im Königreich ist.« Er biss sich wütend auf die Lippe. »Da siehst du's: Nichts, aber auch nichts als Ärger mit den Frauen!«

Die Hinrichtung des Grafen Desmond blieb einige Tage lang Gesprächsthema. Niemand erfuhr genau, was der König der Königin über den Diebstahl des Siegels und die Hinrichtung eines seiner Gefolgsleute gesagt hatte, es hieß aber gerüchteweise, Edward habe so laut geschrien, dass die Türen seines Audienzzimmers gewackelt hätten. Richard gab nicht viel auf dieses Gerede. Besagte Türen waren massiv, mit Eisen beschlagen und es bedurfte schon mehr als eines brüllenden Königs, um sie zu bewegen. Tatsache war jedoch, dass über mehrere Tage hinweg Edward und Elisabeth nur das Nötigste miteinander sprachen. Die Leid Tragenden in solchen Fällen waren vor allem die Hofdamen der Königin, an denen Elisabeth ihre ganze Wut ausließ. Tatsache war auch, dass das heimliche Gemurre im Palast und auf den Straßen Londons über die Familie Woodville ein weiteres Mal laut wurde. Es hieß, der König stehe unter dem Pantoffel seiner Frau und ihrer Familie. Unter diesen Umständen war es Edward ein noch dringenderes Bedürfnis, den Bündnisvertrag mit Burgund schnell öffentlich zu machen, um das Gerede verstummen zu lassen.

Als im Mai das Parlament zusammentrat, stellte der König ein komplettes Bündnispaket vor und hielt eine Rede, die sowohl die Lords als auch die Gemeinen begeisterte. Es ging um Freundschafts- und Handelsverträge mit Kastilien, Neapel und Dänemark, um die Verhandlungen mit Aragon über einen entsprechenden Vertrag, der kurz vor dem Abschluss stand, und um den Frieden mit Schottland. Höhepunkt und Sahnestückchen aber waren die beiden Bündnisse mit den Lehensfürsten Frankreichs: ein neuer und soeben erst abgeschlossener Vertrag mit Herzog Francis von der Bretagne und das im März ratifizierte Bündnis mit Karl von Burgund, besiegelt und gefestigt durch die Heirat der Schwester des Königs. Das Parlament tobte vor Begeisterung, der Graf von Warwick schäumte vor Wut, machte aber gute Miene zum bösen Spiel. Die Hochzeit Margaretes wurde auf den 3. Juli festgesetzt. Im Juni verließ ein prachtvoller Hochzeitszug London, um Margarete nach Margate zu bringen, von wo aus sie Richtung Flandern in See stechen würde.

»Warwick! Warwick!«

»Übertreib's nicht, Jane, der hört dich ja doch nicht.«

»Woher willst du das wissen, nur weil du taub auf beiden Ohren bist …! Warwick!«

Huldvoll lächelte und winkte der Graf, als er an den Tausenden Menschen, die die Straßen säumten, vorbeiritt. Sein blondes Haar flatterte im Wind, sein prächtiger Rappe tänzelte.

»Ich versteh sowieso nicht, wieso der den Zug anführt, ich denk', die sind zerstritten?«

»Pack schlägt sich, Pack verträgt sich.«

»Warwick! Hoch!«

»Er ist ja schon ein schöner Mann.«

»Das sagst du von jedem, der geradere Beine hat als du …«

»Halt deinen frechen Mund, sonst stopf ich ihn dir.«

»Nelly, Jane! Hört auf euch zu streiten. Bewegt mal eure Hintern, ihr sollt arbeiten, nicht rumstehen!«

Murrend bewegten sich die beiden Mädchen tiefer in die Menge auf der Suche nach Kunden. Ganz London, schien es, war auf den Beinen, niemand wollte sich das Schauspiel entgehen lassen. Londons zahllose Wirts- und Kaufleute wie auch die Huren hofften auf gute Geschäfte. Mädchen drängelten sich durch die Menge und warfen den Männern kokette Blicke zu, die umliegenden Gasthäuser hatten Tische nach draußen gestellt, fliegende Händler boten Süßigkeiten, Brot und Bier an. Herumstehen und »Hoch« rufen machte durstig.

Der Hochzeitszug war der prächtigste und größte, den man je gesehen hatte. Warwick ritt voran, knapp gefolgt vom Herzog vom Clarence, dann folgten Bläser und weitere Musiker. Schauspieler führten Szenen auf, meist aus der Bibel oder dem Leben der Heiligen. Die Zuschauenden sparten nicht mit Spott und Sprüchen, Margaretes lockerer Lebenswandel war schließlich allgemein bekannt. Die derberen Szenen und Spiele kamen erst am Ende des Zugs, sie würden die Stimmung in Londons Straßen die ganze Nacht lang anheizen. Es war ein Volksfest von bisher ungekanntem Ausmaß. Der Zug war so lang, dass sein erster Teil, vorrangig aus den begleitenden Adeligen gebildet, die Stadtgrenze schon überschritten haben würde, bevor die Braut ihren prunkvollen Wagen auch nur bestieg. Bisher war Margarete noch nicht einmal angekleidet. Isabell und Anne, die unter den Ehrenjungfrauen sein sollten, nutzten die ihnen noch verbleibende Zeit, um selbst einen Blick auf das Schauspiel zu werfen. Die Töchter Warwicks standen an einer ruhigeren Ecke und versuchten, Blicke auf die Vorbeireitenden zu erhaschen.

»Wie prachtvoll Vater aussieht!«, rief Isabell aufgeregt und klatschte in die Hände, »guck doch nur, Anne!«

Anne, die sich auf einem im Schatten liegenden Mauervorsprung niedergelassen hatte, nickte. Die Sonne stach selbst jetzt, am frühen Morgen, schon. Sie schwitzte und fühlte sich schwach auf den Beinen. Besorgt beobachtete Isabell ihre Schwester. Anne war immer noch erschreckend dünn und blass. Sie war nach Richards Abreise krank geworden und hatte drei Monate im Bett liegen müssen. Mit Schaudern und Schuldgefühlen erinnerte Isabell sich, wie ihre jüngere Schwester zur Ader gelassen worden war. Hellrotes Blut war über die Kissen gelaufen, und Isabell war dabei fast schwarz vor Augen geworden.

Seit ungefähr zwei Monaten war Anne jetzt wieder auf den Beinen, aber sie war weiterhin sehr schwach, geriet leicht außer Atem und war eigentlich ständig müde. Immerhin aß sie wieder, kehrte ihr Appetit zurück und letztlich hatte Graf Warwick – gegen die Meinung seiner Frau – entschieden, dass die Zerstreuungen und der Tumult des Hochzeitszuges Anne ablenken würden und ihr damit nur gut tun konnten. Anne selbst hatte die Entscheidung ihres Vaters unbewegt aufgenommen. Am auffälligsten war vielleicht die erschreckende Gleichgültigkeit, die ihre frühere Lebensfreude abgelöst hatte. Jetzt saß sie auf dem Mauervorsprung und fächelte sich, in dem Bemühen um etwas Abkühlung, Luft zu, während Isabell weiter den vorbeiziehenden Szenenspielern zusah und gemeinsam mit der Menge ein ums andere Mal in Begeisterungs- und Hochrufe ausbrach.

Ein Zug Bogenschützen ritt vorbei, Anne hörte das Klappern der Hufe ihrer Pferde und öffnete die Augen. Ganz England war stolz auf seine Bogenschützen. Es gab, so hieß es, im gesamten Königreich keinen Mann, der nicht mit Pfeil und Bogen umgehen konnte. Graf Warwick, erinnerte sich Anne, pflegte zu sagen, wer nicht mit dem Langbogen umgehen könne, sei nicht wert, Engländer genannt zu werden. Sie lächelte, stand auf, suchte mit ihrer Hand Halt an der Mauer, trat dann etwas weiter vor, drängelte sich durch die Anwesenden und stellte sich neben Isabell. Die Bogenschützen zogen vorbei. Sie waren jetzt nur Teil des unglaublichen Schauspiels, den dieser Hochzeitszug zu Ehren der Schwester des Königs darstellte.

In England gab es keine ernsthafte Gefahr für Margarete von York. Schwierig würde die Aufgabe der Bogenschützen, Schwertträger, Ritter und sonstiger Bewaffneter erst werden, wenn Margarete sich in Margate einschiffen würde, um über das Meer in die Niederlande zu fahren. Dort, in Brügge, würde sie von Herzog Karl erwartet werden, und dort sollte die Hochzeit stattfinden. Gut möglich, dass die Flotte unterwegs von französischen Piraten oder Schiffen der Hanse angegriffen würde. Anne schauderte. Aber der Graf von Warwick und der Herzog von

Clarence würden unterwegs das Kommando haben und dafür sorgen, dass Margarete sicher bei ihrem herzöglichen zukünftigen Gemahl eintraf. Sie verfügen über genug Bewaffnete, um jedes französische Piratenschiff in die Flucht zu schlagen, dachte Anne.

In Formation kamen nun die Streitaxt-, Spieß- und Schwertträger. Isabell winkte weiter aufgeregt mit ihrem Tuch in der glühenden Sonne. Einige der Strähnen ihres Haares hatten sich gelöst, aber sie achtete nicht darauf. Anne ließ ihren Blick träge über die Unmengen Bewaffneter gleiten. Dann weiteten sich ihre Augen. An der Seite des Zugs, auf seinem grauen, hin und her tänzelnden Renner, grüßend und schüchtern lächelnd, die Streitaxt vor sich auf dem Pferd und prächtig geschmückt, ritt Richard. Anne erstarrte. Sie griff nach Isabells Hand und hielt sie fest. Isabell drehte sich, durch die Heftigkeit des Drucks aufgeschreckt, zu ihr um.

»Anne, um Himmels willen, du bist ja kreidebleich, was ist los?« Anne fühlte sich, als presse ihr eine Hand den Magen zusammen. Auf ihrer Stirn stand Schweiß.

»Komm«, sagte sie leise, »komm bloß weg hier.« Und ohne noch weiter nachzudenken oder auf den verdutzten und besorgten Blick ihrer Schwester zu achten, begann sie, sich durch die Menge zu kämpfen, nur weg von der Straße, dem Zug und Richard. Isabell, deren Hand sie fest in ihrer eigenen hielt, hatte keine Wahl, als ihr zu folgen. Ohne darauf zu achten, wohin sie lief, drängelte sich Anne durch die Menge – sie stieß Leute an und gezischte Flüche begleiteten ihren Weg. Bloß weg, bevor Richard sie sehen konnte – sie glaubte, einen Blick, einen Gruß von ihm nicht ertragen zu können. Isabell rief etwas, aber Anne achtete nicht darauf, der Fluchtimpuls war zu stark. Sie kämpfte sich durch die Menge und lief, Isabell immer festhaltend, in die nächstbeste Straße, sie lief und lief, ohne zu wissen, wo der Weg überhaupt hinführte. Hauptsache weg. Endlich, das Gedrängel des Hochzeitszugs lag bereits weit hinter ihnen, nicht einmal mehr die Hochrufe der Menge waren zu hören, gelang es Isabell, sich gegen Annes Vorwärtsdrängen zu stemmen und schwer atmend stehen zu bleiben.

»Anne, wirklich!«, rief Isabell. »Was ist denn los?«

Anne konnte nicht antworten. Sie lehnte sich erschöpft gegen einen hölzernen Zaun. Trotz der Wärme der Junisonne war ihr kalt, sie zitterte. Isabell sah es mit Besorgnis. War das ein Rückfall? Wenn auch ihre Gefühle gegenüber Anne sich nicht wirklich geändert hatten, die lange Krankheit der Schwester – und ihr Anteil daran – hatten sie besorgt. Sie legte den Arm um sie und sah nervös die Straße auf und ab. War hier irgendwo ein Ort, wo Anne sich einen Augenblick hinsetzen und verschnaufen konnte? Die Straße lag verlassen, menschenleer da. Natürlich, dachte Isabell, ganz London ist beim Hochzeitszug, wer soll hier schon unterwegs sein?

Die Häuser drängelten sich aneinander, Unrat lag auf der engen Straße, es stank. Das war, sah Isabell, einer der ärmeren Teile Londons, einer der Stadtbezirke, in denen sie noch nie gewesen war. Und wo sie auch nicht sein wollte. Sie rümpfte die Nase. Bloß weg hier, aber wie? Wie kamen sie von hier aus zurück in bekannte Gegenden? Anne atmete immer noch viel zu schnell, und viel zu blass war sie auch noch. Ich brauche Wasser, dachte Isabell, Wasser, um sie zu kühlen, einen Schluck Wein, um sie zu stärken, und einen Platz zum Ausruhen. Und jemanden, der mir sagt, wo wir sind und wie wir zurückkommen. Weiter vorn, sah sie, schien sich die Straße zu gabeln und dort wichen die dicht an dicht stehenden ärmlichen Häuser auch etwas zurück. Vielleicht gab es dort eine kleinere Kirche, wo man ihr helfen würde. Zweifelnd musterte sie Anne. Ob die Schwester es bis dorthin schaffen würde? Hier konnten sie jedenfalls nicht bleiben, entschied Isabell, sie musste etwas tun.

»Also, Anne …«, begann sie, doch in diesem Augenblick öffnete sich die Tür des ärmlichen Hauses gegenüber. Eine Magd trat heraus, das Haar nachlässig zusammengebunden, Flicken auf der schmutzigen Schürze und einen Eimer Abwasser in den Händen. Isabell sprach in Gedanken ein rasches Dankgebet, denn diese Frau konnte, musste ihr helfen. Die Magd musterte die beiden Mädchen misstrauisch, schüttete dann das Wasser auf die Straße und drehte sich um, zweifellos, um zurück ins Haus zu gehen. Isabell stockte der Herzschlag, da verschwand ihre einzige Chance, um Hilfe zu bitten.

»Entschuldige«, rief sie und ging mit zwei Schritten über die jetzt schlammige Straße, wobei ihr Fuß im Schlamm versank. Der Schuh ist hin, dachte sie ärgerlich, aber dann war sie auch schon bei der Magd und griff nach ihrem Arm, um die Frau am Hereingehen zu hindern. »Entschuldige, meiner Schwester ist nicht wohl. Ich bräuchte einen Schluck Wein und dann jemanden, der uns den Weg zurück zum Hochzeitszug zeigt.« Die Frau schüttelte ihren Arm ab und musterte sie.

»Wir haben keinen Wein«, sagte sie kurz angebunden und dann verschwand sie, noch bevor Isabell protestieren konnte, im Haus. Die Tür fiel hinter ihr zu. Wütend begann Isabell, gegen das Holz zu hämmern, was erlaubte dieses Weib sich? Doch ihr Klopfen war vergeblich. Die Tür blieb verschlossen. Laut, und ohne dass sie sich viel Erfolg davon versprach, begann Isabell zu rufen.

»Macht die Tür auf!«, rief sie, »ich bin die Tochter des Grafen Warwick und ich verlange, dass ihr öffnet!« Ohne dass sie es erwartet hätte, ging die Tür auf. »Und ich«, sagte eine Stimme, »bin der Wirt dieses Gasthauses, und wir haben noch geschlossen, auch für den Grafen von Warwick, erst recht für seine Tochter!«

Isabell, von der Sonne geblendet, versuchte, in der Dunkelheit, die vor ihr lag, etwas zu erkennen. Der Mann war groß, dick und alt, das konnte sie erkennen, und er roch nach Alkohol. Nervös und angeekelt hielt sie sich ihr Taschentuch vor die Nase.

»Meiner Schwester ist nicht wohl«, begann sie erneut, »sie braucht einen Schluck Wein und einen schattigen Ort, wo sie sich ausruhen kann. Wenn Ihr uns dann zurück zum Palast bringt, wird mein Vater euch reich belohnen.« Sie konnte nicht sehen, wie die Reaktion auf dieses Angebot war, doch die Tür wurde ein Stück weiter geöffnet.

»Kommt herein«, sagte der Mann.

Erleichtert eilte Isabell zurück zu Anne, stützte sie bei den zwei Schritten über die Straße und führte sie in das Haus hinein. Isabell sah sich um. Sie befand sich in einem ärmlichen Gastraum. Im Hintergrund sah sie mehrere, mit dünnen Holzwänden abgetrennte Verschläge, Stroh lag auf dem Boden. Daneben führte eine Treppe in den ersten Stock, Isabell erkannte mehrere Zimmertüren. Ein spärlich bekleidetes junges Mädchen lugte aus einem der Verschläge zu den Töchtern herüber. Der Mann, der sie hereingelassen hatte, wies auf eine Bank an der Seite.

»Setzt euch dort hin.« Er bedachte Anne und Isabell mit einem prüfenden Blick. Von innen sah Isabell, wie massiv die Tür zur Straße war – massiv und mit einem hölzernen und schwer aussehenden Riegel gesichert. Ihr war nicht geheuer bei der Sache. Wo war sie hier gelandet? Wenn das ein einfaches Gasthaus war, was sollten dann diese Verschläge? Bot man sie den Reisenden als Unterkunft an? In einer Ecke sah Isabell eine Ratte. Sie schauderte und nahm Annes Hand in ihre. Die Schwester sah immer noch zu Tode erschöpft aus und Isabells Herz begann plötzlich, ohne dass sie hätte sagen können, warum, zu rasen. Sie blickte in die kalten, abschätzenden Augen des Wirts. Wir sind in Gefahr, dachte sie, das ist kein anständiges Haus, wir müssen hier raus! Sie sprang auf und versuchte ihrer Stimme Festigkeit zu geben.

»Gebt mir ein sauberes Tuch und etwas Wasser«, sagte sie, »ich möchte meiner Schwester die Stirn kühlen. Und dann schickt nach jemandem, der uns zurück zum Palast bringt.«

»Nelly«, brüllte der Mann in Richtung der Verschläge. Das junge Mädchen erschien. Isabell sah zu ihrem Entsetzen blaue Flecken und Schorf auf ihren nackten Beinen. Ausdruckslos und ohne auch nur zu versuchen, den Ausschnitt ihres Kleides, der schamlos auseinander klaffte, zusammenzuziehen, betrachtete sie die beiden Schwestern. Vertraulich legte der fette Mann den Arm um das Mädchen und knetete ihre Brust.

»Bring Wasser für die Damen und dann schickst du Yorrick zum Palast, er soll dem Grafen Warwick sagen, dass seine Töchter hier sind.« Er gab ihr einen Klaps auf den Hintern. »Los, auf!«

Isabell sprang auf. Nun war alles klar. Dies hier war ein Hurenhaus. »Nicht nötig«, sagte sie gepresst und zog an Annes Handgelenk wie die Schwester noch kurz zuvor an ihrem. »Wir finden uns schon allein zurecht. Wir gehen.«

»Nicht so schnell«, sagte der Wirt gemütlich. »Ihr geht nirgendwo hin. Wir werden uns erst einmal um die junge Dame kümmern und dann werden wir sehen, ob der Graf Warwick tatsächlich euer Vater ist. Und was es ihm wert ist, euch wohl behalten wiederzubekommen. Wie sind eure Namen?«

Isabell starrte ihn an, sie bekam kein Wort heraus.

»Eure Namen!«, sagte der Mann und es klang leise und bedrohlich. Isabell wusste nicht, was sie tun sollte. Vater wird toben, dachte sie, wie konnten wir in so eine Situation geraten? Und der Hochzeitszug, ich muss doch meinen Platz einnehmen!

»Bist du taub, Mylady?«, fragte der Mann, »ich will eure Namen wissen.«

»Isabell und Anne Neville, Töchter des Grafen von Warwick, und Ihr lasst besser Eure fetten Finger von ihnen, John Rendsdale, der Graf könnte sie Euch sonst abhacken«, erklang plötzlich eine leise und Isabell bekannte Stimme von der Treppe her. Sie drehte sich um. Anne, in deren Wangen jetzt, da sie aus der Sonne heraus war, langsam das Blut zurückkehrte, hob den Kopf. Die Treppe herunter, wie immer sorgfältig gekleidet und mit vollendeter Eleganz, schritt Anthony Lord Scales.

Isabells Augenbrauen schnellten nach oben, dann, ohne dass sie sich erklären konnte, warum, begann ihr Herz erneut schneller zu klopfen. Wie kommt das bloß, dachte sie wütend, dass mich heute jeder hergelaufene fette Gasthauswirt und jeder habgierige Straßenräuber so dermaßen aufregt? Ich bin eine Warwick, eine Grafentochter, und dieser Scales, dieser durch die Heirat seiner Schwester zum Lord aufgestiegene Ketzer und Tagedieb ist es nicht einmal wert, mir die Schuhe zu schnüren! Aber ihr Herz ließ sich nicht besänftigen. Es pochte weiter, rasch und heftig, und sie beobachtete die geschmeidigen Bewegungen, mit denen Anthony die Treppe herunterstieg und den Raum durchquerte. Clarence würde diese Treppe herunterpoltern, dachte Isabell.

»Was tut Ihr denn hier, Lord Scales«, fragte sie und legte dabei alle Verachtung, zu der sie fähig war, in ihre Stimme. »Sind Hurenhäuser etwa der richtige Aufenthaltsort für den Bruder der Königin?«

Anthony lachte. »Oder für die Tochter des edlen Warwick, Lady Isabell?« Er wandte sich zu Anne, die den Blick gesenkt hielt. Dann drehte er sich um. »Bring Wasser, Nelly, mach schon. Und ein Glas Wein, los.« Ohne weitere Umstände beugte er sich dann zu Annes Füßen und bettete das überraschte Mädchen auf die Bank.

»Haltet ihre Füße nach oben – nach oben! So ist es gut. Ihr Kopf muss flach liegen.« Er betrachtete Anne, dann zog er sein Taschentuch hervor – Isabell sah das eingestickte Monogramm – zweifellos von einer seiner zahllosen Verehrerinnen, dachte sie wütend, und gleich darauf fragte sie sich, warum sie das wütend machte. Sie hielt die Füße ihrer Schwester auf dem Schoß. Mein Kleid ist hinüber, dachte sie, ebenso wie meine Schuhe. Und wie meine Haare aussehen, daran will ich gar nicht denken. Anthony tauchte sein Tuch in das Wasser, das das Mädchen inzwischen gebracht hatte, und begann, Annes Gesicht und Dekolleté zu kühlen. Teilnahmslos schloss Anne die Augen, öffnete sie dann jedoch gleich wieder. Isabell griff nach dem Wein. »Anne, geht es dir besser? Komm, trink einen Schluck.«

»Den Teufel wird sie«, knurrte Anthony und nahm Isabell den Becher aus der Hand. »Es ist ein Trugschluss, dass Wein das Allheilmittel gegen jedes Leiden ist.«

»Ach, tatsächlich, Lord Ich-weiß-alles?«

Anthony lachte. »Ja, tatsächlich, Fräulein Ich-trag-die-Nasehoch.« Er trank den Wein selbst und funkelte Isabell über den Rand des Bechers vergnügt an. Isabell schnaubte entrüstet. Wie konnte er es wagen, so mit ihr zu reden?

»Wie könnt Ihr es –«, begann sie, aber Anthony schnitt ihr das Wort ab. »Wenn Ihr glaubt, Lady Isabell, ich müsste Euch Honig um Euren in der Tat entzückenden Mund schmieren, habt Ihr Euch getäuscht. Das muss ich nicht, das können andere besorgen, zum Beispiel mein verehrter Schwager George von Clarence, der sicher in einer anderen, bereits geöffneten Schänke dieser Art sitzt und sich voll laufen lässt.« Er schüttelte den Kopf. »Mit dem werdet Ihr noch viel Spaß haben, glaubt mir.«

Isabell wäre am liebsten vor Empörung aufgestanden und zur Tür herausgerauscht, aber sie hatte immer noch Annes Beine quer über ihren liegen, außerdem, erinnerte sie sich, wusste sie nach wie vor nicht, wo sie waren und wie sie zurückkommen sollten. So beließ sie es bei einem verachtungsvollen Blick und einer spitzen Bemerkung. »Sicher mehr Spaß als Ihr in diesem … Haus hier gehabt habt.«

Anthony schmunzelte erneut. Ihm bereitete dieses Gespräch zunehmend Vergnügen. Er bemerkte durchaus, wie sehr er diese angenehme und ausnehmend hübsche kleine prüde Tochter von Warwick nervös machte. Elisabeths Befürchtung fiel ihm ein. Er in heimlicher Liebe zu Isabell entbrannt? O Gott, an den er sonst wirklich nicht glaubte. Wie alt war sie? Sechzehn? Siebzehn? Wer konnte ein Kind lieben? Er jedenfalls nicht. Er liebte niemanden. Würde nie jemanden lieben. Einen Augenblick lang verdunkelten sich seine Augen. Dann räusperte sich Anne und schlug erneut die Augen auf. Anthony beugte sich näher über sie. »Anne? Könnt Ihr mir antworten? Wie geht es Euch?«

Einen Augenblick lang schaute sie ihn nur an. Dann öffnete sie die Lippen. »Ich bin sehr durstig. Aber ansonsten besser, Lord Scales, danke.«

Anthony füllte einen weiteren Becher mit Wasser und hielt ihn an ihre Lippen. Anne hob den Kopf. Ihr wurde nicht wieder schwarz vor den Augen. Erleichtert trank sie einen Schluck, dann sah sie sich im Zimmer um. »Wo sind wir hier?«, fragte sie.

»An einem Ort, wie Ihr ihn hoffentlich zum letzten Mal in Eurem Leben gesehen habt. Könnt Ihr Euch aufsetzen?«

Sie tat es. Dann nickte sie. Anthony lächelte, und das war nicht sein übliches spöttisches Lächeln. Er mochte Anne. Die Natürlichkeit und der Charme dieses Kindes hatten etwas Entwaffnendes, selbst für ihn. Sie und Richard, dachte Anthony, sind sicher die einzigen beiden normalen und angenehmen Menschen an diesem Hof und es war zu schade, dass die Liebe zwischen ihnen, wie ihm König Edward in einer durchzechten Nacht verraten hatte, keine Chance hatte. Mal kommt einem die Politik dazwischen, ein anderes Mal das Gefühl, dachte Anthony, aber er wollte jetzt nicht philosophisch werden. Obwohl Philosophie wahrscheinlich die einzige Waffe war, die gegen die Liebe verwendet werden konnte. Richard hatte, als er aus Middleham zurückkam, genauso bleich ausgesehen wie – natürlich! Die Erkenntnis durchfuhr ihn wie ein Blitz. Dass musste der Grund für ihre Anwesenheit in diesem Stadtbezirk Londons sein!

»Ihr habt also«, sagte er, »Richard beim Hochzeitszug gesehen und seid daraufhin geflohen?«

Anne starrte ihn nur an, ihre eben noch blassen Wangen färbten sich scharlachrot.

»Und Ihr«, er wandte sich zu Isabell und sah die roten Male auf ihrem Handgelenk, wo Anne es umklammert hatte, »Eure Schwester hat Euch festgehalten und hinter sich hergerissen?« Auch Isabell starrte ihn an. »Woher wisst Ihr«, wisperte Anne und wurde übertönt von Isabells: »Woher könnt Ihr das wissen?«

Anthony hob die Augenbrauen und grinste. »Nehmt es als weiteren Beweis für mein gottloses Ketzertum und Eingeweihtsein in höhere Mächte.« Die beiden Mädchen starrten ihn weiter fassungslos an.

»Könnt Ihr laufen, Anne?«, fragte er, nachdem er den Moment ausgekostet hatte. »Es ist nicht weit bis zum Palast. Ihr seid in der Gegend der Winchesterbienen, und der Bischof von Winchester verdient ganz gut an seinen Bienchen. Ach, und was den Spaß betrifft, Lady Isabell, den man in Häusern wie diesem haben kann, so hoffe ich doch, dass Ihr noch nichts davon wisst.

Sonst müsste ich ein ernstes Wort mit dem ehrenwerten Herzog von Clarence reden.« Er sah, wie sie errötete und nach einer Erwiderung suchte. Zu seiner größten Freude fiel ihr keine ein. Anthony verbeugte sich grinsend, dann reichte er Anne die Hand, und nachdem er dem schweigend zuschauenden Wirt eine Münze zugeworfen hatte, verließ das Trio die Schänke und machte sich auf den Weg zurück zum Hochzeitszug. Keiner von ihnen sprach noch ein Wort. Erst, als sie die dicht gedrängten Rücken der staunenden Menge schon vor sich auftauchen sahen und die Musik und die Hochrufe hören konnten, beugte sich Anthony noch einmal zu Anne.

»Anne«, sagte er und alle Spottlust war aus seinem Gesicht verschwunden. Er sah sie erschrecken und war sich nicht sicher, ob es gut war, sich einzumischen. Wieso habe ich das Gefühl, ihr etwas sagen zu müssen, dachte er, aber er konnte nicht anders. »Hört mir zu«, begann er. »Es mag Gründe für Richards Verhalten geben, die Euch nicht bekannt sind. Gründe, die Ihr nicht verstehen könnt, aber eben doch Gründe sind. Gute Gründe. Versteht Ihr, was ich Euch sagen will?«

Sie schüttelte den Kopf. Anthony sprach noch dringlicher. »Ich zweifle nicht daran, dass Ihr verletzt seid, aber manchmal kann ein Mann einfach nicht so handeln, wie er handeln will. Ihr werdet das irgendwann verstehen.« Er machte eine Pause und überlegte einen Augenblick. Dann strich er ihr über das Haar. »Ihr seid noch jung. Ihr könnt warten. Eine solche Liebe, eine echte Liebe, Lady Anne, ist zu groß, um sie bei der ersten Schwierigkeit wegzuwerfen. Jedenfalls nach allem, was ich davon weiß.« Er richtete sich auf und wie eine Maske legte sich die übliche Ironie wieder über sein eben noch offenes Gesicht. »Was wahrscheinlich nicht viel ist.« Er wandte sich zum Gehen. »Auf Wiedersehen, Prinzesschen«, rief er Isabell über die Schulter zu, »Achtet auf Euer Lächeln!« Und dann verschwand er mit eleganten langen Schritten in der Menge. Die Schwestern sahen ihm nach. Beide konnten die Gefühle, die in ihnen tobten, nicht benennen.

magische zeichen

Anne dachte lange über Anthonys letzte Worte an sie nach. Wie lange war man jung? Und wie lange lohnte es sich, zu warten? Nicht, dass sie wirklich eine Wahl gehabt hätte. Als Tochter des Grafen von Warwick gab es für sie nur den einen Weg: die Ehe mit einem ihrem Vater gemäßen Bewerber. Aber, wer würde das sein? Und welche Rolle spielte sie in diesem Spiel? War sie tatsächlich nichts als ein Unterpfand für eine politische Bindung? Sie hatte nur noch wenig von Margarete von Yorks Hochzeitszug gesehen. Als die Schwestern endlich im Palast angekommen waren, sah Anne erneut so blass aus, dass Hastings, Edwards Haushofmeister, der diesen ganzen Zug, dieses geordnete Durcheinander von Berittenen, Bewaffneten und Schauspielern, von Musikern, Ehrenjungfrauen und Hofdamen mit ruhiger Hand leitete, sie sofort in ihre Gemächer geschickt hatte. Sie würde, hatte er gemeint, diesen Stunden dauernden Zug in der prallen Sonne niemals durchstehen.

Zu Annes großem Erstaunen blieb Isabell ohne jedes Murren bei ihr. Wieder einmal im Bett liegend, mit dem Befehl, sich zu erholen, hatte Anne Zeit zum Nachdenken. Auch Margarete heiratete Herzog Karl nur aus politischen Gründen. Hatten sich die Brautleute überhaupt schon einmal gesehen? Anne wusste es nicht. Und wollte Isabell George von Clarence heiraten, weil sie ihn liebte? Anne hatte bemerkt, wie ihre Schwester auf Lord Scales reagiert hatte. Wie konnte sie einem Mann solche Blicke zu werfen, wenn sie doch mit einem anderen verlobt war? Sie wagte es nicht, Isabell zu fragen. War sie, Anne, die Einzige, der eine Ehe nur auf der Grundlage der praktischen, der politischen Verbindung falsch, ja schlecht vorkam? Und wenn es so war, war sie dann tatsächlich eine Träumerin, wie der Hauspriester auf Middleham, der sie in ihrer Kindheit unterrichtet hatte, so oft gemeint hatte? Sie kam zu keinem Ergebnis, auch nicht in den kommenden Tagen, als ihre Gedanken häufig zu diesem Punkt und dieser Fragestellung zurückkehrten.

Gegen Ende des Sommers reiste Anne mit ihrer Schwester zurück nach Hause. Allgemein war man der Auffassung, dass die Ruhe dort und das Klima ihr nur gut tun konnten. Anne selbst wusste nur zu genau, dass es nicht das Wetter war, was ihr zu schaffen machte.

Der heiße und trockene Sommer neigte sich dem Ende zu und wurde abgelöst von einem nicht weniger prächtigen Herbst. Das weiterhin warme und trockene Wetter bescherte Englands Bauern eine reiche Ernte. Während Anne in Middleham weilte und dort, weiter in Vorbereitung auf eine standesgemäße Ehe, in die Feinheiten der Führung eines großen Haushalts eingeweiht wurde, nutzte Elisabeth in Westminster die Gelegenheit, ihren Prunk bei zahlreichen Picknicks auf den Wiesen des Towers zu zeigen, und Edward die Möglichkeit, regelmäßig Massaker unter dem Rotwild in den Wäldern um London anzurichten. Ein in jeder Hinsicht erfolgreicher Sommer lag hinter ihm, und Edward hatte vor, sich zu erholen. Es sei, pflegte er seinem jüngsten Bruder zu sagen, so sicher wie das Amen in der Kirche, dass die nächste Krise kommen würde, da musste man den Augenblick genießen. Richard stimmte ihm zwar von ganzem Herzen zu, was die unsichere Zukunft betraf, mit dem Genuss des Augenblicks allerdings hatte er seine Schwierigkeiten. Nach wie vor war er nicht in der Lage, sich Lady Anne aus dem Kopf zu schlagen.

Auf den ausgedehnten Ausritten, die er in Gesellschaft oder öfter noch allein unternahm, erinnerte er sich, wie er in Middleham Reiten gelernt hatte – und wenig später, als er schon verhältnismäßig sicher im Sattel saß, ihr bei ihren Lektionen zugesehen hatte. Sie hatte ihr Pony bestiegen, als hätte sie das schon tausend Mal vorher getan, und dem Knecht, der das Tier am Zügel hielt, dann hochnäsig befohlen, sie loszulassen. Sie hatte das Pony angetrieben und das Tier war tatsächlich ein paar Schritte gelaufen, hatte sich dann aber, auf der Mitte des Burghofs und unter den Augen aller Anwesenden, die Sache anders überlegt, umgedreht und war schnurstracks, mit einer vor Zorn roten Anne im Sattel, zum Stall zurückgekehrt. Richard lächelte in seiner Erinnerung. Anne war wütend abgesprungen und hatte auf der Stelle ein anderes Pferd verlangt. Und sie hatte das Pony, ein Weihnachtsgeschenk ihres Vaters, nie wieder angesehen. Es war schließlich in Wensleydale auf dem Markt verkauft worden. Richard lächelte nicht mehr. Wenn er Anne keine Nachricht zukommen ließ, dann nicht nur, weil er aufgrund der politischen Konstellation keine große Hoffnung für die Erfüllung seiner Liebe sah. Vor allem hatte er Angst, dass es ihm auch ergehen könnte wie dem Pony. Und doch bekam er sie nicht aus dem Kopf.

Lord Scales, mit dem er darüber sprach, zuckte nur die Schultern und meinte, gegen oder für die Liebe, vor allem wenn sie mit höfischen und politischen Angelegenheiten verknüpft sei, sei einfach kein Kraut gewachsen, gleichgültig, was alte Weiber zu dem Thema an Versprechungen zu bieten hatten. Edward, der die Bedrücktheit seines Bruders sah, empfahl Richard regelmäßige Jagden, Saufgelage und eine andere Frau – dann würde Annes Bild schon irgendwann verblassen. Und da, Edwards Erfahrung nach, die Gelegenheit den Dieb macht, ging er dazu über, Richard bei Elisabeths Picknicken regelmäßig der Fürsorge der jüngsten und hübschesten Hofdamen anzuempfehlen. Richard dagegen war sich nicht sicher, ob er Annes Bild überhaupt verblassen lassen wollte. Edward schlug die Hände über dem Kopf zusammen und fragte, worüber sie dann um Himmels willen überhaupt redeten? Und so wurde Richard im Laufe der Monate immer verschlossener.

Der prachtvolle Herbst mit all seinen Farben und Gerüchen wandelte sich zu einem nasskalten November. Regen strömte auf

England hinab, als hätte der Himmel beschlossen, das Land im Meer versinken zu lassen. Reisen wurde zu einer Qual, und wer immer konnte, blieb an eben dem Platz, wo er sich gerade befand. So, wie das schöne Wetter zuvor die Menschen ruhig und fröhlich gemacht hatte, zerrten jetzt dauernder Regen und Kälte an ihren Nerven. Fast unmerklich wandelte sich die Stimmung im Land. Es schien, als ob die unterschwelligen Spannungen zu Beginn des Jahres nur betäubt, nur unterdrückt gewesen wären und sich jetzt mit neuer Kraft wieder Bahn brächen. Selbst im fernen Middleham vernahm man gerüchteweise, dass Zeichen gesehen worden waren – in Bedfordshire, hieß es, hätte ein Blutregen über Nacht Wiesen und Wäsche rot gefärbt. Fliegende Bewaffnete waren gesehen worden, und in Hentingdon, so erzählte sich die Dienerschaft von Middleham, hatte eine schwangere Frau ihr Kind im Mutterleib schluchzen hören.

Anne liefen Schauer über den Rücken, wenn sie dergleichen hörte. Stimmte es, dass alles unausweichlich auf eine Katastrophe hinauslief? Und worin würde die Katastrophe bestehen und wie würde sie sich auf ihr Leben auswirken? In der Küche saß sie am Feuer und betrachtete die Flammen. Manchmal erschien es ihr so, als würde sie jede Veränderung mit Freuden begrüßen. Mit einem Knall ging die Tür auf und mit einem Schwall Regen kam Isabell herein.

»Hier steckst du also«, meinte sie.

»Ja, hier stecke ich.«

Isabell betrachtete ihre Füße. »Hinüber«, seufzte sie. »Und das nur von dem kurzen Weg hierher. Was für ein Wetter!«

»Wenn das wieder eine Einleitung sein soll, dass du meinetwegen nicht am Hochzeitszug teilnehmen konntest, weil deine Schuhe und dein Kleid ruiniert waren und Hastings entschieden hat, dass ich doch zu schwach war und du bei mir bleiben solltest …!«

Anne wusste auch nicht, warum sie so kratzbürstig und ungerecht reagierte. Isabell betrachtete sie. »Nein, Anne, soll es nicht«, antwortete sie und zuckte die Schultern. »Warum auch?

Das ist schon in Ordnung, so wild war ich auf den Hochzeitszug nicht.«

»Nein.«

»Nein? Was soll das heißen?«

»So wild bist du seitdem nur auf Lord Scales.«

»Das ist völliger Blödsinn.« Im Schein des Feuers sah Anne, dass Isabell trotz ihrer Verleugnung rot geworden war.

»Das ist kein Blödsinn und du weißt es.« Anne hatte es satt. Alles. Sie hatte den Regen satt, sie hatte ihre Schwester satt, sie hatte es satt, dass sie jeden Morgen aufwachte und an Richard dachte, hatte ihre Mutter und Ankarette satt, die sie behüteten, als sei sie zerbrechlich, sie hatte ihre Schwäche satt, ihr Leben, sich selbst.

Isabell blickte sie an. »Was ist los mit dir?«

»Ich habe es satt«, sagte Anne, »alles. Was soll das alles, Isabell? Kannst du mir das verraten? Erst wartest du seit Monaten darauf, George heiraten zu können, dann triffst du Lord Scales und sage mir bloß nicht, dass er dir nicht gefällt, und schon wartest du nicht mehr auf die Hochzeit mit George, sondern darauf, Scales wiederzusehen!«

»Er gefällt mir, ja«, meinte Isabell verlegen, »aber Anne, das eine hat doch mit dem anderen nichts zu tun.«

»Ach nein?«

»Nein. Anthony gefällt mir, aber er ist schon verheiratet, und selbst wenn er es nicht wäre, hieße das noch nicht, dass ich ihm auch gefalle. Davon abgesehen würde Vater eine solche Verbindung nie gutheißen. Ich mag George. Außerdem festigt Vater mit der Heirat seine Verbindung zum Königshaus – alle sind zufrieden.« Anne hätte ihre Schwester am liebsten geschüttelt.

»Du heiratest ihn, weil Vater zufrieden sein wird?«

»Willst du jemanden ehelichen, mit dem er nicht einverstanden ist?«

»Ich will mein Leben selbst bestimmen!«, rief Anne leidenschaftlich. »Ich will mich mit jemanden vermählen, weil ich es möchte. Ich will Zugang zu Büchern haben, ich will reisen und sehen, wie andere Menschen leben, und ich will jemanden heiraten, den ich liebe!«

»Richard«, sagte Isabell und nickte. »Aber das wird wohl nicht funktionieren, Anne, auch das Reisen und Lesen kannst du dir aus dem Kopf schlagen. Du bist eine Frau, vergiss das nicht. Eine Adelige. Du wirst letztlich heiraten, wen Vater bestimmt. Er wird schon eine gute Wahl für dich treffen.«

»Ich will nicht, dass er die Entscheidung trifft! Ich will selbst wählen, mit wem ich eine Bindung eingehe, was ich tue und was nicht!« Und damit stürmte sie aus der Küche.

»Vollkommen verwirrt«, murmelte Isabell und sah ihr nach. Aber immerhin hatte sie die Tür zugeknallt, wenn auch kaum, um Isabell eine Freude damit zu machen. Trotzdem: Die Tür war zu, das Wetter blieb draußen, Isabell musste nicht aufstehen und sie schließen, sie konnte sich bequem am Feuer ausruhen. Das tat sie denn auch.

Anne dagegen rannte wütend durch den Matsch des Burghofs zu den Ställen. Sie herrschte einen der Knechte an, sofort ihr Pferd fertig zu machen. Eingeschüchtert gehorchte der Mann und nur kurze Zeit später ritt Lady Anne Neville, unbegleitet, durch das Burgtor. Früher war sie oft einfach weggeritten, erinnerte sie sich, vor allem mit Richard. Der Regen hatte sich mittlerweile in einen gleichmäßig fallenden, sanften Landregen verwandelt. Anne trieb ihr Pferd an. Die braune Stute fiel in einen sanften Trab, dann in einen ruhigen Galopp. Anne gab ihr die Zügel frei und sofort griff das Tier weiter aus. Zum Teufel mit Richard, dachte Anne, und die Verwünschung gab ihr ein gutes Gefühl. Zum Teufel mit Richard und Isabell und Clarence und der Politik und den guten Sitten, zum Teufel damit. Unbewusst lächelte sie, während sie die Muskeln des Pferdes unter sich fühlte. Sie schloss einen Moment lang die Augen und genoss die Schnelligkeit, den Wind in ihrem Haar. Ich bin frei, dachte sie, endlich bin ich frei, ich kann weiterreiten bis ans Ende der Welt, immer weiterreiten, immer weiter ... Das Tier verlangsamte seinen Schritt. Anne öffnete die Augen. Sie hatte das freie Feld hinter sich gelassen und den Wald erreicht. Anne zügelte das Pferd und hielt an. Unter den Bäumen, gebückt und offenbar mit dem Sammeln von Kräutern beschäftigt, stand eine Gestalt, die sie kannte.

Anne sprang vom Pferd. Das Tier schnaubte und stupste sie sanft mit der Nase an. Anne tat zwei zögernde Schritte nach vorn, dann blieb sie stehen. Die Frau drehte sich zu ihr um. Sie ist, dachte Anne, älter geworden, viel älter, seit ich sie das letzte Mal gesehen habe. Damals war sie selbst noch ein Kind gewesen, ein kleines Mädchen und die alte Marge – schon damals nannte man sie so – hatte im Dorf gehaust, in einer der zahlreichen Hütten, nicht weit vom Marktplatz. Man hatte gemunkelt über sie, Anne erinnerte sich. Es hatte geheißen, sie verstünde sich etwas zu gut auf Kräuter und auf das Heilen von Krankheiten. Der Priester hatte betont weggesehen, wenn er sie auf der Straße traf, aber die Bewohner des Dorfes waren zu ihr gekommen, wenn seine Gebete nicht halfen gegen ihre Warzen, ihre Krankheiten, ihre Probleme. Und Marge hatte geholfen. Immer. Ohne Geld dafür zu nehmen und ohne viele Fragen zu stellen. Dann war ihr Mann, der Schmied, plötzlich gestorben. Ihm hatte sie nicht helfen können. In dieser Nacht, erinnerte sich Anne, war sie verschwunden. Mehrere Frauen waren dabei gewesen.

Später hatten sie erzählt, dass Marge alles getan hatte, was in ihrer Macht stand – aber es hatte nicht ausgereicht. Unmerklich verschwand das Leben. Dann tat der Mann seinen letzten Atemzug. Und während der Priester noch die Segnung vornahm, war Marge aufgestanden, hatte sich in ihren Umhang gewickelt, einen Rucksack genommen und war gegangen. Ohne sich umzudrehen. Sie war nie zurückgekommen. Ihre Nachbarn hatten dafür gesorgt, dass der Schmied begraben wurde. Eine Weile hatten Haus und Schmiede verlassen gelegen, dann hatte ein wandernder Handwerker sie übernommen. Das Dorf war froh, wieder jemanden zu haben, der Pferde beschlagen und Äxte schleifen konnte. Marge würde sowieso nicht zurückkommen, hieß es. Nach so langer Zeit. Wahrscheinlich sei sie schon längst tot.

Und jetzt stand sie hier. Gebückt unter der Last der Jahre, das Gesicht voller Falten und Runzeln. Aber sie wirkte voller Energie und ihr Gesicht hatte einen frischen rosigen Teint. Und sie lächelte. Ihre gütigen blauen Augen lächelten Anne an wie früher, wenn sie sie auf dem Markt getroffen hatte, wo Marge ihre Kräuter verkaufte. Manchmal, erinnerte sich Anne, hatte sie bei Marge am Marktstand bleiben dürfen, während Ankarette, die damals auch noch sehr jung war, ihre Einkäufe und Bestellungen für die Burg erledigte. Sie atmete tief durch. Dann lief sie nach vorn, um sich der Frau in die Arme zu werfen, blieb aber zwei Schritte vor ihr, gelähmt von einer ihr selbst unbekannten Scheu, stehen.

»Marge«, sagte sie und wusste nicht weiter. »Oh, Marge!« Und dann, ohne dass sie genau begriff warum, flossen die Tränen. Mit ruhigen Bewegungen ging die alte Frau zu ihr und nahm sie in die Arme. An der Schulter dieser ersten Kindheitsvertrauten schluchzte Anne all ihr Unglück heraus. Und Marge wartete geduldig. Sanft strich ihr die Alte über den Rücken und wartete einfach ab, bis die Tränen abebbten und schließlich versiegten.

»Anne«, sagte sie dann, »Lady Anne Neville, eine richtige, echte und bildhübsche Lady bist du geworden!« Sie sah sie prüfend an. »Und sehr unglücklich.«

Anne nickte. Sie hatte es sich in der Trance, in der sie sich die ganze Zeit befand, nie wirklich eingestanden, aber ja: Sie war unglücklich. Sehr sogar.

»Komm«, sagte die Alte, »hilf mir. Ich habe noch längst nicht genug von diesen Kräutern. Ich brauche noch einige Reserven in einem Winter, wie er uns bevorsteht.«

»Was für ein Winter steht uns denn bevor, Marge?«, fragte Anne, das Gesicht noch rot vom Weinen, aber doch neugierig geworden. »Ein harter, Kind, und ein langer, denke ich. Und selbst wenn ich mich irre – getrocknet reichen sie bis zum nächsten Winter.«

»Was sind das für Kräuter?«, fragte Anne.

»Es sind Heilkräuter, Kind, sie helfen gegen vieles.« Eine Zeit lang arbeiteten sie schweigend nebeneinander. Von der Seite betrachtete Anne die alte Frau. »Marge«, fragte sie dann, »wieso bist du damals so plötzlich verschwunden?«

»Es gab Gerede im Dorf, nicht wahr?«

»Ja«, antwortete Anne.

Marge hielt einen Augenblick lang in der Arbeit inne. Sie setzte sich auf das trockene Fleckchen Erde unter der großen Eiche und blickte in die Ferne.

»Zunächst«, antwortete sie dann mit leiser Stimme, »wollte ich einfach nur weg. Ich hatte meinen Mann geliebt. Er war nicht so wie die anderen, er war weicher und liebevoll, mehr an mir als Mensch, meinen Gefühlen und Gedanken interessiert, als es Männer normalerweise sind. Du wirst den Unterschied schon bemerkt haben.«

Sie schwieg einen Augenblick lang.

»Ich liebte ihn sehr«, fuhr sie fort, »und als er tot war, wollte ich keinen Augenblick länger in diesem Haus bleiben, wo wir glücklich gewesen sind. Deshalb ging ich in den Wald.«

»Du lebst im Wald?«, fragte Anne verblüfft. Marge lachte. »Guck nicht so, als sei das für dich völlig neu! Was glaubst du, wo sie hingehen, die Entrechteten, die entlaufenen Dienstboten, die überführten Verbrecher und die, die Haus und Hof verloren haben, weil sie die Pacht nicht mehr zahlen konnten? Sie leben alle im Wald.«

»Aber du, du hattest dein Haus nicht verloren und du bist auch kein … kein überführter Verbrecher!«

»Nein, Kind«, antwortete Marge, »aber was, glaubst du, passiert mit einer Frau, die allein in einem großen Haus lebt und zuviel über Kräuter und andere Dinge weiß? Es hätte nicht lange gedauert und irgendein dahergelaufener Handwerker hätte mich der Hexerei bezichtigt, weil er die Schmiede haben wollte.«

Anne schwieg. Wieder einmal wurde ihr klar, wie wenig sie doch über das Leben der Menschen wusste, die nicht im Adelsstand geboren waren. Marge bückte sich wieder und begann erneut, Wurzeln auszugraben. »Zu viel Wissen ist gefährlich, Kind«, sagte sie. »Andere, die weniger wissen, werden eifersüchtig und gucken dich schief an. Daher war es besser, im Wald zu bleiben. Auch hier fragen mich die Menschen um Rat. Sie respektieren und achten mich, weil sie glauben, ich wüsste um ihre Zukunft.«

»Kannst du das?«, fragte Anne mit klopfendem Herzen, »kannst du wirklich die Zukunft voraussehen?« Abermals hielt die Alte in ihrer Arbeit inne und sah sie prüfend, aber gütig an. »Da wird ja jemand ganz aufgeregt, was?« Sie lächelte und zog Annes Hände in ihre. »Du willst also wissen, ob der Mann, für den dein Herz schlägt, dich auch liebt, ja?«

Anne lief ein Schauer über den Rücken. Woher wusste sie das? Marge lachte erneut. »Dazu braucht es keine Magie und keine übernatürliche Begabung, Anne. Die Priester sagen, nur Gott weiß die Zukunft, die Dämonen und Hexen dagegen können lediglich die Zeichen lesen. Ich weiß nicht, ob sie damit Recht haben, es interessiert mich auch nicht, aber wenn ein junges Mädchen wie du so unglücklich ist, dann steckt meist die Liebe dahinter. Verrätst du mir, wer es ist?«

Anne senkte den Kopf. »Richard«, sagte sie dann leise. »Und er sagte erst, er liebe mich auch, ist dann aber ohne Abschied, ohne ein Wort von Middleham abgeritten. Wir sprachen von Heirat und er verschwindet.«

Marge nickte und strich dem Mädchen über den Kopf. »Und du bist wütend auf ihn, weil er dich einfach so verlassen hat, und wütend auf dich, weil du ihn trotzdem liebst, ist es so?«

Anne nickte. »Wie kann er gehen, wenn er mich liebt?« Sie sah die Alte an, dann senkte sie denn Kopf. »Hilf mir, Marge«, sagte sie leise.

Die Alte sah sie prüfend an. »Ich weiß nicht, ob ich dir helfen kann«, sagte sie dann. »Zu viel Wissen, ich sagte es schon, ist gefährlich. Zu viel Wissen verführt manchmal auch dazu, abzuwarten, weil man auf eine vorhergesagte Zukunft vertraut, wo man eigentlich Initiative zeigen müsste, um diese Zukunft möglich zu machen. Die Zukunft, kleine Anne, ist nicht festgeschrieben, sie ändert sich mit unseren Handlungen, mit dem, was wir tun. Verstehst du, was ich meine?«

»Ich glaube schon«, sagte Anne, aber ganz sicher war sie sich nicht.

Die Alte drehte ihre Hände um und besah sich ihre Handflächen. Anne hielt ganz still, sie wagte kaum noch zu atmen. Dann ließ Marge ihre Hände los und stand auf. »Du bist sicher, dass du wissen willst?«

Anne nickte benommen.

»Dann komm«, sagte die Alte, »wir gehen zu mir. Es ist nicht weit.« Sie wandte sich um und lief mit schnellen, energischen Schritten tiefer in den Wald. Anne band die Zügel ihrer Stute an einem der Bäume fest und folgte ihr.

Marge lebte in einer Höhle, nicht sehr weit vom Waldesrand entfernt. Die Höhle der Alten war behaglich eingerichtet. Anne unterdrückte mit Schwierigkeiten einen Ausruf der Verwunderung. Im Hintergrund brannte ein Feuer, der Boden war mit Stroh und mehreren Tierfellen ausgelegt, das Bett wirkte weich und gemütlich. An den Wänden standen einige grob gezimmerte Regale, direkt neben dem Eingang wartete ein großer Vorrat an Holz auf seine Verfeuerung und mehrere Kisten dienten wohl zur Aufbewahrung von Kleidern oder Kräutern, die Marge gesammelt hatte, mutmaßte Anne. Die Alte stellte ihren Korb ab, nahm einige Scheite von dem Holzstapel und legte sie auf das Feuer, das sofort hellauf brannte. Dann winkte Marge sie ungeduldig an das Feuer. »Es mag sein, dass wir nichts sehen«, sagte sie, »es ist nicht die richtige Stunde. Zeit und Ort sind wichtig in der Magie. Aber wir werden es probieren.« Anne schluckte, aber sie war jetzt fest entschlossen. Jetzt war sie hier. Sie würde jetzt nicht kneifen. Sei nicht feige, wies sie sich selbst wütend zurecht. »Zieh deinen Umhang aus und setz dich dorthin!« Sie deutete auf einen Platz an dem großen Stein, der beim Feuer lag und gut als Tisch dienen konnte. »Und sprich nicht.«

Mit großen Augen sah Anne den Verrichtungen der alten Frau zu. Diese stellte einen Krug Wasser auf den Stein, und zerrieb murmelnd einige Kräuter darin. Dann bedeutete sie Anne erneut durch Gesten, zu schweigen und ihr Haar zu öffnen. Aus einer Ecke holte sie dann einen Spiegel und legte ihn auf den Stein. Sie löste ihr eigenes Haar und goss, immer noch murmelnd, Wasser auf den Spiegel. Sie beugte sich vor und bedeutete Anne, den Spiegel zu betrachten, dann nahm sie ihre Hände. Anne konzentrierte sich. Sie wusste nicht, was sie genau erwartete, aber ihr war unheimlich.

Die Atmosphäre in der Höhle, die ihr zunächst warm und anheimelnd erschienen war, hatte sich geändert. Sie drückte Marges Hände mit aller Kraft, unfähig, sich zu entspannen. Sie starrte weiter auf die mit Wasser bedeckte Oberfläche des Spiegels. Sie sah – nichts. Sie konzentrierte sich weiter, sie musste, sie wollte, sie würde – mit einem Ruf und einem Seufzen ließ Marge ihre Hände los und lehnte sich zurück. Anne erschrak vor der Plötzlichkeit der Bewegung. Fast schien es ihr, als hätte sie eine unbekannte Kraft zurückgeworfen. Dann öffnete Marge die Augen. Fast augenblicklich wurde es wieder hell in der Höhle. Vielleicht, dachte Anne beklommen, ist draußen einfach ein Sonnenstrahl durch die Wolken gebrochen. Marge nahm den Spiegel und schüttete den Rest des Wassers ins Feuer, das aufzischte, aber weiterbrannte.

Und, hätte Anne sie am liebsten bestürmt, was hast du gesehen? Aber sie wagte es nicht, zu fremd war ihr noch alles. Die Alte sah sie an. »Mein liebes Kind«, sagte sie dann und verstummte.

»Was«, rief Anne jetzt doch, unfähig, ihre Ungeduld weiter zu zügeln.

»Geduld«, lachte die Alte und wirkte wieder ganz menschlich. »Geduld wirst du lernen müssen. Diese Liebe reift nur durch Geduld.« Sie blickte in die Flammen und schien wieder weit entfernt zu sein. »Geduld«, sagte sie. »Du hast erst den Anfang des Weges beschritten. Viele Schwierigkeiten kommen von außerhalb. Viel wird davon abhängen, ob und wie du handelst. Und ob du erkennst, wann es besser ist, nicht zu handeln.« Sie schwieg erneut. So liebt er mich, wollte Anne rufen, aber sie schwieg. »Ein harter Weg«, sagte die Alte, »und ein langer Weg. Aber ein Weg zu großer Liebe. Wenn du die Kraft hast.«

Annes Herz begann zu pochen, sie konnte nicht mehr schweigen. »So liebt mich Richard?«

Die Alte schüttelte den Kopf und Anne blieb fast das Herz stehen. Dann sprach Marge weiter. »Ob wirklich Richard, kann ich dir nicht sagen. Aber große Liebe liegt vor dir. Durch alle Schwierigkeiten hindurch wird sie halten, geschmiedet und gestählt – wenn du den Richtigen erkennst.«

Es kann nur Richard sein, dachte Anne. Hat mir Anthony nicht dasselbe gesagt? Ich werde warten. Ich werde die Kraft haben.

»Ich werde dir noch einmal helfen«, flüsterte die Alte. »Und ich tue es nicht nur deinetwegen, obwohl das schon Grund genug wäre.« Lächelnd drückte sie die Hand der Jüngeren. »Ich tue es auch, weil es – erschrick nicht, kleine Anne – für das Land wichtig ist. Große Schwierigkeiten liegen vor uns. Der Sturm zieht auf.« Anne begriff nicht, wovon sie redete, aber es interessierte sie auch nicht so sehr. Richard liebte sie. Sie würden zusammen sein. Was immer sie dafür tun musste, schwor sich Anne, sie würde es tun. Marge stand auf und begann in einer der Kisten zu kramen. Dann reichte sie Anne eine Hand voll Brennnesseln. »Geh hinaus«, flüsterte sie, »und tauche sie in den Saft deines Körpers. Dann bring sie zurück.«

»Du meinst, ich soll da –«, fragte Anne verblüfft. Das kam ihr jetzt doch ein wenig profan vor.

»In deinen Urin, ja«, grinste die Alte. »Das ist ein sehr wirksamer Zauber.« Anne sah sie zweifelnd an, dann nahm sie die Pflanzen und ging aus der Höhle. Dort sah sie sich einen Moment lang um. Es wurde langsam dunkel. Immerhin sieht mich niemand, dachte sie mit dem Mut der Verzweiflung, und hatte sie nicht noch eben gedacht, sie würde tun, was nötig war? Seufzend kauerte sie sich hinter einen Baum, hob die Röcke und legte die Brennnesseln unter sich. Dann versuchte sie, sich zu konzentrieren. Sämtliche Anspannung und alles Unheimliche, was sie eben noch in der Höhle empfunden hatte, fiel von ihr ab. Erleichtert sprang Anne auf. Sie rümpfte die Nase, nahm dann die mit ihrem Urin getränkten Pflanzen mit den Fingerspitzen auf und ging zurück zu Marge. Die lächelte, als sie ihren Gesichtsausdruck sah.

»Ach Kind, Kind, Magie hat nicht immer etwas mit hehren Ritualen und dem Geist zu tun! Wir müssen den Körper einbeziehen. Schließlich–«, sie grinste, »ist die Liebe ja auch eine körperliche Angelegenheit, nicht wahr? Oder würde es dir reichen, zu wissen, dass dein Richard dich liebt, auch wenn er dich nie berühren wollte?«

»Nein«, sagte Anne, »natürlich nicht.« Sie musste auch lachen, und im gleichen Moment fasste sie wieder Zutrauen zu der alten Frau. »Leg es dorthin«, sagte Marge und nickte ihr zu und Anne sah, dass die Alte vor der Feuerstelle, wo der Boden unbedeckt war, einen neuen, kleineren Stoß aufgerichtet hatte. Anne sah in diesem Stoß etwas Weißes zwischen den Scheiten – aber sie wollte nicht nachfragen. Sie legte die Nesseln auf die neue Feuerstelle. Marge nahm ein Scheit vom Feuer und zündete den Stoß an. Das Holz war trocken genug – es flammte sofort auf. Schweigend beobachteten Anne und Marge, wie das Feuer herunterbrannte.

Dann, als auch die letzte Glut erloschen war, nahm die Alte etwas von der Asche und legte sie auf ein kleines Tuch in scharlachroter Farbe. Sie drehte das Tuch zusammen und verschloss es mit einer Kordel von gleicher Farbe. Dann gab sie es Anne. »Trag das«, sagte sie, »unter deiner Kleidung und des Nachts. Aber pass auf, dass es niemand anderer sieht. Es wird dir helfen, zu erkennen.« Anne zögerte, dann band sie sich das Beutelchen um den Hals. »Und wenn du weißt, dass du bei deiner wahren Liebe liegst«, sagte Marge noch, »in der Brautnacht, dann zeichne das Kreuzzeichen mit dem Zeigefinger der linken Hand auf seinen Rücken. Dann bleibt dein Mann dir ewig treu.«

Sie lächelte versonnen. »Meiner war es. Und er blieb es sein Leben lang.« »Das Kreuzzeichen?«, fragte Anne. Es verwunderte sie, denn christliche Symbolik hatte sie nicht erwartet. Waren

Magie und der wahre Glaube nicht meilenweit voneinander entfernt? Und war dann nicht auch sie jetzt meilenweit vom wahren Glauben entfernt? Es schauderte sie. Marge hob die Schultern. »Man muss die Hilfe nehmen, die man kriegen kann, Kind«, sagte sie und lächelte so verschmitzt, dass sie wieder ganz aussah wie die gütige Großmutter, die Anne sich immer gewünscht hatte. Der kleine Schauder verschwand. Spontan fiel das Mädchen der Alten um den Hals. »Danke, Marge«, sagte sie. Gerührt tätschelte die Alte ihr den Rücken. »Geh nun, kleine Anne«, sagte sie. »Es ist ein langer Weg.«

Anne verließ die Höhle. Auf dem Rückweg, zunächst aus dem Wald heraus, dann zu Pferd zurück zur Burg, dachte sie über die Ereignisse des Tages nach. Es war Richard, den Marge gesehen hatte, dachte sie, es musste Richard sein, wie konnte es jemand anderes sein? Schließlich liebte sie ihn. Unter ihren Kleidern verborgen schaukelte das scharlachrote Beutelchen zwischen ihren Brüsten.

Die Aufstände brechen los

Unschwer waren die beiden Männer an ihrer Kleidung als königliche Boten zu erkennen. Sie klopften an den Stadttoren von York und nach einer kurzen Wartezeit wurde ihnen geöffnet; sie durchquerten das Tor, das sich hinter ihnen mit einem dumpfen Grollen wieder schloss. Sie ritten die Hauptstraße der Stadt hinunter. Es war etwa auf halber Strecke bis zum Marktplatz, als sie zum ersten Mal bemerkten, dass sie verfolgt wurden. Die beiden wechselten nervöse Blicke. Der Norden Englands war eine unsichere Gegend, aber wer würde es wagen, Hand an einen Boten des Königs zu legen? Sie ritten weiter. Am Marktplatz hielten sie an. Sie stiegen von den Pferden, ohne die Männer, die sich abwartend hinter ihnen versammelt hatten, besonderer Aufmerksamkeit zu würdigen. Dabei waren ihre Sinne angespannt. Sie fühlten die Blicke und die Feindseligkeit im Nacken.

Die beiden betraten das Gasthaus. Bei ihrem Eintritt verstummten die Gespräche an den wenigen Tischen. Der ältere der beiden Boten klopfte auf die Theke. »Abendessen und Unterkunft«, verlangte er. Der Wirt sah sie nur an und machte keine Anstalten, zu antworten. Hinter ihnen öffnete sich die Wirtshaustür erneut.

Ein Mann betrat den Raum und lehnte sich lässig neben den beiden Boten an die Theke. »Und wer«, fragte er in gedehntem Tonfall, »verlangt Unterkunft im Gasthaus zu York?« Der ältere der beiden Boten fühlte, wie sein jüngerer Begleiter die Luft einzog, und ahnte, dass er zu einer scharfen Erwiderung ansetzte.

Mit einer Geste hielt er ihn auf und wandte sich dem Einheimischen zu. Ein drahtiger Mann, dachte er, Alter schwer zu schätzen, der Junge hat ein glattes Gesicht, aber erste graue Strähnen im Bart. Und stechende Augen. Ihn schauderte es unwillkürlich. »Zwei müde Engländer suchen Unterkunft in einer englischen Stadt«, sagte er ruhig. »Gibt es daran irgendetwas auszusetzen?«

Hinter der Bar beobachtete der Wirt den Wortwechsel. Alle Gespräche in der Gaststube waren verstummt.

»Daran gibt es nichts auszusetzen«, sagte der Mann sanft. »Aber wir wissen gern, wen wir in unseren Stadtmauern beherbergen. Könnte ja sein, dass ihr Räuber oder Straßendiebe seid.« Der jüngere der Boten fuhr auf. »Wir sind im Dienste des Königs unterwegs, Mann, zügelt Eure Zunge!«, rief er in scharfem Tonfall. »Also doch Räuber und Straßendiebe«, erwiderte er und seine Stimme war gefährlich leise. »Bedienstete des Königs, mein Freund, sind in York nicht erwünscht.«

»Ich zeige dir, wie erwünscht sie sind!«, rief der Jüngere und griff nach seinem Schwert. Aber schon zum Ziehen hatte er keine Zeit mehr. Aus dem Nirgendwo flammte ein anderes Schwert auf und hieb ihm den Schwertarm ab. Schreiend brach der Mann zusammen. Der ältere Bote zog ebenfalls sein Schwert, aber auch für ihn war es zu spät: im nämlichen Moment fielen zwei Männer über ihn her und rangen ihn nieder. Er sah das Messer noch aufblitzen, ehe es sich in seinen Hals bohrte und er fühlte, wie sein Blut, feucht und warm, aus der Wunde über seinen Körper floss.

Die Ratgeber Edwards waren vollständig versammelt. Mit mehr oder minder offener Sorge lauschten sie dem Bericht, den der Bote aus dem Norden gab. Der Mann ist wirklich nicht zu beneiden, dachte Anthony, der seinen Blick über die versammelten Lords und Heerführer schweifen ließ. Bei diesem Wetter Botschaften überbringen zu müssen, ist schlimm genug, und wenn es dann auch noch schlechte Nachrichten sind ... in alten Zeiten wurden die Überbringer schlechter Nachrichten geköpft, dachte er und grinste vergnügt. Nun, diese barbarischen Bräuche waren ja abgeschafft, so viel man sonst von der Antike lernen konnte. Edward war weit davon entfernt, ein Tyrann zu sein, wie jene alten Könige. Eher hatte Elisabeth noch das Format einer Penthesilea oder Medea, wenn auch nicht ganz die Schönheit der Damen. Aber das sollte man ihr besser nicht sagen. Anthony lächelte. Seine Schwester saß derzeit auf Schloss Fotheringhay und schikanierte die Dienstboten.

»... es ist derzeit nur ein kleiner Aufstand, mein König«, sagte der Bote, »sie haben zwei Männer, die in Euren Diensten unterwegs waren, getötet, damit fing es an. Dann stürmten sie das Versammlungshaus und setzten es in Brand, die Flammen griffen über auf andere Häuser und die Rebellen nutzen das Durcheinander zum Plündern. Mehrere Menschen wurden von ihnen getötet oder kamen in dem Feuer ums Leben. Mein Herr, der Graf Northumberland, konnte den Aufstand schnell zerstreuen und nach zwei Tagen war die Ordnung wieder hergestellt. Aber dieser Agitator, der sich Robin von Redesdale nennt, wird keine Ruhe geben, befürchtet der Graf. Kaum hatten wir seinen Rebellenhaufen in Yorkshire zerstreut, tauchte in East Riding ein Mann auf, der sich Robin von Holderness nannte. Wir besiegten die Rebellen bei York, doch kaum hatten wir sie geschlagen, erschien Robin von Redesdale erneut – diesmal in Lancashire und mit einem größeren Haufen. Sie haben das Rathaus und andere Gebäude zerstört. Graf Northumberland ist sicher, dass es ihnen um mehr geht als um örtliche Missstände. Er schickt mich zu Euch, um Euch zu informieren und um Hilfe zu bitten.«

»Ja«, sagte Edward gedankenverloren, »es sieht so aus, als müssten wir etwas tun. Diese dauernden Aufstände ...«

Ein leises Raunen, mehr eine Bewegung als ein Geräusch, ging durch die versammelten Lords. Ein Feldzug war ein Feldzug, auch wenn es sich nur um einen Rebellenhaufen handelte. Man wusste nie, wie er ausging und ob man lebend zurückkam. Anthony spürte das bekannte Gefühl kühler Erregung, das er immer hatte, wenn eine Entscheidung über einen Feldzug anstand. Er betrachtete die Anwesenden. Hastings, der im Lauf des Winters weiter Fett angesetzt hatte, kaute an seiner Unterlippe. Thomas Montgomery, der treue Leibwächter des Königs, sah gleichmütig drein. Richard, der nicht weit von Anthony entfernt saß, hatte sich vorgebeugt, in seinen Augen funkelte es. Ein Feldzug, dachte Anthony, nun sollte der König Richard endlich ein Kommando geben. Der Junge brennt ja danach, und er ist wirklich alt genug.

»Ich denke, Ihr solltet es Northumberland überlassen, mein König«, meldete sich Hastings zu Wort. Hastings, dachte Anthony, du bist ein Hasenfuß. »Bedenkt doch die Zeichen, mein König«, fuhr Hastings jetzt fort, »die Berichte vom Blutregen in Bedfordshire, zum Beispiel.« Du feiger, kleiner Drecksack, dachte Anthony, Zeichen, um Himmels willen! Blut regnete nicht vom Himmel. Wahrscheinlich war irgendwo ein Fass roter Sand umgekippt, oder jemand wollte seinen Nachbarn einen Streich spielen, das passierte immer wieder. Blödsinnig, darin Vorzeichen zu sehen. »Und in Hentingdon«, fuhr ein anderer, älterer und offenbar nicht weniger ängstlicher Lord fort, »die Schwangere, die das Kind in ihrem Leib hat schluchzen hören, kurz vor der Entbindung.«

Man konnte noch von Glück sagen, dass sie nicht die Engel im Himmel singen hörte, dachte Anthony verächtlich. Vorzeichen, Blutregen, schluchzende Ungeborene, lieber Himmel!

»Es ist«, übernahm jetzt wieder Hastings, »die Aufgabe der örtlichen Würdenträger, mit so etwas wie diesen Aufständen fertig zu werden. Der König von England sollte in Sicherheit bleiben und von ihnen geschützt werden. Dazu sind die Lords da. Die örtlichen Würdenträger, meine ich.«

Richard sah enttäuscht drein. Anthony schaltete innerlich ab. Hastings war ein feiger Trottel. Vorzeichen! Das Volk, dachte er, sieht, wie jeder Mensch, immer nur das, was es sehen will. Er wollte gern glauben, dass die Menschen besorgt waren, aber dazu brauchte es nun wahrhaftig keine übernatürlichen Vorzeichen. Er betrachtete seine durchnässten Schuhspitzen. Er hatte genug. Genug von diesem dunklen Land mit seinen dunklen Ahnungen und seinem verdammten Schnee und Eis.

Der Winter war ungewöhnlich kalt. Er würde den König um Urlaub bitten, nahm er sich vor, er würde nach Italien reisen. Dort war es hell, es regnete nicht, jedenfalls nicht permanent, außerdem hatte er von einigen neuen Strömungen dort gehört in der Literatur, der Architektur ... Wie hieß dieser junge Dichter, dessen Werk die gesamte gebildete Welt in Aufregung versetzte? Schrieb in der Volkssprache. Unfassbar. Und was für Verse, Oden an eine Frau, eine Unbekannte, sprachlich, so hieß es, das Schönste, was man je gehört hatte. Anthony seufzte leise. Meine Verse, dachte er, kommen dem niemals gleich. Was für ein entsetzliches Schicksal: zu erkennen, was gut und schön ist und dem doch nicht nacheifern, dem als richtig Erkannten nie, niemals gleichkommen können! Du bist schon ein armer Tropf, dachte er dann, und die alte Spöttermaske schob sich wieder vor den tiefer empfindenden Teil seines Wesens, demnächst weinst du vor Lady Isabells Fenster. Oder irgendeinem anderen. Und wer weiß, worüber? Verlorene Liebe, nie bekommene Liebe, unzureichendes Talent, nicht vorhandenes Talent, vergessene Erkenntnis oder was auch immer – dir wird schon was einfallen. Im Zweifel über die Vorzeichen, den frühen Tod und deinen König. Oder um deinen brachliegenden Geist. Ich reise ab. Nach Italien.

»Schlagt sie mit eiserner Faust, mein König«, dröhnte nun eine neue Stimme durch die Halle und Anthony schloss entnervt die Augen. Halt doch bloß den Mund, Vater, dachte er, als ob es dir um etwas anderes ginge als darum, deinen eigenen Geldbeutel zu füllen.

»Lasst uns gen Norden reiten und damit ein für alle Mal aufräumen!«

Ich wünschte, jemand würde mit diesem Saufsack von Erzeuger aufräumen, dachte Anthony. Und da ich das denke, mache ich mich schuldig: »Du sollst Vater und Mutter ehren.« Ja, wie denn, wenn da nichts Ehrenwertes ist?

»Das werden wir eventuell tun, Graf Rivers, seid unbesorgt. Ich werde darüber nachdenken. Aufstände hat es in dieser Region, im Norden, seit ich denken kann gegeben, vielleicht kommt jetzt die Zeit, dort hart durchzugreifen. Aber im Moment hat Northumberland noch alles im Griff, wir haben also keinen Grund, uns zu hetzen. Überstürzte Entscheidungen sind schlechte Entscheidungen.« Der König unterdrückte ein Gähnen. »Das wäre dann alles für heute. Hastings, sorgt dafür, dass der Bote ordentlich untergebracht wird und etwas zu essen bekommt. Meine Herren, hat jemand Lust auf einen Ritt?«

Alle erstarrten. Bei dem kalten Wetter war ein Ausritt eine reine Quälerei. Edward grinste. »Das war nur Spaß, meine Herren, nur ein Spaß. Ihr könnt euch zurückziehen.«

Die Erleichterung war fast spürbar und machte sich in unterdrücktem Gemurmel und tiefen Verbeugungen Luft. Anthony blieb am Feuer stehen und nickte dem einen oder anderen zu. Weiter hinten sah er Richard verloren herumstehen und winkte ihn zu sich.

»Setzt Euch zu mir, Richard, seid so gut. Habt Ihr Lust auf ein Spiel?«

Richard nahm Platz und ergriff die Würfel. Seit Monaten, ach was, sein ganzes Leben lang tat er nichts anderes als ausreiten, mit den Waffen üben und dieses neumodische, aus Frankreich herübergekommene Brettspiel zu spielen, und wenn dann mal die Möglichkeit eines Feldzuges erörtert wurde, kam jemand wie Hastings daher und schob es auf die örtlichen Würdenträger ab. Er hatte es satt. Er vertändelte sein Leben an diesem Hof, und er war, darüber war er sich langsam im Klaren, nicht für Tändeleien und Hofintrigen geschaffen.

»Ihr macht ein Gesicht wie sieben Tage Regenwetter.« Anthony lächelte Richard zu. Der zuckte die Schultern.

»Blutregen in Bedfordshire, Aufstände im Norden, Brettspiele in London – bei allem Respekt, Lord Scales, aber ich langweile mich.«

»Fangt bloß nicht an, mich zu respektieren, Richard, dazu besteht kein Anlass. Ja, die Langeweile! Findet ihr es nicht auch seltsam, dass einem im Winter die Tage länger vorkommen, obwohl sie eigentlich kürzer sind? Da müsste die Zeit doch schneller laufen! Aber sie tut es nicht, sie läuft nur schneller, wenn wir glücklich sind. Ein Mysterium. Und ein gutes Mittel gegen die Langeweile: das Denken.«

»Bringt einen das irgendwo hin?«

»Kommt darauf an, wo man hinwill. Und da es ja so aussieht, als rede Hastings unserem hochehrenwerten König den Feldzug, der ein wenig Abwechslung bedeuten würde, aus, so habe ich beschlossen, nach Italien zu reisen. Warum kommt Ihr nicht mit?«

Richard sah ihn erstaunt an. Man erzählte sich Wunderdinge von diesem Land, aber die Reise war beschwerlich. Und ob sein Bruder ihm in der jetzigen Situation Urlaub gewähren würde? Trotzdem ... Eine Reise nach Italien, mit Anthony, den er heimlich bewunderte, weit weg von allem, was ihn an Anne erinnerte, weg von den Intrigen dieses Hofes und der Dunkelheit dieses Landes ..., aber es ging wohl nicht.

»Ich glaube nicht«, sagte er, »dass mein Bruder einem von uns Urlaub gibt. Er wird zumindest Euch brauchen, wenn es zu Aufständen und einem Feldzug kommt.«

»Wenn es zu einem Feldzug kommt, hat er meinen Suffkopf von Vater, das sollte reichen.«

»Es reicht bei weitem nicht, selbst wenn es nur um meine Unterhaltung geht.« Unbemerkt war Edward näher gekommen. »Und was Hastings angeht, Lord Scales, so habe ich Eure Miene bemerkt. Ein vorsichtiger Mann, aber treu wie Gold und verlässlich, wenn es darauf ankommt. Es ist gut, dass ich nicht nur von Leuten umgeben bin, die aus jedem Streit einen Feldzug machen wollen. Aber diesmal wird es wohl dazu kommen. Ich bin entschlossen, in den Norden zu reiten. Euch, Anthony, brauche ich zu meiner geistigen Erbauung, nur mit Eurem Vater, den Ihr respektloser und wahrer Weise einen Suffkopf nennt, bin ich ja geschlagen, noch bevor ich auf das Rebellenhäufchen stoße.

Und dich, Richard – da ist noch Platz für deine Streitaxt. Was meinst du? Hat sie wohl Lust, mitzukommen und mit dir zu kämpfen?«

Edward lächelte seinen jüngeren Bruder charmant an. Richard konnte den König nur anstarren. Seit Monaten langweilte er sich, seit Jahren war er nun ein Anhängsel an diesem Hof, der kleine Richard eben – und jetzt dies: Trotz der Bedenken Hastings' rückte ein Feldzug vielleicht doch noch in greifbare Nähe und er sollte dabei sein!

War das möglich? Richard schluckte. »Ja«, sagte er dann gepresst, während sein Herz in Dankbarkeit für Edward überquoll. »Ja, meine Streitaxt hat wohl Lust dazu, mein König.« Dann stand er auf, da er seine Gefühle gleich nicht mehr im Zaum halten können würde. »Allerdings werde ich sie besser fragen gehen. Erlaubt Ihr, dass ich mich entferne, mein Bruder und König?«

Edward grinste. »Tu das, Richard, schärf sie schon mal, sie wird es wohl brauchen.«

Mit einer Verbeugung verschwand Richard. Er konnte nicht verhindern, dass er fast im Laufschritt aus der Halle stürmte. Ein Feldzug! Und er war dabei! Endlich!

»Das«, sagte Anthony und sah dem davoneilenden Richard hinterher, »war einer der besten Gedanken, die Ihr in diesem Jahr hattet, mein König.«

Edward gähnte. »Du bist in jeder Hinsicht zu frech und zu respektlos, mein Freund«, sagte er, »aber ich mag dich.« Er nahm die Würfel zur Hand, warf sie und zog zwei Steine über das Spielfeld. »Und jetzt mach schon. Spiel!«

Anthony würfelte. »Ach, richtig, Anthony«, meinte Edward. »Du kommst natürlich auch mit, das war mein Ernst. Erstens brauche ich jemanden, der ein Auge auf Richard hat, und zweitens – zum ersten Feldzug gehört auch die erste Frau. Du wirst ihm helfen müssen.«

Anthony zog die Augenbraue hoch. »Erwartet Ihr, Edward, dass ich das Licht halte?«

Edward lachte. »Nein, das dann doch nicht. Nur ein bisschen

… nennen wir es Beihilfe. Richard hat nicht mein Draufgängertum.«

»Jedenfalls nicht in diesen Dingen. Was wirklich in dem Jungen steckt …«

»Weiß man noch nicht, du hast Recht, Anthony.« Sinnend sah Edward ins Feuer. »Aber ich schätze, mehr Gutes als im Rest der Familie.«

Anthony wunderte sich stumm, es war ihm neu, dass Edward über die Menschen in seiner Umgebung nachdachte. Dann zuckte er innerlich die Achseln. Ade, Italien, dachte er, vielleicht ja später. Wenn es ein »Später« gab. Und wie immer bei dem Gedanken, dass er von einem Feldzug möglicherweise nicht zurückkehren würde, zog sich die kleine Stelle hinter seiner Brust in halb schmerzlicher, halb erwartungsvoller Erregung zusammen.

Einen Feldzug auszurichten braucht Zeit, und Edward sah keinen Grund, sich übermäßig zu beeilen. Er veranlasste, dass Material nach Fotheringhay gebracht wurde, und er ließ einige Truppen ausheben. Während Richard, begeistert von der Idee, endlich etwas tun zu können, die Zeit für sein Waffentraining verdoppelte, Briefe aussandte, um Geld aufzutreiben, Waffengefährten warb und Streitaxt und Schwert so oft schleifen ließ, dass der Waffenmeister der Burg schon befürchtete, diese Gerätschaften würden nicht einmal mehr den ersten Schlag überleben, geschweige denn einen weiteren – schien Edward das ganze Unternehmen eher für eine kleine Urlaubsreise zu halten.

In Fotheringhay hielt sich derzeit Elisabeth auf und Edward beschloss, es sei an der Zeit, sich mit seiner Frau wieder auszusöhnen, nachdem er sie nach dem Desmond-Skandal fortgeschickt hatte. Aber ungebührlich beeilen, fand er, musste man sich damit nicht. Fotheringhay lag im Norden des Landes, und wenn man sich schon der Unbequemlichkeit eines Ritts dorthin und eines anschließenden Feldzugs – so wenig ernst er die Lage im Norden nahm – aussetzte, dann konnte man das wenigstens bei gutem Wetter tun. So kam es, dass es Juni wurde, bis der König endlich von London abreiste. Längst standen die Bäume wieder im Grün, der Frühling wandelte sich langsam in einen frühen Sommer. Edward machte sich, begleitet vom Grafen Rivers und zweien seiner Söhne, Sir John Woodville und Anthony Lord Scales, zweien seiner besten Heerführer und seinem Leibwächter Thomas Montgomery, auf den Weg nach Ostengland. Dort sollten Truppen gesammelt und zwei Heiligenschreine besucht werden.

Richard ritt an der Seite seines Bruders und wahrscheinlich war er der Einzige, der diesen »Ausflug« ernst nahm. Bei gutem Wetter und mit bester Laune erreichte das königliche Gefolge Hertfordshire und stattete dem Erzbischof von York einen kurzen Besuch ab. Dann ging die Reise weiter nach Walsingham, und Ende Juni erreichte man endlich Schloss Fotheringhay. Der König und sein Gefolge wurden von Königin Elisabeth in bester Laune mit einem Festmahl empfangen. Man blieb eine Woche und genoss die Lustbarkeiten, die die Königin organisiert hatte, während tröpfchenweise und nach und nach Truppen und militärisches Gerät in Fotheringhay eintrafen. Alles schien friedlich und die Aufstände im Norden boten keinen Anlass zur Besorgnis.

Die Glocken von Calais läuteten, so schien es dem Grafen Warwick, zu seinem persönlichen Triumph. In Calais, der letzten Stadt unter englischer Herrschaft auf dem Festland, war er Gouverneur, entsprechend waren sämtliche örtlichen Würdenträger gekommen, Ludwig, der König von Frankreich, hatte ein Grußwort gesandt, es war wunderbar. In Calais zumindest wurde seine Bedeutung noch voll anerkannt. Warwick lächelte und nahm huldvoll grüßend weitere Glückwünsche entgegen. Vor dem Portal der Kirche erschienen jetzt seine Tochter Isabell und sein frisch gebackener Schwiegersohn George von Clarence, Isabell scheu und mädchenhaft, Clarence triumphierend lächelnd. Über die Menge und die »Hoch«-Rufe hinweg trafen sich die

Blicke der beiden, und jeder las im Gesicht des anderen, was der dachte: Das ist unser Tag! Warwick teilte diese Meinung aus vollem Herzen. Er hatte allen Grund, zufrieden zu sein. Die Nachrichten aus England waren gut, die »Robin«-Aufstände waren angelaufen, und bisher hatte dieser faule Edward offenbar noch nicht begriffen, dass sie nur die ersten in einer langen Reihe geplanter Angriffe waren. Bisher überließ Edward alles dem Grafen Northumberland und verließ sich darauf, dass Warwicks Flotte den Kanal nach Frankreich schützte. Nun, dachte Warwick und grinste, das tat sie ja auch, die Flotte. Solange er es für richtig hielt.

Mittlerweile, so hatte es ihm der Erzbischof von York geschrieben, war Edward allerdings unterwegs nach Norden, aber nur mit einem kleinen Heer und ohne besondere Eile. Die Maus, hieß das für Warwick, rannte also direkt in den Rachen der Katze. Nicht mehr lange und die Falle würde zuschnappen, Edward würde entweder fallen oder gefangen genommen werden, und dann war seine Tochter mit dem nächsten Anwärter auf den Thron verheiratet. Alles hatte genauso geklappt, wie er es haben wollte.

Isabell stand vor der Kirche, versuchte lachend, den Reiskörnern auszuweichen, und strahlte vor Glück. Dann schob sie ihren Arm in den ihres Ehemanns und schritt an Clarences Seite durch das Spalier der Ritter und Ehrenjungfrauen. Endlich!, dachte sie, endlich haben wir es geschafft. Endlich verheiratet! Zum Schluss war, nach der langen Zeit des Wartens, alles sehr schnell gegangen, zu schnell fast für die Schicklichkeit. Der Dispens, die päpstliche Erlaubnis, dass sie ihren Cousin heiraten durfte, war besorgt worden und noch am selben Tag hatte ihr Vater ihr befohlen zu packen. Nach einem tränenreichen Abschied von ihrer Mutter und einem weniger tränenreichen von Anne, die vor Aufregung über die Nachrichten gar nicht mehr hatte stillsitzen können und endlich wieder etwas von ihrer alten Quirligkeit zeigte, war Isabell mit ihrem Vater und Clarence in See gestochen und nach Calais gefahren. Es war eine ruhige Überfahrt gewesen, auch wenn Isabell mit jeder Stunde Reisezeit nervöser wurde. Nicht mehr lange, dann war sie Ehefrau! Während die Küste Englands ihren Blicken entschwand, schien es ihr, als ließe sie mit der Insel auch ihre Mädchenzeit zurück, als würde auf diesem Schiff eine neue Isabell geboren.

Als sie in Calais ankamen, war sie so nervös wie noch nie in ihrem Leben. Und jetzt, jetzt war sie endlich verheiratet! Allein der Gedanke wühlte sie auf. Sie lächelte Clarence an, der allerdings gerade damit beschäftigt war, der Menge und ihren Hochrufen mit Winken zu danken. Nun, er würde sie später noch genug beachten. Im Gouverneurshaus war alles für das Hochzeitsmahl vorbereitet und dann wartete im Oberstock das Brautgemach auf sie. Einen Augenblick lang schauderte es Isabell und die Nervosität kehrte zurück. Was würde geschehen? Würde es wehtun? Und war sie in der Lage, ihre erste Pflicht zu erfüllen – einen gesunden Erben zur Welt zu bringen? Sie erinnerte sich an die Gruselgeschichten, die die Mägde in Middleham wispernd am Feuer erzählt hatten. Einen Moment lang wünschte sie, Anne wäre hier. Ihr fehlte eine Vertraute. Von den adeligen Damen von Calais kannte sie niemanden, ihre Mutter und ihre Schwester waren in England geblieben, Isabell fühlte sich einen Augenblick lang sehr allein. Dann schüttelte sie Angst und Nervosität entschlossen ab. Sie würde letztlich bald genug wissen, was sie erwartete. Und Clarence war ein guter Mann. Liebte sie ihn nicht schließlich? Er würde zärtlich zu ihr sein. Ganz sicher.

Das frisch verheiratete Paar erreichte das Ende des Spaliers und blieb vor dem Grafen von Warwick stehen. Isabell trat auf die Blumen, mit denen der Weg bestreut war. Heimlich berührte ihre Hand die kühle Seide, aus der ihr Brautkleid genäht war, dann suchte sie Clarence' Finger. Er gab den Druck zurück, das beruhigte sie. Warwick legte Clarence lächelnd die Hand auf die Schulter und küsste dann Isabell, die züchtig zu Boden blickte, auf die Stirn. »Sei gut zu meiner Ältesten«, sagte Warwick ernst. »Sie hat einen guten Mann verdient.«

»Den hat sie bekommen«, antwortete Clarence. Der Hysterie nahe, musste Isabell sich sehr zusammennehmen, um nicht zu kichern – was unpassend gewesen wäre. Warwick nickte gewichtig und hinter ihm her führte Clarence seine junge Frau zum wartenden Brautmahl. Ihnen folgten die örtlichen Würdenträger und Gäste.

»Er hat was, bitte?« Edward war gefährlich nah am Brüllen und sein Gesicht färbte sich dunkelrot, wozu allerdings diese Nachrichten Anlass boten.

»Warwick! Das ist ja eine offene Kriegserklärung!« Unglücklich stand der Bote, ein junger Mann, noch jünger als Richard, vor dem König.

»Und das ist noch nicht alles, mein König«, sagte er, fast flüsternd. »Graf Northumberland befahl mir auch, Euch das –«, er brachte einen weiteren Bogen Papier zum Vorschein, »zu übergeben.« Finster blickend riss Edward dem Boten das Blatt aus der Hand und begann zu lesen. Sein Gesicht verfärbte sich noch röter, während seine Augen über die Schrift zuckten. Dann faltete er das Blatt zusammen und übergab es Hastings. »Lass alles fertig machen«, sagte er mit gefährlich ruhiger Stimme. »So schnell wie möglich.« Und damit stürmte er aus dem Saal. Richard sah Hastings verwundert an, der den Bogen auseinander faltete, selbst las und dann höchst unfein pfiff – was eher, dachte Richard, zu Anthony gepasst hätte.

»Das ist mehr als eine offene Kriegserklärung«, sagte Hastings gepresst, dann übergab er das Blatt an Richard. »Was soll jetzt nur werden?«

Richard, jetzt wirklich neugierig geworden, faltete den Bogen auseinander. Dass Warwick seine älteste Tochter ohne königliche Erlaubnis an Clarence verheiratet hatte, war tatsächlich schlimm genug, aber was stand bloß in dieser Botschaft von

Northumberland, was Hastings zum Erbleichen und Edward zum Rotwerden gebracht hatte? Trotz seiner Neugier konnte Richard nicht umhin zu bemerken, dass Hastings ihn zum ersten Mal wie einen Gleichgestellten ansah. Verwundert las er das Geschriebene.

Das war keine Botschaft von Northumberland. Es war ein Flugblatt, sah Richard. Er schaute auf. »Wo habt Ihr das her?«, fragte er den jungen Boten.

»Es sind Proklamationen, Herr«, antwortete der Junge verängstigt. »Mein Graf sagt, dass jener Rebell, Robin von Redesdale, sie auf seinem Vormarsch nach Süden verteilt, aber dass ihr Urheber sicher –«, er schwieg und sah Richard mit großen Augen an.

»Graf Warwick ist«, beendete Richard den Satz. Der Bote nickte mit zu Boden gesenkten Augen, aber Richard sah es nicht, er hatte sich in das Schriftstück vertieft.

»England hat keinen König«, hieß es da. »Jener, der sich König nennt, wird in Wahrheit beherrscht von der Familie der Woodvilles und weiteren untreuen Lords, die an dem Herzen des englischen Volkes saugen. Habgierige Günstlinge, die den, der sich König nennt, behext und dazu gebracht haben, die Lords seines eigenen Blutes zu missachten …« Richard las es halblaut.

»Gemeint sind damit natürlich Warwick und Clarence«, sagte Hastings.

»Natürlich«, antwortete Richard. »Und sie vergleichen Edward mit Edward II., Richard II. – die wurden allesamt abgesetzt.« Er schaute Hastings nervös und ernst an. »Wie groß ist das Heer, das Robin von Redesdale führt?«

»Groß, Herr«, sagte der Bote, »und der Graf von Warwick, heißt es, ist von Calais abgefahren und hat in Kent Männer gesammelt, sie sind auf dem Weg, um sich mit dem Rebellenhaufen zu verbünden.«

Richard hatte keine große Freude daran, dass er auf Nachrichten wie diese gewartet hatte, seit er im vergangenen Winter von jenem Fremden im Gasthaus, auf dem Weg zurück von

Schloss Middleham, angesprochen worden war. Niemand hatte seinen Bericht damals wirklich ernst genommen, aber er hatte gewusst, erinnerte sich Richard jetzt, er hatte die ganze Zeit gewusst, dass so etwas passieren würde. Sein ehrgeiziger Ziehvater Warwick war niemand, der sich ruhig verhalten würde.

»Sie hassen vor allem die Woodvilles«, flüsterte der Bote. »Sie haben geschworen, jeden, der diesen Namen trägt, zu töten.« Richard sah Hastings an.

»Das könnte das Ende bringen«, flüsterte der bleiche Haushofmeister.

»Erst einmal«, antwortete Richard, »ist es ein Anfang.«

»Ein Anfang?«

Richard nickte. »Der eines Feldzuges.«

»Ihr scheint Euch ja darüber noch zu freuen!«

Richard zuckte die Schultern. Er freute sich natürlich nicht darüber. Krieg und Kampf, vielleicht sterbe ich, dachte er. Meine erste Schlacht. Aber immerhin, so empfand er es jedenfalls, ging es nach der langen, quälenden Zeit des diplomatischen Hin und Her jetzt endlich vorwärts. Die Figuren waren aufgestellt. Kein Grund mehr zur Rücksichtnahme. Jetzt ging es los. Langsam nickte Richard. »Freuen« war zwar das falsche Wort. Aber er war froh, dass jetzt wenigstens klar war, wo der Feind stand. Die Aufgabe, so dachte er, ist gestellt. Jetzt gilt es, sie zu lösen. Sein Herz pochte.

Edwards Gefangennahme

Das Getrappel von Hufen und der Schritt Hunderter Männer erschütterten die Luft. Banbury war ein kleines und ruhiges Städtchen, jetzt aber lag Spannung in der Luft, so sehr, dass man sie fast spüren konnte. Soldaten waren in der Stadt. Bürgersfrauen mieden die Straßen und die Männer, die keine Quartiere zur Verfügung stellen mussten, verriegelten Fenster und Türen. Dienstmädchen beschränkten ihre Besorgungen auf die allernötigsten Gänge. Dem Bürgermeister von Banbury stand der Schweiß auf der Stirn. Schlimm genug, dass man die Heere der Grafen Devon und Pembroke beherbergen musste. Immerhin gehörten sie zur Gefolgschaft des Königs, man machte sich, dachte der kleine, schmächtige Mann, immerhin nicht des Hochverrats schuldig – aber was, wenn der Graf von Warwick in der offenbar bevorstehenden Auseinandersetzung gewann? Kaum anzunehmen, dass er der Stadt, die ein feindliches Heer beherbergt hatte, besonders freundlich gesonnen sein würde! Natürlich hatte man kaum eine andere Wahl, als die Soldaten unterzubringen. Allein die Idee, sich einem Trupp dieser Größe als einsamer Bürgermeister entgegenzustellen, trieb dem Stadtvater weiteren Schweiß auf die Stirn.

Aber all das, dachte der Bürgermeister, war noch nicht mal das größte Problem. Das größte Problem war, dass er keine Ahnung hatte, wo er all diese Menschen unterbringen sollte. Schließlich, dachte er, ist der Graf von Pembroke zuerst gekommen. Aber dieses einfache Argument wollte der beleibte, hochmütig dreinblickende Graf von Devon nicht gelten lassen.

Pembroke war tatsächlich der Erste, und seine Soldaten und Heerführer hatten die vom Bürgermeister und den Stadtoberen zur Verfügung gestellten Quartiere bereits bezogen; wer nicht mehr in der Schänke saß, der lag schon längst in den Scheunen und Ställen der Bauern und schnarchte. Unmögliche Idee, die Jungs noch mal zu wecken, dachte Pembroke. Was bildet sich dieser fette Idiot von Devon nur ein?

»Dann müssen sie eben zusammenrücken«, sagte Devon gerade verärgert. »Wir haben einen Tagesmarsch hinter uns, meine Männer müssen schlafen!«

»Das sollen sie beruhigt, aber ich werde meine nicht dadurch wecken lassen, dass unter jede Decke einer Eurer Männer kriecht! Es sei denn«, Pembroke grinste, »Ihr habt Frauen in Eurem Zug.«

Devon quittierte diese Bemerkung nur mit einem verächtlichen Achselzucken. Was stehe ich hier herum und streite mich mit diesem alten Kerl, der aussieht, als könnte er kaum noch sein Pferd, geschweige denn eine Frau besteigen, dachte er. So schlagen wir die Rebellen sicher nicht.

Unglücklich zwischen den beiden Streithähnen stand Banburys Bürgermeister. Dieses Gespräch dauerte jetzt schon mindestens eine halbe Stunde. Beide warfen sich ihre Argumente an die Köpfe, dann schauten sie sich einen Moment lang wütend in die Augen, woraufhin sich einer von ihnen erneut an ihn, den Bürgermeister, wandte. Diesmal war es Pembroke.

»Kommt schon, Bürgermeister«, schallten Pembrokes Worte in des Bürgermeisters Ohr. Der arme Mann fühlte sich allein von der Stimme, auch wenn sie jovial klang, angegriffen. Er sank noch ein bisschen mehr in sich zusammen.

»Irgendwo müsst Ihr doch sicher noch Platz haben!«

Devon sah den Bürgermeister auffordernd und nickend an.

Der Stadtvater schüttelte den Kopf. »Nirgends, mein Herr«, lispelte er. »Es fiel uns schwer genug, Eure Soldaten unterzubringen.« Er hob die Hände gen Himmel, verzweifelt. »Nirgends in der Stadt ist noch ein Gebäude leer, ich habe keine Unterkunft mehr, nicht für zehn Soldaten!«

Entnervt betrachtete Devon den schwitzenden und ängstlichen Bürgermeister. Dann sah er wieder zu Pembroke. Der hob in einer ganz ähnlichen Geste der Verzweiflung die Hände.

»Ja, was machen wir da bloß?«

»Ich werde Euch sagen, was wir da machen«, knurrte Devon, dessen Wut mittlerweile Siedetemperatur erreicht hatte. »Wir ziehen jetzt weiter ins nächste Dorf. Und Ihr, Pembroke, könnt Euch auf eine Klage vor dem König gefasst machen!«

»Wenn wir gewinnen, Devon, stehe ich Euch Rede und Antwort vor dem König.«

»Ja«, sagte Devon, »da stellt sich für Euch die Frage, ob Ihr um einen Sieg oder eine Niederlage beten solltet!« Und damit verließ der Graf, ohne seinen Verbündeten oder den armen Bürgermeister noch eines Blickes zu würdigen, Banbury in Richtung seines vor den Toren der Stadt wartenden Heeres.

Müde zogen die Soldaten weiter. Da war keiner mehr im Heer, der nicht fußwund und erschöpft war, keiner, der noch mit der Energie marschierte, mit der er den Zug begonnen hatte. Devon ritt an der Spitze, doch hin und wieder brach er zur Seite aus und ließ einen Teil der Soldaten an sich vorbeiziehen. Junge Männer, dachte er, als er in ihre erschöpften Gesichter blickte, Kinder fast noch. Devon war rund fünfundvierzig Jahre alt. Er hatte mehr erlebt als diese Jungen, er hatte auch solche Märsche mitgemacht und er wünschte, er könnte sie davor bewahren. Anders als viele Heerführer und Grafen hatte Devon stets für das Wohl seiner Soldaten wie seiner Bediensteten gesorgt. Doch hier und heute stand es nicht in seiner Macht, erkannte er. Verdammter Pembroke! Devon sah einen Soldaten straucheln. Der Junge – höchstens achtzehn Jahre – fiel zu Boden, zwei Kameraden hoben ihn wieder auf. Müde, nach einem Augenblick des Ausruhens, humpelte er auf die Schultern seiner Nachbarn gestützt weiter. Devon preschte wieder an die Spitze des Zugs.

»Wir müssen ein Quartier finden, Mylord«, sagte sein Heerführer leise. »Sie können nicht mehr weiter.«

»Ich weiß«, nickte Devon und sein Mund war nur noch eine gerade Linie, »ich weiß.«

Edward hatte sich und sein Heer – oder das, was davon übrig war – sofort nach Erhalt der beunruhigenden Nachrichten nach Nottingham in Marsch gesetzt. Die Gegend erschien nach den letzten Meldungen seiner Späher relativ sicher, Nottingham konnte lange gehalten werden, selbst von einem kleinen Trupp. Und es war nur noch ein kleiner Trupp, der übrig geblieben war: Das sowieso schon kleine Heer, das in der Erwartung eines einfachen Feldzugs gegen ein paar hundert Rebellen aufgebrochen war, war noch geschrumpft. König Edward hatte die nach den Proklamationen unmittelbar gefährdeten Woodvilles beurlaubt und ihnen erlaubt, sich auf ihren eigenen Gütern in Sicherheit zu bringen. Hastings hatte er ausgesandt, um dem königlichen Heer weitere Truppen zuzuführen. Er selbst verschanzte sich mit seinen übrig gebliebenen Heerführern, seinem Bruder Richard und nur wenigen hundert Mann in Nottingham, bis er ein genügend großes Heer gegen die Rebellen schicken konnte.

Richard hatte Zweifel an der Strategie, aber nach wie vor galt sein Wort nicht viel – was hatte jemand, der noch nicht einmal einen Feldzug mitgemacht hatte, unter den erfahrenen Ratgebern des Königs schon zu sagen? Tatsächlich – das musste auch Richard zugeben – konnte Edward unter den gegebenen Umständen nicht mehr tun, als er bereits tat. Der Fuchs verkriecht sich in seinem Bau, bis die Jäger vorbei sind, dachte Richard. Nottingham war ein großer »Bau«, aber Richard war mit der Erwartung, endlich in die Schlacht zu ziehen, losgeritten. Jetzt saß man hier fest. Edward hatte Briefe an Warwick, Clarence und den sicher am Komplott beteiligten Erzbischof von York geschrieben. Briefe, die einen versöhnlichen Ton anschlugen. Dass diese Briefe irgendetwas bewirkten, glaubte nicht mal der König selbst – er wollte nur Zeit schinden. Zeit, in der Hastings ihm ein größeres Heer zuführen konnte, Zeit, in der Warwick vielleicht nervös wurde und einen Fehler machte, Zeit, in der die treuen Grafen von Pembroke und Devon – so hoffte er – den Rebellenhaufen zerstreuen konnten. Doch Devon und Pembroke waren schon nicht mehr in der Lage, etwas gegen die Rebellen zu unternehmen.

Pembroke hatte sich nach dem Abzug Devons in sein eigenes Quartier zurückgezogen. Schlafen konnte er nicht, eine seltsame Unruhe hatte sich seiner bemächtigt. Nachdem er sich einige Zeit unruhig hin und her gewälzt hatte, gab er es auf. Er verließ sein Lager. Durch die kühle Nachtluft wanderte Pembroke die Hauptstraße entlang. Es war weitgehend ruhig, die meisten seiner Männer hatten sich, erschöpft wie sie waren, schon zum Schlafen gelegt, und die Bewohner des kleinen Dorfes mieden die Straßen, wenn Soldaten in der Stadt waren. Verständlich, dachte Pembroke. Nur aus dem Wirtshaus und aus wenigen Häusern drang noch das flackernde Licht von einzelnen Feuern. Eine ruhige, friedliche Nacht, dachte Pembroke, doch er wusste, dass der Schein trog. Dies war die Ruhe vor dem Sturm. Und der würde schnell genug losbrechen. Wie schnell, ahnte jedoch auch er nicht.

Am Himmel stand, satt und fast voll, der Mond und tauchte die friedlich scheinende Szenerie in silbriges Licht. Pembroke verhielt den Schritt. Irgendetwas hatte ihn beunruhigt, irgendetwas hatte er gehört. Witterung nehmend wie ein Tier stand er, gespannt. In der Ferne hörte er ein leises Geräusch, konnte es aber nicht deuten. Irgendwo schlug ein Hund an. Dann, plötzlich, hörte er ein Zischen, und ehe er sich auch nur bewegen konnte, durchschlug ein Pfeil das lederne Wams an seiner Schulter. Pembroke fluchte, dann zog er sein Schwert und schlug wild an die Wand des ihm zunächst stehenden Hauses. »Angriff«, brüllte der Graf, »zu den Waffen!« Drinnen regte sich immerhin etwas. »Angriff«, brüllte Pembroke erneut, dann rannte er so schnell er konnte zum nächsten Haus, im Bemühen, seine Soldaten zu wecken.

Fluchend zog er sich noch im Laufen den Pfeil aus der Wunde. Weiteres Zischen. Und diesmal, sah Pembroke, waren es Brandpfeile, glühende Bälle aus Feuer zogen über den eben noch so friedlichen Nachthimmel und setzten in Brand, was sie trafen. In den Häusern begannen sich seine Männer zu regen. Soldaten stürzten halb bekleidet und bewaffnet aus den Häusern. Ein Überraschungsangriff in der Nacht, dachte Pembroke, Gott schütze uns. Nie können wir ihnen standhalten. Nicht allein. Warum war Devon nicht hier? Wegen eines elenden Streits um Quartiere, Pembroke verfluchte sich selbst. Er griff einen der an ihm vorbeistürzenden Soldaten am Arm. »Besorg dir ein Pferd«, schnauzte er, »reite Devon hinterher. Er muss uns sofort zu Hilfe kommen! Sofort! Los!« Er schubste den Jungen in Richtung der Koppeln und hoffte, dass er durchkam – Devon war die einzige Chance, die sie hatten.

Die feindlichen Soldaten – ach was: Soldaten! Der wüste Rebellenhaufen! – drang in Banbury ein. Binnen Minuten, so erschien es Pembroke, wimmelten die Straßen von Menschen, Pembroke hörte Frauen schreien, im Licht der brennenden Häuser sah er ausgeruhte Männer gegen seine erschöpften und aus dem Schlaf gerissenen Soldaten kämpfen. Pembroke hob sein Schwert. Trotz der Verletzung an der Schulter kämpfte er wie ein Löwe. Rechts und links fielen seine Schwerthiebe. Neben ihm rannte eine Frau mit einem Kind auf dem Arm aus einem brennenden Haus, versuchte zu fliehen. Ein Rebell auf einem Pferd stürmte auf sie zu. Pembroke konnte nicht sehen, ob er sie überritt oder mit einem Hieb tötete – jedenfalls blieb sie liegen. Verdammte Rebellen! Er tötete zwei weitere Männer. Wir schaffen es nie, dachte Pembroke, aber dann hörte er Hufe in der Ferne – der Galopp vieler Pferde. Devon, dachte Pembroke. Gott sei Dank, mit Devons Leuten schaffen wir es! Ein weiteres Mal hob der Graf das Schwert und spaltete einem der Rebellen mit einem einzigen Schlag den Kopf. »Devon«, brüllte Pembroke, »Devon für König Edward!«

Mehrere seiner Leute nahmen den Ruf auf. »Devon für Edward! Pembroke für den König!«, hallte es über das Schlachtfeld. Einen Moment lang schien es, als wichen die Rebellen zurück. Die Berittenen kamen näher, das Getrappel der Hufe wurde lauter. »Ja!«, brüllte Pembroke, »verdammter mieser Hochverräter mit deinem Rebellenhaufen! Pembroke für Edward!« Und erneut warf er sich in das Kampfgetümmel. Aber dann hörte er plötzlich, dass da ein neuer Schlachtruf geschrieen wurde, und sah, dass die Soldaten, die an seiner Seite kämpften, plötzlich zurückwichen. Er selbst wurde von den Streichen eines Schwertes nach hinten gedrängt. Was riefen die da plötzlich? Wieder drang das Schwert auf ihn ein. Pembroke tat einen weiteren Schritt zurück. Er trat auf einen Stein und rutschte aus – plötzlich drehte sich die Welt um ihn, er fiel. Nicht so, dachte der Graf, so sterbe ich nicht. Was brüllen die da? Und im Fallen verstand er den Ruf plötzlich genau. »Warwick«, tönte es aus Hunderten Kehlen. »Warwick!« Das war, begriff Pembroke, nicht Devons Trupp. Das war eine Vorausabteilung des verräterischen Grafen von Warwick. Er fiel, schlug mit dem Kopf auf den Boden auf und die Welt wurde schwarz.

Richard erfuhr die Nachricht als Erster. Ruhelos hatte er einen Gang auf den Mauern der Burg von Nottingham gemacht, hatte mit einigen der wachhabenden Soldaten gesprochen und immer wieder waren seine Augen über das weite Land geschweift. So kam es, dass er den Boten, der herangaloppierte, als Erster sah. Richard eilte in den Burghof. Er erreichte ihn, als der Mann gerade von seinem Pferd sprang. Er sah abgehetzt aus, erschöpft. Wild blickten seine Augen umher, als befürchte er verfolgt zu werden, selbst hier, im immer noch sicheren Nottingham. So, dachte Richard, sieht niemand aus, der gute Nachrichten bringt. »Was ist passiert«, fragte er gepresst und von einer Erregung ergriffen, die er sich selbst kaum erklären konnte. »Was bringt Ihr für Neuigkeiten?«

»Wir sind geschlagen«, antwortete der Mann heiser. »Sie haben Pembroke in Banbury überfallen und Devon, der auf dem Weg zum nächsten Dorf war, zehn Meilen entfernt. Von beiden Heeren ist nichts übrig.«

»Das muss der König sofort wissen«, antwortete Richard knapp. »Kommt.«

Über den Burghof folgte der Bote ihm. Um diese Zeit, überlegte Richard, konnte der König praktisch überall sein. Das Treffen des Rates, wenn man diese Ansammlung der letzten Edward noch verbliebenen Heerführer so nennen wollte, war vorbei, möglich, dass Edward sich in seine Privaträume zurückgezogen hatte, möglich auch, dass er irgendwo durch den Wohnturm strich, in der Küche beim Bier saß und mit einem der Küchenmädchen schäkerte. Edward nahm die derzeitige Situation mit einer Ruhe hin, die Richard immer wieder erstaunte und immer mehr verärgerte. Während in ihm selbst die Spannung immer größer wurde, schien Edward dieses Abwarten gerade zu genießen – oder es nicht zur Kenntnis zu nehmen. Innerlich schüttelte Richard den Kopf.

In seiner Kindheit hatte er bewundernd zu seinem Bruder aufgeblickt, hatte in Middleham den Berichten über seine Heldentaten und die siegreichen Schlachten, die er – damals noch zusammen mit Warwick – geschlagen hatte, mit offenem Mund und großen Augen gelauscht. So zu werden wie Edward war sein erklärtes Ziel gewesen, und dieser Gedanke hatte ihn sein hartes Waffentraining durchstehen lassen. Seit er am Hof und damit in Edwards unmittelbarer Nähe lebte, hatte das Bild des strahlenden Helden, des Siegers der Schlachten von Mortimer's Cross, Towton und Hexam, gelitten. Er hatte gesehen, wie Edward sich mit einer keifenden Elisabeth zankte, bemerkt, wie der strahlende Bruder ganze Vormittage im Bett verbrachte, Abende durchtrank und jeder am Hof anwesenden Frau schöne Augen machte. Die meisten waren früher oder später im königlichen Bett gelandet. Der Edward, den Richard aus der Nähe kennen gelernt hatte, entsprach so gar nicht dem Bild, das sich der Jüngling im fernen Middleham von seinem Bruder als gutem und gerechtem König gemacht hatte. Vielleicht, dachte Richard, ist es besser, wenn wir unsere Helden nie in ihrem Alltag kennen lernen. Dann schob er den Gedanken energisch beiseite. Die Nachricht, dass Pembroke und Devon unterlegen waren, musste ihn doch sicher aufrütteln. Aber wo war Edward? Sie fanden den König nach längerem Suchen und Fragen in den Ställen.

»Er lahmt«, sagte der König und strich dem Rapphengst, den er normalerweise ritt, behutsam über die Nase. »Er schont das linke Bein. Na, Alterchen«, das Pferd schnaubte und Edward klopfte ihm beruhigend den Hals, »wie gut, dass du dich ein wenig ausruhen kannst.«

»Nicht mehr lange, mein König«, sagte Richard, »es gibt Nachrichten.«

»Es gibt immer irgendwelche Nachrichten«, seufzte Edward und beschäftigte sich weiter mit seinem Pferd. Richard schnaubte unwirsch. »Es sind wichtige Nachrichten, mein König.«

»Wichtig, ja? So.« Endlich drehte sich Edward zu ihnen um. »Wichtig. Den ganzen Tag hängen Leute an mir, kommen und gehen und erzählen mir, sie hätten wichtige Nachrichten. Die Hälfte ist noch nicht mal halb so wichtig, wie sie tun. Also, was gibt es?«

»Pembroke und Devon wurden bei Banbury von Rebellen überfallen.«

»Nun, sie waren da, um mit den Rebellen zu kämpfen.«

»Sie wurden besiegt.«

»Das ist keine wichtige, sondern vor allem eine schlechte Nachricht.«

Richard hätte am liebsten mit dem Fuß aufgestampft und seinen Bruder durchgeschüttelt. Ihn hielt nur ab, dass Edward zwar sein Bruder, aber eben auch König war. Außerdem war er mit seiner Körpergröße von einem Meter dreiundneunzig deutlich größer als er selbst. Er beherrschte sich mühsam.

»Sie wurden besiegt, weil eine Vorausabteilung von Warwicks Leuten zu ihnen stieß.«

»Das ist eine sehr schlechte Nachricht.«

»Warwicks Leute sind auf dem Weg hierher.«

»Das ist eine ausgesprochen schlechte Nachricht, aber das war jetzt ja zu erwarten.«

Edward streckte sich und gähnte. Richard riss die Geduld: »Verdammt noch mal, Edward, Warwick wird dich gefangen nehmen und sag jetzt bloß nicht wieder ›Das ist eine schlechte Nachricht!‹«

Edward lachte. »Du sollst nicht fluchen, Richard, und ein bisschen mehr Respekt vor deinem König, bitte. Natürlich will Warwick mich gefangen nehmen. Wahrscheinlich wird er das auch schaffen. Aber was wird er dann tun, das ist die große Frage.« Edward blinzelte seinem Bruder zu. »Es gibt eine Zeit für Kämpfe und eine für Strategie. Ich glaube, jetzt ist es Zeit für die Strategie.« Er streckte sich noch mal. »Also komm«, meinte er dann. »Du«, sagte er zu dem wartend dastehenden Boten, »lässt dir in der Küche etwas zu essen geben. Solange wir noch eine Küche haben, sollte man sie nutzen. Und wir«, er wandte sich erneut an Richard, »begeben uns zu einem weiteren Palaver in diesen völlig nutzlosen Rat.« Edward gab dem Pferd einen Klaps. »Und du sorgst dafür, dass dein Bein schnellstmöglich in Ordnung kommt. Ich werde dich brauchen.« Das Pferd schnaubte und Edward drehte sich um. Mit langen Schritten lief Richard hinter seinem Bruder her. Was zum Donnerwetter hatte der König vor?

Die Parole »Aufbruch nach London« wurde schon in der nächsten Stunde ausgegeben. Edward entschied, dass Nottingham zwar lange von einem kleinen Trupp gehalten werden konnte, dass er aber nicht vorhabe, sich hier zu verkriechen. Wenn Warwicks bisher versteckte jetzt in offene Feindseligkeit ausbrach, dann wollte der König dort sein, wo er sich auf die Bürger verlassen konnte: in der Hauptstadt seines Reiches. Richard war dieser Plan nicht klar. Das Land zwischen London und Nottingham wimmelte von Feinden, und da wollte Edward mit den paar hundert ihm verbliebenen Mann nach London reiten? Es erschien aberwitzig.

Aber gegen die Entscheidung des Königs war nichts zu machen und bereits am Morgen des nächsten Tages verließ der kleine Trupp des Königs Nottingham und machte sich auf den Weg nach London. Warwicks Truppen waren ihnen auf den Fersen, aber auch das schien den König nicht sehr zu interessieren.

Edward gab seinem Rappen, der sich die Ermahnung des Königs offenbar zu Herzen genommen hatte, die Zügel frei. Der Trupp schlug ein scharfes Tempo an. Richard, der neben dem König ritt, wurde immer unzufriedener. Das war das erste Mal, dass Edward das Tempo ein wenig verschärfte. Überhaupt: Die Soldaten waren – auf Edwards Anweisung hin! – nur leicht bewaffnet, die Pferde schwer beladen, man hatte vor dem Aufbruch lange auf den Wegproviant warten müssen. Der Trupp führte zu viel Gepäck mit, dachte Richard, sogar eine Feldküche war dabei, und mit ihnen reisten auch einige Frauen. Das Ganze machte mehr den Eindruck einer längeren Landpartie als eines Ritts in die Schlacht. Oder einer Flucht, dachte Richard grimmig. Noch immer ritt Edward neben ihm, zügelte sein Pferd erneut und lächelte seinem Bruder zu. »Schau nicht so wütend,« sagte er, »ich muss dem armen alten Gaul doch mal eine Pause gönnen.«

»In diesem Tempo, mein König, erreichen wir London nicht vor dem nächsten Heiligentag.«

»Wahrscheinlich erreichen wir es gar nicht«, meinte Edward vergnügt.

»Du scheinst dich darüber auch noch zu freuen? Edward, willst du denn von Warwick gefangen genommen werden und die Krone verlieren?«

»Die Krone verlieren – sicher nicht. Und das wird auch nicht passieren. Deswegen reiten wir ja so langsam.« Edward lächelte vor sich hin. »Da vorne ist übrigens ein schöner Platz zum Rasten. Lass uns eine Pause einlegen.«

Richard konnte seinen Bruder nur anstarren. Edward blinzelte ihm zu, dann ließ er seinen Hengst ausbrechen und setzte sich an die Spitze des Zuges. Binnen weniger Minuten ertönte das Signal zum Halt. Richard verstand seinen Bruder nicht mehr. Das kleine Häufchen kam auf einer sonnenbeschienenen Wiese zum Halt. Soldaten sprangen von den Pferden, ein Baldachin wurde für die königliche Gesellschaft aufgestellt, Knechte versorgten die Pferde, Essen wurde ausgegeben. Ein Picknick, dachte Richard, um Himmels willen, er macht ein Picknick! Er betrachtete seinen Bruder.

Edward schien sich in der Tat keine Sorgen zu machen, er saß auf einer Bank unter dem Baldachin, kaute an einem Hühnerbein und scherzte freundlich mit der ihm auftragenden Dame. Richard kannte diese Frau. Irgendwo, dachte er, habe ich sie schon einmal gesehen. Sie war mittelgroß und zierlich, trotzdem fiel ihr Gewand dann über unerwartet volle Hüften. Ihr dunkles Haar war aufgesteckt. Richard verspürte bei ihrem Anblick ein plötzliches Ziehen im Leib. Die Frau reichte Edward einen Becher Wein, dann drehte sie sich um. Sie war älter als er, sah er, ein paar Jahre nur, sie hatte ein gut geschnittenes Gesicht, allerdings waren ihre Lippen zu schmal und ihre Nase zu spitz, um wirklich hübsch genannt zu werden. Ich kenne sie, dachte Richard. Ohne das geringste Anzeichen von Verlegenheit sah ihn die Frau aus großen, grauen Augen an. Richard stand wie gebannt. Dann neigte sie ein wenig den Kopf. Und im selben Moment hörte Richard Hufe. Pferde sprengten heran.

»Ah«, machte Edward und gab der Frau seinen Becher, die ihn nahm und sich dann rasch entfernte. »Da sind sie also. Das wurde ja auch Zeit. Richard, komm her!«

Richard eilte zu seinem Bruder. »Es wird dir erlaubt werden, dich zu entfernen«, flüsterte Edward ihm zu, und einen Augenblick sah Richard harte Entschlossenheit in seines Bruders Augen. In diesem Moment begriff er, dass, auch wenn er das

Spiel, das Edward hier offenbar spielte, nicht verstand, der König nach einem genau durchdachten Plan handelte. »Du wirst«, flüsterte Edward dringlich, »kein Wort sagen. Wenn sie dir erlauben zu gehen, wirst du es tun. Du reitest nach Norden, Lady Vivianne«, Edward nickte kurz in die Richtung der Frau, die gerade verschwunden war, »wird dich begleiten. Sammle Truppen. Aber in aller Stille, verstehst du? Dann verbündest du dich mit Hastings und den Truppen, die er gesammelt hat.«

Richard hatte nur noch Zeit zu nicken. Das charmante Lächeln glitt wieder auf Edwards Gesicht. Das Hufgetrappel wurde lauter, unter des Königs Soldaten wurden Rufe laut, einen Augenblick schien es, als wolle Panik ausbrechen, aber die Heerführer brachten die Soldaten auf einen Wink Edwards hin zum Schweigen. Binnen Minuten war das Lager umstellt. Edward winkte einem an der Seite stehenden Lautenspieler. Zitternd begann der Mann zu spielen.

Dann teilte sich die Menge und Graf Warwick, prächtig gekleidet in einen roten Samtumhang auf einem Schimmel, erschien vor dem Baldachin. Das Pferd stieg, aber es sah nicht so aus, als hätte Warwick es nicht in seiner Gewalt. Hinter Warwick, sah er, saß sein Bruder Clarence auf einem nicht weniger prächtigen Schlachtross, gefolgt von dem in sein geistliches Gewand gehüllten Erzbischof von York. Edward lächelte alle drei großzügig an, dann stand er auf und öffnete, immer noch lächelnd, die Arme zu einer einladenden Geste.

»Warwick, mein lieber Graf, wie schön, Euch zu sehen. Clarence, mein Bruder, und der ehrwürdige Bischof. Ihr kommt gerade zur rechten Zeit, um unser bescheidenes Mahl mit uns zu genießen. Steigt ab, ich bitte Euch, und setzt Euch zu mir.«

Die drei auf ihren Pferden tauschten verunsicherte Blicke. Diesen freundlichen Empfang hatten sie sicher nicht erwartet. Richard musste unwillkürlich grinsen, als er Warwicks verdutztes Gesicht und Clarences ziemlich dumm wirkendes Stieren sah. Was immer Edward da auch für ein Spiel trieb, er spielte es gut. In diesem Moment fand Richard das Vertrauen in seinen Bruder wieder. Edward wusste sicher, was er tat. Er zog sich ein paar Schritte zurück und fand sich plötzlich neben Lady Vivianne. Er beugte sich zu ihr.

»Was hat er vor?«, flüsterte er.

»Warte ab«, gab sie knapp zurück. Ihre Stimme war bemerkenswert tief für eine Frau. Warwick, Clarence und der Bischof waren inzwischen von ihren Pferden abgestiegen und unter den Baldachin zu Edward getreten. In aller Eile brachten verstört und verunsichert wirkende Diener Sitzgelegenheiten für sie. Richard konnte seinen Bruder lachen hören, was aber gesprochen wurde, war nicht zu verstehen. Ohne sich umzusehen, konnte Richard die Unruhe im Lager spüren.

Immerhin waren feindliche Soldaten anwesend, aber ihr König saß friedlich mit den feindlichen Heerführern unter seinem Baldachin. Edward wirkte alles andere als angespannt, er saß da, ganz der freundliche Gastgeber. Ich bin sicher nicht der Einzige, der das nicht begreift, dachte Richard. Er streifte Vivianne erneut mit einem Blick. Sie sah zu ihm auf und lächelte ihm zu. Und wieder spürte Richard dieses seltsame Beben in seinem Körper. Um sich abzulenken, wandte er seine Aufmerksamkeit erneut Edward zu.

Die Unterredung unter dem Baldachin dauerte rund eine halbe Stunde. Dann verkündete König Edward seinen wartenden Gefolgsleuten, der Graf sei gekommen, um ihn, den König, nach Coventry zu bringen. Er, Edward, habe dem zugestimmt. Der Ausflug – er sagt tatsächlich »Ausflug«, dachte Richard fassungslos – sei vorbei. Sie sollten und könnten alle nach Hause gehen – oder wohin sie sonst wollten. Dann wurde Edward sein Rappe gebracht und ohne eine weitere Erklärung bestieg er das Tier und reihte sich im Zug Warwicks hinter dem Grafen und flankiert von Clarence und dem Bischof ein. Fort sprengte der Trupp. Und ließ ein verwundertes, in Auflösung befindliches Lager zurück.

Wenn das eine Gefangennahme war, dachte Richard, war es die unwahrscheinlichste und undramatischste der Weltgeschichte. Er war verwirrt. Neben ihm stieß Vivianne in einem tiefen Seufzer Luft aus.

»Komm«, sagte sie dann, »sonst nimmt noch jemand anders unsere Pferde. Ruf deine Leute zusammen und hol dein Gepäck.« Richard blieb nichts anderes übrig, als ihr zu folgen. Im Gegensatz zu ihm schien sie zu wissen, was das alles bedeutete und was zu geschehen hatte.

Land ohne Oberhaupt

Die Gräfin Warwick war eine praktisch veranlagte Frau. Trotzdem, oder vielleicht auch deswegen, war sie ein Meister im sich Sorgen Machen. In der Abwesenheit des Grafen führte sie gemeinsam mit dem Haushofmeister das Regiment auf Schloss Middleham, und alles ging tatsächlich tagein, tagaus seinen gewohnten und ruhigen Gang. Bauern kümmerten sich um die Felder, Knechte um Schafe und Pferde, der Steinmetzmeister führte mit einem Trupp Maurer kleinere Ausbesserungsarbeiten an den Befestigungsanlagen durch. Alles schien ruhig und gut, Nachricht vom Grafen gab es nicht, aber es gab, so sagte sich die Gräfin energisch während der Verrichtung ihres Tagewerks, keinen Grund anzunehmen, dass die Dinge nicht nach Plan liefen. Sie verdrängte entschlossen jeden Gedanken an mögliche Schwierigkeiten. Es gab zu viele Möglichkeiten für Schwierigkeiten, als dass man sich ständig über sie Gedanken machen könnte. Ihre Älteste dürfte mittlerweile mit George von Clarence verheiratet sein, ihre Jüngste hatte die Schwäche vom Beginn des Jahres offenbar überwunden. Die Ernte würde gut sein. Das waren die Dinge, an die sie sich halten musste.

Eine Burg von der Größe Middlehams zu führen war wie die Regentschaft über ein kleines Reich, und auch wenn die Gräfin sich auf ihren überaus fähigen Haushofmeister, den Küchenmeister und den Gesindemeister verlassen konnte, war doch jeder Tag angefüllt mit Arbeit, Entscheidungen mussten getroffen werden.

Jeden Abend fiel die Gräfin todmüde ins Bett, wieder ein Tag vergangen, wieder keine Nachricht von ihrem Gatten, ihrem frisch gebackenen Schwiegersohn und ihrer ältesten Tochter. Keine Nachricht, so sagte sie sich selbst, war eine gute Nachricht. Würde es Ärger geben oder hätte es Ärger gegeben, so würde sie es früh genug erfahren. Das Schicksal des Grafen und Isabells lag nicht in ihren Händen; sie hatte sich auf die Probleme zu konzentrieren, die sie lösen konnte. Dazu gehörte die Führung des Haushalts – und ihre jüngste Tochter. Die allerdings machte ihr derzeit weniger Sorgen als die Frage, ob sie auch am nächsten Tag die beruhigende Routine, die in der Burg zu herrschen hatte, aufrechterhalten konnte. Was sollte es zum Abendessen geben? Würde das gebackene Brot noch einen weiteren Tag ausreichen? Kümmerten sich die Knechte ausreichend um die Pferde, den ganzen Stolz ihres Mannes? Gräfin Warwick hatte nicht viel Sinn für Pferde. Und das Brot hatte bisher immer ausgereicht. Aber sie zog es vor, sich Gedanken über kleine Dinge zu machen anstatt über die großen Ereignisse, mit denen ihr Mann gerade dabei war, das Land zu erschüttern.

Auch Anne wandte ihre Gedanken lieber Kleinigkeiten zu, als über ihre weitere Zukunft nachzudenken. Das Gespräch mit der alten Marge hatte sie beruhigt und ihr Hoffnung gegeben. Einige Tage lang hatte dieses Gefühl, bestärkt durch das Gewicht des kleinen Amuletts, das sie immer trug, vorgehalten. Dann aber war sie erneut ins Grübeln geraten. Ob tatsächlich alles so kommen würde, wie sie es sich wünschte? Ob Richard kommen würde? Liebte er sie überhaupt? Und wenn er sie liebte, wieso kam er dann nicht? Seufzend verdrängte Anne diese Fragen, sie machten sie krank, das spürte sie genau. Was kommen sollte, würde kommen. Und hatte die Alte nicht gesagt, sie würde Geduld brauchen? Geduld! Anne hatte keine Geduld. Wenn die Gelegenheit günstig war, ritt sie manchmal heimlich zum Waldrand, in der Hoffnung, die Alte noch einmal zu treffen, mit ihr reden zu können, von ihr Bestätigung zu bekommen. Aber sie sah sie nicht wieder, die alte Marge ließ sich nicht blicken, und allein ihre Höhle aufzusuchen – davor hatte Anne eine ihr selbst unbegreifliche Scheu. So ließ sie dann ihr Pferd grasen, warf sich unter einen Baum in die Sonne und versuchte, den Augenblick der Ruhe zu genießen und an andere Dinge zu denken. Zum Beispiel an Isabell. Anne hatte jetzt wochenlang nichts von ihrer Schwester gehört. Ob die Heirat sie sehr verändert hatte? Anne schauderte. Isabell wusste jetzt um ein Geheimnis, das sie nicht kannte. War es ein schönes Geheimnis? Sie wusste nichts darüber. Ihre Gedanken widmeten sich kurz Richard – wo er wohl war? –, dann scheuchte Anne sie energisch zurück. Isabell, dachte sie, Isabell hatte immer ein prachtvolles Hochzeitskleid gewollt – Seide und Brüsseler Spitze – und sie hatte sich ein riesiges Fest gewünscht. Ob sie das bekommen hatte, dort in Calais? Und war Richard vielleicht dabei gewesen? Trotz der Feindschaft zwischen ihrem Vater und dem König? Warwick war immerhin sein Ziehvater, Clarence sein Bruder, man war doch bei der Hochzeit seines Bruders anwesend! Isabell ist deine Schwester, sagte eine kleine Stimme in ihr, und du warst auch nicht dort. Anne seufzte. Warum war alles nur so kompliziert?

Sie ritt zurück zur Burg. In den Nächten schlief sie unruhig, wachte oft auf, und nach mehreren vergeblichen Versuchen wieder einzuschlafen setzte sie sich dann vor die Feuerstelle, starrte die grauen und verrußten Mauern an und fragte sich, was ihr das Leben bringen würde. Würden ihre Wünsche in Erfüllung gehen? Und wenn nicht, was würde dann geschehen? Irgendwann legte sie sich zurück ins Bett und fiel gegen Morgen dann in einen tiefen, bleiernen Schlaf, aus dem sie nur schwer wieder erwachte. Für einen unruhigen Geist, das erfuhr Anne in dieser Zeit, gibt es nichts Schlimmeres, als zur Ruhe gezwungen zu werden. Geduld, mahnte sie sich selbst ein ums andere Mal, hab doch Geduld. Die Mahnungen nutzten nichts. Die Gräfin beruhigte die Routine. Ihre jüngste Tochter machte sie nervös.

Auch Richard mahnte sich zur Geduld. Aber im Sattel eines Pferdes sitzend, auf einem langsamen Ritt nach Norden, ohne Ziel und Zweck dieser Unternehmung zu kennen, war Geduld vielleicht noch schwerer aufzubringen als auf einer Burg mit ihren immerhin noch vorhandenen alltäglichen Ablenkungen. Richards einzige Ablenkung waren Lady Viviannes volle Hüften, die sich im Sattel ihres Pferdes auf und ab bewegten und ihm förmlich zuzuwinken schienen. Er hatte sie am Hof seines Bruders nie wirklich gesehen oder zur Kenntnis genommen, auch unter Elisabeths Hofdamen war sie ihm nicht aufgefallen. Ihr vertrauliches Verhalten aber und die Tatsache, dass Edward ihm aufgetragen hatte, mit ihr in den Norden zu reiten, um Truppen zu werben, ließen darauf schließen, dass sie Edward zumindest lange kannte. War sie seine Geliebte gewesen? Der Schluss lag nahe, Richard kannte seinen Bruder und die Gerüchte über seine wechselnden Frauengeschichten. Einen Augenblick lang sah Richard Bilder vor sich, Bilder von einer wollüstigen Vivianne, ihren nackten Körper im Schein eines Feuers, er sah Brüste, die vor Schweiß glänzten, und Beine, die sich langsam spreizten. Er keuchte. Vor ihm drehte sich Vivianne um.

»Ist dir nicht gut?«, rief sie.

»Doch«, gab Richard, jäh aus seinen Tagträumen gerissen und bemüht, seine Erregung in den Griff zu bekommen, zurück.

»Es ist alles in Ordnung.« Verflucht, dachte er. Vivianne zügelte ihre Stute etwas und wartete, bis er zu ihr aufgeschlossen hatte. Ihr prüfender Blick glitt über sein Gesicht. Richard hoffte nur, dass er nicht rot war und sie nicht etwa sehen konnte, dass er …, sein Glied spannte sich in seiner Hose und fühlte sich an, als würde es unter ihrem prüfenden Blick noch größer werden. Vivianne wandte sich ab. Lächelte sie etwa? Und warum? Richard wurde wütend. Er war verdammt noch mal kein kleines Kind mehr. Dummerweise fühlte er sich in der Gegenwart dieser Frau aber genau so.

Vivianne lächelte tatsächlich, aber sie war taktvoll genug, sich abzuwenden, in der Hoffnung, dass Richard es nicht gesehen hatte. Ihr entging ihre Wirkung auf diesen mittelgroßen Siebzehnjährigen, der da verschlossen neben ihr ritt und zufällig der Bruder des Königs war, durchaus nicht. Die Frage würde sein, ob sie aus dieser Wirkung etwas machen wollte. Vivianne war fünfundzwanzig Jahre alt. Vor fünf Jahren, kurz nach der Hochzeit des Königs mit Elisabeth Woodville, war sie an Edwards Hof gekommen. Durch ihre Verschwiegenheit, ihre Diskretion und ihre Klugheit hatte sie das erreicht, was zahllose andere Hofdamen, die nur schön waren, nicht geschafft hatten: Sie hatte sich einen dauerhaften Platz im Herzen des Königs erobert. Nach einer vorhersehbar kurzen Zeit als Edwards Geliebte und dem erwarteten Laufpass hatte sie keine Intrigen geschmiedet, sie hatte nicht getobt, keine Selbstmordversuche vorgetäuscht, nicht versucht, seine Gunst zurückzugewinnen. Sie hatte gelächelt und sich ruhig von Edwards Seite begeben, hatte den Platz in seinem Bett ohne zu klagen an eine andere abgetreten. Vivianne schüttelte noch immer den Kopf über die Dummheit vieler Frauen. Wie konnte man auch ernsthaft glauben, man könnte diesen Platz dauerhaft halten? Edward, beeindruckt von diesem Verhalten, belohnte sie mit einem anderen Platz.

Mit einundzwanzig Jahren war Vivianne, das Mädchen vom Land mit dem etwas zu spitzen Gesicht und den üppigen Hüften, Leiterin der Küche geworden. Sie besprach mit Hastings die Pläne für das Essen, ihr oblag bei großen Festen das rasche und genaue Auftragen und Servieren. Es war eine Vertrauensstellung, die sie durch die Zusammenarbeit mit dem redseligen Hastings weiter ausbauen konnte. Es gab nur wenig in Edwards Hofstaat, was Lady Vivianne nicht wusste. Edward, dem klar war, dass er sich auf ihre absolute Verschwiegenheit und Loyalität verlassen konnte, war zufrieden. Gab es Ärger mit Elisabeth oder wollte er einfach nur einen verständigen weiblichen Rat einholen, dann fand er sich noch heute wie durch einen Zufall in der Küche oder im Weinlager ein. So hatten die Zeit und ihr klagloser Verzicht ein Band zwischen ihnen geschmiedet, das bis heute immer enger geworden war.

Und nun also dies. Der König schickte sie auf einen Ritt mit seinem siebzehnjährigen Bruder. Truppen ansammeln, Hastings treffen und gemeinsam mit ihm Edward aus der Hand dieser Rebellen befreien, das war die grundlegende Aufgabe. Aber Edward hatte bereits früher vorsichtig durchblicken lassen, dass er es gern sehen würde, wenn sie Richard – wie hatte Edward das genannt? – »Beihilfe« geben würde.

»Führ ihn ein, Vivianne«, waren seine direkten Worte gewesen und dann hatte er gegrinst und ihre Hand getätschelt.

Und jetzt ritt sie also hier, neben diesem Knaben. Wie kommt es, dachte Vivianne, dass Mädchen in diesem Alter immer schon viel reifer sind als Jungen? Ein siebzehnjähriges Mädchen war meist schon verheiratet, in jedem Fall hatte sie die »Einführung« hinter sich. Aber Jungen? Sie seufzte leise in sich hinein. Natürlich würde sie sich Richards Unerfahrenheit annehmen. Einen Wunsch des Königs schlug man nicht ab. Außerdem musste sie auch an ihre eigene Zukunft denken. Vielleicht wurde sie schwanger. Nicht, dass sie sich Hoffnungen auf eine Ehe mit dem Bruder des Königs machte. Aber als Mutter seines Erstgeborenen würde sie eine Position haben, die nur sehr schwer wieder zu erschüttern war. Und vielleicht erreichte sie sogar eine Ehe mit einem Gefolgsmann der königlichen Familie. Ein kleines Gut irgendwo auf dem Land. Ein Ehemann. Ein Kind. Ein ruhiges Leben, fern vom Hof. Träumend lächelte Vivianne vor sich hin.

Vollendet die Form wahrend nickte König Edward – noch war er immerhin König, und ein König verbeugte sich nicht –, drehte sich um und verschwand, eskortiert von zwei angeblichen Bediensteten, die in Wahrheit natürlich Wachen waren, durch die Tür. Zurück im Ratssaal von Coventry blieben Warwick,

Clarence und der Erzbischof. Der blickte gedankenversunken zur Tür, als erwarte er, dass der König noch einmal zurückkommen würde. Clarence tat drei polternde Schritte durch den Raum und warf sich geräuschvoll in einen Sessel. Dann griff er nach einem Becher Wein.

»Das ist doch wunderbar gelaufen. Wir haben ihn, er hat alles unterschrieben.« Der Erzbischof wandte sich von der Tür zu seinen beiden Mitverschworenen. Dein Schwiegersohn, sagte der Blick, den er Warwick zuwarf, ist unerträglich dumm. Warwick nickte. Dann gab er sich einen Ruck und durchquerte den Raum.

»Wir haben ihn und er hat alles unterschrieben. Aber ganz so einfach sind die Dinge dann doch nicht.«

»Warum, er wird –«

»Er wird gar nichts«, fuhr der Erzbischof dazwischen. »Er unterschreibt, er wird das Parlament einberufen. Und? Wie weiter?«

Clarence glotzte. Wie weiter? Das war eine Frage, die er sich bisher so noch nicht gestellt hatte. Wie ging es jetzt weiter? Edward dankte ab und er wurde König. Oder?

»Mir wäre es auch lieber gewesen, wenn es eine Schlacht gegeben hätte«, sagte Warwick.

Der Erzbischof winkte ab. »Edward ist viel zu klug, um sich in einer solchen Situation auf so etwas einzulassen.« Warwick schnaubte.

»Ja, rümpf ruhig die Nase, Warwick. Aber du kannst nicht ableugnen, dass sich Edward einwandfrei verhalten hat. Er ist dabei, unserem Spiel seine Regeln aufzuzwingen.« Der Bischof nahm seinen Weinkelch in die Hand und drehte und wendete ihn hin und her. Der vergoldete Kelch blitzte durch die ins Zimmer fallenden Sonnenstrahlen. Eine wunderbare Arbeit, dachte der Bischof. Aus Frankreich. »Die große Frage ist«, sagte er dann sehr leise, »was machen wir jetzt mit ihm?«

Clarences Blicke wanderten von einem zum anderen. Worüber redeten die bloß? Sie hatten Edward gefangen gesetzt, jetzt musste er abdanken, er hatte selbst das Parlament dazu einberufen, alles lief doch wie am Schnürchen.

»Wir sollten ihn töten«, sagte Warwick ruhig und Clarence lief ein Schauder über den Rücken. Ihn töten? Edward war immerhin sein Bruder. Und davon abgesehen: Einen König zu töten war eine furchtbare Sünde. Oder?

»Das sollten wir«, nickte der Erzbischof, »aber die Gelegenheit dazu ist leider vertan. Ich sagte ja, eine Schlacht wäre mir lieber gewesen. Eine Schlacht und die – Gelegenheiten, die sie hätte bieten können.« Er erhob sich mit einem so plötzlichen Ruck, dass Clarence etwas Wein verschüttete.

»Wir werden später entscheiden, was genau zu geschehen hat. Fürs Erste berufen wir das Parlament ein. Des Weiteren sollten wir über eine Verlegung unseres Königs nachdenken. Nur zu seiner Sicherheit natürlich. Und unserer. Ihr entschuldigt mich, ich habe noch zu arbeiten.« Und damit verließ der Erzbischof den Raum. Warwick erhob sich ebenfalls. Clarence sah ihn mit großen Augen an. »Kannst du mir erklären, warum ihr euch Sorgen macht? Wo liegt das Problem?«

»Das Problem«, sagte Warwick, »ist, dass dein Bruder lebt. Und solange er lebt, ist er König und nicht du.«

Hinter Clarences Stirn arbeitete es.

»Du glaubst doch nicht, dass er freiwillig abdankt?«, fuhr Warwick fort. Doch, dachte Clarence, eigentlich glaube ich das. Aber es war augenblicklich besser, den Mund zu halten.

»Denn wenn du das glaubst«, fuhr Warwick fort und dachte, dann bist du noch dümmer, als ich bisher annahm. Er sprach den Gedanken nicht aus.

»George, warum sollte er das tun?«, fuhr er nach einem Augenblick des Schweigens fort. »Wir haben kein Druckmittel gegen ihn in der Hand, wir können ihn nicht zwingen. Und wenn wir ihn töten oder ihm damit drohen – dann sind wir Hochverräter und niemand kann vorhersehen, was das Volk oder auch sein Schwager, der Herzog von Burgund, tun werden. Wir haben keine rechtliche Handhabe gegen ihn. Und das weiß Edward ganz genau, glaub mir.«

Clarence erhob sich. »Wenn das so ist, Schwiegervater, dann

hättest du dir vorher überlegen sollen, was du tust!« Damit polterte er aus dem Saal. Er hatte genug von dem hohlen Gewäsch dieser Herren. Mehr als genug. Warwick sah ihm nach. Ja, dachte er und nickte. Wahrscheinlich hätte ich das tun sollen. Aber immerhin hatte er jetzt erst mal den König in seiner Gewalt. Und Clarence auf seiner Seite. Sein Schwiegersohn war wankelmütig, dass wusste Warwick. Ob das Band der Heirat mit Isabell stark genug war, um Clarence zu binden, bezweifelte der Graf. Aber mit der Gefangennahme hatte sich Clarence deutlich sichtbar auf Warwicks Seite gestellt, Edward würde das niemals verzeihen. Warwick dachte nach. Immerhin hatte der Erzbischof wohl Recht. Man sollte den König an einen sicheren Platz bringen. Einen weit entfernten Platz. Einen Platz wie Schloss Middleham, zum Beispiel. Dann hatte er Edward absolut in der Hand. Vielleicht ließen sich dem König dort weitergehende Zugeständnisse abverlangen.

Der kleine Tross näherte sich Middleham Castle. Isabell seufzte vor Erleichterung, als sie die Burg vor sich auftauchen sah. Immerhin lagen jetzt die Unbequemlichkeiten der Reise hinter ihr. Sie würde baden können. Sie würde etwas zu essen bekommen. Still sprach sie ein stummes Dankgebet. Isabell reiste nicht gern und die Reise von Calais war beinahe unerträglich weit gewesen. Auf dem Schiff war ihr ständig schlecht geworden. Allerdings wusste sie mittlerweile nicht mehr, ob sie das Schaukeln eines Schiffes nicht dem Schaukeln eines Pferderückens doch vorzog. Vielleicht bin ich schwanger, dachte sie, und war sich nicht sicher, ob sie dieser Gedanke freuen sollte oder nicht. Ihrem Mann einen Erben zu schenken war die erste Pflicht und Aufgabe einer Ehefrau, andererseits ... ob diese Reise dem Kind gut tat? Vielleicht war es schon tot. Ein Wunder wäre es nicht, sie selbst fühlte sich mehr tot als lebendig. Vielleicht starb sie auch bei der

Geburt. Das passierte schließlich immer wieder. Man musste sich in das Unvermeidliche fügen. Frauen heirateten, und dann bekamen sie Kinder. Jetzt war sie erst einmal zu Hause, alles Weitere würde sich finden. Überrascht merkte sie, dass ihr bei diesem Gedanken Tränen über das Gesicht liefen. Ärgerlich wischte sie sie weg. Sie war verheiratet. Sie war Ehefrau und würde sicher bald Mutter sein. Was musste sie heulen wie ein kleines Kind?

»Isabell«, rief Anne und rannte ihrer Schwester entgegen. Die war vom Pferd gestiegen, stand jetzt im Burghof und sah an den Mauern des Wohnturms empor, als hätte sie ihn noch nie gesehen. »Isabell!« Sie wollte sich ihr in die Arme werfen, wagte es dann aber nicht. Isabell sah verändert aus. Anders. Scheu blieb Anne vor ihr stehen, nahm dann die Hand ihrer Schwester und blickte sie aus großen Augen an.

»Wie schön, dass du wieder da bist«, sagte sie dann leise.

»Ich bin auch froh«, antwortete Isabell, und wieder spürte sie Tränen. Anne sah sie nur an. Was hatte sie? Was war mit ihr?

»Entschuldige«, meinte Isabell und wischte sich ärgerlich über das Gesicht. »Ich bin nur übermüdet, das ist alles.«

»Natürlich«, nickte Anne und zog die Schwester an der Hand hinter sich her. »Komm. Oder willst du erst baden?«

»Nein«, antwortete Isabell, »ich möchte –«

»Ja?«

»In unser Zimmer. In dein Zimmer, meine ich. Ins Bett. Ich möchte mich ausstrecken. Und schlafen.«

Anne nickte. »Unser Zimmer, Isabell. Es wird immer unser Zimmer sein.« Irgendetwas schnürte ihr fast die Kehle zu, wenn sie ihre Schwester ansah. Sie war verheiratet. Musste sie nicht glücklich sein?

Während das Gesinde die Pferde versorgte und Isabells kleiner Reisetrupp sich auflöste, brachte Anne ihre Schwester ins Mädchenschlafzimmer. Ohne noch viel zu sagen, half sie Isabell, die Reisekleider auszuziehen, dann rollte sich die Ältere im Bett zusammen, schloss die Augen und schlief binnen kurzem ein. Anne betrachtete sie eine Zeit lang ohne ein Geräusch zu machen. Sah so eine glückliche, seit kurzem verheiratete Frau aus? Isabell hatte Ringe unter den Augen. Und blaue Flecke an den Armen. Leise schlich sich Anne aus dem Zimmer und ließ ihre Schwester allein.

Als sie nach einigen Stunden wiederkam, war Isabell wach. Sie saß in eine Decke gehüllt am Fenster und blickte in die Dämmerung hinaus. Isabell fuhr zusammen, als sie die Tür hörte.

»Ich bin es nur«, sagte Anne, dann setzte sie sich zu Füßen ihrer Schwester auf den Boden.

»Ja. Du bist es nur.«

»Isabell –«

»Ja?«

»Was – was ist mit dir? Ich meine –«

»Ja?«

»Ich meine, warum bist du hier? Ich habe dich nicht erwartet und Mutter wird auch überrascht sein. Du hast doch gerade erst geheiratet, wieso bist du nicht bei Clarence?«

»Vater und George sind früher abgefahren, gleich nach unserer Hochzeit. Es ging mal wieder um Politik.« Sie zuckte die Schultern. »Genaues weiß ich aber auch nicht. Sie haben verabredet, dass ich hier auf George oder auf weitere Nachrichten warte.«

»Ach so.« Anne wusste nicht weiter. Das war eine fremde Isabell. Diese Frau hatte so wenig Ähnlichkeit mit der Schwester, die sie gekannt hatte. Wie gerne hätte Anne sie mit einem Feuerwerk von Fragen bombardiert, zur Hochzeit und zu dem, was danach gekommen war, aber sie wagte es nicht. Still saßen die Schwestern. Dann legte Isabell Anne die Hand auf die Schulter und strich über ihr seidiges Haar.

»Du siehst besser aus, kleine Anne«, meinte sie abwesend. »Du hast wieder zugenommen.«

Anne nickte.

»Das ist gut.«

Und wieder herrschte Schweigen zwischen ihnen. Dann erhob sich Isabell. »Könntest du Ankarette sagen, sie soll das Badehaus für mich herrichten?«

Anne nickte. »Inzwischen wird ja auch Mutter gehört haben, dass du angekommen bist. Sie wird sich freuen, dich zu sehen.«

»Ja«, antwortete Isabell müde. »Sie würde sich wundern, wenn ich nicht zum Abendessen käme.«

»Dann gehe ich mal«, sagte Anne beklommen. An der Tür wandte sie sich noch einmal um. »Isabell«, begann sie, dann brach sie ab.

»Ja?«

»Bist du glücklich?«

Isabell lächelte, dann stand sie auf. »Doch«, sagte sie. »Ich bin nur müde. Das ist alles.«

Leise schloss Anne die Tür hinter sich. Isabell starrte ihr einen Augenblick lang nach. »Glücklich«, sagte sie dann leise. »Lieber Gott, glücklich.« Aber sie würde Königin werden. Vielleicht schon bald. Hoffentlich.

Von Olney zurück über Nottingham in einem Zickzackkurs quer durch das Land, aber doch immer weiter nach Norden zogen Richard und Vivianne, machten Halt in allen Burgen und allen Dörfern, in denen sie königstreue Untertanen vermuteten. Die Nachricht, dass Graf Warwick den König faktisch gefangen genommen hatte, eilte ihnen, je weiter sie kamen, voraus; oft wurden sie bereits mit der Meldung empfangen, man werde fünfzig oder hundert Bewaffnete stellen, um den König zu befreien. Mit Staunen registrierte Richard, dass das Land dabei war, sich für Edward zu erheben. Noch sah Richard nicht, wohin das alles führen sollte. Man hatte Edward, das hatten sie erfahren, nach Coventry gebracht. Die Idee, ihn dort mit Gewalt zu befreien, war aberwitzig – Burgen waren, so viel wusste selbst Richard, nur schwer anzugreifen, sie waren dafür gebaut, lange Belagerungen zu überstehen, und Coventry, in dem der König schon mehrfach Wohnung genommen hatte, war eine starke Festung.

Aber über die Frage, wie es weitergehen sollte, machte sich einstweilen offenbar noch niemand Gedanken.

Zunächst sammelten sie ein Heer. Sie zogen weiter nach Norden, übernachteten in Dorfgasthäusern oder in von Landadeligen zur Verfügung gestellten Schlafräumen, sie führten Gespräche, aßen zu Abend und zogen am nächsten Morgen nach einem hastigen Frühstück weiter. Und während der ganzen Zeit hatte Richard sie vor Augen: Viviannes Hüften, wenn sie sich morgens in den Sattel ihres Pferdes schwang, ihr keuchender Atem nach einem schnellen Ritt, ihr Mund, der verkniffen aussehen konnte, wenn sie eine Antwort bekam, die ihr nicht passte. Sie war Anne an Schönheit nicht gleich, und doch begann ihre ständige Gegenwart Annes Bild aus seinem Gedächtnis zu vertreiben, ob er es wollte oder nicht.

Hinter einer Anhöhe zügelte Vivianne ihr Pferd. »Es hat keinen Sinn«, meinte sie. »Wir erreichen das nächste Dorf sicher nicht rechtzeitig.«

Richard wusste, dass sie Recht hatte. Es wurde bereits dunkel. In der Dunkelheit weiterzureiten war Unsinn – zu leicht konnten sie das kleine, vor ihnen gelegene Dorf verpassen, in ein Moor geraten, sich hoffnungslos verirren – trotzdem. In ihm drängte es vorwärts, ihm ging das alles zu langsam. Während sie hier durch das Land zottelten und Truppen anwarben – erstaunlich erfolgreich, fand er –, hatten sie seinen Bruder nach Schloss Warwick gebracht und von dort nach Middleham ins ferne Wensleydale. In London war das Parlament erst einberufen, dann fand die Sitzung überraschend doch nicht statt. Kein Mensch schien zu wissen, was das alles sollte und was weiter passieren würde. Mehrfach waren sie unterwegs versprengten Rebellenhaufen begegnet, hatten aber vermieden, sich zu erkennen zu geben. Das Land, so erschien es Richard, summte wie ein wütender Bienenstock, aber offenbar standen die Bienen auf Seiten Edwards und wollten ihren König wieder haben. In London drohten Aufstände. Die Kaufleute arbeiteten nicht mehr, nachts zog der Pöbel durch die Straßen, Londons Bürger verlangten unverhohlen ihren König zurück. Der Herzog von Burgund rüstete ein Heer und machte sich bereit, überzusetzen. Er ließ keinen Zweifel daran, dass er für seinen Schwager zu den Waffen greifen würde.

An der schottischen Grenze gab es Übergriffe. Irgendein Angehöriger der Lancaster-Familie überfiel eine einsam gelegene Burg von York-Anhängern. Das Land spaltete sich. Wenn nicht bald etwas geschieht, dachte Richard, dann haben wir nicht nur eine Adelsfehde, sondern einen Bürgerkrieg. Warwick, du blöder Hund, willst du das? Er hatte keine Ahnung, was sein Ziehvater mit dieser Gefangennahme Edwards zu erreichen hoffte. Niemand schien das zu wissen. Warwick hatte vergeblich versucht, Leute anzuwerben, um die Aufstände für Lancaster niederzuwerfen. Aber solange der König ein Gefangener war, wollte niemand zu den Waffen greifen. Und ich, dachte Richard, was tue ich? Ich befinde mich auf einer Vergnügungsreise in Begleitung einer Frau, die – ja, die was? Er seufzte und schob den Gedanken, bevor er wirklich Gestalt annehmen konnte, beiseite. Mein Leben läuft an mir vorbei, dachte er stattdessen. Andere treffen die Entscheidungen und ich stolpere hinterher. Liegt es an mir?

Vivianne sprang vom Pferd. »Besser, wir bleiben hier«, sagte sie und band die Zügel an einen nahe stehenden Baum. Sie streckte sich. »Kannst du Holz sammeln? Für ein Feuer?«

Richard nickte. Binnen kurzem saßen sie beide an den wärmenden Flammen, deren Licht über Viviannes Gesicht flackerte und es weicher aussehen ließ. Richard beugte sich vor.

»Vivianne –«

Sie hatte träumend in die Flammen gesehen und blickte jetzt auf. »Ja?«

»Sind wir nicht zu langsam?«

Sie lächelte. »Wirst du nervös, Richard?« Er nickte.

»Dann geht es dir ja nicht anders als dem Grafen und deinem Bruder Clarence, diesem fetten Weinfass. Sie sind nervös. Sehr nervös. Was meinst du, warum sie den König nach Middleham gebracht haben? Sie befürchten eine Befreiungsaktion.«

»Ja – und das macht es doch schwerer für uns, ihn wirklich zu befreien? Middleham – ich bin dort aufgewachsen. Ein so großes Heer, wie man es für die Belagerung dieser Burg brauchen würde, gibt es in ganz England nicht.«

»Wer sagt, dass wir ihn befreien werden?«

»Aber was tun wir denn hier?«

Vivianne lachte, als sie Richards verdutztes und wütendes Gesicht sah. Er hatte langsam genug davon, wie ein Kind hinter dieser Frau herzutrotten, ein Kind, das man nicht in den Plan einweihte, weil man befürchtete, es könne sich dem Feind gegenüber verplappern. Er war ein Mann, er war der Bruder des Königs und er wollte jetzt wissen, was all das sollte. Vivianne schien seine Gedanken erraten zu haben, sie lächelte. »Wir schaffen«, sagte sie leise und vergnügt, »nur die Bedingungen, damit der König sich selbst befreien kann. Niemand hat Interesse an einem Bürgerkrieg.« Sie seufzte. »Graf Warwick ist dumm, und er hat kein Stehvermögen. Der König ist ihm in jeder Hinsicht überlegen.« Sie riss einen Grashalm aus und kitzelte Richard damit im Gesicht. »Also sei nicht nervös.« Richard schlug den Grashalm weg. Er war nicht nervös, er war wütend. Sie lachte, dann beugte sie sich vor und legte ihm die Hand an die Wange.

Richard schluckte. Unter ihrem Gewand zeichneten sich die Umrisse ihrer Brüste ab. Er war doch nervös. Ohne dass er darüber nachdachte, hob er die Hand und legte sie auf ihre Brust. Er fühlte, wie sich ihre weichen Brüste hoben und senkten, während sie ein- und ausatmete. Was passierte hier? Dann beugte sich Vivianne noch weiter vor. Einen Augenblick lang dachte Richard, dass er aufstehen sollte, aber er blieb wie angenagelt auf seinem Platz sitzen und rührte sich nicht. Dann heulte irgendwo ein Hund, es raschelte nicht weit von ihnen entfernt und dann blieb einen Moment lang die Zeit stehen. Und plötzlich geschah alles gleichzeitig. Rückte Vivianne ein Stück näher an ihn heran oder war es anders herum? Wie waren ihre Lippen plötzlich so nah an sein Gesicht gekommen und was sollte er jetzt tun? Wieso liebkoste seine Zunge plötzlich ihren Mund? Und eben noch hatten seine Hände nur ihre Taille umfasst, er hatte den Stoff ihrer groben Tunika unter den Fingern gespürt, plötzlich fühlte er aber weiches Fleisch, hörte ihren Atem und wunderte sich, warum er keine Hosen mehr anhatte. Unter ihm öffnete sie bereitwillig ihre Beine und Richard war sich wirklich nicht sicher, ob er nicht doch besser weglaufen sollte, und doch wusste er: Es war längst zu spät. Gerade eben hatte sie noch am Feuer gesessen und ihn behandelt wie einen kleinen Jungen, jetzt lag sie plötzlich unter ihm. Das waren Gefühle, wie er sie noch nie erlebt hatte, und einen Augenblick verhielt Richard und genoss den Augenblick. Sie sah ihn mit großen Augen an. Dann, plötzlich und wieder ohne dass er hätte sagen können, wie es dazu kam, bewegte er sich auf ihr – den Rhythmus zu finden fiel ihm leicht, er sah ihr Gesicht unter sich, das Feuer zeichnete freundliche Schatten darauf. Und dann wusste er nichts mehr. Nur, dass das hier das Verwirrendste und Schönste war, das ihm je widerfahren war. Kurz drängte sich ein kleiner Gedanke in seinen Kopf, ein Gedanke an dunkles, lockiges Haar und das bezauberndste Lächeln, doch schnell war er wieder verschwunden. Unter ihm wand sich ein Körper und drängte sich immer weiter an ihn, wem auch immer dieser Körper gehörte, im Augenblick war es egal. Oder auch nicht. Er dachte an Anne, hörte ein Keuchen, und dann fühlte er, wie er sich in sie ergoss, und er fiel, fiel, fiel mit einem letzten Stöhnen durch die Dunkelheit.

Als er die Augen öffnete und Vivianne neben sich sah, wusste er nicht, wie er sich fühlen sollte. Er streichelte sie in Dankbarkeit. Und berührte doch Anne.

Schloss Middleham befand sich in heller Aufregung. Der schwer bewaffnete Trupp, der den König hierher eskortiert hatte, war mitten in der Nacht angekommen, und niemand hatte gewusst, dass der Burgherr, Graf Warwick, seinen königlichen Gefangenen hier zu verstecken beabsichtigte. Kaum jemand hatte die Ankunft beobachtet und trotzdem gab es heute, am frühen Morgen niemanden, der nicht wusste, wer letzte Nacht ins Burgzimmer des südwestlichen Turms gebracht worden war. In den Ställen und Gesindehäusern sprachen Ritter und Knechte von kaum etwas anderem, in der Küche wisperten die Mägde. Selbst Anne hatte schon von den Gerüchten gehört, war aber, als sie sich neugierig den tuschelnden Mägden nähern wollte, um besser hören zu können, von einer energisch dazwischen tretenden Ankarette verscheucht worden. Isabell zuckte die Schultern und meinte, es gebe Dinge, die man besser nicht wisse. Beim Frühstück saß Gräfin Warwick betont aufrecht. Anne stieß Isabell an.

»Es muss wahr sein«, flüsterte sie.

»Warum?«

»Mutter sieht aus, als hätte sie einen Stock verschluckt und eine Wache vor ihrem Mund postiert. So sieht sie immer aus, wenn sie irgendetwas überhaupt nicht sagen will.«

»Vielleicht denkt sie nur über die Vorbereitung von Weihnachten nach.«

»Quatsch!«, Anne seufzte. Vom unteren Tischende zwinkerte ihr einer der Gefolgsleute ihres Vaters zu. Anne starrte verwundert zurück.

»Hör auf damit«, flüsterte Isabell.

»Der hat mir zugezwinkert!«

»Ja, eben!«, antwortete Isabell und wies den Blick des Mannes hoheitsvoll zurück. »Du bist die Tochter des Grafen, Herr Gott, Anne! Wenn dich so jemand anstarrt, dann mach nicht so verwunderte Augen, das ist ja fast eine Aufforderung!«

Anne schwieg. Aufforderung? Aufforderung zu was? Aber lange blieben ihre Gedanken nicht bei dem Gegenstand. Sie wandte sich wieder Isabell zu.

»Was meinst du, wenn der König hier ist, werden sie versuchen, Middleham anzugreifen?«

»Sollen sie es versuchen«, meinte Isabel. »Eine Burg wie diese kann man kaum bezwingen.«

»Aber was hat Vater vor? Was soll passieren? Er kann doch den König nicht ewig hier festhalten?«

»Ich hab keine Ahnung. Aber er wird schon wissen, was er tut.« Isabell schluckte. »Vater und Clarence werden schon einen Plan haben.«

Anne war sich nicht so sicher. Wenn sie uns angreifen? Hastings und Graf Northumberland und vielleicht sogar der Herzog von Burgund – und Richard. Sicher wäre Richard dabei. Er musste ja dabei sein. Werden sie hierher kommen, dachte Anne und ihr Herz begann zu klopfen. Richard an der Spitze eines Heeres. Er wird in den Burghof stürmen und die Freilassung seines Bruders verlangen und dann wird er mich sehen, er wird lächeln und meine Hand nehmen und dann wird er mich in die Arme nehmen und er wird sagen, dass –

»Anne, träumst du?«, fragte Isabell und unwillig kehrte Anne in die Wirklichkeit zurück, eine Wirklichkeit, die aus flüsternden Dienern, über den Boden scharrenden Stühlen und viel Unsicherheit bestand. Ihre Gedanken wanderten zu Lord Scales. Wo war der jetzt? Und was hatte er damals beim Hochzeitszug gesagt? Ein Mann mochte seine Gründe haben, so zu handeln, wie er handelte, auch wenn sie das nicht verstand? Welche Gründe gab es für Richard? Das musste sie wissen. Und vielleicht – vielleicht, dachte Anne und setzte sich instinktiv etwas aufrechter, vielleicht hatte sie jetzt die Chance, es herauszufinden. In dieser Burg gab es vielleicht einen Menschen, der ihr Auskunft geben konnte. Sie würde sich, das war ihr klar, damit auf die andere Seite stellen.

Während alles um sie herum noch lärmte, fasste Anne einen Entschluss. Das war mehr, als die Burg heimlich zu verlassen. Trotzdem. Sie würde es tun. Sie atmete tief durch. Ein zweites Mal starrte sie der niedere Adelige vom Tischende her an. Diesmal gelang Anne ein verachtungsvoller Blick zurück. Der Mann blickte rasch weg. Anne lächelte.

Edwards Befreiung

Edward hatte seine Spione. Er wusste, dass Anthonys Vater, Graf Rivers, und ein weiterer Woodville-Sohn gefangen und hingerichtet worden waren, ebenso wie die Grafen Devon und Pembroke, die sich bei Banbury so tapfer, aber vergeblich für ihn geschlagen hatten. Er wusste, dass London kurz vor dem Aufstand stand und dass der Herzog von Burgund drohte, seinem königlichen Schwager mit einem Heer zu Hilfe zu kommen. Er wusste auch um die Aufstände an der schottischen Grenze, die Schlachten, die plötzlich wieder für die Lancaster-Seite geschlagen wurden, und er wusste, dass Warwick keine Leute anwerben konnte. Sie folgten ihm nicht. Edward lag auf seinem Bett im Südwestturm von Schloss Middleham und lächelte vor sich hin. Davon abgesehen, dass er Hunger hatte, ging es ihm ziemlich gut. Er hatte ein wenig Ruhe, er würde gleich ein Frühstück bekommen und er konnte genussvoll zusehen, wie sich Warwick immer weiter in seinem Netz verstrickte. Demnächst, dachte Edward, werde ich mal wieder handeln. Er gähnte.

Warwick braucht Leute, um die Lancaster-Aufstände zu schlagen, er kann sie nicht anwerben, solange ich sein Gefangener bin, also werde ich mich meinem Volk zeigen müssen. Und wenn Hastings und Richard ein Heer zusammengebracht haben, werden wir einfach weiter nach London ziehen, Ende des Lustspiels, Vorhang! Edward lächelte weiter vor sich hin. Das war die vergnüglichste Gefangennahme, die er sich vorstellen konnte. Draußen hörte er Schritte. Das war wohl die Wachablösung. Zwei Bewaffnete hatten die Nacht über vor seiner Tür gestanden und ließen sich jetzt in der Küche Frühstück geben, während zwei andere ihren Platz einnahmen. Frühstück!, dachte Edward und sein Magen knurrte. Frühstück, verdammt, geht man denn so mit einem König um? Unfassbar. Was für ein Service auf dieser Burg. Allein das würde er Warwick vorhalten, wenn diese Scharade vorbei war und er wieder in London auf seinem Thron saß!

In der Küche stampfte Lady Anne energisch mit dem Fuß auf.

»Es ist mir egal«, flüsterte sie wütend, »ich will es und du wirst mir helfen.«

»Ich glaube, du bist wahnsinnig geworden«, flüsterte Ankarette zurück. Hektische rote Flecken hatten sich auf ihren Wangen gebildet. Sie liebte Anne. Und sie war bereit, ihr zu helfen, aber das –

»Ich werde gleich wahnsinnig werden«, erwiderte Anne, »wenn du mir nicht sofort hilfst!«

Ankarette seufzte. Irgendwas war bei der Erziehung dieses Mädchens gründlich schief gegangen. Was sie da plante, war wirklich Wahnsinn. Damen von Adel benahmen sich einfach nicht so! Andererseits bewunderte Ankarette den festen Willen, den Anne an den Tag legte. Und endlich – endlich! – blitzten ihre Augen mal wieder voller Unternehmungslust. Ankarette konnte nicht anders, sie kicherte. Immer hatte dieses Mädchen sie zum Lachen gebracht. Annes Charme und ihrer Energie hatte sie noch nie widerstehen können. Sie liebte dieses Kind – denn das war Anne in ihren Augen noch immer – so sehr, sie hätte sich für sie vierteilen lassen. Ankarette, das einfache Mädchen aus dem Dorf, das so gut wie sein ganzes bisheriges Leben auf Burg Middleham im Dienst des Grafen Warwick verbracht hatte, schüttelte resignierend den Kopf. Dann schlüpfte sie langsam aus ihrem Umhang und begann ihr Kleid aufzuknöpfen. Anne seufzte erleichtert. Gerührt und liebevoll blickte sie die Dienerin an. Anne wusste sehr gut, dass Ankarette zwar Dienerin, aber auch die beste Freundin war, die sie finden konnte. Sie wird mir immer helfen, dachte Anne. Immer. Es war gut, das zu wissen. Gut, dass man jemanden hatte, auf den man sich verlassen konnte. Sie lächelte Ankarette an, die ihr die Kleidungsstücke reichte.

»Sei bloß vorsichtig«, flüsterte Ankarette. »Sieh dich nur vor!«

Anne nickte. »Es wird schon gut gehen«, sagte sie leise.

Es klopfte an Edwards Tür, dann wurde geöffnet, Schritte huschten herein. Edward hörte einen der Bewaffneten irgendetwas sagen, aber es folgte keine Erwiderung. Die Tür wurde wieder geschlossen. Endlich Frühstück, dachte Edward und setzte sich auf. Eine Dienerin im langen Umhang und mit Kapuze, ein Tablett tragend, tat ein paar weitere Schritte in den Raum hinein und blieb dann stehen.

»Stell es da drüben ab!«, rief Edward, »ich bin schon halb verhungert. Und was will dein Herr mit einem geschwächten König?«

Das Mädchen sah zu Boden. Ein bisschen schüchtern, die Kleine, sehr jung auch noch nach dem, was er von ihrem Gesicht und ihrer Gestalt sehen konnte. Hübsch vielleicht? Edward grinste. Was für eine Aufmerksamkeit, die man mir hier zukommen lässt!

Sie setzte das Tablett ab. Dann drehte sie sich zu dem auf dem Bett sitzenden Gefangenen und streifte die Kapuze herunter. Langes dunkles Haar fiel herab. Edward glaubte, seinen Augen nicht trauen zu können.

»Ich hoffe, Ihr findet alles zu Eurer Zufriedenheit, mein König«, sagte Anne.

Edward starrte sie an. »Lady Anne?«

Sie nickte und fiel in einen tiefen Hofknicks.

»Verzeiht, mein König«, stotterte sie, sie war aufgeregter, als sie je in ihrem Leben gewesen war. War das schon Verrat, was sie hier tat? Aber jetzt gab es kein Zurück mehr. Anne holte tief Luft und starrte die Steine des Bodens an. »Verzeiht, ich muss Euch sprechen.«

Edward staunte. Dann erhob er sich. »Ich gebe zu, ich bin überrascht.« Er schüttelte den Kopf. »Mehr als überrascht. Weiß Euer Vater, dass Ihr –«

Immer noch kniend schüttelte Anne energisch den Kopf. Edward nickte versonnen. »Tja, das werdet Ihr mir sicher gleich erklären. Aber so steht doch endlich auf!«, rief er dann ungeduldig. »Ich habe viel zu lange auf dieses Frühstück gewartet, mir knurrt der Magen.«

Anne erhob sich, hielt den Blick aber immer noch gesenkt. Edward seufzte. »Nun seid Ihr da, Lady Anne, jetzt steht nicht rum wie eine Statue. Was auch immer Ihr mir sagen wollt, beim Frühstück geht das besser. Und wenn Ihr Euch Sorgen macht, wie Ihr Eurem Vater diesen Besuch bei mir erklären wollt – ich schweige wie ein Grab.«

Gut gelaunt und gespannt setzte sich Edward am Tisch nieder. »Bitte«, sagte er dann, »leistet mir Gesellschaft. Es beredet sich fast alles leichter beim Essen.« Er lächelte sie an. Immer noch beklommen lächelte Anne zurück.

»Du holst die Pferde«, sagte Richard und öffnete die Tür. »Ich sage Bescheid, dass wir abreisen.« Auf der Treppe draußen hörte sie seine energischen Schritte. Vivianne seufzte. Sie stand auf und begann, sich anzuziehen. Wieso glaubte eigentlich jeder Mann, dass er das Recht hatte, eine Frau herumzukommandieren, nachdem er mit ihr geschlafen hatte? Seit jenem ersten Mal mitten im Wald hatte Vivianne Richard in keiner Nacht den Zugang zu ihrem Bett verweigert. Und der zunächst so scheue Richard hatte ihren Körper mit Begeisterung und doch Sanftheit erkundet. Vivianne lächelte. Sie war genug herumgestoßen worden in ihrem Leben. Sie wusste Zärtlichkeit, Aufmerksamkeit und Vorsicht zu schätzen, umso mehr, als sie wusste, dass Aufmerksamkeit und Vorsicht gerade von einem so jungen Mann kaum zu erwarten waren. Er verdient eine gute Frau, dachte Vivianne, hoffentlich findet er eine. Sie warf den Umhang über und blickte sich im Zimmer um. Es war alles gepackt, sie hatten sich gestern, als sie spätnachts hier ankamen, nicht die Zeit genommen, viel auszupacken. Vivianne bückte sich gerade, um das Gepäck aufzunehmen, als Richard zurückkam.

»Wo bleibst du?«, fragte er. Er hatte es eilig. Ihm war, als hätten die Nächte mit Vivianne eine Art Schleuse in ihm geöffnet, ein Tuch von seinen Augen gezogen und jetzt erst könnte er die Welt sehen, wie sie wirklich war. Und sie gefiel ihm gut, die Welt. Er drängelte vorwärts, plötzlich, nicht nur wenn er mit ihr schlief, sondern auch in den alltäglichen Verrichtungen. Es war, als hätte jemand das Tor zur Koppel eines jungen Pferdes geöffnet. Vivianne lächelte, dann richtete sie sich auf. Schon diese Bewegung erregte Richard erneut. Mit zwei Schritten war er bei ihr. Zum Reiten trug sie Hosen. Er wusste, dass sie seine Hand durch den festen Stoff nicht ganz so fühlen konnte, wie wenn er ihr unter einen Rock gefasst hätte, deswegen packte er etwas fester zu.

»Ich denke, wir haben es eilig«, fragte Vivianne, aber sie blieb stehen und lehnte sich gegen seine Hand. Richard lächelte. Langsam kannte er ihre Reaktionen und wusste sie zu deuten. »Ja«, sagte er, »wir haben es eilig. Deswegen musst du schnell kommen.«

»Oder du«, meinte Vivianne und gab nach, als Richard sie zurück zum Bett zog.

Eine halbe Stunde später waren beide unterwegs nach Pontefract. Pontefract war der Treffpunkt. Hier sollte sich das zusammengerufene Heer sammeln, hier sollten sie auch Hastings treffen. Vivianne hatte Richard mittlerweile in die Einzelheiten des Plans eingeweiht. Es ließ sich nicht ableugnen, dass die körperliche Beziehung zwischen ihnen ihr Verhältnis verändert hatte. Man kann nicht die Nächte mit jemandem verbringen und ihn tagsüber weiter wie ein Kind am Gängelband führen, dachte sie. Außerdem musste sie zugeben, dass Richard sie mit seinen ruhigen Fragen und seiner raschen Auffassungsgabe beeindruckt hatte. Davon abgesehen hatte er sich auf dem ersten Teil ihres Wegs ihren Befehlen klaglos gefügt. Nach Viviannes Erfahrung waren Menschen, die Befehle entgegennehmen konnten, auch geeignet, selbst Befehle zu geben. Vivianne lächelte zwar insgeheim darüber, dass ihr nächtliches Beisammensein sofort Richards Einstellung zu ihr verändert hatte, sie musste aber auch zugeben, dass es ihr gut tat, die anstehenden Entscheidungen mit ihm gemeinsam treffen zu können. Zu lange behauptete sie sich und ihren Platz am Hof. Zu lange traf sie schon Entscheidungen. Es tat gut, mal abgeben zu können.

Gegen Mittag erreichten sie einen Waldrand. Nervös zügelte Vivianne ihr Pferd. Sie wusste nicht, was, aber irgendetwas gefiel ihr nicht.

»Sollen wir wirklich dort lang reiten«, fragte sie.

Richard zuckte die Schultern. »Es ist der kürzeste Weg«, antwortete er.

»Ich weiß, aber ...« Vivianne biss sich auf die Lippen. Argwöhnisch betrachtete sie die Ausläufer des riesigen Waldes, der vor ihnen lag. Sie waren weit nach Norden gekommen, mittlerweile, und das Land war hier besonders unruhig. Rebellen und Verfemte lebten gern in Wäldern und sie und Richard waren nur zu zweit. Richard schien ihre Besorgnis zu fühlen. Beruhigend nahm er ihren Arm.

»Wir sehen eigentlich zu abgerissen aus, als dass man uns erkennen könnte«, meinte er, »und sicher vermutet niemand einen Beutel voller Gold bei uns. Außerdem können wir keine Umwege reiten, Vivianne, sonst kommen wir erst an, wenn Hastings England schon drei Mal umrundet hat.«

Sie lächelte tapfer und nickte. Dann folgte sie Richard, der vorausritt. Schon nach wenigen Metern standen die Bäume so dicht, dass kaum noch Licht durch ihre Kronen fiel. Der Hufschlag der Pferde klang gedämpft. Vivianne wich einem herabhängenden Zweig aus. Es war sicher Dummheit, sich zu sorgen. Trotzdem war sie beunruhigt.

Edward war, es ließ sich nicht anders sagen, erschüttert. Von allem, was er erwartet hatte in seiner Gefangenschaft – und er hatte, vor allem am Anfang, auch mit dem Schlimmsten gerechnet, mit Folter, mit plötzlichem Mord –, war dies das Letzte, was ihm in den Sinn gekommen wäre. Er lehnte sich zurück. Da schien also draußen die Sonne und er saß hier, in einem durchaus bequem eingerichteten Turmzimmer der Burg Middleham als Gefangener des Burgherrn und frühstückte mit dessen Tochter. Es war unfassbar, Edward schüttelte den Kopf. Wie dreist, wie mutig und wie – ja, das auch – wie schön war dieses Mädchen geworden! Da saß sie vor ihm, tunkte ein weiteres Stück Brot ins Bier und sprach doch viel zu aufgeregt, um es essen zu können.

Anne fragte sich selbst, woher sie ihren Mut nahm; was sie hier tat, widersprach allen Sitten, allem guten Benehmen, es war einfach unmöglich. Aber sie hatte zu lange gewartet, sie wollte nicht mehr in ihrem Zimmer sitzen und auf den richtigen Moment hoffen, sie war hier, jetzt konnte sie auch reden. Sie hatte also, nachdem Edward sie zum Frühstückstisch geführt hatte, tief Luft geholt. Sollte sie etwa, nachdem sie das unglaubliche Wagnis dieses Besuchs in Ankarettes Kleidern unternommen hatte, sich mit einem gezierten: »Ich hoffe, Ihr fühlt Euch wohl und das Frühstück ist nach Eurem Geschmack« zurückziehen? Niemals, schwor sie sich innerlich, dann hatte sie tief Luft geholt – und sich dabei verschluckt. Hustend und hochrot hatte sie vor dem König gesessen, unfähig ein Wort zu sagen, und Edward hatte gelächelt und ihr vorsichtig den Rücken geklopft, und dann hatte sie lachen müssen, es kam einfach aus ihr heraus. Auch Edward hatte gelacht und danach war alles so einfach gewesen. Als sie wieder Luft bekam, hatte er ihr Brot und Bier zugeschoben und gefragt, wie er denn nun eigentlich die Ehre ihres Besuchs deuten solle. Anne hatte ein weiteres Mal – diesmal sehr vorsichtig – tief Luft geholt und dann hatte sie erzählt. Einfach erzählt. Als sei es nicht der König und der Gefangene ihres Vaters, der ihr gegenübersaß, und sie nicht die Tochter seines Feindes, sondern als hätten sie sich in irgendeiner einfachen Schenke getroffen. Und während sie redete, spürte sie, wie der Knoten in ihrem Inneren sich langsam löste.

»Er ist«, schloss sie, »einfach davongeritten. Ohne sich zu verabschieden. Ich meine, ich weiß ja, dass die ganze Situation schwierig ist, Richard ist Euer Bruder und ich bin die Tochter Warwicks, aber ich dachte, er liebt mich. Und dann muss es doch wohl einen Weg geben, oder?« Anne verstummte und sah den König aus großen Augen an. Edward wusste nicht, wie er reagieren sollte. Die Situation war zu absurd. Da saß die Tochter seines Todfeindes vor ihm und warb um die Hand seines Bruders. Denn anders ließ sich ihre Rede kaum verstehen. Sie war hinreißend! Und bewundernswert. Er schüttelte wieder den Kopf, dann lächelte er und sah sie an.

»Anne«, fragte er, »wenn ich Euch richtig verstehe, wollt Ihr, dass ich Euch Richards Hand gebe.«

Wie erwartet wurde sie feuerrot.

»Ich kann ja nicht ableugnen, dass ich beeindruckt bin«, fuhr Edward, immer noch lächelnd, fort. Und er war es tatsächlich. Was für ein Mut! Was für eine Liebe, dachte er. Was für ein Mädchen! Anne kämpfte um ihre Fassung, dann sprang sie auf. Wenn er nichts weiter tun konnte, als sie verspotten, war jedes Wort verschwendet. In ihren Augen blitzte es. Edward lächelte und griff nach ihrer Hand.

»Setzt Euch wieder. Ihr müsst zugeben, dass die Situation ungewöhnlich ist.«

»Es war auch ungewöhnlich, dass Ihr Elizabeth Woodville in Grafton Regis geheiratet habt«, zischte Anne, »ich dachte, Ihr würdet verstehen!«

Was für eine Haltung, dachte Edward und nickte. »Vielleicht verstehe ich sogar. Schaut – nun setzt Euch schon wieder hin!«

Sie tat es.

»Ihr wisst selbst, dass diese Situation absurd ist. Da steht Ihr vor mir im Kleid einer Dienerin und fragt mich nach den Gefühlen meines Bruders!« Edward schüttelte erneut den Kopf.

»Aber ich kann Euch immerhin sagen, warum Richard damals ohne Abschied von Middleham weggeritten ist.«

Anne hing an seinen Lippen und Edward musste sich eingestehen, dass er das genoss. Und er verspürte genug Bewunderung für dieses Mädchen, um ihr die Wahrheit zu sagen.

»Euer Vater«, fuhr er fort, »hat Richard angeboten, Euch zu heiraten. Das ist richtig. Richard hätte Euch heiraten können. Aber der Preis dafür, Lady Anne, sollte sein, dass Richard gegen mich kämpfen muss.«

Annes Augen wurden groß. Sie wusste nicht, was sie sagen sollte. »Richard – ich kenne ihn nicht sehr gut, Lady Anne, er ist mein Bruder, aber er wuchs hier auf, er ist viel jünger als ich und als ich ihn kennen lernte, war ich schon König. Aber ich lernte ihn besser kennen, in letzter Zeit, und ich kann sagen, dass Richard Ehre und Treue sehr viel bedeuten. Er hatte mir den Treueschwur geleistet und er hing sehr an Eurem Vater, den er als Ziehvater ansah. Und vielleicht liebte er Euch, das weiß ich nicht. Jedenfalls muss ihn diese Entscheidung ziemlich mitgenommen haben. Dass er sich für mich entschieden hat, lobe ich natürlich, vor allem, da ich jetzt sehe, wie schwer ihm das gefallen sein muss. Ihr seid wunderschön, Lady Anne.«

Sie starrte ihn immer noch an. Anne begriff es nicht. Dass ihr Vater sie als Preis für Richards Treuebruch ausgesetzt hatte, entsetzte sie. Sie hatte immer gewusst, dass Adelige ihre Töchter verheirateten, um Bündnisse zu schließen, aber dass er so skrupellos mit ihrer Liebe gespielt hatte – bedeutete sie ihm denn gar nichts? Sie war seine Tochter! Edward verstand nicht viel von Frauenherzen. Vielleicht auch nicht von der Kraft der Liebe. Aber dass Anne totenbleich geworden war, sah er, und dass es nicht gut wäre, wenn die Tochter des Grafen in seinem Zimmer ohnmächtig würde, war ihm klar. Er musste sie schnellstmöglich beruhigen.

»Trinkt«, sagte er und reichte ihr einen Becher Wein. Was kann ich ihr an schönen Worten mitgeben, dachte der König, was richtet sie auf. Gott, ich wünschte, Anthony wäre hier, der ist für so was viel besser geeignet.

»Dass Richard jeden Tag an Euch gedacht hat, seit er von hier abgeritten ist – das kann ich Euch sagen«, tröstete er und dachte: Keine Ahnung, ob das stimmt. Anne sah ihn mit großen Augen an. Langsam kehrte die Farbe in ihr Gesicht zurück.

»Wirklich«, fragte sie leise. Edward nickte gewichtig. Jetzt lächelte sie. Brauchte sie noch mehr Zeichen und noch mehr Bestätigung?

»Werdet Ihr«, fragte sie leise, »könntet Ihr ihm sagen, dass –«

»Ich werde mit ihm reden«, sagte er, »verlasst Euch darauf.«

Beglückt schenkte Anne ihm ein letztes Lächeln. Edward stand auf und hielt ihr den Umhang hin. »Ihr geht jetzt besser. Die Wachen werden sich zweifellos ihren eigenen Reim darauf machen, dass das reizende Küchenmädchen so lange geblieben ist.«

Er grinste. Anne lächelte verlegen. Dann nahm sie den Umhang, hüllte sich darin ein und verschwand mit dem leeren Tablett.

Edward warf sich zurück aufs Bett. Er würde sicher mit Richard über diese kleine Begegnung reden, wenn dieses Gastspiel in der Obhut des Grafen Warwick vorüber war. Was für ein Mädchen, dachte er. Ich hätte Richard gar nicht zugetraut, dass er solche Gefühle zu wecken versteht. Was treibt er wohl gerade? Ist mit Vivianne zugange, wahrscheinlich. Ach ja, Vivianne ... schön war sie nicht, aber im Moment hätte er sie gern hier gehabt. Ihm fehlte eine Frau. Dass man ihn einsperrte, war an und für sich empörend genug, aber dass man ihm zumutete, wie ein Mönch zu leben, war skandalös. Edward seufzte. Wie viele Männer Hastings und Richard wohl mittlerweile zusammengebracht hatten? Wenn alles gut ging, würde man ihn bald bitten, sich dem Volk zu zeigen.

Seine Spione – auch unter den Männern des Grafen Warwick hatte er schließlich welche – hatten ihm verraten, dass es Warwick nicht gelang, Männer zum Kampf gegen den Lancaster-

Aufstand zu werben. Das Volk will seinen König sehen, dachte Edward abermals schläfrig. Gutes Volk. Er würde sein Volk belohnen für die Treue, die es ihm zeigte. Und Warwick und Clarence? Was sollte er mit denen tun? Ich brauche sie, dachte Edward. Wahrscheinlich verzeihe ich ihnen noch einmal. Er gähnte. Hübsches Mädchen, die kleine Anne, dachte er. Dann schlief er wieder ein. Sonst hatte er nicht viel anderes zu tun.

Vivianne wurde das ungute Gefühl im Rücken einfach nicht los. Der Weg schlängelte sich weiter, hin und wieder hörte sie einen Vogel oder das Knacken eines Asts. Richard ritt voran, manchmal drehte er sich zu ihr um und lächelte ihr beruhigend zu. Vivianne lächelte beklommen zurück, dann schalt sie sich selbst eine Närrin. Das war doch nicht der erste Wald, den sie durchquerte, warum stellte sie sich bloß so an? Es half nichts. Sie fühlte sich beobachtet. Einen Augenblick lang verhielt ihr Pferd seinen Tritt. Richard ritt weiter. Vivianne trieb ihre Stute an, aber das Tier stand und lauschte. Dann scheute es und brach plötzlich leicht zur Seite aus. Im nächsten Augenblick sah Vivianne einen Schatten aus den Augenwinkeln, dann hörte sie Richard rufen und ein Schwert wurde aus der Scheide gezogen. Vivianne konnte sich nicht mehr auf dem Pferd halten, in rasendem Tempo kam der Waldboden immer näher und mit einem dumpfen Geräusch schlug sie auf. Vor ihren Augen wurde es schwarz.

Richard sah sie fallen. Es waren zwei Männer, einer stand zwischen ihm und Vivianne und schwang drohend eine Keule, der andere stand bei ihr. Er hielt ihre scheuende Stute fest am Zügel und wollte sich anscheinend mit dem Tier aus dem Staub machen. Richard wendete sein Pferd. Mit gezücktem Schwert galoppierte er zurück zu der am Boden liegenden Vivianne. Der Mann mit der Keule sprang erschrocken zur Seite, Richard hätte ihn, ohne einen Gedanken zu verschwenden, umgeritten. Binnen

Sekunden war er bei Vivianne angekommen und sprang vom Pferd.

Der zweite Mann zog am Zügel der Stute. Die machte einen Satz zur Seite und Richard sah, dass Vivianne bedrohlich nah unter den Hufen des Tieres lag. Nein, dachte er, um Himmels willen, nein. Ob das Tier sein Gebet erhört hatte oder ob es einfach von sich aus vorsichtig war, die Stute sprang mit einem Satz über die bewusstlos daliegende Frau, ohne sie zu berühren. Richard hob sein Schwert. Ohne einen Moment zu zögern, hieb er dem Mann, der die Stute immer noch festhielt, den Arm ab. Heulend brach der Mann zusammen. Im gleichen Moment spürte Richard einen dumpfen Schlag und ging in die Knie. Der andere Mann hatte ihn mit der Keule am Schlüsselbein getroffen.

Richard spürte, dass er seinen Schwertarm nicht mehr gebrauchen konnte. Binnen Sekunden war der zweite Mann über ihm und hob die Keule, um ihn mit einem weiteren Schlag zu töten. Blitzschnell drehte Richard sich zur Seite, er achtete nicht weiter auf die Schmerzen. Der Schlag ging daneben, und wie es ihm sein alter Waffenmeister auf Burg Middleham beigebracht hatte, drehte Richard sich erneut zu ihm hin, erfasste die Beine des Mannes, sodass der Räuber ebenfalls zu Fall kam. »Niemals«, erinnerte er sich an die Ermahnung aus dem Unterricht, »ist ein Mann verletzbarer als direkt nach einer Attacke. Deswegen müssen Eure Angriffe so heftig kommen, dass sie den Gegner gleich töten oder zumindest kampfunfähig machen. Gelingt das nicht, dann springt zur Seite und sammelt Euch – Ihr gebt damit zwar auch dem Gegner Zeit, wieder auf die Füße zu kommen – trotzdem. Nach einer scheinbar siegreichen Attacke haben wir die meisten Ritter verloren, weil ihre Gegner eben doch nicht so kampfunfähig waren, wie es schien.«

Der Boden war abschüssig. Ineinander verkrallt rutschten die beiden kämpfenden Männer ein Stück weit einen Abhang hinunter. »Bei einem Ringkampf am Boden bleibt nah am Gegner«, hörte Richard erneut die Stimme des Waffenmeisters. Dann prügelte er erbarmungslos auf den Mann ein, der sich aus Leibeskräften wehrte. Plötzlich war der Räuber wieder über ihm. Der Angreifer versuchte, die Hände an seinen Hals zu bekommen, zweifellos, um ihn zu erwürgen. Richard schaffte es unter größten Mühen, ihn abzuschütteln, er stand auf und sprang zwei Schritte zurück. Und jetzt? Er brauchte sein Schwert, verdammt, aber das lag mehrere Schritte hinter ihm im Laub. Geduckt stand der Angreifer. Dann fiel Richard das kleine Messer ein, das er im Stiefel versteckt trug. Es war ein Risiko, aber er musste es tun. Er bückte sich schnell, einen kampfbereiten Gegner vor sich. Natürlich nutzte der Mann diese Chance, er sprang los und ein zweites Mal rollte Richard auf den Boden. Aber er hatte das Messer. Sein Angreifer war erneut über ihm, und ohne zu wissen wohin und ob er treffen würde, hob Richard den Arm und stieß ihm das Messer in den Leib. Der Mann brach über ihm zusammen. Ächzend befreite sich Richard vom leblosen Körper des Räubers. Meine erste Schlacht, dachte er, habe ich mir ein bisschen anders vorgestellt. Nicht unbedingt im Wald gegen zwei Gesetzlose. Einen Augenblick war er entsetzt über seine eigenen Gedanken. Er hatte einen Menschen getötet! Dann lief er eilig zurück. Vivianne! Die Pferde! Sein Schwert!

Er fand die Stelle auf der Straße, wie er sie verlassen hatte. Ruhig standen die Pferde da. Der zweite Räuber, Richard sah es ohne Bedauern, war inzwischen verblutet. Vivianne war noch immer bewusstlos. Er fühlte ihre Stirn und ihren Puls. Sie atmete, Gott sei Dank. Eine Welle der Erleichterung durchflutete Richard. Soweit er es überblicken konnte, bestand kein Grund, warum sie nicht bald aufwachen sollte. Aber das hier, der blutige Ort des Überfalls, war nicht der Ort, wo sie aufwachen sollte, dachte Richard. Es widerstrebte ihm, die Pferde und sein Schwert auch nur kurze Zeit zurückzulassen, aber es gab keine Wahl. Noch mehr widerstrebte es ihm, Vivianne zurückzulassen. Ohne die Pferde kamen sie nicht aus dem Wald heraus. Egal. Vivianne war wichtiger. Es war ihm klar, dass ihn jeder der Hofangehörigen verständnislos anschauen würde wegen dieser Entscheidung. Ohne die Pferde würden sie nie rechtzeitig nach

Pontefract kommen. Aber brachte er erst die Pferde in Sicherheit und es kamen vielleicht noch weitere Banditen, dann töteten sie womöglich Vivianne. Hatte man da eine Wahl? Nein, hätte Hastings gesagt. Bring erst die Pferde in Sicherheit.

Richard seufzte. Ihm würde ein Menschenleben, vor allem das Leben seiner Freunde, immer wichtiger sein. Überrascht stellte er fest, dass er Freundschaft für Vivianne empfand. Das hatte mit dem körperlichen Band zwischen ihnen nichts zu tun. Er mochte Vivianne, er schätzte sie. Sie war ein Mensch, auf den man sich verlassen konnte. Und das Leben war bisher nicht gerade gut mit ihr umgegangen. Was ich für dich tun kann, dachte Richard und strich der ohnmächtigen Frau sanft über die Wangen, werde ich tun. Immer.

Er nahm die bewusstlose Vivianne auf die Arme und trug sie ein Stück weiter den Weg entlang. Sein Arm schmerzte immer noch, Richard keuchte. Nach wenigen Metern lichtete sich der Wald zum ersten Mal ein wenig und Richard glaubte, das Plätschern einer Quelle zu hören. Er ging vom Weg ab, tiefer in den Wald hinein und tatsächlich: Nach wenigen Schritten fand er eine von der Sonne beschienene Lichtung. Er bettete Vivianne in den Schatten eines Baumes, dann eilte er zurück und holte die Pferde und sein Schwert. Zum Glück lag die Straße immer noch verlassen da. Einen Augenblick lang hatte er befürchtet, andere Verfemte hätten Pferde und Schwert gestohlen und er und Vivianne stünden ohne Transportmittel, ohne Waffen und ohne Proviant in diesem Wald. Er kehrte, ohne sich einen Moment Ruhe zu gönnen, mit den beiden Pferden am Zügel zur Lichtung zurück.

Vivianne war aufgewacht. Sie saß, aufrecht und offenbar wohl, wenn auch noch ein wenig blass, an den Baum gelehnt und lächelte ihn an. Richard war fast erschrocken darüber, wie erleichtert er war. Er nickte ihr kurz zu, band die Pferde fest und machte sich dann an den Gepäcktaschen zu schaffen. Das verschaffte ihm die Gelegenheit, seine Gefühle wieder in den Griff zu bekommen. Er holte Brot, Käse und Wein aus den Taschen und ging zu ihr.

»Es ist vielleicht noch etwas früh, aber es wird dir gut tun, etwas zu essen«, sagte er. Sie sah ihn an.

»Du hast doch nicht die Pferde allein gelassen, um mich hierher zu tragen«, fragte sie.

»Doch.«

»Aber Richard, wenn andere sie gestohlen hätten!«

»Ich weiß«, antwortete er, »aber das Risiko musste ich eingehen. Du bist wichtiger als ein Pferd.«

Vivianne sah ihn nur an. So etwas hat mir noch nie jemand gesagt, dachte sie, und dann: Dieser Mann zeigt seine Gefühle vielleicht nicht, aber seine Freunde können sich auf ihn verlassen. Sie lächelte ihn an. Richard lächelte beklommen zurück. Was er getan hatte, war für ihn selbstverständlich gewesen. Es war ihm unangenehm, dafür jetzt so angesehen zu werden. Vivianne kämpfte mit den Tränen. Er kümmert sich um die Menschen, die um ihn sind, dachte sie. Er wäre ein gerechterer und verlässlicherer Herrscher als sein Bruder, der außer in militärischen Dingen alles aus der Laune eines Augenblicks heraus entscheidet. Er ist verdammt noch mal der Beste in dieser Familie! Der Fluch half ihr, ihre Fassung wieder zu gewinnen. Richard hielt ihr den Weinschlauch hin.

»Trink«, sagte er. »Und denk nicht drüber nach.« Vivianne trank. Und zum ersten Mal, seit sie aus ihrem kleinen Dorf an den Hof gekommen war, hatte sie das Gefühl, jemandem vollkommen vertrauen zu können.

Drei Tage später trafen Richard und Vivianne in Pontefract ein und wurden dort von einem gut gelaunten Lord Hastings empfangen.

»Es könnte überhaupt nicht besser laufen«, Hastings lachte über das ganze Gesicht. Richard half Vivianne vom Pferd. Sie sah müde aus, kein Wunder, nach dieser langen Reise. Trotzdem bewahrte sie Haltung.

»Wie läuft es denn, Hastings«, fragte sie, aber Richard unterbrach sie: »Zunächst brauchen wir mal ein Bad und etwas zu essen. Lady Vivianne ist erschöpft.«

Sie sah ihn verwundert an, Hastings ebenfalls. Er war es noch gewohnt, mit Lady Vivianne zu verhandeln und Richard als den kleinen Bruder des Königs anzusehen. Vivianne aber lächelte. Sie kannte Richard mittlerweile gut genug, um zu wissen, dass das keine Machtdemonstration war, kein Versuch, sie wegzuschicken, weil sie eine Frau war, sondern nur Sorge um ihr Wohlergehen. Deswegen nickte sie jetzt.

»Das ist richtig«, sagte sie, »ich wäre froh über ein Bad.«

»Ich im Übrigen auch«, lächelte Richard. »Auf eine Stunde, bis wir die Nachrichten hören, wird es nicht ankommen. Hastings?«

Der verbeugte sich, womit er gleichzeitig seine Zustimmung zeigen wie auch seine Verwirrung verbergen konnte. Offenbar hatte sich etwas geändert. In Gedanken zuckte der Haushofmeister die Schultern, dann drehte er sich um und gab entsprechende Anweisungen. Vivianne ging hinter einer Hofdame her in Richtung Badehaus. Hastings wandte sich erneut zu Richard und wollte eben zu sprechen beginnen, als Richard ihn schon unterbrach.

»Ich meinte das ernst, Lord Hastings. Ich wollte Lady Vivianne, wenn Ihr das etwa glauben solltet, nicht los sein. Ich hätte auch gern ein Bad. Wir werden uns dann in etwa einer Stunde treffen und dann könnt Ihr alles erzählen.«

Hastings murmelte eine rasche Entschuldigung, dann geleitete er Richard ebenfalls zum Badehaus. Auf dem Weg zurück zum Wohnturm kratzte er sich den Kopf. »Sind ja ganz neue Sitten«, murmelte er vor sich hin. »Aber vielleicht nicht so schlecht. Vielleicht gar nicht so schlecht.« In Gedanken machte sich Hastings an die weitere Arbeit. Es gab immer Arbeit. Gerade jetzt, wo praktisch stündlich Bewaffnete eintrafen.

Ziemlich genau eine Stunde später betrat Richard den Ratssaal des Wohnturms von Pontefract. Er unterschied sich in nichts von den Sälen anderer Burgen. Was Richard allerdings überraschte, war, wie viele Menschen anwesend waren. Vivianne war bereits da, Hastings ebenfalls, und in einer Ecke sah er Lord Scales. Richard nickte ihm zu. Da waren weitere bekannte Gesichter – Richard staunte. Fast alle Hauptlords von Edwards Rat waren anwesend! Hastings sah ihn und nickte.

»Wir sind damit vollzählig«, sagte er, »nachdem auch Lord Richard, der Bruder unseres hochverehrten Königs, eingetroffen ist.« Richard registrierte verwundert, dass er nicht gesagt hatte: »der jüngere Bruder«, wie es bisher üblich gewesen war. Man nimmt mich ernst, dachte er. Ich weiß nicht warum, aber plötzlich zähle ich etwas an diesem Hof! Vivianne drückte unter dem Tisch seine Hand. Durch die Reihen lächelte ihm Anthony zu.

Hastings fuhr fort: »Heute Morgen kam die Nachricht, auf die wir gewartet haben. Gestern hat Graf Warwick dem König gestattet, sich in York dem Volk zu zeigen, weil er ansonsten keine Truppen anwerben kann.« Hastings hob die Augenbrauen, dann sprach er weiter. »Heute ist Warwicks Trupp mit dem König unterwegs – hierher.« Ein Raunen folgte dieser Ankündigung. »Woher weiß er das alles?«, fragte Richard leise Vivianne, die neben ihm saß.

»Er hat ein hervorragendes Netz von Spionen unter den Truppen und Gefolgsleuten Warwicks. Hastings hat Warwick nie vertraut, auch wenn dein Bruder ihm immer wieder verziehen hat«, flüsterte sie zurück.

»Wir werden ihn also hier befreien«, sagte Hastings, »Pontefract war als Treffpunkt außerordentlich gut gewählt. Die Frage ist nur: Reiten wir ihnen entgegen oder erwarten wir sie hier?« Es war klar als Frage gemeint, aber niemand der anwesenden Lords gab zunächst eine Antwort. Man war noch zu beschäftigt, mit den Nachbarn zu flüstern. Richard blickte sich um. Dann stand er auf. Es war das erste Mal, dass er seine Stimme im Rat erhob. Alle blickten ihn an.

»Ich meine«, sagte Richard, »wir sollten ihnen entgegenreiten. Wenn wir hier auf sie warten und es zu einer Schlacht kommt, könnten auch Unschuldige getötet werden.«

Hastings nickte. »Das wäre auch mein Rat. Also, meine Herren: Abritt heute Abend.«

Damit löste sich die Versammlung auf. Die meisten Lords gingen, um entsprechende Anweisungen an ihre Heerführer zu geben. Und fast alle nickten Richard zu, als sie an ihm vorbeigingen. Richard staunte. Nur ein Satz – und plötzlich galt er etwas. Er verstand das alles noch nicht so ganz. Richard entschuldigte sich bei Vivianne und ging zu Anthony, der sinnend in seiner Ecke saß und mit einem Stöckchen Kreise auf den Boden malte.

»Ihr erlaubt?«

»Ich erlaube Euch fast alles.« Anthony lächelte ihn an. »Setzt Euch, Richard, gut, dass Ihr da seid.« Anthony streckte sich. »Nun, da habt Ihr also Eure Stimme gefunden und seid dabei, einen Platz im Rat zu erobern, ja?«

»Ich weiß noch nicht. Mir kommt das alles noch so –«

»Schnell vor?«

Richard nickte.

»So etwas geht immer schnell. Glaube ich jedenfalls. Abends schlaft Ihr ein und morgens wacht Ihr auf und seid wie der Schmetterling aus der Puppe geschlüpft.« Er lachte »Häufig hängt das übrigens auch mit einer Frau zusammen.« Richard machte eine unwillige Bewegung. Was zwischen Vivianne und ihm bestand, war ihm zu persönlich, um darüber zu reden, auch nicht mit Lord Scales.

»Ich verstehe schon, ich sage nichts mehr«, sagte Anthony. »Also reden wir von Naheliegenderem. Eine etwas seltsame Befreiungsaktion, findet Ihr nicht?«

Richard nickte. »Aber vielleicht nicht seltsamer als die Gefangennahme.«

»Ja, diesen Hexensabbat nennt man Politik.« Anthony grinste. »Aber es ist ein kluger Schachzug, Richard, es war ein guter Rat. Möglichst wenig Blutvergießen und Warwick hat die Chance, sein Gesicht zu wahren. Was bedeutet, er wird Edwards sicher kommendes Friedensangebot annehmen können. Euer Bruder wird Euch dankbar sein.«

»Wird Edward tatsächlich Frieden anbieten? Warwick hat ihn gedemütigt, durch das halbe Land geschleppt, die Regierungsgeschäfte aufgehalten …«

»Ja, er wird schon«, antwortete Anthony. »Noch braucht er ihn. Die Frage ist nur, wie lange der Frieden anhält. Warwick ist meiner Ansicht nach zu dumm, um lange ruhig bleiben zu können.« Er stand auf und streckte sich. »Aber ich sollte nicht so über ihn und seinen Rebellenhaufen reden. Immerhin verdanke ich ihnen die Befreiung von meinem Erzeuger. Ich muss Warwick also dankbar sein.« Richard blickte verständnislos und Anthony lachte kurz auf. »Oh, das wisst Ihr nicht? Warwicks Truppen haben den großen Lord Rivers gefasst und hingerichtet. Ich schätze, mein Vater gewinnt durch den Verlust seines Kopfes. Er hat ihn sowieso nie viel gebraucht.«

Anthony bemerkte Richards Blick. »Schaut nicht so erschreckt, Richard.«

»Ich meine«, sagte Richard leise, »er war doch immerhin Euer Vater …«

»Auch das weiß man nicht genau. Wisst Ihr, bei den Juden vererbt sich die Religionszugehörigkeit ausschließlich über die Mutter. Ist Eure Mutter, Gott behüte, Jüdin, so seid Ihr Jude. Ist sie es nicht – seid Ihr es nicht. Dahinter steckt die tiefe Einsicht, dass kein Mensch je wirklich sicher sein kann, wer sein Vater ist – hundertprozentige Sicherheit gibt es nur über die Person Eurer Mutter.«

»Warum seid Ihr so bitter, Anthony«, fragte Richard. Der sah ihn lange an.

»Ich weiß es nicht, Richard«, sagte er dann. »Nur eins ist klar: Du bist der Beste an diesem Hof.« Er stand auf und schüttelte den Schatten ab. »Allerdings nur, wenn du endlich mit der förmlichen Anrede aufhörst.« Richard lächelte und nickte.

»Fein«, fuhr Anthony fort, »dann wäre das endlich geklärt. Noch ein freudiges Ereignis des Tages. Also, los jetzt. Machen wir die Pferde fertig für den Spazierritt dem König entgegen!«

Gemeinsam verließen die Männer den Wohnturm. Richard winkte Vivianne kurz zu.

»Richard, einen Moment«, rief Hastings.

»Ja?«

Auf seinen kurzen Beinen eilte Hastings zu ihm. »Bereitet Euch doch bitte darauf vor, das Heer zusammen mit mir zu führen. Ihr seid schließlich der Bruder des Königs.« Richard straffte sich etwas. Und nickte.

»Hat dieser Einfaltspinsel also auch schon gemerkt, wer dein Bruder ist. Tja, Richard, große Änderungen stehen an. Die schöne Jünglingszeit ist vorbei«, flüsterte Anthony ihm zu, als sie die Halle endgültig verließen.

»Das wurde ja auch langsam Zeit«, flüsterte Richard zurück und grinste. Er fühlte sich übermütig und zu allem bereit – und damit jünglingshafter, als er es je gewesen war.

Der Graf von Warwick war sichtlich ungehalten. Es war nicht nur die Schmach, die er ertragen musste, dass man ihm nicht gefolgt war, sondern erst den König sehen wollte, nein, jetzt ritt man auch noch mit einem für seine Begriffe viel zu kleinen Trupp von York nach Pontefract. Warwick war wütend. Prunkvoll gekleidet, wie immer, und auf seinem prächtigen Schlachtross führte er den Zug von etwa fünfzig Berittenen, die Edward und ihn eskortierten, an. Der Weg führte am malerischen Ufer des Flusses Ure vorbei, die Sonne schien, Grund zur Eile bestand nicht. Trotzdem gab Warwick einen scharfen Galopp vor – das beruhigte wenigstens seine Nerven. Edward hinter ihm, sehr viel weniger prächtig gekleidet und auf einem auch sehr viel weniger prächtigen Pferd sitzend, lächelte stillvergnügt vor sich hin. Er hatte allen Grund zum Lächeln. Nach Wochen in der Gefangenschaft genoss er die Sonne und den Ritt wie auch die Erinnerung an Warwicks wütendes Gesicht, als das Volk in York seinem König zujubelte. Dieses Gesicht werde ich hoffentlich auf immer in meiner Erinnerung behalten, dachte Edward bei sich. Vorne hob Warwick die Hand und der Trupp fiel in eine langsamere Gangart. Edward war es recht. Er hatte es nicht eilig. Was vorzubereiten war, war hoffentlich vorbereitet. Er blickte zur Seite und lächelte dem neben ihm reitenden Mann zu. Das war einer seiner besten Spione. Fast unmerklich nickte der Mann ihm zu. Alles ist bereit, hieß das für Edward. Er lehnte sich genüsslich im Sattel zurück.

Der Trupp schwenkte nach Osten. Pontefract lag zwar westlich, aber so konnte man dem Verlauf des Flusses weiter folgen. Erst später würden sie eine Furt erreichen und ihn sicher überqueren können. Graf Warwick prüfte den Stand der Sonne. Sie sollten Pontefract binnen kurzem erreichen, sie waren früh genug losgeritten, es war noch früh am Tag und es war nicht mehr weit. In Pontefract hatte er Edward zwar nicht so unter seiner Herrschaft wie in Middleham, aber es würde reichen. Er würde Edward unter strengster Bewachung dort lassen und dann mit den geworbenen Männern zur schottischen Grenze reiten, um den dortigen Lancaster-Aufstand ein für alle Mal niederzuwerfen. Mit diesem Sieg würde das Volk ihn anerkennen und er würde, mit Edward als königlicher Marionette, regieren. Und würde Edward sich weigern oder zu viele Schwierigkeiten machen – dann konnte man ihn leicht durch Clarence ersetzen. Warwick beruhigte sich langsam. Was machte es schon, dass dieser Pöbel nicht kämpfen wollte, ohne den König gesehen zu haben! Das würde sich schon ändern. Mit der Zeit würde er der starke Mann Englands werden. Beruhigt sah Warwick in die Ferne. Und sah eine Staubwolke. Erneut beunruhigt, richtete der Graf von Warwick sich im Sattel auf.

Edward hatte es ebenfalls bemerkt. »So früh schon«, murmelte er, und dann ging alles sehr schnell. Binnen Minuten waren in der Staubwolke Pferde zu erkennen, Pferde mit Reitern, und obwohl Edward wusste, wer da kam, war er erfreut, als er seine Lords erkannte. Da war Richard und direkt neben ihm Hastings, Edward sah den jungen Herzog von Buckingham und den treuen Northumberland. Und hinter ihnen ritt ein Heer. Hatte Warwick noch einen Moment lang an Flucht gedacht, so wurde ihm schnell klar, dass das nicht möglich war. So gab der Graf das Zeichen zum Halt. Fest schlossen sich die Bewaffneten um den König, dann erwartete Warwicks Trupp scheinbar gefasst die Ankunft der Lords. Er musste nicht lange warten. In vielleicht zwanzig Metern Entfernung hob Richard den Arm, und der Trupp kam zum Stehen. Dann ritt er mit Hastings, Buckingham und Northumberland an seiner Seite auf Warwick zu. Das Spiel ist aus, dachte Warwick. Sein geübtes Auge überflog die Männer, die Edwards Lords mitgebracht hatten. Das waren mindestens viermal so viele, wie er im Gefolge hatte. Trotzdem beschloss er, seine Rolle in diesem entwürdigenden Stück bis zum Ende zu spielen.

»Wer seid Ihr und was stellt Ihr Euch uns in den Weg?«, rief er mit weit tragender Stimme. Aber Richard war nach allem nicht bereit, dieses Spiel mitzumachen. Protokoll, Ehre, Würde! Was für ein Theater. Er war jung, er hatte dieses Heer mit Hastings zusammen hierher geführt, um seinen Bruder zu befreien, endlich galt er etwas. Er begann zu lachen.

»Kommt schon, Warwick, hört auf mit dem Getue«, sagte er prustend. »Wer wir sind, wisst Ihr, was wir wollen, auch.«

Warwick sah fast rot vor Zorn. Dieser Bengel! Bevor er aber zu einer scharfen Erwiderung ansetzen konnte, sah er, wie Edward an ihm vorbeiritt.

»Seid ihr blind geworden, Warwick?«, rief der König übermütig. »Dann will ich Euch helfen. Es handelt sich um die Hauptlords meines Rats. Dies, Graf Warwick, ist mein Lord Hastings« – Hastings neigte spöttisch den Kopf –, »hier haben wir den jungen Herzog von Buckingham – Graf Northumberland kennt Ihr ja – und hier ist mein treuer Bruder Richard.«

»Und wir sind gekommen, nur falls Ihr Euch wundert, Graf«, übernahm jetzt wieder Richard, ohne Mühe in den leichten Ton des Königs einfallend, das Wort, »um unseren König abzuholen und nach London zu bringen. Oder solltet Ihr etwas dagegen haben?«

Der Graf antwortete nicht. Der König wartete allerdings auch nicht auf eine Erwiderung. »Dank für die Gastfreundschaft, Warwick«, rief er, »aber jetzt muss ich doch mal wieder regieren.«

Warwick blieb nichts anderes übrig, als gute Miene zum bösen Spiel zu machen. Er nickte und lächelte. Strahlend vor Freude schlug König Edward Richard auf die Schulter. »Gut gemacht, Richard«, sagte er. »Ausgezeichnet sogar. Ich freue mich, dich zu sehen.«

Um sie herum brachen die Lords und Männer in Jubel aus. Richard hob sein Schwert. »Für König Edward«, rief er und alle stimmten ein. Für Richard war dieser Moment wichtiger als selbst der Ritterschlag.

Wie ein Mann wendete der Trupp der Lords, dann sprengten sie mit dem König an der Spitze an ihrem Heer vorbei. Dort übernahm der König das Kommando. Mit Richard und Hastings an seiner Seite ritt König Edward in Richtung London. Gegen Abend erreichten sie die Hauptstadt. Hastings hatte Boten vorausgeschickt, und als der König an der Spitze seines Heeres in die Stadt einritt, wurde er vom Bürgermeister und den Ratsherren begrüßt. Tausende Bürger säumten die Straßen und jubelten dem König und seinem neben ihm reitenden jüngeren Bruder zu.

Flucht nach Frankreich

»Kannst du mir bitte verraten, was das soll?«

Elisabeths Stimme klang wütend. Edward sah von den Dokumenten, die er gerade durchsah, auf. Nach dem Ende seiner Gefangenschaft und dem triumphalen Empfang durch die Londoner Bürgerschaft war mehr oder weniger wieder der Alltag eingekehrt, und Alltag bedeutete: Gesuche, Bittsteller, Ernennungen – und Geldsorgen. Edward seufzte. Geld war schlicht und ergreifend immer ein Problem. Ein Königreich zu führen war schon teuer genug, auch ohne den aufwändigen Lebensstil der Königin. Edward war gerade nicht besonders gut auf seine Frau zu sprechen. Sie stand auf dem Standpunkt, Luxus sei eine Notwendigkeit. Edward fand das nicht, aber in diesem Punkt war Elisabeth nicht zu überzeugen. In anderen allerdings auch nicht. So war sie zum Beispiel fest in ihrer Meinung, dass die zahlreichen und einträglichen Hofämter ausschließlich Mitgliedern ihrer Familie vorbehalten sein sollten. Edward sah das anders. Und er hatte sich die Freiheit herausgenommen, entsprechend zu entscheiden.

»Du hast Richard zum Konnetabel ernannt!«, sagte Elisabeth so ruhig, wie sie konnte.

»Ja, habe ich. Und?«

»Einen jungen Mann, der sich durch nichts Besonderes auszeichnet als nur durch seine Fähigkeit rumzustehen und verdrossen zu schauen, machst du zum Konnetabel, nur weil er dein Bruder ist?«

Edward legte die Feder nieder. »Zum Konnetabel auf Lebenszeit, meine Liebe, dieser kleine Zusatz ist mir wichtig. Und ich habe die Machtbefugnisse des Amts entscheidend erhöht.«

»Ja, das habe ich gehört. Er ist nicht nur Präsident des Ritterschaftsgerichts und der Kriegsgerichte, er darf auch über verräterische Handlungen entscheiden und die Strafe festsetzen!« Elisabeth rang um Fassung.

»Richard kommt damit schon klar. Ich brauche ihn. Warum regst du dich eigentlich auf?«

»Dieses Amt hatte mein Vater, Graf Rivers, inne, und nach seinem Tod hat ausdrücklich laut Urkunde meine Familie darauf Anspruch.«

»Ach, daher weht der Wind.« Edward begann, mit seinen Unterlagen zu rascheln, dann zog er die Stirn in Falten und schrieb etwas an den Rand eines Blattes. Er wusste, dass es Elisabeth wahnsinnig aufregte, wenn man sich mit anderen Dingen beschäftigte, während sie redete. Heimlich seufzte er. Wie hatte er nur an diesem selbstverliebten Weib einmal Gefallen finden können!

»Ja, daher! Und leg bitte die Feder weg, wenn ich mit dir rede!«

Edward grinste vor sich hin, achtete aber darauf, als er jetzt aufsah, einen möglichst strengen Gesichtsausdruck anzunehmen.

»Liebe Elisabeth –«, begann er, wurde aber von der wütenden Königin unterbrochen.

»Erklär mir bitte sofort, warum du die traditionellen Machtbefugnisse meiner Verwandten einschränkst!«

Aufgeregt begann sie, im Zimmer hin und her zu laufen. Edward überlegte, ob er ihr sagen sollte, dass zu viel Aufregung ihrem Teint schadete, beschloss aber, sich diesen Hinweis noch ein wenig aufzuheben.

»Die Woodvilles stützen dich«, rief Elisabeth wütend, »meine Verwandten halten dich auf deinem Thron und sind deine Verbündeten gegen Warwick!«

»Also, Lissy, soweit ich das überblicke, haben es deine Verwandten während meiner Gefangenschaft nur geschafft, den Kopf zu verlieren. Im wahrsten Wortsinn.«

Elisabeth blieb wie vom Donner gerührt stehen. Das war der Gipfel der Geschmacklosigkeit. Sie hatte zwar keine sehr zärtlichen Gefühle für ihren Vater gehegt, aber solche pietätlosen Scherze über seine Hinrichtung zu machen, ging doch ein wenig zu weit. Sie schluckte.

»Anthony hat –«

»Gut, gut«, meinte der König, »Anthony nehme ich aus. Niemand kann bestreiten, dass er seinen Kopf noch hat. Und er benutzt ihn auch. Deswegen verschwindet er ja auch immer im rechten Moment.«

»Nennst du meinen Bruder einen Feigling?«

»Nein, ich nannte ihn einen klugen Kopf. Und immerhin habe ich ihm den Titel deines Vaters gegeben, er ist jetzt Graf Rivers.«

»Das wäre ja auch noch schöner, wenn –«

»Ich habe tatsächlich darüber nachgedacht, Richard auch den Titel zu geben –«

»Was?«

»Aber ich denke, mit den Landschenkungen, der Ernennung zum Konnetabel und der zum Oberrichter von Wales ist er erst mal genug beschäftigt.«

»Du machst ihn praktisch zum Vizekönig von Wales!«

Edward nickte. »Ja, genau.«

»Und Anthony –«

»Anthony habe ich zum Gouverneur gemacht.« Dieses Gespräch machte Edward entschieden Spaß.

»Von Wales?«

»Aber nein, liebe Elisabeth, von Calais!«

Calais? Elisabeth sank auf einen Stuhl. Ihr Bruder wurde Gouverneur von Calais? Das bedeutete, dass er den Hof verlassen und sie ihren wichtigsten Verbündeten verlieren würde. War das Edwards Absicht?

»Warum schickst du ihn nach Calais?«, fragte sie.

»Weil er sonst nach Italien geht, Elisabeth, und das ist weiter weg.«

Die Königin starrte ihren Ehemann an. Ihr fiel keine Erwiderung mehr ein, und Elisabeth hasste es, wenn ihr keine Erwiderung einfiel. Sie drehte sich auf dem Absatz um und stürmte aus dem Raum. Wären die Türen nicht viel zu schwer dafür gewesen, sie hätte sie wütend zugeknallt.

Edward lehnte sich grinsend zurück. Er ahnte, dass er irgendeiner der Hofdamen gerade einen unangenehmen Tag beschert hatte. Elisabeth ließ ihren Zorn immer an den Hofdamen aus. In Gedanken zuckte er die Schultern. Er hatte nicht vor, sich erneut von den Woodvilles beherrschen zu lassen. Blut war dicker als Wasser, danach handelte Elisabeth, er aber auch. Richard war sein Bruder und er hatte während Edwards Gefangenschaft auf eindringliche Weise gezeigt, dass er zu seinem König stand. Was Anthony anging, so war er mit dem neu verliehenen Titel gut genug belohnt. Anthony würde sich in Calais wohl fühlen, dachte Edward, und er hätte sich bedankt für die viele Arbeit, die das Amt des Konnetabels mit sich brachte. Anthony war faul. Und höchst amüsant. Edward ließ die Feder fallen. Er hatte keine Lust mehr zu arbeiten. Ein Plausch oder ein Ritt mit Anthony war gerade mehr nach seinem Geschmack. Wo steckte der Kerl überhaupt?

Anthony war beim Packen. Sinnend glitt sein Blick über Bücher und Schriften. Die dort auch noch? Er nickte sich selbst zu und legte sie auf einen beständig wachsenden Stapel. Die auch noch. Richard betrat den Raum und sah sich um.

»Gott, das ist ja eine ganze Bibliothek, Anthony«, sagte er.

Der neue Lord Rivers ließ den Blick über die unterschiedlichen Kisten schweifen. »Nein«, antwortete er dann, »tatsächlich ist es nur die halbe. Leider.«

»Man könnte glauben, du richtest dich auf einen Abschied für immer ein!«

»Gott, Richard, bloß das nicht! Ich gehe nach Calais und passe da ein bisschen auf, dein Bruder hat Angst um diesen letzten englischen Hafen auf dem Festland. Vor allem hat er wohl Angst, er verliert den wichtigsten Hauptverteilermarkt für die gute, englische Wolle.« Er zuckte mit den Schultern. »Wie gut, dass ich nicht noch Schafe zählen muss!«

Richard lachte. »Das hört sich sehr begeistert an!«

»In der Tat. Aber du hast noch leicht lachen. Ich werde mich in Calais nur langweilen und ich liebe die Langeweile – ich werde Muße haben zum Schreiben, zum Denken und zum Lesen und meine schlimmsten Probleme werden sein, welchen Wein ich trinke und dass ich nicht genug Bücher dabeihabe –«

Richard sah bedeutungsvoll auf die vielen halb und ganz voll gepackten Bücherkisten. »Das kann ich mir nur schwer vorstellen.«

»Dein Vorstellungsvermögen ist begrenzt, mein Freund. Du wirst dich mit den Walisern schlagen müssen und die sind ziemlich stur. Wäre dein Vorstellungsvermögen nicht begrenzt, du würdest nicht gehen.« Anthony schüttelte den Kopf. »Davon abgesehen, dass ihnen das Land jeden Vorteil gibt – in der Vergangenheit sind wir dort meist schon an den Gebirgstälern gescheitert –, kämpfen sie auch noch mit aller Kraft, die sie aufbringen können, und das ist nicht wenig. Ach ja, die Freiheit, der Wunsch nach Freiheit – man kann es ja verstehen. Mehr als alles will der Mensch frei sein. Ich frage mich zwar, warum, aber ich gebe auch zu, dass ich die Waliser bewundere. Ein so fester Wille ist beeindruckend.«

Anthony schwieg einen Moment, dann legte er einen weiteren Stapel Bücher in eine der Kisten. »Sie sind stur, sie sind unabhängig, sie haben den Wunsch nach Freiheit und sie kämpfen dafür. Sehr bemerkenswert. Allerdings sprechen sie diese vollkommen barbarische Sprache, die kein normaler Mensch verstehen kann.«

»Ich will ja auch nicht mit ihnen reden, ich will die Unruhe dort ersticken.«

»Ja, so seid ihr jungen Menschen. Immer nur Schlachtenlärm im Kopf.« Theatralisch wiegte Anthony das Haupt, dann wurde er ernst. »Wirklich, Richard: Diese Geschichte wird nicht einfach. An Wales sind schon viele gescheitert. Pass nur auf dich auf.«

Richard lächelte. Einfach wurde die Aufgabe sicher nicht. Aber es war sein erstes eigenes militärisches Kommando und er freute sich darauf.

Wales, im äußersten Westen des Landes, war zusammen mit Northumberland im Norden die größte Unruheprovinz des Reiches. Es war ein hartes, gebirgiges Land, bewohnt von harten und stolzen Menschen. In Wales hatte man, solange York an der Macht war, stets mit Lancaster sympathisiert, aber das hatte weniger mit Lancaster zu tun als vielmehr mit dem Willen, den Herrschenden zu trotzen. Mehr als alles wünschte Wales sich immer noch seine Unabhängigkeit. Es war erst rund sechzig Jahre her, dass walisische Rebellen eine englische Armee vernichtend geschlagen hatten, und auch wenn man die Waliser schließlich doch besiegt hatte, waren ihre Herzen unbeugsam geblieben. Jetzt nutzte man dort die Schwäche der Krone aus. In den Gebirgstälern von Wales, hieß es, sangen erneut die Barden, und wenn sie sangen, dann handelten ihre Lieder von Freiheit. In Nordwales weigerte sich das Volk, die jährlichen Abgaben an den König zu zahlen. Unruhe breitete sich aus und die walisischen Herren sahen nach ihren Waffen und zählten ihre Gefolgsleute. Dann griffen die Häuptlinge Morgan ap Thomas ap Griffith und Henry ap Thomas ap Griffith die königlichen Schlösser Camarthen und Cardigan in Südwales an und eroberten sie. Von dort aus plünderten sie das umliegende Gebiet.

Die Aufgabe, die den jüngsten Bruder des Königs dort erwartete, war tatsächlich alles andere als einfach und am Hof wurden Wetten abgeschlossen, ob Richard ihr gewachsen war und wie lange es dauern würde, bis er den König um weitere Truppen bitten musste. Aber man hatte sich getäuscht. Richard löste seine

Aufgabe schneller, als irgendjemand erwartet hatte. Innerhalb weniger Monate hatte er die Unruhen beendet, die meisten der Rebellen begnadigt und Wales befriedet. Für König Edward war dieses rasche und gute Ende des Aufstands ein Glücksfall, bedeutete es doch eine Region weniger, um die er sich Sorgen machen musste.

Sorgen hatte er auch so genug, denn Warwick und Clarence hielten nicht lange still. Bereits zu Beginn des Jahres 1470, nur wenige Monate nach der Versöhnung, zettelten der ehrgeizige Graf und sein unzufriedener Schwiegersohn neue Aufstände in England an. Edward sinnierte ein wenig darüber. Die Tatsache, dass diese Aufstände dem gleichen Muster folgten wie die gerade erst beendeten, sprach für die absolute Fantasielosigkeit Warwicks, ein Gedanke, der mehr zu Anthony gepasst hätte. Dann entschied er, dass es ihm nun endgültig reichte. Er erklärte seinen einstigen Verbündeten Warwick und seinen Bruder Clarence zu Hochverrätern, setzte ein Kopfgeld auf sie aus und sammelte ein Heer, um die Rebellion endgütig zu zerschlagen. Warwick und Clarence blieb nichts als die Flucht.

Es war ein kalter und stürmischer Märztag des Jahres 1470. Anne fröstelte. Die Wolken, so schien es ihr, hatten sich am Himmel zusammengeballt wie eine Faust; es lag eine Drohung darin. Den ganzen Tag lang war es nicht wirklich hell geworden, Regen hatte das Land gepeitscht. Ein paar Schritte entfernt am Hafen zerrte der Wind an der kleinen Barkasse, die dort vertäut lag. Irgendwo an der Pier verhandelten ihr Vater und ihr Schwager mit dem Bootsbesitzer. Hoffentlich geht alles gut, betete Anne, bitte, lass alles gut gehen! Aber sie wusste nicht mal genau, was »gut« für sie bedeutete. Sie saß am Fenster in einer ärmlichen Herberge im Hafenviertel von Exeter. Ihr Umhang, obwohl aus schwerer Wolle gewebt, wärmte sie nicht mehr. Der dauernde Regen hatte das Gewebe feucht und schwer gemacht. Drei Tage war es her, dass ihr Vater und George plötzlich in Middleham angekommen waren, und bereits wenige Stunden später war man aufgebrochen. Anne hatte nicht mal Zeit gehabt, um zu packen. Ihre Mutter hatte den beiden Schwestern schon eine Woche zuvor befohlen, ihren Schmuck immer verborgen bei sich zu haben, und so trug sie nun wenigstens ihre paar Juwelen bei sich, aber sie hatte nur ein Kleid und ein wenig Wäsche zum Wechseln. Isabell war kaum besser dran – sie hatte zwar, umsichtig wie sie war, einiges vorbereitet, aber man musste mit leichtem Gepäck reiten und so hatte Isabell vor allem Decken, Binden und Kleidung für ihr erwartetes Baby dabei. Isabell war hochschwanger. Die überstürzte Reise mit ihrem Geschaukel und Gerüttel hatten ihr nicht gut getan. Als sie gestern Abend endlich in Exeter angekommen waren, hatte sie sich auf das Strohlager der Herberge sinken lassen und kein Wort mehr gesprochen.

Am Morgen hatte Isabell sich übergeben und jetzt lag sie jammernd immer noch auf dem Strohlager in dem ärmlichen Zimmer im Anbau über den kleinen Hof und klagte über Leibschmerzen. Anne hatte es nicht mehr ausgehalten. Der säuerliche Geruch nach Erbrochenem, Isabells Klagen, die Versicherungen der Gräfin, dass alles gut werden würde – sie hatte ihren Umhang genommen und war über den Hof in den Schankraum gelaufen. Hier saß sie jetzt und wartete darauf, dass ihr Vater zurückkam mit der erlösenden Botschaft, dass man ein Schiff gefunden habe, das sie aus England wegbringen würde. Anne sah durch das Fenster, gegen das immer noch der Regen peitschte. Edward und Richard seien ihnen auf den Fersen, hatte der Vater immer gemeint, wenn sie während der Reise erschöpft um eine Pause bat, ob sie wolle, dass er und George als Verräter hingerichtet und sie selbst und ihre Mutter und Schwester ins Kloster gesteckt würden. Zweifellos würde genau das mit ihnen geschehen, wenn diese Verbrecher von York sie in die Hände bekamen.

Anne hatte den Kopf geschüttelt, nein, das wollte sie natürlich nicht. Aber sie konnte es nicht glauben. Edward war freundlich zu ihr gewesen, und Richard – aber sie schob den Gedanken energisch beiseite. Sie wusste nicht, was sie erwartet hatte, nachdem sie Edward in der Gefangenschaft in Middleham besucht hatte. Eine Nachricht, eine Botschaft, irgendetwas? Ja, wahrscheinlich hatte sie das erwartet. Vielleicht, dachte Anne, reitet er nur hinter uns her, um mich zu retten. Aber musste sie gerettet werden? Ja, dachte sie, das musste sie. Gerettet vor dem Unbekannten, vor dem Gefühl, auf der Flucht zu sein, gerettet vor dem, was kommen würde. Aber wenn sie sie einholten – den Vater würde man sicher hinrichten. Edward hatte ihn und Clarence zu Hochverrätern erklärt. Wollte sie gerettet werden um den Preis, dass ihr Vater starb? Anne hatte sich noch nie in ihrem Leben so verlassen und einsam gefühlt.

Sie wünschte sich jemanden, mit dem sie reden konnte, aber Isabell war mit den Vorgängen in ihrem Körper beschäftigt und ihre Mutter würde sie sicher schlagen, wenn Anne auch nur andeutete, dass sie immer noch Gefühle für Richard hegte und heimlich hoffte, er würde sie einholen. Sie zog den Umhang fester um sich. Um ihren Hals hing noch immer das Amulett der alten Marge, aber was hatte es bisher geholfen? Nichts, dachte sie resignierend. Wahrscheinlich bin ich für Richard nichts weiter mehr als eben die Tochter eines Hochverräters. Die Tür der Schenke flog mit einem Knall auf. Clarence stürmte hinein. Er schüttelte den Regen ab und blickte wild um sich. Dann sah er Anne in ihrer Ecke. Erwartungsvoll hatte sie sich halb aufgerichtet. Mit drei Schritten durchquerte Clarence den Raum, dann stand er bei ihr. Er packte sie am Arm.

»Beeil dich. Wir haben einen Fischer gefunden, der uns übersetzen wird. Der Kahn ist zwar kaum was wert und ich weiß nicht mal, ob er diese Reise überstehen wird, aber wir haben keine Wahl.«

Keine Wahl, klang es in Annes Kopf nach, wir haben keine Wahl. O Gott, dachte sie, habe ich je eine Wahl gehabt? Werde ich je eine haben? Clarence schüttelte sie.

»Was stehst du rum und hältst Maulaffen feil? Beeil dich, lauf, hol die Gräfin und Isabell!«

Er stieß sie vorwärts. Anne lief. In der Kammer über den Hof roch es immer noch fürchterlich, Anne rümpfte die Nase. Leise klagend lag Isabell im Stroh. Die Gräfin sah auf.

»Wir haben ein Schiff«, sagte Anne gepresst. »Wir müssen uns beeilen!«

Ängstlich blickte Isabell auf, resigniert zuckte die Gräfin die Schulter. »Ich kann nicht«, stöhnte Isabell, »ich kann nicht, lasst mich hier.«

»Red keinen Unsinn«, sagte die Gräfin resolut, »willst du dem König in die Hände fallen? Was meinst du, was Edward mit dir und deinem Kind macht? Vielleicht wird es ein Sohn – ein Erbe des Herzogs von Clarence, der als Hochverräter gilt?«

Anne ballte die Fäuste. Wer hat uns das angetan, dachte sie, was haben wir denn getan? Isabell erhob sich stöhnend, dann hasteten die drei Frauen nach unten. Anne stützte ihre Schwester. Ihr Bauch war so dick, dass Isabell kaum sehen konnte, wohin sie ihre Füße setzte, schon auf dem Hof stolperte sie. In der Schenke hatte Clarence den Wirt bereits bezahlt und trieb sie jetzt vorwärts, hinaus an den Hafen.

Regen peitschte ihre Gesichter. Die Mole war nass, nur mit Schwierigkeiten hielt Anne sich aufrecht. Vorne neben dem winzigen Fischerboot stand der Vater. Er rief etwas, aber Anne verstand nichts, wahrscheinlich trieb auch er zur Eile. Über einen winzigen Steg lief sie auf das auf dem unruhigen Wasser schwankende Boot. Die Segel knatterten unheilvoll. Lieber Gott, dachte Anne, wenn hier das Wasser schon so unruhig ist, wie wird es dann erst draußen auf dem Meer sein? Neben ihr krallte sich Isabell an der Reling fest.

»Mir ist so schlecht«, stöhnte sie.

Clarence und der Graf waren kaum an Bord gesprungen, als der Kapitän auch schon ablegen ließ. Anne sah das Ufer vorbeiziehen. Sie war dabei, England, ihre Heimat, zu verlassen. Wohin würde sie dieses winzige Boot bringen? Was erwartete sie jenseits des Kanals? Einen kurzen Moment lang überlegte sie, von Bord des Schiffes zu springen, noch konnte sie das Ufer erreichen, zu

Hause bleiben, auf Richard warten. Dann hörte sie ihre Mutter von der kleinen Kajüte aus, die der Kapitän den Damen zur Verfügung gestellt hatte, nach ihr rufen.

»Anne! Anne!«

Seufzend drehte Anne sich um und ging mit kleinen Schritten, sich so lange wie möglich an der Reling festhaltend und verzweifelt bemüht, auf dem schlingernden Deck die Balance zu halten, zu ihr.

Isabell ging es schlechter. Sie hatte sich erneut übergeben und lag nun, erschöpft und leise jammernd, auf dem Stroh in der Ecke. Neben ihr kauerte die Gräfin und wischte ihr vorsichtig den Schweiß von der Stirn. Anne betrachtete die Schwester, deren weiße Hände so mager waren, dass Sehnen und Knochen deutlich hervortraten und seltsam wirkten im Kontrast zu ihrem Bauch. Isabell krümmte sich zusammen und stöhnte. Es war kein Zweifel mehr möglich: Sie lag in den Wehen. Das Kind würde hier, auf diesem schlingernden und stampfenden Schiff, geboren werden.

Die Gräfin redete beruhigend auf ihre Tochter ein. Mein erstes Enkelkind, dachte sie gerührt, und dann: Lass alles gut gehen, lieber Gott. Isabell begann zu würgen. »Wehen und Seekrankheit«, meinte die Gräfin und strich ihr die Haare aus der Stirn, »ist zu viel, nicht wahr?« Sie bemühte sich verzweifelt, nicht besorgt zu klingen. Isabell lächelte ihr matt zu, dann drehte sie sich auf die Seite und übergab sich ein weiteres Mal. Anne wurde es beinahe selber übel in diesem Geruch aus Teer, Meerwasser und Erbrochenem. Sie wollte gerade wieder an Deck zurückgehen, als die Mutter sie am Eingang zur Kajüte stehen sah.

»Komm her«, rief Gräfin Warwick und winkte ihrer jüngeren Tochter zu. Sie gehorchte. »Bleib einen Augenblick bei Isabell. Ich will sehen, ob ich einen Schluck Wein für sie auftreiben kann. Danach –«, sie wandte sich zu Isabell und strich der Kreißenden über die Stirn, »wird es dir besser gehen, du wirst schon sehen.« Isabell sagte nichts. Sie wurde von einer weiteren Wehe geschüttelt. Die Gräfin erhob sich und verließ die Kajüte. Anne setzte sich neben ihre Schwester.

»Es wird alles gut, Isabell«, murmelte sie und benetzte ihr Gesicht mit etwas Wasser. »Du wirst sehen. Es wird alles gut.« In Wahrheit war sie sich nicht so sicher. Sie hatte sich das Kinderkriegen nie schwierig oder gefährlich vorgestellt. Natürlich hatte sie in Middleham manchmal gehört, wie eine Frau in den Wehen schrie – aber wenn sie die jungen Mütter nach dem Gebären sah, wirkten sie wohl und aus ihren Augen leuchtete das Glück. Isabell sah alles andere als glücklich aus. Aber vielleicht war ja doch alles normal. »Willst du einen Schluck Wasser, bis Mutter mit dem Wein kommt?«

Isabell nickte und vorsichtig reichte Anne ihr einen Becher. Isabell trank, dann ließ sie sich aufs Stroh zurückfallen.

»Mutter wird keinen Wein bekommen«, sagte sie. Ihre Lippen waren aufgesprungen. Sie lachte leise. »Nicht solange Clarence an Bord ist.« Sie blickte zur Seite. Dann wurde sie wieder von einer Wehe durchgeschüttelt. Anne hielt sie fest, so gut sie konnte. Wo ihre Mutter nur blieb?

»Anne, heirate bloß nicht«, stöhnte Isabell, als der Anfall vorüber war. »Das Ganze ist nur mit Schmerzen verbunden.«

»Aber du liebst doch Clarence«, fragte Anne, »und du wirst dein Baby lieben. Du wirst sehen.« Sie begann, Gesicht und Hände der Schwester zu streicheln. »In ganz kurzer Zeit wird dein Baby geboren sein und Clarence wird lachen und glücklich sein und du auch ...«

Das Boot stampfte und schlingerte. Sie hatten das offene Meer erreicht. Isabell antwortete nicht, sie lag nur da und starrte an Anne vorbei ins Leere. Dann kam eine neue Wehe und Isabell biss sich auf die Lippen, dann steigerte sich ihr Stöhnen zu einem Schrei. Die Tür öffnete sich und die Gräfin kam zurück.

»Es gibt keinen Wein an Bord, mein Liebling«, meinte sie. »Der Kapitän sagt, es gibt keinen. Du wirst das also ohne Wein überstehen müssen. Aber keine Sorge. Wir kriegen das schon hin.« In Wahrheit war sie sich nicht so sicher. »Draußen wartet Clarence –«, begann sie, aber Isabell, deren Gesicht schon wieder vor Schweiß glänzte, machte eine heftig abwehrende Bewegung. »Ich will ihn nicht sehen«, sagte sie und die Gräfin nickte. Dann bedeutete sie Anne, dem draußen wartenden Herzog Bescheid zu sagen. Anne war froh, die Kajüte verlassen zu können.

»Sie will dich nicht sehen«, sagte sie zu Clarence, der nach Wein roch. Von wegen, es gibt nichts an Bord, dachte sie, George hat nur schon alles ausgetrunken! Clarence zuckte die Schultern, fragte, wie es stehe, und war dann froh, dass er zurück zu seinem Schwiegervater und dem Kapitän gehen konnte. Kinder wurden halt geboren, das war das Los der Frauen. Was sollte er auch dabei tun? Helfen konnte er doch nicht.

Stunden später hallten Isabells Schreie über das gesamte Deck des kleinen Frachters. Auf Anweisung ihrer Mutter hin war Anne mit ihr in der engen Kajüte auf und ab gegangen. Sie hatte die Anweisung nicht verstanden, umso mehr, als Isabell selbst bettelte, sie liegen zu lassen, aber sie hatte sich gefügt. Endlos lang, so schien es ihr, war sie mit ihrer Schwester am Arm gegangen, drei Schritte hin, drei Schritte zurück, sie hatte das Schlingern des Boots mehr schlecht als recht ausgeglichen und sich gefragt, wie lange das noch dauern sollte. Im schwachen Licht der Öllampe schien Isabell immer schwächer zu werden. Sie hatte sich wiederholt übergeben. Schließlich war sie auf dem Stroh zusammengebrochen und war nicht mehr aufgestanden. Sie schwor, dass sie keinen Schritt mehr laufen könne. Nun lag sie dort und wurde von den Wehen, die in immer kürzeren Abständen kamen, geschüttelt. Anne war entsetzt, dass Isabell so leiden musste. Lass mich nie ein Kind bekommen, betete sie und dann: Lass sie leben, o Gott, lass es aufhören!

Als Clarence hereinstürmte und meinte, man könne schon das Leuchtfeuer von Calais sehen, atmete Anne auf. Endlich an Land! Wenn Isabell von diesem schlingernden und stampfenden Boot herunter und in die Hände einer Hebamme kam, würde vielleicht noch alles gut. Das Boot näherte sich dem Hafen von Calais. Anne saß bei ihrer Schwester. Isabells Lippen waren blutleer und zerbissen. Mittlerweile schrie sie beinahe ununterbrochen. Anne hielt die Hand ihrer Schwester und wischte ihr das Gesicht ab. Das Boot schaukelte weiter auf der unruhigen See. Was dauerte da bloß so lange? Wieso kamen Clarence und der Vater nicht endlich, um sie alle an Land zu bringen? Dann spürte sie, wie das Boot wendete. Über die keuchende Isabell hinweg wechselten Anne und die Gräfin einen Blick.

»Ich gehe nachsehen«, sagte Anne, und ohne die Antwort ihrer Mutter abzuwarten, stand sie auf und lief hinaus. Draußen holte sie zunächst tief Luft. Erst an der kalten, aber frischen Luft wurde ihr klar, was für ein unerträglicher Gestank mittlerweile in der kleinen Kajüte herrschte. Wenn Isabell die Geburt überlebt, dachte sie, dann ersticken sie und das Kind sicher. An der Reling sah sie Clarence und ihren Vater im heftigen Gespräch mit dem Kapitän stehen. Vorsichtig lief sie über das schlingernde und rutschige Deck dort hin. Sie spähte zum Land hinüber. Die Lichter von Calais leuchteten in der Ferne. Und sie entfernten sich. Entsetzt packte Anne ihren Schwager am Arm.

»Was bedeutet das«, rief sie, »warum gehen wir nicht an Land? Warum fahren wir weg?«

Clarence starrte sie nur an. Ihr Vater nahm sie beruhigend am Arm. »Calais lässt uns nicht an Land«, sagte er.

»Aber Isabell muss an Land! Sie stirbt!« Der Graf zuckte leicht zusammen, dann fasste er sich. Der Wind heulte. Dann hörten sie Isabell wieder schreien.

»Sie lassen uns nicht«, sagte der Graf und Anne sah, dass seine Hände zu Fäusten geballt waren. »Gouverneur von Calais ist Anthony Graf Rivers. Die Hafenbehörde hat ein Boot zu uns geschickt mit Anweisungen von ihm. Wir dürfen nicht an Land.«

Anne konnte ihn nur anstarren. »Aber«, sagte sie, »Isabell ...« Sie wusste nicht weiter.

»Wir können nichts tun«, sagte der Graf.

»Ich gehe an Land«, rief Anne heftig, »ich rede mit ihm! Er muss doch Erbarmen haben!«

Hohl lachte ihr Vater auf. »Erbarmen? Rivers? Ein Woodville? Der wirft dich schneller ins Verlies, als du beten kannst!«

Der Graf schüttelte Annes Arm ab und entfernte sich mit schweren Schritten. Anne starrte ihm nach. Am Horizont verschwanden die Lichter der Stadt Calais. Anne dachte, so müsse das Gefühl sein, wenn man zur Hölle verdammt würde. Sie packte Clarence am Arm.

»Sie ist deine Frau! Sie stirbt! Tu doch irgendwas!«, schrie sie. Clarence schien wie gelähmt.

»Was soll ich denn tun?«

»Das weiß ich doch nicht!«, schrie Anne, »aber tu irgendetwas! Sie stirbt an deinem Kind!«

Clarence zuckte die Achseln. »Sie haben gedroht, uns zu beschießen, wenn wir nicht weiterfahren.«

»Also ist es dir völlig egal?« Anne tobte fast vor Wut. Es war seine Schuld. Alles war seine Schuld. Seine und die ihres Vaters. In diesem Moment hasste sie beide. Isabell starb und die beiden Männer wussten nichts weiter zu sagen als »Was soll ich denn tun«. Außer sich vor Zorn hob sie den Arm und schlug ihren Schwager mit aller Macht ins Gesicht. Dann drehte sie sich auf dem Absatz um und machte kehrt, lief zurück zur Kajüte. Auf halbem Weg rutschte sie aus, fiel hin und raffte sich wieder auf. Dann blickte sie zurück. Clarence stand nicht mehr an der Reling. Von den Lichtern Calais' war nichts mehr zu sehen.

In der Kajüte jammerte Isabell leise vor sich hin. Ihre Mutter sah sie erwartungsvoll an. An der Tür stehend schüttelte Anne langsam den Kopf. Sie sah, wie ihre Mutter totenbleich wurde.

»Calais lässt uns nicht anlegen«, sagte Anne, »wir müssen weiter.« Auf dem Stroh richtete Isabell sich halb auf, dann schrie sie wieder, als eine weitere Wehe sie packte.

Anne und ihre Mutter taten alles, was sie konnten. Irgendwann brach Isabells Stimme, sie konnte nur noch wimmern. Bleich wie der Tod lag sie auf dem Strohlager. Sie hatten ihre Kleider geöffnet, das Kind konnte jetzt jederzeit kommen. Aber es kam nicht. Dann, nach einer halben Ewigkeit, keuchte die Gräfin auf. Endlich war der Kopf des Kindes zu sehen! Sie brachten die willenlose Isabell in eine halb sitzende Position. Anne saß hinter ihrem Rücken und stützte sie. Über Isabells geöffneten Beinen wölbte sich ihr Bauch.

»Pressen«, rief die Gräfin, »um Himmels willen, press doch!« Isabell tat ihr Bestes. Hinter ihr schloss Anne die Augen. Vielleicht wurde doch noch alles gut. Irgendwann hatte sie die Tür halb geöffnet, um etwas Luft hereinzulassen. Über ihre Schulter sah sie, dass es draußen langsam hell wurde.

»Pressen! Da ist die Schulter!«, jubelte die Gräfin. »Isabell, hörst du? Gleich wird dein Kind geboren sein!«

Wilder Triumph durchfuhr Anne. Sie würden es schaffen! In ihrem Rücken spürte sie, wie ihre Schwester tief Luft holte und unter Aufbietung ihrer letzten Kräfte zu pressen begann. Anne atmete tief auf. Gleich, gleich war es überstanden. Alles war doch noch gut gegangen! Dann spürte sie, wie Isabell erschlaffte.

»Da ist es«, sagte die Gräfin. »Ein Junge!«

Vorsichtig bettete Anne ihre Schwester in das Stroh. Gräfin Warwick wusch dem Säugling das Blut ab. Anne lächelte. Es war überstanden. Sie hatten es geschafft! Sie hatten es wirklich geschafft! Das Kind war da! Anne sah, wie Isabell erschöpft, aber glücklich lächelte, ihre blutig gebissenen Lippen verzogen sich zu etwas, was zweifellos ein Lächeln war.

»Mein Kind«, flüsterte sie, dann streckte sie die Arme aus.

Aber die Gräfin rührte sich nicht. Anne fiel zunächst der Blick ihrer Mutter auf. Dann merkte sie, wie still es in der Kabine war. Das Baby, das Lady Warwick in den Armen hielt, schrie nicht.

Sie übergaben die Leiche des Kindes, das nicht einmal den ersten Atemzug getan hatte, dem Meer. Clarence stand dabei und ballte die Fäuste, unfähig etwas zu tun. Stumm liefen Anne die Tränen über die Wangen. Unten in der Kajüte war Isabell zu erschöpft, um irgendetwas zu empfinden. Etwa anderthalb Stunden später erreichte das Fischerboot mit seinen geschlagenen Passagieren an Bord Honfleur.

DRITTER TEIL
1470—1472

französische versöhnung

Um sich von den Schmerzen in seinen Knien abzulenken, musterte Graf Warwick die Fliesen, die er ohne den Kopf zu bewegen in seinem Blickfeld hatte. Was trieb diese Frau für einen Prunk! Es war unfassbar. Sogar Elisabeth, die Hure aus dem Hause Woodville, lebte dagegen bescheiden. Warwick musste sich beherrschen, um nicht missbilligend den Kopf zu schütteln. Stattdessen presste er die Zähne zusammen, er durfte dieses Weib nicht merken lassen, was er in Wahrheit von ihr dachte. Ihm taten die Knie weh. Wie lange wollte sie ihn noch auf dem Boden knien lassen, als säße sie schon erneut auf Englands Thron? Mit seiner Hilfe würde sie wieder Herrscherin werden, sie brauchte ihn nicht weniger als er sie. Brauchte er sie? Ja, weil König Ludwig ihn vor die Wahl gestellt hatte: Versöhnung mit Margarete von Anjou, Wiedereinsetzung des im englischen Tower festgesetzten Ex-Königs Henry, ansonsten gäbe es kein Geld aus der französischen Schatulle, um ein Heer aufzustellen. Nicht, dass Ludwig das so direkt gesagt hätte – dazu war der alte Fuchs viel zu durchtrieben, ein viel zu guter Diplomat.

Aber das Versprechen wie die Voraussetzung waren klar erkennbar gewesen hinter seinem charmanten Geplauder. Ludwigs Absicht war klar: Mit dem schwachsinnigen Henry als König, dessen Frau Margarete von Anjou erneut als Königin und Warwick als heimlichem Herrscher erreichte er endlich sein Bündnis mit England. Gleichzeitig würde er die kostspielige Margarete los. Jeder gewinnt bei diesem Bündnis, dachte Warwick. Jeder außer meinem Schwiegersohn Clarence. Dem wird man schonend beibringen müssen, dass seine Aussichten auf den englischen Thron damit gleich null sind. Und man kann ihn nicht mal damit vertrösten, dass er König wird, sollte es keinen Erben geben, denn es gibt bereits einen Erben. Margaretes Sohn Edward ist nur wenig älter als meine Anne. Wie gut, dass ich zwei Töchter habe! Um den Schmerz in seinem Rücken und seinen Knien zu lindern, veränderte Warwick seine Haltung ein wenig. Es nutzte nichts, der Schmerz ließ nur kurz nach, kam dann mit neuer Heftigkeit wieder. Wie lange sollte das noch dauern?

Ruhig, mahnte er sich und holte tief Luft, nur ruhig. Er hörte Margarete geziert mit einer ihrer Hofdamen plaudern und kichern. Stumm kämpfte Graf Warwick gegen die aufsteigende Wut an.

Anne streckte sich ein weiteres Mal, warf sich dann herum, kicherte und kuschelte sich erneut ein wenig tiefer in die Decke. Sie genoss die Kühle des Kissens an ihrer Wange und die Wärme des Bettes. Auch durch die geschlossenen Augen bemerkte sie die Sonnenstrahlen, die ihren Weg durch die schweren Vorhänge des Zimmers gefunden hatten. Wie spät war es eigentlich? Anne lächelte. Seit einer Woche war sie jetzt in Angers im Anjou und langsam verblassten die Erinnerungen an die furchtbare Überfahrt in die Normandie. Anne erinnerte sich nur noch dunkel, wie sie in Honfleur von Bord des kleinen Schiffes gegangen waren: Isabell war zu erschöpft gewesen zum Weinen, Clarence, bleich, sein Weib stützend, der Graf, um Jahre gealtert. Leise hatte ihre Mutter vor sich hin geweint. Anne selbst war zu betäubt gewesen, um irgendetwas zu empfinden. Der geschlagene kleine Trupp war von Bediensteten König Ludwigs empfangen und untergebracht worden. Tagelang, so schien es Anne, hatte sie nichts anderes getan als zu schlafen. Die Überfahrt und die Zeit in Honfleur schienen aus ihrer Erinnerung getilgt. War das alles wirklich erst wenige Wochen her? Sie konnte es kaum glauben. Anne streckte sich ein weiteres Mal, dann hörte sie die Tür schlagen.

»Anne, du Schlafmütze!«, rief eine lachende Stimme und Anne setzte sich mit einem Ruck im Bett auf.

»Ich habe nicht geschlafen, Madeleine«, wollte sie ihrer Besucherin zurufen, aber die hatte sich bereits auf Anne gestürzt und eine spielerische Balgerei mit ihr begonnen. Kichernd setzte Anne sich zur Wehr, als Madeleine ihr die Bettdecke wegzog.

»Gib her!«

»Kein Gedanke!«

»Sofort!«

»Niemals!!«

»Madeleine, was würde deine Mutter sagen oder gar Königin Margarete, wenn sie wüsste, dass du Gästen die Decken – gib her!«

»Was meinst du, was sie sagen würden, wenn sie wüssten, dass du noch faul im Bett herumliegst!« Mit einem letzten energischen Ruck riss Madeleine Anne die Decke weg und sie, die sich daran geklammert hatte, fiel mit einem Ruck aus dem Bett.

»Oh«, machte Madeleine. »Das wollte ich nicht. Hast du dir wehgetan?«

»Versuch es mal, dann wirst du merken, wie weh es tut«, antwortete Anne. Sie saß auf dem Boden und rieb sich den Kopf. »Das gibt sicher eine Beule.«

»Und das ausgerechnet heute«, stöhnte Madeleine. »Komm, wir müssen die Stirn kühlen.« Suchend sah das Mädchen sich in Annes Zimmer um, sprang dann vom Bett und tränkte an Annes Waschtisch ein Tuch mit Wasser. Mit zwei raschen Schritten stand sie wieder bei Anne, ging in die Hocke und drückte der immer noch auf dem Boden Sitzenden das Tuch an die Stirn.

»Das nennst du kühl? Das ist nur nass«, beschwerte sich Anne, der das Wasser über das Gesicht und in den Ausschnitt des Nachthemdes lief. »Igitt!« Sie schüttelte sich. Ungerührt betrachtete Madeleine ihre englische Freundin und lächelte kampfbereit. »Ich kann dich auch in einen Bottich mit Wasser stecken, vielleicht ist dir das kühl genug!«

»Bloß nicht«, Anne stand auf und schüttelte sich. Die beiden jungen Mädchen lachten sich an. Dann zog Anne die Nase kraus. »Was meinst du eigentlich mit ›ausgerechnet heute‹? Ist heute etwas Besonderes?«

»Ja, weißt du es nicht«, rief Madeleine und zog vor Verblüffung die Augenbrauen hoch. »Heute ist doch großes Turnier! Was meinst du, warum ich dir sage, dass du aufstehen sollst!«

»Oh«, machte Anne, »Turnier?« Und mit einem Satz war sie bei ihrem Waschtisch angelangt, während Madeleine lief, um ihre Zofe zu rufen.

Eine halbe Stunde später blickte Anne in den ihr von dem Mädchen vorgehaltenen Spiegel und hielt den Atem an. So lieb und gut Ankarette gewesen war, nie hatte sie ihre Haare in so raffinierte Hochsteckfrisuren legen können, wie die französische Zofe es tat. Und auch wenn ihr Kopf nach einiger Zeit durch das straff zurückgezogene, am Hinterkopf aufgetürmte und mit Nadeln befestigte Haar regelmäßig zu schmerzen begann und die Entfernung der Nadeln am Abend immer eine Erleichterung war, so wurde das doch wettgemacht durch die Freude über ihr Aussehen. Im Spiegel hinter ihr erschien Madeleine, ein weißes, mit Spitze besetztes Gewand und ein graues, mit weißen Ornamenten besticktes Überkleid über dem Arm.

»Zieh das an«, sagte sie, »du wist den ganzen Hof verrückt machen!«

Anne lächelte die neue Freundin dankbar an. Madeleine war die Tochter eines Adeligen und gehörte zu den Hofdamen hier in Angers. Vom Tag ihrer Ankunft an hatte Madeleine die eingeschüchterte Engländerin unter ihre Fittiche genommen, hatte ihr geholfen, sich am Hof von Angers zurechtzufinden, und ihr, die wenig mehr mit herübergebracht hatte als das Gewand, das sie auf der entsetzlichen Überfahrt nach Honfleur getragen hatte, und ihre paar Schmuckstücke, die sie unter den Röcken versteckt hatte, mit Kleidung ausgeholfen. Madeleine hatte ihr gezeigt, wie man mit etwas roter Farbe auf Wangen und Lippen dem Aussehen nachhalf, welche Tänze am Hof gerade angesagt waren, und sie hatte ihr den großen wunderschönen Wandteppich, der in einem der großen Zimmer des Wohnturms des Schlosses hing, gezeigt und erklärt. Anne hatte ihn voller Bewunderung betrachtet. So etwas hatte sie noch nie gesehen.

Daraufhin hatte Madeleine ihr weitere Bilder und kostbar hergestellte Bücher gezeigt und so Annes Interesse an Kunst geweckt. So etwas Schönes hatte Anne in England nie zu Gesicht bekommen, und obwohl sie sich nach dem vergleichsweise einfach ausgestatteten Schloss von Middleham sehnte, hatte sie doch das Gefühl, sie würde sich nie wieder mit der engen und auf Jagden und Pferde beschränkten Welt des englischen Adels begnügen wollen. Das Leben am französischen Hof war so viel heiterer und farbiger, abends gab es Tanz, Musik, Spielereien und gelehrte Unterhaltungen. Ihr war, als habe jemand eine Tür aufgestoßen, von der sie nicht einmal gewusst hatte, dass sie geschlossen gewesen war. Dankbar drückte sie die Hand der Freundin, dann stand sie auf und zog Gewand und Kleid über.

»Wie eine Prinzessin«, lachte Madeleine, »nein, wie eine Königin!«

Da schaute Anne sehr ernst. »Königin?«, sagte sie gedehnt. »Nein, will ich nicht sein.«

»Nein?« Madeleine lächelte. Anne schüttelte den Kopf. »Um nichts in der Welt. Da muss man sich geziert benehmen, dem Hofzeremoniell folgen, weil es erwartet wird, und nicht, weil man Lust dazu hat. Ich möchte aber heute in deinem Kleid Aufsehen erregen und geziert mit dem Kopf nicken – und morgen will ich in der Küche mit den Mägden essen dürfen und mit dem Fuß aufstampfen und lachen und dich über eine Wiese jagen – wonach mir eben gerade ist.«

»Als Königin kannst du aber tun, wonach dir gerade ist.«

»Nein, kannst du nicht. Überleg doch: Königin Margarete musste den schwachsinnigen Henry heiraten.«

»Und hat sich doch ins Bett geholt, wen sie haben wollte«, unterbrach Madeleine.

»Was?«

»Oh du liebe Unschuld, was meinst du denn, von wem sie ihren Sohn hat?«

»Von Henry, dachte ich.«

»Der König hat ihn anerkannt, ja, das schon. Aber Henry ist ein Mönch und es ist ein offenes Geheimnis, dass Margarete mit anderen das Bett geteilt hat – obwohl man das besser nicht so laut ausspricht.« Madeleine neigte sich vor und sagte leise. »Du verrätst mich doch nicht?«

»Was denkst du denn?«, rief Anne und zog den Kopf der Freundin ganz zu sich. »Nie!«

»Dann ist es gut.« Madeleine zögerte einen Moment. »Was willst du, Anne? Ich meine, nur mal gesetzt den Fall, du könntest tun, was du willst, hingehen, wo du magst, über dein Leben bestimmen und so weiter …«

»Ich würde gern reisen«, sagte Anne, ohne zu zögern, »so weit ich mag, und ich will lesen, alles, was mich weiterbringt, und mit Gelehrten reden und lernen, alles, was es zu lernen gibt, und ich möchte –« Sie biss sich auf die Lippen.

»Was?«

»Meinen Vetter Richard wieder sehen«, gab Anne nach kurzem Zögern zu.

»Vetter? Nur ›Vetter‹?«

»Na ja«, sagte Anne, und dann rasch: »In jedem Fall will ich nicht Königin sein. Und überhaupt ist das dummes Geschwätz, wenn mein Vater Erfolg hat mit seinen Plänen, dann setzt er Clarence auf den Thron und Isabell wird Königin, so einfach ist das.«

Madeleine sah sie an, dann zuckte sie die Schultern. »Ja, vielleicht, kann sein. Aber jetzt wollen wir laufen, sonst kommen wir zu spät. Und immerhin wirst du heute beim Turnier wohl endlich auch die Herrin sehen, also los!«

»Margarete von Anjou …«, sagte Anne gedehnt. Immerhin war sie die Todfeindin ihres Vaters und ihrer Familie gewesen.

Jahrelang hatte Graf Warwick gegen sie gekämpft, Margarete war in Annes Familie der Inbegriff des herrsch- und machtsüchtigen Weibes gewesen. Aber etwas anderes bewegte Anne. »Hat sie wirklich … das Ehegelöbnis gebrochen?«

»Ja, das hat sie wohl.«

Anne schauderte. Nachdem sie die Ehe ihrer Schwester mit Clarence aus der Nähe betrachtet hatte und miterleben musste, wie Isabell ein totes Kind zur Welt gebracht hatte, schien ihr die Ehe nur mit Schmerzen verbunden zu sein. Sie fragte sich, wie man sich freiwillig einen Mann wünschen und nehmen konnte. Aber es konnte andere Männer als Clarence geben. Richard würde nie zulassen, dass mir so etwas passiert, dachte Anne. Er würde mir nie wehtun. Aber eine Stimme in ihrem Inneren fragte: Hat er es nicht schon getan? Anne schüttelte den Gedanken ab. Wenn Margarete ihr heiliges Gelübde gebrochen und ihre Seele in Gefahr gebracht hatte, dann musste sie den Mann, mit dem sie gesündigt hatte, sehr geliebt haben. Oder? Und wo war er heute? Wieso saß sie dann allein in Angers und war immer noch mit Henry verheiratet? War Liebe vielleicht etwas Schreckliches, vor dem man besser davonlief? Madeleine nahm sie bei der Hand.

»Komm jetzt«, sagte sie. Anne ließ sich mitziehen.

»Madeleine?«

»Ja?«

»Ist sie wirklich so schön, wie man sagt?«

Madeleine blieb stehen und sah die Freundin an. »Ja«, sagte sie dann. »Ich glaube, das ist sie wohl.« Einen Moment stand sie still, dann zog sie Anne endgültig mit sich fort. »Komm jetzt endlich!«

Graf Warwick hatte immer noch keine Gelegenheit gehabt, sich davon zu überzeugen, ob die abgesetzte englische Königin Margarete noch schön war. Sie war es gewesen, das schon, das stolzeste, gebildetste und schönste Weib, das man je gesehen hatte, erinnerte er sich. Aber natürlich war auch sie älter geworden. Immer noch vor ihr kniend und dem Gekicher der Hofdamen lauschend, versuchte Warwick, sich in stille Meditation zu versenken. Es gelang ihm nicht. Statt der heiteren Gelassenheit, mit der er ihr gern gegenübergetreten wäre, verspürte er weiter nichts als Zorn. Er hatte diese Frau abgesetzt, sie musste das Land verlassen, er war Sieger in der Auseinandersetzung York gegen Lancaster gewesen – und jetzt musste er vor ihr knien.

Edward war schuld. König Edward, der nicht auf ihn, Warwick, gehört hatte, der ihn aus dem Land gejagt hatte; wegen der Ränke dieses Königs und seiner Elisabeth hatte man fliehen müssen, hatte Isabell, seine Tochter, ihr Kind verloren, kniete er jetzt vor dieser Intrigantin. Aber verglichen mit Elisabeth war Margarete noch das kleinere Übel, und wenn Ludwig die Ausrüstung eines Invasionsheeres gegen England davon abhängig machte, dass er sich mit Margarete von Anjou versöhnte, dann versöhnte er sich eben mit ihr. Er würde Margarete und ihren schwachsinnigen Henry wieder auf den englischen Thron setzen und hinter den beiden stehend regieren. Und endlich zu der Macht kommen, die ihm zustand. Jeder gewann bei diesem Handel. Er, der in die erhoffte Machtposition und in die so lang ersehnten verwandtschaftlichen Beziehungen zum englischen König treten würde, Margarete, die den Thron, von dem sie vertrieben worden war, wieder erlangte, Ludwig, der dann endlich das Bündnis mit England bekam.

Jeder gewann dabei. Und wenn die Voraussetzung dafür war, dass er eine Viertelstunde vor Margarete kniete – dann kniete er eben eine Viertelstunde. Aber nicht länger. Wie lange kniete er eigentlich schon? Er wusste es nicht. Auch diese Viertelstunde würde vorübergehen. Warwick tat, als seine Gedanken diesen Punkt erreicht hatten, einen tiefen Seufzer. Auf dieses Zeichen, so schien es, hatte Margarete gewartet. Plötzlich hörte Warwick Schritte und das Rascheln von Röcken, die Hofdamen entfernten sich offenbar. Immer noch blieb er knien und betrachtete die Fliesen. Dann stand jemand auf, wieder hörte er Schritte. Dann Stille.

»So, Graf Warwick«, hörte er dann die Stimme Margaretes, »so seid Ihr also gekommen, mich um Vergebung zu bitten für das Unrecht, das ich durch Euch erlitten habe.«

»Untertänigst, Lady«, antwortete Warwick in Richtung des Bodens.

»Erhebt Euch.«

Warwick holte tief Luft und stand auf. Da saß sie, Englands ehemalige Königin, auf einem mit kostbaren Schnitzerein verzierten und mit Teppichen und Polstern reich ausgelegten hölzernen Sessel. Das Feuer, das in dem marmornen Kamin brannte, zeichnete Lichtreflexe auf ihr Gesicht und ließ ihre Züge weicher erscheinen. Wie alt war sie jetzt, überlegte Warwick. Die Vierzig musste sie wohl bereits überschritten haben. Trotzdem war die Zeit mit ihr gnädig umgegangen. Um Augen und Mund waren kleinere Fältchen zu sehen, aber ihr Haar war noch dunkel und üppig, das Gesicht hatte dieselben edlen Linien wie damals. Damals, dachte Warwick, als ich sie vom Thron gestoßen und aus England verjagt habe. Und jetzt stehe ich hier. Margaretes Gedanken schienen in die gleiche Richtung zu gehen.

»Ich hätte nicht erwartet, Euch unter solchen Umständen wieder zu sehen, Graf«, sagte sie. Mit ihren blauen Augen blickte sie ihn kühl an.

»Es gibt wohl niemanden, der die Umstände so bedauert wie ich, Lady«, antwortete Warwick. Herrisch winkte sie ab. »Erzählt mir keine Lügen, Warwick. Ihr bedauert nicht die Umstände. Ihr bedauert ebenso wie ich, dass der König Frankreichs uns zu diesem Bündnis zwingt.« Sie erhob sich und ging zum Fenster. Noch immer waren ihre Figur und ihre Bewegungen vollendet. Sie drehte ihm den Rücken zu.

»Wir müssen uns nicht lieben, Warwick«, sie sprach aus dem Fenster heraus und es lag kein Angriff in ihrer Stimme, nur müde Resignation.

»Lady?«, fragte der Graf.

Sie drehte sich zu ihm und maß ihn erneut mit einem kühlen Blick. »Ich sagte: Wir müssen uns nicht lieben, und Ihr werdet mir zustimmen. Ich bin Eure Chance, doch noch eine Eurer Töchter auf Englands Thron zu bringen. Ihr seid meine Chance, wieder auf Englands Thron zu kommen. Wir wollen also das Gleiche. Dazu brauchen wir ein Heer, was uns nur Ludwig geben kann. Und er tut es nur um den Preis des Bündnisses zwischen uns.«

Warwick nickte.

»So sei es also.«

Warwick nickte wieder.

»Ihr könnt gehen.«

Der Graf verneigte sich und wandte sich zur Tür. Dort angekommen, hielt er noch einmal inne und wandte sich zu seiner einstigen Todfeindin. Margarete stand, in gleicher Haltung, immer noch am Fenster.

»Lady, wenn ich mir erlauben darf ...«, begann Warwick.

»Ja?«

Der Graf holte tief Luft. »Ich habe stets Bewunderung für Eure Kraft und Euren Mut empfunden.« Es stimmte. Er hatte dieses Frauenzimmer mit allem Hass, zu dem er fähig war, bekämpft. Und trotzdem, gestand Warwick sich ein, hatte er sie heimlich immer bewundert.

Margarete nickte. »Ich werde beides für das gemeinsame Ziel einsetzen. Es ist gut, Graf. Verlasst mich jetzt.«

Hinter dem Grafen schlugen die Türen zu.

Wieder allein, sank Margarete von Anjou erneut auf ihrem Sessel zusammen. Kraft, dachte sie. Mut. Gib mir beides, mein Gott. Königin in England zu sein ist alles, was ich von dem Verlorenen zurückholen kann. Und dazu muss ich mich mit dem Mann verbünden, der mir damals alles genommen hat. Nennt man das Ironie des Schicksals? Sie lächelte vor sich hin. Dann straffte sie den Rücken. Du hast nicht alles verloren, Margarete, sprach sie sich selbst Mut zu. Die Jugend ist dahin, die Hoffnungen und die Liebe. Die ist auch weg. Geköpft haben sie ihn, auf einem schwankenden Boot. Geköpft, nachdem sie ihm und mir eingeredet haben, er müsste fliehen, er sei nicht sicher. Ich hätte es besser wissen müssen, damals. Aber ich habe der Flucht zugestimmt. »Wir bringen ihn in Sicherheit, Lady.« Und dann haben sie ihn hingerichtet. Mit einem rostigen Schwert auf einem schwankenden Boot. Über ein halbes Dutzend Schläge, so hat man mir berichtet, haben sie gebraucht.

Einen Augenblick hing sie ihren Gedanken der Vergangenheit nach. Das Warten. Auf eine Botschaft von ihm. Auf die Nachricht: »Er ist in Sicherheit.« Das tagelange, wochenlange Warten. Um dann zu erfahren, was tatsächlich geschehen war. Die nächtelange Verzweiflung. Und an ihrer Seite der schwachsinnige Henry und die Notwendigkeit, den Schein zu wahren. Niemanden die Verzweiflung, die sie empfand, sehen zu lassen. Margarete schüttelte die Erinnerung ab. Ich habe nicht alles verloren, dachte sie mit einem Anflug von Wut. Ich werde wieder Königin sein. Aber auch das wird weder Suffolk ins Leben zurückbringen noch Somerset, der in der Schlacht fiel. Nichts wird sie ins Leben zurückholen. Ich bin allein. Langsam fuhr sie sich mit den Händen übers Gesicht, als sei sie plötzlich blind geworden und müsste sich so ihres Aussehens vergewissern.

Dann stand sie auf. Zeit, zum Turnier zu gehen. Ich bin nicht allein, dachte sie. Immerhin habe ich einen Sohn. Er wird nach mir König von England sein. Auch wenn er dazu die jüngste Tochter ihres Todfeindes heiraten musste. Was hatte Ludwig gesagt, als er das Bündnis einfädelte? Anne Neville sei schwach, das waren seine Worte gewesen. Wer wisse schon, ob sie nicht bereits im ersten Kindbett sterben würde. Ein langes Leben habe sein Hofastrologe in ihren Sternen jedenfalls nicht gesehen. Margarete lächelte leicht vor sich hin.

Der Burghof war wie verwandelt. Schon von weitem sahen die beiden Mädchen, dass der Turnierplatz mit wehenden Fahnen, Blumen und Kränzen geschmückt war und dass der Platz vor den

Ställen überfüllt war von Rittern in prächtigen Rüstungen und Knappen, die edle Pferde für das Turnier herausputzten, sie striegelten, die Mähnen in Zöpfe flochten oder sie am Zügel auf und ab führten, um sie aufzuwärmen für das bevorstehende Turnier. Weiter hinten mühten sich zwei Knappen mit einem schweren Sattel und einem riesigen Schlachtross ab, das aufgeregt hin und her tänzelte. Das Tier wollte sich offensichtlich nicht satteln lassen. Während einer der Knappen beruhigend auf es einsprach und seine Nüstern streichelte, versuchte der andere, den Sattel hochzuwuchten und dem Pferd aufzulegen. Aber er hatte keine Chance, das Pferd wich immer wieder, nervös schnaubend, aus.

Anne sah dem bunten Treiben mit leuchtenden Augen zu. In Gruppen standen Ritter in prächtigen Gewändern oder Rüstungen, überprüften ihre Waffen, redeten und lachten miteinander. Die beiden Knappen mühten sich weiter. Von rechts sprengte jetzt ein Ritter heran, zügelte sein Pferd und ließ es auf kleinstem Raum wenden. Das Tier bäumte sich halb auf, kam dann wieder mit allen vieren auf die Erde und wurde sofort durch ein Zeichen mit dem Zügel am Vorwärtsstürmen gehindert. Der Braune hatte Schaum vor dem Maul, gehorchte aber und wurde durch nachgebende Zügel belohnt. Brav stand er und wartete auf ein weiteres Zeichen seines Reiters. Der richtete sich im Sattel halb auf und winkte den beiden Mädchen zu. Madeleine drückte Annes Hand. »Da ist Guillaume«, flüsterte sie lächelnd. »Da hast du eine Eroberung gemacht, Anne!«

Anne grüßte den Ritter lächelnd zurück. »Gefällt er dir?«, fragte Madeleine. Anne zuckte die Schultern und blickte, jetzt verlegen lächelnd, auf den Boden. »Schon«, meinte sie dann.

»Er ist aus gutem Haus, reich, tapfer und sieht gut aus«, zählte Madeleine auf. »Und er ist verschossen in dich. Er hat dich gestern nach dem Essen kaum aus den Augen gelassen.« Anne sagte nichts. Für sie war Guillaume vor allem klug, ernsthaft und bedächtig. Meist hörte er bei den geistvollen Gesprächen bei Tisch ruhig zu und dann machte er plötzlich eine Bemerkung, über die die ganze Gesellschaft lachen musste. Guillaume gefiel ihr. In manchem erinnerte er sie an Richard. Aber Richard hatte sie und ihre Familie aus England vertrieben, es wurde Zeit, dass sie ihn sich aus dem Kopf schlug. Und warum sollte sie nicht in Frankreich leben? Ihr gefiel es hier. Eine Heirat in Frankreich ... Anne schüttelte den Kopf, Tagträume brachten nichts, das hatte sie doch mittlerweile gelernt. Sie hatte auch geglaubt, Richard liebe sie und sie werde mit ihm leben, und wie anders war alles gekommen! Wie sehr hatte sie sich geirrt!

Den beiden Knappen, die noch immer mit dem Schlachtross zu kämpfen hatten, näherte sich jetzt ein Ritter in prächtiger Aufmachung. Über der glänzenden Rüstung trug er einen aus feinstem Tuch gewebten roten Mantel. »Wer ist das?«, dachte Anne, aber noch bevor sie dazu kam, Madeleine zu fragen, sah sie, wie der Unbekannte bei den Knappen Halt machte und ein paar rasche Worte mit ihnen wechselte. Anne konnte nicht verstehen, was gesprochen wurde, aber sie sah, wie die beiden Knappen innehielten und offensichtlich Furcht zeigten. Dann hob der Ritter plötzlich den Arm und ohne eine Vorwarnung schlug er dem Jungen, der das Pferd am Zaum gehalten hatte, ins Gesicht. Der Knappe ging von der Wucht des Schlages zu Boden, das Pferd scheute und entsetzt sah Anne, wie das Tier sich über dem Knappen aufbäumte. In letzter Sekunde konnte der Junge sich zur Seite drehen. Der Ritter, Anne sah es, blieb stehen, betrachtete den am Boden liegenden Jungen – war das etwa noch ein belustigtes Lächeln, das sie auf seinem Gesicht sah? –, dann versetzte er ihm einen Tritt in den Magen, drehte sich zu dem anderen Knappen um, sagte ein paar abschließende Worte und ging. Anne stand wie erstarrt. Der zweite Knappe vergewisserte sich, dass der Ritter tatsächlich gegangen war, dann legte er den Sattel ab und zog seinen Freund aus der Reichweite der Hufe des immer noch nervös tänzelnden Pferdes.

»Wer um Himmels willen war denn das?«, fragte sie Madeleine, die stumm neben ihr gestanden hatte. Madeleines Lippen waren so fest zusammengepresst, dass sie weiß waren, ihre Augen dagegen sprühten Funken vor Wut. »Dieses widerliche

Scheusal«, antwortete sie, »war seine Hochwohlgeboren, Margaretes Sohn, Prinz Edward von Lancaster.«

Anne sah über den Sattelplatz. Guillaume lächelte ihr zu. Weiter entfernt sah sie den Lancaster-Prinzen hinter einer Tür verschwinden. Zwei Stallknechte waren den Knappen zu Hilfe gekommen und endlich wurde das Pferd gesattelt.

Margarete saß völlig ungerührt vom Geschehen auf der Ehrentribüne. Sie konnte Turnieren auch in bester Laune nur wenig abgewinnen, dazu hatte sie zeit ihres Lebens zu viele echte Schlachten erlebt. Wie immer machte sie sich außerdem Sorgen um ihren Sohn, der als einer der wildesten und gefährlichsten Turnierkämpfer galt. Er war nicht immer ganz fair, befolgte auch nicht immer die Regeln der Ritterlichkeit, aber so kannte man ihn. Er wollte gewinnen, und wer konnte es ihm verdenken. Margarete lächelte und sie spürte, wie stolz sie war.

Dann fiel ihr Blick auf die ein paar Reihen unter ihr sitzende Anne. Dieses Mädchen ... sie war recht hübsch, ihr Profil war schön geschnitten. Sie war nur etwas zu mager und ihre Haut war von durchscheinender Blässe. Vielleicht hatte König Ludwig Recht. Die Tochter des Grafen Warwick sah nicht so aus, als hätte sie eine kräftige Natur. Und trotzdem ... Margarete widerstrebte es, in der Tochter ihres Todfeindes ihre künftige Schwiegertochter zu sehen. Natürlich wäre ihr für ihren geliebten Sohn kein Mädchen gut genug gewesen, aber musste es nun auch noch Warwicks Tochter sein? Sie seufzte. Es musste sein, sie wusste es. Eben ritten die Ritter des Hofes in zwei Mannschaften auf den Turnierplatz. Prinz Edward saß auf seinem Hengst. Er sieht wundervoll aus, dachte Margarete, mein Sohn! Der Prinz löste sich von den anderen Reitern und galoppierte vor zur Ehrentribüne. Mit einem scharfen Ruck am Zügel hielt er den Rappen an und grüßte seine Mutter. Dann wandte er sich an Anne.

»Euer Tuch, Mylady«, rief er und Margarete erstarrte. So war Edward diese kleine englische Pute schon aufgefallen? Sie gefiel ihm? Sie fühlte einen Stich der Eifersucht.

Anne erstarrte ebenfalls. Was fiel diesem Kerl ein? Sie wollte nichts mit ihm zu tun haben. Unwillkürlich straffte sie sich.

»Es tut mir Leid, mein Herr«, antwortete sie mit heller Stimme. »Ich habe kein Tuch, das ich Euch geben könnte.«

Jetzt war es an dem Prinzen zu erstarren.

»Ihr verweigert mir einen Gunstbeweis?«, fragte er und etwas Gefährliches war in seiner Stimme. Anne klopfte das Herz bis zum Hals, aber sie war entschlossen, diesem eingebildeten Kerl die Meinung zu sagen. Sie holte tief Luft, aber Madeleine, die ahnte, was in ihrer Freundin vorging, war schneller und rettete die Situation.

»Ohne Tuch kann man Euch keine Gunst bezeugen, Mylord«, rief sie, »und sicher wollt Ihr nicht, dass Lady Anne Neville Euch ihr Kleid als Gunstbeweis gibt – jedenfalls nicht hier.« Hinter ihr kicherte eine Hofdame und erleichtert sah Madeleine, dass auch der Prinz belustigt schien.

»Zumindest nicht hier, Lady, da habt Ihr Recht«, sagte er. Madeleine nestelte ein Tuch aus ihrem Ärmel und warf es dem Prinzen zu.

»So tragt mein Tuch, Prinz. Ihr würdet mich damit glücklich machen.« Der Prinz machte ihr eine knappe Verbeugung und sprengte, einen zornigen Blick auf Anne werfend, zurück zu seiner Mannschaft. Madeleine setzte sich wieder. Margarete gab das Zeichen zum Beginn des Turniers.

»Was sollte das, Madeleine«, zischte Anne.

»Sei um Himmels willen still, Anne«, antwortete die. »Das ist Prinz Edward, seine Mutter Margarete sitzt hinter uns. Du kannst von Glück sagen, dass ich die Situation gerettet habe! Den Prinzen macht man sich besser nicht zum Feind.« Anne schwieg. So wohl sie sich bisher am Hof von Angers gefühlt hatte, jetzt fragte sie sich wieder einmal, ob sie für das höfische Leben mit seinen Regeln und Intrigen überhaupt geschaffen war.

Auf dem Turnierplatz standen sich die beiden feindlichen Heere mit ihren stumpfen Waffen gegenüber. Ein Herold trat zwischen sie und verkündete die Regeln, die sowieso allgemein bekannt waren: Die beiden Mannschaften kämpften gegeneinander nach den Regeln der Ritterlichkeit, was bedeutete, dass der Kampf vorbei war, wenn einer der beiden aufeinander getroffenen Gegner aufgab. Dem Sieger gehörten dann Schwert und Pferd des Besiegten. Anne hörte nicht zu, sondern ließ ihren Blick durch die Menge schweifen. Hunderte Zuschauer waren erschienen, da war der gesamte Adel, aber auch weitere Gäste und, natürlich vom Adel getrennt, Städter, reiche Kaufleute und Händler sowie, ganz zuunterst, das Gesinde der Burg. Am Rand des Turnierplatzes wurden Leckereien, Bier und Wein verkauft. Zusehen und die Kämpfer anfeuern machte hungrig und durstig. Am Abend, wusste Anne, würde dann in der Burg ein großes Fest stattfinden, mit Musik und Tanz. Sie lächelte vor sich hin. Bis auf Prinz Edward und sein arrogantes Benehmen war es ein wunderbarer Tag und ein herrliches Leben am Hof. Und was zählte schon dieser eine Mensch? Sie hatte ja nichts mit ihm zu tun. Anne entspannte sich.

»Hast du dich wieder beruhigt?«, fragte Madeleine. Anne nickte und lächelte die Freundin an. »Ich wollte dich wirklich nicht bloßstellen«, sagte Madeleine.

»Ist schon gut. Du hast ja Recht. Wahrscheinlich.« Auf dem Turnierplatz hatte sich das Durcheinander der Ritter bereits gelichtet, mehrere waren schon besiegt vom Platz abgezogen. Der Prinz, Anne sah es, befand sich noch unter den Kämpfenden. Sie wandte den Blick von ihm ab – sie hatte keine Lust, sich weiter darüber aufzuregen. Der Prinz interessierte sie nicht – je weniger sie mit ihm zu tun hatte, desto besser. Ihr Vater, so aufbrausend er auch oft sein mochte, hatte nie einen Knappen so behandelt. Auch Richard würde das nie tun. Er hätte wahrscheinlich still geholfen, dachte Anne, ohne viele Worte zu machen. Er hätte das Pferd beruhigt, dem Knappen zugenickt und gemeinsam mit ihm das Tier gesattelt. Richard wandte nie Gewalt an, wenn es nicht unbedingt sein musste. Mit Ruhe und Zuneigung erreicht man meist mehr, pflegte er zu sagen. Anne seufzte. Auf dem Turnierplatz holte Prinz Edward einen weiteren Gegner aus dem Sattel.

Das Essen am Abend übertraf all ihre Erwartungen. Zwar hatte auch ihr Vater nie gegeizt, aber hier sah es aus, als habe man die Erzeugnisse der Bauern des gesamten Anjou aufgefahren und als sei die Küche mindestens einen Monat mit den Vorbereitungen beschäftigt gewesen. Die Tische waren in der großen Halle in der hier üblichen T-Form aufgestellt. Anne saß mit Isabell, Clarence und ihrem Vater am Ende des langen Tisches und zwinkerte Madeleine zu, die als eine der Hofdamen Margaretes ihr auftrug. Margarete saß am Kopfende, ihr Sohn neben ihr. Nicht weit von Anne entfernt entdeckte sie Guillaume unter den tafelnden Adeligen. Er fing ihren Blick auf, spießte ein Stück Wild auf und winkte ihr damit zu. Anne lächelte. Dann streckte er seine beiden Zeigefinger in die Luft, hielt sie über Kreuz und machte wellenförmige Bewegungen. Anne zog die Stirn in Falten. Was meinte er? Er deutete ihren fragenden Blick richtig. Seine Lippen formten übertrieben das Wort »Tanzen«, dann deutete er erst auf sie, dann auf sich. Anne kicherte. Bevor sie aber nicken oder ein sonstiges Zeichen des Einverständnisses geben konnte, legte ihr Vater ihr plötzlich die Hand auf den Arm. Anne sah ihn an. »Ja, Vater«, fragte sie. Warwick lächelte sie an. »Anne«, sagte er, »wer ist dieser Bursche?«

»Sein Name ist Guillaume, Vater, er gehört zum örtlichen Adel und zum Hof.«

»So.« Anne bemerkte, dass Isabell sie mit einem nicht zu deutenden Ausdruck ansah.

»Nun, mein Kind«, sagte Warwick, »ich habe dir eine Mitteilung zu machen.« Alles in Anne spannte sich. Das war nicht die Art ihres Vaters, so umständlich mit ihr zu reden. Was um Himmels willen wollte er ihr sagen? Es konnte wohl kaum der kleine Flirt mit Guillaume sein, der ihn zu dieser Ansprache bewogen hatte, oder doch? Anne sah zu Isabell, die blickte zurück, aber in ihrem Blick war nichts zu lesen.

»Ja, Vater?«

»Du wirst heiraten, Anne. Und deine Heirat bedeutet die Erfüllung aller Träume. Du wirst – vielleicht schon bald – Königin von England sein.« Anne starrte ihn an. Von was redete er da? Sie würde heiraten? Sie würde Königin von England sein? Vielleicht schon bald? Wenn überhaupt, würde Isabell Königin, sie war mit dem Bruder des Königs verheiratet. Einen Augenblick lang pochte ihr Herz in wildester Erwartung. Sollte das vielleicht heißen, dass Richard hier war, endlich um ihre Hand angehalten hatte und sie Königin würde, sollten Vaters Pläne aufgehen und Clarence und Isabell keine Kinder haben?

»König Ludwig rüstet uns ein Heer aus«, fuhr Warwick fort. »Wir setzen König Henry und Königin Margarete wieder auf den Thron. Und du –«, er machte eine Pause, »du heiratest Prinz Edward von Lancaster.«

Anne konnte ihn nur anstarren. Dann wanderten ihre Augen zum Prinzen, der sie anlächelte und seinen Weinpokal zum Gruß erhob. Das konnte, dachte Anne, das konnte doch nicht wahr sein. Sie stand auf, so plötzlich, dass ihr Stuhl fast umfiel. Im letzten Moment hielt sie ihn fest. Sie murmelte eine Entschuldigung, dann lief sie aus der Halle, in der soeben die Musiker eintrafen. Guillaume erhob sich halb, als wolle er sie zurückhalten, Madeleine sah ihr besorgt, Prinz Edward lächelnd nach. Isabell biss sich auf die Lippen. Clarence sah drein, als wäre ihm gar nicht wohl zumute.

Invasion

Ist es ein tröstlicher Gedanke, dass das Leben immer irgendwann mit dem Tod endet? Rot schimmerte der Wein im Pokal. Rot wie Blut, dachte Anthony und lächelte versonnen, während er dem Bericht weiter aufmerksam zuhörte und gleichzeitig seinen Gedanken nachhing. War es nicht fast schon albern, diese ewigen Anstrengungen, um irgendetwas zu erreichen, das man am Ende des Lebens dann doch unweigerlich verlieren würde? Anthony seufzte. Manchmal wünschte er, er könnte an Gott und das ewige Himmelreich glauben. Aber Glaube war keine Sache des Entschlusses. Leider. Um glauben zu können, habe ich zu viel gesehen, dachte Anthony. Wenn es Gott gibt und er mir einen Geist gegeben hat, mit dem ich nicht glauben kann, wer ist dann schuld daran, dass ich nicht glaube? Man konnte Gott also einen Vorwurf machen. War ein Vorwurf an Gott auch eine Art Glauben an Gott? Anthony grinste. Seine Gedanken brachten ihn manchmal gefährlich nah an den Abgrund der Ketzerei. Anthony balancierte gern am Abgrund, es machte ihm Spaß. Manchmal hatte er das Gefühl, er sei nur wirklich lebendig, wenn er sein Leben in Gefahr brachte. Also war es ein Trost.

Am Ende, egal, was er tun oder nicht tun würde, was er erreichen oder nicht erreichen würde, am Ende würde er tot sein wie jeder andere auch. Dann würde sich ja zeigen, ob es Gott gab. Wenn Gott ihn dann verdammte, weil er nicht gebetet, nicht gebeichtet und nicht geglaubt hatte – dann war Gott bestechlich. Bestechlich durch hastig hingemurmelte Gebete. Am liebsten hätte Anthony hell aufgelacht. Herr, der du bist mein Gott, dachte er, weißt du, ich kann bestechliche Leute nicht leiden. Und soweit ich mich erinnere, hast du, mein Gott, die Bestechlichkeit auch als Sünde gekennzeichnet. Wobei ich ja nichts Grundsätzliches gegen die Sünde einzuwenden habe. Sein Blick glitt an den Regalen und den Büchern, die sie beinhalteten, entlang. War auch die Anhäufung von Wissen nicht schon eine Art Völlerei? Mag sein, dachte Anthony, aber Dummheit ist sicher auch eine Sünde, und, soweit es mich angeht, eine, die ich furchtbarer finde als die Völlerei. Du hast die Freiheit, das anders zu sehen, mein Herr. Er seufzte. Die Freiheit – das höchste Gut des Menschen. Denke ich. Seine Gedanken kehrten langsam zurück in die Gegenwart. Es war, dachte er abschließend, jedenfalls dumm zu glauben, man könnte mittels Gebeten eine Art Vorbereitung für das, was auch immer nach dem Tod kam, treffen. Eigentlich schade. »Ich bin gern vorbereitet«, murmelte Anthony vor sich hin.

»Graf?«

»Ich sagte, da bereiten wir uns wohl besser vor.«

Respektvoll wartete der Bote. »Und wir informieren den König.« Er musste sich jetzt konzentrieren – für Gedanken über das Leben, Gott und den Sinn von Gebeten war später noch Zeit. Hoffentlich. »Also. Ich werde eine Nachricht verfassen.« Anthony nickte und der Bote, ein Angehöriger des Landadels, der hervorragende Dienste als Spion im französischen Lager leistete, kannte Graf Rivers bereits gut genug, um zu wissen, dass dieses Nicken eine Entlassung aus der Unterredung war.

»›… haben wir Nachricht erhalten, in diesem unseren Exil in Calais, was Ihr, hochwohlgeborener König und verehrter Schwager, uns aufgetragen habt und dessen schweres Joch wir klaglos tragen …‹ – verflucht sei dieser Kerl, wenn das klaglos ist, dann möchte ich nicht wissen, wie er sich anhört, wenn er klagt. Kann dein Bruder sich eigentlich nicht einmal ausdrücken wie ein normaler Mensch?«

»Woher weißt du, wie sich normale Menschen ausdrücken?« Elisabeth räkelte sich auf dem Himmelbett in Edwards Privaträumen im Palast von Westminster, Edward selbst saß am Schreibtisch und las die soeben von Anthony Graf Rivers aus Calais eingetroffene Nachricht.

»Vielen Dank, meine Liebste. Immerhin sprichst du, wie dir der Schnabel gewachsen ist.«

»Das tut Anthony auch. Ihm ist der Schnabel eben nur anders gewachsen.«

Mürrisch und ohne eine weitere Antwort zu geben versenkte sich der König erneut in das Schreiben. Elisabeth musste sowieso das letzte Wort haben, zumindest wenn sie allein waren, das stand außer Frage. Edward las weiter und fuhr dann zusammen, er hieb so plötzlich mit der Faust auf den Tisch, dass Elisabeth hochschreckte.

»Verflucht sei dieser Mann!«

»Anthony?« Kampfbereitschaft lag in Elisabeths Stimme. So wenig sie ihren Bruder verstand, so sehr liebte sie ihn.

Edward sah hoch und sprang dann auf. »Blödsinn. Warwick«, sagte er kurz, ging mit langen Schritten zur Tür und verschwand. Elisabeth hörte ihn noch nach Hastings und Richard rufen, dann war er ohne ein weiteres Wort der Erklärung verschwunden. Warwick? Was war schon wieder mit Warwick? Konnte man diesen verhassten Grafen nicht endlich loswerden? Elisabeth seufzte und stand auf.

Unterdessen trommelte Edward hastig seine engsten Berater zusammen. Erregt lief er im Thronsaal auf und ab. Hastings und Richard trafen fast gleichzeitig dort ein und wurden von Edward mit so wütenden Blicken empfangen, dass sich beide unwillkürlich fragten, was sie auf dem Kerbholz hatten. Edward blieb stehen und fuchtelte aufgeregt mit der Botschaft vor ihnen herum. »Anthony«, keuchte er, dann: »Graf Rivers hat geschrieben. Dieser widerliche Kerl ist am französischen Hof eingetroffen, Ludwig hat ihn empfangen, als sei er persönlich König von England. Und dann hat er es irgendwie fertig gebracht, dass sich dieser eitle Pfau und diese Intrigantin versöhnt haben! Sie lag ihm doch nur auf der Tasche, seit wir sie vertrieben haben.«

Hastings sah nicht so aus, als hätte er ein Wort verstanden. Aber Richard nickte. »Warwick«, sagte er.

»Wer sonst«, schnaubte Edward. »Nach den Berichten von Anthonys Spion rüstet er. Warwick will also an der Spitze eines Invasionsheeres in England einfallen und Margarete wieder auf den Thron setzen. Oh, ich verstehe sehr gut. Ludwig ist damit den Schuldenberg von Margarete und sie selbst los und er bekommt sein Bündnis mit England.« Er machte einen Augenblick Pause. »Karl von Burgund hat schon vor zwei Wochen ähnliche Befürchtungen geäußert, aber ich habe es nicht ernst genommen. Ein schwerer Fehler. Jetzt müssen wir handeln.«

Richard war ein anderer Gedanke gekommen. »Was hat Warwick von diesem Handel?«

Edward blickte plötzlich bedrückt und verlegen. »Nun«, sagte er, »er kommt zurück nach England, er erobert es wieder – und hinter Margaretes Thron ist sicher ein Plätzchen frei.«

»Und das soll ihm reichen?« Richard klang nicht überzeugt.

»Ein Königsmacher«, meldete sich Hastings zu Wort, »muss darauf aus sein, zu dem König, den er macht, in enge Beziehung zu treten. Am besten in verwandt –«

»Hastings, halt den Mund, es sei denn, du erklärst mir, wo ich das Geld für die Rüstung eines Heeres herbekomme!«, rief Edward. Richard trat einen Schritt vor und streckte die Hand aus. »Darf ich lesen, mein König?«

Edward sah ihn bedrückt an. Dann reichte er Anthonys Nachricht an Richard weiter.

»Ich weiß nicht, welche Wunder an Takt es Ludwig gekostet hat«, schrieb Anthony, »aber jedenfalls haben Warwick und Margarete in der Kathedrale von Angers auf ein Stück des ›Wahren Kreuzes‹ einen heiligen Eid geschworen. Der genaue Wortlaut ist mir unbekannt, aber ich bin sicher, es war viel von gegenseitiger Treue und was dergleichen mehr ist die Rede. Ludwig schwor, dem Haus Lancaster beizustehen, und besiegelt wurde die gesamte höchst feierliche Zeremonie durch die Verlobung der kleinen Anne mit Prinz Edward von Lancaster.«

Richard wurde es fast schwarz vor den Augen. Margarete von Anjou hatte ihren Sohn, so hieß es, zu einer wahren Bestie erzogen. Äußerlich recht wohlgeraten und hübsch, redete der Prinz den lieben langen Tag von nichts anderem als von Krieg, Schlacht, Köpfen, die abgeschlagen werden sollten, und den Vorzügen der Folter. Der Prinz war das Ergebnis der Erziehung seiner Mutter zum Hass gegen alle, die York hießen – oder Warwick. Und diesen Mann sollte Anne heiraten! Seine Anne. Richard konnte nicht weiterlesen. Halb blind gab er das Blatt an seinen Bruder zurück. Betretenes Schweigen herrschte. Dann räusperte sich Edward.

»Hast du bis zu Ende gelesen?«

Richard sah ihn nur an.

»Hier«, meinte Edward, »hier steht, dass die Ehe erst geschlossen werden soll, wenn Warwick in England siegreich war. Und das wird er nicht sein, Richard. Mit deiner Hilfe nicht.«

Inmitten der Dunkelheit, die ihn umgab, sah Richard einen kleinen Hoffnungsschimmer. Warwick würde, er durfte nicht gewinnen. Nicht, wenn er so verhindern konnte, dass Anne diesen ... diesen ... ihm fiel kein Wort ein, das passend gewesen wäre. Diese Hochzeit durfte nicht stattfinden. Um Annes willen. Er würde sie verhindern.

»Da gibt es noch etwas, was ich dir sagen muss«, sagte Edward und er sah weiter leicht bedrückt aus. »Hastings, lasst uns allein.«

Der Haushofmeister blickte verwundert, entfernte sich aber unverzüglich nach einem letzten Blick auf den König und seinen jüngeren Bruder. Edward begann wieder, unruhig im Zimmer auf und ab zu gehen. »Weißt du«, sagte er dann, »ich hab das damals völlig vergessen, es passierte so viel und – nun ja. Ich hab wirklich einfach nicht daran gedacht.«

»Woran, mein König?«, fragte Richard verwundert und gespannt. Was um Himmels willen kam denn da noch?

»Lass bloß den König weg, wir sind doch unter uns. Ja, also. Damals. Als ich von Warwick auf Middleham gefangen gehalten wurde.«

»Ja?«

»Ja. Da kam ... also, da kam Anne zu mir.«

»Was?«

»Sie hatte sich als Magd verkleidet und sich mit dem Frühstück in mein Zimmer begeben.«

Richard wurde blass. Anne war bei seinem Bruder gewesen? Warum? Warum hatte sie sich dieser Gefahr ausgesetzt? Was wollte Edward ihm sagen? Ein furchtbarer Verdacht keimte in Richard auf. König oder nicht, Bruder hin oder her, wenn das stimmte, was er gerade nicht zu Ende zu denken wagte, dann –

»Was wollte sie?«, fragte er gepresst. »Warum war sie bei dir? Was willst du mir sagen, Edward?«

»Oh, sie kam, um sich bei mir auszuweinen«, sagte Edward. »Und um mich zu bitten, dich heiraten zu dürfen.« Er lächelte. Richard war wie vor den Kopf geschlagen.

»Was«, fragte er heiser und Edward lachte.

»Ja, das war auch meine Reaktion, fürchte ich. Nein, sie fragte natürlich nicht so direkt. Sie erzählte mir nur, was sie für dich empfindet, und fragte sich selbst ständig, warum du damals so plötzlich von Middleham abgeritten bist. Das hab ich ihr dann immerhin erklärt. Was ich sagen will, Richard: Wenn du sie immer noch liebst, dann hast du einen sehr guten Grund, Warwicks Sieg zu verhindern. Denn sie liebt dich sicher.«

»Liebte mich jedenfalls damals«, sagte Richard gepresst. »Aber wie sieht das jetzt aus, nachdem sie fliehen musste, am Hof von Angers lebt und die Krone Englands bekommen soll, wenn ihr Vater siegt?«

Edward zuckte die Schultern. »Wenn ihr Vater siegt, ja. Du kennst sie besser als ich, aber ich hatte nie das Gefühl, dass die kleine Anne sich eine Krone wünscht.«

Es war an Richard, die Schultern zu zucken. »So viel kann mit uns passieren.«

»Ja. Aber auf die Treue mancher Menschen ist Verlass.« Edward schwieg einen Moment. »Hoffe ich zumindest. Kann ich auf dich zählen, Richard?«

Richard nickte.

»Ja, mein Herr und König«, sagte er und seine Stimme klang fest. Wie im Traum lief er anschließend durch die langen Gänge des Palastes von Westminster. Warwick wollte in England einfallen, ein Krieg stand vor der Tür, Anne sollte diesen grausamen Kerl heiraten, Anne hatte mit Edward gesprochen, Anne liebte ihn. Immer noch? Das wusste er nicht. Aber die zart in seinem Herzen aufkeimende Hoffnung war auch gerade nicht das Wichtigste, versuchte er sich einzureden. Zunächst musste er seinem Bruder beistehen und so auch diese Heirat verhindern. Aber die Heirat verhindern, das hieß auch, Annes Vater bekämpfen. Hieß, ihn wahrscheinlich töten. Wie sollte sie ihn danach weiterlieben?

Richard wusste es nicht. Aber er wusste, dass er seinem Bruder die Treue geschworen hatte, und in seinem Herzen auch Anne. Daran änderte auch die Beziehung zu Vivianne nichts. Anne war immer in seinem Herzen gewesen. Würde es immer sein. Sie konnte in einer Ehe mit diesem Lancaster-Prinzen nicht glücklich sein. Oder doch? Und wenn – was sollte er dann tun? Er konnte seinem Bruder nicht die Treue brechen, um Annes Glück zu schützen. Er würde gegen ihren Vater kämpfen müssen. Mit Gottes Hilfe würden sie siegen. Was dann geschah – das wusste nur Gott. Und was, fragte sich Richard, würde ich tun, wenn ich's wüsste? Zum ersten Mal empfand er es als eine Gnade, dass niemand wissen konnte, was die Zukunft bringen würde.

Den ganzen Sommer über zogen König Edward, Richard und die Ritter des königlichen Hofs durch England und sammelten Truppen gegen die drohende Invasion des Grafen Warwick. Die Warnungen, die Edward von seinen eigenen Spionen in Frankreich, von seinem Schwager Karl von Burgund und von Anthony erhielt, wurden drängender. Von Ort zu Ort zog der König, hielt Heerschauen ab und sammelte seine Verbündeten. Richard arbeitete verbissen an seiner Seite. Niemand merkte ihm an, was er empfand, aber Edward kannte seinen Bruder gut genug, um zu ahnen, was für Gefühle in ihm tobten. Richard war immer verschlossen gewesen, als Kind, als Heranwachsender, als Mann. Er handelte eher, als dass er redete, und zum Reden hatte Edward sowieso keine Zeit. Er gab Anthony in Calais Befehl, mit einer Flotte in See zu stechen, sich mit den Schiffen Karls des Kühnen von Burgund zu vereinen und gemeinsam die französische Küste zu blockieren. Edward wollte Zeit schinden – sein Heer war noch nicht marschbereit, seine Vorbereitungen noch nicht abgeschlossen. Wer konnte sich in dieser Situation um die Seelenschmerzen seines jüngeren Bruders kümmern? Niemand.

Die Warnungen wurden dringender. Dann schlug Anfang Herbst das Wetter um, die ersten Herbststürme zogen auf. Einer dieser Stürme brach die Blockade der anglo-burgundischen Flotte. Mit Mühe konnte sich Anthony Graf Rivers an die englische Küste retten. Warwicks Weg über den Kanal war damit frei, und der Graf nutzte die Chance und setzte sofort an der Spitze seines von König Ludwig ausgerüsteten Heeres nach England über.

Die Männer waren früh schlafen gegangen. Hinter ihnen lag ein anstrengender Marsch. Nur einige wenige saßen noch an den Feuerstellen oder vergnügten sich mit mitreisenden Huren. Als die Nachricht von der Landung Warwicks in Dartmouth und Plymouth gekommen war, hatte König Edward, der sich gerade in Yorkshire aufhielt, Nachricht an den Marquis von Montagu gesandt und sein Heer Richtung Süden in Marsch gesetzt. Etwa dreitausend Mann umfasste das Heer des Königs, Montagus Truppe war noch größer. Der König hatte in Doncaster Station gemacht, um sich und seinen Leuten eine Nacht Ruhe zu gönnen und auf die Ankunft des Marquis zu warten. Zahlenmäßig würden die beiden vereinten Heere Warwicks Invasionstruppe bei weitem übertreffen, es gab also keinen Grund zur Sorge, wie Edward seinem jüngeren Bruder noch am Abend, bevor er sich selbst in sein Zelt zurückzog, versichert hatte. Man würde jetzt endgültig ein Ende mit Warwick machen.

Aber Richard war unruhig. Er konnte die Zuversicht seines Bruders nicht teilen. Selbst nach dem Eintreffen Montagus würden sich die Heere noch sehr gleichen, die Überlegenheit war nicht so ausgeprägt, dass die kommende Schlacht von Anfang an zu ihren Gunsten entschieden war. Außerdem war eine Schlacht eine Schlacht – niemand konnte vorhersehen, wie sie ausgehen würde. Und dann: Montagu war noch nicht da. Was, wenn Warwick früher käme? Besorgt wanderte Richard durch die Reihen der schlafenden Männer, der Zelte, Feuerstellen und hin und wieder schnaubender Pferde. Gern hätte er sich jetzt mit Vivianne besprochen. Sie hätte es verstanden, ihm seine Unruhe zu nehmen. Am Vorabend einer Schlacht war Richard nicht gern allein. Er war nie gern allein, aber es gab nur wenig Menschen, bei denen er sich sicher fühlte. Anthony gehörte dazu, und Vivianne, mit der ihn, jenseits ihrer kurzen Liebelei, eine tiefe Freundschaft verband.

Aber Anthony schlief bereits, er hatte sich völlig erschöpft nach der letzten abendlichen Besprechung zurückgezogen, und Vivianne war nach Frankreich gereist. Ihre Mission war es, sich dem Gefolge der Herzogin von Clarence anzuschließen – und, wenn möglich, Clarence auf ihre Seite zurückzuholen. Hoffentlich geschieht ihr nichts, dachte Richard. Aber Vivianne war klug, sie konnte auf sich aufpassen. Wahrscheinlich war sie inzwischen bereits in der Normandie angekommen. Und wo war Anne? Ebenfalls in der Normandie? Würde Vivianne sie sehen? Wahrscheinlicher war allerdings, dass sich Anne in Angers im Anjou aufhielt. Vielleicht sah sie gerade in den gleichen Sternenhimmel wie er. Es war eine klare Nacht. Was tat sie? Saß sie bei ihrem Verlobten, dem Lancaster-Prinzen? Lachte mit ihm und betete für den Sieg ihres Vaters und die baldige Hochzeit? Erneut empfand Richard den furchtbaren Konflikt, entweder den Vater der Frau, die er liebte, zu besiegen, wahrscheinlich zu töten – oder selbst zu unterliegen und, sollte er am Leben bleiben, zusehen zu müssen, wie sie einen anderen heiratete. Großer Gott, dachte er, was soll ich nur tun? Aber er wusste, dass er keine Wahl hatte. Er würde an der Seite seines Bruders kämpfen, wenn es zur Schlacht kam, und alles Weitere lag nicht in seinen Händen.

Richard war müde. Er lenkte seine Schritte zurück zu seinem Zelt. Er war weiter gelaufen, als er beabsichtigt hatte, es dauerte eine Weile, bis er sich endlich auf seiner Matte ausstrecken konnte. Sein Knappe, ein vierzehnjähriger Junge aus dem niederen Adel, der bei ihm Dienst tat und hoffte, bald zum Ritter geschlagen zu werden, schlief bereits. Auch aus dem benachbarten Zelt des Königs drang kein Laut mehr. Richard starrte ins Dunkle. Die leisen Geräusche aus dem Heerlager verstummten nach und nach. Ruhe senkte sich über das Heerlager. Richard warf sich herum. Er konnte nicht schlafen, noch immer waren seine Gedanken und Gefühle zu aufgewühlt. Er versuchte, sich zur Ruhe zu zwingen, aber es brachte nichts. Weiter starrte er blicklos ins Leere. Er wusste nicht, wie lange er so gelegen hatte, wartend auf den Schlaf, der nicht kam, als er plötzlich eine Unruhe im Lager wahrnahm. Das waren doch Schreie, die er hörte, Schreie und das Trommeln von Hufen!

Richard sprang auf, auch sein Knappe fuhr aus dem Schlaf hoch. Verängstigt sah der Junge ihn an. Dann flog die Eingangsbahn des Zeltes zurück. Richard sprang sofort auf und griff nach seinem Schwert. Es war Hastings, der ins Zelt stürzte. »Gloucester«, rief der Haushofmeister, der sich in aller Eile angezogen haben musste, »steht auf! Wir werden angegriffen!« Richard begriff nichts. Ein Angriff? Von wem? Aber es war keine Zeit zu diskutieren, Richard stürzte hinter Hastings aus dem Zelt, sein Knappe folgte ihm. Draußen hatte sich die Welt verändert. Die ruhige, dunkle Nacht war plötzlich erfüllt von Rufen und den Schreien Verwunderter, an mehreren Stellen brannte es, die Flammen flackerten in der Nacht. Einige Pferde hatten sich in Panik losgerissen, schnaubend galoppierte ein Schlachtross an Richard vorbei. Was war los? Dann sah er Anthony, der auf seinem grauen Hengst saß und irgendetwas rief. Hastings packte Richard am Ärmel. »Wir müssen fliehen, Gloucester, macht schon!« Anthony winkte wie wild, jetzt sah Richard auch Edward, ebenfalls auf seinem Ross. Richard drehte sich um. Sein Knappe starrte ihn an, Angst in den Augen. Die Luft war erfüllt vom Qualm der Feuer.

»Los«, sagte Richard knapp und nickte dem Jungen zu, »zu den Pferden!« Der Junge starrte ihn weiter nur an. Panik lähmte ihn. »Herr Gott«, fluchte Richard, er konnte doch dieses Kind jetzt nicht allein lassen! Aber da war nichts zu machen, der Junge war offensichtlich nicht in der Lage, allein zu handeln. Richard gab den Plan, ihn die Pferde holen zu lassen und selbst das Notwendigste aus dem Zelt zu holen, auf. Er nahm den Jungen am Arm und lief, den Knappen hinter sich herziehend, zur Koppel, wo ihre Pferde angebunden waren. Wie gut, dass er sein Pferd nicht abgesattelt hatte! Für den Jungen würde es ein anderes Tier tun. Neben ihm zischte ein Pfeil durch die Luft. Der Junge schreckte zusammen und warf sich dann auf den Boden. Richard band eine falbe Stute los, zog seinen Knappen wieder hoch und drückte dem Jungen die Zügel in die Hand. Dann sprang er auf sein eigenes Pferd, das sich halb aufbäumte. Richard drückte die Fersen in die Flanken des Tieres und der große Hengst sprengte davon, hinter Edward und Anthony her. Die Stute, die Richard seinem Knappen gegeben hatte, folgte.

Es war ein gnadenloser Ritt. Sie galoppierten durch das Lager, nahmen keine Rücksicht auf die kämpfenden oder fliehenden Soldaten, drängten sich durch die Leiber. Richard fühlte die Muskeln seines weit ausgreifenden Pferdes unter sich arbeiten. Er musste gleichzeitig darauf achten, hinter seinem Bruder und Anthony zu bleiben und den Abstand zwischen ihm und seinem

Knappen nicht zu groß werden zu lassen: Die falbe Stute war nicht so schnell. Fluchend hielt Richard sein eigenes Pferd immer wieder zurück. Dann, endlich, erreichten sie das freie Feld. Richard atmete auf. Vor ihm verringerten sie das Tempo ein wenig, Richard und sein Knappe konnten aufschließen. Gemeinsam, in einander angepasstem Tempo, sprengten sie weiter.

Sie ritten die ganze Nacht durch. Anthony war an seiner Seite, sein Knappe hinter ihm, vor sich sah Richard die Pferde Edwards und Hastings'. Die Nachhut bildeten einige wenige Ritter. Es war kalt. Richard schauderte in seinem Umhang. Gut, dass er den wenigstens mitgenommen hatte. Ansonsten hatte er sein Schwert an seiner Seite und die Streitaxt, die am Sattel festgebunden war – das war alles. Er führte kein Geld bei sich, keinen Proviant, kein Pferdefutter, nichts. Wahrscheinlich, dachte er grimmig, geht es den anderen genauso. Wohin führt dieser wilde Ritt? Und wie war Warwick so schnell hierher gekommen? Aber zum Fragen war keine Zeit. Noch galt es, so viel Raum wie möglich zwischen sich und die Feinde zu legen. So schnell wie möglich ritten der König und sein kleines Gefolge durch die sich langsam lichtende Nacht.

Nur einmal bisher hatte Richard so überstürzt fliehen müssen, war er so durch die Nacht gesprengt. Eine andere Nacht, aber die gleichen Feinde. Damals war er sieben Jahre alt gewesen und die Anhänger der Königin Margarete hatten bereits London geplündert. Heute gehörte zu den Anhängern Margaretes allerdings auch der damalige Verbündete Graf Warwick. Sie ritten durch die Nacht. Der Feind war ihnen auf den Fersen. Oder hatten sie ihn bereits hinter sich gelassen? Richard wusste es nicht.

Sie erreichten die Bucht von Wash im Morgengrauen. Es stand nunmehr die Entscheidung bevor, ob sie mit den dort liegenden Booten übersetzen wollten oder zu Pferd um die Bucht herumreiten sollten. Es war keine wirkliche Frage, sie wussten zwar nicht, wie nah ihre Feinde tatsächlich waren, aber die Zeit für den Ritt um die Bucht hatten sie in keinem Fall. Sie ließen also die Pferde zurück und teilten die Gesellschaft auf zwei Boote auf: Richard, Hastings, Anthony und der König im einen, ihr kleines

Gefolge in einem zweiten Boot. Richard hatte sich direkt beim Einsteigen ein Ruder gegriffen, das andere drückte Anthony Hastings in die Hand. Nun ruderte der Haushofmeister, als ginge es um sein Leben – was es ja auch tat. Leider war er unfähig, mit Richard im Takt zu bleiben. Das Boot schlingerte.

»Hastings, haltet das Boot gerade, sonst kentern wir und dann kann uns Montagu aus dem Fluss fischen«, meinte Anthony, »was er sicher mit größter Freude tun würde.«

»Montagu?«, fragte Richard.

»Ja, glaubst du denn, Warwick hätte so schnell durchs ganze Land reiten können? Montagu hat uns angegriffen.«

»Aber er sollte sich doch mit uns verbünden«, fragte Richard.

»Sollte er, ja. Hat er aber nicht, es sei denn, bei Nacht in unser Lager zu stürmen und unsere Soldaten niederzumetzeln ist eine neue, mir noch unbekannte Form der höflichen Begrüßung.« Anthony lachte kurz auf.

Edward war dagegen erzürnt. »Montagu. Nie hätte ich ihm Verrat zugetraut. Kann man denn nichts vertrauen, was Neville heißt?«

»Das hat damit nichts zu tun, Montagu war immer treu. Nur habt ihr ihn, mit Verlaub, mein König, auch ziemlich schlecht behandelt, als ihr ihn mit dem Titel Marquis abspeistet, nachdem er für Euch seinen Bruder verraten hatte.«

»Ihr habt ja Recht.« Edward schwieg einen Moment lang. Hastings stand der Schweiß auf dem Gesicht. Anthony grinste. Macht ihm das etwa auch noch Spaß, dachte Richard irritiert.

»Das sollte Euch daran erinnern, Eure Gefolgsleute immer ordentlich zu belohnen, mein König. Ich wollte es nur mal so erwähnen.«

»Im Augenblick kann ich dir nicht viel geben, Anthony, die Flucht kam zu rasch. Aber du ruderst ja auch nicht.«

»Nein, das macht Hastings sehr viel besser.« Hastings brummte. »Mich würde jetzt langsam das Ziel dieser charmanten Reise interessieren«, fuhr Anthony fort und er sah dabei tatsächlich aus, als halte er Montagus Verrat und ihre überstürzte Flucht für einen gelungenen Ausflug. Richard verstand ihn nicht. Er verstand auch Edward nicht, der auf Anthonys leichtes Geplauder im gleichen Ton einstieg. Machten sie sich keine Sorgen? Um ihre Frauen, zum Beispiel. Aber Anthony hatte seine Frau noch nie sehr interessiert, er hatte, dem Wunsch des Königs und vor allem der Königin folgend, geheiratet. Elisabeth hatte eine gute Partie für ihn gewählt, wie für alle ihre Familienmitglieder, und nun saß Anthonys Frau irgendwo auf seinen Gütern und er kümmerte sich nicht weiter um sie. Aber Edward. Edward trug doch die Verantwortung für Elisabeth. Und dann die vielen Soldaten, die bei dem Überfall Montagus ihr Leben verloren hatten. Viele davon waren wahrscheinlich nicht älter als er. Richard schauderte. Und hier saßen die beiden also und plauderten darüber, als sei es etwas völlig Normales und ein Grund zur Besorgnis nicht vorhanden. Er verstand es nicht.

Das Boot schwankte. »Hastings!«, rief Anthony, »verdammt noch mal, jetzt gebt Euch doch mal etwas mehr Mühe! Immerhin habt Ihr den König an Bord.«

»Gewesenen König«, sagte Edward. »Das muss man jetzt wohl so betrachten. Trotzdem hänge ich noch am Leben. Ich will nämlich Warwick den Thron wieder wegnehmen.«

»Aha. Ein guter Plan. Und wie? Wir sind ein kleines Heer, Mylord.«

»In Lynn schiffen wir uns nach Burgund ein. Karl wird uns eine Flotte ausrichten. Er muss ein Bündnis zwischen Frankreich und England verhindern, denn ein Bündnis zwischen den beiden ist eins gegen Burgund. Wenn er also sein Herzogtum behalten will, muss er uns helfen.«

»Ich hoffe, er sieht das auch so.«

»Anthony, mein Freund, ich hoffe, du hältst in Burgund hin und wieder mal deinen respektlosen Mund.«

»Natürlich, mein König.« Anthony grinste. Richard und Hastings ruderten schweigend weiter, ihnen folgte das zweite Boot. Mit dem Heraufdämmern des Tages sollte es heller werden, aber das tat es nicht. Im Gegenteil, der Himmel verfinsterte sich, Richard sah es mit Besorgnis. Sie waren nicht mehr fern vom vorerst rettenden Ufer, aber das sah nach Sturm aus. Und dieser Sturm kam erschreckend schnell heran. Wind kam auf. Dann fielen ein paar Regentropfen aus dem mittlerweile grau und drohend über ihnen hängenden Himmel.

»Das gefällt mir gar nicht«, rief Hastings, als eine plötzliche Windböe das Boot zum Tanzen brachte.

»Ja, vielleicht finden wir jemanden, bei dem wir uns beschweren können!«, rief Anthony und stand auf.

»Bist du wahnsinnig, setz dich wieder hin«, schrie Richard, der sich verzweifelt bemühte, in den plötzlich aufbrechenden Wellen das Boot ruhig zu halten.

»Das bockt wie ein wild gewordenes Pferd und das ist erst der Anfang, siehst du nicht?«

Es war fast wieder so dunkel wie in der Nacht geworden, das Unwetter kam mit rasender Geschwindigkeit näher.

»Setz dich hin, verflucht!«

»Du sollst nicht fluchen. Besser wäre gerade beichten und beten.« Anthony lachte und tat einen Schritt nach vorn.

»Graf Rivers, das ist ein königlicher Befehl!«

»Wir werden alle ertrinken, mein König, wenn Hastings und dieses Unwetter aufeinander treffen!« Anthony tat einen Schritt nach vorn, hielt sich an Hastings fest und sagte: »Los, Haushofmeister, steht auf, nach hinten mit Euch!«

»Den Teufel werde ich tun, bei diesem Wellengang.«

»Steht auf, verdammt!«

Das Boot tanzte mittlerweile auf den Wellen, sie hatten keine Chance, es ruhig zu halten. Um sie her heulte der Wind. Binnen Sekunden waren sie bis auf die Haut durchnässt. Hastings stand langsam, sich mit beiden Armen festhaltend, auf. Den fast schwarzen Himmel durchzuckte ein Blitz. Richard sah die Silhouetten der beiden schwankenden Männer, sah, wie Hastings sich verzweifelt an das Boot klammerte, sah, wie Anthony mit den Armen ruderte, er hörte seinen Bruder etwas rufen, aber was verstand er schon nicht mehr. Eine riesige Welle rollte auf sie zu, packte das Boot, Richard hörte einen Donnerschlag niederkrachen, dann ein weiterer Blitz und dann wirbelte die Welle das Boot wie ein Spielzeug herum, hob es an und sie kenterten; Richard wurde es einen Moment lang schwarz vor den Augen, als er in den eiskalten Fluten untertauchte, er schluckte Wasser, kämpfte gegen die Wellen und dagegen, das Bewusstsein zu verlieren. Neben sich sah er Hastings verzweifelte Versuche, nach Luft zu schnappen und nicht unterzugehen. Dann spürte er eine Hand in seinem Nacken, er wurde vorwärts gezogen, begann zu husten und tauchte erneut unter, um ihn heulte der Wind, der Lärm war fast unglaublich. Richards Kräfte erlahmten. Aber immer noch zog ihn jemand vorwärts und dann fühlte er plötzlich Grund unter seinen Füßen. Er kämpfte weiter und erreichte das rettende Ufer. Anthony ließ ihn los.

»Alles in Ordnung, mein Freund?«

Richard konnte nur nicken, er spuckte einen Schwall Seewasser aus und hustete erneut. »Wo sind die anderen?«, fragte er.

»Dein Bruder liegt neben dir und Hastings ist auch noch mit Husten beschäftigt. Auch alle anderen sind gerettet. Wir waren näher am Ufer, als wir dachten. Kannst du laufen?« Richard nickte. Sie waren vor dem Unwetter in Sicherheit, aber gerettet noch lange nicht. Fluchend und hustend machte sich die Gesellschaft der Flüchtlinge wieder auf den Weg.

In Lynn kehrten sie in einer der Fischerkneipen ein. Immerhin, hatte Anthony bemerkt, würde in ihrer jetzigen Aufmachung, abgerissen und durchnässt bis auf die Knochen, niemand vermuten, dass der König unter ihnen war. Am Hafen lagen nur wenige Fischerboote. Richard sah es mit Erleichterung und Erschrecken. Immerhin gab es Boote. Aber ob die sie wirklich sicher nach Burgund bringen würden? Er bezweifelte es. Diese Boote sahen nicht aus, als wären sie für die hohe See gemacht, vor allem nicht, wenn erneut ein Sturm aufkam. Das Unwetter hatte sich fürs Erste ausgetobt, es war ebenso schnell abgezogen, wie es gekommen war. Die Flüchtlinge hatten keine Zeit zu verlieren. Schon verhandelten Hastings und Edward mit einem der Fischer. Der Mann zog zweifelnd die Stirn in Falten, aber Hastings legte Geldmünzen auf den Tisch und zerstreute damit die Bedenken. Bedächtig nickte der Mann. Bis die Gezeiten günstig für die Abfahrt waren, warteten die Flüchtlinge, unruhig und durchnässt, in einer der Fischerkneipen in Lynn. Richard blickte immer wieder zur Tür. In Gedanken sah er Montagus Häscher zur Tür hereinstürmen, ahnte das Gefecht voraus. Aber alles blieb ruhig und endlich konnten sie abfahren. Die kleine Gesellschaft von Flüchtlingen schiffte sich ein.

Die Überfahrt verlief ruhig. Das Wetter hatte sich tatsächlich beruhigt. Richard erlaubte sich ein erleichtertes Aufatmen, als die burgundische Küste vor ihnen auftauchte. Sie rafften ein, zwei Segel und kreuzten vor der Küste, als erneut Hektik aufkam.

»Was ist los?«, fragte Richard nervös.

»Ich habe keine Ahnung, aber diese kleine Reise beginnt mir auf den Geist zu gehen«, antwortete Anthony.

»Da!«, rief Edward. »Verflucht noch eins und alle Höllenhunde! So viel Pech kann man gar nicht haben! Das ist eine verdammte Hansekogge!«

In Eile wurden die Segel wieder gesetzt. Jetzt zeigten sich die Vorzüge des kleinen Schiffs, es war sehr viel wendiger als die schwere Kogge. Trotzdem hielt das große Schiff Kurs auf sie, kam immer näher. Der Kapitän nahm seine Zuflucht zu raffinierten Wendemanövern, steuerte aber unbeirrbar auf die Küste zu. Vor sich sahen sie bereits den Hafen von Alkmaar auftauchen.

»Oh, verdammt, er schafft es!«, rief Edward, »nur vorwärts, ich will doch nicht in Sichtweite des rettenden Ufers sterben!«

»Wo man stirbt, ist letztlich egal –«

»Anthony, tu mir den Gefallen und verschone mich jetzt mit deinem fatalistischen Gerede!«

»Ich wollte sagen, mein König, das Wo ist egal, das Wann ist wichtig, und ich will noch nicht sterben. Wo ist mein Schwert?«

»Vielleicht in den Fluten, was weiß denn ich.«

Bedrohlich näherte sich das Schiff. Da lösten sich plötzlich im Hafen zwei, drei größere Schiffe, kamen auf sie zu und nahmen das kleinere Boot zwischen sich. Die Gesellschaft an Bord des Fischerboots sah sich beunruhigt an. Wer war das? Freund oder Feind? Immerhin, Richard sah es mit pochendem Herzen, drehte das Hanseschiff ab, so würden sie also zum Schluss nicht noch Opfer eines Handelskriegs werden. Edward stand an der Reling. Dann stieß er plötzlich einen Jubelschrei aus – auf einem der Schiffe, die sie geleiteten, war eine Gestalt an die Reling getreten und grüßte freundlich zu ihnen hinüber.

»Seigneur de la Gruthuyse! Dem Himmel sei Dank.«

Richard fiel ein Stein vom Herzen. Der Gouverneur Hollands war genau zur richtigen Zeit aufgetaucht. Sie waren gerettet. Stumm fielen die Männer sich in die Arme. Eine halbe Stunde später traten sie an Land. Zum zweiten Mal in seinem Leben war Richard Flüchtling in Burgund.

HOCHZEIT

Der Einzug in die Stadt war prächtig. Warwick lächelte und grüßte nach allen Seiten und genoss die Hochrufe. An seiner Seite ritt der Herzog von Clarence und zahlreiche Edelleute folgten ihnen. An den Straßen standen die Einwohner Londons und jubelten ihnen zu. Es war ein wunderbarer Tag, der Tag seines größten Triumphs! Warwick lachte und grüßte. Auch der Herzog von Clarence lächelte, aber etwas gequält. Warwick konnte es ihm nicht verdenken, machte der heutige Tag doch seine Hoffnung auf den Thron mehr oder weniger zunichte. Aber Clarence sollte sich nicht so haben, für seinen Schwiegersohn würde schon gesorgt werden. Viel wichtiger war es jetzt, den alten Henry aus dem Tower zu holen und ihn auf den Thron zu setzen. Damit würde die Bedingung des Vertrags zwischen ihm, Margarete und Ludwig erfüllt sein und seine Jüngste würde drüben in Angers mit Prinz Edward von Lancaster verheiratet werden. Seine Anne. Warwick verging beinahe vor Stolz. Seine Anne würde Königin sein. Was konnte ein Vater Besseres für seine Tochter tun, als er getan hatte?

Stolz winkte er der ihm zujubelnden Einwohnerschaft Londons zu. Was kümmerte es ihn, ob bloße Neugier die Menschen auf die Straße getrieben hatte, ob sie lieber von Lancaster als von York regiert wurden oder ob sie nur opportunistisch dem neuen Herrscher zujubelten? Der neue Herrscher war er. Er würde Henry wieder auf den Thron setzen. Seine Tochter würde binnen kurzem Königin sein. York war passé. Er hatte es ihnen gezeigt, dem untreuen Edward und seiner Bande von Woodvilles. Sie hatten ihn immer wieder gedemütigt; jetzt waren sie entweder geflohen oder füllten die Asyle. Warwick war am Ziel angekommen.

Der prächtige Zug zog durch die Stadt. Schließlich erreichte man den Tower, wo Henry VI. von York gefangen gehalten wurde. Innerlich leicht schaudernd betrat der Graf von Warwick den Tower.

Henrys Räume lagen im Wakefield Tower und sie waren überraschend groß und weitläufig. Im Kamin brannte ein Feuer. Ein Diener zog sich rasch zurück, als Warwick mit seiner Gefolgschaft durch die Tür trat. Der Mann am Schreibtisch neben dem Kamin blickte unwillig auf, fast als fühle er sich gestört. Mit Henry, sah Warwick, war die Zeit nicht so gnädig umgegangen wie mit seiner Frau Margarete. Der König war deutlich gealtert. Seine Haut war blass, seine Augen blinzelten in der Helligkeit, er schaute angestrengt zur Tür. Sein Gesicht war von Sorgenfalten zerfurcht, das Haar hatte sich gelichtet. Gekleidet war der König wie ein Mönch. Warwick trat auf ihn zu, dann fiel er vor Henry VI., dem alten und neuen König Englands, auf die Knie.

Henry rührte sich zunächst nicht. Unverwandt starrte er den vor ihm knieenden Grafen an. Dann hob er das Kinn etwas an, aber seine blauen Augen blieben weiter auf Warwicks Gesicht gerichtet.

»Ja«, fragte der König, der noch gar nicht wusste, dass er wieder König war. »Was kann ich für Euch tun?«

Warwick räusperte sich. »Ich bin gekommen, mein König, um Euch wieder in Euer Geburtsrecht einzusetzen.«

»Geburtsrecht?«, antwortete Henry gedehnt. »Es gibt kein Recht von Geburt an. Alles Recht gibt der Herr. Er gibt es oder er nimmt es.« Er sah Warwick streng an. »Mir scheint, Ihr solltet mehr in der Bibel lesen.«

Warwick blickte verblüfft auf. Am Ende der Invasion und aller Schwierigkeiten hatte er weiß Gott nicht damit gerechnet, dass ihm Henry selbst Probleme bereiten würde! Warwick stand auf.

»Ich bin gekommen«, versuchte er es ein weiteres Mal, »um Euch wieder auf den Thron von England zu setzen, mein König«, versuchte er es erneut.

»Nein«, sagte Henry, »danke. Ich will nicht König sein. Ich fühle mich sehr wohl hier. Ich habe Zeit. Zum Lesen. Zum Denken. Und zum Beten.« Er wandte sich wieder seinen Büchern zu. »Die Menschen sollten viel mehr beten«, murmelte er noch.

Lord Stanley trat vor. »Als König von England, mein König, könnt Ihr die Menschen zu mehr Gebeten anhalten. Und Ihr könntet neue Kirchen bauen lassen. Gott würde es Euch lohnen.«

Henry blickte wieder auf, diesmal mit mehr Interesse im Blick. Er nickte. »Das stimmt. Gott würde sich freuen.« Der Funke in seinen Augen erlosch wieder. »Aber das habe ich ja schon beim letzten Mal, als ich König war, nicht geschafft. Deswegen hat mich Gott vom Thron gestoßen.«

»Gott gibt Euch eine zweite Chance, mein König.«

»Tatsächlich?«

»Ja«, Stanley nickte und Warwick konnte nicht anders, er musste diesen schlauen Fuchs bewundern. »Er gibt Euch eine zweite Chance. Es gibt zu wenig wahrhaft Gläubige in diesem Land. Ihr seid der Mann, das zu ändern.«

Henrys Gesicht erhellte sich, dann stand er auf. Priesterlich breitete er die Arme aus. »Wenn es so ist, o Herr, dann nehme ich diese schwere Aufgabe an und bitte demütigst um deinen Beistand.« Der neue König von England fiel auf die Knie. Die versammelten Barone und Grafen, die mit Warwick gekommen waren, schauten verblüfft. Auf einen eiligen Wink von Stanley aber fielen sie ebenfalls auf die Knie.

»Lasset uns beten«, sagte Henry und senkte den Kopf.

»Das war genial«, zischte Warwick zu Stanley herüber. Der zuckte nur die Schultern und grinste.

König Henry wurde im Triumphzug nach Westminster gebracht, wo er in seinen alten Räumen wieder einzog. Ein eiligst von Warwick zusammengerufenes Parlament bestätigte die Wiedereinsetzung des Königs, es hob die Ächtung der Anhänger des Hauses Lancaster auf und billigte Warwicks Friedenspolitik mit Frankreich. Alles war bereit. Warwick schickte Nachricht über den Kanal zu Königin Margarete und teilte ihr mit, dass man sie, die neue Königin Englands, sowie ihren Sohn, den Thronfolger, und dessen Frau jetzt so bald wie möglich in London erwarte.

Als die Nachricht von Warwicks Sieg und der Wiedereinsetzung König Henrys in Angers ankam, war Anne hin und her gerissen in einem Widerstreit der Gefühle. Natürlich hatte sie ihrem Vater den Sieg gewünscht, aber dieser Sieg bedeutete eben auch, dass sie nun den Prinzen von Lancaster heiraten musste. Seit der Eröffnung ihres Vaters, dass Edward von Lancaster ihr Mann werden solle, und seinem Aufbruch nach England waren mehrere Wochen vergangen. Der Sommer hatte sich in einen wunderschönen Herbst verwandelt und trotz des Aufruhrs in ihrem Inneren hatte Anne die Farben der Blätter im Schlosspark von Angers bewundert. Mit ihrem Verlobten hatte sie nicht viel zu reden, beim Abendessen saß sie weiter neben ihrer Mutter und Isabell, sonst war sie sich selbst überlassen. Fast schien es ihr, als wollte seine Mutter verhindern, dass sie zu viel miteinander zu tun hatten. Anne war es recht, je weniger sie von dem Prinzen mitbekam, desto besser.

Tagsüber hatte sie lange Spaziergänge in der Umgebung des Schlosses unternommen. Zunächst hatte sie noch Pläne geschmiedet. Sie würde weglaufen, sie würde nach England übersetzen oder in ein Kloster gehen, um Asyl bitten – aber es war ihr klar, dass diese Pläne undurchführbar waren. Wie sollte sie, schutzlos und ohne Geld, nach England kommen? Und selbst wenn sie die Heimat erreichte, was sollte sie dann tun? Nicht einmal ein Kloster würde sie ohne Einwilligung ihres Vaters aufnehmen, und davon abgesehen wollte sie auch nicht dahin. Es war sinnlos. Sie hatte eingesehen, dass sie keine Wahl hatte. Wenn ihr Vater siegreich war, musste sie den Lancaster-Prinzen heiraten, und sie konnte doch nicht ernsthaft darum beten, dass ihr Vater eine Niederlage erlitt! Und wenn er unterlag, was geschah dann mit ihr? Dann blieb ihr auch nur das Kloster. Wohin sie auch sah, es gab keinen wirklichen Ausweg. So tat sie gar nichts und ließ sich treiben.

Die Wochen waren ins Land gezogen und mit ihnen war die Drohung der Hochzeit verblasst, Anne hatte sich beruhigt. Vielleicht geschah ja gar nichts. Vielleicht siegte ihr Vater und trotzdem würde sie den Prinzen nicht heiraten müssen. Sie schob die schweren Gedanken beiseite und wiegte sich in trügerischer Hoffnung. Dann verabschiedete sich der Herbst und der Winter hielt Einzug. Mit ihm kam der erste Schnee. Und die Nachricht, dass Warwick in London siegreich gewesen war und König Henry wieder auf dem Thron saß. In Angers begann man daraufhin mit den Vorbereitungen der Hochzeit von Anne Neville und Edward, Prinz von Lancaster.

Es war ein wunderschöner Wintertag. Die Sonne schien von einem blauen Himmel, die Luft war klar. Anne saß, in ein nach der neuesten Mode geschnittenes Gewand gehüllt, vor dem Spiegel ihres Schlafzimmers im Schloss von Angers. Sie war allein. Madeleine hatte bei ihr gesessen, während ihre Haare frisiert und schließlich der Schleier festgesteckt wurde, sie hatte ihre Hand gehalten und nichts gesagt. Das war eine gewisse Hilfe gewesen. Ihre Mutter dagegen war immer wieder ins Zimmer gestürzt, war fast in Tränen ausgebrochen und hatte Anne ebenso viele wie unerwünschte Ratschläge erteilt. Isabell hatte sich nicht blicken lassen. Sie fühle sich nicht gut, hatte Gräfin Warwick sie entschuldigt und fast hätte Anne laut gelacht. Wenn es irgendjemanden gab, der sich nicht gut fühlte, so war das sie. Konnte sie deswegen die Hochzeit verpassen? Das ständige Gerede und die offensichtliche Rührung ihrer Mutter sorgten für eine zusätzliche Anspannung. Madeleine hatte die Gräfin schließlich bei der

Hand genommen und sie in den Burghof geführt. Dort ging sie mit ihr spazieren, hörte sich ihr Geplauder an, wischte ihre Tränen ab und verschaffte Anne so ein paar Minuten der Ruhe. Bald würde sie verheiratet sein.

Sie stand auf und betrachtete sich im Spiegel. Das Kleid war aus teurem Stoff und mit Spitze besetzt und passte wie angegossen. Sie sah wunderschön darin aus. Aber sie wünschte sich nichts mehr, als es ausziehen zu können, jetzt gleich. Und schaudernd dachte sie an den Moment, wenn sie es ausziehen würde.

Sie setzte sich wieder. Dann tasteten ihre Finger zu ihrem Nacken. Sie fühlte den Knoten dort. Das Band, das zu dem kleinen Beutelchen führte, welches noch immer zwischen ihren Brüsten ruhte. Es hatte seine Schuldigkeit getan. Heute würde sie heiraten. Was hatte die alte Marge ihr prophezeit? Ihre Ehe würde sehr wichtig für das Land sein? Das hatte auch ihre Mutter ihr gesagt. Dann musste es so sein, dachte Anne. Meine große Liebe heißt nicht Richard, sondern Edward, Prinz von Lancaster. Aber wieso ist mir dann so elend? Sie griff nach einem kleinen Messer und schnitt das Band durch. Dann zog sie das Beutelchen hervor und betrachtete es. Wie viele Hoffnungen hatten sich daran geknüpft! Sie erinnerte sich genau an den Tag, als sie es bekam, an die Hoffnung, das frohe Gefühl, das sie beherrscht hatte. Sie drehte sich um und warf den kleinen Talisman in den Kamin. Es zischte, die Flammen loderten auf und einen Augenblick lang meinte sie, den Wald zu riechen, den Wald bei Middleham. Anne starrte ins Feuer. Dann ging die Tür auf, ohne dass zuvor jemand angeklopft hätte. Anne drehte sich um.

Vor ihr stand Madeleine und nickte ihr zu.

»Ist es so weit«, fragte Anne. Madeleine nickte ein zweites Mal und nach einer Sekunde des Zögerns folgte Anne ihr.

Nie war ihr ein Gang so schwer gefallen. Abwechselnd war ihr kalt und heiß, und übel war ihr auch. Sie fühlte sich gefangen – das, was hier geschah, geschah gegen ihren Willen. Wie ein Tier in einem Käfig, so war sie in ihren Gedanken gefangen, sie suchte einen Ausweg und wusste doch: Da war keiner. In weniger als einer Stunde würde sie dem Prinzen von Lancaster angetraut sein, morgen früh würde sie als seine Frau aufwachen.

Die Kathedrale von Angers war brechend voll. Immerhin heiratete der Prinz von Lancaster, einer der ersten Söhne des Landes und, wie es hieß, der künftige König Englands. König Ludwig selbst war erschienen mit zahlreichen Grafen und Baronen aus der Normandie, der örtliche Adel war vollständig anwesend. Das Ehegelöbnis würde, wie es der Sitte entsprach, im Portal der Kirche gesprochen werden, vom Großvikar von Bayeux persönlich. Ein solches Ereignis verpasste man nicht, auch wenn kaum jemand wusste, wer die Braut eigentlich war. Eine Unbekannte, adelig, ja, aber offenbar nicht aus dem Hochadel stammend. Man hätte erwartet, dass der Prinz von Lancaster eine bessere Partie machen würde. Aber er heiratete die Tochter eines englischen Grafen. Das musste, hieß es allgemein, wohl wirklich Liebe sein.

Wie im Traum ging Anne in der Mitte der sie geleitenden Barone und Hofdamen zur Kathedrale. Im Portal wartete der Prinz auf sie, auch er war prächtig gekleidet, ebenso wie seine mit ihm wartende Mutter Margarete. Und wenn ich mich jetzt, dachte Anne, einfach umdrehe und weglaufe, weg, weg, weg, einfach laufe, durch die Reihen der Ritter und Adeligen stürme, irgendwohin, nie wieder aufhöre zu laufen? Doch sie verwarf den Gedanken, das war unmöglich. Es war ihr klar. Bleich trat sie an die Seite des Prinzen, der sie lächelnd musterte. Der Großvikar von Bayeux – noch so eine Ehre, dachte sie, auf die ich gar keinen Wert lege – begann zu sprechen. Und wenn ich das Ehegelöbnis nicht spreche, dachte Anne. Wenn ich einfach schweige? Aber auch das tat sie nicht. Sie wusste, dass diese Ehe nicht mehr zu verhindern war. Nach kurzer Zeit und einem anschließenden Gebet und Gottesdienst verließ sie die Kathedrale als Frau des Prinzen von Lancaster und zukünftigen Königs von England. Unter den Hofdamen stand ihre Schwester Isabell, deren eigene

Hoffnungen auf die Krone soeben zunichte gemacht worden waren. Sie sah mit kühlen Augen zu, wie Anne am Spalier der sie hochleben lassenden Damen und Ritter vorbeiging. Neben Isabell standen Madeleine, die die Zeremonie mit mitleidigen Augen betrachtet hatte, und eine ältere Frau, die Anne nicht kannte. Ihren Blick hätte Anne nicht deuten können, selbst wenn sie nicht wie in Trance ihren Weg gegangen wäre.

Auch um Richards willen, dachte Vivianne, hätte ich das gern verhindert. So, wie sie immer gewusst hatte, dass es zwischen Richard und ihr nicht um Liebe ging, so hatte sie auch bald gewusst, dass Richard dieses zierliche Neville-Mädchen liebte. Es bleibt einem nicht viel verborgen, wenn man so lang gemeinsam durchs Land reist, wie wir es getan haben, dachte sie. Sie hatte nie Eifersucht auf Anne verspürt, auch nicht, als Richard einmal Annes Namen nannte, während er mit ihr zusammen war. Später hatte er ihr dann alles erzählt und Vivianne hatte seinen Am gestreichelt. Ich hätte es gern verhindert. Aber wie hätte ich das tun sollen, dachte sie. Und da es jetzt so ist und Clarence durch diese Heirat ausgebootet wurde, kann ich es auch benutzen, um weiter Stimmung bei seiner Frau zu machen.

Vivianne betrachtete Annes bleiches Gesicht. Armes Ding, dachte sie, wie gut, dass du noch nicht weißt, was dir bevorsteht. Der Prinz, Vivianne sah es, lächelte mit Siegermiene. Alles, was sie bisher von diesem Mann gesehen hatte, deutete nicht darauf hin, dass er sich seinem jungen Weib mit viel Einfühlungsvermögen nähern würde. Schaudernd dachte Vivianne daran, wie sie selbst zum ersten Mal mit einem Mann zusammen gewesen war. Das war im Landhaus ihrer Eltern gewesen. Wie bei den ärmeren Angehörigen des niederen Adels üblich, hatte sie kein Schlafzimmer für sich gehabt, sondern mit dem Gesinde in der Wohnstube geschlafen. Ich muss etwa elf oder zwölf gewesen sein, dachte Vivianne, und ich habe geschlafen. Bis heute wusste sie nicht, wer der Mann gewesen war, der sich ihr im Schutz der Dunkelheit genähert hatte. Sie war erst aufgewacht, als er bereits auf ihr lag; um sich zu wehren, war sie zu entsetzt gewesen. Sie hatte alles über sich ergehen lassen. Die Hand, die ihren Mund zuhielt, das Gewicht auf ihr – sie schüttelte den Kopf. Noch heute, Jahre später und nachdem sie erfahren hatte, dass es andere Männer gab und eine andere Art, mit Frauen umzugehen, wollte sie nicht daran denken.

Diese Krone ist zu teuer erkauft, dachte sie, während sie Anne vorüberschreiten sah. Armes Ding! Vivianne hätte ihr gern geholfen. Aber schon morgen früh würde sie abreisen – nachdem sich die Lage in England beruhigt hatte und Warwick und Clarence dort fest im Sattel zu sitzen schienen, wollten der Graf und der Herzog ihre Frauen bei sich haben. Die Gräfin Warwick und die Herzogin Clarence waren nur für die Hochzeit ihrer Tochter und Schwester im Anjou geblieben, jetzt würden sie reisen. Vivianne, deren Aufgabe es war, Clarence zum Verrat an Warwick zu bewegen, hatte sich dem Gefolge der Herzogin angeschlossen und würde mit ihnen reisen. Wer wird das kleine Mädchen morgen in die Arme nehmen, dachte Vivianne. Niemand wird für sie da sein. Mitleid erfüllte Viviannes Herz.

Anne schritt an der Seite ihres neuen Gatten. Ihnen voran gingen der Großvikar von Bayeux und weitere Geistliche, Anne hatte keine Ahnung, wer sie im Einzelnen waren. Ihnen folgten die Mutter des Prinzen, die örtlichen Würdenträger und die Adeligen. Sie erreichten das Schloss. In der großen Halle war alles vorbereitet für das Festmahl. Anne saß mit dem Prinzen, seiner Mutter und den wichtigsten Gästen am Kopfende der großen Tafel. Diener kamen, sie trugen große, mit Rosenwasser gefüllte Schalen, in denen sich die Gäste die Hände waschen konnten. Dann begann man mit dem Auftragen der Speisen. Anne aß wenig. Der Prinz saß neben ihr und beachtete sie kaum, er war ins Gespräch mit seiner Mutter vertieft.

»Verräter pflegt man doch zu hängen, oder nicht? Doch, ich bin sicher. Man hängt sie«, sagte der Prinz und trank seine Suppe.

»Edelleute nicht«, antwortete seine Mutter und tupfte ihre Lippen mit einem Tuch ab.

»Eben«, Prinz Edward von Lancaster streckte sich genießerisch. »Aber wir reden schließlich über Edward von York, der ist ja nun kein Edelmann. Jedenfalls für mich nicht. Also wird er gehängt.« Er lächelte siegesgewiss, als befinde sich der vertriebene König schon in seinem Verlies und als stünde die Hinrichtung kurz bevor. »Ich hoffe«, fuhr der Prinz fort, »sein Genick bricht nicht gleich, wenn er gehängt wird. Das sind die langweiligsten Hinrichtungen. Ich hoffe, er erstickt langsam.« Er lachte. Anne gab es einen Stich. Sie erinnerte sich daran, wie sie Edward mit klopfendem Herzen in Middleham aufgesucht hatte, als er Gefangener ihres Vaters war. Der Prinz lächelte. Seine Mutter erwiderte etwas, aber sie konnte es nicht hören. Annes Augen schweiften suchend umher. Etwas weiter von ihr entfernt stand Madeleine und lächelte ihr zu. Plötzlich merkte Anne, dass der Prinz und Margarete sie ansahen. Hatten sie etwas gesagt? Musste sie antworten?

»Was«, fragte sie, zusammenfahrend, »bitte? Ich habe nicht verstanden.«

Margarete lächelte nachsichtig, aber ihre Mundwinkel wirkten verkniffen. »Deine Frau ist unaufmerksam«, meinte sie zu ihrem Sohn.

»Spätestens in der Nacht wird sie schon aufmerksam genug sein«, antwortete er und legte unter dem Tisch seine Hand auf Annes Oberschenkel. Sie zuckte leicht zusammen, zwang sich aber, ihre Reaktion darauf zu unterdrücken. »Wahrscheinlich«, lächelte jemand, den Anne nicht kannte, »ist die Braut mit den Gedanken schon bei den kommenden Genüssen.«

Der Prinz lachte. Anne zwang sich zu einem knappen Lächeln.

Etwas weiter entfernt beugte sich Vivianne zu Isabell, die ebenfalls bemerkenswert wenig aß.

»Was ist Euch, Lady? An den Speisen kann es ja nicht liegen.«

»Nein«, Isabell lächelte. »Mir ist nur nicht wohl, entschuldigt.«

»Eure Schwester hat geheiratet. Da solltet ihr doch glücklich sein.« Vorsichtig wählte Vivianne ihre Worte. Noch hatte die Herzogin ihr nicht ihr volles Vertrauen geschenkt. Sie musste geschickt sein. Isabell musste den Eindruck haben, sie sei von selbst auf den Gedanken gekommen, den Vivianne ihr nahe legen wollte.

»Ich freue mich ja auch für sie.«

Vivianne winkte einem der Pagen und nahm sich geziert etwas von dem dargebotenen Wildbret. »Vielleicht«, sagte sie scheinbar beiläufig, »seid Ihr schwanger? Da ist einem ja oft übel.«

Isabell schüttelte den Kopf. »Nicht, dass ich wüsste, nein.« Einen Augenblick lang durchzuckte sie die Erinnerung an die Überfahrt und eine kleine, in Leinen gehüllte Leiche, die dem Meer übergeben worden war. Ich schaffe auch nichts, dachte Isabell und eine Woge von Selbsthass durchflutete sie. Ich werde nicht Königin, ich habe meinem Mann noch keinen Erben geboren und ob ich nach dieser Geburt überhaupt noch schwanger werden kann ... Sie blickte zum Kopfende der Tafel. Anne hielt den Kopf gesenkt und lächelte. Anne hat alles, dachte Isabell. Wie immer. Immer war sie Vaters Liebling. Jetzt wird sie also Königin, es wird immer solche Feste für sie geben und ich wette, dass keines ihrer Kinder so sterben wird wie meins. Es ist ungerecht!

Vivianne hatte das lebhafte Mienenspiel auf Isabells Gesicht gesehen und konnte ihre Gedanken erraten. Du lieber Himmel, dachte sie, sie beneidet doch nicht etwa ihre Schwester? Eifersucht unter Geschwistern war Vivianne nicht neu. Sie selbst hatte sich zwar mit ihren drei Schwestern immer gut verstanden, aber während ihres Lebens am Hof hatte sie viel gesehen und erlebt. Schließlich hatte auch Clarence ihrer Meinung nach seinen Bruder vor allem verraten, weil er eifersüchtig war. Eifersüchtig auf den Glanz der Krone, den Edward entfaltete, und den Clarence haben wollte. Großer Gott, dachte Vivianne, das ist ein Paar! Sie beschloss, noch ein wenig Salz in die Wunde zu streuen. »Ich bin sicher, dass Anne sehr glücklich ist. Wer wäre es nicht, an ihrer Stelle! Sie wird Königin!«

»Ja«, sagte Isabell gepresst. »Sie ist sicher glücklich. Ich freue mich auch sehr für sie.«

Vivianne lächelte ihr zu. Die Saat war gelegt. Für heute wollte sie nichts mehr in dieser Richtung sagen. Morgen würde sie mit der Herzogin nach England fahren. Auf der langen Reise würde sie noch die eine oder andere Bemerkung verlieren, bis Isabell ihr dann irgendwann ihr Herz öffnen würde. Und dann, so dachte Vivianne, werde ich ihr vorsichtig klar machen, wie viel besser es ihr und Clarence an der Seite seines Bruders ginge. Eitelkeit und Eifersucht. Beides würde sie benutzen. Über kurz oder lang, Vivianne war sich sicher, würde Clarence wieder auf Edwards Seite gezogen werden können. Sie sah noch einmal zur hohen Tafel. Was das Schicksal der kleinen Anne anging – Vivianne seufzte, dann rief sie sich zur Ordnung. Das war nicht ihre Aufgabe. Leicht wird es für sie in keinem Fall werden, egal, wer zuletzt siegen wird in diesem Kampf um die Krone.

Das Essen dauerte viel zu lang. Und es dauerte auch nicht lang genug. Hinter den Fenstern der großen Halle sah Anne die Nacht hereinbrechen. Es wurde dunkel. Der Rauch von den zahllosen Feuern, der Lärm der vielen Menschen, die Nervosität vor dem, was kommen würde – ihr Kopf dröhnte. Sie wünschte, dass dieses Fest nie beendet würde und sie nie ihrem Mann in das wartende Brautgemach folgen müsse. Aber je länger das Fest dauerte, desto mehr wünschte sie auch, es endlich hinter sich zu haben. Als Margarete dem Großvikar zunickte und dieser sich erhob, schrak sie zusammen. Schon?, dachte sie und dann: Nein! Der Prinz erhob sich neben ihr. Bebend sah Anne zu ihrem Mann auf, dann stand sie ebenfalls auf. Die Menge der geladenen Gäste schwieg.

Dann reichte der Prinz ihr den Arm und sie folgte dem Großvikar an der Seite ihres Mannes. Heb den Kopf hoch, rief sie sich selbst zur Ordnung, du bist doch keine arme Sünderin, die zum Schafott geführt wird! Aber genauso fühlte sie sich. Sie merkte jetzt, dass sie zu viel von dem gereichten Wein getrunken hatte, sie fühlte sich seltsam schwebend, ängstlich, aber auch jenseits der Angst. Immerhin würde es jetzt gleich hinter ihr liegen. Anne hätte am liebsten laut geseufzt, sie wäre gern gerannt, um das Schlafgemach zu erreichen, gleichzeitig wünschte sie sich, der Flur wäre endlos. Wahrscheinlich war sie betrunken. Sie fühlte, wie der Prinz ihre Hand drückte, und war ihm dankbar dafür. Sie sah ihn an und er lächelte ihr beruhigend zu. Vielleicht, dachte sie, wird es ja gar nicht so schlimm.

Viel zu schnell erreichten sie den Flügel des Schlosses, wo Anne von jetzt an mit ihrem Mann leben würde. Während Margarete und die adeligen Zeugen sich im Halbkreis vor dem Himmelbett mit den reich bestickten Vorhängen aufstellten, traten Anne und ihr Gatte auf die beiden Seiten des Bettes. Anne kämpfte erneut gegen den Wunsch an zu fliehen. Mägde knieten vor ihr und begannen, sie zu entkleiden. Auf der anderen Seite des Bettes legte der Prinz Waffen und Kleider ab. Leicht zitternd vor Kälte und Scham legte Anne sich, als sie völlig nackt war, auf das Bett und schloss die Augen. Dann fühlte sie, wie der Prinz sich neben sie legte. Sie öffnete die Augen nicht. Der Großvikar begann, das Bett und die beiden Ehegatten mit Weihwasser zu bespritzen, und segnete die Ehe. Anne hielt die Augen fest geschlossen. In ihren Ohren brauste das Blut, sie konnte die Gebete nicht einmal mehr verstehen. Dann hörte sie Schritte und das Schleppen von Kleidern. In einer Reihe zogen die Zeugen am Bett vorbei. Dann fiel die Tür ins Schloss. Draußen kicherte jemand, Schritte entfernten sich. Sie fühlte, wie der Prinz sich aufsetzte.

»Endlich«, sagte er. Anne rührte sich nicht. Sie war entschlossen, sich nicht zu bewegen, egal, was passieren würde, sie würde ruhig hier liegen bleiben.

Vielleicht passierte ja gar nichts.

Der Prinz betrachtete sie. Sie war hübsch. Sie war zierlich, sah er, die Huren, die er bisher gehabt hatte, und die ein, zwei Mädchen aus dem Gesinde, die er sich genommen hatte, waren kräftiger gewesen. Weiches Fleisch und volle Rundungen. Vielleicht waren Engländerinnen grundsätzlich zierlicher als Französinnen? Trotz ihrer schmalen Schultern und Hüften hatte sie ansehnlich geschwungene Brüste. Und sie hatte offensichtlich Angst. Wie sie dalag, die Augen fest geschlossen, die Hände zu Fäusten geballt! Er fühlte, wie ihn das erregte. Anne bewegte sich immer noch nicht. Sie ahnte, dass der Prinz sie ansah, aber solange sie ihn nicht sehen konnte, war alles gut. Dann fühlte sie, wie eine zarte Hand ihre Wangen streichelte. Anne entspannte sich ein wenig. Die Hand fuhr ihre Wange auf und ab, strich dann ihre Schläfe hoch über ihre Haare. Vielleicht würde das alles doch nicht so schlimm sein?

Die Hand ging behutsam zurück über ihr Gesicht, ein Finger fuhr ihren Nasenrücken entlang und verweilte dann kurz auf ihren Lippen. Ganz vorsichtig öffnete Anne den Mund ein wenig und der Prinz streichelte ihren Mund weiter. Das war tatsächlich gar nicht so schlimm, dachte Anne. Vielleicht ist er doch kein so grausamer Kerl, wie ich dachte! Einen kurzen Augenblick verschwand die Hand aus ihrem Gesicht, dann hörte sie das Bett knarren, fühlte eine Bewegung. Was tat er? Sie wusste es nicht und spannte sich erneut ein wenig an, aber da war auch schon wieder die Berührung in ihrem Gesicht, weich, zärtlich, er streichelte ihre Augenlider, fuhr den Schwung der Augenbrauen nach und berührte mit der anderen Hand ihr Haar. Anne entspannte sich wieder. Ob ich ihm gefalle?, dachte sie. Wahrscheinlich. Er war sehr zärtlich.

»Hab keine Angst«, sagte der Prinz leise.

Was sollte das bedeuten? Aber Angst brauchte sie offenbar

wirklich nicht zu haben. Er war liebevoll zu ihr. Sie entschloss sich, die Augen zu öffnen.

Direkt vor ihrem Gesicht sah sie das aufgerichtete Glied des Prinzen und als sie den Mund öffnete, um entsetzt aufzuschreien, packte seine Hand, die sie eben noch zärtlich gestreichelt hatte, fest zu. Er zog ihren Kopf ein wenig höher und zwang sie, seinen Penis in ihren geöffneten Mund zu nehmen.

RÜCKKEHR NACH ENGLAND

»Richard! Richard!«, brüllte Edward und stürzte durch die Flure des großen und reich eingerichteten Hauses des Seigneurs de la Gruthuyse. »Richard!«

Richard sah auf. Er saß in einem überaus bequemen Sessel am Kamin in der großen Wohnhalle, nippte am Wein und las. Der Aufenthalt in Brügge war für ihn wie eine Atempause – zum ersten Mal in seinem Leben musste er sich nicht seiner Ausbildung im Schwertkampf oder mit der Streitaxt widmen, musste nicht für seinen Bruder Soldaten rekrutierten, Schlachten schlagen und abends höflich dem Hofgeschwätz zuhören, obwohl er sich lieber zurückgezogen hätte. Zum ersten Mal in seinem Leben hatte er Zeit für sich. Zeit, um in Ruhe zu lesen oder seinen Gedanken nachzuhängen. Während Edward immer unruhiger wurde und jeden Tag einflussreiche Adelige besuchte oder in der Stadt mit den Händlern und Kaufleuten schwatzte, blieb Richard meist zu Hause und genoss die Stille.

De la Gruthuyse hatte den gestrandeten Flüchtlingen mit unnachahmlicher Gastfreundschaft sein Haus geöffnet. Richard war von der Weltläufigkeit des holländischen Gouverneurs und seinem offenen Haus, das von Gelehrten, Kaufleuten und Künstlern besucht wurde, wie geblendet. Anthony hatte stundenlang in der Bibliothek verweilt und Richard hatte sich ihm schließlich angeschlossen. Unter Anthonys Führung las er. Dazu hatte er in England nie Zeit gehabt und Anthony war begeistert, sein Wissen und seine Leidenschaft für die Bücher weitergeben zu können. Abends lauschte Richard den gelehrten Gesprächen der anderen Besucher. Langsam eröffnete sich eine neue Welt für ihn. Er bewunderte die Gemälde, die Gruthuyse anstelle von Wandteppichen an den Wänden hängen hatte, und war begeistert. Vor allem der zarte Ausdruck und die Anmutigkeit der Gestalten auf einer Reihe von Bildern, die alle vom gleichen Maler zu stammen schienen, hatten es ihm angetan. Der Maler, erzählte ihm Gruthuyse, als er Richard in Bewunderung vor den Gemälden versunken antraf, hieß Hans Memling, und um Richard eine Freude zu machen, stellte er ihn dem Künstler eines Abends vor. Memling war häufig Gast bei Gruthuyse, und nachdem Richard seine erste Scheu abgelegt hatte, entspann sich zwischen beiden Männern eine Freundschaft. Memlings Charakter ähnelte dem von Richard, er war ein unauffälliger, ruhiger Mann, der mehr beobachtete, als dass er sprach.

Edward lachte und nannte die beiden insgeheim ein schweigendes Duo, aber Richard genoss die ruhigen Gespräche mit dem Maler. Sie hatten, stellten sie bald fest, eine gemeinsame Leidenschaft: das Schachspiel. Und sie hatten die gleiche Angewohnheit, die Edward beim Spiel mit Richard ungehalten machte: Beim Ziehen der Figuren über das Brett, beim Nachdenken über die beste Taktik tauchten andere Gedanken auf, Gedanken, die sie dem anderen mitteilen. So entstanden Gespräche, die sie weit weg vom Geschehen auf dem Brett führten, Gespräche, die ihre tiefsten Empfindungen berührten. Langsam öffnete sich Richards Herz so dem Maler. Und es war Memling, der ihn nach der Frau fragte, die er liebte. Richard war verblüfft und starrte den Maler an. Tatsächlich hatte er gerade an Anne gedacht, aber er hatte sie bisher mit keinem Wort erwähnt. Jetzt antwortete er vorsichtig, nicht weil er Memling nicht für vertrauenswürdig hielt, sondern weil er selbst die Sache als hoffnungslos ansah. Er schauderte zurück vor der Größe eines Gefühls, von dem er nicht glaubte, dass es je erwidert werden würde. Memling sah ihn aus zutiefst gütigen Augen an.

»Manchmal«, sagte er und schwieg dann einen Augenblick,

»manchmal erlegt uns das Schicksal Prüfungen auf. Aber Ihr liebt dieses Mädchen. Verschwendet also keine Zeit damit, sie Euch aus dem Kopf schlagen zu wollen. Es wird Euch nicht gelingen.« Er zog die Dame quer über das Spielfeld und schlug Richards Turm.

»Aber wie –«, begann Richard und verstummte dann. Memling hob seine schmale Hand.

»Wie, weiß ich auch nicht. Der Weg ist unbekannt. Aber Ihr müsst ihn gehen.« Er schwieg abermals.

»Das einzig Unverzeihliche in der Liebe, sei es der zur Kunst oder der zu einer Frau, ist das Versäumnis. Manche Dinge muss man einfach tun.«

»Habt Ihr einmal etwas versäumt?«

Memling lachte leise und traurig. »Ja«, sagte er dann. »Ich verlor eine Frau, weil ich mir nicht sicher war. Ich misstraute meinen Gefühlen.« Seine Augen schweiften über das Schachbrett. »Ich habe sie sehr verletzt. Und mich auch. Ich war noch jung, so jung wie Ihr. Macht nicht den gleichen Fehler wie ich.«

In Gedanken an Anne verlor Richard die Partie.

So war der Aufenthalt in Brügge für ihn in jeder Weise ein Gewinn. Richard hatte sich selten so wohl, so sicher und so am richtigen Platz gefühlt.

Jetzt allerdings wurde seine Ruhe durch Edward gestört. Der Bruder stürzte herein und fast wäre er auf dem glänzenden Steinboden hingefallen, so aufgeregt war er. Schwer atmend kam Edward zum Stehen und warf sich in einen zweiten Sessel. Er streckte die langen Beine aus und strahlte über das ganze Gesicht. Sein Lächeln war ansteckend. Richard lächelte zurück.

»Sie hat es geschafft!«, rief Edward und warf die Arme zurück. »Endlich! So lange warte ich schon darauf!«

Er ließ sich nach hinten sinken und seufzte glücklich. Richard sah seinen Bruder amüsiert an. Wer auch immer was geschafft hatte, das sah nicht nach schlechten Nachrichten aus.

»Ich dachte schon, das klappt niemals. Und gerade jetzt! Unglaublich. Wir müssen nach Hause. Eigentlich sofort. Wenn ich nur endlich mit Karl reden könnte! Aber dieser Hund –«, einen Augenblick versank Edward ins Grübeln. »Egal. Sie hat es hingekriegt, jetzt kann das alles nicht mehr lange dauern. Immerhin hat Ludwig Burgund inzwischen den Krieg erklärt. Was für eine fantastische Nachricht!«

»Die Kriegserklärung Frankreichs nennst du eine fantastische Nachricht?« Richard kam nicht ganz mit.

»Aber nein«, schnaubte Edward. »Obwohl das natürlich für uns auch keine schlechte Nachricht ist, jetzt wird er endlich einsehen, dass er mir helfen muss, meinen Thron wieder zu bekommen. Nein, die gute Nachricht ist: Elisabeth hat einen Jungen bekommen!« Er strahlte fast noch mehr. »Ich habe einen Sohn!«

Ein Lächeln breitete sich auf Richards Gesicht aus. »Edward, das ist ja wunderbar!«

»Das ist es. In der Tat. Ein Erbe für den Thron. Gott sei Dank!«

»Nur«, ließ sich eine Stimme von der Tür her vernehmen, »dass es gerade keinen Thron zu vererben gibt.«

»Papperlapapp, Anthony, immer diese kleinlichen Einwände, dieses negative Denken! Der Thron wird mir rascher wieder gehören, als du den Namen meines Stammhalters aussprechen kannst.«

»Da ich nicht weiß, wie das hoffnungsvolle Kind heißen soll …«

Mit einer unnachahmlich eleganten Geste ließ Anthony den Satz in der Schwebe hängen und setzte sich. »Wie viele Namen, bester Schwager, habt Ihr denn geplant? Selbst wenn Ihr dem teuren Kinde die Namen aller Könige Englands geben wollt, werden es doch nur zwei oder drei. Wir haben bedauerlich wenig Fantasie in Bezug auf Vornamen.«

»Sagen wir pro Tag weiterer Abwesenheit von zu Hause ein Name. Du wirst schon sehen, Anthony, so oft wie du dich in der Bibliothek vergräbst und nicht ansprechbar bist. Und jetzt hast du auch noch meinen Bruder infiziert!«

Richard lächelte. Wenn Lesen eine Krankheit war, bedauerte er, sich nicht früher damit angesteckt zu haben.

»Wir müssen nach Hause«, meinte Edward entschlossen. »Und zwar bald. Gleich am besten. Jeder Tag tut mir jetzt Leid!«

»Ich hoffe, das liegt nicht an meiner Gastfreundschaft.« Lächelnd betrat Seigneur de la Gruthuyse den Raum. Er sprach mit dem gutturalen Akzent der Flamen. Richard fand, es höre sich an, als habe er immer einen Kieselstein im Mund. Edward sprang auf. »Nein, mein Bester, natürlich nicht. Habt Ihr es schon gehört?«

»Das habe ich. Karl von Burgund will Euch schon morgen empfangen, es wird jetzt also tatsächlich schnell gehen.«

»Ha!« Edward schlug sich mit der Faust in die Hand. »Das will ich aber auch meinen. Aber bei einem so großen und wunderbaren Ereignis ...«

Der Seigneur zog eine Augenbraue hoch. Er fand die Wahl der Worte etwas seltsam, aber das konnte auch an der Sprache liegen. Er räusperte sich. Ein kleiner Hinweis war vielleicht angemessen, damit Edward von York diese Formulierung morgen nicht etwa auch vor Herzog Karl gebrauchte.

»Ein Wunder der Natur!« Edward geriet abermals außer sich. »Ich hatte das wirklich nicht mehr erwartet. Aber endlich ist es so weit!«

De la Gruthuyse schaute konsterniert. »Sir, Ihr sprecht –«

»Er spricht«, unterbrach ihn Richard und konnte sich ein Grinsen nicht verkneifen, »von der Geburt seines Sohnes, Mylord. Nicht von der Kriegserklärung.«

»Oh«, antwortete der Gouverneur und die Falte, die sich auf seiner Stirn gebildet hatte, glättete sich. »Das ist natürlich ... ich wusste nicht ... meinen herzlichsten Glückwunsch!«

»Danke«, sagte Edward. »Ich kann es immer noch nicht fassen. Meine gute Elisabeth! Da vollbringt sie dieses Wunder in dem sicher überfüllten Asyl der Westminster Abbey! Im Kirchenasyl! Der Thronerbe im Kirchenasyl! Es wird hoffentlich das letzte Mal sein, dass er das braucht. Und meine arme Elisabeth! Ich wäre gestorben vor Sorgen, hätte ich gewusst, dass sie im Wochenbett liegt und meinen Erben geboren hat. Findet ihr nicht, meine Freunde, dass Frauen es einfach besser haben? Sie müssen sich wenigstens nie diese Sorgen machen, dass ihre Männer Kinder kriegen!«

De la Gruthuyse sah seinen Gast an und fragte sich erneut, ob er die Sprache richtig verstand.

Am nächsten Tag wurden Edward und seine Gefolgsleute endlich von Karl dem Kühnen empfangen. Karl hatte seinen Schwager zwar in Burgund aufgenommen, war einer persönlichen Begegnung aber bisher immer ausgewichen. Burgund war ein reiches, aber kleines Herzogtum, und König Ludwig von Frankreich hatte schon lange seine Augen darauf gerichtet und wollte es seinem Königreich einverleiben. Bisher war es Karl gelungen, seine Unabhängigkeit zu verteidigen. Als das Haus York von Englands Thron verschwand, hoffte er zunächst, er könnte sich mit Ludwig verständigen. Dann erklärte Ludwig Burgund den Krieg, und jetzt war Karl klar, dass dieser Glaube naiv gewesen war. Karl wusste, dass er jetzt handeln musste. So empfing er die kleine Schar des gefallenen Königs Edward und versprach, eine Flotte auszurüsten. Richards ruhige Tage in Brügge waren damit gezählt. Im Hafen von Vlissingen be-gann sich die Flotte zu sammeln. Richard, Hastings und Anthony überwachten die Ausrüstung des kleinen Heeres, mit dem man den englischen Thron zurückerobern wollte. Anfang März stach Edward mit fünfzehnhundert Mann Richtung England in See.

Baynard's Castle mochte eine der ehrwürdigsten unter den noblen Adressen Londons sein, aber es war auch zugig, unpraktisch und zu weitläufig. Außerdem war es voller Kindheitserinnerungen. Baynard's war das Londoner Stadthaus seines Vaters gewesen. Damals fand er es hier herrlich. Die ehemalige Festung, die von einem Gefolgsmann Williams des Eroberers gebaut worden war, lag direkt am Flussufer, im äußersten Westen der Stadtmauer. Wunderbare Verstecke hatte es dort gegeben. Clarence erinnerte sich an Versteckspiele, heimliche Ausflüge an den Fluss und seinen ständigen Geruch nach Wasser und Fisch.

Er erinnerte sich an den Prunk, den sein Vater Richard und seine Mutter Cicely hier entfaltet hatten, an den Strom der Besucher, die kamen, um mit Richard von York zu beraten, an das Lächeln seiner Mutter, der »Rose von Raby«, wie sie ihrer großen Schönheit wegen genannt worden war. Immer hatte sie eine Leckerei oder eine Streicheleinheit für ihn gehabt. Er war, er wusste es gut, ihr Lieblingssohn gewesen, nichts hatte sie ihm jemals abschlagen können und er hatte das schon als kleiner Junge ausgenutzt. Glückliche Kindheit! Und heute? Clarence seufzte. Zwar saß er wieder in der großen Halle von Baynard's am Feuer, aber er hatte zu wenig Diener, um das große Haus so zu führen, wie es geführt werden musste, zu wenig Geld, um so ein prunkvolles Leben zu haben, wie er es wünschte. Statt eines Lächelns von Cicely sah er die sorgenvoll verkniffene Miene von Isabell.

Isabell war schon wieder schwanger. Natürlich freute er sich darüber, aber er wollte auch ein schlankes, fröhliches Weib in seinem Bett. Isabell schien dagegen nur noch aus Missmut zu bestehen. Und der Strom Rat suchender Besucher der vergangenen Zeiten? Der strömte heute nach Westminster. Dort saß König Henry und in einem Flügel des Palasts hatte Warwick eine Wohnung genommen. Davon, dass auch Clarence dort leben sollte, war nie die Rede gewesen. Clarence fühlte sich abgeschoben. Und schlimmer: Er wusste, dass er sich nicht nur so *fühlte*. Er *war* abgeschoben.

Die Tür öffnete sich und Isabell betrat den Raum. Clarence nickte seiner Frau kurz zu, dann starrte er weiter ins Feuer, das im Kamin flackerte. Er hatte jetzt einfach nicht die Geduld für ihre Frauensorgen. Isabell kannte diese Miene an ihm bereits. Nach anderthalb Jahren Ehe wusste sie, wann es besser war zu schweigen. Sie sah sich im Raum um und seufzte. So hatte sie sich ihr Leben nicht vorgestellt. Als sie George heiratete, hatte sie zwar ein wenig mit dem Gedanken gespielt, dass er der nächste Anwärter auf den Thron sein könnte, sollte Edward keine Kinder haben. Aber eine prunkvollere Stellung am Hof hätte ihr auch gereicht. Schließlich war er der Bruder des Königs! Und jetzt hatte ihr Vater den alten König Henry wieder auf den Thron gesetzt, Anne mit dem Thronerben verheiratet und er kümmerte sich so gut wie gar nicht um sie. Erst trieb er einen Keil zwischen Clarence und den König, dann verjagte er den König und fragte Clarence überhaupt nicht mehr um Rat. Als seien ich und mein Mann nicht mehr angesagt, einfach vergessen, dachte Isabell, so wie Dinge, die man nicht mehr braucht, Gewänder, die man nicht mehr trägt!

Vivianne hatte das sehr richtig erkannt. Isabell mochte die Hofdame, die aus Angers mitgekommen war, mit jedem Tag mehr. Vivianne verstand es, ihr einen Kräutertrunk zu machen, der die Leibschmerzen milderte, sie hörte ihr zu, wenn sie klagte – was ihr Mann noch nie getan hatte – und war in jeder Beziehung eine Hilfe. Und sie hatte in Isabells Kopf den Gedanken zum Keimen gebracht, dass Edward, der natürlich seinen Thron zurückhaben wollte, Clarence sicher eine glanzvollere Stellung geben würde, wenn dieser ihm half. Immerhin war er sein Bruder! Außerdem war Edward auf Hilfe angewiesen, wenn er tatsächlich in England landete. Vielleicht, dachte Isabell sehnsüchtig, bekommen wir dann eine der größeren Grafschaften. Clarences Seufzen riss sie aus ihren Gedanken. Das Feuer im Kamin war mittlerweile heruntergebrannt. Es wurde sofort kühl im Raum. »Wo ist die Dienerschaft?«, rief er ungehalten.

Isabell schwieg weiter. Sie hatten zu wenig Personal und das Haus war zu groß, das war Clarence genauso bekannt wie ihr.

»Ich möchte mal wissen, wieso dein Vater mich hierher abgeschoben hat!« Clarence sah seine Frau herausfordernd an. Isabell zuckte die Schultern. Was sollte sie dazu schon sagen?

»Vivianne meint«, begann sie vorsichtig, dann verstummte sie wieder.

»Was meint Vivianne? Ich höre nur noch Vivianne von dir! Vivianne meint dies, Vivianne sagt das! Also, was meint sie nun wieder, die teure Vivianne?«

»Ich meine, dass Ihr Besuch habt, Herzog von Clarence«, sagte Vivianne von der Tür her. Fast geräuschlos war sie eingetreten, und selbst wenn sie Lärm gemacht hätte: Der Herzog war zu sehr mit seinem Ärger beschäftigt gewesen, um sie zu hören, die Herzogin zu sehr mit Grübeln. Vivianne schüttelte den Kopf. Was war das für ein Paar von ewig Unzufriedenen! Aber gut, gut für sie.

»Besuch?«, fragte Clarence und stand auf.

Vivianne nickte. »Ja, Besuch. Eure Mutter ist angekommen.«

Hinter ihr im Türrahmen erschien Cicely von York, alt, gebeugt und an einem Stock gehend, aber in ihren Augen leuchtete es auf wie früher, als sie ihren Lieblingssohn sah.

»Man könnte meinen, irgendein gottverdammter Fluch läge auf uns«, Anthony spuckte einen Schwall Meerwasser aus. »Irgendein verfluchter Meergott hat es auf uns abgesehen.«

»Das muss an dir liegen, deine gottverdammte Gottlosigkeit, um es mal mit deinen Worten zu sagen –«

»– führt dazu, dass mir jede einzelne Gottheit beweisen will, dass es sie doch gibt? Hm. Da könnte was dran sein.«

»Sei's drum. Wo ist Richard?«

Anthony schüttelte den Kopf. »Ich weiß ja nicht mal, wo wir sind.«

Sie waren bei Ravenspur an Land getrieben worden. Mit zerfetzten Segeln lagen die Schiffe im Wasser und boten einen traurigen Anblick. Der Sturm, der sie auf der Fahrt von Norfolk nach Yorkshire überrascht hatte, war heftig gewesen und er hatte Edwards Flotte geteilt. Die von Richard befehligten Schiffe waren verschwunden. Wo war der Bruder des Königs?

Tatsächlich war Richard nicht weit entfernt. Der Sturm hatte seine Schiffe etwas oberhalb Ravenspurs an Land getrieben. Keinem seiner Leute, Richard hatte es erleichtert festgestellt, war etwas geschehen. Sie hatten den Sturm überstanden. Sie waren in England. Und als er feststellte, wo genau sie gelandet waren, durchzuckte ihn Freude – trotz der Sorge um Edward, Rivers und den Rest der Flotte. Genau hier, wusste Richard, wo er jetzt stand, war zweiundsiebzig Jahre zuvor Henry Bolingbroke gelandet. Er hatte Richard II. vom Thron gestoßen und das Haus Lancaster errichtet. Jetzt, dachte Richard, sind wir hier und wir werden Lancaster die Krone wieder abjagen! Sieh dich vor, Bolingbroke! Er sah, dass der Ginster wieder blühte. Er pflückte einen Zweig und befestigte ihn an seinem Harnisch. Ein weiterer Hinweis? Richard glaubte nicht an Zeichen. Aber er fühlte einen jubelnden Kampfeswillen in sich. Er wollte es den Feinden zeigen. Schließlich war er ein Plantagenet. Während er sein Heer ordnete und ein Marsch durch ein feindlich gesinntes Land vor ihnen lag, spielte ein kleines Lächeln um seine Lippen. Er wusste nicht, woher er die Gewissheit nahm, aber er war sicher, dass sie in der kommenden Schlacht siegen und sich alles zum Guten wenden würde.

Sie marschierten unter Richards Führung nach Süden. Es dauerte nicht lange und sie fanden Edward und den Rest des Heeres. Vereint zog das von Karl von Burgund ausgerüstete Heer los, um den von Ludwig von Frankreich unterstützten Warwick und den wieder eingesetzten König Henry VI. zu besiegen.

Im ganzen Land griffen Männer zu ihren Harnischen und prüften die Schärfe ihrer Schwerter – sei es, um sich Edward anzuschließen, Warwick zu unterstützen oder zu prüfen, ob sie gewappnet waren, um sich selbst in der kommenden Auseinandersetzung zu schützen. Nur zwei Wochen nach seiner Landung rief sich Edward zum König aus. Er zog nach Coventry, wo sich der Graf von Warwick verschanzt hatte und auf Verstärkung wartete. Die ließ nicht lange auf sich warten. Von Südosten eilte der Herzog von Clarence mit einem Heer heran.

Clarence hielt die Zügel so straff, dass sein Pferd wütend den Kopf ein ums andere Mal hochwarf. Das Ross kaute auf seinem Gebiss, Schaum spritzte. Clarence ließ die Zügel etwas lockerer. In seinem Kopf jagten die Gedanken. Er dachte nicht darüber nach, ob es richtig war, was er im Begriff war zu tun. Cicelys Überredungskunst hatte es kaum noch gebraucht. Wenn er nicht ordentlich belohnt wurde, dann zog er eben für jemand anders in den Krieg, verdammt! Clarence bedeutete sein einmal geleisteter Treueschwur nichts. Hatte Warwick etwa seinen gehalten? Nein und tausend Mal nein! Und deswegen war es nur gerecht. Das Einzige, was ihm Sorgen machte, war, dass der Bote das Lager vielleicht nicht rechtzeitig erreicht hatte. Was, wenn die Nachricht noch nicht angekommen war? Was, wenn sie ihn in eine Falle lockten? Clarence seufzte. Das Risiko musste er jetzt eingehen. Ihm blieb keine Wahl. Wäre es doch besser gewesen ... Er schüttelte den Gedanken ab und verfluchte sich gleichzeitig innerlich. Er hätte etwas darum gegeben, wenn dieser Tag schon vorbei gewesen wäre. Immerhin, Cicely hatte es versprochen ... Hatte da vor ihm gesessen, Tränen in den wässrigen Augen, die einst gestrahlt hatten. Ach, verdammt! Ein Späher kam in scharfem Galopp auf ihn zu. Clarence zügelte sein Ross und sah den Mann gespannt an.

»Sie sind nicht mehr weit, Mylord«, keuchte der Mann, noch ganz außer Atem von seinem scharfen Ritt. »Edwards Heer kommt auf uns zu. Nur noch über diesen Hügel, dann müsstet Ihr sie sehen können.«

Clarence nickte und stand in den Steigbügeln auf. Angestrengt spähte er in die angegebene Richtung. So nah schon! Jetzt galt es also zu handeln. Er holte tief Luft und zog sie Zügel wieder fester an. Sein Pferd warf gereizt den Kopf herum. Clarence ließ wieder etwas nach, dann gab er dem Tier die Sporen und schlug ein schnelleres Tempo an. Ihm folgte sein Heer. Sie überwanden

den Hügel, und dann, wie der Späher richtig gesagt hatte, sah er eine schwarze Reihe Männer und Pferde vor sich: das Heer seines Bruders.

Clarence zügelte sein Ross und gab das Signal zum Halten. Auch das andere Heer hielt an. Dann lösten sich zwei Gestalten aus der schwarzen Linie, sie galoppierten auf ihn zu. Clarence nickte seinen beiden engsten Beratern zu und ritt ihnen entgegen. Kurz vor ihnen zügelte er sein Ross. Das Tier bäumte sich auf, dann blieb es stehen. Edward und Richard, denn die beiden waren es, sahen ihren Bruder im Spannungsfeld der beiden Heere an. Clarence holte tief Luft, dann sprang er vom Pferd, ging die letzten paar Schritte auf seine Brüder zu und fiel vor Edward auf die Knie.

»Vergebt mir, mein König«, sagte Clarence und fügte in Gedanken bei sich hinzu: Und lass mich bloß nicht so lange hier knien, teurer Bruder!

Edward stieg ebenfalls ab, er ging zu Clarence und hob ihn auf. »Gut, dich wieder auf meiner Seite zu haben, George«, sagte er und schlug ihm so hart auf die Schulter, dass der Herzog fast in die Knie ging. »Gute, alte Cicely!«, rief Edward, »da hat sie endlich mal was richtig Gutes vollbracht!«

Clarence lächelte. »Ich bin froh, wieder an deiner Seite zu sein, Edward.«

»Nicht halb so froh wie ich.«

Mittlerweile war auch Richard vom Pferd gestiegen. Clarence streckte ihm die Hand entgegen. Richard zögerte keine Sekunde, er drückte Georges Hand. Bevor er etwas sagen konnte, zog Edward sie beide in eine brüderliche Umarmung.

»Jetzt lasst ihn uns schlagen, den Rebellen Warwick! Mein Bruder ist wieder an meiner Seite!« Er riss sein Schwert in die Luft. »Clarence! Mit Clarence gegen Warwick!«

Mit Begeisterung fielen die beiden Heere in den Ruf ein. Clarence lächelte geschmeichelt. Das war mehr nach seinem Sinn als Warwicks ewiges: »Später, George, nicht jetzt!« Er würde es ihm schon zeigen, dem treulosen Grafen und seiner Sippschaft von Lancastern!

Man vereinigte die Heere und schlug das Lager auf. Am nächsten Tag sollte es weitergehen – ein Abend Ruhe würde den Männern gut tun. Richard, Edward und George saßen noch am Feuer. Es gab viel zu bereden, Schlachtpläne mussten erörtert werden, Edward war begierig auf die Informationen, die Clarence über Warwicks Angriffsplan und die Größe seines Heeres hatte. Doch schließlich war selbst sein Wissensdurst befriedigt. Gähnend stand Edward auf, wünschte seinen Brüdern gute Nacht und verschwand. Richard und George blieben am Feuer zurück. Richard starrte lange in die tanzenden Flammen und lauschte dem Knacken des brennenden Holzes. Dann gab er sich einen Ruck.

»George«, sagte er leise, »wie geht es Anne?«

Clarence sah seinen jüngeren Bruder an und zuckte die Schultern. »Gut, so weit wie ich das mitbekommen habe. Sie hat sich ganz gut in Angers eingelebt.«

»Hat sie ...?«, begann Richard.

»Hat sie was?«, fragte Clarence.

»Den Prinzen geheiratet?« Richard hielt den Atem an. Er hatte sich gefürchtet, die Frage zu stellen, er fürchtete sich jetzt vor der Antwort, aber es nicht zu wissen, war noch schwerer. Sieh an, dachte Clarence, immer noch verliebt in Warwicks kleine Rebellentochter.

»Ja«, sagte er dann, »das hat sie.« Richard schwieg und starrte in die Flammen. Dann stand er auf. »Ich bin selbst müde, George«, sagte er. »Und morgen ist ein harter Tag.« Er lachte kurz. »Von heute an gibt es nur noch harte Tage, nicht wahr?«

Clarence nickte und sah seinen Bruder genau an.

»Nun, gute Nacht.« Richard wandte sich ab und ging mit langen Schritten davon. Clarence ersparte sich den Hinweis, dass sein Zelt in der anderen Richtung lag.

Wiedervereint mit dem abtrünnigen Bruder, zog Edward weiter durch das Land und sammelte Männer. Sein Heer schwoll gewaltig an. Der Graf von Warwick saß in Coventry und wich einer Schlacht immer noch aus. Der Krieg wurde zunächst mit Nadelstichen geführt, das Land schien den Atem anzuhalten in der Erwartung des Kommenden. Die Schlacht lag in der Luft, man konnte es spüren. Wie sie ausgehen würde, wer der Sieger sein würde, wusste niemand. Es waren ja nicht nur die Heere, die sich in den unterschiedlichen Lagern sammelten. Stündlich wurde auch die Nachricht von der Ankunft der Königin Margarete aus Frankreich erwartet. Niemand wusste, wie viele Männer sie mitbringen würde. Margaretes Heer konnte das Zünglein an der Waage bedeuten. Anfang April entschloss sich Edward, nach London zu marschieren, er wollte die Hauptstadt in Besitz nehmen und Warwick zu einem Angriff provozieren, bevor Margarete kam. Der Inbesitznahme der Hauptstadt und der Gefangennahme König Henrys musste Warwick etwas entgegensetzen. So ritt Edward nach London. Kurz vor Ostern schlug sein Heer vor den Toren der Stadt das Lager auf.

In seinem Zelt lief Edward auf und ab. Er war nervös. Kein Wunder, dachte Richard, der ruhig, aber angespannt dabeisaß und seinen Bruder beobachtete. Mag sein, dass morgen die Entscheidung kommt. Edward hat seinen Sohn noch immer nicht gesehen und dabei ist Westminster Abbey so nah – nur einen kurzen Ritt entfernt. Die Zeltplane wurde zurückgeschlagen. Eine vermummte Gestalt betrat das Zelt. Edward blickte ihr gespannt entgegen. Die Gestalt schlug die Kapuze zurück. Richard erkannte Vivianne. Sein Herz begann zu klopfen. Es ging ihr also gut! Er war unendlich erleichtert darüber. Und was, dachte er dann, bringt sie jetzt für Neuigkeiten? Verschwörerisch blinzelte Vivianne ihm zu, dann sank sie vor Edward in einen tiefen Hofknicks.

»Was«, sagte Edward und die unterdrückte Erregung war ihm deutlich anzumerken, »was haben sie beschlossen? Was sagen sie? Kommt schon, Lady, lassen sie uns ein?«

Vivianne erhob sich, dann nickte sie. »Ja. Der Stadtrat hat beschlossen, dass er Edward Plantagenet, König von England, den Einzug in die Stadt nicht verwehren kann und will.«

»Ja!«, rief Edward, und die Spannung in ihm löste sich fast sichtbar. »Mein gutes London, ich wusste, dass sie mich nicht im Stich lassen würden! Vivianne, wunderbar!« Damit eilte Edward aus dem Zelt. Richard sah ihm nach. Edward ging nie, wenn er laufen konnte. Fast sichtbar vibrierte in ihm eine ständige Energie. Ich wünschte, dachte Richard, ich wäre auch so. Dann betrachtete er Vivianne näher. Sie sah erschöpft aus. Er stand auf und goss ihr einen Becher Wein an. Dankbar setzte sie sich und nahm einen Schluck.

»Erzähl«, sagte er.

Sie lachte. »Da gibt es nicht so viel zu erzählen. Der Stadtrat war völlig überfordert, aber das war ja zu erwarten. Warwick hat befohlen, die Stadt zu halten, Edward ordnet an, Henry festzunehmen, der Rat stand Kopf. Dann schickte Warwick den alten Henry auf einem Pferd durch die Straßen, um Stimmen für Lancaster zu gewinnen, es war ein ziemlich erbärmliches Schauspiel.«

»Aber immerhin ein Schauspiel. Das hätte auch seine Wirkung haben können.« Vivianne schüttelte den Kopf. »Nein, auf keinen Fall. Der schwachsinnige, hilflose Henry auf einem Pferd – das war nun wirklich kein Anblick, der die Stärke des Hauses Lancasters zeigt. Außerdem –«, sie zuckte die Schultern, »Edward ist ihr König. Er hat den Handel wiederbelebt, handelt selbst mit Wolle, er ist einer von ihnen. So sehen sie es. Und er schuldet vielen der Händler Geld. Da will man nicht, dass er verschwindet und seine Rechnungen nie bezahlt.«

Richard lachte. »Ich hätte nie gedacht, dass wir es Edwards unbezahlten Rechnungen verdanken, dass wir wieder nach London kommen.«

Vivianne meinte: »Und doch ist es so. Die Händler sprachen sich einhellig dafür aus, ihn einzulassen.«

»Und der Bürgermeister?«

»Der wurde genau im richtigen Moment krank.«

»Kluger Mann.«

Vivianne lächelte. Dann wurde sie ernst, wartete einen Moment, sie schien nachzudenken. »Richard«, sagte sie dann und legte ihm die Hand auf die Schulter, »wie geht es dir wirklich?«

Er zuckte die Schultern. »Wie soll es einem gehen vor einer so großen Schlacht?«

»Ich meine«, sagte sie und wählte ihre Worte mit Bedacht. »In Bezug auf – du hast doch von der Hochzeit gehört, oder?«

Richard wusste sofort, wovon sie sprach. Er nickte. »Ja, das habe ich.«

Vivianne sah ihn an. Sie kannte ihn gut genug, um zu wissen, dass die scheinbare Ruhe, mit der er vor ihr stand, nur seinen Schmerz verbergen sollte. Je knapper Richard antwortete, je ruhiger er schien, desto mehr bewegte ihn das, worum es ging. Er ist ganz anders als seine Brüder, dachte Vivianne. Clarence ist ein Blender, und bei Edward liegt alles offen zutage. Richard dagegen verschließt alles in sich. Sie seufzte. Sie mochte ihn zu sehr, um ihm jetzt nicht zu sagen, was sie wusste.

»Ich glaube«, begann sie langsam, »du solltest wissen, dass sie den Prinzen nicht freiwillig geheiratet hat. Und du solltest wissen, dass sie in dieser Ehe nicht glücklich sein kann. Der Prinz ist ein grausamer Kerl.«

»Woher weißt du das?« Sie sah die unterdrückte Erregung in seinem Gesicht.

»Ich habe in Angers das zweifelhafte Vergnügen gehabt, ihn kennen zu lernen. Und ich habe mit einer Freundin Annes gesprochen, mehrfach. Ich habe gesehen, wie sie auf die Nachricht, sie solle den Prinzen heiraten, reagiert hat.«

»Es haben sich schon mehr Frauen an ihre Ehemänner gewöhnt«, sagte Richard gepresst. Vivianne schüttelte den Kopf.

»Sei nicht dumm«, sagte sie zärtlich. »Sie liebt dich ebenso wie du sie.«

Richard sah sie an. In seinen Augen war ein so verzweifeltes Sehnen, dass es ihr fast das Herz zerriss. Sie streichelte seine Schulter.

»Vivianne«, sagte Richard gepresst, und dann, ohne dass er genau wusste, wie es dazu kam, nahm er ihre Hand und küsste vorsichtig den Handteller, dann sah er zu ihr auf. Hatte sie Recht? Liebte Anne ihn immer noch? Konnte sie das, nachdem sie einen anderen geheiratet hatte? Vivianne blickte ihn an, sie sah sein strenges, scharf geschnittenes Gesicht unter dem dunklen Haar, das breite Kinn und die schmalen Lippen, sah in seine dunklen Augen, die ihren Blick erwiderten. Die kleine Öllampe flackerte. Vivianne beugte sich vor und berührte Richards Lippen mit ihren. Ihr Duft überwältigte ihn ebenso wie das Bedürfnis, dieser Freundin Gutes zu tun. Er drehte sie zu sich und sie folgte der Bewegung. Sie gab sich ihm hin, und während sie ihren Körper auf seine Liebkosungen reagieren fühlte, wusste sie, dass nicht sie gemeint war. Es war Anne, die er hielt, während er sie berührte. In einem Anflug fast schon mütterlicher Liebe und in dem Bedürfnis, dem Freund zu helfen, gab sie sich seinen Händen hin, überließ ihm seinen Körper und sich ihren Empfindungen.

Als es vorbei war, wusste sie, dass es ein Abschied gewesen war. Sie würde nie wieder bei Richard liegen. Und sie wusste, dass sie in dieser Nacht sein Kind empfangen hatte. Sie lag in seinen Armen. Zärtlich strich sie eine Locke aus seinem Gesicht und sah ihn an.

»Geh«, sagte sie, »geh jetzt.«

»Vivianne –«, sagte er und stockte. Auch Richard wusste, was passiert war, und er war ihr für ihre selbstlose Güte, mit der sie sich ihm geschenkt hatte, zutiefst dankbar.

Sie nickte und lächelte ihm zu.

»Geh«, wiederholte sie. »Geh und gewinn diese Schlacht. Und dann kümmere dich um Anne.«

Richard konnte ihr nur zunicken. Dann, bevor seine Gefühle ihn überwältigen konnten, stand er auf, richtete seine Kleider und verließ das Zelt. Die laue Luft, die ihn draußen empfing, verkündete den kommenden Frühling.

Allein im Zelt, noch warm von der Liebe, lag Vivianne und betrachtete die Schatten, die das flackernde Licht an die Wände warf.

Entscheidungsschlacht

Sie watete durch Wasser, konnte nichts sehen; es war dunkel. Das Geräusch ihrer Schritte hallte an den Wänden wider, da mussten Mauern sein. Sie streckte die Arme aus, versuchte, sie zu berühren, aber da war nichts. Vorsichtig ging sie weiter. Dann spürte sie, dass sie nicht alleine war, irgendetwas war bei ihr, etwas, was lauerte. Das war das Wort: lauern. Sie blieb stehen, ihr Herz klopfte, und während sie sich noch bemühte, die Dunkelheit zu durchdringen, hörte sie ein Geräusch hinter sich. Ein Rascheln, ein Luftholen, eine Bewegung? Sie wusste es nicht. Dann berührte etwas ihren Arm und fast ohnmächtig vor Entsetzen rannte sie los. Plötzlich stolperte sie und fiel, aber da war plötzlich kein Boden mehr, kein Aufprall, sie fiel einfach, fiel und fiel durch namenlose Schwärze, überschlug sich im Fallen und wachte endlich keuchend auf.

Sie sah: das Dach ihres Himmelbettes in Angers, die Wasserkanne neben dem Bett, die Stickerei auf der Decke. Ein Sonnenstrahl fiel durch die noch geschlossenen Vorhänge. Neben ihr, noch ruhig schlafend, lag ihr Mann. Anne schloss die Augen. Aus Albträumen, dachte sie, kann man erwachen. Sie haben ein Ende. Aber was, wenn das Leben ein Albtraum ist? Neben ihr regte sich der Prinz. Er gab ein leises, schmatzendes Geräusch von sich und drehte sich zu ihr. Sie kannte das schon, es hieß, dass er gleich aufwachen würde. Fest kniff sie die Augen zusammen, obwohl sie wusste, dass es nichts nutzte; ihr Schlaf war ihm gleichgültig. Sie fühlte eine weitere Bewegung im Bett. Bitte nicht, dachte sie, dann fühlte sie seine Hand, die sich unter der Decke zwischen ihre Beine schob. Fügsam öffnete sie sie. Mittlerweile hatte sie gelernt, dass es leichter war, es zu ertragen. Dieser Albtraum würde auch vorbei gehen. Aber nur für heute.

Etwas über vier Monate war Anne jetzt verheiratet. Ihr kam es eher wie vier Jahre vor. Vielleicht wäre die Situation weniger unerträglich gewesen, hätte sie eine Aufgabe gehabt. Hätte sie irgendeinen Grafen oder Baron geheiratet, so hätte sie jetzt die Verantwortung über das Hauswesen; sie hätte Dienstboten anweisen und Arbeitskräfte einteilen müssen, hätte dafür gesorgt, dass genug Vorräte vorhanden waren und so weiter. Dafür war sie erzogen worden, die Führung eines großen Anwesens hatte sie gelernt. So wenig gern sie die ihr übertragenen Aufgaben während ihrer Mädchenzeit in Middleham erfüllt hatte, jetzt hätten sie eine Ablenkung bedeutet. Aber sie hatte den Thronfolger geheiratet, den Prinzen von Lancaster. Der große Hof in Angers wurde selbstverständlich von seiner Mutter geführt, der Prinz selbst war den ganzen Tag beschäftigt mit Jagden, Falkenzucht und Waffentraining. Hätte Anne ihren Mann geliebt, so wäre sie bei den Jagden und Ausritten gern dabei gewesen, aber auch nur etwas Zuneigung für ihn zu empfinden, war ihr unmöglich.

Dem Prinzen war es eine Freude, sie, wie auch alle weiteren ihm Untergebenen, zu beherrschen. Es machte ihm Spaß, Menschen in Sicherheit zu wiegen, um dann einen Fehler zu entdecken und drakonisch zu bestrafen. Man ging ihm, so weit es möglich war, allgemein aus dem Weg. Anne konnte das nicht – Nacht für Nacht teilte sie das Bett mit ihm. Bereits nach einigen Tagen der Ehe hatte sie erkannt, dass ihn ihr Weinen und Wehklagen nur noch mehr zu erregen schien. Daher versuchte sie, es einfach stumm zu ertragen. Das jedoch forderte ihn dazu heraus, ihr Tränen zu entlocken. Anne erinnerte sich an die blauen Flecken, die sie an ihrer Schwester gesehen hatte. Jetzt wusste sie, woher solche Flecken stammten. Vielleicht waren Männer einfach so. Vielleicht waren sie alle so. Sie wusste es nicht. Und es gab niemanden, den sie fragen konnte. Madeleine hatte mittlerweile ebenfalls geheiratet und den Hof von Angers verlassen, und Annes Mutter und Schwester waren in England. England, dachte Anne. Sie wusste, dass sie auch bald dorthin fahren würden, wann, wusste sie nicht. Bei den Tischgesprächen hörte sie selten zu, und direkt sprachen sie weder Königin Margarete noch der Prinz an. Immerhin hatte sie den Gesprächen entnommen, dass ihr Vater den Thron hielt, Margarete die Überfahrt aber trotzdem noch hinauszögerte. Anne war es recht. Zwar sehnte sie sich unbestimmt nach ihrem Zuhause, aber was würde in England schon anders sein als in Angers? Ob sie nun mit dem Prinzen hier oder dort lebte, das machte keinen Unterschied.

Der Prinz ließ von ihr ab und erhob sich. Anne seufzte erleichtert. Für heute lag es denn wohl hinter ihr.

Prinz Edward betrachtete sie missmutig. »Du liegst da wie ein Stück Holz, Anne«, sagte er. »So empfängst du sicher keinen Sohn. Es wird aber Zeit, dass du mir einen Erben schenkst.«

Anne nickte. Sie wusste, dass es besser war, ihm stumm zuzustimmen. Er setzte sich neben sie auf den Bettrand und begann, ihre Wangen zu streicheln. Anne sah ihn vorsichtig an. Wenn er zärtlich war, war er gefährlich.

»Siehst du«, fuhr er fort, »ich habe dich geheiratet, weil Ludwig, dieser Bastard, uns sonst kein Heer gegeben hätte. Wir konnten nur durch deinen Vater den Thron erobern. Aber jetzt haben wir den Thron, Anne.«

Er sprach sanft, fast betörend. Was sollte das bedeuten?

»Wir werden das Haus Neville nicht immer brauchen, Anne.« Er lachte leise. Wie weich diese Wange war. Und wie sehr er die Unsicherheit und die aufkeimende Angst in ihren Augen genoss. Er spürte, wie es ihn erregte. Er wollte sie noch einmal nehmen und die ganze Zeit diese Angst in ihren Augen sehen. »Es wird Zeit, dass du dich ein wenig mehr anstrengst, meine Liebe.«

Anne schluckte. Er hatte Recht. Sie war das Unterpfand für den Thron gewesen. Jetzt hatten sie, was sie wollten. Sie brauchten sie nicht mehr. Wenn sie erst in London fest auf dem Thron saßen, dann war sie überflüssig. Sie hatte Geschichten gelesen von Ehefrauen, die plötzlich an seltsamen Krankheiten dahinsiechten oder einfach verschwanden. Aber das waren doch nur Geschichten! Oder? Anne fühlte Panik in sich aufsteigen.

»Was wollt Ihr, dass ich tun soll?«, fragte sie gepresst.

Der Prinz lächelte. So fand er sie wunderbar. Diese Angst in ihren Augen! Sie gehörte ihm. Er liebte dieses Gefühl der Macht. »Es heißt, dass Frauen nur Kinder empfangen, wenn sie es genießen. Also, zeig mir, dass du es magst.«

Anne schüttelte verwirrt den Kopf. Sie blieb stocksteif liegen und sah ihren Mann aus großen ängstlichen Augen an.

Der Prinz lachte leise. Dann kniete er sich langsam zwischen ihre Beine. »Sag mir, dass du es magst«, sagte er leise und alles sanfte war aus seiner Stimme verschwunden. »Bitte mich darum. Los.«

Anne schloss entsetzt die Augen. Dann fühlte sie die Hand des Prinzen an ihrem Hals. »Du willst doch neben mir in London auf dem Thron sitzen, oder nicht?«

Anne nickte.

»Dann sieh mich an und bitte mich darum.«

Anne öffnete ihre Augen. Immer wenn sie dachte, das Schlimmste läge schon hinter ihr, fiel ihm eine neue Demütigung ein. Sie wusste, dass sie ihn bitten musste, und sie wusste auch, dass er ihr, egal ob sie es tat, wehtun würde. Sie kannte ihn inzwischen gut genug. Vielleicht, dachte sie, ist es sogar besser, verstoßen oder sogar umgebracht zu werden. Besser als das ewig zu ertragen. Sie sah in die lauernden Augen des Prinzen.

»Liebt mich, mein Prinz«, sagte sie heiser. »Ich bitte Euch darum.«

Er wartete noch einen Moment, er kostete diesen Augenblick aus. »Du willst es?«

Wie lange sollte das noch dauern? Anne nickte. »Ja, bitte.« Sie würgte die Worte heraus. »Ich bitte Euch untertänigst darum. Liebt mich.«

Der Prinz beugte sich vor. »Es ist mir eine Freude, deinem Wunsch nachzukommen«, flüsterte er ihr ins Ohr. Dann drang er so heftig er konnte in sie ein. Der Schmerz in ihrem Gesicht erregte ihn nur noch mehr.

Der Nebel wurde mit jeder Minute dichter. Nebelschwaden waberten über den Boden und hingen in Fetzen zwischen den Bäumen. Richard zog die Stirn in Falten. Ihm gefiel das nicht. Wenn der Nebel nicht bald aufriss, dann waren seine Bogenschützen nutzlos. So hatten sie keine Sicht. Seine Abteilung bestand zur Hälfte aus Bogenschützen. Er fluchte leise vor sich hin.

Es war der Ostersonntag des Jahres 1471. Es war vier Uhr früh, die Sonne war noch nicht aufgegangen. Richard war kalt. Der Nebel legte sich feucht auf seinen Harnisch, er fröstelte. Gestern waren sie hier angekommen, Barnet hieß die Stadt, erinnerte er sich. Warwicks Truppen, hatte es geheißen, lägen zu beiden Seiten der St.-Albans-Straße, nur knapp vor der Stadt. Im Schutz der Dunkelheit hatten sie ihr Heer so nah herangeführt, dass Warwick einer Schlacht einfach nicht mehr ausweichen konnte. Jetzt war es also so weit. Nach einer kurzen Ruhepause auf dem feuchtkalten Boden waren die Männer heute früh in Gefechtsstellung gegangen. Richard befehligte die Vorhut. Zwei Jahre kämpfte er jetzt für seinen Bruder, aber das hier war etwas anderes als alles, was er bisher erlebt hatte: Es war die große Schlacht, die die Entscheidung bringen sollte. Bisher habe ich nur in Scharmützeln gekämpft, dachte Richard, kleinere Schlachten, Aufständische. Das hier ... vielleicht bin ich in wenigen Stunden tot. Vielleicht siegen wir auch. Die Männer neben ihm waren unruhig, er konnte es spüren.

Richard hatte an jedem Flügel seiner Abteilung Bogenschützen postiert, zwischen ihnen stand der Rest der Vorhut. Man kämpfte zu Fuß. Richard befühlte seine Streitaxt, sie lag gut in seiner Hand. Der Himmel färbte sich langsam grau, der Morgen dämmerte herauf. Wenn nur der verdammte Nebel nicht gewesen wäre! Er konnte kaum seine um ihn postierte Leibwache und seine beiden Knappen erkennen. Richard biss sich auf die Unterlippe. Der Nebel könnte alles verderben. Aber er war jung, er war Heerführer. Dies war seine erste große Schlacht. Er wartete gespannt. Im Vorfeld dieser großen Schlacht, wartend im Nebel, hatte er das Gefühl, dass seine Sinne sich spannten, er schien besser zu hören und da war noch etwas – eine Ahnung um das, was passieren würde, ein dunkles Wissen, das ihn, er wusste es, die richtigen Entscheidungen treffen lassen würde. Er fühlte, wie sein Heer stand, er fühlte die Anspannung jedes einzelnen seiner Männer. Er stand inmitten seiner Leute und wartete. Nichts zählte mehr. Nur noch diese Schlacht.

Es war still. Alles war still.

Dann, plötzlich, schallten die Trompeten über das Feld, zerrissen mit ihrem harten Klang die eben noch herrschende Stille. Edward blies zum Angriff! Dann dröhnten die Geschütze; es hatte begonnen! Jetzt galt es! Ohne nachzudenken hob Richard den Arm und gab das Signal zum Angriff. Ein Sirren erfüllte die Luft, seine Bogenschützen schossen blindlings, unmöglich, in diesem Nebel etwas zu sehen, aber vielleicht gab es einen Zufallstreffer. Warwick kann uns nicht treffen, dachte Richard, wir sind zu dicht an ihm dran! Er weiß gar nicht, wie nah wir sind!

Jubel erfüllte ihn und unbändiger Kampfeswille. Er stürzte vorwärts. Ihm folgten seine Offiziere und Soldaten. Gleich, dachte er, gleich treffen wir sie! Er rannte weiter, hörte Stahl auf Stahl prallen, die ersten Schreie erfüllten die Luft. Da war der Feind! Richard hob die Streitaxt. Aber da war niemand. Wo zum Donnerwetter war Warwicks linker Flügel? Man sah nichts in dieser Milchsuppe. Waren sie im Nebel verloren gegangen wie in den alten Geschichten? Plötzlich wurde der Boden abschüssig. Richard stolperte fast, dann, plötzlich, wurde ihm alles klar. Er hatte den Feind im Nebel umgangen, er war viel zu weit weg von den Stellungen Warwicks! Fluchend warf Richard seine Truppen herum. Keuchend rannte er den Abhang wieder herauf, seine Leute hinter ihm. Da, endlich, tauchte Warwicks Flanke vor ihnen auf. Mit aller Kraft fuhr Richard zwischen die Feinde und hieb sich seinen Weg durch die feindlichen Truppen. Mit unglaublichem Lärm taten es ihm seine Männer nach. Wie laut so eine Schlacht ist, dachte Richard, und war gleichzeitig verwundert, dass er in diesem Moment so einen Gedanken haben konnte. Er hörte das Geschützfeuer, die Schlachtrufe und jetzt auch das Schreien Verwundeter und Sterbender. Er hob seine Axt erneut und schlug einen wahren Riesen nieder.

»Für Edward«, schrie er, und der Ruf wurde sofort aufgenommen: »Für König Edward!«

Seine Männer kämpften ebenso verbissen wie er. Richard verspürte einen unbändigen Stolz auf diese Leute, die er in die Schlacht führte. Er fällte einen weiteren Kämpfer. »Für Edward«, schrie er erneut und seine Augen funkelten. Dann fühlte er mehr, als dass er es tatsächlich sah, wie weitere Truppen den Hügel hinaufstürmten. Warf Warwick etwa seine Reserve in die Schlacht? Jetzt schon? Wie lange dauerte diese Schlacht eigentlich bereits? Richard hatte keine Ahnung, ihm war das Zeitgefühl abhanden gekommen. Alles, was er wusste, war, dass er diesen Hügel verteidigen und Warwick besiegen musste. Aber er hatte noch keinen sicheren Stand auf dem Hügel! Er blickte sich um. Sein Meldungsgänger fing seinen Blick auf. Sollte er ihn losschicken, um bei Edward dessen Reserve anzufordern? Nein, dachte er. Edward verlässt sich auf mich. Er sah seine Männer kämpfen. Wir schaffen es allein! Erneut warf er sich wütend in den Kampf.

Erbittert schwankte die Kampflinie vor und zurück. Neben Richard fiel einer seiner Knappen, Blut spritzte auf den Boden. Richard fühlte rot glühende Wut in sich auflodern. Ihr werdet bezahlen, dachte er, dafür werdet ihr bezahlen! Noch erbitterter drängte er vorwärts. Seine Männer, von seinem Beispiel angefeuert, taten es ihm nach. Immer weiter vorwärts stieß Richard zwischen die Feinde. Musste wieder zurückweichen. Aber nur einen Fußbreit, schwor er sich, ich weiche nicht! Dann plötzlich fühlte er, wie der Griff seiner Axt feucht wurde, er konnte die

Waffe nicht mehr so gut halten. Was war los? Sein zweiter Knappe zupfte ihn am Arm.

»Lord, Ihr seid verwundet!«

Richard sah, wie Blut aus einer Armwunde tropfte. Binnen Sekunden schloss sich seine Leibwache fest um ihn.

»Nur ein Kratzer«, keuchte Richard, »gib mir dein Tuch!«

Sofort gehorchte der Knappe. Richard band das Tuch notdürftig um seinen Arm, er brannte darauf, sich wieder in die Schlacht zu werfen. Für Edward, und für Anne. Warwick, du hast deine Tochter für deinen Ehrgeiz verkauft! Unruhig stampfte er auf. Dann, endlich, war die Blutung offenbar gestoppt. Richard fühlte keinen Schmerz, zu heiß brodelte es in ihm. Er nickte seinem Knappen zu.

»Vorwärts«, rief er dann und schwang die Axt, »zeigen wir es ihnen!«

Auf und nieder brandete der Kampf. Wo war Edward? Was machten Hastings und die restlichen Führer? Er wusste es nicht. Aber es war auch egal. Wieder warf er sich mit vollem Eifer ins Kampfgeschehen. Erneut fing er einen Blick des Meldungsgängers auf, erneut schüttelte er den Kopf. Keine Verstärkung. Ich schaffe das allein! Dann begann sich der Nebel plötzlich zu lichten. Und im heranbrechenden Licht des Morgens sah Richard einen Wirbel vor sich – da warf jemand vor ihm die Waffe weg, drehte sich um und rannte davon. Feiger Hund, dachte Richard, meine Männer würden das nie tun! Dann sah er einen zweiten feindlichen Soldaten fliehen und da erst begriff er: Die Feinde begannen zu weichen! Ja, dachte er, und dann schrie er es, gab seinen Trompetern ein weiteres Signal: Sturmangriff hieß das, jetzt hetzt sie hier weg! Er konnte nichts hören, hatten sie es nicht begriffen? Er setzte hinter den fliehenden Feinden her, er würde sie alleine um die ganze Welt jagen, wenn es sein musste!

Dann ertönten die Trompeten. An der Spitze seiner Männer rannte Richard direkt auf Warwicks Zentrum zu. Schreiend, im Gefühl des sicheren Siegs liefen sie gegen das feindliche Heer an, Stahl krachte noch einmal auf Stahl, und dann, sah Richard, dann splitterte die Front der Feinde auseinander, Warwicks Leute flohen! In Richard jubelte es. Aus den Resten des sich langsam auflösenden Nebels stieg das Sonnenbanner Yorks auf. Richard verhielt seinen Schritt. Er fühlte Tränen in seinen Augen und jetzt spürte er auch den Schmerz, es pochte in seinem verwundeten Arm. Aber größer noch war das Gefühl des Triumphs: Sie hatten gesiegt! Um ihn jubelten seine Männer. Ein strahlendes Lächeln breitete sich auf Richards Gesicht aus. Er öffnete sein Visier. Und dort vor ihm schritt eine große Gestalt auf ihn zu. Sie nahm ihren Helm ab, und Richard sah in das lächelnde Gesicht seines Bruders. Stolz nickte Edward ihm zu. Der Feind floh. Sie hatten wirklich gesiegt.

Ruhig plätscherten kleine Wellen ans Bug des Schiffes. Der Himmel war klar und die Sonne schien. Anne stand an die Reling gelehnt und beobachtete die Lichter, die auf den Wellen tanzten. Das ruhige Auf und Ab des Schiffes und das Plätschern der Wellen beruhigten sie und schenkten ihr einen lange nicht gekannten Frieden. Sie schloss die Augen und streckte ihr Gesicht der Sonne entgegen, genoss die Wärme. Während des langen Winters war sie kaum aus dem Schloss gekommen. Gefangen in ihrer unglücklichen Ehe, hatte sie sich meist in ihrem Zimmer eingeschlossen. Jetzt aber war sie unterwegs. Nach Hause, dachte sie, wir fahren nach England! Früh am Morgen hatte sie an der Seite des Prinzen am Ostergottesdienst teilgenommen, dann waren sie aufgebrochen, endlich hatte sich Margarete dazu entschlossen, den Botschaften ihres aufgezwungenen Verbündeten Warwick zu folgen und ihren Thron in England in Besitz zu nehmen. Mit ihr reisten ein Heer, ihr Sohn – und Anne. Sie seufzte glücklich. Natürlich, sagte sie sich vernünftig, gab es keinen Grund anzunehmen, dass ihre Situation in England besser sein würde. Trotzdem hatte sie zum ersten Mal Hoffnung, eine unsinnige, aber strahlende Hoffnung. Die See lag ruhig.

Anne grinste in sich hinein, als sie daran dachte, wie sie mit dem Prinzen an Bord gegangen war. Kaum hatten sie abgelegt und das offene Wasser erreicht, war er weiß um die Nase geworden. Er hatte noch versucht, es zu überspielen, hatte sich so überheblich wie immer aufgeführt, aber dann hatte die Seekrankheit die Oberhand gewonnen. Bei spiegelglatter See und ruhiger Überfahrt drehte sich der hoffnungsvolle Spross des Hauses Lancaster um, beugte sich über die Reling und übergab sich in hohem Bogen. Anne musste lachen, als sie daran dachte. Der Prinz hatte sie wütend angesehen, etwas von schlechtem Frühstück gemurmelt. Zwei Knappen stützen ihn und brachten ihn in seine Kabine. Anne, immer noch gegen das Lachen ankämpfend, war ihnen pflichtbewusst gefolgt. Sie hatten ihn hingelegt, sich neben ihn gesetzt und ihm den Schweiß von der Stirn getupft. Fasziniert hatte sie zugesehen, wie er vergeblich gegen die Wellen von Übelkeit ankämpfte. Er war nicht unbesiegbar. Während der langen Monate ihrer Ehe hatte sie vor ihm gekauert wie ein Kaninchen, das den Falken am Himmel entdeckt hat. Jetzt erlebte sie ihn plötzlich hilflos und krank und das gab ihr Kraft.

Als er eingeschlafen war, hatte sie die mittlerweile stinkende Kabine verlassen und war an Deck gegangen. Gierig sog sie jetzt die frische Seeluft in ihre Lungen. Sie war immerhin eine Neville. Ihr Vater hatte England erobert, nicht dieses kotzende und jammernde Häufchen Elend, das sie gerade verlassen hatte. Sie würde ihren Vater wieder sehen, bald. Vielleicht konnte er helfen. In England würde der Prinz außerdem mehr zu tun haben, er würde durch das Land reisen müssen, Regierungsgeschäfte zu führen haben. Ich werde ihn nicht so oft sehen, dachte Anne und ihr Herz pochte. Und vielleicht, vielleicht gibt es ja irgendwann eine weitere Schlacht. Vielleicht gibt es wieder Aufstände von Rebellen. Vielleicht würde er dabei – Anne erschrak vor ihren eigenen Gedanken. Noch nie hatte sie jemandem den Tod gewünscht. Ist das eine Sünde?, dachte sie. Dann warf sie den Kopf zurück. Wenn das eine Sünde war, dann war es eben eine. Sie wussten auch nicht alles, die Priester. Und wenn Gott es zuließ, dass sie so behandelt wurde, und dann nicht verstand, dass sie ihrem Mann den Tod wünschte – dann konnte sie es auch nicht ändern.

Lächelnd stieß sie sich von der Reling ab und lief ein paar Schritte auf dem Deck hin und her.

Die Überfahrt dauerte zu Annes Bedauern nicht lange. Sie wäre gern ewig so weitergefahren. Solange sie auf dem Wasser war, empfand sie das Gefühl von Freiheit und Kraft. Aber schon bald sah sie die Küste vor sich auftauchen. Da war England, ihre Heimat. Anne schauderte, plötzlich wieder in Angst. Was würde ihr die Heimkehr tatsächlich bringen? Dann schlug ihr Herz erwartungsvoll: Würde ihr Vater sie dort erwarten? Würde sie ihn gleich sehen? Immer noch erschöpft und bleich, aber bemüht, den Schein zu wahren, trat der Prinz von Lancaster aus der Kabine, in der er die Fahrt verbracht hatte, heraus und stellte sich neben seine Frau an die Reling. Sie beachtete ihn nicht, ihr Herz schlug zu stark, sie war hin- und hergerissen zwischen Hoffnung, Erwartung und Angst. Auch der Prinz schwieg, als ahnte er, was in seiner Frau vorging. Die Schiffsleute machten zum Anlegen bereit. Dann streckte jemand Anne eine Hand entgegen, sie nahm sie und betrat nach einem Jahr in Frankreich endlich wieder englischen Boden. Sie blickte sich um. Um sie her herrschte der übliche Tumult einer Ankunft.

Anne merkte plötzlich, dass sie Tränen in den Augen hatte. Sie war zu Hause. Wütend wischte sie sich über das Gesicht. Sie wollte jetzt keine Schwäche zeigen. Wo war ihr Vater? Ihr kluger, starker, unbesiegbarer Vater, der ihr jetzt helfen musste! Anne ahnte, dass – egal, wie viel Stärke sie empfand – sie auf Hilfe angewiesen war. Um sie her gingen die Soldaten der Königin von Bord. Etwas weiter entfernt sprachen Margarete und ihr Sohn, der sich immer noch kaum auf den Beinen halten konnte, mit zwei Männern. Das mussten hochgestellte Adelige sein, dachte Anne, sie erkannte es an der Kleidung. Sie ging auf die Gruppe zu. Immerhin war sie die Frau des Prinzen und die

Tochter des Eroberers dieses Landes. Mit jedem Schritt fiel weitere Furcht von ihr ab. Sie war zu Hause. Und sie war eine Neville. Nie wieder, schwor sie sich, würde sie sich von ihrem Mann herumstoßen lassen! Sie erreichte die Gruppe. Sie musste nah herankommen, um in dem Tumult das Gespräch zu verstehen.

»... bei Barnet, Mylady«, hörte sie einen der Männer sagen. War das nicht der Graf von Somerset? Was redete er da? Margarete, sah Anne, war mindestens so blass wie ihr Sohn.

»Es war eine harte Schlacht und wir konnten der Übermacht nichts entgegensetzen. Sie haben uns besiegt. Es tut mir Leid.«

Margarete sagte nichts. Anne trat vor. Die Sitte war ihr jetzt egal. Was hatte er gesagt? Eine Schlacht? Und sie waren besiegt worden? Sie packte den Mann am Arm.

»Was ist mit meinem Vater«, fragte sie und ihre Stimme klang schrill. »Wo ist der Graf von Warwick?«

Der Mann sah sie an. »Es tut mir Leid, Prinzessin«, sagte er, »Euer Vater ist gefallen.«

In Annes Ohren begann es zu brausen. Sie sah nur Somersets Gesicht, sah, dass sich seine Lippen weiter bewegten, aber sie hörte nicht, was er sagte. Mein Vater ist tot, dachte sie, das kann nicht sein. Ihr war, als würde ihr der Boden unter den Füßen weggezogen. Sie fühlte den Stoff von Somersets Umhang im festen Griff ihrer Finger. Sie würde nicht loslassen. Sie musste sich irgendwo festhalten. Somersets Gesicht schien näher zu kommen, dann entfernte es sich wieder. Anne starrte ihn an. Dann richtete sie ihre Augen auf den Boden, der schwankte ebenfalls.

»Er ist tot?«, fragte sie und dann, noch bevor sie ein Nicken sehen konnte, begann sich die Welt um sie zu drehen, es gab keinen einzigen festen Bezugspunkt mehr, ihr war, als bliese ein Sturm sie hinweg, und dann wusste sie nichts mehr.

Sie erwachte erst, als es schon dunkel war. Sie hatte Schwierigkeiten, sich zurechtzufinden. Wo war sie? Ihr Kopf schmerzte. Das Bett, in dem sie lag, war ihr fremd. Offenbar war das eine Herberge. Anne wandte den Kopf. Sie sah einen Lichtstrahl auf dem Fußboden, die Tür stand wohl einen Spalt breit offen. Langsam kehrte die Erinnerung zurück. Sie waren nach England gefahren. Und ihr Vater war tot. Einen Augenblick lang dachte sie darüber nach, was jetzt wohl werden würde. Hieß die verlorene Schlacht, dass York wieder auf dem Thron saß? Mussten sie fliehen? Aber sie fühlte sich zu erschöpft, um sich lange Gedanken über ihr künftiges Schicksal zu machen. Sie war so schläfrig. Und das Bett war weich. Sie würde hier liegen bleiben. Das war das Einfachste. Irgendwann würde schon jemand kommen und ihr sagen, was sie zu tun hatte. Einen Augenblick lang erinnerte sie sich an das Gefühl der Stärke und Hoffnung, das sie während der Überfahrt empfunden hatte. Vorbei. Alle Hoffnung, die sie gehabt hatte, war mit einem Satz zunichte gemacht worden. Ihr Vater war tot. Anne drehte den Kopf zur Wand, weinen konnte sie nicht.

Im Nebenzimmer wurden Stühle gerückt. Margarete sah sich pikiert um. Die Herberge von Weymouth war kaum die Unterkunft, die sie für ihre erste Nacht in England erwartet hatte. Sie seufzte. »Erzählt es mir bitte noch mal genau«, sagte sie.

Somerset seufzte. Was sollte er ihr sagen? Er war bei Barnet mit knapper Not entkommen. Wie oft wollte sie es noch hören?

»Sie überfielen uns auf der Ebene knapp hinter Barnet«, begann er. »Warwick wollte der Schlacht so lange ausweichen, bis Ihr mit der Verstärkung in England ankamt, Mylady, aber Edward rückte uns zu nah. Sie haben uns besiegt. Der Graf von Warwick fiel auf der Flucht, er wollte zu den Pferden, die im Wald versteckt waren, aber Edwards Männer waren hinter ihm und erschlugen ihn.«

»Warwick war ein Feigling«, warf der Prinz ein. »Auf der Flucht erschlagen zu werden, also wirklich!«

Somerset warf ihm einen Blick von der Seite her zu. Er konnte diesen aufgeblasenen Jüngling nicht leiden. »Schlagt selbst Eure erste Schlacht und siegt, bevor Ihr andere der Feigheit bezichtigt«, wies er ihn knapp zurecht. »Warwick hat Euch den

Thron erobert und er hat tapfer gekämpft. Zum richtigen Zeitpunkt wollte er die Reste des Heeres für einen Rückschlag retten und wurde erschlagen.« Er wandte sich wieder an Margarete. »Edward ist zurück nach London geritten. Die Leiche Warwicks nahmen sie mit. Sie liegt jetzt, heißt es, vor der St.-Paul's-Kathedrale, um allen das Ende des Hauses Neville zu verkünden.«

»Was interessiert mich das Haus Neville?« Margaretes Stimme klang schrill. »Mich interessiert nur, was wir jetzt tun werden!« Sie griff nach der Hand ihres Sohnes. Da komme ich, dachte sie, in ein Land, um dich auf seinen Thron zu setzen – und nun? Sie werden uns jagen. Herr, betete sie, nimm mir nicht auch noch mein Kind!

Somerset betrachtete sie kühl. »Der Verlust und Tod Eures wichtigsten Verbündeten, dachte ich, sollte Euch schon interessieren, Lady.«

Was war das nur für ein Weib, dachte er bei sich. Warwick ist immerhin für sie gefallen. Dann nahm er sich zusammen. Seine persönlichen Gefühle mussten zurückstehen. Er musste jetzt retten, was zu retten war. War der Thron noch retten? Vielleicht. Somerset machte sich keine Illusionen. Er würde, liefe er wie der Herzog von Clarence zu Edward über, nicht mit offenen Armen empfangen werden. Er würde als Hochverräter auf dem nächstbesten Marktplatz hingerichtet werden.

»Lady, der springende Punkt ist: Edward ist geschwächt nach dieser Schlacht. Euer Heer ist frisch. Weitere Lancaster-Anhänger werden zu Euch strömen. Ihr müsst und könnt den Kampf wagen. Es ist nicht alles verloren.«

Unschlüssig blickte Margarete ins Feuer. »Ich weiß nicht«, antwortete sie gedehnt. Sollte sie kämpfen? Wenn sie jetzt davonlief, das wusste sie, dann war England für sie für immer verloren. Eine weitere Chance würde sie nicht bekommen. Sie drehte sich um und sah erneut ihren Sohn an. Aber wenn sie sich auf eine Schlacht einließ ... wenn sie Edward verlor ... war es nicht besser, England aufzugeben?

»Mutter«, sagte der Prinz, »wir sind doch nicht hergekommen, um sofort wieder zu fliehen!« Hochnäsig blickte er Somerset an. »Ich jedenfalls will kämpfen!«

Margarete stand auf und ging unruhig im Zimmer umher. Angst durchfuhr ihr Herz. »Was ist Euer Rat, Graf?«, fragte sie. »Ist eine Schlacht tatsächlich zu gewinnen?«

»Ja, Mylady«, sagte Somerset. »Lasst uns morgen aufbrechen und uns durchschlagen nach Wales. Wenn wir Jasper Tudor erreichen und uns mit ihm vereinigen, sind wir stärker als Edward. Ihr könnt ihm den Sieg noch abjagen.«

»Mutter, ich will kämpfen!«, rief der Prinz. »Ich will nicht davonlaufen und Ihr wollt es auch nicht. Ihr seid doch stark!«

Margarete erhob sich von ihrem Stuhl. Vielleicht hatte er Recht. Aber er könnte verwundet werden, er könnte gefangen genommen werden, er könnte fallen. Das, dachte sie, überlebe ich nicht. Was war die richtige Entscheidung? Sollte sie nicht doch lieber fliehen? Aber es war keine Zeit, lange zu überlegen.

»Mutter!«, drängelte der Prinz erneut.

Mein Kind, dachte Margarete und dann nickte sie. »Nun gut«, sagte sie gepresst. »Kämpfen wir.«

Graf Somerset verbeugte sich knapp, dann lief er aus der Tür, um die Befehle auszugeben.

Margaretes Heer machte sich am nächsten Morgen auf. In Exeter, Taunton und Wells strömten ihr tatsächlich zahlreiche Anhänger zu. Während der Prinz seine Mutter bestürmte, direkt nach London zu ziehen und es anzugreifen, war sie auf Sicherheit bedacht. Eine Schlacht sollte erst gewagt werden, wenn man Wales erreicht hatte.

Anne saß in einer Ecke des Wagens, den sie zeitweilig mit Margarete und dem Prinzen teilte. Teilnahmslos hörte sie dem Geplänkel der beiden zu. Ihr war gleichgültig, was weiter passieren würde. Ihr Vater war tot und für ihr Leben gab sie auch nicht mehr viel. Es war ihr klar, dass sie mit dem Tod ihres Vaters jeden Wert für Margarete verloren hatte. Siegte Lancaster, dann stand ihr im besten Fall eine Fortsetzung des bisherigen Lebens bevor, siegte York, galt sie als Hochverräterin. Was würde dann mit ihr geschehen? Vielleicht sperrten sie sie in ein Kloster. Das wäre wohl noch das Beste. Anne sah die Landschaft an sich vorbeiziehen. Das war also dein Leben, sagte sie sich, aber sie konnte nichts empfinden. In ihr war alles leer. Manchmal erinnerte sie sich der Hoffnung, die sie auf dem Schiff empfunden hatte, aber selbst das schien ihr schon lange her zu sein. Vielleicht, dachte sie, ist der Tod meines Vaters die Strafe dafür, dass ich meinem Mann den Tod gewünscht habe. Jetzt wünschte sie sich nur noch Ruhe. Sie hatte nicht einmal mehr Angst.

Sie zogen immer weiter. Margarete trieb ihr müdes und allmählich fußwundes Heer vor sich her. Der nächste Halt, hatte Anne gehört, sollte Gloucester sein. Doch kurz bevor sie die Stadt erreichten, stoppte der Zug. Dann hörte Anne Pferdehufe, offenbar sprengte ein Bote heran.

Der Bote war Somerset. Direkt neben dem Wagen der Königin zügelte er sein Pferd und verbeugte sich.

»Was gibt es?«

»Soldaten auf den Mauern, die Stadt ist verschlossen, Mylady.«

Margarete wurde bleich. »Das bedeutet, dieser Hund von Edward ist uns auf den Fersen.«

Somerset nickte. »Wir müssen nach Norden. Dort ist die nächste Übergangsstelle über den Severn.«

»Wo genau?«

»Bei Tewkesbury, Lady.«

»Lasst uns doch die Stadt stürmen«, rief der Prinz, »sie können sie doch kaum gegen uns halten! Und dann sollen die Hunde erfahren, dass man Lancaster besser nicht den Eingang versperrt!« Bedeutungsvoll sah er Anne an, aber sie saß in ihrer Ecke und bemerkte es nicht einmal.

Margarete schüttelte den Kopf. »Edwards Heer ist hinter uns. Wir müssen weiter!«

Anne hörte still zu. Wie kann es sein, dass mir alles so egal ist, dachte sie.

»Nach Tewkesbury«, befahl Margarete.

Somerset nickte, verbeugte sich erneut und sprengte davon.

Das Heer zog nach Norden. Es war ein heißer Tag und die Straße wurde immer schlechter. Sie zog sich durch Wälder und Hecken, der Boden war steinig. Es gab weit und breit keinen einzigen Bach, aus dem sie etwas Wasser hätten schöpfen können. Anne sah, wie erschöpft die Soldaten waren. Margarete trieb sie gnadenlos weiter. Ein Zug der Verdammten, dachte Anne, und ich gehöre dazu. Sie betrachtete Margaretes verkniffenen Mund. Und wozu das alles, dachte sie. Weil du Königin sein willst!

Stunde um Stunde schleppte sich das Heer vorwärts. Dann, gegen Nachmittag, erreichten sie die Ebene von Tewkesbury. In der Ferne erblickte Anne den massiven Turm des Klosters.

Der Zug hielt. Zu Tode erschöpft warfen sich die Soldaten auf den Boden. Es war kein Weiterkommen mehr, selbst Margarete musste das einsehen und ließ halten. Edward war nur wenige Meilen hinter ihnen. So würde sie hier also stattfinden, die letzte Schlacht. Werden sie mich einfach hier sitzen lassen?, fragte sich Anne. Der Prinz und Margarete verschwanden zu einer Beratung mit den Heerführen. Anne blieb, wo sie war, sie konnte einfach nicht mehr. Stumm saß sie und betrachtete die Gesichter der am Boden liegenden Soldaten. So jung waren sie. Sie empfand tiefes Mitleid. Würden sie morgen auch so liegen, aber nicht schlafend, sondern tot? Und plötzlich musste sie an König Edward denken und an Richard. Die waren jetzt irgendwo da draußen, nicht weit entfernt, und auch von ihrem Heer würden morgen so viele tot sein. Und das alles nur für die Krone? Leise begann Anne zu weinen. Es waren die ersten Tränen, die sie vergoss, seit sie erfahren hatte, dass ihr Vater tot war. Still rannen die Tränen über ihr Gesicht, sie weinte um die jungen Soldaten, um ihren Vater, um Richard, um alle, die morgen vielleicht sterben mussten.

Dann hörte sie Schritte. Sie blickte auf, ein älterer Ritter stand vor ihr, sie kannte ihn nicht.

»Lady«, sagte er ehrerbietig und sie nickte. Er schien nicht zu wissen, wie er fortfahren sollte. Mitleidig betrachtete er ihr vom Weinen verquollenes Gesicht. Dann nahm er sich zusammen.

»Die Königin schickt mich, Euch zu holen. Ihr werdet mit ihr und ihrem Gefolge über den Fluss ins Kloster gebracht.« Er stockte einen Moment. »Dort seid Ihr in Sicherheit«, sagte er dann und versuchte ein Lächeln. Anne wischte sich die Tränen ab und stieg aus der Kutsche. Sie würde nirgends sicher sein. Aber auch das war egal. Still folgte sie dem Mann.

Sie verbrachte eine schlaflose Nacht. Gegen Morgen schlüpfte sie dann in die Kirche des Klosters und lauschte dem Gottesdienst der Mönche. Der ruhige Gesang und die vertraute Litanei gaben ihr eine gewisse Ruhe wieder. Als sie die Kirche verließ, hörte sie das Blasen der Trompeten. Sie wusste: Das war der Angriff. Dort drüben über dem Fluss entschied sich jetzt alles. Aber es betraf sie nicht. Sie kehrte zurück in den Raum, den der Abt ihr angewiesen hatte. Bald trafen erste Nachrichten vom Schlachtfeld ein, und während Margarete unruhig jede Neuigkeit erwartete und die Boten ausfragte, saß Anne ruhig in ihrer Ecke. Sie hörte, dass Margaretes Heer einen Flankenangriff auf den rechten Flügel des Königs geführt hatte. War das gut, fragte sie sich. Was bedeutet es? Dann merkte sie plötzlich auf.

»Richard von Gloucester führt diesen Flügel, Lady«, sagte der Bote zu Margarete.

Richard, dachte Anne, so war er also hier. Natürlich war er hier. Wahrscheinlich war er einer der wichtigsten Führer des Königs. Ihr Herz begann plötzlich heftig zu schlagen. Was für ein Angriff war das?

»Sie leisten heftige Gegenwehr«, sagte der Bote, »mehr kann ich im Augenblick auch nicht sagen.«

»Dann verschwinde und komm wieder, wenn du weitere Nachrichten hast!«, fuhr Margarete ihn unbeherrscht an.

Der Bote verbeugte sich und verschwand. Stumm lief Margarete im Zimmer umher. Sie setzte sich hin, stand wieder auf. Aber so unruhig sie auch darauf wartete, es kam kein weiterer Bote mehr. Sie hörten den Lärm der nahen Schlacht, aber sie erfuhren nichts über den Ausgang, bis wenige Stunden später der Strom der geschlagenen Flüchtlinge in das Kloster einsetzte. Unter den Fliehenden waren die Oberbefehlshaber des Heers der Königin. Lancaster war geschlagen. Viele, wurde der Königin und der lauschenden Anne berichtet, waren auf der Flucht im Fluss ertrunken, mehr noch von ihnen nachsetzenden Yorkisten erschlagen worden. Unter diesen war auch der Sohn der Königin, Prinz Edward von Lancaster. Der abtrünnige Herzog George von Clarence hatte dem verzweifelt um sein Leben Flehenden mit einem Schwerthieb den Schädel gespalten.

Margarete stand langsam auf. Dann brach sie in die Knie und begann zu schreien. Sie warf sich auf den Boden und schlug um sich. Zwei Dienerinnen versuchten sie zu beruhigen, aber es war vergeblich. Sie schrie, bis ihre Stimme brach. Dann rollte sie sich in einer Ecke zusammen, sprach nicht mehr, war nicht ansprechbar.

Anne hatte die Botschaft vom Tod ihres Mannes vermeintlich teilnahmslos angehört. Keine Regung war ihr anzumerken. Doch ihre Hände waren eiskalt, ihr Herz klopfte wie wild. Jetzt bin ich Witwe, dachte sie, und bei diesem Gedanken waren plötzlich ihre Gefühle wieder da. Ich bin frei! Was wird nun?

Entführung

Nach einer Schlacht musste es ein Fest geben. Das war so etwas wie ein Naturgesetz, vor allem, wenn es den Truppen nicht gestattet war, den eroberten Landstrich zu plündern. George von Clarence verharrte einen Moment und lauschte auf das Lärmen und Singen, das aus den Schänken und Hurenhäusern von Tewkesbury drang. Er wäre selbst gern dabei gewesen, aber das hier war wichtiger. Er lief leise zum Fluss und achtete darauf, dass er im Schatten blieb. Zwei singende Soldaten zogen an ihm vorbei, Clarence drehte sich von ihnen ab und tat so, als erleichtere er sich an der Häuserwand. Die beiden zogen weiter, ohne ihn zu beachten. Er zog die Kapuze seines Umhangs tiefer ins Gesicht. Unnötig, dass ihn jemand erkannte.

Vorsichtig und nach rechts und links Ausschau haltend lief er die Hauptstraße von Tewkesbury entlang. Kurz nachdem er die Stadt hinter sich gelassen hatte, vernahm er einen leisen Ruf. Clarence blieb stehen. Aus dem Dickicht der Hecken löste sich eine Gestalt und kam auf ihn zu. Clarences Herz pochte. Was, wenn das nicht sein treuer Waffengefährte William war? Dann erkannte er ihn. Sein blondes Haar war zwar ebenso wie Clarences eigenes unter einer Kapuze versteckt, aber nicht viele Menschen waren so groß und breit gebaut wie William. Mit ihm als Schutz konnte man eine Frau auch durch ein so unsicheres Land schicken, wie es England im Moment war. Schließlich wollte er nicht, dass ihr etwas zustieß. Erleichtert holte Clarence tief Luft. »Wo sind die Pferde?«, wisperte er.

»Unten beim Fluss, wie Ihr es befohlen habt.«

»Gut.«

Die beiden Männer setzten ihren Weg schweigend fort. Clarence schritt jetzt kräftig aus, er hatte es eilig. Dann tauchte der Fluss vor ihnen auf, silbern glänzte das Mondlicht auf dem Wasser. Sie lösten das fest vertäute Boot.

Die Fahrt dauerte nicht lange. Kaum ein Laut war zu hören, abgesehen vom regelmäßigen Eintauchen der Ruder ins Wasser. Sie erreichten das gegenüberliegende Ufer und Clarence sprang an Land. Er bedeutete William zu warten und machte sich auf den Weg zum Kloster.

Natürlich hatte Edward Wachen dort aufgestellt, Clarence hatte es nicht anders erwartet. Wer wusste schon, wer von der Lancaster-Bande dort Zuflucht gesucht hatte. Morgen würden die Soldaten des Königs das Kloster durchsuchen. Darum musste er Anne Neville heute dort herausholen. Unnötig, dass sie Edward und vor allen Dingen Richard in die Hände fiel. Clarence hatte da so eine Idee. Er schritt auf die Wachen zu. Erwartungsgemäß riefen sie ihn zwar an, ließen ihn aber ungehindert passieren. Der Herzog von Clarence war schließlich bekannt. Er grinste. So weit lief alles, wie es sollte. Er betrat den Klosterhof. Dort herrschte mittlerweile Ruhe, kurz nach der Schlacht hatte es hier ganz sicher anders ausgesehen. Mittlerweile hatten die Mönche die Verwundeten versorgt und die Schutzsuchenden untergebracht. Die große Frage war jetzt, wie er sie finden sollte, ohne Aufsehen zu erregen. Er könnte den Abt fragen, aber je weniger Leute mitbekamen, dass er seine Schwägerin holte, desto besser.

Er sah sich um. Auf einer Bank in der Ecke sah er eine Gestalt sitzen. Clarence trat einen Schritt näher und sein Herz machte einen Sprung. Das war fast unverschämtes Glück. Dort saß Anne und guckte in den Mond. Clarence lächelte. Besser hätte es tatsächlich nicht kommen können. Er machte einen weiteren Schritt in ihre Richtung. Aufgeschreckt von dem knirschenden Kies, sprang sie auf.

Er blieb stehen. »Ich bin's, Anne, keine Sorge!«, rief er leise.

Anne, die sich schon zur Flucht gewandt hatte, blieb stehen. Träumte sie? »George?«, fragte sie ungläubig und machte im Dunkeln einen Schritt auf ihn zu. »Was machst du denn hier?«

Clarence ging auf sie zu, sein gewinnendstes Lächeln im Gesicht.

»Leise. Ich bin gekommen, um dich hier herauszuholen.«

»Mich zu holen? Aber warum?«, fragte Anne misstrauisch. In ihrem Kopf flogen die Gedanken durcheinander. Clarence, der eidbrüchige Clarence war hier, um sie zu holen? Clarence bemerkte das Misstrauen in ihrer Stimme. »Du bist meine Schwägerin«, antwortete er.

»Mein Vater war dein Schwiegervater«, versetzte sie hart.

Clarence schluckte. Er musste sie überzeugen, und zwar bevor jemand hier auftauchte. »Ja, und ich bereue diesen Krieg und Kampf und seinen Tod ebenso wie du.«

Anne glaubte ihm kein Wort.

»Aber Edward ist schließlich mein Bruder!« Theatralisch hob er die Hände. »Dein Vater hat mir damals gesagt, er würde mir Isabell nur geben, wenn ich auf seine Seite wechsle. Was hatte ich da für eine Wahl? Ich liebe deine Schwester über alles.«

Anne zauderte. Konnte das sein? Sie wusste, dass ihr Vater Richard vor die gleiche Wahl gestellt hatte. Nur dass Richard sich anders entschieden hatte. Konnte sie Clarence trauen?

Clarence wusste genau, was sie jetzt dachte. Er durfte ihr jetzt keine Gelegenheit zum Nachdenken lassen.

»Glaub mir«, sagte er und legte sanft seine Hand auf ihre. »Und Anne: Morgen werden Edwards Leute das Kloster durchsuchen. Du bist die Frau des Prinzen von Lancaster –«

»Die Witwe«, unterbrach sie ihn, »dafür hast du gesorgt.«

»Ja. Ich habe ihn erschlagen. Aber, Anne, du willst mir doch nicht erzählen, dass du ihn geliebt hast?«

Sie antwortete nicht.

»Seine Frau oder seine Witwe, sei's drum«, fuhr Clarence ungeduldig fort. »In jedem Fall bist du in Gefahr. Du bist die Witwe eines Rebellen, eines Hochverräters, was glaubst du, was sie mit dir tun werden? Möchtest du neben Margarete auf einem Karren in London einfahren als Gefangene des Königs?«

Anne schauderte es. Nein, das wollte sie nicht.

»Und was meinst du«, Clarence war jetzt kaum noch zu stoppen, »wie sie hier morgen suchen werden, die Soldaten? Was glaubst du, was sie tun, wenn sie dich hier finden, jung und hübsch, wie du bist?«

Alles, nur das nicht.

»Und wenn du dir etwa Hilfe von Richard erwartest –«

»Das tue ich nicht!«

Clarence hätte am liebsten gejubelt. Er war sich sicher, dass er sie jetzt genau da hatte, wo er sie haben wollte. »Komm mit mir«, sagte er leise. »Es ist zu deinem Schutz, glaub mir.«

»Wohin?«, fragte sie leise.

»Am Fluss wartet mein Waffengefährte William mit den Pferden. Er ist absolut vertrauenswürdig und bringt dich nach London zu Isabell. Was meinst du, wie sie sich freuen wird!«

Da bin ich mir nicht so sicher, dachte Anne. »Und was dann?«, fragte sie. »Du kannst mich ja nicht ewig verstecken.«

Er tätschelte ihre Hand. »Du bleibst bei uns. Lass Edward erst wieder fest im Sattel sitzen und ein bisschen Zeit vergehen. Dann sehen wir weiter.«

Anne war nicht wirklich überzeugt. Aber welche Wahl hatte sie? Wollte sie wirklich hier bleiben und warten, bis morgen die Soldaten kamen und sie gefangen nahmen? Wollte sie vor Richard als Gefangene stehen? Nein, dachte sie, alles, nur das nicht. Aber vielleicht log Clarence. Richard würde sie doch nicht gefangen nehmen lassen. Sollte sie doch besser warten, bis er morgen ins Kloster käme? Aber sie wusste nichts von ihm. Vielleicht war er verwundet. Sie sah Clarence an.

»Geht es Richard gut? Ist ihm etwas passiert?«

Clarence sah sie scheinbar mitleidig an. Doch noch Hoffnung, ja?, dachte er. Diesen Zahn muss ich ihr schnellstmöglich ziehen.

»Richard«, sagte er sanft und streichelte weiter ihre Hand, »Richard geht es gut, Anne.«

Erleichtert schloss sie die Augen. Clarence sah es. Freu dich nicht zu früh, dachte er. Dann seufzte er tief. »Es tut mir sehr Leid, dir das sagen zu müssen ...«

»Mir was sagen zu müssen?«

»Richard«, sagte Clarence und blickte sie aus treuen und offenen Augen an, »hat eine Liebschaft mit einer von Elisabeths Hofdamen. Vivianne heißt sie.«

Es war Anne, als würde ein Messer in ihren Leib fahren. Nur mit Mühe hielt sie sich aufrecht. Heimlich, tief in ihrem Inneren hatte sie doch mit Richards beständiger Liebe gerechnet. Dies war der letzte Schlag und er warf sie fast um. Sie kämpfte um ihre Fassung. Clarence sagte nichts weiter. Das ist im Sack, dachte er und lächelte still.

Schließlich hob Anne den Kopf. »Gut, George«, sagte sie mit aller Ruhe, die sie aufbringen konnte. »Wann reiten wir?«

»Gleich«, nickte Clarence. »Je weniger Menschen es mitbekommen, desto besser.«

Anne nickte. Clarence nahm ihren Arm und führte sie zur Klosterpforte. Die Wachen des Königs wollten sie zunächst nicht durchlassen, aber auf ein wütend gezischtes Wort von Clarence hin ließen sie sie passieren. Anne schritt neben ihm wie im Traum. Richard liebte eine andere Frau. Nein, sie wollte ihn nicht sehen. Lieber mit Clarence zu Isabell nach London.

Clarence führte sie zum Boot und sie setzten erneut über den Fluss. Am anderen Ufer stiegen sie auf die Pferde. Anne brach an der Seite des großen, schweigsamen Ritters in Richtung London auf. So schnell wie möglich, hatte Clarence William eingeschärft. Und möglichst ohne dass euch jemand erkennt. Er sah den beiden nach, dann machte er kehrt und ging langsam in Richtung Tewkesbury zurück. Er hoffte, dass alles gut ging.

»Nein«, sagte Richard und stellte seinen leeren Becher auf den Tisch, »ich habe genug. Wirklich.« Mit einem letzten Lächeln und Winken in die Runde stand er auf und verließ die Herberge. Er war mehr als müde. Während der Schlacht war sein gesamtes Wesen angespannt, jeder Gedanke schien schneller zu sein als normalerweise, er kannte keine Sekunde des Zögerns – aber danach, wenn die Anspannung von ihm abfiel, schlug ihn die Müdigkeit fast nieder. Er schloss die Tür hinter sich. Draußen war es kaum ruhiger als drinnen, in Gruppen zogen singende und betrunkene Soldaten durch die Straßen von Tewkesbury. Richard lächelte still vor sich hin. Sollten sie singen, trinken und sich mit den Mädchen vergnügen, die nichts gegen dieses Vergnügen einzuwenden hatten – er hatte genug, er sehnte sich nach ein wenig Ruhe. In den Räumen der Herberge, wo sie sich nach dem Sieg einquartiert hatten, war daran jedoch nicht zu denken. Das Feiern würde noch stundenlang so weitergehen. Richard sog die klare Nachtluft ein. Ein Spaziergang würde ihm gut tun.

Ohne darüber nachzudenken, lenkte er seine Schritte die Straße hinunter zum Fluss. Dort setzte er sich ins Gras. Über den Fluss hinweg sah er die Silhouette des Klosters. Sie hatten die flüchtenden Lancaster-Anhänger dorthin verfolgt, und wäre der Abt nicht gekommen und hätte darum gebeten, die Ruhe des Klosters nicht zu stören, es hätte ein Massaker gegeben. Aber die Worte des Abts hatten Edward zur Vernunft gebracht und er hatte seine Leute zurückgerufen. Richard war froh darüber. Anders als die meisten wurde er weder in noch nach Schlachten vom Blutdurst übermannt. Er schlug sich, wenn es sein musste, aber er liebte das Schwert und den Kampf nicht.

Versonnen riss Richard einen Grashalm aus. Morgen würden sie das Kloster aufsuchen und überprüfen, wer sich dorthin geflüchtet hatte. Edwards Anweisung war klar: eine Amnestie für die einfachen Soldaten, ein gerechtes Verfahren und Bestrafung für die Rädelsführer. Wer befand sich wohl dort drüben im Kloster? Ob Margarete ihnen in die Hände fallen würde? Oder hatte sie rechtzeitig erfahren, dass die Schlacht verloren war, rechtzeitig genug, um, wie schon einmal, nach Schottland zu fliehen? War ihr Sohn dort drüben, der Prinz von Lancaster? Oder war

Annes Mann in der Schlacht umgekommen? Richard wusste es nicht. Wenn er gefallen ist, dann ist sie Witwe, erkannte er plötzlich. Und wo ist sie? Ist sie vielleicht auch dort? Ist sie so nah? Seine Müdigkeit war plötzlich wie verflogen, er setzte sich auf. Saß sie in diesem völlig überfüllten Kloster, voller Angst vor der Zukunft? Richard sprang auf. Gab es ein Boot an diesem Fluss, einen Fährmann um diese Zeit? Seine Augen suchten das Ufer ab. Da war ein Boot. Er könnte übersetzen. Wenn sie dort war, dann könnte er sie dort herausholen, bevor morgen das Kloster durchsucht wurde, er könnte sie irgendwo anders unterbringen, ihr etwas mehr Komfort verschaffen –

Richard betrachtete das im Mondlicht funkelnde Wasser. Aber was, dachte er dann, wenn sie zwar dort drüben sitzt, aber ihr Mann bei ihr ist? Und auch, wenn nicht, wird sie mit mir gehen wollen? Unschlüssig verharrte er einen Augenblick. Was sollte er tun? Sein Gefühl hieß ihn, auf die andere Seite überzusetzen und sie zu suchen. Sein Verstand meinte, er solle besser warten. Wenn sie dort war und seine Hilfe benötigte, so würde er es morgen erfahren. Besser warten, als sie durch plötzliches Auftauchen zu erschrecken. All ihre Träume und Hoffnungen sind vielleicht zerplatzt, dachte er, und so oder so: Ihr Leben ist auf den Kopf gestellt. Der Tod ihres Vaters. Die verlorene Schlacht. Sie würde Zeit brauchen, um sich zu sammeln. Er würde warten.

Nach einem letzten Blick auf das andere Flussufer wandte er sich um und ging zurück zu der Herberge. Er würde hoffentlich ein paar Stunden Schlaf finden. Morgen würde er als Erstes versuchen herauszufinden, was mit dem Prinzen passiert war. Dann würde er Anne suchen.

Früh am nächsten Morgen erfuhr Richard, dass der Prinz tatsächlich in der Schlacht ums Leben gekommen war. Gemeinsam mit einem Trupp aus Soldaten und Heerführern durchsuchte er das Kloster und nahm persönlich die Ex-Königin Margarete von Anjou gefangen. Richard neigte nicht zur Rachsucht. Der Prinz wie auch Margarete waren seine Feinde gewesen, trotzdem konnte er jetzt nur Bedauern für die geschlagene Königin empfinden. Er hatte Margarete in einer Ecke sitzend gefunden, und als sie ihm ihr Gesicht zuwandte, war Richard zurückgeschreckt – nicht nur, dass sie über Nacht gealtert schien, blutige Striemen zeichneten ihr Gesicht. Als er ihre Hände betrachtete, sah er getrocknetes Blut unter ihren Fingernägeln – sie war nicht, wie er zuerst befürchtet hatte, marodierenden Soldaten in die Hände gefallen, sie hatte sich die Wunden selbst zugefügt. Sie war nur noch eine Hülle ihres früheren Selbst. Richard konnte nicht anders: Er empfand tiefstes Mitleid für sie. Wie entsetzlich musste es sein, ein Kind zu verlieren! Er tat für Margarete, was er konnte, er stellte einen eigenen Wagen für sie und eine Dienerin zur Verfügung und sorgte dafür, dass sie von zweien seiner Leute, die er als vertrauenswürdig kannte, bewacht wurde. Was sie sich aber tatsächlich wünschte, konnte er ihr nicht geben und es war ihm klar, dass ihr großer Schmerz die gleiche Ursache hatte wie seine Freude: Der Prinz war tot. Für sie bedeutete das, dass sie ihren Sohn verloren hatte. Für ihn, dass seine große Liebe wieder frei war!

Sein Herz tat ein paar schnellere Schläge, als ihm das klar wurde, und als ihre Dienerin, die ebenfalls unter den Gefangenen war, ihm sagte, dass Anne den Prinzen nicht geliebt hatte, war er so glücklich, dass er das Mädchen heimlich entkommen ließ. Nur, wo war Anne? Sie war nicht unter den Gefangenen, die Edward aus der Kirche von Tewkesbury holte, nicht bei denen, die man im Kloster fand. Margarete blickte ins Leere, als Richard sie befragte. Seit sie erfahren hatte, dass ihr Sohn tot war, hatte sie kein Wort mehr gesprochen. Ihre Dienerin hatte Anne seit dem Abend nach der Schlacht nicht mehr gesehen und der Abt des Klosters konnte sich zwar dunkel an ein junges Mädchen unter den Asylsuchenden erinnern, wo sie aber war, ob und mit wem sie das Kloster verlassen hatte, wusste er nicht. Sie war wie vom Erdboden verschwunden.

Richard war krank vor Sorge. War sie in Panik aus dem Kloster geflohen und irrte jetzt allein, ohne Bewachung, ohne eine

Dienerin und wahrscheinlich ohne Geld durch das Land, eine leichte Beute für Diebe, Wegelagerer und Schlimmeres? Er wusste es nicht und er konnte sie nicht einmal in der näheren Umgebung suchen: Edward brauchte und beanspruchte seine Dienste. Als Konnetabel war es seine Aufgabe, die gefangenen Rebellenführer zu verhören und abzuurteilen. Erst als das erledigt war, erteilte Edward den Befehl zum Abmarsch nach London. Richard blieb nur die Hoffnung, dass er dort eine Spur von Anne fand, vielleicht hatte sie sich wie durch ein Wunder zu ihrer Schwester Isabell durchschlagen können.

In Baynard's Castle saß Anne in einem der oberen Zimmer im hinteren Teil des weitläufigen Gebäudes und stickte, als Isabell den Raum betrat. Sie stutzte und stellte das Tablett, das sie trug, auf dem Tisch vor ihrer Schwester ab. »Dass ich dich mal bei so einer Arbeit sehen würde, hätte ich auch nicht erwartet«, meinte sie und musterte die Schwester aus den Augenwinkeln.

Anne zuckte die Schultern. »Dass du mal freiwillig ein Tablett selbst tragen würdest, hätte ich auch nicht gedacht«, erwiderte Anne und biss sich fast im gleichen Moment auf die Zunge. Sie war der Schwester dankbar dafür, dass sie sie bei sich aufgenommen hatte. Sticheleien waren fehl am Platze, und Isabell war so empfindlich!

Aber die Ältere zuckte auch nur die Schultern. »Wir haben zu wenig Dienstboten«, sagte sie. »Da muss ich eben einiges selbst machen.« Sie streckte sich. »Dabei habe ich das Gefühl, dass ich mich kaum noch bewegen kann.«

Anne nickte, sagte aber nichts. Isabell war im achten Monat schwanger, ihr runder Bauch zeichnete sich deutlich unter ihrem Kleid ab. Sie fächelte sich Luft zu.

»Und es ist so heiß! Sobald ich mich bewege, rinnt der Schweiß an mir herunter, meine Füße tun weh und mein Rücken ...«

Anne nickte wieder. »Wenn ich dir irgendetwas an Arbeit abnehmen kann …«

Isabell schüttelte den Kopf. »Nein«, meinte sie, »lass nur. Ich bin es ja gewohnt und du musst auch erst mal selbst wieder zu dir kommen.«

Sie musterte Anne von der Seite. Die Schwester war blass und sie hatte wenig Appetit. Morgens hörte Isabell sie manchmal husten. Ob Anne vielleicht …? Sie entschloss sich, zu fragen.

»Du bist – du trägst aber kein Kind, oder?«

Anne sah auf. Sie hatte wenig mit Isabell über das dreiviertel Jahr gesprochen, das vergangen war, seit sie in Angers geheiratet hatte und Isabell nach England zurückgefahren war.

»Nein«, sagte sie jetzt in bestimmtem Ton. »Sicher nicht.«

»So sicher kannst du nicht sein. Wenn es erst kurz vor … Tewkesbury passiert ist …«

»Wenn es so ist, stürze ich mich in den Fluss«, antwortete Anne mit harter Stimme.

»Aber Anne!«

Anne sprang auf. »Frag mich nicht, Isabell, frag mich bloß nicht!« Dann stürzte sie aus dem Raum. Isabell sah ihr nach. Was hatte sie nur? Gut, sie war nicht auf Rosen gebettet, als Witwe und Tochter eines Verräters – Isabell gab es einen leichten Stich, als sie an ihren Vater dachte, aber sie schüttelte den Gedanken schnell ab. Sie hatte es ihrem Vater noch immer nicht verziehen, dass er ihr Anne vorgezogen hatte. Wenn es bei Tewkesbury anders gelaufen wäre, dann wäre Anne vielleicht bald Königin und sie selbst wäre mit einem Verräter verheiratet. Sie schauderte bei dem Gedanken. Ob Anne sich dann auch um sie gekümmert hätte? Wer weiß. Jetzt war es jedenfalls so, wie es immer gewesen war: Sie musste sich um die kleine Schwester kümmern. Immer ist mir Anne vorgezogen worden, immer, dachte Isabell, und dann halsen sie sie mir wieder auf. Warum hatte George sie hergeschickt? Was bezweckte er? Hatte er heimlich ein Auge auf Anne geworfen? Missmutig sah Isabell an sich herunter. Erst schwängert er mich, dann guckt er mich nicht mehr an, dachte sie, sondern nimmt stattdessen meine ach so hübsche jüngere Schwester ins Haus und lässt mir ausrichten, niemand solle wissen, dass sie hier ist. Lass sie nicht aus dem Haus und vor allem: Lass Richard nicht zu ihr, sollte er vor mir in London eintreffen. Isabell verstand es nicht. Aber sie würde Clarence bald fragen können, die Sieger von Tewkesbury wurden inzwischen täglich in London erwartet. Sie seufzte, dann stand sie auf und begann, Annes liegen gelassene Stickerei mit Leidensmiene wegzuräumen. Als hätte sie nicht schon genug Arbeit!

Anne saß im inneren Hof des Hauses und lauschte dem Gurren der Tauben. Ihr Atem hatte sich beruhigt, zum Glück hatte sie nicht husten müssen. Sie musste sich diesen hartnäckigen Husten auf dem Ritt hierher geholt haben. Was hatte dieser Ritter sie angetrieben und unentwegt zur Eile gemahnt! Sie holte tief Luft und schloss die Augen. Allein der Gedanke, sie könnte von ihrem widerlichen Ehemann ein Kind bekommen! Sie schauderte. Eher werfe ich mich tatsächlich in den Fluss, dachte sie, an dem Tag, an dem ich mich schwanger weiß … aber sie war es nicht, sie war sicher. Es durfte nicht sein. Nicht nur, weil sie den Prinzen gehasst hatte, ein Kind bedeutete auch Schwierigkeiten, von denen sie nicht wusste, wie sie damit fertig werden sollte. Sie war Witwe. Sie hatte kein eigenes Land, keinen Anspruch auf irgendein Erbe oder irgendwelche Einkünfte.

Anne war auf die Gnade Isabells und ihres Mannes angewiesen. Sie war Clarence dankbar, dass er sie aus dem Kloster in Tewkesbury herausgeholt hatte, aber sie hasste es, von seiner Mildtätigkeit zu leben, und wie ihr Leben weitergehen sollte, war ihr unklar. Clarence war ihr nächster männlicher Verwandter, aber ob er ihr eine Mitgift geben würde, um sie wieder zu verheiraten? Wahrscheinlich nicht. Sie wusste nicht, ob Clarence wirklich so wenig Geld hatte, wie Isabell immer behauptete, oder ob er einfach geizig war. Wenn sie schwanger war, konnten sie sie sowieso nicht so bald verheiraten, und ob sie wieder heiraten wollte … die Ehe, die hinter ihr lag, reichte ihr. Aber sie würde nicht gefragt werden. Als auf Unterstützung angewiesene jüngere

Schwester und Witwe würde sie einfach zu tun haben, was Clarence oder der König über sie bestimmten.

Anne seufzte. Mein Leben lang, dachte sie, haben andere über mich bestimmt. Hört das eigentlich je auf? Wie war es damals in Middleham? Da habe ich noch gedacht, ich könnte tun, was ich wollte. Verbote habe ich nicht beachtet, und wurde ich bei unerlaubten Ausflügen erwischt, dann lachte man meist nur darüber. Die wilde, kleine Anne!

Sie lachte böse auf. Ich habe gedacht, die Welt liegt mir zu Füßen und die Sonne würde ewig scheinen. Nun, es ist ganz anders gekommen. Keiner meiner Kindheitsträume hat sich erfüllt. Einen Augenblick lang sehnte sie sich voller Wehmut zurück, Middleham Castle tauchte mit seinen trutzigen alten Mauern und den weiten Feldern und Wäldern der Umgebung vor ihrem inneren Auge auf. Sie sah sich lachen und auf ihrem Pony hinter Richard herjagen und ihre Augen füllten sich mit Tränen. Ich möchte nichts weiter, als mit ihm dort leben! Aber wie kam sie auf den Gedanken, sie könne ihm noch irgendetwas bedeuten? Er hat eine andere Frau, er hat mich nie geliebt. Wenn er noch irgendwo manchmal an mich denkt, dann hat er doch höchstens Mitleid mit mir. Mitleid will ich nicht! Sie stand auf. Soll er doch zum Teufel gehen, sollen sie doch alle zum Teufel gehen!

Seit sie erwachsen war, war sie nur von Männern verletzt worden, von Richard, der ihr sagte, er liebe sie, um dann zu verschwinden, von ihrem Vater, der sie verheiratet hatte, um Englands Thron zu erobern, und so kläglich gescheitert war, von ihrem Mann. Und jetzt? Sie konnte von Clarences Mildtätigkeit leben, ihn bitten, sie neu zu verheiraten, oder ins Kloster gehen. Dann, dachte sie bei sich, gehe ich noch am liebsten ins Kloster.

Zwei Tage später kam der Herzog von Clarence endlich nach Hause. Er traf gegen Abend mit seinem kleinen Gefolge von Rittern und Soldaten in Baynard's Castle ein. So schnell es ihr schwangerer Bauch zuließ, eilte Isabell ihm entgegen. Clarence warf die Zügel seines Pferdes einem Knappen zu und ließ sich von Isabell in die Herrschaftsräume führen. Die wenigen Dienstboten hatten ein Festessen für den Herrn des Hauses vorbereitet, aber Clarence wollte sich zunächst erfrischen und umziehen. Aufstöhnend ließ er sich im Schlafzimmer in einen Sessel fallen und nahm den gewürzten Wein entgegen, den Isabell ihm reichte. In einem Zug trank er den Becher leer.

»Gut, wieder zu Hause zu sein«, sagte er, dann streckte er Isabell den leeren Becher hin. Sie goss ihn erneut voll und Clarence stürzte in genauso schnell herunter.

»Hat es Ärger gegeben?«, erkundigte sich Isabell vorsichtig.

»Ärger«, schnaubte Clarence, »es wird immer Ärger geben. Aber diesmal vielleicht nicht. Diesmal war George von Clarence vielleicht schlauer als seine Brüder.«

Isabell wartete ab. Was meinte er? Aber wenn er es ihr nicht sagen wollte, dann würde fragen ihn nur aufbringen. Clarence schüttelte sich, dann nahm er ihre Hand.

»Wo ist Anne?«, fragte er, »sie ist doch hier?« Er drückte ihre Hand fest.

»Ja«, antwortete Isabell und versuchte ihre Hand zu befreien. »Du hast sie doch selbst hergeschickt. Lass mich los, du tust mir weh!«

Ohne seinen Griff zu lockern, fragte Clarence weiter: »Hat sie jemand gesehen? Hat sie das Haus verlassen oder hat die Dienerschaft etwa getratscht?«

»Nein!«

»Gut«, Clarences Griff lockerte sich. »Sehr gut.« Er versank in Grübeln.

Isabell zog ihre Hand zurück. Rote Flecken hatten sich darauf gebildet. Sie rieb sie vorsichtig. »Kannst du mir bitte verraten, was das soll? Warum ist Anne überhaupt hier? Warum hast du sie hergeschickt?«

Clarence lachte. »Ich weiß, dass du deine Schwester nicht leiden kannst, meine Liebe, aber diesmal ist sie für uns ein Goldesel. Also pflege sie und sorg dafür, dass niemand erfährt, dass sie hier ist. Vor allem Richard nicht.«

Isabell verstand überhaupt nichts mehr. Sie hatte gehofft, Anne möglichst rasch wieder loszuwerden. Wieso sollte die lästige und auch noch arme Anne plötzlich ein Goldesel sein? Und wieso durfte Richard nicht wissen, dass sie hier war?

Clarence sah den ratlosen Blick seiner Frau. Er seufzte leise. Frauen! Man musste ihnen wirklich alles erklären.

»Sieh, meine Liebe«, sagte er und nahm erneut ihre Hand. »Das Vermögen deines Vaters ist an die Krone gefallen, weil er ein Verräter war.«

Isabell zuckte zusammen, musste er ihr das so unter die Nase reiben?

Clarence beachtete ihr gequältes Gesicht nicht, sondern sprach weiter. »Das Vermögen und der Landbesitz deiner Mutter aber gehen, da sie Witwe ist, an ihre Erben über, also an dich und deine Schwester. Da kein normal denkender Mensch Frauen als erbberechtigt ansieht, geht es an …?« Er sah sie auffordernd an.

»Dich?«

»Richtig. Ich bin der nächste männliche Verwandte. Und solange …«

Aber er musste nicht weitersprechen, Isabell hatte jetzt begriffen.

»Solange Anne nicht wieder heiratet, bist du ihr Vormund und der Nutznießer des gesamten Vermögens!«

»Genau, mein Kind!«

Isabells Gedanken liefen in die unterschiedlichsten Richtungen. Sie hatte keine Ahnung, wie groß der Grundbesitz ihrer Mutter tatsächlich war, aber die ewige Geldknappheit hatte damit sicher endlich ein Ende. Sie könnten ein paar Diener mehr einstellen. Und vielleicht, vielleicht reichte es auch endlich für ein schöneres Haus …, nur dass sie dafür eben ihre Schwester im Haus haben würde. Isabell seufzte. Und was war im Übrigen – sie wandte sich an Clarence.

»Und was, wenn Anne heiraten will?«

»Niemand will die Tochter und Witwe eines Verräters heiraten. Niemand außer meinem lieben Bruder Richard. Aber ich habe dafür gesorgt, dass sie nichts mehr von ihm wissen will. Ich habe ihr von seiner Liebschaft mit dieser Vivianne erzählt.«

»Die beiden hatten ein Liebschaft?«

»Sie ist schwanger von ihm. Und davon abgesehen soll Richard ja auch nicht erfahren, dass sie hier ist.«

»Und wenn er es doch erfährt?«, gab Isabell zu bedenken.

»Dann werde ich sie woanders verstecken. Mir ist es zu verdanken, dass wir bei Barnet und Tewkesbury gesiegt haben. Wäre ich nicht übergelaufen, dann hätte vielleicht dein Vater gesiegt. Und belohnen sie mich etwa, meine feinen Brüder?«

Wütend sprang Clarence auf und lief gestikulierend im Zimmer hin und her. »Richard hat alle Ländereien bekommen, die dein Vater einst besaß, darunter Schloss Middleham, dazu den gesamten Grundbesitz des Grafen in Yorkshire und Cumberland. Er ist Großkämmerer und so weiter. Und was bin ich?« Er schnaubte und ließ sich wieder auf den Sessel fallen. »Diesmal nicht, Isabell. Die Rittergüter deiner Mutter behalten wir.«

Isabell konnte nicht anders: Sie stimmte ihm aus ganzem Herzen zu.

»Du wirst also dafür sorgen, dass er nicht erfährt, dass sie hier ist. Und wenn das Personal klatscht und er vor der Tür steht, dann lässt du ihn auf keinen Fall zu ihr. Klar?«

Isabell nickte. Sie würde Richard nicht zu Anne lassen. Sie hoffte nur, dass sie ihre Schwester auch im Haus halten konnte. Immerhin kannte sie Annes wilden Entdeckungsdrang und ihre Leidenschaft für verbotene Ausflüge noch aus der Kindheit. Es war ihr durchaus zuzutrauen, dass sie einfach aus dem Haus spazierte.

Aber die Ehe und die Zeit in Angers, die vielen enttäuschten Hoffnungen und die ausgestandene Angst hatten Anne zweifellos verändert. Sie war froh, in Ruhe in Baynard's Castle sitzen zu können, und zeigte kein Interesse an Ausflügen nach London. Je weniger Menschen sie sehen musste, desto lieber war es ihr. Sie befürchtete, dass die Menschen auf den Straßen Londons sie als die Tochter des Verräters Warwick und die Witwe des Lancaster-Prinzen erkennen würden, und noch mehr fürchtete sie, Richard zu begegnen. Richard und vielleicht jener Frau, die er jetzt liebte. Sie würde es nicht ertragen. So verbrachte sie ihre Tage ruhig in ihrem Zimmer und im Hof des alten Hauses. Sie erfuhr nichts davon, dass Richard wenige Tage nach der Rückkehr von Tewkesbury vor der Tür ihrer Schwester stand und nach ihrem Aufenthaltsort fragte. Ankarette, die alte Dienerin aus Middleham öffnete ihm die Tür. Ja, meinte Ankarette, die junge Lady sei hier, und sie führte Richard in die große Halle des alten Hauses. Aber es war Isabell, die ihn dort empfing, und sie sagte ihm, dass Anne derzeit zu schwach war, um Besuch zu empfangen. Ohne Anne gesehen zu haben, aber beruhigt darüber, dass sie in Sicherheit war, verließ Richard Baynard und reiste wenige Tage darauf aus London ab, um Streitigkeiten, die an der Grenze zu Schottland ausgebrochen waren, zu beenden.

Bevor er abreiste, bat er seinen Bruder, König Edward, um die Erlaubnis, Anne Neville nach seiner Rückkehr heiraten zu dürfen. Edward, immer noch hocherfreut über den Sieg und bestrebt, seinen Bruder endlich mit der Frau, die er liebte, vereinigt zu sehen, hatte keinerlei Einwände. Er erinnerte sich gut an Annes Besuch bei ihm, als er gefangen in Middleham saß. Er war sicher, dass sie Richard liebte, und er wusste sehr genau, dass nur Annes Vater sein Feind gewesen war. Edward hielt nichts von Sippenhaft. Er erteilte die Heiratserlaubnis und wies den Herzog von Clarence, in dessen Haushalt Anne Neville lebte, an, der Werbung Richards keine Steine in den Weg zu legen. Dass der jüngere Bruder des Königs die Tochter des Verräters Warwick heiraten wollte, war für einige Zeit das Gesprächsthema der adeligen Damen. Hätte Anne sich für Hofklatsch interessiert, so hätte sie vielleicht von einer der Hofdamen, die Isabell zu besuchen pflegten, hören können, dass Richard sie heiraten wollte. Aber sie erfuhr es nicht.

Voller Hoffnung und Erwartungen reiste Richard zur schottischen Grenze ab. Clarence hingegen wusste, dass er keine Zeit mehr zu verlieren hatte.

DER SCHWARZE EBER

Ich glaube das nicht«, sagte Ankarette, während sie Annes bescheidene Habseligkeiten zusammensuchte und zu einem festen Bündel verschnürte. »Ich kann das einfach nicht glauben.«

»Halt deinen Mund und beeil dich«, fuhr Isabell die Dienerin an. Aber Ankarette war zu lange im Haushalt, sie hatte schließlich schon auf Middleham Castle gedient, sie hatte Isabell und Anne aufwachsen sehen, so einfach ließ sie sich den Mund nicht verbieten.

»Ihr könnt sagen, was ihr wollt, Mylady, aber der Herzog von Gloucester war immer gut zu Eurer Schwester. Ich glaube das einfach nicht.«

»Der Herzog von Gloucester hat ihren Mann in der Schlacht getötet, er hat sich alle Ländereien, die unserem Vater gehörten, unter den Nagel gerissen und jetzt will er auch noch den Rest haben, die letzten paar Güter, die Anne gehören. Deswegen sucht er sie. Er will sie als Verräterin vor Gericht stellen. Nennst du das etwa ›gut‹?« Herausfordernd sah Isabell die Dienerin an.

»Wenn Mylord Gloucester unsere Anne sucht, dann nur, weil er –«

Ankarette wusste nicht weiter.

»Weil er was?« Herausfordernd sah Isabell die Dienerin an. Ankarette zuckte die Schultern und brummelte etwas.

»Red' schon, du alte Wachtel«, rief Isabell, »weil er was? Weil er ihr, als sie noch ein Kind war, mal gesagt hat, dass er sie liebt? Ankarette, er hätte sie heiraten können, unser Vater wollte sie ihm geben, aber er wollte nicht, wenn du dich erinnerst. Und glaubst du etwa, er liebt sie jetzt? Deswegen ist auch eine der Hofdamen schwanger von ihm, ja?«

»Ich glaube das einfach nicht«, murmelte Ankarette ein letztes Mal.

»Pack weiter, so viel ist es ja nicht. Und halt endlich deinen Mund!« Wütend lief Isabell aus Annes Schlafzimmer. Draußen blieb sie einen Moment lang stehen. Sie durfte sich nicht so aufregen, das war sicher schlecht für das Baby. Wo war Anne? Es wurde langsam Zeit, sie würden sie bald abholen kommen. Anders als Ankarette hatte Anne es widerspruchslos hingenommen, als sie ihr sagten, Richard suche sie, aber nicht etwa, weil er sie sehen wollte, sondern um ihr auch noch das letzte Bisschen ihres Besitzes zu nehmen. Isabell hatte sich bei dieser Gelegenheit gewundert, wie gewandt ihr Mann lügen konnte. Sie selbst hatte gestottert und es war ihr der Schweiß ausgebrochen.

Dann hatte sie sich selbst beruhigt, schließlich wusste sie nicht genau, was Richard wollte. Seine Machtbefugnisse und seine Güter waren immer weiter angewachsen, vielleicht bekam er ja tatsächlich den Hals nicht voll. Isabell wusste es nicht. Clarence ging am Hof ein und aus und bekam alles mit, sie selbst war durch die Schwangerschaft ans Haus gefesselt. Vielleicht war es so, wie Clarence sagte. Eine richtige Lüge war es also nicht. Überhaupt hatte eigentlich Clarence die ganze Zeit gesprochen. Isabell seufzte. Unglücklich würde sie jedenfalls nicht sein, Anne eine Weile aus dem Haus zu haben. Was war auch schon dabei? Clarence brachte sie ja nur in den Haushalt eines seiner Bediensteten. Es würde nicht ganz so bequem sein, aber das tat dem Fräulein nur gut, dachte Isabell bei sich. Wer Königin werden will und das nicht schafft, muss danach eben von Almosen leben. Sie strich den Rock ihres Kleides glatt und machte sich auf die Suche nach Anne.

Sie fand sie, wie meistens, im hinteren Hof. Sie saß auf einer Steinbank und summte vor sich hin. Isabell setzte sich neben sie.

»Ist es so weit?«, fragte Anne.

»Beinahe. Ankarette ist beim Packen, und sie schwatzt unendlich viel, wie immer, aber sie wird wohl bald fertig sein. Sobald es dunkel ist, wird George dich hinüberbringen.«

»Gut.« Anne schwieg einen Moment. »Wie lange wird das noch dauern, was meinst du?«

»Ich habe keine Ahnung, Anne. Wir holen dich, sobald George deinen Erbanspruch vor dem König durchgesetzt hat.«

Anne nickte. »Ja, aber das meine ich gar nicht.«

»Sondern?«

»Isabell … seit ich erwachsen bin, werde ich beständig von einem zum nächsten weitergereicht, mal bin ich Gepäckstück, mal Unterpfand … ich frage mich …« Sie verstummte.

»Ja, was denn?«

»Ob es jemals eine Zeit geben wird, in der ich über mein Leben bestimmen kann.«

Isabell sah sie an, als hätte sie plötzlich in einer völlig fremden Sprache gesprochen. Was redete sie da? Allein über ihr Leben bestimmen? Sie war eine Frau, hatte sie das vergessen?

»Was würdest du denn dann tun wollen?«, fragte Isabell perplex.

Anne lachte leise und besah sich die Lichtflecken, die die Sonne durch die Zweige einer Hecke auf den Boden malte. Irgendwo sang ein Vogel. Es war ein schöner Tag.

»Ich weiß es nicht«, sagte sie dann. »Ich glaube, eigentlich möchte ich nur mal gefragt werden.«

»Anne«, sagte Isabell eindringlich, »dieser Aufenthalt ist zu deinem Besten.«

»Ich weiß«, antwortete Anne, aber insgeheim dachte sie: Das hat bisher jeder zu mir gesagt. Richard ist abgeritten, Anne, es ist zu deinem Besten. Heirate den Prinzen, Anne, es ist zu deinem Besten. Nun, sie war daran gewöhnt, mittlerweile. Sie ließ sich wieder einmal treiben, aufbegehren hatte ohnehin keinen Sinn. Sie hatte keine Ahnung, worum es bei dieser Erbstreitigkeit genau ging, aber sie war abhängig von Clarences Güte, und wenn er sagte, sie müsste sich verstecken, dann musste sie das wohl.

Was sollte sie auch sonst tun? Zum Palast von Westminster laufen, sich vor Edward hinstellen und sagen: »Mein König, da muss doch irgendwo ein Fehler sein«? Nein. Solche Kindereien lagen mittlerweile hinter ihr.

Sie stand auf. »Ich gehe ins Haus. Meinst du, ich kann mich noch ein bisschen hinlegen?«

»Sicher«, meinte Isabell, »ein paar Stunden ist noch Zeit.«

Anne ging ins Haus. In ihrem Zimmer verschnürte Ankarette das letzte Bündel, dann sah sie sich im Raum um.

»Ich glaube das einfach nicht«, murmelte die Dienerin, dann seufzte sie, wischte sich die Hände an ihrer Schürze ab und verließ das Zimmer in Richtung Küche.

Gegen Abend setzte Regen ein. Das Wetter hielt die meisten Menschen im Haus, die wenigen, die unterwegs waren, hasteten vermummt ihres Wegs. Clarence frohlockte. Besseres Wetter hätte er sich nicht wünschen können. Anne legte ihren Umhang um und zog die Kapuze über ihr Haar. Sie hatte keine Ahnung, wohin sie sie bringen würden. Sie nahm Abschied von Isabell und folgte Clarence hinaus in den Regen. Draußen bestiegen sie ihre Pferde und ritten zu dritt – Anne, Clarence und ein Reitknecht – die große Straße hinab. Clarence hielt direkt auf das Stadtzentrum zu. Die Straße wurde immer enger, dichter standen die Häuser. Anne fragte sich, wie weit entfernt ihr neues Versteck sein würde. Der Regen hatte mittlerweile ihren Umhang aufgeweicht, sie fröstelte. Die Straße war längst nicht mehr gepflastert, vorsichtig suchte sich ihre Stute ihren Weg durch den Matsch. Endlich, an einer schmalen Gasse, hielt Clarence an.

»Wir müssen zu Fuß weiter«, sagte er und sprang ab, »hier kommt kein Pferd durch.« Anne besah sich die enge Gasse. Wohin brachte er sie? Dies hier, das erkannte sie selbst in der Dunkelheit, war das Armenviertel von London. Sie war noch nie hier gewesen. Damen ihres Standes – aber was ist schon dein Stand, dachte sie. Die Stute warf den Kopf hoch. Clarence nahm dem Reitknecht Annes Gepäck ab und bedeutete ihr, ihm zu folgen. Ergeben saß sie ab. Ihr Fuß versank sofort bis zum Knöchel im Matsch, das Wasser lief in ihre Schuhe. Sie schauderte. Clarence nahm sie am Arm und führte sie vorwärts.

Die Häuser standen hier so eng, dass kaum ein Durchkommen war. Kein freier Raum war ungenutzt gelassen worden. In einem breiten Rinnsal rann das Wasser die Gasse entlang. Rechts und links gingen weitere Pfade ab, sie führten nicht geradeaus, sondern bogen und krümmten sich in alle Richtungen. Clarence bog einmal ab, dann noch einmal. Der Gestank nahm ihr den Atem. Am Eingang einer weiteren Gasse sah sie eine Ratte auf einem Müllhaufen sitzen. Clarence führte sie immer weiter in dieses Gewirr von stinkenden Gassen hinein, längst hatte sie die Orientierung verloren. Wo waren sie? Dann, endlich, als sie schon glaubte, keinen Schritt mehr gehen zu können, hielt er vor einer Tür an.

Es war ein zweistöckiges Steinhaus mit einigen vergitterten Fenstern zur Straße hin und einer massiv wirkenden Tür. Darüber schwankte ein Schild, aber in dem Regen und der Dunkelheit konnte sie nicht lesen, was darauf stand. Clarence schlug an die Tür. Irgendwo bellte ein Hund. Dann wurde die Tür geöffnet, ein Lichtstrahl fiel heraus auf die Straße und Anne, froh, endlich aus der Kälte und dem Regen herauszukommen, stolperte hinein. Hinter ihr schloss Clarence die Tür.

Anne zog sich die Kapuze vom Kopf und sah sich um. Sie stand in einem Schankraum, aber es war kein Betrieb, die Schänke lag verlassen. Zu ihrer Linken sah sie den Schanktisch, zu ihrer Rechten standen mehrere Tische und Bänke, daneben ein großer Kamin, in dem ein Feuer brannte. Dankbar ging sie darauf zu und setzte sich erschöpft. Das Mädchen, das sie eingelassen hatte, sah sie neugierig an. Sie konnte nicht viel älter sein als Anne, sah aber ungesund und verlebt aus. Feine Linien zeichneten bereits die grobe Haut ihres Gesichts, ihr Haar war zu einem unordentlichen Knoten geschlungen und ihre Kleider waren dreckig. Anne wärmte ihre Hände am Feuer. Wo war sie? Und wie lange musste sie hier bleiben? Hilfe suchend sah sie zu Clarence.

Der lächelte ihr zu und legte ihr die Hand auf die Schulter. »Es wird nicht lange dauern«, sagte er beschwichtigend und fuhr gleich fort: »Du musst müde und erschöpft sein. Mary«, er wandte sich an das Mädchen, »zeig der Lady, wo sie schläft.«

Das Mary genannte Mädchen zog leicht die Mundwinkel nach unten, dann nahm sie Annes Bündel auf und bedeutete ihr mit einem Nicken, ihr zu folgen. Anne stand auf. Sie war tatsächlich müde, aber sie wollte sich nur rasch etwas anderes anziehen. Sie wollte noch nicht von Clarence lassen, er war das einzige Bekannte in dieser Umgebung.

»Ich ziehe mich nur um«, sagte sie, »du bist doch noch da, wenn ich zurückkomme?«

Clarence nickte und halbwegs beruhigt folgte Anne dem Mädchen. Mary nahm ein Licht von einem Bord und führte Anne durch eine im hinteren Teil des Raumes gelegene Tür. Eine Treppe führte dort ins obere Stockwerk, aber sie gingen daran und an der sich anschließenden Küche vorbei, dann öffnete Mary eine weitere Tür und sie standen im ummauerten Hof. Dort war ein weiteres, ebenso massives Gebäude, ein Stall wahrscheinlich, dachte Anne, oder ein Vorratsspeicher. Mary führte sie hinein, dann stiegen sie eine Treppe nach oben. Im Licht der Kerze sah Anne mehrere Türen, die Schlafstätten der Knechte, dachte sie, oder Zimmer, die vermietet wurden, wenn Gäste länger bleiben wollten. Mary öffnete die hinterste Tür, legte das Bündel auf das Bett und stellte die Kerze auf den Tisch. Dann kam sie heraus, ließ Anne eintreten und nickte ihr zu. Anne sah sich in dem Raum um.

Im Schein der flackernden Kerze sah sie ein winziges vergittertes Fenster, einen wackligen Tisch und eine schmale, mit Stroh ausgelegte Bettstatt. Darauf lagen ein paar zerrissene Decken, daneben stand ein Wassereimer. In einer Ecke sah sie einen weiteren Eimer, falls ein Gast seine Notdurft verrichten musste. Sie schauderte. Dann drehte sie sich zum Bett und legte ihren durchnässten Umhang ab. Sie öffnete ihr Bündel, um ein trockenes Gewand herauszuholen, je schneller sie sich umzog, desto eher war sie aus diesem stinkigen Raum, dieser Zelle, hinaus. Mit klammen Fingern nestelte sie an der Spange, die ihr Kleid verschloss, herum. Dann drehte sie sich um, um das Mädchen um Hilfe zu bitten – und sah, wie sie die Tür schloss. Zu ihrem namenlosen Entsetzen hörte Anne, dass ein Riegel davorgeschoben wurde.

In der Gaststube wärmte Clarence sich die Hände am Feuer. Was war das nur für ein Wetter, mehr Herbst als Sommer! Die hintere Tür öffnete sich. Mary betrat den Schankraum und nickte dem Herzog zu.

»Ist alles erledigt?«, fragte Clarence.

»Ja«, antwortete das Mädchen, »ich habe die Lady nach hinten gebracht und sie eingeschlossen.«

»Du bist dir sicher, dass sie nicht fliehen kann?«

Mary lächelte. »Könnt Ihr diese Tür da einschlagen, Herzog? Oder diese Stäbe vor den Fenstern auseinander biegen? Das Gebäude da hinten ist genauso. Da kommt sie nicht raus. Und selbst wenn …« Mary zuckt die Schultern.

»Was, selbst wenn?«, fragte Clarence alarmiert und schnappte sich das Mädchen an der Schulter. Sie wich nicht. »Du stehst mir dafür, dass sie hier nicht weg kann!«

Mary grinste vor sich hin. »Ich mein nur. Selbst wenn sie hier rauskäme, wo sollte sie hin? So feine Damen kennen sich in dem Stadtteil ja nicht aus. Selbst wenn sie mal abhaut, da wird sie eher froh sein, wenn wir sie zurückholen.« Mary zog die Nase hoch und schob Clarences Hand von ihrer Schulter. »Potter wird was wegen Geld wissen wollen«, sagte sie dann.

Clarence lächelte zufrieden. Dann nestelte er einen Geldbeutel von seinem Gürtel und drückte ihn dem Mädchen in die Hand.

»Hier«, sagte er, »das gibst du Potter. Falls es Schwierigkeiten gibt, er weiß, wo er mich findet.«

Mary wog den Geldbeutel bedächtig in ihrer Hand. »Und wenn das nicht reicht?«, fragte sie. »Ihr wisst ja nicht, wie lange sie hier bleiben soll.«

»Wenn es nicht reicht, soll sie arbeiten für ihr Essen. Aber dass sie ja keiner sieht, klar!«

»Klar«, sagte Mary, »war ja laut genug.«

Clarence warf sich seinen Umhang über, es wurde Zeit für ihn. Er grüßte und verschwand. Hinter ihm warf das Mädchen Mary die Tür ins Schloss, dann begann sie eilig, den Schankraum für den Abendbetrieb vorzubereiten. Höchste Zeit, dass sie öffnete, Potter würde toben. Sie zuckte die Schultern. Ihr jagte er nicht viel Angst ein. Und war es etwa ihre Schuld? Sie war angewiesen worden, die Schänke nicht zu öffnen, bis die Frau eingesperrt war. Konnte sie etwas dafür, wenn der Herzog so spät kam? Mary steckte die letzten Lichter an, vergewisserte sich, dass die Kasse abgeschlossen war, und öffnete die Tür. Es dauerte nicht lange, bis die ersten Gäste in die Schänke strömten.

Oben in ihrer Kammer saß Anne auf ihrem Bett und versuchte zu begreifen, was geschehen war. Sie hatte zunächst vorsichtig gegen die schwere Tür geklopft, hatte noch geglaubt, es sei ein Fehler, ein Versehen – sie konnten sie doch nicht wirklich einsperren! Dann hatte sie gerufen, leise erst, dann laut, und schließlich hatte sie sich in fast schon blinder Panik mit aller Kraft gegen die Tür geworfen. Es war sinnlos gewesen. Die Tür war aus schwerem Holz, sie hatte unter Annes Gewicht nicht einmal gezittert. Hinter der Tür war der Flur weiter ruhig geblieben – niemand war gekommen, um sie herauszuholen. Jetzt saß Anne auf dem Bett und versuchte, ihre schmerzende Schulter zu ignorieren und einen klaren Gedanken zu fassen. Es war kein Zweifel möglich. Sie war eine Gefangene in diesem Haus. Aber warum? Warum hatten sie sie eingeschlossen? Und was war mit Clarence? Hatten sie ihn vielleicht ausgeraubt und umgebracht? Oder war Clarence vielleicht – Anne stockte der Atem. Hatte Clarence befohlen, sie hier festzuhalten?

Sie fuhr sich mit der Hand übers Gesicht, ihre Stirn glühte. Das machte doch alles keinen Sinn. Erschöpft legte Anne sich aufs Bett. Über den Hof hörte sie das Lachen und Johlen aus der Gaststube. Wie spät mochte es sein? Sie wusste es nicht. Ohne ihr Kleid auszuziehen, rollte sie sich schließlich auf dem Bett zusammen, machte sich so klein wie möglich und versuchte, ein wenig Schlaf zu finden. Vielleicht, dachte sie, würde sich morgen alles klären. Vielleicht konnte sie morgen gehen. Vielleicht war es doch nur ein Versehen. Schließlich fiel sie trotz ihrer aufgewühlten Gedanken und des Lärms aus der Schänke in einen unruhigen Schlaf.

Sie erwachte am nächsten Morgen, als der Riegel vor ihrer Tür weggeschoben wurde. Sofort saß sie kerzengerade und gespannt auf dem Bett. Die Tür schwang auf und herein trat das Mädchen Mary. Sie blieb im Türrahmen stehen und musterte Anne.

»Komm zum Frühstück«, sagte sie. Anne blickte an sich herunter. Hatte sie wirklich in ihren Kleidern geschlafen? Ihre Schulter schmerzte und sie fühlte sich verschwitzt und ungewaschen.

»Ich würde mich gern noch waschen«, sagte sie. Mary zuckte die Schultern.

»Wenn du zu spät kommst, gibt's nichts mehr. Außerdem wird Potter dann sauer.«

»Wer ist Potter?«

»Der Gastwirt. Kommst du jetzt?«

Anne war froh, dieses Zimmer überhaupt verlassen zu können. Und vielleicht würde dieser Potter ihr erklären, was das alles zu bedeuten hatte. Außerdem hatte sie Hunger, so unwahrscheinlich ihr das auch schien. Mary drehte sich um und Anne folgte ihr. Die Gaststube lag verlassen, wie am Abend zuvor. Irgendjemand hatte offenbar bereits notdürftig aufgeräumt, wahrscheinlich Mary, dachte Anne. Trotzdem stank es nach Alkohol, altem Essen und nach vielen ungewaschenen Menschen. So ungewaschen wie ich, dachte Anne, wahrscheinlich hängt der Gestank schon im Holz. An einem der Tische war für drei Personen gedeckt.

»Setz dich«, sagte Mary und wies mit dem Kinn auf den Tisch. Dann trug sie Bier und dunkles Brot auf. Anne betrachtete die Speisen mit Widerwillen, aber sie war hungrig. Sie setzte sich. Im gleichen Moment ging die hintere Tür ein weiteres Mal auf.

Anne sah auf. Der Mann, der hereinkam, mochte etwa vierzig Jahre alt sein, er war groß und breit gebaut, ein wahrer Hüne. Er schielte. Anne war sich nicht sicher, ob er sie ansah oder nicht. Dann öffnete er den Mund zu einem gewaltigen Gähnen. Die vorderen Zähne fehlten ihm und seine Zunge dahinter war fast schwarz. Anne fühlte ein merkwürdiges Schwächegefühl in ihrem Magen. Der Mann streckte sich, dann durchquerte er mit schweren Schritten den Raum und setzte sich Anne gegenüber. Ohne weitere Umstände begann er zu essen, er riss sich Stücke vom Brot ab und tunkte sie in das Bierglas. Mary setzte sich ebenfalls.

»Gutes Geschäft gestern?«

»Ging so. War ziemlich voll trotz dem Regen.«

»Hmm.«

Anne saß schweigend dabei und beobachtete die beiden. Plötzlich sah Potter sie an. Dann schob er ihr das Brot zu.

»Iss«, sagte er. »Bist eh zu dünn. Für meinen Geschmack.« Er betrachtete sie. »Na los! Iss!«

Mit zitternden Fingern nahm Anne sich ein Stück Brot und begann zu kauen. Tatsächlich ging es ihr danach etwas besser.

Potter nickte. »Siehst du. Wenn du tust, was man dir sagt, passiert dir auch nichts.«

Anne nickte.

»Regel eins«, sagte Potter. »Du tust, was dir gesagt wird. Regel zwei: Du verlässt das Haus nicht. Wenn du versuchst abzuhauen, wirst du wieder eingeschlossen. Regel drei: Du sprichst mit niemandem außer mir, Mary hier und Isobell. Regel vier: Du bist ab morgen verantwortlich für die Küche und den Schankraum. Mary wird dir zeigen, was deine Arbeit ist.«

Anne starrte ihn an. »Ich soll hier arbeiten?«

Potter grinste. »Du willst doch essen, oder?«

Anne stand halb auf. Ihre Augen blitzten. »Ich will, dass Ihr mich auf der Stelle zurück nach Baynard's Castle bringt. Ich bin die Schwägerin des Herzogs von Clarence und ich werde –«

Sie sah die Hand nicht kommen, so schnell hatte Potter zugeschlagen. Sie fühlte nur den brennenden Schmerz in ihrem Gesicht. Keuchend fiel sie zurück auf die Bank.

»Und ich bin der Gastwirt dieser Schänke, Lady, und du wirst tun, was man dir sagt.« Keine Wut war in seinem Gesicht, es war eher, dachte Anne, als bestrafe er ein Tier. Einen Hund, der nicht gehorcht, würde er so schlagen. Sie sah ihn aus weit aufgerissenen Augen an.

Potter setzte sich wieder und aß weiter. »Dein Schwager«, sagte er, »hat dich hier abgesetzt. Er will, dass du hier bleibst und wir auf dich aufpassen. Und das wird passieren. Wenn du aber hier bleibst, Lady, dann wirst du arbeiten für dein Essen und deine Unterkunft.«

Anne konnte ihn nur entsetzt anstarren. Clarence wollte, dass sie hier blieb? Das konnte doch nicht sein! Ihre Wange brannte. Potter aß ungerührt weiter. Der Rest des Frühstücks verging in Schweigen. Dann stand Potter auf, nahm seinen Umhang von einem Nagel hinter der Tür und verschwand aus der Schänke, um weiß Gott was für Geschäften nachzugehen. Anne starrte ihm nach. Dann, kaum dass die Tür hinter ihm zufiel, brach sie in Tränen aus. Sie hasste sich dafür. Sie wollte doch vor diesem Mädchen keine Schwäche zeigen! Aber Mary beachtete sie nicht weiter, sie stand auf und räumte den Tisch ab, während Anne vor sich hin schluchzte.

Langsam ging der Sommer in den Herbst über. Das Wetter hielt sich, aber allmählich färbten sich die Blätter bunt. Ende September kam Richard nach Beendigung der schottischen Grenzstreitigkeiten nach London zurück. Die Stadt empfing ihn mit strahlendem Sonnenschein und Richard lächelte. Er war froh, zurück zu sein. Er hatte sich beeilt mit den Schotten, noch mehr auf dem Weg nach Hause. Kaum vier Monate war er an der Grenze beschäftigt gewesen, aber es kam ihm vor, als seien es fast vier Jahre gewesen. Immerhin wartete er jetzt fast so lange darauf, Anne heiraten zu können. Jetzt, endlich, hatte er die Hochzeitserlaubnis von König Edward in der Tasche. Jetzt musste sie nur noch Ja sagen.

Aber würde sie das tun?

Richard war sich dessen alles andere als sicher. Wie viel Zeit war vergangen, seit er mit ihr von Coventry nach Middleham geritten war und ihre Hand gehalten hatte? Schlachten hatte er seitdem erlebt, er hatte fliehen und gegen Verräter kämpfen müssen und sie genauso, außerdem hatte sie geheiratet. Sie waren beide keine Kinder mehr. Sie waren erwachsen geworden. Liebte sie ihn noch immer? Richard, der immer zwei Mal nachdachte, bevor er handelte, wusste nicht, wie er sich jetzt verhalten sollte. Nachdenken brachte ihn hier nicht weiter. Der einzige Weg war, sie zu fragen. Das hatte er jetzt vor.

Und er hatte furchtbare Angst vor ihrer Antwort.

Wenn sie ihn abwies ... aber er wollte nicht darüber nachdenken. Er war zurück in London. Er hatte seinem Bruder seine Aufwartung gemacht. Pflichtbewusst hatte er ein Picknick der Königin auf den Tower-Wiesen mitgemacht, was nur durch die Anwesenheit Anthonys erträglich war, jetzt war er auf dem Weg nach Baynard's Castle. Binnen kurzem würde er Anne sehen. Und er würde sie fragen. Oder vielleicht auch nicht. Vielleicht war es besser, ihr zunächst nur einen Höflichkeitsbesuch zu machen, sie zu fragen, wie es ihr im Haus seines Bruders ging, ob sie mit allem zufrieden sei. Vielleicht sollte er sie erst eine Zeit lang regelmäßig besuchen. Er wusste es nicht. Kannte er sich denn mit Frauen aus? Die einzige, die er gekannt hatte, war Vivianne gewesen, Vivianne, die mehr Freund als Geliebte gewesen war und die jetzt schwanger von ihm war. Er hatte sie ebenfalls besucht und ihr versprochen, für sie und ihr Kind zu sorgen. Sein Kind. Natürlich würde er es anerkennen, wenn es geboren war. Er hatte Viviannes runden Bauch bestaunt und sich heimlich auf die Zeit gefreut, in der er und Anne Kinder haben würden. Er lächelte. Dann schob er den Gedanken fort, erst mal musste sie einwilligen, ihn zu heiraten.

Als er an der Tür von Baynard's ankam, hatte Richard, der jede seiner Handlungen bis ins Detail festlegte und durchdachte, noch immer keinen Plan.

Das Mädchen, das ihm öffnete und ihn in die große Halle führte, war ihm fremd. Sie bat ihn, Platz zu nehmen, und reichte ihm einen Becher Wein. Dann verschwand sie, um den Hausherrn zu holen. Richard sah sich um. Er hatte nicht viele Kindheitserinnerungen an Baynard. Dachte er an seine Kindheit, dann sah er Middleham vor sich. Noch bevor er zu den Schotten aufgebrochen war, hatte Edward ihm Middleham übereignet, und dort wollte er mit Anne wohnen. Dort oben im Norden war er zu Hause. Und sie auch. Eine Tür klappte und riss ihn aus seinen Gedanken. Clarence betrat den Raum.

»Gut, dich zu sehen, Richard«, lächelte Clarence, »was bringt dich zu uns.«

»Das weißt du doch«, meinte Richard und sein Herz klopfte so, dass er meinte, George müsste es hören können. »Ich möchte Lady Anne sehen. Du warst doch dabei, als Edward mir erlaubt hat, sie zu heiraten.«

George sah ihn betreten an. Einen Augenblick lang hing Schweigen zwischen ihnen. Richard lächelte noch immer, aber er merkte, dass etwas nicht stimmte. Vorsichtig drehte Clarence den Weinkelch zwischen seinen Fingern.

»Ja«, sagte er dann gedehnt. »Natürlich weiß ich das. Aber, Richard …«

»Was? Wo ist sie?«

»Ja«, sagte Clarence, »das wüsste ich auch gern.«

Richard starrte ihn an. »Was soll das heißen, George«, fragte er dann, »was meinst du damit, du wüsstest es auch gern? Sie war in deiner Obhut, als ich London verließ!«

»Ja«, nickte Clarence, »das war sie. Aber der König gab dir Erlaubnis, sie zu heiraten, und wies mich an, mich herauszuhalten, da die Angelegenheiten der Anne Neville nicht meine seien. So habe ich sie nicht aufgehalten, als sie ging. Ich weiß nicht, wo sie ist.«

Richard hatte das Gefühl, als schlage ihm jemand ins Gesicht. Er bekam kaum noch Luft. So sicher war er sich gewesen, sie wenigstens zu sehen, und jetzt das? Er glaubte es nicht. Clarence führte irgendetwas im Schilde, er kannte seinen Bruder.

»Du lügst«, sagte er gepresst. »Du bist nur dagegen, dass ich sie heirate!«

Clarence hob in einer Geste der Unschuld die Hände. »Ich sage dir, sie ist nicht hier.«

Richard wäre ihm am liebsten ins Gesicht gesprungen. »Es geht um die Erbschaft, richtig? Du musst doch Annes Anteil an Lady Warwicks Vermögen herausrücken, wenn sie heiratet. Wo ist sie, George? Wo hast du sie hingebracht?« Er schrie es fast. Clarence blieb unerschütterlich.

»Sie ist nicht hier, Richard. Mehr kann ich dir nicht sagen.«

»Das will ich selbst sehen.«

»Bitte«, mit großer Geste öffnete Clarence die Hände. »Durchsuch das Haus. Es steht dir offen.«

Das tat Richard. Er sah in sämtliche Zimmer, alle Räume durchsuchte er, die Wirtschaftsgebäude, die Küche, sogar die Ställe. Nirgends eine Spur von Anne.

Geschlagen saß er im Innenhof von Baynard's Castle. Er war sicher, dass Clarence Anne irgendwo versteckt hatte. Nur wo? Wie sollte er sie jetzt finden? Und wie ging es ihr? Er stand auf, um das Haus zu verlassen. Was sollte er jetzt tun? Seine Träume waren so klar gewesen, er wollte mit Anne in Middleham leben. Und was jetzt? Ohne sich zu verabschieden, verließ er Baynard's. Er wollte seinen Bruder nicht sehen. Nie mehr. Oder höchstens auf einer Folterbank festgeschnallt, wo er den Aufenthaltsort Annes aus ihm herausprügeln würde. Wie in Trance lief er die Straße hinunter.

Und hörte hastige Schritte hinter sich.

Er drehte sich um. Er erkannte die Dienerin nicht sofort, aber dann warf sie sich vor ihm nieder und küsste seine Hand.

»Ankarette?«, fragte er ungläubig und sie nickte. Er zog sie hoch und in eine Toreinfahrt. Er packte sie an den Schultern und musste sich zwingen, sie nicht zu schütteln.

»Ankarette, wo ist Lady Anne?«

Sie sah ihn vorsichtig an. »Sie haben uns gesagt, Mylord Gloucester, dass Ihr Mylady sucht, weil sie eine Verräterin ist«, sagte sie.

»Was?« Richard konnte nicht glauben, was er da hörte.

»Sie haben gesagt, sie muss vor Euch versteckt werden.« Ängstlich sah sich Ankarette in Richtung des Hauses um. Wenn sie sie erwischten! Wenn sie auch nur ahnten, was sie hier tat!

Richard sah sie an. »Ankarette, du glaubst das doch wohl nicht?«

Aber die Dienerin war misstrauisch. »Warum sucht Ihr sie, Mylord?«

Richard schloss die Augen. Jetzt half ihm nur noch die reine Wahrheit. Er musste es eingestehen. Auch sich selbst.

»Weil ich sie liebe«, sagte er. Die Worte hallten wie tiefe Glocken in seinem Inneren wieder.

Ankarette strahlte ihn an. »Ich wusste es!«

»Wo ist sie, Ankarette?«

Wieder sah sich die Dienerin um. Dann flüsterte sie: »Ich habe gehört, wie der Herzog einen Knecht bezahlt hat. Mylady ist im ›Schwarzen Eber‹, aber ich weiß nicht, wo das ist. Irgendwo hier in London.«

»Der ›Schwarze Eber‹«, murmelte Richard, »ich finde sie, Ankarette. Danke.«

Aber die Dienerin lief schon, so schnell sie konnte, ins Haus zurück.

Der Wasserträger

Richard verlor keine Zeit. So gerne er seinen Bruder am liebsten geschlagen hätte, es war ihm klar, dass er jetzt ruhig vorgehen musste. Clarence ahnte nicht, dass Ankarette ihm Annes Aufenthaltsort verraten hatte. Wenn er es erfuhr, würde er sie nur woanders verstecken. Richard musste ruhig bleiben, davon hing jetzt alles ab. Er hatte keine Ahnung, was der »Schwarze Eber« genau war, aber dass es kein Aufenthaltsort für Anne war, hörte er schon am Namen. Was haben sie nur mit ihr gemacht, dachte er, und wenn er seinen Bruder nur von weitem sah, ballte er die Fäuste und zwang sich zur Ruhe.

Dann weihte er in seiner Not heimlich Anthony ein. Wenn es einen Menschen gab, der sich unter dem Londoner Abschaum auskannte, dann war es Anthony mit seiner seltsamen Vorliebe für hohe Kultur und gestrandete Menschen. Richard wusste, dass Anthony mit Vorliebe Hofdamen umwarb und Sonette über die reine Liebe schrieb, aber gleichzeitig Stammgast in den heruntergekommensten Hurenhäusern der Stadt war. Er betete, dass der »Schwarze Eber« nicht zu diesen Häusern gehörte.

Anthony pfiff durch die Zähne, als Richard ihm von seinem Besuch in Baynard's Castle berichtete.

»Familie«, sagte er, »ist doch wirklich etwas Wunderbares.«

Dann sah er in Richards aufgewühltes Gesicht und legte spontan den Arm um ihn. »Mach dir keine Sorgen, mein Freund. Wir finden sie schon.«

Richard konnte diesen Trost gut gebrauchen. Die folgenden

zwei Wochen strich er regelmäßig durch London, immer in der Hoffnung, durch Zufall auf den »Schwarzen Eber« zu stoßen. Nichts. Dann, Richard war bereits am Verzweifeln, berichtete ihm Anthony, er habe das entsprechende Lokal gefunden. Richard wäre am liebsten sofort losgestürzt, um Anne dort herauszuholen, doch er hielt sich zurück und arbeitete mit Anthony seinen Schlachtplan aus. Am nächsten Morgen brach er auf.

Wenn man am Hof lebt oder Aufgaben im Land zu erledigen hat, dachte Richard, vergisst man, wie entsetzlich London stinkt. Der Weg hinunter zum Cob Court, dem Quartier der Wasserträger, ließ ihn wünschen, keine Nase zu haben. Außerdem wünschte er sich sein Schwert und ein oder zwei Bewaffnete. Wann war er das letzte Mal allein durch London, durch irgendeine Stadt gegangen, noch dazu unbewaffnet? Wahrscheinlich noch nie. Menschen drängelten sich an ihm vorbei, er wurde angestoßen, ein ununterbrochener Strom aus Menschenleibern quoll durch diese Gegend. Handwerker waren auf dem Weg von oder zur Arbeit, fliegende Händler boten Waren, frühe Huren ein kurzes Vergnügen an. Menschen, wo er hinsah. Liebe ich die Menschen, fragte sich Richard, während er sich seinen Weg durch die schlammige Gasse suchte. Wenn Liebe bedeutet, ihnen nahe sein zu wollen, dann war die Antwort klar: Nein.

Er sehnte sich zurück in seinen ruhigen Norden, selbst der weitläufige Palast von Westminster und seine ruhigere Umgebung waren ihm schon zu voll. Aber dies hier war das Leben, wie es Tausende von Menschen führten, alle die, die nicht am Hof lebten, nicht von hoher Geburt waren. Und das war die Mehrheit im Land. Er war diese Art von Menschenmengen nicht gewohnt, selbst in einem Heerlager stand er, als Anführer, doch außerhalb. Er hatte sein eigenes Zelt, in dem nur sein Page mit ihm schlief, und wenn er vor einer Schlacht durch das Lager lief, um den Kämpfern Mut zu machen, hätten diese sich gehütet, ihm so nahe zu kommen wie dieses Londoner Volk. Allerdings war ihm auch nicht anzusehen, wer er war. Anthony hatte Tränen gelacht, als Richard ohne seidenes Wams, Schnabelschuhe, sein Schwert und seinen reichen Umhang, dafür in diesen abgerissenen Kleidern vor ihm stand. Hoffentlich sah er abgerissen genug aus, um kein Misstrauen zu erregen. Bisher hatte jedenfalls niemand von ihm Notiz genommen, obwohl Richards Hand einige Male nervös an die Seite gefahren war, wo sonst sein Schwert hing. Wie schwer man mit Gewohntem brach!

An einer Straßenkreuzung – sofern man von »Straße« sprechen konnte, ungepflasterte, schlammige Wege waren das, Frauen schütteten dreckiges Wasser aus ihren Häusern, Kinder verrichteten ihre Notdurft – hielt Richard inne. Bei einer großen Schmiede, hatte Anthony gesagt, biegst du nach links ab. Dann kommst du direkt zurück zur Themse und zu den Quartieren der Wasserträger. War das hier die Schmiede? Eine Schmiede war es immerhin, hoffentlich die richtige. Richard fühlte sich so verloren wie noch nie in seinem Leben.

Wie in Gottes Namen hielt Anne das aus? Wie konnte sie hier leben? Sie konnte nicht. Er würde sie hier herausholen. Einen Augenblick lang zögerte er. Auf die Straße blickend sah er eine Ratte, die an seinem Fuß schnupperte. Er trat nach dem Tier.

War es richtig, was er tat? Oder wäre es doch klüger, mit der Autorität des militärischen Führers und Königsbruders aufzutreten, die Schänke zu stürmen und sie herauszuholen? Richard schüttelte innerlich den Kopf. Erstens würde es Clarence noch weiter gegen ihn aufbringen, Clarence, der nach wie vor behauptete, er habe keine Ahnung, wo sich seine Schwägerin aufhielt. Richard ballte die Faust in seinem ärmlichen Umhang. Und wer konnte schon ahnen, was sie in der Schänke tun würden, stürmte er herein. Vielleicht brachten sie sie dann durch einen Hinterausgang weg, vielleicht hielten sie ihr ein Messer an den Hals und zwangen ihn so, wieder abzuziehen. Sie könnte bei einem Handgemenge verletzt werden. Nein, das war nicht der Weg, unmöglich. Es half alles nichts. Er musste zunächst genau wissen, wie das Haus aussah, in dem sie festgehalten wurde, er musste mit ihr reden, bevor er die Flucht planen konnte. Entschlossen ging er weiter auf das Quartier der Wasserträger zu.

Im »Schwarzen Eber« begann der Tag früh, gleich, wie lang die Nacht gedauert hatte. Wie jeden Morgen schloss Anne noch einmal kurz die Augen, nachdem sie kurz nach Tagesanbruch von Isobell geweckt worden war. Dass die zweite Hausmagd fast genauso hieß wie ihre Schwester, versetze ihr auch nach Monaten immer noch einen Stich. Isabell, dachte sie, wie konntest du nur? Wie konntest du es zulassen, dass sie mich hierher bringen? Andererseits, was hätte die Schwester tun können? Wie sich gegen ihren Mann, den Herzog von Clarence, durchsetzen? Sie würde, hatte Anne gedacht, nachdem ihr aufgegangen war, dass sie eine Gefangene in diesem Haus war, sie würde Richard einen Hinweis auf ihren Aufenthaltsort geben. Auch wenn Clarence das Gegenteil behauptet und Anne ihm in ihrer Verwirrung zunächst geglaubt hatte: Richard hasste sie nicht. Richard liebte sie. Und er würde kommen und sie holen. Sie war ganz sicher gewesen.

Aus Tagen waren Wochen geworden. Aus Wochen Monate, niemand war gekommen. Entweder hatte Isabell nicht gewagt, jemandem zu sagen, wo sie war, oder aber es interessierte Richard tatsächlich nicht. Konnte das sein? Konnte es nicht, hatte sie sich zunächst beruhigt. Als die Zeit verstrichen war ohne ein Zeichen von ihm, hatte sie begonnen, Entschuldigungen zu suchen: Richard war in den Grenzkriegen im Norden beschäftigt, manchmal hatte sie heimlich in der Schänke gelauscht, hatte Gespräche aufgeschnappt, dass er in den Grenzmarken unterwegs war, das Land befriedete, die Schotten besiegte. Man sprach mit Hochachtung von ihm. Des Königs Bruder, der tapfere Richard! Es war ein weiter Weg von den nördlichen Grenzen bis London, er würde kommen, sobald er konnte. Jeden Morgen war sie aufgewacht mit dem Gedanken: Heute! Heute kommt er und dieses Leben hat ein Ende.

Er war nicht gekommen. Kein Zeichen und keine Botschaft. Nichts. Und schließlich begann sie zu glauben, dass er nicht kommen würde, dass er sie vergessen wollte. Es war, wie Clarence gesagt hatte: Er hatte sie vergessen. Er liebte eine andere. Und selbst wenn er irgendwann einmal mehr für sie empfunden hatte, jetzt war sie nur noch die Landesverräterin, die Witwe des Lancaster-Prinzen. Die Hausmagd in einer Londoner Schänke. Es gab schließlich genug Frauen, adelige, reiche, schöne Frauen, Jungfrauen, die ihm, dem Lieblingsbruder des Königs, Richard von Gloucester, mit Freuden die Hand reichen würden. Vielleicht hatte er längst geheiratet. In ihren Träumen sah sie Richard mit jener anderen Frau, von der sie nichts wusste, außer dass sie ein Kind von ihm trug, lachend und die Hand der Fremden haltend.

Das waren die schwärzesten Tage gewesen.

Dann hatte sie beschlossen, zu fliehen, wozu auf jemanden warten, der nicht kommen würde?! Sie war aus dem Haus geschlichen, aber schon nach wenigen Schritten hatte sie sich hoffnungslos verirrt. Dann hatten sie zwei Männer gepackt und versucht, ihr Gewalt anzutun, sie war fast froh gewesen, als der grobschlächtige Potter auftauchte und die Kerle in die Flucht schlug. Er hatte ihr ins Gesicht geschlagen und sie zurückgebracht. Danach hatte sie den Gedanken an Flucht aufgegeben. Möglich, dass sie bei einem weiteren Versuch eine Kirche gefunden hätte. Möglich auch, dass sie es geschafft hätte, sich durchzufragen zum Palast – aber wer hätte sie dort hereingelassen? Sie wäre gar nicht erst an den Wachen vorbeigekommen, im Kleid einer Küchenmagd. Theoretisch konnte jeder Bürger Londons dem König ein Bittgesuch unterbreiten. Praktisch sah das anders aus, nie wäre Anne in ihrem jetzigen Aufzug vor den König gekommen. Und selbst wenn – sie war eine Warwick-Tochter. Die Tochter eines Verräters und selbst Verräterin, der Name Neville stand längst nicht mehr hoch im Kurs, sie war die Witwe Edwards von Lancaster, und das herrschende Haus hieß York. Was hätte sie vom König zu erwarten gehabt?

Anne hatte resigniert.

Müde nach zu wenig Schlaf, stand sie jetzt auf. Längst war das tägliche Bad, waren die seidenen, modischen Kleider und die

Juwelen Vergangenheit. Sie spritzte sich ein wenig Wasser ins Gesicht – was Isobell schon als Verschwendung ansah –, sie pflückte ein paar Läuse von sich ab – sinnloses Unterfangen, sie würden ja doch wiederkommen –, dann machte sie sich an die Arbeit. Niemand würde kommen. Ihr Leben, das war das Fegen der Gaststube und des Hofs, das Kochen, die Aufsicht über das Feuer in der Küche und die Entgegennahme des Wassers, das die Wasserträger vom Cob Court an die Haustür brachten.

Richard hatte es schließlich nicht mehr geglaubt, aber dann lag der Cob Court vor ihm. Er hatte das Quartier der Wasserträger gefunden. Die Sonne stand mittlerweile hoch über der Themse, bei Hof würde man sich wundern, wo er steckte, aber das war nebensächlich. Anthony würde schon eine Ausrede finden. Wichtig war nur, dass er jetzt hier war. Er hatte sich durchgefragt zum Aufseher der Arbeiter und stand nun vor einem behäbigen, dicken Mann mit einer Lederschürze und Geschwüren im Gesicht. Er musterte Richard bedächtig und hielt sein Anliegen offenbar für so seltsam, wie es Richard auch selbst erschien.

»Verstehe ich das richtig«, sagte der Mann »du willst mich dafür bezahlen, dass du die Tour zum ›Schwarzen Eber‹ übernimmst?«

»Ja«, sagte Richard und überlegte, ob es doch klüger gewesen wäre, einfach nach Arbeit zu fragen. Weniger auffällig vielleicht schon. Aber wer weiß, wo sie ihn dann eingesetzt hätten.

»Ich will für Euch arbeiten und ich zahle dafür.« Nein, es mochte den Mann verwirren und es war auch nicht gerade unauffällig, trotzdem war der Beutel Gold, den der Mann vor ihm noch immer in den Händen wog, sein bestes, ja, sein einziges Argument.

»Warum?«, fragte der Wasserträger gedehnt.

»Lass das meine Sorge sein. Nichts, was Ihr wissen müsst«, sagte Richard, der vor Ungeduld fast barst. Dieser Mann war seine einzige Chance. Er musste ihn überzeugen. »Sie holt das Wasser herein«, hatte Anthony gesagt, der eine seiner engen

Freundinnen unter den Londoner Straßenmädchen ausgefragt hatte. »Es ist, sagt Betty, die einzige Gelegenheit, zu der sie an die Haustür kommt. In der Schänke bedient sie nicht. Betty meint, das würde sie wissen. Im Eber gibt es nach wie vor zwei Schankmädchen, neu ist nur die Küchenmagd.« Richard war ein Stein vom Herzen gefallen, als er das gehört hatte. Zwar wurde die Kontaktaufnahme so schwieriger, aber jeder wusste, was aus einem Schankmädchen wurde, vor allem, wenn es jung und hübsch war: eine Hure. Irgendwann konnte es dem Drängen und der Verlockung des angeblich einfacheren Lebens nicht mehr widerstehen. Und auch wenn Anne störrisch wie ein Maulesel sein konnte – wer wusste das besser als er –, so hatte er doch keine Ahnung, wie sich die Flucht von Middleham, die Ehe, der Tod ihres Vaters und Mannes, die erneute Flucht, der Aufenthalt in dieser Stadt und die Arbeit als Dienerin auf sie ausgewirkt hatten. Jede andere hätte schon weniger gebrochen.

Er ballte die Fäuste, dann merkte er, dass der Wasserträger immer noch auf eine Antwort wartend vor ihm stand. Er musste ihn überzeugen, wie auch immer, das Wasser an die Tür zu bringen war die einzige Möglichkeit, mit ihr zu sprechen.

»Hör zu«, sagte er mit unterdrückter Erregung, »es geht um ein Mädchen in dieser Schänke. Ich muss sie sehen. Und mit ihr sprechen.«

War so etwas denn so ungewöhnlich? Er spielte hoch, wer wusste schon, auf welcher Seite der Mann stand oder ob er einfach am Abend in der Schänke sein Maul nicht halten konnte. Wenn man dort erfuhr, dass er sich nach ihr erkundigt hatte, wenn Clarence Wind davon bekam, dass er Annes Aufenthaltsort in Erfahrung gebracht hatte!

»Du meinst die kleine Anne«, nickte der Mann und Richards Herz tat einen Satz.

»Die kleine Anne«, nickte der Mann erneut, »hab die Tour ja schließlich selbst schon gemacht.« Wieder musterte er Richard intensiv, dann spuckte er aus. »Sie gehört nicht hierher, die kleine Anne.«

War ihm der Mann wohl gesonnen? Richard wusste es nicht, er wusste nicht viel von Leuten dieses Standes, er lebte in anderen Welten.

Ein weiterer Blick aus hellen Augen examinierte des Königs Bruder. Dann nickte der Wasserträger. »Sieht ja jeder, dass sie nicht hierher gehört. Aber es sieht sie auch kaum wer. Sie halten sie da fest.« Der Mann sah Richard bedächtig an.

Wie ein unsichtbares Netz ziehen sich die Wege der Wasserträger durch alle Straßen und Winkel Londons. Von ihrem Hauptquartier am Cob Court bringen sie das Themsewasser in die Hütten und Häuser der Stadt. Niemand kennt London so gut wie die »Cobs« – sie wissen, welche Abkürzungen es gibt, welche Straße plötzlich zu einer Sackgasse wird, sie kennen die Bewohner der Häuser, die Dienstmädchen, Köchinnen und Knechte, die Tagelöhner und die Handwerker. Manchmal streuen sie Gerüchte, private Geheimnisse aber tragen sie nicht weiter. Sie sehen, dass die Frau des Schmieds frühmorgens das Haus des Steinmetzen verlässt – aber sie sagen kein Wort. Und beim nächsten Besuch in der Schmiede steckt ihnen die Frau des Hauses dann vielleicht ein Stück Brot oder Käse zu. »Ein Cob sieht alles und sagt nichts« ist ihr Wahlspruch. Sie übernehmen Botengänge und Kurierdienste und manches Mädchen wartet auf den Cob wie die Juden auf den Messias.

Sie sind eine raue Gesellschaft, die Cobs, ungelernt und arm, manchmal auch geistig nicht ganz auf der Höhe, zum Wassertragen braucht man nur kräftige Arme und Füße, die den Weg finden. Niemand würde einen Cob um seinen Lohn betrügen, denn wer bringt dann am nächsten Tag das Wasser? Nur die Cobs schöpften das Wasser aus der Themse, niemand sonst, und sie wachten eifersüchtig über dieses Recht und verteidigten es auch handgreiflich. Wehe, ein reicher Kaufmann oder ein geiziger Handwerker etwa würde auf die Idee kommen, einen eigenen Knecht zur Themse zu schicken, um den Penny für den Wasserträger zu sparen! Zumindest eine handfeste Tracht Prügel wäre dem armen Kerl, der auch nur den Befehlen seines Herrn gehorchte, sicher. Privathäuser wurden in der Regel einmal am Tag beliefert, Handwerksbetriebe oder Gaststätten meist zwei Mal, dort war der Wasserbedarf größer. Manchmal sind die Cobs zu zweit unterwegs, meist aber allein. Sie tragen ein Tragegeschirr, einen langen, gebogenen Holzbügel mit einer eisenbeschlagenen Kerbe an jedem Ende. Dort hinein werden die Eimer, bis zum Rand gefüllt mit Wasser, gehängt, und der Cob macht sich auf seine Tour.

Der Mann musterte ihn immer noch. »Ist ein feines Mädchen, die kleine Anne.«, sagte er

Richard konnte sich nicht länger verstellen. Er packte den Mann am Arm. »Wie geht es ihr?«, fragte er.

Der Cob sah ihn lange an, dann drückte er Richard den Geldbeutel zurück in die Hand. Entsetzen überflutete ihn. Verloren, dachte er, verdammt, und jetzt?

Dann drehte sich der Mann um. »Komm«, sagte er. »Ich zeige dir das Tragegestell.«

Fast ohnmächtig vor Erleichterung stolperte Richard durch den Schlamm hinter ihm her.

Die Tragestangen wurden in einem Schuppen gleich beim Fluss aufbewahrt. Richard hob die Tragestange auf und legte sie sich über den Nacken. Als der Meister die beiden vollen Eimer an die Enden hängte, taumelte er einen Augenblick unter dem Gewicht. Der Mann lachte.

»Ja, das ist eine andere Art von Kraft als die, die du fürs Schwingen der Streitaxt oder des Schwerts brauchst!«

Richard fühlte sich durchschaut. »Du weißt …«

»Ich weiß gar nichts«, sagte der Mann und lächelte zum ersten Mal freundlich. »Und ich will auch nichts wissen. Ein Cob beherrscht seine Füße. Und seine Zunge. Und was die Bezahlung angeht –«, er zuckte die Schultern. »Ich krieg eine Tour umsonst. Und das Mädchen gehört da einfach nicht hin.« Er nickte Richard zu und deutete die Straße entlang. »Zum ›Schwarzen Eber‹

geht es da entlang, die dritte Gasse auf der linken Seite, an ihrem Ende liegt das Gasthaus. Sie werden sich schon wundern, wo ihr Wasser bleibt.«

Mit einem letzten Nicken wandte sich der Mann ab. Richard sah ihm einen Augenblick lang nach, dann machte er sich, das schwere Tragegestell mühsam ausbalancierend, auf den Weg.

Im »Schwarzen Eber« war Anne dabei, die Spuren der Nacht zu beseitigen. Sie hatte aufgeräumt, Holz vom Hof hereingeholt und in der Küche den Ofen angezündet. Dort war die zweite Magd jetzt mit dem Frühstück beschäftigt. Anne hatte die Spucknäpfe in der Schänke ausgewischt – eine Arbeit, die ihr stets aufs Neue widerlich war. Was für einen Dreck erwachsene Männer hinterlassen können, wie roh und ungeschlacht sie sich gebärdeten, all das war ihr, als behüteter Tochter eines Edelmanns, nie wirklich klar gewesen. Nun, jetzt wusste sie es. Ferne Erinnerungen an die Zeit auf Middleham Castle wollten sich einstellen, aber sie versuchte sie zu unterdrücken. Romantische Rückschau würde ihr die Gegenwart nur noch schwerer erträglich machen, das hatte sie inzwischen gelernt. Sie hatte Öl in die Lampen gegossen und war jetzt, eine ehemals weiße Schürze umgebunden und das Haar notdürftig mit einem Tuch geschützt, dabei, die Gaststube zu fegen. Staubwolken wirbelten auf und legten sich auf ihre Haut und ihre Kleidung.

Am meisten auf der Welt, dachte Anne, während sie energisch den Besen schwang, wünsche ich mir ein Bad. Ein heißes Bad und Ankarette, die mir den Rücken abschrubbt und mir die Seife aus dem Haar wäscht. Ein sauberes Kleid, einen raschelnden Umhang, klirrende Ketten und ordentlich geflochtenes und aufgestecktes Haar. Sie hielt einen Moment inne und schob sich eine Haarsträhne hinters Ohr, wischte sich mit dem Ärmel ihres Kleides übers Gesicht. Beides gleich schmutzig, dachte sie erschöpft. Lady Anne Neville, das Küchenmädchen. Oh Vater, Vater, wie konnte mein Leben nur so schief gehen! Aber zum Jammern war keine Zeit, Anne fegte weiter. Gleich würde sie mit demselben dreckigen Wasser, das sie schon für die Spucknäpfe verwandt hatte, den Boden schrubben. Erst mit dem frischen Wasser, das der Wasserträger bringen würde, würde sie dann darangehen, Potters Wohnräume im oberen Stockwerk zu reinigen. Wo das Wasser nur blieb? Sie blickte durch die Fenster der Gaststube auf die Straße.

Die Häuser standen in dieser Gegend Londons so dicht, dass nicht zu sehen war, wie hoch die Sonne stand, die Gaststube war dunkel, obwohl der Morgen schon weit fortgeschritten war. Er kommt spät, dachte Anne. Und wenn ich nicht fertig werde mit meiner Arbeit, wird Potter toben. Ich kann es nicht ändern. Mittlerweile hatte sie sich an Potters polternde Wutausbrüche ebenso gewöhnt wie an den Dreck, den Gestank und das Ungeziefer. Anne brachte den Besen in den Gesindeschuppen auf dem Hof und holte Eimer und Scheuerbürste hervor. Wenn mir in Middleham oder auch in Angers jemand gesagt hätte, wie viel Arbeit es bedeutet, nur einen so kleinen Raum zu putzen, ich hätte es nicht geglaubt. Und hätte mir jemand gesagt, dass ich das einmal tun müsste, ich hätte mich bei Vater beschwert und der Frechling wäre streng bestraft worden.

Resigniert ließ sie sich auf die Knie herab und begann, den Boden mit dem Schmutzwasser zu schrubben. Rund eine halbe Stunde dauerte die Arbeit und der Wasserträger war immer noch nicht erschienen. Anne stand seufzend auf. Ich wusste auch nicht, wie weh einem Rücken und Knie tun können. Sie hob den Eimer auf und trat durch den vorderen Eingang auf die Straße, um das Wasser auszukippen. Die Sonne war mittlerweile hoch gestiegen und blendete sie, deren Augen an das schummerige Licht in der dunklen Gaststube gewöhnt waren. Mit einem müden Schwung kippte sie das Wasser aus und blickte die Straße hinunter.

Richard sah sie sofort. Er stockte und blieb stehen. Unter Tausenden würde ich sie erkennen, dachte er, auch in diesem Kleid, in dieser Umgebung, mit diesem Tuch über den Haaren, diesem müden Zug im Gesicht. Ich würde sie immer erkennen und sie ist immer noch das Schönste, das ich je gesehen habe. Er wollte vorwärts stürzen, sie in die Arme nehmen und aus diesem Loch herausholen, aber nein. Nichts überstürzen, bloß nichts überstürzen. Trotzdem nahm ihm die Stärke des plötzlichen Impulses fast den Atem und zwang ihn, stehen zu bleiben. In diesem Moment hatte er Angst, vielleicht zum ersten Mal in seinem Leben. Wie würde sie reagieren? Er stand still, aber sein Herz klopfte, als wäre er ihr entgegengerannt, den ganzen Weg von der Themse bis hierher, das schwere Tragegestell auf seinen Schultern. Er konnte sich nicht rühren. Sie sah die Straße herauf in seine Richtung. Sah sie ihn? Aber er hatte die Sonne im Rücken, sie konnte wohl nichts sehen als die vertraute Silhouette irgendeines Wasserträgers. Richard packte das Gestell fester. Als kämpfte er sich seinen Weg durch das Moor hinter Middleham, ging er weiter.

»Es wird auch Zeit«, rief sie ihm entgegen und Richard hörte das vertraute leichte Lächeln in ihrer Stimme mehr, als dass er es auf ihrem Gesicht sah. Er beschleunigte seinen Schritt, verhielt ihn dann wieder. Es schien eine Ewigkeit zu dauern, die Straße war plötzlich endlos lang, es war die gleiche Ewigkeit, die es bei einer Schlacht nach dem Zeichen zum Angriff zu dauern scheint, bis die Heere aufeinander prallen. Nichts ist zu hören, obwohl die Luft erfüllt ist von Kriegsgeschrei und donnernden Hufen, es ist, als hielte die Welt den Atem an.

Dann stand er vor ihr. Ihre Augen weiteten sich in plötzlichem Erkennen. »Richard«, flüsterte sie.

Vom nahen Kirchturm schlug es zwölf.

Dann klappte hinter ihr plötzlich eine Tür, in der Gaststube waren Schritte zu hören.

»Anne?«, rief eine kräftige Männerstimme, dann noch einmal: »Anne!«

Sie fuhr zusammen, als sie Potters Hand an ihrem Ellenbogen fühlte. Sie wurde aus der Tür in die Gaststube gezogen, Potter ging an ihr vorbei, er nahm die vollen Eimer vom Tragegestell und stellte sie hinter sich ab, dann hängte er die leeren an die Tragestange. Den Wasserträger sah sie nicht, Potters Gestalt füllte den Türrahmen vollständig aus.

»Hat lange gedauert, heute.« John Potter musterte sein Gegenüber von oben bis unten. »Neu im Revier, oder was?« Sie hörte nicht, ob und, wenn ja, was erwidert wurde. Richard? War das wirklich Richard, oder hatte sie sich geirrt? Wie festgewachsen stand sie hinter Potter.

»Was stehst du noch herum?«, fragte er über die Schulter. »Hast du nichts zu tun?«

Richard wäre dem grobschlächtigen Kerl am liebsten an die Kehle gegangen.

Der grinste ihn an und spuckte an ihm vorbei auf die Straße. Ein blöder Wasserträger. Ein Idiot. Nun, das war besser als der vorherige, hatte zu wache Augen gehabt, der Kerl. Er hatte immer befürchtet, dass das Mädel dem eine Nachricht für weiß Gott wen mitgeben könnte, aber Gott sei Dank war sie auf diesen Einfall bisher nicht gekommen. Der hier – kräftig sah er aus – war wohl keine Gefahr. Potter nickte ihm zu und verschwand in der Schänke, hinter ihm fiel die Haustür ins Schloss. Der Moment des Wiedersehens war gekommen und gegangen, er war unwiederbringlich vorbei.

Richard blickte auf die geschlossene Tür. Sie war dort. Er wollte an die Tür schlagen, sein Schwert ziehen, hineinstürmen und sie herausholen – aber er durfte das nicht, wollte er nicht alles gefährden. Davon abgesehen hatte er kein Schwert bei sich. Ruhig, dachte er. Immerhin wusste er jetzt sicher, dass sie dort war. Der nächste Schritt war, mit ihr Kontakt aufzunehmen, er musste einen Fluchtplan ausarbeiten … Vor allem durfte er nicht bemerkt werden. Bevor sie nicht in Sicherheit war, durfte keiner von seiner Rolle in dem Spiel erfahren. Wenn sie glaubten, sie sei ohne Hilfe geflohen, würden sie hoffentlich nicht so intensiv nach ihr suchen, sie würden glauben, dass sie entweder von allein zurückkommen, oder in London unter die Räder geraten würde, und er hätte Zeit, sie in Sicherheit zu bringen. Zeit gewonnen, alles gewonnen. Keinen Moment dachte Richard darüber nach, warum sie bisher nicht geflohen war. Wie die Dinge lagen, war sie in diesem Haus sicherer als auf den Straßen Londons. Es schüttelte ihn bei dem Gedanken, sie wäre allein in diesen Gassen unterwegs. Was blieb einem entflohenen Schankmädchen? Nur eine andere Schänke. Nie wäre sie vor den König gelassen worden und nur dort konnte sie ihr Recht fordern. Zum ersten Mal wurde Richard die Rechtlosigkeit der unteren Stände bewusst. Das war nicht mehr die Rechtskunde, in der er in Middleham – bei Annes Vater! – unterrichtet worden war, das war Realität.

Recht, begriff Richard jetzt, ist keine abstrakte Größe, die aus sich heraus funktioniert. Man muss die Gelegenheit haben, sein Recht zu fordern und es durchzusetzen, und die ärmeren Bewohner Englands hatten das nicht. Clarences Falle war perfekt gewesen. Mein Bruder, dachte Richard, George von Clarence! Irgendwann bezahlst du mir dafür. Aber jetzt war keine Zeit für Rachegedanken. Später. Langsam beruhigte sich sein Herzschlag und der nüchtern denkende Feldherr gewann wieder die Oberhand. Er musste mit ihr sprechen, einen Ort vereinbaren und eine Zeit, sie würde dieses Haus dann einfach verlassen und ihn treffen. Das war alles, es würde nicht schwer zu bewerkstelligen sein. Richard nahm das jetzt leichte Tragegestell und die beiden leeren Eimer auf, er drehte sich um und ging die Gasse herunter, dem Quartier der Wasserträger entgegen. Die beiden leeren Eimer schlugen beim Gehen gegen seine Beine. Aber nicht deswegen tat ihm jeder Schritt weh.

Anne hatte sich nicht vom Fleck gerührt. Nach wie vor stand sie, die beiden Eimer vor sich, wie festgenagelt in der Gaststube. War das wirklich gewesen? Oder hatte die Sonne sie geblendet, hatten das Licht und ihre Sehnsucht sie genarrt? Und wenn nicht, wenn sie sich nicht geirrt hatte, wenn das tatsächlich Richard gewesen war, wieso kam er dann als Wasserträger hierher? Wenn er wusste, wo sie war, warum verlangte er dann nicht einfach Einlass und holte sie heraus? Was sollte diese lächerliche Komödie? Sie musste sich geirrt haben. Und wieso sollte er auch kommen und sie holen? Er hatte damals abgelehnt, als ihr Vater sie ihm geben wollte, er hatte nie auch nur versucht, sie zu bekommen, wie kam sie auf den Gedanken, er könnte jetzt, nach so langer Zeit, plötzlich zu ihrer Rettung hier auftauchen? Pflichtgefühl, dachte sie, das sähe ihm ähnlich. Und wenn es nur Pflichtgefühl war, wieso, wieso musste sie dann immer noch so an ihn denken, wieso schlug ihr Herz schneller, wieso liebte sie ihn, wenn es für ihn nur um seine Pflicht ging? Wenn er sie offensichtlich nicht wollte? Sie hasste sich. Hatte sie denn kein bisschen Stolz?

»He«, rief Potter und schüttelte sie, »träumst du? Was scherst du dich nicht an deine Arbeit?«

Annes Tagträume fielen auf den Boden und zerschellten. Stolz? Sie war eine Küchenmagd, der Willkür dieses Mannes ausgeliefert. Wut stieg in ihr hoch. Sie versuchte, sich seinem Griff zu entwinden. »Was erlaubst du dir?«, rief sie.

»Was ich mir erlaube? Sind das wieder Herrscherallüren, Mädchen? Was stehst du hier herum und vertrödelst deine Zeit?« Argwöhnisch blickte Potter über seine Schulter zur Tür. Sein Misstrauen war geweckt. Hatte der Kerl doch etwas zu bedeuten gehabt? War er ein Bote gewesen? Gut, er hatte kaum den Mund aufgekriegt, aber vielleicht hatte er ihr eine Botschaft zugesteckt? Man hatte nichts als Ärger mit dem Mädchen. Erst hatte er darauf achten müssen, dass sie nicht weglief, jetzt musste er aufpassen, dass sie keine Nachrichten bekam. Und ihre Arbeit ließ auch immer noch zu wünschen übrig, zu oft war sie faul und langsam oder auch einfach ungeschickt. Er musste einen Betrieb führen. Er hatte keine Zeit, den Aufpasser für des Herzogs Schwägerin zu spielen. Aber immerhin bezahlte er gut, der Herzog. Aber gut genug? Oft schon hatte Potter sich gefragt, ob nicht noch mehr aus diesem Vögelchen herauszuholen war. Vom Herzog oder auf andere Art. Sie war hübsch, zweifellos, in der Schänke würde sie ein Gewinn sein. Leider waren die Anweisungen des Herzogs von Clarence in diesem Punkt ganz klar gewesen: »Setz sie in der Küche ein, im Haus, im Hof, von mir aus in deinem Bett. Aber sorg dafür, dass möglichst niemand außerhalb des Hauses sie zu sehen bekommt!« Genau das waren seine Worte gewesen. Ihm reichte es langsam, aber eins stand fest: Der Herzog würde ihm die Hölle heiß machen, wenn sie Kontakt nach draußen aufnahm. Oder etwa entfloh. Nicht dass sie Aussichten gehabt hätte, weit zu kommen. Es sei denn, sie hatte Hilfe. Er hielt Annes Arm wie im Schraubstock fest und beäugte sie misstrauisch.

Sie war weiß wie die Wand und er konnte spüren, dass sie zitterte.

Er zog sie dichter an sich. »Hat er dir was zugesteckt, der Kerl?«

»Wovon redest du?« Anne wehrte sich verzweifelt. Ihr Atem ging schnell, in ihrem Kleid hoben und senkten sich ihre Brüste.

Potter bemerkte es auch. »Das werden wir sehen«, grinste er, langsam begann ihm die Situation Spaß zu machen. »Das werden wir sehen, ob er dir was gesteckt hat, Mädchen.« Seine Hand griff nach ihren Brüsten, knetete sie. Da war nichts, zumindest kein Papier. Ansonsten war da durchaus was, sie hatte feste Brüste, die Kleine. »Von mir aus in deinem Bett«, hatte der Herzog gesagt. Vielleicht tat er ihm sogar einen Gefallen damit, wenn er sie entsprechend einsetzte. Außerdem war es an der Zeit, dass sie ihm etwas mehr einbrachte, und wenn es nur ein bisschen Spaß war.

Anne wehrte sich verzweifelt. »Lass mich sofort los!«

»Erst wenn ich sicher bin, dass der dir nichts zugesteckt hat!«

»Nichts hat mir irgendjemand zugesteckt!«

»Nein?« Potter strich ihre Hüften entlang. Seine Hände vergruben sich in ihrem Schoß. »Das ist aber schade, Mädchen. Vielleicht ist es ja gerade das, was du brauchst. Dass dir jemand mal was steckt.«

Anne wurde fast übel vor Angst, sie wusste, dass sie nicht genug Kraft hatte, um sich zu befreien. »Hör auf«, bettelte sie, »bitte!«

»Bitte? Ganz neue Töne, meine Hochwohlgeborene!« Mit Leichtigkeit bog Potter ihr die Arme hinter den Rücken, hielt sie dort mit einer Hand fest. Mit der anderen zog er ihren Rock hoch.

In diesem Moment rief Isobell aus der Küche.

»Potter! Anne! Essen!«

Anne hielt den Atem an.

Potter lächelte. »Du glaubst, du kommst noch mal davon, ja?« Über die Schulter hinweg rief er in Richtung Küche: »Stell es warm. Ich komme gleich!«

Anne zitterte.

»Und wie gleich«, flüsterte er und wandte sich wieder ihr zu. Keine Chance, zu entkommen, dachte Anne, das kann doch nicht wahr sein! Potter öffnete seinen Gürtel. In diesem Moment bemerkte sie, dass seine Aufmerksamkeit nachließ, sein Griff sich eine Winzigkeit lockerte. Mit einem verzweifelten Ruck riss sie sich los, bückte sich, ergriff einen der Eimer, schüttete Potter das Wasser ins Gesicht und sprang von ihm weg.

Potter lachte. »Du bist ja eine ganz Wilde«, flüsterte er. »Aber das nutzt dir auch nichts.«

Anne sah, wie er die Hand hob, ob um sie zu greifen oder sie zu schlagen wartete sie nicht ab. In panischer Angst drehte sie sich um, lief zur Tür und floh aus dem Haus.

Wie oft hatte sie, seit jenem ersten vergeblichen Versuch, über Flucht nachgedacht und wie oft den Gedanken daran verworfen! Sie passten zu genau auf sie auf, und ohne Hilfe von außerhalb würde sie sich in diesen Straßen nie zurechtfinden, sinnlos also, an Flucht zu denken. Jetzt lief sie die Gasse hoch, lief so schnell sie konnte, nur weg von diesem Haus, diesen gierigen Händen, egal wohin, was ihr hier draußen auch zustoßen würde, es konnte nicht schlimmer sein als das, was Potter vorgehabt hatte, was er zweifellos wieder versuchen würde und womit er – heute, morgen, nächste Woche – Erfolg haben würde. Ohne sich zu besinnen oder nur darauf zu achten, wohin sie lief, rannte sie, nahm eine Abzweigung nach rechts und stürzte weiter. Sie wusste nicht, wie weit sie gekommen war, als sie das

Geräusch hörte, was sie am meisten fürchtete: Jemand rannte hinter ihr her, sie verfolgten sie! Dann hörte sie einen Ruf: »Anne! Anne!«

Sie schluchzte, rannte, dann fiel sie, stützte sich im Fallen auf, kam gerade wieder auf die Beine, als eine Hand nach ihrem Arm griff.

»Nein«, schrie sie und wehrte sich, versuchte, sich dem Griff zu entwinden, schlug wieder auf dem Boden liegend mit aller Kraft um sich, versuchte, auf die Beine zu kommen. Bloß nicht dahin zurück, nur dass nicht.

»Hilfe!«, schrie sie, »Hilfe!«

Aber niemand kümmerte sich um sie, zwei Arme wie Schraubstöcke pressten ihre Arme an ihren Oberkörper, jemand schüttelte sie. Warum schüttelt mich heute jeder, dachte sie, und wie kann ich nur in so einem Moment an so etwas denken? Sie schluchzte noch einmal, vorbei, es war vorbei, sie hatten sie, sie war gefangen, sie würden sie zurückbringen und diesmal würde mehr auf sie warten als eine Ohrfeige. Mehr und Schlimmeres. Und noch einmal würde sie nicht entkommen können. Sie trat um sich, biss, sie wollte nicht aufgeben.

»Helft mir doch«, schrie sie noch einmal mit brechender Stimme, »helft mir!«

»Das will ich«, sagte jemand an ihrem Ohr, »genau das habe ich vor, verdammt, Anne. Kannst du mal aufhören, nach mir zu treten?«

Sie lag still. Ihr Gehirn glaubte noch nicht, was sie sah. Richard hielt sie. Richard, in den ärmlichen, abgewetzten Kleidern des Wasserträgers.

Richard hielt sie und er hatte nicht vor, sie je wieder loszulassen. Er hielt sie, wie er sie noch nie gehalten hatte – das kleine Mädchen bei den wilden Spielen auf Middleham, die junge Lady, die er bei Hof getroffen hatte, der Preis für den Verrat, zu dem ihr Vater sie überreden wollte, all das war vorbei, endlich. Hier war Anne Neville, ein Küchenmädchen, eine Dienstmagd, und er, Richard von Gloucester, Admiral, Großkämmerer, Konnetabel Englands, was scherte ihn all das, er war ein Tagelöhner, ein Wasserträger oder was auch immer, es war egal, und er liebte sie. Dieser Augenblick war Erfüllung.

Aber noch war keine Zeit für Wunder. Er hörte Rufe hinter ihnen, er nahm ihr Gesicht in beide Hände. »Sind sie hinter dir her?«

Sie nickte stumm.

»Kannst du laufen?« Ohne ihre Antwort abzuwarten, nahm er ihre Hand, half ihr auf die Beine. »Komm.«

Er zog sie tiefer in das Gewirr der Londoner Gassen, führte sie weiter, bis sie hoffnungslos die Orientierung verloren hatte, sie wusste nicht mehr, wo sie waren oder wie weit sie gelaufen waren. Eine Ewigkeit, so schien es ihr. Dann öffnete sich ein Platz vor ihnen, Richard lief der mittlerweile tief stehenden Sonne entgegen, dann ging es ein paar Stufen hinauf und durch ein Tor in eine Kirche, und dort blieb er endlich stehen, Anne hätte keine drei Schritte weiter laufen können.

»Wo sind wir?«, fragte sie. Es waren die ersten Worte, die sie sprach. Richard lachte leise und strich ihr das Haar aus dem Gesicht, das Tuch, das sie in der Schänke getragen hatte, musste sie während der wilden Flucht verloren haben. Anne Neville, das Küchenmädchen! Er war so froh, sie zu sehen, sie bei sich zu haben, sie in Sicherheit zu wissen, er war glücklich, dass er den Weg hierher überhaupt gefunden hatte, nicht auszudenken, wenn er sie nicht gesehen hätte, wenn sie sie gekriegt hätten, wenn er die Kirche nicht gefunden hätte! Er konnte nicht anders, er nahm ihr Gesicht in beide Hände und beugte sich zu ihr, er küsste sie.

»In Sankt Martin le Grande«, antwortete eine tiefe Stimme auf Annes Frage. »Und es wäre schön, wenn Ihr Euch entsprechend benehmen könntet.«

Richard ließ von ihr ab und verbeugte sich.

»Vater«, sagte er, »entschuldigt. Ich bin Richard von Gloucester und dies ist Lady Anne Neville, die im Namen des Königs um Obdach und Schutz bittet.«

Rückkehr nach Middleham

Das Kloster von St. Martin le Grande liegt am Market Square, mitten in London, trotzdem ist es ein Ort der Ruhe und des Friedens. Die riesige Anlage beherbergt drei Pfarrgemeinden unter einem Dach: St. Martin, St. Nicholas und St. John le Baptiste. Die Kirche war überaus reich ausgestattet, Anne konnte sich nicht erinnern, je so viele Altäre in einer Kirche gesehen zu haben, nicht einmal in Angers. Überhaupt war alles groß: die weitläufige Anlage mit ihrem Platz, ihrem Hof und ihren Gärten taten Annes Seele nach der Zeit in der Enge des »Schwarzen Eber« ebenso wohl wie die Ruhe, die hier herrschte. Seit rund drei Wochen war sie jetzt hier, und sie begann langsam, sich zu erholen. Am ersten Abend ihres Aufenthalts hatte sie zum ersten Mal seit langer Zeit gebadet, hatte den ganzen Schmutz von ihrem Körper geschrubbt, den Staub aus ihren Haaren gewaschen, sie hatte ein zwar altes, aber sauberes Ordenskleid bekommen. Allein das war eine Erleichterung gewesen: Sie war sauber. Alles Grobe schien schon mit den regelmäßigen Bädern von ihr abzufallen.

Jeden Tag stand sie mit den Nonnen vor Morgengrauen auf, sie hielt die Gebetsstunden in der Kirche ein, und wenn sie auch nie übermäßig fromm gewesen war, so merkte sie doch, dass die gleichmäßige Rezitation der Gebete, die Meditationen in der Zelle und die Arbeit im Klostergarten ihr ein zuvor nie gekanntes Gefühl der Ruhe schenkten. Die heitere Gleichmäßigkeit des Klosterlebens tat langsam seine Wirkung. Anne verlor ihre Blässe und die erschreckende Magerkeit, die sie während ihrer Haft in der stinkenden Schänke erworben hatte, ihre Augen verloren den gehetzten Blick und gleichzeitig mit der Ruhe kehrte ihr Lächeln langsam zurück, die Zeit im »Schwarzen Eber« wurde mehr und mehr zu einem bösen Traum, aus dem sie nun aufwachte und der ihrem Gedächtnis langsam entschwand.

In der Schänke hatte sie nur Tag um Tag irgendwie überstehen können, jetzt lag wieder der Gedanke an »Zukunft« vor ihr. Nur: Was für eine Zukunft würde es sein? Mit Richard? Ohne ihn? Als er sie hier abgeliefert hatte – abgeliefert, dachte Anne, wie ein Paket! –, hatte er ihr erklärt, sie sei jetzt in Sicherheit. St. Martin le Grande war, zusammen mit der Kirche von Westminster, die berühmteste Freistatt des Reiches. Hier, so Richards Worte, würde niemand sie fortbringen können, niemand konnte ihr etwas tun.

Sicherheit! Anne schnaubte wütend und doch dankbar, dankbar über die Sicherheit, wütend über die Entscheidung, wieder einmal ohne sie zu fragen. Gut, was hätte sie antworten können auf eine eventuelle Frage, wo er sie hinbringen solle. »Ich will bei dir bleiben«, wäre die ehrliche Antwort gewesen, aber wollte er das auch? Hatte er sie gerettet, weil er sie liebte oder weil es seinem Pflichtgefühl, seinem Anstand entsprach? Er hatte sie geküsst. Sie erinnerte sich an die zarte Berührung seiner Lippen und ein Schaudern durchfuhr sie. Es war die zarteste Berührung gewesen, die sie je erlebt hatte, und ein lustvolles Schaudern hatte sie wie ein Messer durchfahren. Aber dann hatte er sie verlassen, war abgeritten, und seitdem war er nicht wieder gekommen. Ihr ganzes Leben, so schien es ihr, bestand darin, Richard hinterherzusehen und von einem Ort zum nächsten gebracht zu werden. Er würde ihr Zeit lassen, hatte er beim Abschied zu ihr gesagt, aber sie brauchte keine Zeit mehr, sie wollte wissen, ob er sie liebte. In der Dunkelheit ihrer Zelle knirschte Anne des Nachts mit den Zähnen und versuchte, ihrer aufgewühlten Gefühle Herr zu werden. St. Martin le Grande mochte ein Ort des Friedens sein. In ihr aber herrschte Aufruhr.

In seinen Privatgemächern im Palast von Westminster lag Edward auf seinem Bett und biss in ein Kissen. Dann wühlte er seinen Kopf darunter. Und jammerte weiter.

»Ich weigere mich«, tönte es dumpf unter der Seide hervor. »Ich weigere mich einfach, das alles auch nur zur Kenntnis zu nehmen!«

Elisabeth durchquerte das Zimmer mit einigen raschen Schritten. Ihr Kleid raschelte, als sie sich neben ihn aufs Bett setzte, sanft streichelte sie seine Schulter. Er war ein Hitzkopf. Und stur, manchmal. Die ganze Familie war so, wie dieser Familienstreit aufs Neue zeigte. Keiner gab auch nur drei Zoll weit nach, und dabei ging es nur um ein kleines Mädchen.

»Das Parlament hat mir Bogenschützen bewilligt. Ich könnte nach Frankreich ziehen. Und ich kann nicht, weil George und Richard meinen, sich gerade jetzt in die Haare kriegen zu müssen!«, stöhnte Edward und wühlte sich aus seinen Kissen hervor. »Das ist doch nicht zu fassen!«

»Befiehl ihnen, den Streit zu begraben«, meinte Elisabeth nachsichtig. »Schließlich können sie doch –«

»Sie können! Ja, aber sie tun es nicht! Ich habe ihnen klar gemacht, dass es derzeit andere Probleme gibt, aber keiner von beiden weicht auch nur einen Fingerbreit zurück. Wie soll ich gegen Frankreich ziehen, wenn meine beiden Brüder, die zufällig auch noch meine besten Ritter sind, sich an die Kehlen springen wie die tollwütigen Hunde?«

Der ruhige, beherrschte Richard, dachte Elisabeth vergnügt, in Gedanken an den Streit, über den der ganze Hof tuschelte, wer hätte das gedacht!

»Sie werden schon nicht –«, begann sie, aber Edward unterbrach sie.

»Oh, Richard wird nicht, sicher nicht, wenn ich auf eines zählen kann, dann auf seine Treue, aber Clarence ist ein Hitzkopf und habgierig und der wird, ich sage es dir!« Unter ihrem fortgesetzten Streicheln wurde er etwas ruhiger.

»Und auch Richard … für ihn geht es um die Frau, die er liebt, und wir beide, meine Liebe, wissen schließlich, was das bedeutet.«

Elisabeth lächelte und streichelte Edwards Wangen. Er nahm ihre Hand und küsste sie.

»George«, fuhr er dann fort, »kriegt einfach den Hals nicht voll. Seit jeher fühlt er sich vernachlässigt und zurückgesetzt und übergangen und überall wittert er Intrigen. Ich kann ihm jeden Posten geben, jedes verdammte Land, ich könnte ihm die Krone selbst geben, er wäre immer noch nicht zufrieden!«

Edward ließ sich ermattet zurücksinken. »Auf den Straßen redet man schon vom König, der seinen Willen nicht mal gegen seine Brüder durchsetzen kann, und man redet von einer weiteren Spaltung des Hauses Plantagenet, und ich kann beides weder gebrauchen noch erlauben.«

»Du glaubst doch nicht im Ernst, dass die Herzöge die Waffen gegeneinander erheben würden – wegen der kleinen Anne!«

Edward lächelte und zog seine Frau an sich. »Die kleine Anne, wie du sie nennst, ist schon lange nicht mehr so klein und sie ist sehr hübsch. Außerdem war sie schon immer das Wichtigste im Leben meines Bruders. Und, meine Liebe«, er zog spielerisch an ihrem Haar, »Frauen sind nun mal beinahe grundsätzlich das Wichtigste im Leben eines Mannes.«

Lächelnd ließ sich die Königin aufs Bett sinken.

»Vom Feldzug gegen Frankreich vielleicht mal abgesehen«, sagte der König und kassierte einen spielerischen Schlag auf die Wangen.

»Was genau ist eigentlich das Problem?«, fragte Elisabeth, während sie jetzt begann, Edward den Nacken zu massieren.

»Die Vormundschaftsfrage«, sagte Edward und streckte die Beine aus. »Eigentlich geht es nur darum. Geht's da etwas stärker?«

»Nein, mein König, da seid ihr so verspannt, das muss ein Diener erledigen.«

»Witwen«, knurrte Edward wohlig unter ihren Händen, »und die kleine Anne ist Witwe, Witwen entscheiden zu einem guten Teil selbst, ob sie jemanden heiraten oder nicht. Wie du sehr gut weißt.«

Elisabeth lächelte. »Ja, ich weiß.« Sie griff ein wenig fester zu. »Wollt ihr, dass ich mich noch anderer Stelle zu schaffen mache, mein König?«

»Heute nicht«, sagte der König und küsste sie. »Du hast alles getan, was ich von dir erwarten möchte, heute. Ich habe noch zu tun.«

»Was also werdet Ihr tun?«, fragte sie grinsend. Sie ahnte, dass Hastings ihm wieder mal ein kleines Mädchen zuführen würde, aber es störte sie nicht weiter. »Beim Streit der Herzöge, meine ich.«

Edward zog die Augenbrauen hoch, er ahnte, dass sie Bescheid wusste. Gab es etwas, was man vor dieser Frau verbergen konnte? Er entschied sich, die Brücke, die sie ihm gebaut hatte, zu betreten und weiter über den Herzogsstreit zu reden.

»Richards Argumentation ist die bessere. Lady Anne ist Witwe, folglich hat sie Anspruch auf das Vermögen ihrer Mutter. Eigentlich ist alles ganz einfach.«

»Warum entscheidest du dann nicht einfach für Richard?«, fragte Elisabeth.

»Weil Clarence, wenn er zu unzufrieden ist, wieder abtrünnig werden könnte. Richard würde das nie tun.« Edward stand auf und küsste Elisabeth ein zweites Mal. »Du siehst, mein Herz: Treue zahlt sich nicht immer aus.«

Er drehte sich um und Elisabeth verließ, nach einem Knicks und ohne eine Erwiderung außer dem Lächeln in ihrem Gesicht, den Raum.

Der Streit der beiden Brüder des Königs war das Thema des Hofklatsches. Eine entführte Adelige, die in einer Schänke die Böden geschrubbt hatte, zwei Brüder, die sich vor dem Thron des Königs um das Erbe und die Heiratserlaubnis stritten – die Erlaubnis zu einer Hochzeit, bei der, wie das Gerücht wissen wollte, die Braut noch nicht gefragt worden war – das war eine Geschichte, die die Fantasie der Adeligen, Herzöge und der Bedienten anregte. Richard war in der Gerüchteküche Westminsters, ohne es zu bemerken oder auch nur zu wollen, zu einer Art »Held« aufgestiegen. Die Frauen seufzten hinter ihm her, die Männer schüttelten belustigt die Köpfe. Und das eine oder andere Edelfräulein bemerkte plötzlich, was für ein stattlicher Mann dieser jüngere Bruder des Königs war, der um das Erbe einer Frau stritt, von der er nicht sicher wusste, ob sie die seine werden würde.

Richard interessierte das alles nicht. Ihm war es auch egal, ob er zum Helden einer romantischen Liebesgeschichte erklärt wurde oder nicht. Alles, was ihn interessierte, war, ob Anne ihn noch liebte und ob er sie endlich aus St. Martin holen und mit ihr in Middleham leben konnte. Dazu brauchte er die Erlaubnis des Königs – und ihre Einwilligung. Beides hatte er bisher noch nicht. Dabei sah er der für den Vormittag angesetzten Sitzung des Kronrats, in der es um die Vormundschafts- und Erbschaftsfrage gehen würde, mit erheblich mehr Gelassenheit entgegen. Er kannte seinen Bruder Clarence und er war sich sicher, dass er die Erlaubnis bekommen würde, wenn er auf die Erbschaft verzichtete. Das hatte er vor. Ob er Annes Einwilligung auch erhalten würde – da war er sich nicht so sicher.

Richard hatte sie, seit er sie ins Asyl gebracht hatte, nicht besucht. Er wollte erst den Erbschaftsstreit durchstehen, außerdem wollte er ihr Zeit geben, sich frei zu entscheiden. Sie sollte sich zu nichts verpflichtet fühlen. Zum Dritten hatte er sie nach St. Martin gebracht, um Clarence und auch niemandem sonst Anlass für Gerüchte zu geben. Natürlich hätte er sie, die immerhin seine Schwägerin und eine Witwe war, auch bei sich im Haus aufnehmen können. Aber er musste nicht lange darüber nachdenken, was der Hofklatsch aus einem solchen Aufenthalt bei ihm gemacht hätte. Er wollte sie nicht kompromittieren, auch nicht durch häufige Besuche. So hatte er sich zurückgehalten, obwohl er sie am liebsten täglich gesehen hätte.

Anthony, dem er seine Beweggründe darlegte, zog die Augenbrauen hoch und meinte, um ein Frauenherz werbe man seines Wissens nach nicht durch Abwesenheit. Aber vielleicht würde die kleine Anne diese Nichtbeachtung als Liebesbeweis ansehen. Richard war durch diese Bemerkung noch unsicherer geworden.

Der Kronrat kam zusammen und die Plätze waren gefüllt wie selten. Es schien, als wolle sich niemand am Hof den Streit der Brüder um das Vermögen und die Hand Lady Anne Nevilles entgehen lassen. Edward erschien, als alle anderen ihre Plätze bereits eingenommen hatten. Wie ein Mann standen die Anwesenden auf und warteten, bis der König Platz genommen hatte.

Edward verlor keine Zeit. »Ich will«, sagte er, »ja, es ist mein königlicher Wille, dass dieser Streit jetzt beigelegt wird. Ich kann und werde nicht dulden, dass ihr euch wie die Tagelöhner um eine Frau zankt!«

»Diese Frau steht als meine Schwägerin unter meiner Vormundschaft, Richard hat sie entführt und verweigert mir die Kenntnis über ihren Aufenthaltsort.« George gestikulierte wütend. »Das kann ich mir nicht gefallen lassen. Und was den ›Tagelöhner‹ betrifft, so habe ich Grund zu der Annahme, dass Richard über das Leben als Tagelöhner mehr weiß als ich. Oder ist es etwa falsch –«, er wandte sich Richard zu und in seinen Augen blitzte die Wut, »dass du dich als Wasserträger verkleidet hast, um ihrer habhaft zu werden?«

Richard schwieg. Solange George in dieser Laune war, war es besser, seine Wut ins Leere laufen zu lassen, binnen kurzem würde er dann in Weinerlichkeit ausbrechen, er kannte das.

»Wie mir zugetragen wurde, hast du Lady Anne, ohne die Spur eines Rechts dazu, in einer Schänke unten an der Themse gefangen gehalten. Ehrlich, George, was hast du dir dabei gedacht?«, fragte Edward und hinderte George, der zu einer hitzigen Erwiderung ansetzte, mit einer Handbewegung. »Sie ist die Tochter eines Edelmanns, sie hat Anspruch auf ein Erbe, das du ihr entzogen hast, und ich gab Richard vor dem Feldzug gegen die Schotten die Erlaubnis, sie zu heiraten – und du bringst sie in einer Nacht-und-Nebel-Aktion in eine Schänkenküche!«

»Die Frau ist die Tochter eines Verräters –«

»George, mach dich doch nicht lächerlich! Du selbst bist mit ihrer Schwester verheiratet! Muss ich dich wirklich an die Umstände dieser Heirat und an das, was danach geschah, erinnern?«

George wurde rot. »Ich habe meine kurze Zeit an der Seite des Grafen Warwick bitter bereut, mein König, und Ihr habt mich bei Coventry aufgehoben!«

»Was ich nicht bereue«, Edward lächelte George begütigend und charmant an. »Es war ein überragender Sieg, der durch deine Truppen möglich wurde.«

Richard hätte am liebsten verächtlich geschnaubt, beherrschte sich aber. Der Sieg über das Lancaster-Heer wäre ohne Clarences Truppen vielleicht schwieriger gewesen, aber er hätte ihn trotzdem zustande gebracht.

»Es geht mir doch nur darum …«, begann Clarence und damit setzte er zu einer langen Rechtfertigungsrede an. Richards Gedanken schweiften ab. Die aller anderen wahrscheinlich auch. Das Feuer war fast niedergebrannt, als Clarence endlich zum Ende kam.

»Sie ist«, schloss Clarence, »die Schwester meiner Frau. Ich bin damit ihr legaler Vormund.«

Jetzt war es an Richard, Luft zu holen. »Sie ist eine Witwe. Nach unserer üblichen Rechtsprechung muss eine Witwe keinen legalen Vormund haben. Das Erbe ihres Vaters, der ein Verräter war, fällt an die Krone zurück.« Aus den Augenwinkeln sah er Edward nicken. »Das Erbe ihrer Mutter wird zwischen den Schwestern geteilt. So ist es Brauch. Darüber hinaus, wie auch immer es um die Vormundschaftsfrage bestellt ist, in keinem Fall ist das eine Rechtfertigung dafür, dass du sie nach London gebracht und hier versteckt hast!«

»Versteckt?«, fragte Clarence, Unschuld im Blick. »Ich habe sie nicht versteckt! Ich brachte sie nach London, damit sie ihren Anspruch geltend machen kann.«

»Und bringst sie im ›Schwarzen Eber‹ unter?«, fragte Edward amüsiert.

»In meinem Haus war kein Platz. Isabell war schwanger …«

»Isabell ist immer schwanger und Baynard's ist ja nun nicht unbedingt die Hütte eines Tagelöhners.«

»Ich habe dich mehrfach gefragt, wo sie ist!«, rief Richard.

»Ja, ja, ja! Ich bin ihr Vormund, und ich hatte Grund zu der Annahme, dass du sie vor mir verstecken wolltest! Und dass ich damit Recht hatte, sieht man ja jetzt.«

Richard reichte es. Endgültig. »Mein König«, begann er. »Falls Lady Anne mich heiratet, bin ich bereit, auf das gesamte Erbe, mit Ausnahme von Middleham Castle, zu verzichten.«

Ein Raunen erfüllte den Kronrat. Clarence sah ihn erschüttert an. Richard lächelte, dann fuhr er fort: »Der Herzog von Clarence erhält Lady Annes Anteil an dem Vermögen der Lady Warwick, die Grafschaften Warwick und Salisbury und den größten Teil des persönlichen Besitzes des Grafen Warwick. Darüber hinaus bin ich bereit, auf das mir verliehene Amt des Großkämmerers zu Clarences Gunsten zu verzichten. Allerdings nur, wenn sie mich heiratet. Wenn nicht, geht das Vermögen an Lady Anne selbst. Nicht an einen Vormund.«

»Wenn sie dich heiratet.«

»Ich habe sie noch nicht gefragt«, antwortete Richard unbekümmert. Plötzlich war ihm egal, was dieser Hof, all diese unwichtigen Leute von ihm dachten. Es interessierte ihn nicht mehr. Sollten sie reden! Sollten sie von ihm sagen, dass er eine Frau ohne Mitgift nahm, was interessierte ihn das. Ihn interessierte nur, ob sie ihn nehmen würde.

Edward guckte verblüfft. »Du gibst ihre gesamte Mitgift auf, wenn sie dich heiratet?«

»Ja.«

Ein weiteres Raunen ging durch den Kronrat. Clarence fuhr auf: »Ich beantrage, das erst zu entscheiden, wenn klar ist, ob Lady Anne den Herzog heiraten will!«

»Herzog von Clarence –«, begann Edward, dann besann er

sich. Der Eigennutz seines Bruders ging ihm furchtbar auf die Nerven, aber er wollte Richard doch vor einer Entscheidung noch mal ins Gewissen reden. »Ich entscheide das morgen. Der Kronrat ist geschlossen.«

Edward stand auf und verließ den Saal. Was ging ihm das alles auf den Geist! Andererseits – wenn Richard tatsächlich auf das gesamte Vermögen verzichtete, dann konnte Clarence nichts mehr gegen die Heirat einwenden. Insoweit wäre das eine Lösung. Er wollte trotzdem noch einmal mit Richard reden. Eine Frau ohne jede Mitgift! Edward schüttelte den Kopf. Dann schickte er einen Pagen los mit dem Auftrag, den Herzog von Gloucester zu suchen und zu einer Unterredung in seine Privaträume zu bringen.

Der Herzog von Gloucester allerdings wurde nicht gefunden. Richard hatte sich auf den Weg gemacht, um Lady Anne endlich mitzuteilen, dass er sie liebte und heiraten wolle.

Es war später Nachmittag, als er losritt. Langsam ging es die King's Street in Richtung Osten hinab. In ihm tobten höchst gemischte Gefühle. Lady Anne Neville, dachte er, die kleine Anne, das Küchenmädchen. Er lächelte. Wann hatte der Gedanke an sie zum ersten Mal diese Wärme in seinem Herzen ausgelöst, als sei sie die einzig Natürliche, Aufrichtige und Rechte in einer Welt voller Unnatürlichkeit und Unehrlichkeit? Wahrscheinlich erst, als er Middleham verlassen hatte, um bei Hof zu leben. Als er sie nicht mehr täglich sah, merkte er, dass sie ihm fehlte, und dieses Gefühl war mit den Jahren der Trennung immer tiefer geworden. Er wollte nicht mehr auf sie verzichten. Und er wollte endlich wissen, woran er war. Er wusste nicht, ob es klug war, sie zu besuchen. Vielleicht sollte er doch besser warten, bis der Erbschaftsstreit entschieden war. Aber die Sehnsucht, sie zu sehen, war größer und das Bedürfnis, endlich Gewissheit zu haben, auch. Als er so weit gekommen war, öffnete sich vor ihm der Market Square mit der grandiosen Fassade der Kirche St. Martin le Grande. Mit weichen Knien sprang Richard vom Pferd.

Sie hatte im Garten gearbeitet, als sie gerufen wurde. Ihr Kleid war voller Erde, ihre Finger waren es auch. Ihr Haar war unordentlich und sicher hatte sie Erdspuren im Gesicht. Man wolle sie sprechen, war ihr nur von der Mutter Oberin gesagt worden, sie habe Besuch. War das endlich Richard? Aufgeregt lief Anne in den Kreuzgang, der auch Besuchern offen stand. Kurz bevor sie ihn betrat, unternahm sie einen vergeblichen Versuch, wenigstens ihr Haar zu ordnen, dann einen ebenso vergeblichen, ihren Schritt zu verhalten. Mit einem über den Rücken herabfallenden, sich auflösenden Zopf lief sie in den Kreuzgang hinaus.

Dort stand Richard.

Sie blieb stehen. Und jetzt? Sie wusste nicht, wie sie sich verhalten sollte. Dann gab sie sich einen Ruck und ging mit gemessenem Schritt und gesenktem Blick auf ihn zu.

Richards Herz frohlockte, als er sie ihm entgegeneilen sah. Schließlich stand sie vor ihm. »Mylord«, sagte sie förmlich, »ich wünsche Euch einen guten Tag.«

Warum wirft sie sich mir nicht in die Arme, dachte Richard, freut sie sich nicht, mich zu sehen?

Warum nimmt er mich nicht in die Arme, dachte Anne, freut er sich nicht, mich zu sehen?

Ihr Gefühl für ihn war so übermächtig, dass sie meinte, er müsste ihr Herz klopfen hören. Sie wagte nicht, ihm in die Augen zu sehen. Richard fixierte einen Punkt über ihrer Schulter. Er sehnte sich nach dem, was er in ihren Augen sehen wollte, und fürchtete sich vor dem, was er vielleicht sehen würde. Warum war sie so förmlich?

»Ich bin gekommen«, sagte er schließlich, weil er irgendetwas sagen musste, »um zu sehen, ob alles zu Eurer Zufriedenheit eingerichtet ist.«

Freut er sich nicht, mich zu sehen? Sieht er nicht, wie ich mich freue?

»O ja«, sagte sie zu den Steinen, mit denen der Kreuzgang gepflastert war, »es ist alles zu meiner vollen Zufriedenheit, ich bin Euch sehr dankbar.«

Dankbar, dachte Richard. Ist es nur Dankbarkeit, was du für mich empfindest? »Ich bin froh«, sagte er, obwohl ihm fast die Stimme versagte, »Euch wieder mehr Eurer Stellung entsprechend untergebracht zu sehen. Ihr müsst mir nicht dankbar sein. Es war meine Pflicht, Euch zu helfen.«

Pflicht, dachte sie, verdammtes Pflichtgefühl, ist es wirklich nicht mehr, was du für mich empfindest?

Sie wusste nicht, was sie weiter sagen sollte. Zaghaft hob sie den Kopf, um in seinem Blick zu lesen. Er blickte über ihre Schulter hinter sie. Sie senkte den Kopf wieder. Wenn er mich nicht liebt, dachte sie, dann soll er wenigstens nicht wissen, was ich für ihn empfinde.

Er wusste nicht, was er noch sagen sollte. Der Wunsch, sie wieder zu umarmen, wurde übermächtig. Er blickte sie an, um in ihrem Gesicht zu lesen, ob sie wirklich nicht mehr für ihn empfand als Dankbarkeit, aber sie hielt den Kopf weiter gesenkt. Er schaute wieder über ihre Schulter, damit sie wenigstens nicht sah, was er für sie empfand. Er schluckte.

Ich halte das nicht länger aus, dachte sie. Mit letzter Kraft versuchte sie ihrer Stimme Festigkeit zu geben.

»Nun«, sagte sie, »ich will Euch denn nicht länger aufhalten. Es war sehr freundlich von Euch, mich hier zu besuchen.«

»Nicht freundlicher als von Euch, mich zu empfangen«, antwortete er, um Fassung bemüht.

»Auf Wiedersehen dann.«

»Auf Wiedersehen.«

Sie blieben voreinander stehen, keiner bewegte sich. Ich muss jetzt gehen, dachte Richard, sie will mich nicht. Es ist alles aus. Ich muss mich jetzt umdrehen! Anne betrachtete noch immer den Boden. Warum geht er nicht, dachte sie, es ist doch alles gesagt, er will mich nicht, es ist nur sein Pflichtgefühl, nur deswegen ist er hergekommen, jetzt geh schon endlich! Richard versuchte, sich von ihr wegzudrehen. Es ging nicht. Sie stand immer noch vor ihm. Warum ging sie nicht? Ohne irgendetwas dagegen tun zu können, hob Richard die Hand. Er wollte nur noch einmal dieses Gesicht berühren, diese Wange streicheln, er konnte nicht anders, es war stärker als er. Wie aus weiter Ferne sah er, wie seine Hand sich auf ihre Wange legte.

Sie hob den Kopf.

Er wusste nicht, was er tun sollte, sie hatte ihn zurückgewiesen, aber hier stand sie und sie wich keinen Schritt zurück, während er ihr Gesicht berührte, was bedeutete das alles? Er hatte keine Ahnung. Aber er musste jetzt etwas tun. Nur was? Er räusperte sich.

»Anne«, sagte er, und fragte sich, ob er es jetzt wirklich aussprechen sollte und konnte und wollte, und dann sagte er: »Ich will, dass du meine Frau wirst und auf Middleham mit mir lebst.«

Sie sah ihn an. Dann trat sie einen Schritt zurück. Sie fühlte, wie die Gefühle in ihr zu toben begannen. Freude einerseits, Ärger andererseits. Hieß das, er liebte sie doch? Aber wieso sagte er es dann nicht? Und wieso, wieso zum Donnerwetter fragte er sie nicht, was sie wollte, sondern ordnete mal wieder einfach an? Der Ärger gewann allmählich die Oberhand. In ihrem Inneren kochte in diesem Moment alles nach oben, alle Enttäuschungen, alle Wut über diese Männer, die mit ihr umsprangen, sie abholten, wegbrachten, allein ließen, sie verheirateten, ohne überhaupt jemals zu fragen oder nur darüber nachzudenken, was sie wollte! Sie hatte genug. Übergenug! Wut blitzte aus ihren Augen.

»Du willst?«, fauchte sie. »Wie wäre es denn, wenn du mich mal fragst, was ich will? Ich habe es satt, immer das tun zu müssen, was andere sagen!«

Richard wusste nicht, wie ihm geschah. Monatelang hatte er davon geträumt, ihr zu sagen, dass er sie liebte, dass er sie heiraten wolle, er hatte sich tausend mögliche Antworten ausgemalt, und jetzt stand er in dieser Kirche und er hatte gefragt – und erntete dafür einen Wutausbruch. Mit allem hatte er gerechnet, damit nicht. Er sah sie erst ratlos, dann wütend an, da stand sie vor ihm wie eine fauchende Katze, zum Sprung bereit, was sollte denn das jetzt?

»Ja, was willst du denn?«, rief er und wurde selbst wütend, »wie wär's,, wenn du das einfach mal sagen würdest, ich verstehe jetzt nämlich auch nichts mehr, erst küsst du mich in dieser Kirche, dann wirst du zum Eisblock und behandelst mich so förmlich wie irgendeinen Boten, und wenn ich dir sage, dass ich dich heiraten will, brüllst du mich an!«

»Schrei mich nicht an«, fauchte Anne zurück, »behandle mich einfach nicht mehr wie ein Gepäckstück! Mein ganzes Leben lang sehe ich andauernd zu, wie du in meinem Leben auftauchst und dann wieder verschwindest und nie, absolut nie werde ich gefragt, was ich will!«

»Ich habe dich gefragt«, brüllte er, »was willst du?«

Sie standen voreinander mit vor Wut blitzenden Augen und geballten Fäusten. Anne war so wütend, dass sie kaum noch wusste, was sie sagte. Und dann fauchte sie zurück: »Mit dir leben, natürlich!«

Er starrte sie weiter an. Sein Herz klopfte. Hatte sie das wirklich gesagt? Und wieso brüllte sie dann so? Er machte einen Schritt auf sie zu. Dann noch einen. Und dann lag sie endlich in seinen Armen.

Es war fast zu viel. Da war sie, ihr ganzer Körper, ihr ganzes Wesen, er hielt sie. Anne. Nichts weiter. Jeder andere Gedanke war plötzlich ausgeschaltet.

»Warum warst du so förmlich?«, fragte er leise, während er den Duft ihres Haares roch.

»Warum warst *du* so förmlich?«, fragte sie zurück.

»Ich bin so, das weißt du doch.«

Sie lächelte und Tränen schossen ihr in die Augen. »Ja, ich weiß«, antwortete sie.

»Wirst du mich heiraten?«

Sie nickte, sprechen konnte sie nicht. Er schob sie ein Stück von sich weg und sah sie an. Er lachte. »Ich kann's noch gar nicht fassen.« Dann wurde er ernst. »Hör zu, Anne, das kann alles noch etwas dauern. Morgen ist im Kronrat die Entscheidung über dein Erbe, aber ich habe Clarence gesagt, er kann alles haben, wenn wir nur heiraten können. Darauf wird er sich einlassen.«

»Du nimmst mich ganz ohne eine Mitgift?«, fragte sie und ihr Herz klopfte.

»Ich nehme dich nur ohne eine Mitgift!« Er zog sie noch fester an sich, er war nicht in der Lage, sie je wieder loszulassen. »Sofern ich nur diese Hand bekomme. Diese Augen. Diesen Mund. Und diesen verdammten Sturkopf.«

Sie strahlte ihn an. »Richard«, sagte sie dann, »ich will nicht mehr warten. Das letzte Mal musstest du erst mit meinem Vater sprechen und dann bist du weggeritten –«

»Das passiert nicht noch mal.«

»Trotzdem. Ich weiß, es ist dumm, aber – könnten wir nicht einfach weglaufen?«

»Du meinst wie früher? Als Kinder?«

Sie nickte und drückte ihre Nase gegen seinen Hals. »Ich will keine große Hochzeit mit dem König als Brautführer und dem Getuschel am Hof und Clarences Blick dabei und so weiter. Ich will dich einfach heiraten.«

Er liebte sie. Er hatte es immer gewusst. Er liebte sie für die Wildheit und Zärtlichkeit, für das Echte, Aufrichtige, das in ihr war, immer noch, höchstens verschüttet unter Angst und dem, was sie durchgemacht hatte.

Er nickte. »Nun, Lady, Middleham muss eigentlich erst mal bewohnbar gemacht werden, da ist ja seit Ewigkeiten nichts mehr getan worden.« Er schob eine Haarsträhne aus ihrem Gesicht. »Da gibt es sicher jede Menge Böden zu schrubben.«

Sie lachte. »Das bin ich inzwischen gewohnt. Aber du holst das Wasser.«

»Abgemacht. Wollen Mylady eine stilechte Flucht und vor mir auf meinem Pferd sitzen, oder willst du etwa ein eigenes?«

»Mylord, was könnt Ihr so eine Frage stellen, natürlich will ich ein eigenes Pferd!«

»Ich hab's geahnt.« Er grinste. »Siehst du, ich muss dich gar nicht fragen, ich weiß, was du willst.«

»Frag mich trotzdem.«

»Ich liebe dich.«

Sie hob ihm ihre Lippen entgegen und endlich küsste er sie, küsste sie lange und hoffte nur, dass diesmal kein Priester oder Mönch vorbeikommen würde. Er wühlte sich durch ihr Haar und lächelte, er hätte nie gedacht, dass eine Brautwerbung so einfach sein könnte.

Keiner von beiden wusste, wie viel Zeit vergangen war, als er sie losließ. Jedenfalls war es spät, als Richard St. Martin le Grande endlich verließ und im gestreckten Galopp nach Westminster zurückritt. Dort traf er alle nötigen Vorbereitungen für den Abritt am nächsten Morgen. Er wusste, dass Edwards Entscheidung eine Formsache war, trotzdem bat er um eine Audienz beim König. Er teilte seinem Bruder mit, dass Lady Anne eingewilligt hatte, ihn zu heiraten, dass er auf die Grafschaften und das Amt des Großkämmerers pfeife und dass sie beide am nächsten Morgen nach Middleham Castle aufbrechen wollten.

Edward konnte nicht anders als seinem jüngeren Bruder, dem das Glück aus dem Gesicht strahlte, seine Erlaubnis und seinen Segen zu geben. Richard packte das Nötigste, dann schickte er einen Boten los. Der Mann sollte nach Middleham reiten, so schnell es ging, und dort dafür sorgen, dass zumindest ein Teil der alten Burg notdürftig bewohnbar gemacht wurde. Er blickte dem davongaloppierenden Boten nach, dann ging er, um sich von Anthony zu verabschieden. Er fand den Grafen, wie er es nicht anders erwartet hatte, über ein Buch gebeugt.

»So nimmst du also nicht nur eine Frau ohne Mitgift, sondern du bezahlst eigentlich auch noch für sie«, schmunzelte Anthony, als Richard ihm berichtete. »Soll ich gratulieren?«

»Du kannst natürlich auch spotten«, erwiderte Richard.

»Ja, man könnte spotten«, lachte Anthony leise, »es ist wie ein französischer Liebesroman, nicht wahr? Der Held verzichtet auf alles für die Frau, die er liebt.«

Richard sah Anthony an und war erstaunt über das, was er in den ebenmäßigen Zügen des Grafen sah.

»Nichts liegt mir ferner als Spott«, sagte Anthony leise. »Du musst sie sehr lieben.«

Richard nickte.

»Und sie dich wohl auch.« Anthonys Augen blickten in unbekannte Ferne. »Kein Grund zu Spott. Ich sage es ungern, aber ich beneide dich. In meinem Leben hat es ein so starkes Gefühl nie gegeben.« Er machte eine Pause. »Du findest immer einen Freund in mir, Richard, das weißt du.«

»Ja«, antwortete Richard, »aber es ist gut, es zu hören.«

»So leb wohl. Ich komme euch mal besuchen, da oben in eurem rauen Norden. Wenn ich schon nicht mit dir nach Italien fahren kann.«

»Du bist immer willkommen.«

Als Richard ging, war er in Gedanken versunken. Zum ersten Mal, da war er sicher, hatte der kühle und stets beherrschte Graf ihm seine wirklichen Gefühle offenbart. Anthony Woodville, so die allgemeine Meinung am Hof, stand über solchen Dingen wie Liebe und Freundschaft, sie interessierten ihn nicht. Der kühle Graf lebte in anderen Sphären. Richard kam der Gedanke, dass eine solche Liebe, wie er sie jetzt erlebte, trotz aller Schwierigkeiten, die sie mit sich gebracht hatte, doch eine Gnade war, ein Geschenk. Und dass man, wie Anthony, Sehnsucht nach etwas haben konnte, vor dem man sich fürchtete. Über den Hof sah er zu Rivers' Fenster hinauf. Noch nie hatte Anthony jemanden in sein Inneres blicken lassen. Richard dachte daran, dass er Anne noch im letzten Moment fast verloren hätte, wenn er es nicht gewagt hätte, ihr zu sagen, dass er sie liebte. War das der Schlüssel? Erntete man Gefühle nur, wenn man Gefühle zeigte?

Am nächsten Morgen ritt Richard von Westminster ab. Bei sich führte er nur die Stute, die Anne reiten sollte, und ein Packpferd mit dem Allernötigsten an Gepäck für sich und seine künftige Frau. Er machte einen kleinen Umweg zum Cob Court und überreichte dem verwirrten Meister der Wasserträger einen Beutel voller Gold. Dann ritt er nach St. Martin. Anne wartete schon. Die Sonne stand noch nicht hoch, als sie London verließen und das freie Land erreichten.

EPILOG

1485

Richard saß in seinem Zelt. Er hatte sich mit seinen Heerführern besprochen, er war das Schlachtfeld abgelaufen, es gab nichts weiter für ihn zu tun. Man schrieb den 21. August 1485. Sie hatten das Lager bei dem Dorf Bosworth aufgeschlagen. Hier würde morgen die Entscheidung fallen. Er goss sich einen weiteren Becher Wein ein. Anne hätte ihn sicher gebeten, das nicht zu tun, mit hochgezogener Augenbraue und ihrem bezaubernden Lächeln, das ihre Mundwinkel nur sanft kräuselte und ein Grübchen auf ihre linke Wange zauberte, hätte sie ihn daran erinnert, dass er für die Schlacht morgen all seine Kraft brauchen würde. Er lächelte vor sich hin.

»Wo bist du jetzt«, fragte er in das Dunkel des Zelts hinein, und so klar, als stünde sie neben ihm, hörte er ihre Stimme.

»Bei dir«, antwortete sie.

Er lehnte sich zurück. »Erinnerst du dich an unseren Ritt nach Middleham«, fragte er und er hörte sie lächeln.

»Natürlich«, antwortete sie, »wie könnte ich das vergessen?«

Er starrte in die Flamme des kleinen Öllämpchens. Er erinnerte sich auch. Er erinnerte sich gut an diesen Ritt. Über eine Woche waren sie unterwegs gewesen, sie hatten es nicht eilig gehabt. Sie hatten in Gasthäusern übernachtet und in Scheunen, tagsüber hatte er ihre Hand gehalten, so glücklich, sie endlich an seiner Seite zu wissen. Schon in der zweiten Nacht hatte sie sich ihm hingegeben, ängstlich, aber nur wegen ihrer Erfahrungen mit dem verdammten Prinzen, nicht wegen des noch fehlenden Segens der

Kirche. Sie hatte ihm alles erzählt, stockend und beschämt, und er hätte diesem Lancaster-Prinzen noch im Nachhinein gern den Hals umgedreht. Wie konnte man etwas so Zauberhaftes wie seine Anne so schrecklich missbrauchen? Seine Anne. Im Dunkeln hatte er sie umarmt, ohne irgendeinen Hintergedanken, und sie hatte sich an ihn geschmiegt – danach war alles schnell gegangen, aber auch langsam, er wollte sie weder verängstigen noch erschrecken oder ihr wehtun, er war jederzeit bereit aufzuhören. Aber langsam, ganz langsam öffnete sie sich ihm und erlebte zum ersten Mal ihre eigene Lust. Und als sie danach erschöpft und befriedigt am Feuer lagen, benommen von der Größe ihrer Gefühle, da hob Anne die Hand und zeichnete mit ihrem Finger etwas auf seinen Rücken, aber sie wollte ihm nicht sagen, was für ein Zeichen es war. Nach dieser Nacht jedenfalls konnten sie beide kaum noch die Finger voneinander lassen. Richard lächelte.

Als sie in Middleham ankamen, stellten sie fest, dass der Wohnturm des Schlosses zwar so verfallen war, wie sie es befürchtet hatten, aber dass Richards Bote aus Westminster doch rechtzeitig gekommen war. Der Mann hatte Arbeitskräfte aus Wensleydale eingestellt und sich vorerst nicht damit aufgehalten, die große Halle, für die Middleham berühmt war, wieder herzurichten – das brauchte mehr Zeit. Aber die ehemaligen Mädchenunterkünfte im äußeren Ring waren gesäubert, möbliert und geheizt – hier, in dem Zimmer, das Anne einst mit Isabell bewohnt hatte, lebten sie. Und sie gingen mit Feuereifer daran, ihren Hausstand einzurichten und Middleham zu einem wirklichen Heim zu machen. Anne musste zwar keine Böden schrubben – sie hätte es zweifellos getan, dachte Richard –, aber es gab doch noch genug zu tun. Beide waren sie mit der Schönheit der Kunst in Berührung gekommen und beide wollten sie das in ihrem Heim haben. Heimlich träumte Richard davon, seine Anne malen zu lassen. Am liebsten von Hans Memling. Er dachte oft an den alten Mann, den er in Brügge kennen gelernt hatte.

Aber Burgund, wo Memling noch lebte, war weit, noch weiter entfernt als Westminster, von wo sie ebenfalls nichts hörten in dieser Zeit. Edward gewährte großzügigen Urlaub. Keine Aufgaben mussten für den König erfüllt werden. Sie lebten, als wären sie tatsächlich nur sich selbst verantwortlich. Nachts schliefen sie in den Armen des anderen ein. Innerhalb kürzester Zeit war Anne schwanger und Richard bestaunte ihren wachsenden Bauch. Es war eine kleine Weile des gestohlenen Glücks.

Dann war das Schloss endlich wirklich wieder hergestellt und sie zogen aus der Mädchenkammer in die größeren und standesgemäßeren Räume des Wohnturms. Die Trauung fand in der neu fertig gestellten Kapelle von Middleham Castle statt und Anne versteckte ihren geschwollenen Bauch unter einer dicken Lage von Kleidern – sie schämte sich nicht, sagte sie, aber sie wolle den Geistlichen auch nicht vor den Kopf stoßen. Im April des kommenden Jahres wurde das erwartete Baby geboren, und um die Namensgebung stritten sie sich ein wenig. Richard bestand auf »Edward« zu Ehren seines Bruders, wohingegen Anne meinte, sie habe genug ›Edwards‹ in ihrem Leben gehabt, das reiche, oder ob er vergessen habe, dass ihr erster Mann auch so geheißen habe? Das hatte er nicht. Aber er setzte sich durch.

In seinem Zelt sitzend, seufzte Richard vor sich hin.

»Guck nicht so ernst, Liebster«, konnte er Anne wispern hören. »Bitte. Ich möchte, dass du diese Schlacht gewinnst.«

»Anne«, antwortete er, »was bedeutet es mir?«

»Ich will, dass du lebst«, antwortete sie.

»Auch das bedeutet mir nichts mehr.«

Sie schwieg.

»Alle, die ich liebte, sind fort«, flüsterte Richard ins Dunkel des Zeltes. »Und ich sehne mich nach dir, Anne, ich kann dir nicht sagen, wie sehr ich dich vermisse.‹«Er fuhr sich mit der Hand über die Augen.

»Ich weiß«, antwortete sie.

Von draußen waren Rufe zu hören, aber Richard beachtete es nicht, was sollte es schon sein. Die Männer sollten schlafen. Vor einer Schlacht schlief man besser.

»Das gilt auch für dich«, meinte Anne leise, als habe sie seine Gedanken gehört. Richard lachte.

»Ich soll eine Krone verteidigen, die ich nie haben wollte.« Es stimmte, und sie wusste, dass es stimmte. Er hatte nicht König werden wollen, so wenig wie sie Königin sein wollte. Aber dann war König Edward gestorben, er ließ zwei minderjährige Kinder zurück und Richard wurde Lord Protector. Seine Aufgabe war es, die beiden Söhne Edwards großzuziehen und das Königreich zusammenzuhalten. Er hatte es versucht, aber Elisabeth Woodville hatte ihren Einfluss in Gefahr gesehen und versucht, die beiden Knaben in ihre Hand zu bekommen. Was dann mit dem Protector, seiner Frau und seinem eigenen Sohn geschehen würde, war klar. So war Richard nach London geritten und hatte die Krone übernommen. Zwei Jahre war es jetzt her, dass er und Anne in Westminster gekrönt worden waren. Von da an war alles schief gegangen.

»Du warst ein guter König«, flüsterte Anne.

Das mochte sogar stimmen, dachte Richard, aber ich habe immer weniger Zeit für dich gehabt und für unseren Sohn. Buckingham, den ich für einen Freund hielt – aber der Gedanke an den Grafen, dem er vertraut hatte, schmerzte zu sehr. Auf Buckinghams Geheiß war Anthony Graf Rivers hingerichtet worden, er hatte Grund zu der Annahme, dass Buckingham die beiden Söhne Edwards, seine Neffen, im Tower ermorden ließ, und dann revoltierte Buckingham auch gegen ihn. In manchem hatte Buckingham Richard an seinen Bruder Clarence erinnert, dem er auch vertraut hatte und der ihn so furchtbar enttäuscht hatte.

»Woran denkst du?« fragte Anne.

»An dich«, antwortete Richard, »ansonsten erinnere ich mich aus den letzten Jahren an nichts Gutes. Warum bist du gegangen, Anne?«

Sie antwortete nicht, doch er wusste, warum. Anne war immer schwach gewesen, ihr Husten hatte sich langsam weiter verschlimmert. Dann starb ihr Junge. Er war erst elf Jahre alt gewesen. Anne hatte sich anschließend nicht wieder erholt. Es war, als verlösche ein Licht. Und er saß dabei und konnte ihr nicht helfen. Vor wenigen Monaten erst war sie von ihm gegangen. Und er fühlte sich so leer seitdem, so verlassen, wie noch nie in seinem Leben zuvor. Was interessierte ihn die Schlacht da draußen? Sollte Henry Tudor, der meinte, der Thron Englands gehöre ihm, ihn doch haben. Nehmt alles, dachte Richard, gebt mir nur die Frau wieder, die ich liebe.

Ein Windhauch strich ihm übers Haar. Einen Moment lang glaubte er, es sei ihre Hand.

»Ich liebe dich«, flüsterte sie. Dann war Stille. Richard schloss die Augen.

»Und ich dich«, antwortete er der Dunkelheit. Es blieb still. Richard wusste, dass er alleine war. Und es bis zum Ende seines Lebens bleiben würde.

Am nächsten Tag wurde Richard III., der letzte König aus dem Haus Plantagenet, nach Verrat in der Schlacht von Bosworth erschlagen.